Queen of Clouds

Bibliografische Information der Deutschen Nationalbibliothek
Die Deutsche Nationalbibliothek verzeichnet diese Publikation in der Deutschen Nationalbibliografie; detaillierte bibliografische Daten sind im Internet über http://dnb.d-nb.de abrufbar.

Für Dina

MIX
Papier aus verantwortungsvollen Quellen
FSC® C006701
FSC www.fsc.org

5 4 3 2 1 18 17 16 15 14

Text: Susanne Gerdom
Lektorat: Ulrike Hübner
Covergestaltung: Grafisches Atelier arsEdition, Romy Pohl, unter Verwendung von Bildmaterial von Gettyimages / Thinkstock

ISBN 978-3-8458-0207-7

www.bloomoon-verlag.de

SUSANNE GERDOM

QUEEN OF CLOUDS

DIE WOLKENTÜRME

bloomoon

ERSTES BUCH
DER ERBE

Jede hinreichend fortschrittliche Technologie
ist von Magie nicht zu unterscheiden.

Drittes clarkesches Gesetz

1

Es steht geschrieben: Diese Seite nach oben

Elster hing zweihundertvierzig Meter über dem Boden an den Fingerspitzen, krallte ihre Nägel in eine beinahe unsichtbare Furche in der Turmwand und angelte mit den Füßen nach der Eisenreben-Ranke, die eben noch als Halt für den Aufschwung gedient hatte. Der Trieb, nach dem sie gegriffen hatte, war noch zu jung gewesen, er hatte sich allein mit Haftwurzeln an der glatten Oberfläche gehalten und sich noch nicht weit genug in das Metall geätzt, um dort seine tieferen Wurzeln einzugraben, die auch ein Menschengewicht tragen konnten.

Elster vergeudete einen Teil ihres keuchenden Atems für einen Fluch, mit dem sie sich einen Tag Kammerarrest eingehandelt hätte, wäre er ihren Eltern zu Ohren gekommen.

Es knackte und eine leise Stimme in ihrem Ohr sagte: »βŕãµ¢ħş† đµ Ħïł*ƒ*ē, €łş†ēŕ?«

»βłēïb, ω° đµ bïş†«, keuchte Elster. »|¢ħ ķ°ммē … ķłãŕ.« Sie pausierte, dann schwang sie sich an der sich lösenden Ranke zur Seite, hörte das Ächzen der Wurzeln und das Knarren des stark beanspruchten Holzes und ließ los. Ein kurzer, atemberaubender Fall, dann klammerten sich ihre Hände und Beine um den Hauptstrang der Eisenrebe. Ihre Rippen schmerzten von dem harten Aufprall, ihre Muskeln protestierten und die Abschürfungen an den Händen und im Gesicht würden in ein paar Sekunden ebenfalls anfangen zu brennen wie Feuer. Aber sie lebte und war kein Brei aus Knochen, Fleisch und Blut am Fuß des Turmes.

Sie kicherte und leckte Rost und Blut von ihren Fingern.

»Đµ bïş† ïŕŕē«, kommentierte die kleine Stimme in ihrem Ohr.

»Ķ°ŕŕēķ†«, konstatierte sie. »Ūñđ ƒůŕ ħēµ†ē ħãbē ï¢ħ ģēñµģ. Đēñ ®ēķ°ŕđ bŕē¢ħē ï¢ħ ãñ ēïñēм ãñđēŕēñ Ţãģ.« Auch wenn es sie ärgerte, schon wieder hinter Regenpfeifer zurückgeblieben zu sein, der den Rekord im Turmklettern nun schon beinahe vier Monate hielt.

Die kleine Stimme lachte. »Ich hole dich ab«, sagte Indigo.

»$ρēēķ! Ķēïñ Ķłãŕ†ē×† ůbēŕ ēïñē °ƒƒēñē £ēï†µñģ!« Elster spuckte in ihre Handfläche und rieb sie an der Hose trocken, ehe sie in den Beutel mit Kreide griff. »Дbωǽŕ†ş. Ŵïŕ †ŕēƒƒēñ µñş µñ†ēñ. ©ħē¢ķ.«

»©ħē¢ķ µñđ ãµş«, bestätigte Indigo. Es knackte wieder und die Leitung sandte nur noch statisches Rauschen.

Hinunter ging es leichter, auch wenn sie anfing, müde zu werden. Sie tastete nach Halt für die Füße, suchte eine der Reben, die sich nach außen wölbten, und ließ sich für einen Moment zum Verschnaufen hineinsinken. Das eisenhaltige, in den Furchen der Rinde rostige Holz schwankte leicht unter ihrem Gewicht und wiegte sie dann, hundert Meter über dem Waldboden, wie in einer Schaukel. Elster lehnte sich in die im Wind schwingende Umarmung, klemmte ihre Füße fest in das Wurzelgeflecht und suchte in ihrer Gürteltasche nach ihren Dirrumblättern. Dirrumblätter waren ein gutes Mittel gegen den Hunger, und Hunger war etwas, womit man sich abfinden musste. Hunger und Kälte, die beiden größten Feinde der Schluchter.

Während sie mit zusammengekniffenen Augen zum dunstigen Horizont blickte, rollten ihre Finger geschickt eins der Blätter zu einem Röllchen, das sie mit der Zungenspitze anfeuchtete und zusammendrückte. Sie nahm es zwischen ihre Lippen und fingerte nach dem Arielfeuer. Die größten Feinde? Nein, dies waren allenfalls Ärgernisse, wie wilde Tiere und Stürme. Man konnte bei ihrem Angriff sterben, aber keins von ihnen war verantwortlich für das

Leid, das es verursachte. Ganz im Gegensatz zu den Türmern, die die Schluchter unter ihren Fersen zertraten. Elster knurrte und öffnete die Feuerbüchse. Die schnell heranziehenden Wolken und der auffrischende Wind verkündeten böse Neuigkeiten.

»|ñđïġ°? Ħãş† đµ đēñ ĦïᴍᴍēŁ ġēşēħēñ? €ş ġïb† ēïñ Ŵē††ēŕ.« Sie zündete das Röllchen an und streckte sich, um die Turmwand zu berühren. »Đãş Mē†ãłł vïbŕïēŕ†. $†µŕᴍ °đēŕ Çēωï††ēŕ – °đēŕ bēïđēş.«

»Çēωï††ēŕ«, bestätigte die leise Stimme in ihrem Ohr. »€ş żïēħ† ş¢ħñēłł ħēŕãñ. $ïēħ żµ, đãşş đµ ñã¢ħ µñ†ēñ ķ°ᴍᴍş†.« Elster ließ sich nicht hetzen. Sie rauchte und beobachtete den Himmel, über den dunkle Wolken heranzogen. Die Wipfel der Bäume begannen zu rauschen. Der Turm ragte aus dem Blättermeer wie ein seltsamer, astloser Baumgigant. Elster lehnte sich in der Ranke zurück und starrte hinauf. Weit über ihrem Kopf, weit über der Stelle, die sie heute hatte erreichen wollen, ging die Berankung langsam zurück und ließ das darunterliegende Metall sehen. Der Himmel und die in der Ferne zuckenden Blitze spiegelten sich darin. Elster legte den Kopf in den Nacken. Irgendwo dort oben verschwand der Turm in den dichter und dunkler werdenden Wolken. Wie weit er hinaufreichte, wusste keiner von ihnen.

»€łş†ēŕ!«, drängte Indigo. Das Knacken und Rauschen der Verbindung wurde lauter. Ein Blitz schlug einige Kilometer entfernt in den Wald ein. Es donnerte laut und der Wind frischte auf. Elster spuckte den Rest des Röllchens aus und packte die Ranken mit beiden Händen, um sich daran hinabzulassen bis zum nächsten festen Tritt. Sie hangelte sich ein Stück auf der gleichen Höhe die Turmwand entlang und fand den nächsten Abstiegspunkt. Wieder ein Blitz, schon näher. Der Donner grollte über ihrem Kopf. Das Gewitter zog schneller heran, als sie gedacht hatte. Der Wind peitschte die Wolken über den Himmel und die Baumwipfel bogen sich wie Grashalme. Die Blätter der Eisenrebe raschelten und klirrten gegeneinander.

Eine Böe riss Elster den Atem von den Lippen und zerrte sie von der Wand weg. Sie hing einen atemlosen Augenblick frei über der grün rauschenden Tiefe, dann sorgte die Elastizität der Eisenreben-Ranken dafür, dass sie zum Turm zurückschwang und sich dort an einem der Hauptstränge festklammern konnte, bis ihr Herzschlag sich beruhigt hatte.

Knacken und Pfeifen in ihrem Ohr. Sie blinzelte, weil sich einige Strähnen aus ihrem Zopf losrissen und ihr in die Augen flogen.

»€łş†ēŕ ... ķ°ммē ... ħãł... đµŕ¢ħ«, drang Indigos abgehackte Stimme durch die Hintergrundgeräusche.

»βŕïñġ ïħñ ŕµñ†ēŕ! ©°ммãñđ!«, schrie Elster. Es war viel zu böig, um den kleinen Gleiter so dicht an die Wand zu fliegen, dass sie hätte einsteigen können. Das wusste auch Indigo, aber der Narr würde sich eher selbst umbringen, als sie hier an der Wand zurückzulassen. Die nächste Böe peitschte Regen in ihr Gesicht. Donner und Blitze kamen jetzt in schneller Abfolge und ließen die Welt flackern wie eine erlöschende Kerze. Elster konzentrierte sich darauf, die Füße gut zu verankern und den Griff ihrer Hand erst zu lockern, wenn die andere schon wieder fest zupackte. Eine Böe, die zum falschen Zeitpunkt kam, konnte sie von der Wand pflücken wie ein trockenes Blatt. Sie begann zu keuchen. Die Konzentration, die es ihr abverlangte, bei jedem Griff, jedem Tritt den stürmischen Wind mit einzukalkulieren, zehrte unaufhaltsam ihre Kräfte auf. Sie wagte keinen Blick nach unten zu werfen. Fuß um Fuß, Hand um Hand hangelte sie sich weiter.

Ein Donnerschlag, so laut wie eine Explosion, und der gleichzeitig herunterzuckende Blitz ließen sie ertauben und erblinden. Sie presste sich an die Wand so dicht es eben ging und schrie gegen den Donner und den herabprasselnden Regen an.

In ihrem Ohr antwortete Indigo mit einem fragenden Ruf auf ihren Schrei. »Дłłēş ġµ†«, keuchte sie. »Дłłēş ... ġµ†!«

Nichts war gut, aber er konnte ihr ohnehin nicht helfen.

Hand über Hand, Fuß nach Fuß. Ihre Zehen waren eisig kalt, ihre Finger wollten sich kaum noch krümmen lassen. Ein Schritt nach unten, das andere Bein nachziehen. Griff zur Seite, Finger schließen. Die Böe abwarten, die sie samt Ranke vom Turm abzureißen drohte.

Donner und Blitz, Blitz und Donner. Bleierne Erschöpfung. Ihre Muskeln schmerzten, als hätte man sie verprügelt. Ihre Zehen wurden taub. Sie kletterte weiter, obwohl sie sich am liebsten in eine der Ranken verstrickt und dort hängend das Ende des Gewitters abgewartet hätte.

Blitz, Donner. Blitz ... Donner. Blitz ...

Donner.

Das Gewitter zog weiter. Der Wind flaute ab. Elster erlaubte sich eine erleichterte Atempause. Jetzt noch den Rest des Abstiegs heil hinter sich bringen, nach Hause, ans Feuer ...

Der Regen setzte mit einer Wucht ein, als schlüge ein Wasserfall über ihrem Kopf zusammen. Elsters Finger verloren den Halt und sie begann zu fallen.

2

Es steht geschrieben: Eltern haften für ihre Kinder

Der Panarch beugte sich konzentriert über etwas, das auf der glänzenden Platte des riesigen Schreibtisches lag.

Valentin verharrte an der Tür und nahm das Bild in sich auf: Ein Raum, so groß wie eine der Festival-Arenen. Dicke, weiche Teppiche, die in den Farben des Sonnenuntergangs glühten, schwere, dunkle, rötlich schimmernde Möbel aus dem Holz des Eisenblattbaums, eine Aussicht über Wolken und an klaren Tagen die endlosen Wipfel des Baummeers, aus dem der Turm ragte – die Gemächer des Panarchen gehörten zu den schönsten Orten dieser Welt.

Der Herr über die Welt – oder zumindest über den bekannten Teil davon – war eine Ehrfurcht gebietende Erscheinung, darin waren sich alle einig. Er trug das dichte, dunkle Haar kurz geschoren wie einen Pelz und dazu einen schmalen Kinnbart. Beides hatte in den letzten Monaten begonnen, einen silbrigen Schimmer zu zeigen, aber mit einer kaum wahrnehmbaren Erschlaffung der Haut unter seinen Augen und unter dem Kinn waren dies die einzigen kleinen Anzeichen des nahenden Alters. Nichts sonst an der sehnigen Gestalt in den schlichten, dunklen Kleidern verriet Anzeichen von Schwäche oder Ermüdung. Die Schultern waren gerade und stark, die Arme lang und kräftig, die Beine stark und muskulös. Der klare Blick der blaugrünen Augen und der feste Schwung der Lippen gehörten einem willensstarken, gebieterischen Mann, der um seine Stärken ebenso wusste wie um die Schwächen seiner Gegner. Laurenz, der 27. Panarch der Familie Lecare, war ein Mann auf der

Höhe seiner Macht und seines körperlichen und geistigen Vermögens. Er konnte immer noch jeden Gegner im Duell besiegen, und er war sich nicht zu schade, das auch zu beweisen.

Valentin räusperte sich leise. »Euer Gnaden«, sagte er. »Ihr habt mich zu Euch bestellt.«

Laurenz Lecare hob den Kopf und sah ihn mit einem Blick an, der aus weiter Ferne zu kommen schien, ehe er sich endlich fokussierte und Valentin zur Kenntnis nahm. Der Panarch begann zu lächeln. »Valentin«, sagte er und richtete sich auf. »Nicht so förmlich, mein Sohn.« Er streckte die Hand aus.

Valentin ging über die Teppiche, die jedes Geräusch seiner Schritte verschluckten, und ergriff die Hand seines Vaters, um sie zu küssen. Sein Blick fiel auf den Tisch und das, was der Panarch dort so konzentriert betrachtet hatte. Ein kleiner brauner Vogel lag dort, die Füße mit gekrümmten Krallen steif in die Höhe gereckt, die Flügel halb ausgebreitet. Seine Augen waren starr und gläsern, blickten tot – was auch kein Wunder war, denn der Bauch des Vögelchens war geöffnet worden und ein Teil seiner Eingeweide lag neben ihm auf dem Tisch.

»Wieder ein rares Exemplar?«, fragte Valentin, der die seltsamen Neigungen seines Vaters kannte.

Der Panarch nickte und griff nach der Pinzette und dem kleinen Skalpell. »Ein Zwergbräunling«, sagte er. »Der Jäger hat ihn von einem Schluchter bekommen. Sie sind selten geworden.« Er griff vorsichtig mit der Pinzette in den geöffneten Bauch des Vogels und zog einen kleinen, graubräunlichen Klumpen heraus, den er mit dem Skalpell abtrennte. »Die Leber«, sagte er. »So klein und so giftig, dass man damit den halben Turm töten könnte, wenn sie in die Wasserversorgung geriete.« Er wendete das winzige Organ dicht vor seinen Augen hin und her und lächelte. »Gib mir das Präparateglas an.«

Valentin tat es und sah schweigend zu, wie sein Vater die kleine Vogelleber mit großer Sorgfalt in das Glas fallen ließ und es verkorkte. Dann wischte er sehr gründlich seine Hände an einem scharf riechenden Lappen ab und nickte Valentin zu. »Du hast dich duelliert?«

Valentin fragte sich nicht, woher sein Vater das wusste. »Der jüngere Marcus. Er war kein echter Gegner.«

»Gut, sehr gut.« Der Panarch legte seine Hand auf Valentins Schulter und schob ihn zum Fenster. »Möchtest du etwas trinken?«

Valentin akzeptierte ein Glas Wein und den ihm angebotenen Platz in dem breiten Ledersessel. Er nippte an seinem Glas und beobachtete wachsam seinen Vater, der sich selbst umständlich aus einer Kristallkaraffe bediente.

»Wie geht deine Ausbildung voran?«, fragte der Panarch und ließ sich ihm gegenüber nieder.

»Ich denke, es gibt keinen Grund zur Klage.« Valentin drehte den Stiel seines Glases in den Fingern. »Was mich betrifft, würde ich mich gerne etwas eingehender mit der Geschichte der Rauen Jahre befassen. Damals fielen die Türme 18 bis 21 und die Chronisten berichten über den Vorgang nur sehr unkonkret. Ich würde gerne herausfinden ...« Er unterbrach sich, weil sein Vater offensichtliche Langeweile zeigte. »Aber das ist nicht wichtig«, sagte er.

Der Panarch ließ seinen Blick wieder auf Valentin ruhen. »Sehr schön, sehr schön«, sagte er geistesabwesend. »Hatte ich nicht deinen Erzieher ersucht, ebenfalls bei mir vorzusprechen?«

Valentin stellte behutsam das Glas ab, aus dem einige Tropfen auf seine Hand gespritzt waren. »Ich bitte darum, ihn zu entschuldigen«, sagte er. »Alban ist unpässlich, aber alles, was meinen Unterricht betrifft, könnt Ihr mit mir besprechen und ich werde es getreulich an ihn weitergeben.«

Der Blick des Panarchen fokussierte sich und wurde unangenehm klar und kalt. »Er ist unpässlich?«

Valentin schluckte. »Ja, Euer Gnaden. Er hat wohl etwas gegessen, das ihm nicht bekommen ist.«

Laurenz Lecares Blick bohrte sich förmlich in das Innere seines Sohnes. »Gegessen? Oder vielmehr – getrunken?«

»Gegessen«, erwiderte Valentin fest. »Ich verbürge mich für ihn, Euer Gnaden.«

Der Panarch lehnte sich zurück und faltete die Hände vor dem Mund. Sein Blick löste sich nicht von Valentins Gesicht, und der fühlte sich mittlerweile so hilflos und aufgespießt wie eine der vielen bunten Schmetterlinge, die seines Vaters Sammelkästen füllten.

Endlich entließ der Panarch ihn aus seiner Aufmerksamkeit. Er beugte sich vor und nahm sein Glas auf. »Du bist loyal«, sagte er und trank. »Ich schätze Loyalität, vor allem bei meinen Söhnen.«

Valentin erlaubte sich auszuatmen. »Er ist ein guter Lehrer.«

»Das ist er.« Laurenz Lecare hob die Brauen. »Sonst hätte ich ihn längst in die Untergeschosse verbannt oder hinrichten lassen.« Er schwieg und betrachtete die Strahlen der untergehenden Sonne, die sich in seinem Glas brachen.

»Ich möchte, dass du dich mit den Legenden um Turm Null beschäftigst«, sagte er unvermittelt. »Auch das gehört zu unserer Geschichte und wird oft vernachlässigt. Ein zukünftiger Panarch muss über diese unsere Ursprünge alles wissen, was es zu wissen gibt.«

Valentin zog die Brauen zusammen. »Das sind Kindermärchen«, sagte er unwillig. »Niemand, den ich kenne, glaubt an diesen legendären Turm Null und diese alberne Endzeitprophezeiung. *Was oben ist, wird fallen!* So ein Blödsinn!«

Der Panarch hob die Hand. »Es mögen Märchen sein, aber jeder weiß, dass sich in Legenden ein Körnchen Wahrheit verbirgt. Wir leben in schweren, sehr schweren Zeiten. Das Wissen unserer Vorväter könnte den Schlüssel zu unserem Heil bergen.«

Valentin sah ihn verblüfft an. »Schwere Zeiten?«, wagte er zu fragen. Was meinte sein Vater damit? Nichts im alltäglichen Ablauf deutete auf »schwere Zeiten« hin. Die Türmer lebten im Überfluss, es mangelte ihnen an nichts. »Gibt es einen Konflikt mit den Südtürmern?« Das war die einzige Erklärung. Die Türme im Süden, die an das Südliche Konglomerat grenzten, probten alle paar Generationen den Aufstand und lehnten sich gegen das Panarchat auf. War es schon wieder so weit?

Laurenz Lecare schüttelte knapp den Kopf und wandte sich um. »Du, Mädchen«, sagte er scharf, »lass Uns allein!«

Valentin, dem bislang entgangen war, dass er nicht allein mit seinem Vater war, sah erstaunt, dass sich aus dem riesigen Bett am anderen Ende des Raumes eine junge, schwarzhaarige Frau in einem hellen Nachtgewand erhob. Sie knickste, griff nach einem dunkelblauen Mantel und warf ihn über ihre hinreißenden Kurven. Als sie die weite Kapuze über ihre Locken zog, traf Valentin ein Blick aus mokkabraunen Augen, der ihm das Blut ins Gesicht schießen ließ.

Er konnte die Augen nicht von ihr wenden, als sie auf bloßen Füßen hüftschwingend zur Tür ging, dort noch einmal in einen tiefen Knicks versank und dann die Tür hinter sich schloss.

»Das ...«, sagte er, »welche Eurer Gespielinnen war das? Ich glaube, ich kenne sie noch nicht.«

Der Panarch lächelte schwach. »Ein neues Mädchen aus den Untergeschossen. Mein Haushofmeister fand, ihre Schönheit sei in der Küche verschwendet.« Er trank und stellte sein Glas ab. »Gefällt sie dir? Ich kann sie anweisen, dich zu besuchen, wenn du das möchtest. Ich finde, dir stünde ein wenig mehr Erfahrung in Liebesdingen durchaus zu Gesicht.«

Valentin schluckte wieder. »Danke«, sagte er heiser. »Ich möchte Euch nicht Eures Vergnügens berauben, Vater.«

Laurenz Lecare nickte knapp und hatte das Thema schon vergessen, als er sich nun vorbeugte und einige Schriftstücke aus der Schublade des kleinen Tisches zwischen ihnen zog. »Kein Konflikt mit den Südtürmen«, sagte er, »obwohl ich täglich damit rechne. Es wäre jetzt genau der richtige Zeitpunkt für die Renegaten, sich erneut von Uns lossagen zu wollen.«

»Also was ...?«

»Unterbrich mich nicht!«

Valentin sank tiefer in seinen Sessel und faltete die Hände in einer unwillkürlichen Nachahmung der vorigen Geste seines Vaters. Er nickte schweigend und entschuldigend.

Der Panarch holte Luft und stieß sie wieder aus. »Wir sehen uns einer Bedrohung gegenüber, die wir keinem unserer Feinde anlasten können«, sagte er. »Aber sie ist nichtsdestoweniger ernst, ernster als alles, was die Türme je bedroht hat.«

Valentin kroch eine Gänsehaut über den Rücken. Sein Vater war ein starker, mutiger und weitblickender Herrscher, den so leicht nichts erschüttern konnte. Solche Worte aus seinem Mund zu hören, erschreckte Valentin mehr, als er sagen konnte.

Der Panarch reichte ihm die Schriftstücke und hielt sie noch einen Moment lang fest, als Valentin schon danach gegriffen hatte. Er sah Valentin eindringlich an. »Studiere diese Aufzeichnungen«, sagte er. »Richte dein Augenmerk vor allem auf die Zahlen und Tabellen. Ich möchte, dass du eine Analyse erstellst und mir vorträgst. Das ist deine erste richtige Prüfung, mein Sohn. Erweise dich des Amtes würdig, das nach meinem Tod auf dich wartet.«

Valentin nickte und räusperte sich. »Noch sehr lange nicht, Vater«, sagte er.

Der Panarch lächelte nicht. »Das wissen allein die Götter.«

Valentin verneigte sich tief und ging zur Tür, an der die Stimme seines Vaters ihn noch einmal aufhielt. »Ich möchte, dass du morgen Abend an dem Essen mit den Senatoren teilnimmst. Auch das wird künftig zu deinen Aufgaben zählen.«

Valentin schnitt eine Grimasse, bevor er sich umwandte und den Kopf neigte. »Ich höre und gehorche, Hochedler«, erwiderte er und wartete die Handbewegung ab, mit der sein Vater ihn entließ.

3

Es steht geschrieben: Kann Spuren von Nüssen enthalten

Sie fiel. Alles in ihr schrie danach, blind die Hände nach irgendeinem rettenden Halt auszustrecken, aber sie wusste, dass ihr die messerscharfen Kanten der Eisenreben-Blätter die Finger bis auf die Knochen zerfleischen würden. Sie musste warten, bis sie in die weniger stark belaubte Region unterhalb der Baumwipfel eintauchte. Und dann blieb ihr natürlich nicht mehr als ein Wimpernzucken, um sich vor dem Aufprall zu retten. Wahrscheinlich würde sie sich die Schultern auskugeln bei dem Versuch, sich festzuhalten.

Elster biss die Zähne zusammen und sah durch die Tränen, die der Wind aus ihren Augen riss, die Baumwipfel rasend schnell näher kommen. Jeden Moment ...

Ein lautes Fauchen ließ ihre Ohren klingeln und eine unsichtbare Faust packte sie unvermutet und schleuderte sie zur Seite. Der Luftwirbel trieb sie ein Stück aufwärts, sie stand für eine Millisekunde in der Luft, dann setzte sich der Fall fort.

Es knackte in ihren Ohren, dann hörte sie: »Ħãb đï¢ħ!«

Wieder das Fauchen, dann schob sich der kleine Gleiter scheinbar langsam unter sie, glich seine Geschwindigkeit der ihren an und fing sie so sanft auf, als wäre sie nur von einer kopfhohen Mauer ins Gras gesprungen.

Elster lag rücklings quer über dem brüchigen Leder des rechten Sitzes und starrte mit panisch aufgerissenen Augen in den Himmel, während sich das Verdeck über ihr schloss. Die letzten Tropfen platschten auf ihre Stirn, dann war es dunkel bis auf die gelb und grün leuchtenden Anzeigen der Instrumententafel. An einem Lederriemen baumelte die Gabel vom Dach. Indigo hatte sie dort angebracht, obwohl er sonst nicht viel vom Alten Glauben hielt. Aber man konnte ja nie wissen, wann man ein bisschen Unterstützung brauchen konnte, und heute hatte die Gabel ihr anscheinend Glück gebracht. Sie sollte dem Heiligtum mal wieder einen Besuch abstatten und ein paar Opfergaben dort lassen.

»Herzlich willkommen an Bord«, sagte Indigo. In seiner Stimme zitterte die Anspannung.

Der Gleiter bockte und gab hustende Geräusche von sich.

»Bring ihn runter«, flüsterte Elster, ihrer Stimme noch nicht wieder vollkommen mächtig.

Indigo beugte sich über das Ruder und lenkte den schlingernden Gleiter mit seinen großen, zuverlässigen Händen in einer weiten Spirale zum Boden. Elster seufzte und schloss die Augen. Hinter ihrer Stirn fühlte sie immer noch den rasenden, sausenden Fall und hörte das Heulen des Sturmes.

»Du hättest landen müssen«, sagte sie nach einer Weile. »Ich will nicht undankbar klingen, aber es war Selbstmord, bei diesem Wetter oben zu bleiben.«

Er knurrte gleichmütig und kämpfte mit dem bockenden Ruder. »Dein Vater hätte mich umgebracht«, sagte er nach einer Weile, in der er sich auf die trudelnde Maschine konzentriert hatte.

Elster öffnete die Augen und sah ihn an. Indigo, ihr ältester, bester Freund. Der Bruder, den sie nicht hatte. Breite Schultern, große Hände, ein Brustkorb wie ein Schmied, lockiges dunkles Haar, dunkelblaue Augen und ein kräftiges Kinn. Er wirkte langsam und ein wenig begriffsstutzig, weil er ruhig war, wenig sprach und gründlich nachzudenken pflegte, ehe er etwas sagte. Aber Elster wusste, dass hinter dieser breiten, glatten Stirn ein Verstand arbeitete, der auch große und schwere Brocken zu feinem Sand zermahlen konnte, wenn man ihm nur die Zeit dazu ließ.

Sie streckte die Hand aus, die schmutzig und blutverschmiert war, mit abgeschürften Knöcheln und gebrochenen Nägeln, und legte sie auf sein Knie. »Danke«, sagte sie. »Ich wäre tot. Oder so zerschlagen, dass die Schamanen mich für ein paar Wochen in die tiefe Kaverne gesperrt hätten.« Sie schauderte. Einmal war sie nach einem Sturz dort hingebracht worden, tief unter die Erde, in Kälte und Dunkelheit und in einen hypnotischen Dämmerzustand versetzt, der weder Schlaf noch Bewusstlosigkeit war. Schlimme Träume hatten sie dort verfolgt.

Indigo nahm ihre Hand und drückte sie vorsichtig. »Geht schon klar«, sagte er und lächelte sie an. »Du hättest das Gleiche für mich getan.«

»Aber ich hätte es versaut«, murmelte Elster. Sie wäre mit dem Gleiter beim Versuch, ihn aufzufangen, gegen die Turmwand geprallt.

»Den Trick musst du mir zeigen«, sagte sie. »Wie du mich von der Wand weggesaugt hast.«

Er grinste, das konnte sie im Augenwinkel sehen. »©ãķēωãłķ«, sagte er.

»Das sagst du.« Elster lächelte. Er war ein großartiger Steuermann. Sie war der Captain, immer und unter allen Umständen – aber er war ihr bester Mann.

Die Maschine hustete laut und ging aus. Elster stemmte die Füße gegen die Seitenwand. Sie waren in einen langsamen Gleitflug übergegangen und den Rest der Strecke bis zu ihrem Versteck am Totenkopfhügel konnten sie ohne Motorenunterstützung zurücklegen. Der Wind war abgeflaut, der Regen machte es schwieriger, aber es blieb immer noch genug Levitationsmagie in den Tragflächen zurück, um den Gleiter in der Luft zu halten, bis Indigo ihn auf den Boden brachte.

»Wir müssen die Sammler aufladen lassen«, sagte sie und hielt sich an den Riemen über ihrem Kopf fest.

Indigo nickte knapp. Die Sehnen an seinen Unterarmen traten wie Seile hervor. Die Gleitphase kurz vor der Landung war ein Kraftakt.

»Ich wollte, ich könnte es selbst tun«, sagte sie düster und zog mit zwei Fingern an ihrer weißen Strähne. Noch war sie nicht offiziell in den Kreis der Erwachsenen aufgenommen worden, denn ihre Magie hatte sich noch nicht offenbart. Sie würde ohnehin nie zu den Magiern oder Schamanen des Schluchtervolkes gehören, die Anzeichen waren deutlich zu sehen. Schwarze Haare, eine dunkle Haut und dunkle Augen – sie war nur buchstäblich um eine Haaresbreite davon entfernt geboren worden, gänzlich ohne magische Fähigkeiten durch ihr Leben gehen zu müssen, wie auch Indigo und seine ganze Familie.

Der Gleiter setzte mit einem harten Ruck auf und schlitterte über den Boden. Seine Kufen rissen das weiche Moos bis auf den Felsboden auf. Sie kreischten wie verwundete Tiere, und Funken stoben hoch und verglommen glühwürmchengleich im Dämmerlicht des Waldes. Indigo lachte und fluchte und zerrte an dem Hebel, der ihre Rutschpartie abbremsen sollte.

Elster fackelte nicht lange und packte ebenfalls zu, dicht über seinen Fäusten. Gemeinsam gelang es ihnen, den Hebel einrasten zu lassen und damit die bremsenden Keile vor die Kufen zu bringen. Es holperte stark, und der Gleiter legte sich quer, rutschte noch ein paar Meter und kam endlich zum Stehen.

»Gute Landung«, sagte Elster und schüttelte ihre Hände. Sie lächelte Indigo an, der erleichtert zurückgrinste. »Danke, Großer. Du hast mir da oben den Hintern gerettet.«

»Nicht der Rede wert«, sagte er und klopfte ihr kurz auf den Rücken.

Elster öffnete die Klappe und sprang aus dem Gleiter. »Schieben wir ihn schnell ins Versteck«, sagte sie. »Ich befürchte, dass man uns dieses Mal gesehen haben könnte.«

Indigo packte schweigend an. Sie schoben das Gefährt, das aussah wie ein großer Kinderschlitten mit Flügeln, vor ein haushohes, teilweise abgestorbenes Gestrüpp aus Stachelbirnen und Efeuranken. Indigo zog an dem vertrockneten Gewirr, das sich öffnen ließ wie eine Tür, und sie drückten den Schlitten mit zusammengefalteten Flügeln in die entstandene Höhlung.

»Gut«, schnaufte Indigo und wollte das tarnende Gestrüpp wieder vor den Schlitten schieben, aber Elster hob die Hand. Sie kniete sich hin und öffnete mit geschicktem Griff eine Klappe in der hinteren Abdeckung.

»Der Sammler!«, sagte Indigo. »Ich habe ihn vergessen.«

Elster zog die Klemmen ab und nahm das Kästchen unter den Arm.

»Digo!«

Der Ruf ließ Elster herumfahren. Indigo schloss hastig das Versteck und stellte sich dann breitbeinig vor das Gestrüpp.

Der Anblick der schmächtigen Gestalt, die jetzt herangelaufen kam, ließ beide erleichtert aufatmen.

»Lächler«, sagte Indigo. »Du hast uns zu Tode erschreckt.«

Der Junge blieb vor ihnen stehen und schnaufte. »Ich wollte euch warnen«, keuchte er. »Einer der Alten hat euch gesehen.«

Indigo und Elster warfen sich alarmierte Blicke zu. »Was hat er gesehen?«, fragte Elster, die sich als Erste fasste.

»Den Gleiter, wie er um den Turm flog und dann hier runterging.«

Elsters gerunzelte Stirn glättete sich. »Das ist in Ordnung, es könnte ein Greiferschlitten gewesen sein.«

»Zu klein«, murmelte Indigo.

»Auf die Entfernung? Vom Dorf aus war das doch ein Mückenschiss.«

Die jungen Männer lachten. »Aber wir sollten verschwinden«, sagte Elster. »Und möglichst irgendwas zu essen mitbringen.« Ihr

Blick schweifte über das lichte Unterholz. »Lächler, kontrolliere die Fallen dort drüben. Ich sehe mal nach, ob irgendwer meine Pilzstelle entdeckt hat. Und den Nussstrauch.«

Indigo hockte sich auf einen verrottenden Baumstamm und zündete sich ein Dirrumblatt an. Elster konnte deutlich seinen Magen knurren hören. Sie warf ihm einen mitfühlenden Blick zu. Indigo war groß und muskulös, er brauchte mehr Nahrung als der dünne kleine Lächler. »Ich bringe dir Nüsse«, rief sie und winkte ihm zu.

Die Pilzstelle lag gut versteckt in einer Senke hinter einem dornigen Gebüsch. Elster schlängelte sich fluchend hindurch und leckte an den tiefen Kratzern, die sie sich an ihren ohnehin zerschundenen Händen zuzog. Sie zerrte ihr Messer aus dem Gürtel und begann die violetten Jämmerlinge zu schneiden. Sie hatte keinen Korb bei sich, also zog sie ihre nasse Jacke aus und sammelte die Pilze darin. Ihr Blick flog über das Gebüsch. Der Nussstrauch verbarg sich hinter diesem weiß blühenden Geranke, und wenn sie Glück hatte, fand sie noch ein paar Nüsse in seinem schütteren Geäst.

Wenig später kehrte sie zerkratzt und mit trockenen Blättchen übersät zu Indigo zurück, der gerade den letzten Rest seines Röllchens in den weichen Waldboden trat. »Hier«, sagte sie und leerte ihre Hosentaschen.

Indigo lächelte breit und begann damit, die harten Nussschalen mit den bloßen Fingern aufzuknacken. Elster sah ihm fasziniert dabei zu.

Indigo streckte ihr die schwielige Handfläche hin, auf der goldbraun die glatten Nusskerne schimmerten. Elster nahm eine und steckte sie in den Mund. »Der Rest gehört dir«, sagte sie und genoss den bitterscharfen Geschmack, den das harte Nussfleisch beim Kauen über ihre Zunge schickte. »Willst du auch einen Pilz?«

Lächler tauchte aus dem Gebüsch auf und schwenkte einen grünpelzigen Säbler in der einen und süße Wurzeln in der anderen Hand. »Glückstag«, rief er. »Es gibt Fleisch!«

Elster lachte und klatschte ihn ab. »Los, sucht Kräuter«, kommandierte sie. »Das ist unser Glückstag, unser verdammter Glückstag!«

Winter erwartete sie auf dem Dorfplatz. Sie hatte ihre Strickjacke eng um den Leib gezogen und fröstelnd die Arme um die Taille geschlungen. Seit sie mit ihrer Ausbildung begonnen hatte, fror Winter eigentlich immer. Es hatte eine Zeit gegeben, in der Elster sie bedauert und sich nachts in ihrer beider Bett eng an ihre Zwillingsschwester geschmiegt hatte, um ihr etwas von ihrer eigenen Wärme abzugeben.

Aber das war lange vorüber. Wenn Winter nun für ihre kurzen Besuche hier im Dorf war, schliefen sie immer noch in einem Bett, aber nun drehten sie sich den Rücken zu oder lagen Fuß an Kopf.

Winter, ihre Zwillingsschwester. Geboren zur gleichen Stunde, ein Ei und ein Schoß, ein Atemzug und ein erster gemeinsamer Schrei. Winter, die Gesegnete, die Elster jeden Tag vor Augen führte, was hätte sein können.

Elster spürte unvermutet einen scharfen Stich des Bedauerns, als sie die schmale, helle Gestalt ihrer Schwester erblickte. Was war geschehen, dass sie sich nicht mehr liebten, sondern mit Argwohn und Eifersucht in den Augen betrachteten? Winter mit ihrem weißen Haar und den goldenen Augen, der zarten, durchsichtigen Haut und dem empfindsamen Beben ihrer Glieder. Schon lange war den Schluchtern kein Kind geschenkt worden, dessen Begabung so deutlich von der ersten Sekunde an zu erkennen war. Sie war von allen harten Arbeiten befreit worden, nachdem die Schamanen des Prinzips ins Dorf gekommen waren, um die Kinder mit den weißen Haaren zu prüfen. Sie hatten es verkündet: Winter würde die Schamanin sein, die die Familien anführen würde, wenn Om einmal von ihnen ging. Om, das Prinzip, die das Oberhaupt aller Schluchter war und so alt ... so alt.

Es war eine Ehre für ihre Familie und eine Ehre für das ganze Dorf, und Winter wurde von da ab behandelt wie eine Prinzessin. Vor einem Jahr war sie abgeholt worden, um ihre Ausbildung zu beginnen, und kam nur noch zu seltenen Besuchen zurück in ihre Heimat. Das alles konnte Elster ihr nicht vergeben, obwohl sie selbst wusste, wie dumm und kindisch ihr Groll war.

Sie seufzte und ging mit den beiden jungen Männern im Schlepptau auf Winter zu. »Gibt es etwas?«, fragte sie schroff. »Wartest du auf mich?«

Winter verschränkte die Arme noch enger und sah sie durch weiße Wimpern trotzig an. »Ich hatte ein Gefühl«, sagte sie. »Eine böse Ahnung. Aber nun sehe ich, dass es dir gut geht, und lasse dich in Ruhe.« Sie warf ihr weißes Haar über die Schulter und stakte durch den Matsch zum Haus zurück.

Elster bemerkte die Seitenblicke, die Lächler und Indigo ihr zuwarfen. Sie bemühte sich um eine ausdruckslose Miene. »Was steht ihr hier herum? Ab in die Küche«, sagte sie.

Sonne klatschte vor Freude in die Hände, als sie den Säbler und die Pilze sah. Elster tat es in der Seele weh, das eingefallene, graue Gesicht ihrer Mutter zu sehen. Sonne wurde von einem bösen Husten geplagt und hatte stärker abgenommen, als es allein die schmale Kost verursachen konnte. Die Schamanin des Dorfes kümmerte sich um Sonne, sie hatte sie schwitzen lassen und ihr bittere Tränke eingeflößt, aber der Husten wollte nicht weichen.

Elster nahm ihre Mutter in den Arm und drückte sie vorsichtig an sich. Zerbrechlich und leicht wie ein kleiner Vogel, dachte sie. »Leg dich hin, Mama«, sagte sie sanft. »Wir übernehmen das Kochen. Lächler und Indigo essen mit uns.«

Sonne nickte und strich sich mit einer müden Geste das ergrauende Haar aus der Stirn. »Danke«, sagte sie. »Ich fühle mich heute ein wenig schwach.« Sie tappte zum Nebenraum, wobei sie vor der Gabel, die an der Wand hing, zwei Finger hob. Sonne vergaß nie, die Alten zu ehren, egal, wie schlecht es ihr selbst ging.

Indigo häutete den Säbler und nahm ihn aus, wobei er vorsichtig die giftigen Teile entfernte und beiseitelegte, damit sie vergraben werden konnten. Er hatte die breiten, geschickten Finger eines Mechanikers. Lächler putzte die Pilze und die Wurzeln und Elster hackte die Kräuter. »Salz«, sagte sie sehnsüchtig. »Ich könnte morden für Salz.«

Lächler blickte auf und tat das, was ihm schon als Säugling seinen Namen eingebracht hatte. »Ich habe Salz«, sagte er. »Genug für einen Säbler. Eingetauscht für zwei Wandler und einen Sammler.«

Elster bedeutete ihm, sich zu sputen. Lächler rannte los und kehrte wenig später mit einem kleinen Beutel zurück, aus dem er zwei gefaltete Papierbriefchen zog.

Elster und Indigo sahen ihm andächtig zu, wie er das grünliche Fleisch mit großer Sorgfalt innen und außen mit dem kostbaren Salz einrieb. Dann öffnete er das zweite Briefchen und ließ Elster daran riechen. Sie stöhnte vor Freude.

»Krummsaat«, sagte sie. »Oh, Lächler, du bist gerade zu meinem besten Freund befördert worden.«

Indigo zog eine betrübte Grimasse, aber seine Augen lachten.

Dann kochte der Säbler in der Brühe, und sie setzten sich auf die Bank vor dem Haus, um zu rauchen und den Sonnenuntergang über den Baumwipfeln zu betrachten.

»Wo ist Winter?«, fragte Indigo nach einer Weile. Er blickte mit zusammengekniffenen Augen dem dünnen Rauchfaden nach, der seine Lippen verließ.

Lächler räusperte sich, sagte aber nichts.

Elster lehnte sich an die warme Hauswand und streckte die Beine lang aus. Sie schnippte den Stummel ihres Röllchens in den Matsch. »Keine Ahnung«, sagte sie abweisend. Es war anscheinend ihr Schicksal, dass sie beim Gedanken an eine ihrer Schwestern voller Trauer, Zorn und Groll sein musste. Sie beneidete Indigo und Lächler, die beide ohne Geschwister leben durften. Überhaupt waren die drei Töchter von Turff und Sonne eine seltene Erscheinung im Dorf. Es war ungewöhnlich, dass ein Ehepaar mehr als ein Kind bekam, und sehr oft blieben Paare sogar kinderlos.

Das war früher nicht so gewesen, jammerten die Alten. Kinder waren wichtig, denn sie sorgten dafür, dass auch die Alten noch etwas zu essen bekamen. Aber mittlerweile waren Kinder selten geworden, und Elster vermutete, dass das einfach daran lag, dass sie alle ständig Hunger hatten.

Nicht, dass die Wälder sie nicht mit allem versorgten, was eine Dorfgemeinschaft zum Leben – zum guten Leben! – benötigte. Auf den mühsam gerodeten Flächen rundum wuchsen Knollen und das struppige Getreide, aus dem das dunkle, harte Brot gebacken wurde. Außerdem gab es Weidegrund für die Schafe und Ziegen, die in guten Jahren prächtig gediehen. Aber die Milch und das Fleisch waren für die Türmer reserviert und von allem anderen holte der Turm sich noch zusätzlich seinen Zehnt. Von allem.

Elster löste ihre geballten Fäuste. Von allem. Auch von den wenigen Kindern, die dem Dorf geboren wurden. So hatte ihre älteste Schwester Jett ihre Tochter verloren. Die Greifer waren in ihren glänzenden Schlitten gelandet und hatten den Zehnt geholt, und die kleine, strahlende Amber hatte dazugehört, obwohl ihre Mutter geschrien und geweint hatte, als würde ihr das Herz aus dem Leib gerissen. Ein Jahr lang hatte sie um Amber getrauert, und dann war sie selbst gegangen, um niemals wiederzukehren.

Wendel, ihr Mann, hatte den Schicksalsschlag nicht verwinden können. Er war eines Tages auf der Suche nach kostbaren Artefakten weit in die Alten Kammern vorgedrungen und von dort nicht zurückgekehrt. Er hatte den Grundsatz vernachlässigt, nach dem niemand alleine in die Tiefe gehen durfte. Vielleicht hatte er sich dort unten ertränkt aus Gram über den Verlust seiner Tochter und seiner Frau.

Elster seufzte tief und flocht einen dünnen Zopf aus ihrer weißen Haarsträhne.

Indigo nahm Elsters Hand und drückte sie. Sie blickte auf und nickte ihm zu, zwang die Tränen zurück und lächelte. »Sehen wir nach der Suppe«, sagte sie.

4

Es steht geschrieben: Aktion ist gleich Reaktion

Valentin ließ den Degen um seine Hand wirbeln, während er rückwärts vor Cosimo hertänzelte. Er wischte mit der freien Hand über seinen Nacken und drehte die schweißfeuchten Haare zusammen. »Er hat versucht, mich reinzulegen«, sagte er lachend. »Dieser komplette Idiot hat wahrhaftig versucht, mich reinzulegen, und noch dazu mit so einem abgenutzten Trick.«

Cosimos Sommersprossen tanzten, als er sein Gesicht zu einem breiten Grinsen verzog. »Idiot«, stimmte er seinem Freund zu. »Darauf wäre vielleicht meine kleine Schwester reingefallen, aber ...« Er unterbrach sich und das Grinsen verschwand von seiner Miene und machte einem betroffenen Ausdruck Platz. »Ich wollte sagen, natürlich konnte er dich nicht täuschen, Val«, stotterte er. »Du bist einfach besser als er. Und klüger. Jeden anderen hätte er damit überrumpelt, ganz klar.«

Valentin hob das Kinn. »Darauf kannst du einen Eid schwören«, sagte er kalt. Er klemmte den Degen unter den Arm und setzte stumm seinen Weg fort.

»Wollen wir was essen gehen?«, fragte Cosimo und hob die Schultern fast bis zu den Ohren. Sein grünes, goldbesticktes Hemd spannte über seinem breiten Brustkorb und den Bizepsen. »Ich habe vor dem Unterricht gefrühstückt, und das ist Stunden her!«

Valentin vergaß seinen Groll und lachte. Er klatschte dem Freund auf den festen Bauch. »Du bist der verfressenste Mensch, der mir je begegnet ist«, sagte er vergnügt. »Aber meinetwegen, ich begleite dich. Bis zum Treffen mit den Senatoren ist noch reichlich Zeit, und ich esse besser vorher etwas, weil ich dort garantiert keinen Bissen herunterbekomme.«

»Prima«, sagte der Rothaarige erleichtert. Er ging etwas schneller, die Aussicht auf Nahrung schien ihn zu beflügeln.

Valentin fiel ein wenig hinter ihm zurück und dachte über das vorangegangene Duell nach. Sein Halbbruder Rufus hatte ihn jetzt zum dritten Mal herausgefordert und war dreimal besiegt worden. Damit musste er Valentin jetzt für drei Monate der offiziellen Sperrfrist mit seinen Forderungen in Ruhe lassen – was ihn aber sicherlich nicht daran hindern würde, Valentin irgendwo aufzulauern.

Seit sein Vater Valentin auch offiziell zum Nachfolger ernannt hatte, musste er sich beinahe täglich mit jemandem duellieren. Dazu kamen die Trainingskämpfe und das monatlich anberaumte kleine Festival, nicht zu vergessen die großen Festivals, die alle drei Monate stattfanden. »Brot und Spiele«, murmelte er. Das waren Albans Worte gewesen, die er mit diesem angedeuteten Verziehen seiner Mundwinkel und einem winzigen Verengen der Augen begleitet hatte. Spöttisch, ein wenig angewidert. Valentins Erzieher hielt wenig davon, seinen Rang und Platz in der Gesellschaft von seinen Fechtkünsten oder dem Gebrauch anderer Waffen bestimmen zu lassen.

Sie betraten einen der Gänge, die wie Speichen eines Rades vom Außenring zur »Nabe«, dem zentralen Treppenhaus des Turmes, führten. »Fahren oder laufen wir ein paar Stockwerke?«, fragte Valentin, obwohl er Cosimos Antwort bereits kannte.

Der hob die Finger an die Stirn und zeigte mit der anderen Hand auf die über fünfzig im Kreis um die Nabe angeordneten Aufzugschächte. »Blöde Frage«, sagte er überflüssigerweise.

»Cosimo, wenn du nicht aufpasst, wirst du so fett wie Senator Andoni«, zog Valentin ihn auf.

Cosimo schnaufte gekränkt. Der Senator war sein Onkel, ein

sanftmütiger und ruhiger Mann mit einem Verstand, der so scharf war wie ein Messer. Cosimo hatte dagegen den Verstand seines Vaters geerbt, und der war bekanntlich nicht der schärfste Dolch im Gürtel.

Valentin legte seinem Freund versöhnlich den Arm um die Schultern. »Entschuldige«, sagte er. »Ich bin ein bisschen nervös. Der Panarch hat schon seit Tagen unerklärlich schlechte Laune.«

Cosimo drückte seinen Arm. »Ich habe gehört, dass er Streit mit seiner Favoritin hat«, murmelte er.

Valentin zuckte die Achseln. »Kann schon sein. Lady Sylvia ist eine Zicke.« Vor seinem inneren Auge tauchte die schwarzhaarige Schönheit mit den braunen Augen auf, die zurzeit das Bett des Panarchen wärmte. Es war kein Wunder, dass Lady Sylvia schäumte.

Sie blieben vor dem westlichen Aufzug stehen und Valentin betätigte den Rufknopf. Sie warteten schweigend. Das Surren der Räder und Treibriemen seufzte wie ein zartes Echo des Sturms, der am gestrigen Tag über dem Turm geheult hatte. Valentin gefiel es an solchen Tagen, sich das Toben der Elemente vorzustellen, in dem der Turm so still und unerschütterlich aufragte.

Ein Glöckchen erklang, dann glitt die Aufzugtür auf. »Nach Euch, Euer Lordschaft.« Cosimo vollführte einen formvollendeten Kratzfuß. Valentin lachte und gab ihm einen Stoß, dass sein Freund vorwärtstaumelte und beinahe mit dem Kopf gegen den Türrahmen stieß.

»Blödian«, sagte Cosimo friedlich und betrat die Kabine, um dort auf einem der samtbezogenen Sitze Platz zu nehmen.

Sie stiegen zweihundert Stockwerke weiter oben aus und betraten die nordöstliche Speiche. Die klarstahlverkleidete Außenwand, auf die sie zugingen, ließ strahlenden Sonnenschein ein und bot einen atemberaubenden Ausblick auf die Wolken, über denen sie sich befanden. Valentin ertappte sich dabei, dass er zu pfeifen begann.

Das Liedchen verstummte jäh, als ihnen ein Mann entgegenkam. Sein Gang war unsicher und schwankend, er hielt den Kopf gesenkt und taumelte mehrmals gegen die Wand des Ganges.

»Verdammt«, fluchte Valentin, als er ihn erkannte. Er ließ seinen Degen fallen und sprintete vor, um den Stolpernden aufzufangen und vor einem Sturz zu bewahren.

»Ist er verletzt?«, rief Cosimo, der den Degen aufgehoben hatte und jetzt zu ihm aufschloss. »Kannst du Blut sehen, eine Wunde?«

Valentin hatte den Mann unter den Achseln gepackt und hielt ihn aufrecht. Er fluchte wieder. »Du hast es mir gestern versprochen«, sagte er und schüttelte den Mann. »Verdammt, Alban, du weißt, was der Panarch mit dir machen wird!«

Der Mann hob mühsam den Kopf. Sein schmales Gesicht mit dem kurzen Bart war gerötet, die braunen Augen blutunterlaufen. »Scheiß drauf«, murmelte er und begann die Augen zu verdrehen. Seine Beine gaben nach und er sackte in Valentins festem Griff zusammen.

»Bleib wach!«, sagte Valentin scharf. »Du klappst mir hier nicht zusammen, Alban. Auf die Füße!«

Das Kommando erreichte seinen Zweck. Alban stemmte sich hoch und schob Valentin würdevoll von sich. »Kann stehen«, sagte er und machte zwei unsichere Schritte, die ihn erneut gegen die Wand prallen ließen. Er stand da, die Hände aufgestützt, ließ den Kopf sinken und gab ein Geräusch von sich, das Valentin hastig zurückspringen ließ. »Oh nein«, sagte er und wich noch weiter zurück. »Alban, das ist des Guten zu viel!«

Cosimo würgte synchron mit Alban und wandte sich ab. »Alle guten Götter«, murmelte er. »Ich dachte, er hat das im Griff.«

Valentin zwang sich, erneut auf Alban zuzugehen und seinen Arm zu nehmen. »Fertig?«, fragte er nicht sonderlich freundlich. »Reiß dich zusammen, Mann. Komm schon.«

Ohne der bräunlichen Lache auf dem polierten Boden weiter Beachtung zu schenken, zog er den Schwankenden mit sich. Bedienstete würden sich darum kümmern, dafür waren sie schließlich da.

»Pack mit an«, sagte er, als Alban immer schwerer auf ihm lastete.

Cosimo hechtete an seine Seite und griff nach Albans herabbaumelnden Armen. »Lass los«, sagte er kurz. »Ich hab ihn. Wehe, du kotzt mich voll, Mann.« Er wuchtete sich den stöhnenden Mann über die Schulter und grinste Valentin an. »Wohin mit ihm?«

»In sein Quartier.« Valentin runzelte die Stirn. »Ich kann ihn so nicht herumlaufen lassen.«

»Der läuft nicht mehr«, gab Cosimo zurück. »Wir können ihn einfach hier irgendwo in eine der Nischen setzen ...«

Valentin hob die Hand und sein Freund verstummte. »In sein Quartier«, wiederholte er. »Schaff ihn zu den Aufzügen.«

Eine Viertelstunde später waren sie mit Alban zwei Stockwerke tiefer auf der Nordseite angelangt. Cosimo atmete etwas schwerer und grummelte leise. »Ich hätte ihn oben sitzen lassen«, murmelte er.

Valentin warf ihm einen zornigen Blick zu. »Du weißt, was ihm blüht, wenn der Panarch ihn so sieht.«

»Das interessiert mich nicht«, muckte Cosimo auf. »Wenn er volltrunken durch den Turm tanzt, ist das sein Problem.«

Valentin schluckte seine Antwort hinunter. Im Grunde hatte Cosimo ja recht. Alban wusste, dass er sich keinen Fehltritt mehr leisten durfte. Es war Valentin ein Rätsel, warum Alban geradezu auf die Bestrafung zu drängen schien.

»Rein mit ihm«, sagte er und öffnete die Tür. Stickige Luft schlug ihm entgegen. Die Räumlichkeiten, die zu den Speichen hin gelegen waren, hatten keine Fenster, deshalb tastete er nach dem Schalter für das Licht. Es knackte und die in den Wänden verborgenen Lampen wurden langsam heller. Das war ein Vorgang, den Valentin nicht mehr bewusst zur Kenntnis nahm. Woher das Licht kam, was es speiste, wieso es keine Hitze ausstrahlte – als kleinen Jungen hatten ihn diese Fragen so sehr beschäftigt, dass er sich deshalb sogar in die unteren Etagen des Turmes gestohlen hatte, um die geheimnisvollen Maschinen zu sehen, die all das bewirkten.

Gefunden hatte er endlose, düstere Gänge, Hallen voller Apparaturen, schäbig gekleidete, sich bei seinem Anblick stumm an die Wände drückende Schluchter, die so düster und gedrückt, so traurig und so ärmlich und krank aussahen, dass Valentin noch lange danach in seinen Träumen von diesem Anblick geplagt worden war.

Alban hatte ihn aus dieser Unterwelt gerettet, und er konnte nicht vergessen, wie dankbar er gewesen war, als sein Erzieher ihn an die Hand genommen und von dort weggebracht hatte, wieder hinauf ins Helle, ins Warme, in die Schönheit. Später war Alban mit ihm dorthin zurückgekehrt, um ihm zu zeigen, wie die unteren Geschosse des Turmes beschaffen waren, aber da war Valentin schon einige Jahre älter gewesen und hatte sich nicht mehr ganz so sehr gegruselt.

»Leg ihn auf sein Bett«, befahl er Cosimo. »Behandle ihn nicht so grob, Cosimo. Es geht ihm schon schlecht genug.«

Cosimo tat, wie ihm befohlen wurde. Er ließ Alban auf das schmale Bett fallen und dehnte seine Schultern. »Ich ziehe ihn aber nicht aus«, sagte er.

Valentin schüttelte den Kopf und deckte den Bewusstlosen zu. »Lösch das Licht«, sagte er und wartete, bis Cosimo ihm die Tür öffnete.

Valentin hatte sich in die steife Galauniform gezwängt, die er schon seit Monaten nicht mehr getragen hatte. Nur zu höchstoffiziellen Anlässen wie zum Geburtstag des Panarchen und zur Eröffnung des Festivals am Staatsfeiertag musste er sie tragen und hasste es vom ersten bis zum letzten Moment.

Er stand vor dem Spiegel, schob ungeduldig die Hände des Dieners beiseite und schloss den hohen, kratzigen Kragen selbst. Er seufzte. Cremiges Weiß und schimmerndes Gold, feuerfarbene und königsblaue Paspelierungen und Stulpen, ein Dreispitz mit goldenen und roten Federn, glänzende Stiefel, Epauletten und goldgeflochtene Achselstücke und Fangschnüre ... er sah aus wie ein verdammter Papagei!

Valentin drehte sich um und knurrte seinen Diener an: »Da sind deine Fingerabdrücke auf den Epauletten.«

Der Mann seufzte erschreckt und beeilte sich, das blanke Metall mit einem weichen Lappen auf Hochglanz zu polieren. Valentin wartete ungeduldig und sagte dann: »Dreispitz.« Er schnippte mit den Fingern und klemmte die Kopfbedeckung unter seinen Arm. Der Degen schlug hart gegen den Stiefelschaft, als er sich wieder zum Spiegel umdrehte. »Mantel.«

Der Diener legte ihm den in weichen Falten bis zu den Fersen fallenden, königsblauen Umhang über die Schultern und richtete ihn penibel aus. Valentin sah seinem düster dreinschauenden Spiegelbild in die Augen und unterdrückte ein Seufzen. Was für ein Aufstand für ein Abendessen mit ein paar lausigen Senatoren! Er zupfte an seiner schwarzen Stirnlocke und seufzte wieder.

»Räum auf und verschwinde«, sagte er barsch und marschierte mit knallenden Absätzen hinaus. Wie sehr er diese Stiefel hasste. Es war unmöglich, sich darin leise und geschmeidig zu bewegen, und auch der feste Stoff der Uniform und all die verdammten Zierborten und Paspeln engten seine Beweglichkeit unerträglich ein. Es war, als trüge er Kleider aus Holz und Metall.

In düsterem Brüten ging er die Speiche hinab und achtete nicht auf die leichten Schritte, die ihm folgten.

Er hatte es Cosimo häufig genug eingebläut: Achte auf die dunkle Stelle an der Kreuzung, kurz bevor die Speiche in die Nabenhalle übergeht. Wenn dich jemand überrumpeln will, wird er es dort tun.

Die Speiche verengt sich und das Licht aus der Halle blendet dich für einen Moment. Wenn der Angreifer geschickt ist, drängt er dich gegen die Wand und blockiert deinen Degenarm ...

Valentin keuchte und warf sich herum. Wie hatte er so unvorsichtig und dumm sein können, dermaßen gedankenverloren, taub und blind durch die Speiche zu stolpern? Der Arm, der sich um seinen Hals legte, drückte auf seinen Kehlkopf, und allein der steife Kragen bewahrte ihn davor, unter Erstickungskrämpfen gegen den unsichtbaren Gegner ankämpfen zu müssen. Die Degenscheide klemmte nutzlos zwischen ihm und der Wand. Er beugte sich vor, um den anderen abzuschütteln und nach dem Dolch in seinem Stiefel zu angeln, knurrte tief und verzweifelt und verfluchte einmal mehr die steife Uniform, deren Jacke mit dem schweren Gürtel ihn jetzt erfolgreich daran hinderte, den Griff der Waffe zu erreichen.

Wieder warf er sich herum, hoffte, den Angreifer gegen die Wand schmettern zu können, aber der wich geschmeidig aus, und nun drückte sich die scharfe Spitze eines Dolches gegen sein Kinn und wanderte langsam tiefer. »Gibst du auf?«, flüsterte eine Stimme in sein Ohr.

Er stand still und hörte das Pochen seines Herzens, das Rauschen des Blutes in seinen Ohren, spürte das Kitzeln der Schweißperlen, die über seine Schläfe liefen. Wer war es? Einer seiner Halbbrüder, der ihm endlich den Garaus machen wollte? Ein schneller, sicherer Stoß mit dem Dolch und Valentin läge sterbend in seinem eigenen Blut. Wie hatte er sich nur so sicher fühlen können? Musste er diesen einen Moment der Unaufmerksamkeit nun gleich mit seinem Leben bezahlen?

Er glaubte die Stimme seines Vaters zu hören, der kühl bemerkte: »So ist es, Sohn. Es ist immer genau dieser eine Moment, der dich das Leben kosten wird.«

»Ich ergebe mich«, krächzte er und hilflose Wut ließ Tränen in seine Augen steigen. Noch war er nicht verloren. Ein kurzer Moment, in dem der andere zögerte, kurz bevor er zustieß, mochte ausreichen, damit er sich befreien konnte. Er zwang sich, seine Muskeln erschlaffen zu lassen.

Der Druck des Messers wich von seiner Kehle, und ein Lachen erklang, das ihm gleichzeitig vor Erleichterung die Knie wanken und ihn vor Wut aufschreien ließ. Er fuhr herum und drückte die Angreiferin gegen die Wand, deren pfefferminzgrünes Auge vor Lachen sprühte. Über dem linken Auge trug sie wie immer eine Klappe, heute passend zum Anlass und zu ihrem Abendkleid eine edelsteinbesetzte.

»Du!«, fauchte er und Speichel sprühte von seinen gebleckten Zähnen. »Du ... was hast du dir dabei nur gedacht?«

»Ich dachte, ich helfe dir dabei, einen öden Abend ein wenig spannender zu gestalten.« Seine Cousine lachte, schob ihn von sich und steckte den Dolch zurück in die Scheide an ihrem Schenkel. »Na«, rügte sie ihn und gab ihm einen Klaps mit ihrem Fächer. »Man schaut einer Dame doch nicht dabei zu, wie sie ihre Waffen richtet.«

Sie ordnete mit zwei geschickten Griffen ihr dunkelblondes Haar und reichte ihm ihren Arm. »Geleitet mich also zu diesem sicherlich sterbenslangweiligen Abendessen, mein unvorsichtiger Cousin.«

Valentin drehte sich weg und tupfte hastig den Schweiß von seiner Stirn. »Leona, du bist eine echte Pest«, stieß er hervor.

»Danke gleichfalls, Euer Liebden.« Sie erwartete stoisch und lächelnd, dass er ihren Arm nahm, was er zähneknirschend tat.

»Frauen haben sich raffinierter und subtiler Methoden zu bedienen«, knurrte er. »Gift ist ein angemessenes Mittel. Meinethalben auch der tückische Anschlag mit einem Stilett. Aber doch nicht ein Hinterhalt ...« Er verstummte, als sie lachte. »Am Ende forderst du noch jemanden zum Duell«, fauchte er.

»Und ich würde die meisten von euch schlagen«, gab Leona zuckersüß zurück.

Valentin musste wider Willen lachen. Er hob die Hand und rief den Aufzug. »Marcus den Jüngeren auf jeden Fall«, gab er zu. »Er ist so ungeschickt wie ein Mädch...« Er verschluckte hastig den Rest.

Leona musterte ihn spöttisch von der Seite. »Ah?«, sagte sie nur.

Die aufgleitende Tür bewahrte ihn davor, eine schlagfertige Antwort finden zu müssen.

5

Es steht geschrieben: Und wenn die Welt voll Teufel wär

Elster hegte einen ebenso tiefen Hass auf die Türmer wie jeder andere junge Schluchter in ihrem Dorf, daran zweifelte sie keine Sekunde. Wenn sie die Möglichkeit gehabt hätte, einen Wolkenturm zu vernichten, ihn dem Erdboden gleich zu machen, ihn einfach verschwinden zu lassen – mit all den Menschen, die darin lebten –, sie hätte es getan.

Indigo schwang neben ihr die Hacke, um den trockenen, harten Boden des kleinen Feldes für die nächste Aussaat aufzulockern. Auf diesem und dem benachbarten Feld arbeiteten alle jungen Leute des Dorfes, die nicht mit anderen Fronarbeiten beschäftigt waren: Die Ziegen wollten gehütet sein, jemand musste Käse und Butter machen, die Schafe scheren, ernten, Steine brechen und Ziegel brennen, Pilze suchen, Getreide mahlen und Brot backen, Holz hacken, spinnen, weben, schlachten, pökeln und Wurst herstellen ... und wofür? Damit all das, was dabei entstand, in den gefräßigen Schlund des Turmes wanderte und die Türmer immer fetter mästete, während sie hier in den Schluchten sich die Hände wund und den Buckel krumm schuften mussten und dabei hungerten. Wann hatte sie das letzte Mal eine Wurst oder ein richtig großes, kein bisschen schimmliges Stück Käse gegessen? Sie konnte sich nicht daran erinnern.

Trotzdem widerstrebte es Elster, sich einer der zahlreichen Gruppen anzuschließen, die Rebellion, Aufstand und Widerstand gegen die Türme predigten und planten. »Dazu bin ich einfach zu realistisch«, sagte sie zu Indigo und betrachtete die blutige Blase in ihrer Handfläche.

»Realistisch?«, fragte er, ließ die Hacke fallen und hockte sich auf seine Fersen. Er strich das schweißfeuchte Haar aus seiner Stirn, wobei er einen Streifen Erde darüber verteilte, und zog die Brauen zusammen. »Was soll das heißen? Dass ich verrückt bin?«

Elster lachte und streckte ihren schmerzenden Rücken. »Nein, natürlich nicht«, sagte sie. »Ihr Mechaniker, ihr seid die Normalen unter all diesen wirrköpfigen und wildäugigen Verschwörern und Geheimbündlern, keine Frage.« Sie grinste und griff wieder nach ihrer Hacke.

»Du machst dich über mich lustig.«

»Merkt man das?« Elster gab ihm einen Stoß und beugte sich vor, um weiterzuarbeiten.

Indigo überraschte sie damit, dass er nach ihrer Hand griff und sie zwang, innezuhalten und ihn anzusehen. Sein Blick war so ernst und eindringlich, dass er das Lächeln aus ihrem Gesicht vertrieb.

»Was?«, fragte sie schroff. »Digo, starr mich nicht so an, das macht mich kribbelig.«

»El«, sagte er und stockte, suchte nach Worten, »du ... du solltest nicht einfach so vor dich hin leben. Du brauchst etwas, woran du glaubst, wofür du arbeiten kannst. Wofür du leben kannst!«

»Sterben, meinst du wohl«, neckte sie ihn, obwohl sie sich unbehaglich fühlte wegen seiner Ernsthaftigkeit. »Hör auf, Digo. Lach doch wieder. Ich mag es nicht, wenn du so tragisch guckst.«

Er beugte sich näher und sein Atem strich über ihre Wange. Einen kurzen, panischen Moment lang fürchtete sie, er würde sie küssen, aber er flüsterte nur: »Wir wollen nicht sterben, El. Aber leben, endlich leben! Leben wie ein Mensch, nicht wie ein Tier oder ein Sklave. Wir schuften für die Türme und sie nehmen uns zum Dank unsere Kinder. Du hast es doch selbst miterlebt, wie Jett daran verzweifelt ist, dass sie ihr Amber entrissen haben. Hast du jemals darüber nachgedacht, was ist, wenn dir das Gleiche geschieht wie deiner Schwester? Wenn sie dir dein Kind wegnehmen und du es nie wiedersehen wirst?«

Elster wand sich in seinem Griff. »Hör auf damit«, sagte sie scharf. »Ich werde keine Kinder bekommen, dann bin ich auf der sicheren Seite. Außerdem braucht man einen Mann dazu und ich will auch keinen Mann.«

Er sah sie verletzt an und ließ sie los. »Gut, dann wäre das ja ein für alle Male geklärt«, sagte er kalt. Er hackte so wütend in den Boden, dass die Erde vor seinen Schlägen ängstlich wegzuspringen schien.

»Digo«, sagte Elster und griff nach seinem Arm. »Es tut mir leid. Ich habe es nicht so gemeint, wie ...« Sie stockte. Das war eine Lüge und sie beide wussten es. Sie hatte es ganz genau so gemeint und in Kauf genommen, dass sie ihn damit verletzte. Sie ließ die Hand sinken und sah ihm nach, wie er sich verbissen voranarbeitete. Indigo war der beste Freund, den man sich wünschen konnte, und sie hätte ihren linken Arm für ihn gegeben, ebenso, wie er jederzeit bereit gewesen wäre, für sie zu sterben. Es stimmte sie traurig und machte sie gleichzeitig wütend, dass er seit Kurzem darauf bestand, mehr für sie zu empfinden. Warum wollte er unbedingt eine so großartige Freundschaft aufs Spiel setzen wegen einer so dummen, kindischen, überflüssigen Regung wie Liebe?

»Indigo«, rief sie zornig. »|¢ħ ēñ†ş¢ħμłđïġē мï¢ħ bēï đïŕ, ãbēŕ ï¢ħ ķŕïē¢ħē đïŕ ñï¢ħ† ħïñ†ēŕħēŕ!«

Er blieb stehen und senkte den Kopf. Sie konnte beinahe seine Gedanken lesen. »Hör zu«, rief sie versöhnlich, »lass uns doch nicht streiten. Ķ°мм, ï¢ħ ħãbē £μş†, đïē Ķãммēŕ żμ μñ†ēŕşμ¢ħēñ, đïē ωïŕ v°ŕġēş†ēŕñ ġēøƒƒñē† ħãbēñ. Ŵēññ ωïŕ ħïēŕмï† ƒēŕ†ïġ şïñđ, żïēħēñ ωïŕ ł°ş.«

Seine Schultern hoben sich in einer resignierten Geste. Er wandte sich um und schnitt ihr eine Grimasse. »Du weißt aber, womit man Männer ködert«, sagte er.

Elster hob den Daumen und bemühte sich um ein halbwegs unverkrampftes Lächeln. »Verdammter Idiot«, murmelte sie und beeilte sich, mit ihrem Teil des Feldes fertig zu werden.

Die Alten Kammern waren ihnen natürlich verboten. Das Prinzip achtete streng darauf, dass sich nur Erwachsene und auch diese nur zu zweit in die Unterwelt begaben, um dort nach den wertvollen Tauschobjekten zu suchen, auf die die Türmer so erpicht waren.

Ein solches Verbot hatte auf Elster die gleiche Wirkung wie Honig auf einen Barkie. Sie lief mit langen Schritten vor Indigo her und plante ihre Exkursion. Die Lampen lagen in ihrem Versteck, ebenso die Seile und die verschlissenen Handschuhe, die sie Turff abgeschwatzt hatte – angeblich zum Klettern.

»Wir sollten Wasser mitnehmen«, rief sie Indigo zu, dessen grimmige Miene sich langsam wieder in seinen normalen gelassenen Gesichtsausdruck zurückverwandelte. »Beim letzten Mal haben wir umkehren müssen, weil uns der Staub beinahe erstickt hat. Wenn wir die Tücher anfeuchten und vor Mund und Nase binden ...«

»Gute Idee.« Indigo blieb stehen.

»Vielleicht finden wir Ersatz für das kaputte Ladegerät.« Elster sprühte vor Erwartung. »Wir müssten den Sammler nicht dauernd ins Lager schmuggeln, damit er aufgeladen wird. Irgendwann fällt es auf und dann stehen wir dumm da.«

»Ladegeräte sind tabu«, wandte Indigo ein. »Das Prinzip hat verboten ...«

»Der Gleiter ist auch tabu«, sagte Elster. »Genau wie der Sammler. Wir sind keine Schamanen und keine Vollmagier, Digo. Wir müssten das alles abliefern, nur, damit es auf Nimmerwiedersehen in den Schlitten der Greifer verschwindet. Willst du das?«

Natürlich nicht. Indigo war ein Mechaniker. Allein der Gedanke an all die wunderbaren Artefakte, die in den Türmen endeten, schmerzte ihn wie der Verlust eines Fingers.

»Da vorne«, sagte er knapp. »Ich hole unsere Ausrüstung.«

Elster begann das Geröll vor dem Einstieg beiseitezuräumen. Es sah nicht so aus, als wäre schon jemand außer ihnen darübergestolpert.

Indigo kehrte mit den beiden Rucksäcken und dem gefüllten Wasserschlauch zurück und reichte ihr eine der Lampen. Auch diese Geräte waren Artefakte, die eigentlich hätten abgeliefert werden müssen. Elster freute sich an der Kühle des glatten Metalls und öffnete die Klappe, die das Licht abschirmte. Diese Lampen brannten immer, ihr Schein wurde niemals schwächer und sie gaben keinerlei Wärme ab. Es war eins der Wunder der Alten, eine Magie, deren Funktionsweise den Schluchtern fremd blieb, sosehr die Schamanen sich auch bemühten, sie zu verstehen.

Die Türmer kannten dieses Gefühl der Ehrfurcht nicht. Sie nahmen all diese wunderbaren Artefakte und verbrauchten sie. Elster ertappte sich dabei, dass sie die Zähne fletschte. Die Türmer waren die wahren Barbaren. Sie nahmen sich ohne Rücksicht alles, was ihnen gefiel, und hinterließen nichts als leer gesogene Hüllen und öde Felder. Gefräßige Heuschrecken, Mordwespen, giftige Ammensauger: Schlimmer als all diese Tiere waren die Türmer!

Das kalte, helle Licht ihrer Lampe glitzerte auf dem Geröll, das sich neben dem Loch türmte. Der Einstieg führte zwischen zwei Findlingen in einem steilen Abstieg hinunter und endete auf einem kleinen Plateau, von dem sich ein Weg aus Schutt und Geröll weiter in die Tiefe schraubte. Elster schob sich durch die enge Öffnung und half Indigo, dessen breite Schultern in dem Loch stecken zu bleiben drohten. Dann wickelte sie das erste Seil auf und knotete es um ihre Taille, bevor sie ihre Lampe wieder aufhob und an ihren Gürtel befestigte.

Indigo nahm das Seilende von ihr entgegen. Seine Miene war besorgt. »Ich habe kein gutes Gefühl«, sagte er leise.

Elster schüttelte den Kopf. »Es ist alles perfekt«, erwiderte sie. »Es wird uns nichts passieren. Ich passe auf.«

Der Abstieg war steil, und der lockere Schutt geriet unter ihren Tritten ein ums andere Mal ins Rutschen, sodass kleine Steinlawinen vor ihnen den Weg hinabkollerten und immer wieder drohten, ihnen die Füße unter dem Leib wegzuziehen. Staub stand in der Luft, in der sich kein Hauch rührte. Über ihren Köpfen und neben dem Weg ragten Wurzeln aus dem festen Erdreich und drohten wie die felsigen Nasen zu Stolpersteinen für einen unachtsamen Fuß zu werden.

Sie erreichten das Ende des ersten Abschnitts und pausierten, während Indigo seine Lampe vom Gürtel löste. Elster warf einen Blick zurück. Der Eingang war nur noch als schwacher Lichtschimmer in der Dunkelheit zu erkennen. Sie atmete tief ein und wieder aus und wandte sich nach vorne. Indigo hob die Lampe und ließ ihren Kegel einmal rundum schweifen. Sie standen in einer offenbar natürlichen Höhle, die sich nach unten scheinbar endlos erweiterte. Rechts und links ragten unterirdische Klippen und Hügel auf, verrottet wie versunkene Schiffe. Überall klafften Durchgänge wie gähnende Mäuler und leere Augenhöhlen.

Die Alten Kammern waren ein Höhlensystem, das einer komplexen Bienenwabe glich. Das war einer der Gründe, warum niemand allein hierherkommen durfte – es war zu leicht, sich für immer in den aneinandergereihten Gängen, Kavernen, kleinen und großen Höhlen zu verirren. Selbst erfahrene Kammerläufer wagten es nicht, den Grund der Alten Kammern zu suchen. Wer es tat, verschwand für immer in der Finsternis und kehrte nicht zurück. Man erzählte sich von riesigen, augenlosen Ungeheuern, die in den Tiefen lebten, vielbeinig und voller giftiger Dornen oder gepanzert und mit Zähnen aus Stahl. Flüsse gab es, so reißend, dass niemand sie überqueren konnte. Wasserfälle in der absoluten Dunkelheit, höher als die höchsten Berge; Kammern, so riesig, dass man Tage brauchte, um sie zu durchqueren.

Indigo zeigte nach vorne, wo der Weg weiter hinabführte. Eine

Art Treppe machte ihnen den Abstieg ein wenig leichter, als er im steilen, rutschigen ersten Teil gewesen war. »Pass auf die erste Kehre auf«, sagte Indigo. »Irgendwo dort war der Abbruch. Wir müssen uns eng an der Wand halten.«

Elster nickte ungeduldig. Beim ersten Mal wären sie beinahe beide abgestürzt und hatten sich zum Glück nur böse Abschürfungen zugezogen. So etwas vergaß man nicht so leicht.

Sie überwanden die Abbruchstelle und verschnauften ein paar Stufen weiter unten, ein kleines Stück von dem Hindernis entfernt, an dem sie das letzte Mal umgekehrt waren.

Elster erinnerte sich an ihr Erstaunen, als sie vor der hohen, offensichtlich aus Metall bestehenden Tür gestanden hatten. Eine Tür mitten im Nichts! Sie war rundherum in einen mächtigen Rahmen gefasst, der kaum Rost oder andere Verwitterungserscheinungen erkennen ließ. Fugenlos saß die Tür in diesem Rahmen, und so weit das Licht reichte, war nur Fels zu sehen, glatt und abweisend.

Elster brannte vor Neugier, ob es ihnen gelingen würde, die Tür zu öffnen. »Was wohl dahinter ist?«, sagte sie laut.

Indigo feuchtete ein Tuch mit dem Wasser aus seinem Schlauch an und reichte es ihr, bevor er einen Schluck trank und sich die Hände und das Gesicht benetzte. »Wir werden es herausfinden«, erwiderte er lakonisch.

Elster fischte ein Dirrumblatt aus ihrer Tasche und steckte es zwischen die Zähne. In den Alten Kammern gab es Ansammlungen giftiger Luft, die sich entzünden konnte, wenn man Pech hatte. Sie hatte keine Lust, ohne Augenbrauen und Wimpern und mit Brandblasen im Gesicht wieder nach Hause zu kommen, wie es Indigo einmal passiert war. Er hatte zusätzlich zu seinen Schmerzen noch eine kräftige Abreibung kassiert und war dann noch zum Starost zitiert worden, wo er eine von Kricks Strafpredigten über sich ergehen lassen musste.

»Hast du das Werkzeug eingepackt?«, fragte sie. Es war eine dumme Frage, jedenfalls zu diesem Zeitpunkt. Wenn er es vergessen hatte, mussten sie umkehren.

Indigo grinste, ersparte ihr aber die Blamage. Er nickte und nahm kommentarlos das Dirrumblatt entgegen, das sie ihm reichte. Kauend gingen sie weiter.

Der starke Speichelfluss, den die Blätter hervorriefen, war unangenehm. Elster spuckte angewidert aus und wischte sich über den Mund. Aber das nagende Hungergefühl verging, wie immer.

Dann vergaß sie alles andere, denn der Lichtkegel traf auf mattes Metall, in dessen Rand seltsame Zeichen geätzt oder getrieben worden waren.

»Da«, sagte Indigo überflüssigerweise. Aus seiner Stimme klang Ehrfurcht. Er stellte die Lampe so auf einen Stein, dass der untere Teil der Tür beleuchtet war, und legte die Hände gegen das Metall. Dann hielt er ein Ohr dagegen.

Elster wartete, bis er den Kopf wieder hob. »Und?«

Er zog die Schultern hoch. »Es ist nicht kälter als die Luft und ich kann nichts hören. Wenn Wasser dahintersteht, kann ich es von hier aus nicht feststellen.«

Elster kaute auf ihrem Daumennagel herum. Es schmeckte bitter nach Staub und Dirrumsaft. »Wir sichern uns mit den Seilen«, sagte sie dann. »Lass es uns probieren, los! Dafür sind wir schließlich hergekommen.«

Indigo sah sie einen Moment lang schweigend an, dann nickte er widerstrebend.

Sie sicherten sich mit den beiden Seilen, die sie an einem aus einem Felsen ragenden Metallstück festknoteten. Zuvor hatte Indigo das Metall auf scharfe Kanten untersucht und sich vergewissert, dass es fest im Untergrund verankert war. Sie schnallten die Rucksäcke wieder um und banden die Lampe an einen der Trageriemen von Indigos Rucksack. Dann sahen sie sich an. Indigo war blass vor Anspannung.

»Los«, sagte Elster. »Jetzt oder nie.«

Er nickte. In seiner Hand lag der Haken, mit dem die autorisierten Kammerläufer solche Türen zu öffnen pflegten. Elster hatte ihn nicht gefragt, woher das Teil stammte. Der Bund der Mechaniker verfügte über ein großes Sortiment an verbotenen und spezialisierten Instrumenten und Werkzeugen. Sie bezweifelte allerdings, dass Indigo jemanden um Erlaubnis gefragt hatte, bevor er es sich genommen hatte.

Er beugte sich vor und führte den dünnsten Teil des Hakens in einen kaum sichtbaren Ritz zwischen Tür und Rahmen ein. Seine Hand war so ruhig, dass Elster sich einen bewundernden Pfiff verkneifen musste. Sie stand bereit, um sich und Indigo zu sichern, falls hinter der Tür doch Wasser stehen sollte. Das war eine der häufigeren Todesfallen, in die man unter Tage tappen konnte. Überall hier war Wasser, das sich in den Kammern fing und zu unpassenden Momenten aus irgendwelchen Öffnungen brach.

Indigo brummte leise und zufrieden und schob den Haken tiefer. Dann drückte er einen kleinen Knopf, der in einer Rinne am Griff des Werkzeugs lief, zum anderen Ende und wartete.

Elster hörte das leise Knacken und stemmte sich ins Seil. »Jetzt«, sagte sie. Die Anspannung ließ ihre Stimme heiser klingen.

Ein schmaler Spalt, der sich langsam verbreiterte, zeigte sich zwischen Tür und Rahmen. Indigo war aufgestanden und wich zurück. Wenn die Tür aufging, würde das Wasser vor allem an dieser Seite herausschießen, also war es ratsam, sich schon einmal aus der Schusslinie zu begeben.

»Kein Wasser«, sagte Elster, die den Türspalt scharf im Auge behielt. »Es bleibt trocken.«

Sie vergaßen all ihre Befürchtungen, denn mit einem ohrenbetäubend schrillen Quietschen und Schleifen öffnete sich nun die Tür vollständig und dahinter lag – Finsternis.

Die Luft, die ihnen entgegenschlug, roch so abgestanden, dass

Elster all die Jahrhunderte förmlich zu schmecken glaubte, die sich mitsamt der Luft in dieser Kammer konserviert hatten. Sie seufzte vor Aufregung. »Leuchte hinein«, sagte sie und hüpfte angespannt auf der Stelle. »Nun mach schon!« Sie knotete hastig die Sicherungsleine los.

Indigo schnallte so langsam und umständlich seine Lampe vom Gürtel, dass Elster ihn am liebsten geschüttelt hätte. Dann ließ er das Licht einen Kegel durch die Finsternis hinter der Türöffnung schneiden. Staub tanzte darin, viel Staub.

»Wir sind die Ersten«, flüsterte Elster andächtig.

Indigo schüttelte den Kopf und ließ das Licht über den Boden wandern. Fußabdrücke waren im Staub zu sehen.

»Oh«, machte Elster enttäuscht. »Na gut, gehen wir hinein.«

Indigo gab ihr ein Zeichen zu warten. »Ich möchte die Tür blockieren«, sagte er. »Sicherheitshalber.« Er ging ein Stück des Wegs zurück und Elster hörte ihn fluchen. Dann tauchte er mit einem Felsbrocken in den Händen wieder auf, den er in den Türspalt wuchtete. »So«, sagte er zufrieden. Schweiß zog dunkle Bahnen durch den hellen Staub in seinem Gesicht.

»Jetzt aber los«, kommentierte Elster, die vor Ungeduld beinahe platzte. Sie hob ihre Lampe und stieg über den Felsbrocken.

6

Es steht geschrieben: Politik verdirbt den Charakter

Der kleine Bankettsaal, in dem das Abendessen stattfand, gehörte zu den nabennahen Räumen und hatte deswegen keine Fenster. Dieses Manko wurde allerdings wettgemacht durch eine besonders opulente Ausstattung, goldgerahmte Bilder an den Wänden und eine Beleuchtung, die gleichzeitig Intimität und Festlichkeit schuf.

Valentin blieb an der Tür stehen und sah sich unbehaglich um. Er wusste nicht, wer außer seinem Vater und den Senatoren mit ihrer jeweiligen Begleitung an dem Essen teilnehmen würde, aber die Anwesenheit seiner Cousine ließ erahnen, dass auch sein Onkel und womöglich seine beiden ältesten Halbbrüder mit vom Spiel sein würden. Valentin hatte im Allgemeinen nichts gegen seine Sippe – allerdings hatte er auch nicht sonderlich viel *für* sie übrig. Und was seine Halbbrüder betraf, so war es nur eine Frage der Schnelligkeit und Geschicklichkeit, wem es zuerst gelingen würde, den anderen zu töten.

Sein Blick wanderte umher, sondierte die Anwesenden. Langsam entspannte er sich, denn er erkannte keine unmittelbare Gefahr. Lady Sylvia, die Favoritin des Panarchen, nickte ihm knapp zu und er erwiderte den Gruß ebenso kühl.

Die Gemahlin des Panarchen fehlte, wie erwartet. Cornelia war schon seit Jahren indisponiert, wenn es um gesellschaftliche Anlässe ging. Sie lebte zurückgezogen im 315. Stockwerk ein nahezu klösterliches Leben mit einer Handvoll ihr treu ergebener Damen, die ebenfalls allen weltlichen Dingen weitgehend entsagt hatten.

Cousine Leona stieß Valentin sacht in die Rippen. »Geh hinein«, flüsterte sie. »Ich decke deine Flanke.«

Er grinste unwillkürlich und nahm wieder ihren Arm. Leona mochte eine Pest sein, aber sie gehörte zu den Menschen, denen er unbesehen den Rücken zuwenden würde. Sie war auf seltsame Art und Weise loyal in einer Welt des Verrats und der Untreue.

»Rufus steht drüben bei Senatorin Tullia«, flüsterte sie ihm ins Ohr, nickte und lächelte. »Das blaue Auge hat er von dir, wenn ich seinen mörderischen Blick recht deute?«

Valentin lächelte und nickte ebenfalls, als würde er jemanden grüßen. »Richtig«, sagte er. »Und er hasst mich deswegen mehr denn je. Und Cornel ist auch da, ich sollte also gut auf meinen Rücken aufpassen.« Cornel, der älteste seiner Halbbrüder, war ein intriganter, tückischer Schleicher, der seinem Vater bei jeder sich bietenden Gelegenheit in den Hintern kroch und dafür alle anderen um sich herum büßen ließ. Valentin registrierte das schmallippige Lächeln seines Halbbruders und nickte ihm knapp und unfreundlich zu, bevor er sehr viel herzlicher Cosimos Onkel Andoni begrüßte.

Leona winkte ihrem Vater, der neben dem Panarchen stand und mit sorgenvoll gerunzelter Stirn auf seinen Bruder einredete. »Papa geht Onkel Laurenz wieder auf die Nerven«, sagte sie.

Valentin tarnte sein Auflachen als kurzen Huster. »Onkel Xenon kann ein wenig anstrengend sein, das ist richtig.«

Leona dirigierte ihn zu den Getränken. »Ich möchte einen blauen Sprudler«, sagte sie.

Valentin zog die Braue hoch. »Du hast einen Kindergeschmack, liebe Cousine.«

Sie schob die Unterlippe vor und gab vor zu schmollen. Valentin lachte und bestellte das Gewünschte sowie ein Glas Weißwein für sich.

»Und du redest von Kindergeschmack«, sagte sie und nippte an ihrem kobaltblauen Getränk. »Hier trinkt keiner Weißwein. Der

Panarch trinkt seinen Cognac, die Männer plündern die Whisky-Vorräte, die Frauen vernichten Sherry und Port, und mein Vater, wie ich ihn kenne, trinkt Kamillentee im Glas, damit es nach Whisky aussieht.« Sie zog das blaue Schirmchen, auf dessen Stiel eine Kirsche gespießt war, aus dem Glas und nahm die Frucht zwischen die Lippen, wobei sie Valentin einen gespielt verführerischen Blick zuwarf. Sie beugte sich zu ihm, als wollte sie ihn auf die Wange küssen. »Ein bisschen Theater für die Galerie«, hauchte sie ihm ins Ohr.

»Warum hältst du das für nötig?«, antwortete Valentin ebenso leise und lächelte sie schmelzend an.

Sie nahm seinen Arm und lachte perlend, als hätte er einen Scherz gemacht. Ihr Auge sah ihn dabei ernst und prüfend an, während sich das Licht in den Facetten ihrer mit Juwelen inkrustierten Augenklappe brach. »Ich weiß zwar nicht genau, was dein Vater vorhat«, sagte sie leise, »aber er plant etwas, und ich bin nicht sicher, ob es dir gefallen wird.«

Valentin schob sie vor ein wandhohes Gemälde, das eine Jagdgesellschaft in einer idyllischen Landschaft zeigte. Er deutete lachend auf einen der weißgrauen Hunde und murmelte: »Onkel Xenon hat dir gegenüber etwas angedeutet, richtig?«

Sie hob wie zum Schutz die Schultern und ruckte unangenehm berührt mit dem Kopf. Valentin kannte seine Cousine gut genug, um diese Zeichen zu deuten. Er seufzte. »Sag es mir.«

Sie nippte an ihrem blauen Glas und schüttelte den Kopf. Die eigensinnige Linie ihres Kinnes verriet ihm, dass er aus ihr kein Wort mehr herausbringen würde, also wechselte er geschmeidig auf das Feld belangloser Plauderei. Das gestattete ihm, zu reden und zu antworten, während er gleichzeitig beobachtete und nachdachte.

Leona drückte seinen Arm. Ihr Blick wanderte scheinbar absichtslos durch den Bankettsaal und über die in kleinen Grüppchen stehenden Menschen. Während sie sich über die Siege und Niederlagen des letzten Festivals unterhielten und darüber spekulierten, wer in zwei Wochen die Lorbeerkränze und wer die grüne Farbe der Schande abbekommen würde, waren beide damit beschäftigt, zu beobachten und zu analysieren. Valentin dachte nicht zum ersten Mal, dass Leona eine ausgezeichnete Panarchontissa abgeben würde.

Der Haushofmeister gab das Signal, sich zu Tisch zu begeben. Leona nahm wieder Valentins Arm und stellte ihr Glas auf einem der vielen Tischchen ab. »Lächle, Cousin«, wisperte sie. »Unsere Väter beobachten uns.« Sie neigte huldvoll den Kopf, als ein untersetzter junger Senator ihr mit einer kleinen Verbeugung Platz machte. »Horatius«, sagte sie, »wie schön, Sie zu sehen. Wie geht es Ihrer Mutter?«

»Sehr gut, Lady Leona«, erwiderte der junge Mann eifrig. »Lord Valentin, ich hoffe, Sie befinden sich wohl?«

»Ausgezeichnet, danke«, erwiderte Valentin geistesabwesend. »Sagen Sie, Horatius, wer ist die Begleiterin des Quästors?«

Der Senator folgte Valentins Blick und lächelte so breit, dass man es auch als Grinsen hätte bezeichnen können. »Ein Zuckerplätzchen, nicht wahr?« Er neigte sich zu Valentin, der unwillkürlich etwas zurückwich. Horatius' Atem roch nach dem ausgezeichneten alten Whisky, den der Panarch zu solchen Gelegenheiten sehr großzügig ausschenken ließ. »Sie kommt von draußen!« Seine Augenbrauen zuckten bedeutungsvoll und ein wenig anzüglich auf und ab.

»Von draußen?« Valentin zwang sich, den Blick abzuwenden, damit er die junge Frau nicht ungebührlich anstarrte. »Ein Schluchtermädchen?« Damit war er schon das zweite Mal in kurzer Zeit einer Mätresse begegnet, die aus der Gosse in allerhöchste Höhen aufgestiegen war. »Ist das die neue Mode?«, fragte er ein wenig spitz.

Der junge Senator lachte und hob die Hand vor den Mund, um seine Erheiterung zu verbergen. »Die Worte meiner Mutter, Lord Valentin«, sagte er. »Genau das sagte sie auch, als ich ihr von der neuen Gespielin des Quästors erzählte.«

»Zu Tisch«, unterbrach der erneute Ruf des Haushofmeisters ihr Gespräch. »Bitte zu Tisch, edle Herren, hochgeschätzte Damen.«

Valentin fand sich neben Sylvia, der Favoritin seines Vaters, auf der einen und seinem Onkel Xenon auf der anderen Seite wieder. Das erfüllte ihn mit Verwunderung und ein wenig Sorge. Normalerweise hätte er den Tischherrn für eine Senatorin und eine der begleitenden Damen spielen müssen – wieso hatte sein Vater ihn am heutigen Abend quasi isoliert?

»Lady Sylvia«, grüßte er steif und wurde ebenso steif zurückgegrüßt, ehe die rothaarige Schönheit ihm die kalte Schulter zeigte und begann, mit Ädil Olivarius zu flirten.

Valentin atmete erleichtert aus und widmete sich seiner Vorspeise. »Geht es dir gut, Onkel Xenon?«, fragte er zwischen zwei Bissen der gefüllten Krebsschwänze.

Das gefurchte Gesicht seines Onkels wandte sich ihm langsam zu. Der Bruder seines Vaters hörte auf, Brot auf seinen Teller zu brocken, und seufzte. »Danke, mein Junge«, murmelte er. »Sorgen. Immer Sorgen.«

Valentin wandte kurz den Kopf ab, als hätte er gehört, wie jemand seinen Namen rief. Xenons einzige Gemütsverfassung war die der Besorgtheit. Sorge um seine Tochter, Sorge um den Turm, Sorge um das Panarchat, Sorge um dies, Sorge um das ...

»Was bekümmert dich?«, fragte er dennoch in nüchternem Ton. Wenn Xenon sich bei ihm ausweinte, konnte er in der Zeit über andere Dinge nachdenken – zum Beispiel über die hübsche Schluchterin, die ihm schräg gegenübersaß und ihm gelegentlich unter gesenkten Wimpern feurige Blicke zuwarf. Der Quästor war kein junger Mann mehr, und wahrscheinlich war es selbst für eine Frau des Schluchtervolks keine sonderlich angenehme Aufgabe, dem Alten das Bett zu wärmen. Wahrscheinlich schnarchte er und hatte kalte Füße.

Valentin nickte und gab gelegentlich ein mitfühlendes Brummen von sich, während sein Onkel ihm von den Sorgen und Nöten berichtete, die die Verwaltungsarbeit als rechte Hand des Panarchen mit sich brachte.

Die Krebsschwänze wurde abgeräumt und der nächste Gang – lackierte Perlhuhnbrüstchen auf lauwarmen Linsen – wurde aufgetragen. Ein Diener füllte Valentins Glas auf und er nippte an dem kühlen Weißwein. Eigentlich hatte er am heutigen Abend stocknüchtern bleiben wollen, aber jetzt gestattete er sich eine kleine Entspannung. Was auch immer er befürchtet hatte, es war bisher nicht eingetreten. Vielleicht war dies einfach nur ein harmloses, unanstrengendes Bankett, nach dem er mit Leona noch ein halbes Stündchen in einer der Nischen des Foyers im äußeren Ring verbringen und den auf dem Bankett aufgesammelten Klatsch austauschen konnte, während sie auf den nächtlichen Wald hinunterblickten.

»Ich freue mich so, mein Junge«, sagte Xenon gerade und legte seine Hand kurz und herzlich auf Valentins Knie. »Ich freue mich außerordentlich. Dein Vater wird es gleich öffentlich bekannt geben.«

Valentin warf ihm einen irritierten Blick zu. Worüber hatte sein Onkel gerade gesprochen? Es war jedenfalls ungewöhnlich genug, dass er sich über eine Entscheidung des Panarchen einmal nicht zu sorgen oder zu ärgern schien. Deshalb lächelte Valentin seinem Onkel herzlich zu und nickte. »Wie schön«, sagte er unverbindlich.

»Nicht wahr?« Xenon strahlte für seine Verhältnisse geradezu. Seine Mundwinkel hoben sich und er nahm einen kräftigen Schluck aus seinem Glas. Valentin konnte riechen, dass es sich tatsächlich um Kamillentee handeln musste. Er grinste und wich ein Stückchen zur Seite, damit der Diener abräumen konnte.

Es gab eine kleine Pause, ehe der nächste Gang serviert wurde, der aus Wildschweinragout in einer Sauce aus Nüssen, Pinienkernen und Pilzen bestand. Die Gespräche verstummten, als der Panarch sich räusperte und kurz gegen sein Glas klopfte. »Edle Senatoren, verehrte Gäste«, sagte er, »darf ich um Ihre Aufmerksamkeit bitten?«

Alle Gesichter wandten sich ihm zu, jede Bewegung erstarrte. Es war ein farbenprächtiges Bild: Die satten Farben der Roben aus Seide und Samt strahlten im warmen Licht wie Juwelen, die Litzen und Bordüren der Uniformen glänzten, die kunstvoll getürmten Frisuren der Damen mit ihrem Schmuck aus Federn und edlen Steinen schimmerten und funkelten mit den Geschmeiden an den Kehlen, Armen und Fingern um die Wette.

In den kristallenen Gläsern brach sich das Licht der Kerzen, und die Blumengestecke und üppigen Obstkörbe lieferten das an Farben, was möglicherweise durch die Abendtoiletten vergessen worden war. Einen zeitlosen Moment lang trank Valentin all diese Schönheit in sich hinein, als wüsste er, dass es diesen Augenblick zu bewahren galt, als schwante ihm, dass es der letzte, reine Anblick von Schönheit und Luxus sein könnte, den er für lange Zeit zu sehen bekommen würde.

Dann lief die Zeit weiter, und der Panarch sagte, was er zu sagen hatte. Valentin hörte seine Worte, aber ihr Sinn erschloss sich ihm nicht, so verblüfft war er über das, was an seine Ohren drang. Verlobung. Nachfolger. Freude. Vermählung zum Jahrestag des Panarchats im nächsten Winter.

Benommen wie nach zu viel Wein, ließ Valentin den Beifall der Bankettgäste über sich ergehen, die mehr oder weniger aufrichtig gemeinten Glückwünsche, die lächelnden und die hasserfüllten Blicke, die Hände, die sich ihm auf die Schultern legten und die seine schüttelten, die Gläser, die ihm entgegengehoben wurden, die mehr oder minder ehrlich gemeinten Toasts und Hochrufe ...

Sein Blick tauchte aus dem tiefen Brunnen auf, in den ihn die kurze Ansprache des Panarchen geworfen hatte. Er suchte seine Cousine, suchte ihren Blick wie einen Rettungsanker. Es konnte doch nicht sein. Er träumte das nur. Er hatte sich verhört, er ...

Sie sah ihn an, während zwei Damen aufgeregt in ihre Ohren schnatterten. Ein zittriges Lächeln hob ihre Mundwinkel und sie senkte kurz und bedauernd das Lid ihres Auges. Trauer nistete in seinen Winkeln.

Valentin riss sich um ihretwillen zusammen. Er straffte die Schultern, erhob sich und trank ihr zu. »Leona«, sagte er mit fester Stimme.

»Valentin«, erwiderte sie kaum hörbar und hob ebenfalls ihr Glas.

Die Gäste applaudierten und eine vorwitzige und deutlich angetrunkene Stimme rief: »Küssen! Die Brautleute sollen sich küssen!«

Der Panarch, der bis hierher geduldig zugesehen hatte, räusperte sich scharf. »Ich bitte darum, den nächsten Gang zu servieren«, sagte er halblaut, aber seine Stimme drang mühelos durch das Gewirr der Stimmen und des Gelächters.

Valentins Knie gaben nach und er sank in den Sitz zurück.

Leona sah ihn immer noch an. »Nachher«, formten ihre Lippen. »Foyer.«

Er nickte und schlug die Augen nieder. Den Rest des Banketts bis zum Dessert – geeiste Waldfrüchte, cremige Schokoladentörtchen und mit Rosenwasser parfümiertes Sorbet – verbrachte er in düsterem Schweigen, stocherte appetitlos in seinem Essen herum und trank dabei deutlich mehr von allem, was ihm angeboten wurde, als ihm guttat.

7

Es steht geschrieben: Wer suchet, der findet

Sie folgten den Fußspuren durch eine riesige, leere Halle. Der Lichtkegel ihrer Lampen riss nur einen winzigen Teil des Raumes aus der Dunkelheit. Staub wirbelte um ihre Füße, tanzte im Licht und sank in langsamen Schleifen wieder auf den Boden zurück.

Elster ließ ihre Lampe hin- und herschwingen. Die Enttäuschung, die sie fühlte, machte sich in einem wortlosen Ausruf Luft.

Indigo blieb stehen. »Was ist?«

»Nichts«, fauchte sie. »Leer geräumt. Wir sind wieder mal zu spät gekommen.«

Er lachte, sie sah das Schimmern seiner Zähne und den Glanz in seinen Augen. »He, du gibst aber schnell auf«, sagte er. »Wir sind noch nicht mal am Ende der Höhle. Du wirst sehen, da vorne warten ganze Kisten voller Schätze auf uns!«

Sie lachte widerwillig mit ihm und setzte sich wieder in Bewegung.

Die Spuren durchquerten den Raum auf einer geraden Linie, die sie bis zur Rückwand führte. Dort wartete die nächste Tür auf sie. Elster hockte sich hin und befühlte das Metall, während sie den Boden musterte. »Die Spuren führen in den nächsten Raum«, sagte sie missmutig. »Der genauso leer sein wird.« Sie stand auf und drehte sich um. »Lass es uns dort probieren«, sagte sie und deutete mit der Lampe ins Dunkel.

Indigo folgte ihr und mahnte nur leise: »Nicht, dass wir uns hier verlaufen.«

»Wir können immer noch unseren Spuren zurück zum Eingang folgen«, sagte Elster, durch die Aussicht auf eigene Entdeckungen aufgemuntert. »Schau, der Staub ist hier vollkommen unberührt.«

Sie gingen schweigend eine ganze Weile so weiter. Hier und da ragten Trümmerstücke in die Luft oder verstellten Geröllhaufen ihnen den Weg. Es war, als wäre dieser große, leere Höhlensaal einst durch Wände unterteilt gewesen, die nun nur noch aus Schutt und Ruinen bestanden.

»Da vorne ist die Höhle zu Ende«, sagte Elster. Der Lichtstrahl wanderte von rechts nach links, nach oben, wieder zurück. »Keine Tür. Wo lang?«

»Links«, sagte Indigo. »Dann wieder links und wir sind wieder am Eingang und können an der anderen Seite weitermachen.«

Es dauerte bestimmt eine halbe Stunde, dann hatten sie den Raum einmal komplett umrundet. Elster hockte entmutigt auf dem Felsbrocken, der die Tür geöffnet hielt, und trank aus dem Wasserschlauch. »Und jetzt?«, fragte sie und reichte Indigo den Schlauch. »Zurück?«

Er hob die Schultern. »Ich bin noch nicht müde«, sagte er. »Wir könnten in die nächste Kammer zumindest einen Blick werfen.«

Elster stand schon, bevor er ausgesprochen hatte.

Wieder folgten sie den Spuren, den fremden und ihren eigenen, die sie beim ersten Mal auf dem Boden hinterlassen hatten. Der Weg zur Tür erschien Elster dieses Mal kürzer. Ihre Lebensgeister waren zurückgekehrt, die Neugier und die Freude auf das, was sie möglicherweise erwartete, ließen sie vibrieren.

Indigo öffnete auch die nächste Tür mit seinem Instrument. Er nickte zufrieden, als das Türblatt sich ruckelnd zur Seite bewegte. Es blieb stecken, und er half mit Muskelkraft nach, bis die Öffnung breit genug war, um sie durchzulassen.

Wieder lag ein leerer Höhlensaal vor ihren Augen, durch den sich Fußspuren zogen. Sie verloren sich irgendwo vor ihnen in der

Dunkelheit. »Wir gehen einfach rechts an der Wand entlang«, entschied Elster. »Ich habe keine Lust, immer nur geradeaus zu marschieren.«

Dieses Mal war das Glück ihnen hold. Der Staub am Boden vor der Tür, die sie nach einigen Minuten erreichten, war unberührt wie frisch gefallener Schnee. Elster lachte und versetzte Indigo einen kräftigen Schlag zwischen die Schulterblätter. »Ŵïŕ şïñđ đïē Ģŕŏβ†ēñ!«, rief sie.

»Дġŕēē!«, stimmte Indigo grinsend zu. Wieder blitzten seine Zähne weiß aus dem Staub und Dreck auf seinem Gesicht. Er beugte sich vor und befühlte die Tür, dann klemmte er seine Finger in einen Spalt, den Elster jetzt erst sah, und zog. Die Tür ächzte mit ihm um die Wette und wich dem Druck.

»Oh«, flüsterte Elster, denn der Lichtstrahl seiner Lampe fiel auf Kisten. »Indigo, wir haben den Topf am Fuß des Regenbogens gefunden.«

»Freu dich nicht zu früh«, warnte er. »Sie sind wahrscheinlich alle leer oder voll mit verrottetem Zeug. Die Kammerläufer erzählen ständig von solchen Sadim-Lagern.«

Elster ließ sich nicht entmutigen. »Stell die Lampe dort hin«, ordnete sie an. »Wie können wir die Kisten öffnen?« Sie klopfte gegen die erste und rüttelte an den Metallbändern, die sie umschlossen.

Indigo leuchtete die Kistenstapel ab. »Hier ... ist ... oben«, las er langsam von einem gelben Zettel, der an der vordersten Kiste klebte. Er grinste und wischte sich übers Gesicht. »Gut, dass mein Onkel darauf bestanden hat, dass ich lesen lerne«, sagte er nicht ohne Stolz. »Sonst wüsste ich nicht, wo oben ist.« Er stellte die Lampe ab und holte den Haken aus der Tasche, mit dem er die Türen geöffnet hatte. »Warte, wenn ich das umstelle ...«, murmelte er und drückte und schob an dem winzigen Knopf am Werkzeug herum.

»Es geht auch so«, rief Elster und schob eine Verriegelung auf. »Sie sind ziemlich verrostet. Hilf mir mit dem Deckel!« Ein Metallband löste sich und klirrte zu Boden. Staub wirbelte auf und nahm ihnen kurz Sicht und Atem.

Hustend hebelte Indigo den Deckel auf und stellte ihn vorsichtig neben der Kiste auf den Boden. »Was ist das?«, fragte er und griff in das gelbliche, grasähnliche Geknäuel, das die Kiste ausfüllte. Es knisterte und er drückte es zwischen den Fingern. »Holz, das aussieht wie Wolle?«

Elster griff beherzt hinein und zog das Material aus der Kiste. Sie warf es neben sich auf den Boden. »Vielleicht eine Art Heizmaterial«, vermutete sie. »Oh, Mann, schau mal! Glas! Flaschen!«

Indigo stöhnte und half ihr, die erste Lage zu enthüllen. Flaschen waren wertvolles Tauschmaterial, jede Form von Glas war wertvoll. »Ewiges Prinzip», sagte er ehrfürchtig und hob eine Flasche aus der Kiste, »sie sind voll!« Er kniff die Augen zusammen. »Ich kann das nicht lesen. Die Schrift ist so verschnörkelt.«

Elster hielt die Lampe dicht über das goldene Etikett. »Cognac«, flüsterte sie. »Ich habe davon gehört, Turff hat es erzählt. Sie haben im Jahr meiner Geburt den Zehnt von zwei Dörfern mit solch einer Kiste bezahlt.« Sie hob den Kopf und starrte Indigo an. »Wir sind reich, Digo!«

Er ließ sich auf die Fersen zurücksinken und streckte die Arme aus. »Sind wir nicht«, erwiderte er düster. »Die Gesetze wurden geändert, das weißt du doch. Diese Funde müssen unverzüglich den Greifern gemeldet werden. Wir können froh sein, wenn sie uns dafür nicht in den Hausarrest stecken. Wir sind keine autorisierten Kammerläufer, El. Ich hatte so gehofft, dass wir Ausrüstung finden, Artefakte, Lampen, Werkzeug, Ersatzteile für den Schlitten, Dinge, die wir einfach verschwinden lassen können und die nicht weiter auffallen, aber das hier ist eine Nummer zu groß für uns.«

Elster sank neben ihn in den Staub. »$¢ħēïβē!«

»Дǵŕēē!«

Beide schwiegen und starrten die Kisten an.

»Ob da überall Flaschen drin sind?«, fasste Elster sich als Erste wieder.

Indigo war sichtlich der Spaß vergangen. Er zuckte die Achseln. »Ist doch egal«, murmelte er. »Lass uns gehen. Ich sage Hammer, wie er die Höhle finden kann und dass er mich dafür aus dem Spiel lassen soll.«

Hammer war der Anführer der Kammerläufer ihres Dorfes und gehörte außerdem zu Indigos verzweigter Sippe.

Elster drehte sich einmal um die eigene Achse. »Komm, lass uns wenigstens dort hinten noch in ein paar Kiste schauen, damit wir Gewissheit haben«, sagte sie. »Ich kann das nicht einfach so den Türmen in die Hände fallen lassen. Ich will wissen, was sie uns stehlen! Und wenn es wirklich nur Flaschen sind, dann – dann nehmen wir zwei mit für das nächste Fest!«

Indigo lachte trocken auf. »Damit sie uns wegen Diebstahl auspeitschen, ja?« Er stand auf und folgte Elster, die sich durch die aufgestapelten Kisten schlängelte. »Hier«, sagte sie und deutete auf einige Behälter, die abseits standen. »Die sehen anders aus. Kein ›hier oben‹, keine Eisenbänder.«

Indigo grummelte und sah sich den Deckel an. »Nur aufgelegt«, sagte er. »Da wird nichts mehr drin sein. Oder nichts Wertvolles – oh!« Er hätte den Deckel beinahe fallen lassen. Beide starrten den Inhalt an.

»Bücher«, sagte Elster andächtig. »Indigo, das müssen Bücher sein!«

»So viele?« Indigo nahm vorsichtig einen der dunkelblauen Bände heraus. »Wer kann so viele Bücher schreiben ...?«

Elster hob die erste Lage ab und kniff die Augen zusammen, um den Titel zu entziffern. »*Ich sag Dir alles*«, las sie und nahm ein zweites Buch. Und ein drittes. »Das ist alles das Gleiche«, flüsterte sie. »Wer schreibt ein Buch fünfzigmal ab und lagert es dann in einer Kiste?«

Indigo blätterte vorsichtig in seinem Exemplar herum. »Bilder«, murmelte er. »Und Zahlen und viele, viele Wörter.« Er seufzte. »*Ich sag Dir alles* – was bedeutet das?«

»Prophezeiungen?«, fragte Elster zurück. »Oder vielleicht ist es ein magisches Buch. Frag es mal was.«

Indigo streckte das Buch von sich wie einen giftigen Pilz. »Ich?«, sagte er entsetzt. »Ich bin nicht magisch. Du, du kannst das machen. Du bist ein Trikker!«

»Noch nicht«, erwiderte Elster und nahm ihm das Buch ab. »Ich bin noch gar nichts.« Sie blätterte. »Du hast überall deine dreckigen Finger hinterlassen«, schimpfte sie und pustete auf die Seiten. Dann sah sie sich um, als erwartete sie Zeugen, und steckte das Buch in ihren Rucksack. »Los, räum die anderen so um, dass man nicht merkt, dass eins fehlt«, ordnete sie an. »Deckel drauf. Raus hier. Ich will ans Licht damit.« Sie beobachtete ungeduldig, wie Indigo die Kiste wieder verschloss. »Komm jetzt. Nichts wie weg hier. Ich muss mir dringend all diesen Staub abspülen, ehe ich aus der Haut fahre vor Jucken. Das Zeug sitzt sogar in meiner Unterwäsche. Wer zuerst beim Fluss ist ...!«

8

Es steht geschrieben: Alle glücklichen Familien sind einander ähnlich

Das Bankett ging quälend langsam zu Ende. Unzählige Toasts und Trinksprüche, Glückwünsche und verkappte Drohungen später hob der Panarch, der ungemein zufrieden aussah, die Tafel auf und bat alle Anwesenden noch zu einem letzten Umtrunk, der traditionell im Stehen eingenommen wurde. Valentin stand neben seiner Cousine, die nunmehr auch seine Verlobte war, und bemühte sich um eine straffe Haltung, einen neutralen Gesichtsausdruck und darum, nicht zu schwanken. Die Hitze im Raum setzte ihm mit einem Mal heftig zu, und seine schwere, steife Uniform tat das ihre dazu, ihn zu foltern. Er fühlte, wie der Schweiß über seine Stirn perlte und in wahren Sturzbächen seinen Rücken hinunterrann.

Die letzten Toasts, die letzten Glückwünsche, dann waren sie entlassen. Valentin gehorchte dem Wink seines Vaters und wartete, bis alle außer den Mitgliedern der Familie den Saal verlassen hatten, obwohl er nichts lieber getan hätte, als sich ins Freie zu flüchten, auf einen der Balkone, und dort seinen Kopf und am besten auch gleich alles andere zu lüften.

Die Tür schloss sich ein letztes Mal hinter dem Quästor, der von seiner Gespielin aus dem Saal geführt wurde. Einen Moment lang herrschte erschöpftes Schweigen, dann wies der Panarch auf die kleine Sitzgruppe neben der Tür. »Ein paar Minuten entre nous«, sagte er.

Lady Sylvia zuckte gelangweilt die Achseln und suchte in ihrem Pompadour nach den dünnen Zigarren, die sie zu rauchen pflegte. »Ein Jammer, dass die Mutter deines Sohnes das nicht miterleben kann«, sagte sie beiläufig. »Aber sie wäre wohl ohnehin nicht hochgeboren genug, um zu dieser Feier eingeladen zu werden, oder?«

Valentins Stiefbruder kicherte hämisch und Xenon räusperte sich unangenehm berührt. »Lady Sylvia ...«, begann er, aber der Panarch brachte ihn mit einer schroffen Handbewegung zum Schweigen.

»Sylvia«, sagte Valentins Vater mit kaum gezügeltem Grimm, »du benimmst dich unerträglich schlecht. Ich möchte, dass du uns allein lässt. Dies ist eine Familienangelegenheit.«

Die Favoritin des Panarchen warf mit einem lauten, nicht sehr damenhaften Schnauben ihr Feuerzeug in die Tasche und schleuderte ihre roten Locken zurück. »Wie du willst, Laurenz«, sagte sie nicht weniger schroff. »Du weißt, wo du mich finden kannst, wenn du etwas von mir willst.« Sie stöckelte hinaus und schloss die Tür nicht sonderlich leise hinter sich.

Rufus gab einen leisen Pfiff von sich, der ihm einen unfreundlichen Blick des Panarchen und ein Grinsen seines Halbbruders Cornel eintrug. Alle schwiegen und es war keine behagliche Stille. Valentin bemerkte die Blicke, die ihn mieden, und fluchte innerlich. Seine Mutter. Natürlich musste Sylvia seine Mutter aufs Tapet bringen, und natürlich grinste außer Cornel auch Rufus jetzt so anzüglich, dass er ihm am liebsten ein zweites blaues Auge verpasst hätte.

Leona griff nach Valentins Hand und drückte sie. »Onkel Laurenz«, sagte sie mit sanfter Stimme, in der sich Stahl verbarg, »du hättest uns vorwarnen können.«

»Dummes Zeug«, erwiderte der Panarch und öffnete seinen Kragen. »Setzt euch endlich hin. Ich habe noch eine Flasche Champagner heraufbringen lassen.«

Leona sah besorgt zu Valentin. »Vielleicht sollten wir darauf verzichten«, sagte sie.

Laurenz Lecare hatte sich schon auf ein Fauteuil sinken lassen und schüttelte den Kopf. »Das ist ein besonderer Festtag«, sagte er. »Mein Sohn und Nachfolger und seine bezaubernde Verlobte – ich wünsche euch alles Glück der Welt. Möge das Schicksal euch lächeln.« Er wartete, bis der Diener die Gläser herumgereicht hatte, dann hob er das seine und prostete Valentin und Leona zu. »Auf euch beide«, sagte er. »Macht uns keine Schande. Ihr werdet die Geschicke der Türme lenken, wenn ich einmal nicht mehr bin.« Ein Schatten flog über sein Gesicht.

»Glückwunsch, Bruder«, sagte Cornel mit falscher Aufrichtigkeit. Der eingeübt offene Blick seiner strahlend blauen Augen und sein aufgesetztes Lächeln verstärkten Valentins Übelkeit noch um einige Grade. »Cousine Leona. Ich wünsche euch nur das Beste.«

Rufus umklammerte sein Glas und knirschte unter dem auffordernden Blick des Panarchen ebenfalls einen kargen Glückwunsch, der wie eine Verwünschung klang.

Xenon schloss sich seinen Neffen an, und seine Glückwünsche klangen herzlich und echt. Leona antwortete auf alles gefasst und freundlich und Valentin murmelte einen Dank. Er fühlte sich, als hätte ein Dolch aus dem Hinterhalt seine Leber durchbohrt.

»Nun«, der Panarch stellte sein Glas ab, an dem er nur genippt hatte, und erhob sich. »Ihr seid entlassen. Valentin, ich möchte dich daran erinnern, dass du mir morgen die Lösung der Aufgabe liefern solltest. Ich erwarte dich zum Mittag, wir können dann einen kleinen Imbiss zusammen einnehmen.«

Valentin fand sich vor der Tür wieder und wusste kaum, wie er dorthin gekommen war. Leona nahm wieder seinen Arm, aber dieses Mal war sie es, die ihn führte und stützte. »Du brauchst frische Luft«, sagte sie energisch. »Val, du hast entschieden zu tief ins Glas geschaut.«

»Quatsch«, sagte er und atmete tief. »Mir geht es gut. Ein bisschen schwindelig, vielleicht.«

Sie zog ihn mit sich Richtung Außenring. »Der Balkon, der zum Ballsaal gehört«, murmelte sie. »Die kalte Luft wird dich ein wenig ernüchtern, hoffe ich.«

Die Kälte schlug ihm wie ein nasses Handtuch um die Ohren. Er atmete tief ein und stieß die Luft schnaufend wieder aus. Der Schwindel verflog, aber das Gefühl von Übelkeit blieb. »Dass Alban sich das freiwillig ständig antut«, murmelte er.

Leona hatte auf der Bank an der Brüstung Platz genommen. Ihr Haar flog im Wind, und ihr Kleid zeigte dunkle Flecken von Nässe, denn die Bank war nicht trocken. Sie achtete nicht darauf. Ihre Hand lag auf der Stahlverstrebung, ihre ganze Haltung sprach von Resignation und Trauer. »Ist der Gedanke für dich so schrecklich?«, fragte sie leise. »Wir verstehen uns doch gut, nicht so wie dein Vater und Lady Cornelia.«

Valentin lehnte sich gegen die Brüstung und genoss den scharfen Wind, der Tränen in seine Augen trieb. »Leo«, sagte er hilflos, »das ist doch nicht die Frage. Du bist der liebste Mensch, den ich habe. Meine einzige Freundin in dieser Schlangengrube von Familie. Mein Kamerad, mein Halt, meine Rückendeckung und meine Stütze ...« Ein Aufstoßen unterbrach ihn.

Leona lächelte schwach. »Du redest dich um Kopf und Kragen«, sagte sie sanft. »Du bist zu betrunken, mein Cousin. Lass es gut sein. Lass uns über alles sprechen, wenn du wieder nüchtern bist.« Sie stand auf und betrachtete betrübt die verdorbene Seide ihres Kleides. »Mein Mädchen wird mir die Leviten lesen«, sagte sie.

Seide rauschte, eine Tür glitt auf und wieder zu. Valentin stand allein auf dem Balkon und starrte in die Dunkelheit, die den Turm umgab. Wolken und Wind, weit unten rauschten die Bäume des endlosen Waldes. Er glaubte, Lichter wie Glühwürmchen darin zucken zu sehen, aber das war sicherlich eine Täuschung. Zu weit entfernt, um irgendein Licht in der Dunkelheit auszumachen. Auch über seinem Kopf war es finster. Keine Sterne, kein Mond, nur Wolken. Das einzige Licht kam aus den Fenstern des Turmes. Es war der einzige Ort, den er kannte und den er Heimat nennen durfte, aber heute wäre er am liebsten geflohen, hinaus in die Nacht, in die Fremde.

Mit einem genuschelten Fluch stieß er sich von der Brüstung ab und schwankte durch die Tür wieder hinein ins Warme und Helle. Er blieb eine Weile unschlüssig stehen, dann erhellte sich sein Gemüt. Cosimo war sicherlich noch wach, und wenn nicht, dann würde er ihn wecken. Sein Freund musste noch ein oder zwei Gläser mit ihm trinken. Auf sein Wohl. Auf die Verlobung seines Freundes und künftigen Panarchen.

Er sah sich um, einen Moment lang unsicher, wo er sich befand. Der Bankettsaal. Er musste zum Aufzug zurück und dann zwanzig Stockwerke nach oben fahren. Er blinzelte und schüttelte unwillig den Kopf. Die kalte Luft hatte ihn kurzfristig ein wenig ernüchtert, aber die Wärme des Turmes brachte den Schwindel wieder zurück. Er knöpfte mit unsicheren Fingern die schwere, warme Jacke auf und löste die Gürtelschnalle, während er die Speiche entlangstolperte. Es ging ihm nicht gut, oh nein, es ging ihm ganz und gar nicht gut. Wenn es irgendwo hier einen ruhigen Ort gab, an dem er sich übergeben konnte, dann wäre jetzt genau der rechte Zeitpunkt, ihn zu finden ...

Jemand trat ihm in den Weg und griff nach seinem Arm. Valentin hob den Kopf und fokussierte seinen Blick. »Was willst du, Mann?«, knurrte er und wischte die Hand weg, die ihn festhielt. »Wer bist du überhaupt? Ich kenn dich nicht ...«

Ein zweiter Mann trat lautlos aus dem Nabenfoyer und nickte dem ersten zu. »Wir sind allein. Knöpf ihn dir vor.«

Valentin fuhr zurück und griff nach seinem Degen. Verdammtes Ziergehänge, verdammter steifer Stoff! Der Griff verhakte sich in einer Tresse, und er zerrte daran, bis der Stoff riss, während er zurückwich. »Bleibt, wo ihr seid«, warnte er, vor Schreck beinahe wieder nüchtern. Er behielt die Männer im Auge, richtete den Degen abwechselnd auf einen von ihnen und ging dabei in die Knie, bis seine Finger auch den Dolch ergreifen konnten.

Der zweite Mann lachte und der erste grinste breit. Er hielt plötzlich eine Pistole in der Hand, die er auf Valentins Gesicht richtete. »Mit den besten Empfehlungen der Nuller«, sagte er und sein Finger krümmte sich um den Abzug. »Du wirst jetzt genullt, Kleiner. Tod den Tyrannen!«

Valentin hörte einen aberwitzigen Schrei und begriff erst, als sein Dolch auf den Mann zuflog und er sich zu Boden warf, dass er selbst es war, der ihn ausgestoßen hatte. Er fiel schwerfällig und ungeschickt, brach sich beinahe an seinem eigenen Degen das Handgelenk und rollte viel zu langsam wieder herum, um sich auf die Füße zu stemmen. Verdammt, er hätte nicht so viel trinken dürfen! Er hätte aufpassen müssen, er hätte, er hätte ...

Der Mann mit der Pistole war in die Knie gebrochen und sank jetzt langsam hintenüber, bis er an der Wand lehnte. Der Dolch steckte wie ein hübsches, aber vollkommen deplatziertes Schmuckstück in seinem linken Auge und ein dünner Blutfaden rann über sein Gesicht und tropfte auf seine dunkle Jacke. Er gurgelte und sein Kopf sank auf die Brust.

Valentin taumelte auf die Füße. Der andere Mann hatte aufgehört zu lachen und stürmte mit ausgestrecktem Arm auf ihn zu. Valentin parierte den Hieb ungeschickt und langsam, Metall klirrte auf Metall, die Klinge scharrte über den Degen und schlitzte Valentins Ärmel auf. Der scharfe Schmerz vertrieb kurzfristig Schwindel und Übelkeit, aber dennoch waren seine Reaktionen von albtraumhaft quälender Langsamkeit. Er hob den Degen, parierte, fiel aus, verfehlte den beiseitetänzelnden Gegner, der jetzt angespannt die Lippen verzog. Der Meuchelmörder parierte Valentins erneuten

Angriff, ripostierte und Valentins Degen flog in hohem Bogen davon. Valentin sah den Sieg in den braunen Augen des Mannes, das schmale, böse Lächeln und hob in hilfloser Abwehr den nunmehr unbewaffneten Arm. »Wer?«, brachte er noch heraus, dann sprang die Degenspitze auf ihn zu.

Ein dumpfer Schlag, ein Keuchen, Valentin erwartete den Schmerz, aber er blieb aus. Stattdessen stolperte der Angreifer nach vorne, einen Ausdruck von unendlicher Überraschung in seinem Gesicht. Der Degen fiel aus seiner Hand und blieb dicht neben Valentins Fuß im Boden stecken. Der Mann brach in die Knie und fiel vornüber aufs Gesicht. Aus seinem Rücken ragte das Heft eines schweren Dolches.

»Das war äußerst unbedacht von dir«, sagte eine leise Stimme. Aus dem Schatten der Verengung, mit der die Speiche in die Nabe überging, trat ein schlanker Mann und sah Valentin mit sanftem Vorwurf an. »Ich habe dir immer wieder gesagt: Wenn du dich betrinkst, musst du das in deinen Gemächern tun. Niemals – NIEMALS – hier in der Öffentlichkeit, wo man dir auflauern könnte.«

»Alban«, flüsterte Valentin und beugte sich krampfhaft vor, »ich fürchte, ich muss mich jetzt übergeben.«

9

Es steht geschrieben: Karnickel hat angefangen

Es war spät in der Nacht, als sie von ihrem hastigen Bad im eiskalten Wasser des Flusses zum Dorf zurückkehrten. Elster fühlte sich aufgedreht und todmüde gleichzeitig. Sie hatte sich bei Indigo untergehakt und schwatzte über die Exkursion in die Alten Kammern, die so abenteuerlich, erfolgreich und erfolglos zugleich verlaufen war.

Indigo schwieg und brummte gelegentlich. »Macht deine Mutter sich keine Sorgen, wenn du so lange ausbleibst?«, fragte er unvermittelt.

Elster unterbrach sich in einer Schilderung der Wunder, die möglicherweise in den tiefer gelegenen Kammern auf sie warten mochten, und schüttelte den Kopf. »Ich bleibe manchmal über Nacht in der Baumhütte«, sagte sie. »Seit Jett gegangen ist ...« Sie sprach nicht weiter.

Indigo unternahm keinen Versuch, sie zu trösten. Er wusste, dass sie das nur noch trauriger stimmen würde. Stattdessen brummte er nur und marschierte weiter.

Sie hörten das Fauchen und peitschende Knallen von Tesla-Pistolen, noch ehe sie das fremde Licht auf dem Dorfplatz grell zwischen den Bäumen hervorscheinen sahen. Elster warf Indigo einen alarmierten Blick zu. »Greifer?«

»Mitten in der Nacht?« Er starrte zu dem Licht. »Wir sollten uns besser von der Seite anpirschen.«

Als sie näher kamen, gesellten sich Schreie zu den Schüssen. Elster stöhnte auf. »Ein Überfall.« Das war vor etlichen Jahren schon einmal vorgekommen und das halbe Dorf war dabei abgebrannt. Marodeure, hatte das Prinzip später erklärt. Das waren abtrünnige Greifer, die sich von den Türmen losgesagt hatten und nun durch die Schluchten zogen, um zu morden und zu brandschatzen.

»Wir müssen etwas unternehmen«, hauchte Elster.

Indigo legte ihr die Hand auf den Mund und schüttelte energisch den Kopf. Er zeigte auf den Vorratsschuppen des Dorfes, hinter dessen Rückwand sie vom Dorfplatz aus ungesehen aus dem Wald treten konnten. Elster nickte unglücklich.

Wieder ein Schrei, Elster erkannte die Stimme, sie gehörte Wolke, einer jungverheirateten Frau, die aus dem Nachbardorf hierher zu ihrem Mann gezogen war. Elster wollte auf den Platz hinausstürzen, aber Indigo hielt sie fest und schüttelte heftig den Kopf.

Hinter dem Schuppen war es stockdunkel. Indigo deutete zur Ecke und zeigte auf sich, dann zeigte er auf Elster und nach oben, zum Dach des Schuppens. Elster nickte und packte einen der unebenen Mauersteine, um sich hochzuziehen. Sie kletterte die Wand hinauf und zog sich über den Rand des Dachs. Es war flach, mit Tonziegeln gedeckt und fiel zum Wald hin ab. Sie kroch bis zu seinem gegenüberliegenden Rand hinauf, um auf den Platz hinunterzublicken. Ein Schlitten stand in seiner Mitte, dicht neben dem Brunnen. Das kalkweiße Licht der Scheinwerfer riss alle Details wie mit Tusche und Bleiweiß gezeichnet aus der umgebenden Dunkelheit. Menschen rannten über den Platz, vor dem Schlitten kämpfte eine Frau mit einem in Seide und Leder gekleideten, blond gelockten Mann, der ihr brutal die Arme auf den Rücken drehte und dabei laut lachte. Er hob eine Hand und feuerte auf den jungen Mann, der sich auf ihn stürzen wollte. Der Getroffene taumelte und fiel rückwärts in die Arme eines zweiten Mannes, der ihn daraufhin hastig in die trügerische Sicherheit hinter den Brunnen zerrte.

»Noch einer, der s'ch was abhol'n will?«, schrie der Bewaffnete. Seine Stimme klang nuschelig, er war entweder betrunken oder von etwas anderem berauscht. Wieder hob er seine Tesla-Pistole und schoss blind ins Dunkel. Der peitschende blaue Blitz traf eine Hausmauer und fetzte Mörtel und Steinbrocken heraus.

Ein zweiter Mann, ebenso fein gekleidet wie sein Kumpan, rannte aus der Dunkelheit ins Licht. »Cornel, das läuft aus dem Ruder«, rief er unterdrückt. »Lass uns abhauen. Komm, wir hatten unseren Spaß.«

»Ich geh nich' ohne das Täubchen hier«, erwiderte der erste und beugte sich vor, um Wolke – das war die Frau, die immer noch verbissen mit ihm rang – seine Lippen auf den Mund zu pressen. Wolke trat ihm zwischen die Beine und er fuhr mit einem Aufstöhnen zurück. Dann hob er die Faust, in der er immer noch die Pistole hielt, und schlug sie Wolke ins Gesicht. Sie schrie und brach in die Knie. Blut lief über die Finger, die sie gegen ihre Nase und Wange presste.

Elster vergaß alles, was sie über Vorsicht, den Kopf unten halten und in Deckung bleiben jemals gelernt hatte. Sie schrie wie eine Katze und sprang vom Dach dem Bewaffneten ins Genick.

Der keuchte und fiel vornüber, fing sich mit den Händen ab und verlor dabei seine Pistole. Elster hörte die Dorfleute schreien und zwischen all den Rufen auch Indigos laute Stimme. »Schnappt ihn euch«, schrie er.

Elster hatte alle Hände voll damit zu tun, den um sich schlagenden Mann im Griff zu behalten, der zwar überrumpelt und halb betäubt war, aber sich immer noch nach Kräften gegen sie wehrte. Sie wich seinem krallenden Griff aus, der sie von seinem Rücken zerren wollte, verstärkte den Druck ihres Armes um seine Kehle und angelte nach irgendetwas, das ihr als Waffe dienen konnte. Ihre umhertastende Hand fand einen Stein und schmetterte ihn gegen seinen Kopf.

Einen Augenblick lang ließ er sie los. Sein Mund stand halb offen und er keuchte laut. Blut rann über seine Stirn und blendete ihn halb. »Du – bist – tot«, keuchte er und zog einen Dolch aus dem Gürtel. Elster wartete nicht ab, bis er sich auf sie werfen konnte, sie nahm Anlauf und sprang ihm mit beiden Füßen gegen die Brust, warf ihn nach hinten und kam selbst mit einem Purzelbaum wieder auf die Füße. Er ließ mit einem Aufschrei den Dolch fallen und taumelte rückwärts, fing sich und hechtete nach vorne. Aber Elster war schneller, sie hob den Dolch auf und richtete sich auf, gerade in dem Moment, als er sich auf sie warf und mit seiner Stirn ihre Wange traf, sodass sie Sterne sah.

Ein tiefes Stöhnen, das aus seiner Kehle brach, ließ die Szenerie erstarren.

»Cornel!«, brüllte der andere Mann, der sich bisher erfolgreich mit seinem Degen die Dorfbewohner vom Leib gehalten hatte. Die Schluchter wichen zurück und ließen zu, dass er an die Seite seines taumelnden Kumpans stürzte, ihn unter den Armen packte und verhinderte, dass er zu Boden sank. Elster, die wie erstarrt dastand und den Dolchgriff anstarrte, der knapp unter der rechten Schulter aus seinem Leib ragte, erwiderte den Blick des anderen Mannes. Er hatte braunes, glattes Haar und einen dicken Bluterguss unter einem Auge. Sein Blick war mörderisch. Er starrte Elster an, während er seinen Freund zum Schlitten zerrte und ihn in den Copilotensitz drückte. »Ich komme wieder«, drohte er und schwang sich auf den Pilotensitz. »Ich komme wieder, aber nicht allein. Ihr seid alle tot, ihr habt es bloß noch nicht gemerkt!«

Der Schlitten hob sich schlingernd in die Luft, zog eine Schleife über dem Dorf und flog dann auf den Wolkenturm zu, wo ihn die Dunkelheit verschluckte.

Die Erstarrung löste sich. Ma Wiesel stürzte zu der weinenden, blutenden jungen Frau und führte sie ins Haus. Krick, der Starost des Dorfes, blieb vor Elster stehen, die sich langsam mit Indigos

Hilfe auf die Füße rappelte. Sie tupfte mit der Hand das Blut von der Wange und fühlte mit der Zunge nach einem Zahn, der sich wackelig anfühlte.

»Elster«, sagte der Starost grimmig und hilflos zugleich. Er hob die Hände und senkte sie wieder. »Du hast zwar ehrenhaft gehandelt, aber leider auch sehr unbedacht. Der Schlitten trug das Wappen des Panarchen.«

Elster blinzelte und schüttelte den dröhnenden Kopf. »Was?«, fragte sie.

Indigo seufzte und verstärkte den Griff um ihre Schultern. »Ich habe noch gerufen«, sagte er. »Wollte dich warnen.«

Elster wandte den Kopf und sah ihn an. »Und? Hätten wir Wolke denen einfach so überlassen, nur weil sie zum Gefolge des Panarchen gehören?« Sie spürte, wie die Wut wieder in ihr aufstieg. »Der Kerl hat sie mit der Faust ins Gesicht geschlagen! Ich habe gehört, wie ihre Nase brach!«

Der Starost drehte unbehaglich den Hals. »Geht alle in eure Häuser«, rief er. »Geht und betet, dass das Unheil vorüberzieht!« Er stemmte die Hände in die Hüften und senkte den Kopf. »Elster, ich werde dich inhaftieren müssen.« Seine Kiefer mahlten. »Vielleicht verschonen sie das Dorf, wenn wir dich ausliefern.«

Elster schnappte nach Luft und Indigo hob die Hand. »Das kannst du nicht machen, Krick«, presste er hervor. »Elster hat nichts verbrochen.«

Der Starost löste die Handfesseln von seinem Gürtel. »Ich nehme dich jetzt mit. Indigo, du benachrichtigst ihre Eltern.«

Elster beobachtete wie von weit draußen, dass Krick, der Starost des Dorfes, ihr mit einem unglücklichen Brummen die harten Fesseln anlegte, sie um ihre Handgelenke zuschnappen ließ und die daran baumelnde Kette wieder an seinem Gürtel befestigte. »Es tut mir leid, Mädchen«, raunte er ihr zu. »Es tut mir wirklich leid. Aber ich muss an unser Dorf denken!«

Indigo warf sich herum und rannte davon. »Ich hole dich da raus, El«, rief er.

Elster sah ihm nach, immer noch mit diesem kühlen, distanzierten Gefühl. Das alles geschah doch nicht wirklich. Sie träumte es nur.

Der Starost zog an der Kette und Elster folgte ihm notgedrungen. Er brachte sie zum Rathaus – ein ordentlicher, fester Bau, unter dessen Dach sich auch das kleine Gefängnis des Ortes befand. Die zwei Zellen darin dienten hauptsächlich dazu, Specht auszunüchtern, der es einfach nicht raushatte, rechtzeitig mit dem Trinken aufzuhören, und gelegentlich auch als Notunterkunft für Krick, wenn er Streit mit Rispe, seiner Frau, hatte.

Elster sah sich in dem kargen kleinen Raum um und seufzte. »Wie lange muss ich hierbleiben, Krick?«, fragte sie, während er ihre Handfesseln aufschloss und dabei ihren Blick zu meiden versuchte.

»Ich werde sofort eine Nachricht zum Turm schicken«, sagte er. »Und ich benachrichtige das Prinzip, falls deine Schwester es nicht schon getan hat. Ich weiß es nicht, Elster. Zwei, drei Tage?« Er legte die Hand gegen die Tür, die innen keine Klinke hatte. »Brauchst du noch etwas?«

Elster seufzte und sank auf die Pritsche, die mit einem knisternden Strohsack und der kratzigen Wolldecke auch nicht viel unbequemer als ihr eigenes Bett erschien. Sauber war hier alles, dafür sorgte Kricks Frau. »Ich hätte gerne Wasser«, erwiderte sie. »Oder, wenn du so was hast, einen Kräutertee.«

»Kräutertee, gerne«, sagte der Starost erleichtert. »Und ich bringe dir etwas Brot, falls du hungrig wirst. Du sollst hier nicht darben, Elster. Es tut mir leid.« Damit verschwand er durch die Tür.

Elster hörte das Quietschen der selten benutzten Riegel und seufzte wieder. Sie legte das Gesicht in die Hände. Mit Wucht wurde ihr bewusst, in welcher Klemme sie saß. Es war klar, was jetzt passieren würde. Sie hatte einen Türmer angegriffen und verletzt, womöglich tödlich verwundet. Sie würde ausgeliefert werden und dann ... nie wieder ins Dorf zurückkehren. Nie wieder ihre Eltern oder Winter sehen. Nie wieder mit Indigo durch die Alten Kammern streifen, in ihrem Gleiter fliegen, die Turmwand emporsteigen, durch den Wald wandern ...

Sie stöhnte und biss auf ihre Fingerknöchel. Was für eine Patsche, was für eine üble Falle, in der sie nun festsaß!

10

Es steht geschrieben: Dem Mann kann geholfen werden

Alban brachte Valentin in seine Gemächer und las ihm währenddessen die Leviten. Valentin war es zu elend zumute, um sich dagegen zu verwehren. Er hatte den größten Teil seines Mageninhalts in dem verfluchten Korridor gelassen, während die von Alban alarmierten Wachen die Leichen wegschafften und der Hauptmann der Garde sich Albans Schilderung der Ereignisse ab dem Moment anhörte, an dem der Erzieher daran teilgenommen hatte.

Alban untersagte dem Hauptmann, Valentin zu vernehmen, und vertröstete ihn mit einem zarten Hinweis auf den Zustand des jungen Herrn auf den nächsten Tag.

Valentin ließ alles über sich ergehen. Er duldete es, dass Alban ihn aus seiner besudelten Uniform schälte, als wäre er ein Kind, ihm mit einem nassen Tuch das Gesicht reinigte und sich dann der Wunde an seinem Arm annahm.

»Lass doch«, murmelte Valentin und legte den heilen Unterarm über seine Augen. Sein Schädel brummte, als hätte sich ein Hornissenheer darin verlaufen. »Ist nur ein Kratzer. Morgen ...«

»Jetzt!«, sagte Alban unnachgiebig. »Es ist ein langer und tiefer Schnitt. Dein Vater würde mich vierteilen, wenn daraus eine Blutvergiftung entstünde. Halt still.« Es roch nach etwas Scharfem und dann brannte die Wunde wie flüssiges Feuer. Valentin japste und schlug nach dem Erzieher, der dem Fausthieb geschmeidig auswich. »Du bist langsam«, sagte er tadelnd. »Du solltest nicht trinken, wenn deine Reflexe darunter zu sehr leiden.«

»Oder mir eine Leibwache zulegen«, erwiderte Valentin mit zusammengebissenen Zähnen.

Alban lachte, als hätte sein Zögling einen guten Witz gemacht. »Du weißt, dass nur den Damen des Turmes ein Leibwächter zusteht«, sagte er seltsam vergnügt.

Natürlich wusste Valentin das. Jeder Junge, der ins waffenfähige Alter kam, musste lernen, sich selbst zu verteidigen, oder eben die Konsequenzen tragen, wenn er es nicht vermochte.

Die meisten Damen verzichteten ebenfalls auf einen solchen Schutz, denn es war zu oft vorgekommen, dass eine Leibwache von einer Rivalin gekauft worden war. Da war es doch weitaus sicherer, selbst ein Stilett am Leib oder einen vergifteten Dorn am Finger zu tragen.

»Verdammt«, fluchte Valentin und riss den Arm aus Albans Griff. »Was machst du da, du Ausgeburt der Hölle?«

Alban ließ sich zurücksinken und hob die Hände. »Ich hätte den Schnitt genäht«, sagte er, »wenn du mich gelassen hättest.«

»Das gehört nicht zu deinen Aufgaben. Verbinde den Arm und lass es gut sein. Lass mich schlafen, Alban. Mir ist immer noch kotzübel.«

»Wie Euer Liebden befehlen«, murmelte der Erzieher und zog eine Braue hoch. Sein scharf geschnittenes, aristokratisches Gesicht beugte sich erneut über Valentins Arm, und seine geschickten Hände deckten Mull über den langen Schnitt, der nun wieder zu bluten begonnen hatte.

»Warum hast du dich eigentlich betrunken?«, fragte Alban beiläufig.

Valentin lag mit geschlossenen Augen da und hinter seinen Lidern drehte sich alles in rasenden Kreiseln. »Familienfeier«, murmelte er. »Mein Vater hat geruht, mich zu verloben.«

Alban hielt einen Moment inne, und Valentin spürte seinen Blick, der verwundert auf ihm ruhte. »Hat er das?«

»Ja. Mit …«, er musste innehalten und eine Welle von Übelkeit hinunterschlucken, »mit Cousine Leona.«

Schweigen.

»Oh«, bemerkte Alban dann leichthin. »Lady Leona. Eine ausgezeichnete Wahl, wenn ich das bemerken darf. Die Lady ist eine kluge, schöne und überaus wehrhafte junge Dame.«

Valentin lachte und stöhnte in einem Atemzug. »Verdammt noch mal, ja«, sagte er und stöhnte wieder. »Sie ist großartig. Ich könnte mir keine bessere Frau an meiner Seite vorstellen.« Er öffnete die Augen und sah Alban an, der seinen Blick nicht minder schmerzerfüllt erwiderte. »Ich habe aber niemals darüber nachgedacht, sie zu heiraten, Alban. Ich liebe sie nicht.«

Der Lehrer zuckte mit den Lidern, dann senkte er den Blick wieder auf seine Arbeit. Er wickelte den Verband um Valentins Arm und bemerkte in neutralem Ton: »Darum geht es doch nicht, mein Junge. Liebe ist nicht der entscheidende Faktor für eine solche Verbindung, das weißt du.«

Valentin ließ sich in die Kissen zurücksinken und blickte anklagend zur Decke, die sich schnell drehte. Zumindest erschien es ihm so. »Ich dachte immer, ich werde mit irgendeiner dieser Prinzessinnen oder Fürstentöchter aus einem der anderen Türme vermählt. In den Südtürmen gibt es drei adlige Töchter im heiratsfähigen Alter. Das würde den Frieden für eine Weile sichern. Ich verstehe die Entscheidung meines Vaters nicht.«

»Die Wege des Panarchen sind unergründlich«, erwiderte Alban und klopfte Valentin auf die Backe. »Schlaf jetzt. Du hast morgen ein Treffen mit deinem Vater, bis dahin solltest du deinen Rausch und am besten auch den Kater aus den Knochen haben. Ich wecke dich rechtzeitig für ein Schwitzbad und eine Runde auf dem Fechtboden, das wird dich wieder auf die Beine bringen.«

»Alban!«, protestierte Valentin, aber der Erzieher löschte bereits das Licht und ging zur Tür.

»Schlafen Sie wohl, Eure Lordschaft.« Die Tür schloss sich mit einem leisen Klicken hinter ihm.

Alban machte seine Drohung wahr. Valentin wurde unsanft geweckt, indem jemand den Vorhang vom Fenster zog – es war ein grässlicher, strahlend heller Morgen und die Sonne schien direkt in Valentins Gesicht – und ihm ein kaltes, nasses Handtuch ins Gesicht klatschte. Die eisigen Wasserperlen liefen an seinem Hals hinunter und rannen über seine Brust. Er keuchte und setzte sich schneller auf, als es seinem Brummschädel wohltat.

»Mach das Licht weg«, flüsterte er und bedeckte die schmerzenden Augen mit den Händen. »Oh, ihr Götter, Alban, du bist ein wahrer Höllenfürst.«

»Danke, Euer Hochwohlgeboren«, erwiderte der Erzieher mit ekelhafter Munterkeit. »Ich habe hier einen Katertrunk für dich. Nase zu und runter damit.«

»Ich kann nichts ...«, protestierte Valentin, aber beim letzten Wort hatte er schon den ersten Schluck im Mund, denn Alban hielt ihn unbarmherzig fest, verschloss mit zwei Fingern seine Nase und kippte Flüssigkeit und darin etwas Schleimiges in Valentins Kehle. Schlucken oder ersticken?, lautete die Frage. Valentin kam kurz die dritte Möglichkeit in den Sinn, aber der drohende Ausdruck in Albans Gesicht ließ ihn davon absehen.

Also schluckte er mit Todesverachtung, hustete, spuckte dann doch ein bisschen und hustete wieder. »Das war scharf«, stieß er hervor, während Tränen aus seinen Augen quollen. »Alban, das ist so scharf, dass es mir inwendig alles versengt. Bringst du mich jetzt um? Hättest du das nicht gestern Nacht schon erledigen können, dann wäre mir wenigstens dieser Morgen erspart geblieben!«

»Hör auf zu weinen«, gab Alban kalt lächelnd zurück. »Auf die

Beine, mach dich frisch, ich erwarte dich in zehn Minuten angezogen und kampfbereit hier vor der Tür.«

»Alban!«, jammerte Valentin, aber der Erzieher ließ kein Pardon walten.

Einen ernüchternden Schwall kalten Wassers später trat Valentin, immer noch mit verquollenen Augen, aber zu seinem Erstaunen beinahe kopfschmerzfrei, vor den großen Spiegel, kämmte sein Haar und band es zu einem Zopf und fuhr sich prüfend mit den Fingern über die Bartstoppeln. Bevor er zum Mittagessen mit seinem Vater ging, musste er sich noch rasieren lassen, aber für einen Fechtgang mit Alban sollte es auch mit Bartschatten reichen.

Er drehte sich um und salutierte. Sein Erzieher, der mit verschränkten Armen neben der Tür saß und nachdenklich aus dem Fenster blickte, wandte ihm den Kopf zu und lächelte. Aus seinen Augen sprach Wehmut. »Du bist kein Junge mehr«, sagte er. »Ich muss mich damit abfinden, dass ich dir schon bald nichts mehr werde beibringen können.«

Valentin lachte und zog ihn vom Stuhl hoch. »Wer von uns beiden hat den Kater? Komm, alter Mann, für Weltschmerz hast du immer noch Gelegenheit, wenn ich dir den Hintern versohlt habe.«

»Du und wer noch?« Der Erzieher grinste und packte Valentins Arm. »Den ›alten Mann‹ zahle ich dir nach Strich und Faden heim, warte ab.«

Alban pflegte keine leeren Versprechungen zu machen. Eine Stunde später lehnte Valentin nass geschwitzt und keuchend an der Wand des Übungsraumes, trank Wasser aus einer Flasche, die ein Diener ihm reichte, und schüttete sich den Rest über den Kopf. »Du kennst auch keine Gnade«, schnaufte er.

Alban, der kühl und frisch wirkte, als hätte er gerade einen kleinen Morgenspaziergang rund um eine der Galerien unternommen, lächelte nur und schwieg. Er polierte seinen Degen und ließ ihn in sein Futteral gleiten. »Du hättest den Kerl gestern mit Leichtigkeit entwaffnet und getötet, wenn du nicht so besoffen gewesen wärst«, sagte er. »Ich hoffe, du hast daraus etwas gelernt.«

»Das musst *du* gerade sagen«, erwiderte Valentin nicht ohne Schärfe. Er fühlte sich in jeder Hinsicht zerschlagen, und auch der Kopfschmerz kehrte mit Macht zurück, das machte ihn unleidlich.

Alban zuckte kurz mit den Lidern, wie er es immer tat, wenn ihn etwas wirklich getroffen hatte. »Ich bin dir kein gutes Vorbild«, sagte er leise und ohne Vorwurf. »Das solltest du immer im Kopf behalten, Val.«

Valentin wich seinem Blick aus. »Das bist du wirklich nicht«, erwiderte er schroff und wischte den Griff seines Degens ab. »Aber du hast mir gestern wahrscheinlich das Leben gerettet, dafür danke ich dir.« Er schob den Degen in die Scheide und legte ihn auf einen Hocker. »Was hat der Hauptmann über die Attentäter herausgefunden?«

Alban lehnte sich gegen die Wand und betrachtete seine Fingernägel. Sein schmales Gesicht erschien streng und verschlossen, und Valentin bedauerte die harschen Worte, mit denen er seinen Erzieher bedacht hatte. Ein wenig. Nicht sehr. Alban war ein eingebildeter, autoritärer Klugscheißer und brauchte gelegentlich einen ordentlichen Dämpfer, mit dem er wieder auf seinen Platz verwiesen wurde.

»Der Hauptmann steht vor einem Rätsel. Die beiden Männer müssen von außen eingedrungen sein. Wie es ihnen gelungen ist, unbehelligt bis in die Etagen der herrschaftlichen Salons zu gelangen, ist unbekannt.« Er blickte kurz auf und hob eine Braue. »Da werden Köpfe rollen, so viel ist sicher.«

Valentin verdaute die Aussage. Von außen eingedrungen? Wie sollte das möglich sein?»Sie müssten einen Schlitten oder Gleiter benutzt haben«, dachte er laut nach.

»Oder Steigeisen.« Der Erzieher spitzte die Lippen. »Man könnte bei guter Kondition und ruhigem Wetter den Turm bis zur ersten Plattform durchaus von außen meistern.«

Valentin lachte ungläubig. »Das möchte ich sehen!«

Alban zuckte die Achseln. »Wie auch immer. Man sucht nach Spuren. Haben die beiden irgendetwas zu dir gesagt?«

Valentin verneinte geistesabwesend. Er bückte sich und schnürte seine Stiefel, die er für den Kampf ausgezogen hatte. Er liebte es, den federnden Boden unter seinen nackten Füßen zu spüren. Es gab ihm guten Halt, und er genoss bei einem echten Duell den Vorteil zusätzlicher Kraft, Beweglichkeit und Festigkeit in seinen Fußknochen und -gelenken, die er sich durch das Barfuß-Training erarbeitet hatte.

Eine nebelhafte Erinnerung ließ ihn innehalten. »Warte«, sagte er, »doch. Der Angreifer mit der Pistole. Er hat etwas zu mir gesagt.« Valentin schloss die Augen und versetzte sich zurück. Angst, Alkoholdunst, Schmerz. »Null«, sagte er laut.

»Wie?«

»Er hat mich von der Null gegrüßt. Nein, warte.« Valentin schloss die Augen. »Von den Nullern, das war es.«

Ein Ausruf des Erziehers ließ ihn die Augen wieder öffnen. Alban schaute drein, als hätte ihm jemand in den Wein gepinkelt. »Wiederhole, was der Mann zu dir gesagt hat«, forderte er.

Valentin tat es. Alban knurrte und schüttelte abfällig den Kopf. »Das hat nichts zu bedeuten«, sagte er. »Geschwätz eines Verrückten. Am besten vergisst du es gleich wieder. Das muss auch den Hauptmann nicht interessieren.«

»Hm«, machte Valentin und beugte sich wieder nach vorne zu seinen Stiefeln. »Gut, wenn du meinst.« Er vernahm Albans leises Ausatmen und runzelte die Stirn. Was ging da vor? Wieso beunruhigten diese Worte Alban so sehr, dass er anfing, ein schlechtes Schauspiel darzubieten?

Valentin richtete sich auf und strich die Haare zurück. »Ich brauche noch eine Portion von dem scharfen Zeug, das du mir heute früh eingeflößt hast«, sagte er, um einen Themenwechsel bemüht.

Alban quittierte das mit einem erleichterten Lächeln. Er öffnete die Tür und ließ Valentin hindurchgehen. »Nein, du brauchst ein Frühstück. Ich habe eins vorbereiten lassen, im östlichen grünen Salon.«

11

Es steht geschrieben: Noch am Grabe pflanzt er die Hoffnung auf

Der Starost brachte ihr einen Becher Tee und in seinem Kielwasser schwammen Elsters Eltern. Turff blickte so grimmig drein, dass Krick sich gleich wieder zu entschuldigen anfing, und Sonne, Elsters Mutter, war grau vor Anspannung.

Turff baute sich in der Zellentür auf und polterte: »Wie kannst du unsere Tochter hier in dieses Loch sperren, Krick? Als wäre sie eine Verbrecherin! Sie kommt jetzt mit nach Hause, ich lasse sie nicht hier!«

»Das geht nicht, das geht nicht, Turff!« Kricks Protest klang zwar jämmerlich, aber seine Haltung sagte deutlich, dass er Elster nur über seine Leiche freilassen würde. Die beiden Männer begannen zu streiten und Sonne hockte sich neben Elster und nahm ihre Hand. »Ich habe ihm angeboten, dass er mich nehmen soll«, flüsterte sie. »Ich bin doch ohnehin zu nichts mehr nütze. Mir macht es nichts, wirklich, mir macht es gar nichts aus, solange ich weiß, dass es dir gut geht.«

»Mama«, sagte Elster und schluckte. Sie umarmte ihre Mutter und fühlte besorgt die spitzen Knochen unter ihren Händen. »Mama, du bist krank, du gehörst ins Bett und es muss sich jemand um dich kümmern. Ich komme zurecht, hörst du?«

»Aber wenn sie dich holen ...« Sonne begann zu weinen und suchte in der Tasche ihrer Strickjacke nach einem Tuch. »Erst meine Schwester«, schluchzte sie, »dann Jett und die kleine Amber und jetzt du ... und Winter bei den Schamanen, ich bekomme sie kaum noch zu sehen. Liegt denn ein Fluch auf den Frauen aus dieser Familie? Und wir wissen doch nicht, was sie dort im Turm mit dir machen, am Ende wirst du hingerichtet oder, oder ...«

Elster hielt ihre Mutter fest und streichelte ihr übers Haar. »Alles wird gut«, wisperte sie Sonne ins Ohr. »Alles wird gut, ganz bestimmt, Mama.«

»Ich habe bereits den Turm benachrichtigt«, sagte Krick gerade. »Wir können nichts machen. Das ist das Gesetz, ihr kennt es alle. Wenn wir dagegen verstoßen, dann werden sie das ganze Dorf dafür bezahlen lassen, und das kann ich nicht verantworten. Ich fordere gleich einen Schlitten an, damit Elster morgen früh abgeholt und zum Turm gebracht wird, und das ist mein letztes Wort!«

Turff begann zu brüllen und Sonne schrie auf. Elster spürte, wie der zerbrechliche Körper ihrer Mutter von Schluchzen geschüttelt wurde.

»Einen Augenblick«, erklang Winters Stimme. Elsters Schwester kam mit langen Schritten durch die Tür und hob die Hand, um alle zum Schweigen zu bringen. »Ich komme im Auftrag des Rates. Elster geht mit mir.«

»Der Rat ...?« Krick zögerte, sah von Turff zu Elster und von Elster zu ihrer Schwester. Winters im Fackellicht sonnengelbe Augen erwiderten den Blick, ohne zu blinzeln. »Ich habe das Prinzip von dem Vorfall in Kenntnis gesetzt«, sagte sie kühl. »Das Prinzip wünscht Elster zu vernehmen und wird sich um alles Weitere kümmern.«

Der Starost wollte protestieren, aber dann siegte die Erleichterung darüber, dass jemand ihm das unangenehme und schwierige Problem abnehmen würde. »Dann bleibt mir nichts, als zu gehorchen«, sagte er. »Ich möchte das ehrwürdige Prinzip aber bitten, an die Interessen unseres Dorfes zu denken. Die Vergeltungsmaßnahmen des Panarchen ...«

»Das Prinzip kümmert sich darum«, beschied Winter ihm knapp. Sie beugte sich vor, küsste ihre zitternde Mutter auf die Wange und griff nach Elsters Arm. »Vater«, sagte sie kurz, als sie an Turff vorbeiging.

Elster folgte ihr wie betäubt. So zart und zerbrechlich ihre Schwester auch wirkte, in ihrem Griff lag erstaunliche Kraft, und sie hatte dem Starost die Stirn geboten, als wäre sie mindestens zehn Jahre älter.

Indigo, der vor der Tür wartete, kam an ihre Seite und lief neben ihnen her, als sie schnellen Schrittes den Dorfplatz überquerten»He«, sagte er atemlos, »du warst großartig, Winter.«

Elster schüttelte den Schock ab. »Wie hast du Om so schnell benachrichtigen können?«

Winter warf ihr einen raschen Seitenblick zu. Ihre Augen funkelten und ihr Mundwinkel hob sich um eine Winzigkeit. »Ich habe Om nicht benachrichtigt«, erwiderte sie leise. »Sieh dich nicht zum Rathaus um. Immer hinter mir her. Gibt es das Baumhaus noch, Digo?«

Indigo schnaufte überrascht. »Ja«, sagte er. »Klar, ich ... wir ... Du hast den Starost belogen?«

»Sieht so aus.« Winter schloss den Mund und schien nicht gewillt zu sein, noch ein Wort zu sagen.

Die Dunkelheit des Waldpfades schlug über ihnen zusammen wie ein Wolltuch. Sie gingen schweigend auf dem weichen, federnden Boden, lauschten dem Knistern der Nadeln, dem leisen Knacken der Zweige, dem Rascheln eines Tieres im Unterholz. Glühwürmchen blinkten und narrten ihre Augen.

»Gut«, sagte Winter nach einer Weile. »Niemand folgt uns.«

Sie ließ Elsters Arm los. »Om wird dich bestimmt sehen wollen«, sagte sie. »Aber jetzt bringen wir dich erst mal in Sicherheit. Kannst du im Baumhaus bleiben, bis ich das alles geregelt habe?«

»Ja, natürlich.« Elster fühlte sich mit einem Mal so schwach und verwirrt, dass sie sich am liebsten zusammengerollt hätte wie ein verschreckter Igel. »Das Dorf«, sagte sie.

Winter berührte kurz und sanft ihre Schulter. »Dem Dorf wird nichts geschehen«, versprach sie. »Om redet mit dem Panarchen. Er wird einsehen, dass es Notwehr war.«

Indigo lachte kurz und trocken auf, aber er sagte nichts und Elster war ihm dankbar dafür. Sie war zu verwirrt, um sich weiter Gedanken zu machen, und es war ein gutes Gefühl, den ganzen Schlamassel an das Prinzip abschieben zu können. Jetzt erst ließ sie das Gefühl der Erleichterung zu, das ihre spontane Rettung mit sich brachte. Sie wurde nicht an den Turm ausgeliefert – jedenfalls nicht morgen früh!

»Om wird ihn überzeugen«, wiederholte sie wie ein Gebet. »Das wird sie bestimmt tun.«

Winter begutachtete das Innere des Baumhauses und nickte ein bisschen wehmütig. »Das wird gehen«, sagte sie. »Digo, besorg ihr eine Decke und Wasser.« Sie kniete neben ihrer Schwester nieder, die sich vorsichtig auf dem Lager aus Zweigen und Moos ausstreckte, und betastete Elsters Wange. »Soll ich Salbe besorgen?«

»Nein, es tut nicht weh.« Elster schob ihre Hand weg und lächelte, um den Worten und der Geste ihre Schroffheit zu nehmen. »Danke, dass du mich aus der Klemme geholt hast, jedenfalls vorläufig.« Sie verzog das Gesicht. »Ich fürchte, das Prinzip wird mich auch einsperren wollen.«

Winter seufzte und hockte sich auf die Fersen. Sie sah Elster lange an. »Ich werde für dich sprechen«, versprach sie. »Om ist nicht unvernünftig. Wenn du ihn nicht angegriffen hättest, wären sicherlich Dorfbewohner gestorben. Und weiß der Himmel, welches Geschick Wolke erwartet hätte.« Sie schauderte.

Beide schwiegen und hingen ihren Gedanken nach. Winter seufzte nach einer Weile und griff in ihren Kragen. Sie zog das Lederband heraus, an dem ihre Gabel hing, und hielt es Elster hin. »Du trägst selbst keine, oder?«

Elster hob die Brauen. »Ich glaube nicht daran«, sagte sie. Sie wollte Winter nicht verletzen, aber der Alte Glaube war in ihren Augen etwas für Kinder und Greise.

»Auch wenn du nicht daran glaubst, tu mir den Gefallen, häng sie dir um«, sagte Winter und zog das Lederband über Elsters Kopf. Elster sträubte sich ein wenig, aber dann gab sie nach und befingerte das kühle Metall des Anhängers. Zwei abgerundete, fingerlange Zinken, die nach oben zeigten, ein längeres Stück, davon ausgehend, das nach unten wies. Erde, Himmel und Geist. Oder war es Wurzeln, Stamm und Licht? Sie hatte es vergessen. »Warum ist dir das so wichtig?«, fragte sie.

Winter hatte diesen umwölkten Blick, der zeigte, dass ihr Geist sich weit entfernt hatte. »Es ist besser so«, sagte sie. »Ich kann es spüren.«

Elster rieb sich über die Lippen. »Winter«, sagte sie langsam, »wäre es nicht sehr viel besser, wenn ich von hier verschwände? Was soll das Prinzip mit mir anstellen? Sie wird mich ebenso an den Turm ausliefern, wie Krick das vorhatte.«

Ihre Schwester schüttelte den Kopf. »Lass mich das machen«, beschied sie Elster und stand auf. Ihr weißes Haar bauschte sich wie Löwenzahnsamen um ihr blasses Gesicht. Elster glaubte die Kraft zu spüren, die von Winter ausging. »Hast du deine Magie schon?«, fragte sie und griff unwillkürlich nach ihrer weißen Haarsträhne. »Ich warte immer noch darauf, dass sich mein Talent offenbart.«

Winter lächelte und ihre Augen schimmerten so golden wie der Sonnenaufgang. »Ich bin erwacht, ja«, sagte sie sanft. »Im Frühjahr. Om unterrichtet mich bereits.«

Sie wandte sich ohne ein weiteres Wort um und kletterte die Knotenleiter hinab.

Elster kaute auf ihrem Daumennagel und haderte mit der Welt.

Es war alles so unfair. Sie würde niemals mehr sein als ein Trikker, während ihre Zwillingsschwester die Schluchter anführen und von allen verehrt und respektiert werden würde. Und jetzt war Winter schon erwacht, und Elster befand sich immer noch im Stadium der Jugendlichen, nur einen Schritt vom Erwachsensein entfernt, aber durch eine undurchdringliche Barriere davon getrennt. Und Hunger hatte sie auch!

Die Leiter bewegte sich und Indigo kletterte auf die Plattform. Er brachte ihr den frisch gefüllten Wasserschlauch und eine Handvoll saurer dunkelvioletter Brandbeeren. »Das Einzige, was ich auf die Schnelle finden konnte«, sagte er entschuldigend. Gemeinsam verzehrten sie das magere Abendessen, dann gähnte Indigo, dass seine Kiefer knackten, und murmelte: »Zu erledigt für den Rückweg. Ist es ã¢ķ, wenn ich hier schlafe?«

»Д¢ķ«, bestätigte Elster. »Ist auch wärmer.« Sie rückte zur Seite, damit Indigo sich neben sie legen konnte.

Elster lag mit hinter dem Kopf verschränkten Armen da, starrte ins Dunkel und lauschte Indigos tiefen, langsamen Atemzügen. Er war eingeschlafen, wie er immer einschlief: schnell und gründlich.

In ihrem Kopf tanzten die Gedanken wie ein Mückenschwarm. Außerdem schmerzte ihr Magen. Die kleine Handvoll Beeren und das Wasser hatten den Hunger eher angeheizt als gestillt. Sie lag da und dachte über das nach, was der Tag ihr gebracht hatte. Heute Morgen war sie noch guter Dinge in einen Tag voller Verheißung und Abenteuer aufgebrochen, und jetzt war sie plötzlich eine Verstoßene, eine von den Türmern Gejagte, eine, die darauf angewiesen war, dass das Prinzip selbst sie aus der Klemme holte. Sie hatte keine Gelegenheit mehr gehabt, ihren Eltern Lebewohl zu sagen und sie zu umarmen. Sie hatte alles zu Hause zurückgelassen, was ihr gehörte und woran ihr Herz hing, und sie besaß nur noch das, was sie am Leibe trug, und die wenigen Ausrüstungsgegenstände in ihrem Rucksack. Ihre Zukunft war mit einem Schlag so ungewiss geworden, dass sie wie in einem dicken Nebel vor ihr lag. Wie würde es nun weitergehen? Drohte ihr der Tod oder das schreckliche Schicksal, den Rest ihres Lebens im Turm fristen zu müssen? Würde sie zu einem Sklavendasein gezwungen sein oder würde sie ab jetzt auf der Flucht leben müssen? Das alles waren Aussichten, die sie zutiefst erschreckten und ihr jeden Mut und jede Kraft zu nehmen drohten.

Sie richtete sich auf, grub in der Tasche nach Dirrum und lehnte sich an die Wand, um zwei Blättchen zu rauchen. Dann kaute sie noch zwei, obwohl sie den bitteren Geschmack kaum ertrug, und rauchte ein drittes, um ihn auszuräuchern.

Normalerweise war sie keine Freundin der berauschenden Seite, die der Genuss von Dirrumblättern ebenfalls bot, wenn man nur genügend davon nahm. Aber in dieser Nacht brauchte sie etwas, das ihr die Gedanken verscheuchte. Sie wollte schlafen, und das war die eine Möglichkeit. Die andere wäre gewesen, Indigo zu bitten, ihr einen festen Schlag auf den Kopf zu verpassen.

Sie zündete noch ein zusammengerolltes Blatt an und rauchte es langsam und konzentriert. In ihrem Kopf herrschte inzwischen gnädige, nebeldurchzogenen Stille, aber der Schlaf blieb immer noch fern. Sie seufzte und griff nach dem Buch, das sie aus der Alten Kammer gerettet hatte. Sie blätterte darin herum, aber es war zu dunkel, um erkennen zu können, was auf den Seiten geschrieben stand. Elster ließ das Buch in ihren Schoß sinken und starrte ins Nichts. Bilder und Töne tauchten auf und verschwanden wieder. Fetzen von Gesprächen, Stimmen, Klänge wie Musik und Gelächter, Kerzenlicht, das sich in Kristall brach, funkelnde Juwelen, lachende Augen. Jemand gab ihr einen festen Stoß und ein anderer band ihre Hände auf dem Rücken zusammen. Indigo grinste und hielt ihr die Pistole hin. »Nimm die«, formten seine Lippen. Sie hob die kleine Armbrust und schoss einen Bolzen in die Luft.

Elster hing an ihren Fingern hoch oben über den Wipfeln und ein Vogel umkreiste ihren Kopf. Eine Taube. Eine Möwe. Sie konnte es nicht erkennen, er war hell und groß und hatte gelbe Augen. »Om wird dich bestrafen«, sagte Winter und lächelte böse. »Du hast es verdient, du hast ihn umgebracht.«

Die Möwe stieß einen schrillen Schrei aus. Das Flüstern des Windes verstärkte sich zum Rauschen und Tosen eines Orkans. Der ohrenbetäubende Lärm glich einer nervenzerfetzenden Musik, quälend und schrill. Elster fühlte die Disharmonie wie einen brennenden Schmerz, und alles in ihr verlangte danach, die Misstöne in Harmonie zu verwandeln. Dies war ihre Aufgabe, nur dafür lebte sie. Sie konnte es, musste es beherrschen, denn von ihr hing alles ab. Elster presste die Hände auf die Ohren und kniff die Augen zusammen. Dunkelheit und Leere und diese grässliche Musik, aus der sie mühsam, Fädchen für Fädchen, die falsch klingenden Stränge herauszupfte, um sie in leuchtender Harmonie wieder neu zu verflechten. Strang für Strang. Linie für Linie. Die Dissonanzen verklangen, die Musik wurde leiser und zu einem kaum noch vernehmbaren sanften Summen. So war es richtig. Alles war gut.

Elster wälzte sich unruhig hin und her. Indigo brummte kurz im Schlaf und drehte sich zu ihr. Sie spürte, wie jemand sie festhielt.

»Indigo«, sagte sie erwachend und ihr Blick klärte sich. »Digo, ich habe ganz schreckliches Zeug geträumt!«

Sie ließ zu, dass er sie fest in seine Arme schloss und an die Brust zog, und legte sogar ihren Kopf an seine Schulter. Es fühlte sich erstaunlich gut an und sie seufzte und schlief ein.

12

Es steht geschrieben: Prediction is very difficult, especially about the future

Säuberlich rasiert und in frischen Kleidern fand sich Valentin pünktlich in den Gemächern des Panarchen ein. Sein Vater hasste es, warten zu müssen, und Valentin hatte nicht vor, ihn zu verärgern, wenn es nicht unbedingt notwendig war.

Laurenz Lecare saß in einem hochlehnigen Sessel am Fenster, in einen dunkelroten Hausmantel gekleidet, die nackten Füße auf einen Hocker gestellt und seine Wange in die Hand gestützt, während er in einem schweren Folianten las, der auf seinen Knien lag. Er hob den Kopf, als Valentin sich ihm näherte, schob die schmale Brille auf die Stirn und nickte ernst auf Valentins Gruß. Schatten lagen unter seinen Augen, und Falten zogen sich von seiner Nase zu seinen Mundwinkeln, die ihn älter machten, als es die Zahl seiner Jahre erwarten ließ.

»Nimm Platz«, sagte der Panarch und deutete auf den bequemen Lehnsessel ihm gegenüber. »Bist du sehr hungrig?«

Valentin verneinte und ließ sich in den Sessel sinken. Er musterte seinen Vater verwundert. Er konnte sich an keine Gelegenheit erinnern, zu der er Laurenz Lecare in einem derart privaten, geradezu derangierten Zustand erlebt hätte, mit nackten Füßen und einem schlichten Hausmantel, unter dem der Panarch eine lockere, weite Hose und ein ebensolches Hemd trug – das war nun wahrlich keine Kleidung für einen wenn auch halboffiziellen Termin mit seinem offiziell ernannten Erben und Nachfolger auf den Titel. Valentin war beinahe ein wenig verärgert darüber und fühlte sich in seinem Aufzug aus dunkelblauem Samt, cremefarbener Seide und weichem Leder über die Maßen herausgeputzt.

Der Blick seines Vaters verlor seine kalte Ferne und erwärmte sich, als er Valentin betrachtete. »Du siehst erstaunlich wohl aus«, sagte er, »wenn man bedenkt, was gestern Nacht geschehen ist.«

Valentin schluckte. Hatte der Hauptmann dem Panarchen Bericht darüber erstattet, in welchem Zustand sein Sohn und Erbe sich befunden hatte, als die Männer ihn überfielen?

»Ja«, sagte er. »Nein. Es ist ... nichts passiert. Alban kam rechtzeitig, um das Schlimmste zu verhindern.« Er stockte und fügte ein wenig trotzig hinzu: »Den einen Angreifer habe ich alleine überwältigt.«

Der Panarch nickte und zwickte sich mit einer matten Geste in die Nasenwurzel. »Hauptmann Canus hat mir berichtet, die beiden Attentäter seien von unbekannter Herkunft gewesen, höchstwahrscheinlich Eindringlinge von außerhalb. Wenn ich den kaum eine Stunde später stattgefundenen Anschlag auf deine Brüder dazu in Betracht ziehe, frage ich mich, ob ...« Er unterbrach sich, weil Valentin einen Laut des Erstaunens ausstieß. »Du weißt nichts davon?«

Valentin verneinte. Laurenz Lecare nahm die Brille von der Stirn, um sie auf den Tisch zu legen, und stützte das Kinn erneut in seine Hand, als wäre sein Kopf zu schwer für seinen Nacken. »Cornel wurde angegriffen und verletzt«, sagte er.

»Hier im Turm?«

»Nein, in Dorf Dreizehn/A. Das westlich gelegene von den beiden kleineren Dörfern im Quadranten drei«, fügte er erklärend hinzu. »Rufus und Cornel haben einen Ausflug unternommen und wurden angegriffen. Cornel kehrte mit halb eingeschlagenem Schädel und einem Dolch in seiner Schulter wieder, Rufus ist es wohl gelungen, ihn im letzten Moment vor den Mördern in Sicherheit zu bringen.« Der Panarch zog die Brauen zusammen und schien etwas sehr Bitteres zu schmecken.

»Das ist die offizielle Version«, sagte Valentin tastend.

Laurenz Lecare blickte auf und schenkte ihm einen scharfen Blick. »Wie meinst du das?«

Valentin verschränkte die Hände ineinander und presste die Daumen zusammen. »Rufus und Cornel unternehmen einen nächtlichen Ausflug in eins unserer Zehntdörfer«, sagte er langsam. »Und kehren wieder ... wartet, wem gehörte der Dolch?«

Der Panarch nickte langsam und ein schwaches Lächeln spielte um seine Lippen. »Cornel«, sagte er.

»Es war sein eigener Dolch.« Valentin legte eine Hand vor den Mund und hüstelte. »Ich wage die Vermutung, dass ein Schluchtermädchen beziehungsweise ihr Freund etwas gegen den Zweck des Ausflugs meiner ehrenwerten Brüder einzuwenden hatte.«

Der Panarch lächelte breiter. »Das war auch meine Vermutung«, sagte er. »Ich weiß, dass die jungen Männer sich gelegentlich ihr Vergnügen unten in den Wäldern suchen, und sehe keinen Grund, es zu verbieten. Lieber in den Dörfern als in den Untergeschossen. Aber ...«

»Aber es ist im höchsten Maße dumm und ungeschickt, solche Jagdausflüge in unseren eigenen Zehntdörfern zu unternehmen«, sagte Valentin. »Wenn dort so etwas passiert, was nicht allzu unwahrscheinlich ist, wenn man sich dumm anstellt, dann muss der Panarch die Strafe über eins der eigenen Dörfer verhängen, was wiederum den Turm schwächt.«

Sein Vater nickte zustimmend und zufrieden. »Wahr gesprochen, mein Sohn«, sagte er. »Was würdest du mir nun raten?«

Valentin lehnte sich zurück und faltete die Hände vor dem Mund. »Wenn der Anschlag auf mich nicht beinahe gleichzeitig geschehen wäre ...« Er grübelte. »Es kann natürlich sein, dass die beiden Attentate zusammenhängen«, sagte er dann, »aber für wie wahrscheinlich haltet Ihr das? Ich denke, es ist ein dummer Zufall. Die Männer, die mir aufgelauert haben, waren gedungene Mörder, die wussten, was sie tun. Jemand, der Rufus und Cornel nur mit einem eigenen Dolch in der Schulter nach Hause fliegen lässt, war ein Amateur oder nicht darauf aus, jemanden zu töten.«

Der Panarch nickte aufmunternd und Valentin fuhr fort: »Was die Strafmaßnahmen gegen das Dorf betrifft ...« Er zögerte und blickte auf die Mappe, die er auf den kleinen Tisch neben dem Fenster gelegt hatte.

Sein Vater hob die Hand. »Lass uns darüber reden, wenn wir etwas gegessen haben. Du magst keinen Hunger haben, aber ich verspüre nun doch so etwas wie Appetit.« Er beugte sich vor und betätigte den Klingelknopf, der seinen Diener herbeirief. »Stört es dich, wenn wir zu dritt speisen?«

Valentin verneinte verwundert. Er konnte sich nicht erinnern, jemals mit seinem Vater und Lady Sylvia eine Mahlzeit eingenommen zu haben. Was die Favoritin seines Vaters damit wohl bezwecken mochte?

Laurenz Lecare lächelte, als hätte er Valentins Gedanken gelesen. Er wartete, bis die Diener den Tisch gedeckt und die Speisen gebracht hatten und sich bis auf seinen Leibdiener unter Verbeugungen zurückgezogen hatten, dann stand er auf und wies auf den Platz am Tisch. »Setz dich, mein Junge. Melania, bist du angezogen?«

Valentin musste an sich halten, seine Verblüffung nicht laut zu äußern. Er sah die junge Frau an, die sich geschmeidig aus einem der tiefen Sessel am Kamin erhob, ein Buch zuklappte und beiseitelegte und auf sie zukam. Sie trug ebenfalls Hauskleidung, wozu ein züchtig geschlossener weiter Hausmantel aus buttergelber Seide gehörte, der ihrem dunklen Teint und den schwarzen Haaren schmeichelte. Das Mädchen, das ihn auch bei seiner letzten Audienz aus dem Bett des Panarchen angelächelt hatte! Und sie war bereits zu einer Stellung aufgestiegen, die ihr einen Namen gestattete!

Valentin nahm den tiefen Knicks der jungen Frau mit einem förmlichen Kopfnicken zur Kenntnis. »Wie war dein Name?«, fragte er für den Fall, dass er sich verhört hatte und sein Vater nur wie gewöhnlich»Mädchen« zu ihr gesagt hatte.

Der Panarch lächelte und seine Augen funkelten. Natürlich wusste er, was sein Sohn gerade dachte. »Ich darf vorstellen: Lady Melania«, sagte er mit kaum verhohlenem Vergnügen. »Melania, meinen Sohn Valentin kennst du bereits?«

»Ich hatte das Vergnügen, ihm zu begegnen, ja.« Sie hatte eine wohlklingende, tiefe Stimme und ihre Augen waren so schwarz wie ihr Haar. Der Name, den sein Vater ihr gegeben hatte, passte hervorragend zu dieser dunklen Schönheit. Melania – die Schwarze.

Gagat, dachte er unwillkürlich. Ich wette, ihr Schluchtername war »Gagat«.

»Gehen wir also zu Tisch.« Der Panarch bot seiner neuen Favoritin den Arm und führte sie an den üppig gedeckten Tisch. Valentin sah die beiden an und bedauerte einen kurzen Moment lang Lady Sylvia. Allerding nur einen sehr kurzen Moment lang, denn die verflossene Favoritin war kein angenehmer Mensch. Ob sie es schon wusste?

»Kommst du, mein Sohn?«

Valentin beeilte sich, der ungeduldigen Aufforderung zu folgen. Er war nicht hungrig, aber ein starker Kaffee würde ihm guttun.

Das Essen verlief unter zwanglosem Geplauder und Valentin entspannte sich in der Gegenwart der neuen Favoritin seines Vaters. Das Mädchen war nur eine Handvoll Jahre älter als er selbst und stammte aus einem der Zehntdörfer, aber für eine Schluchterin erschien sie ihm erstaunlich wohlerzogen und klug. Sie verfügte über keinerlei Bildung, das war ja auch kaum zu erwarten, aber sie schien einen scharfen Verstand zu besitzen und wenig Scheu, ihn zu benutzen. Valentin wusste, dass sie seinen Vater damit noch mehr als mit ihrem Äußeren für sich eingenommen hatte. Auch bei Lady Sylvia waren es die scharfe Zunge und der schnelle Geist gewesen, der ihn bewogen hatte, sie zu favorisieren. Lady Cornelia, seine angetraute Gemahlin, eine Prinzessin der Westtürme, war als seine Braut hierhergekommen, weil Valentins Großvater die Allianz hatte stärken wollen. Unglücklicherweise hatte die Ehe der beiden im Laufe der Jahre keinerlei Gemeinsamkeit zutage gefördert. Lady Cornelia war von freundlichem, bei ihrer Hochzeit noch vollkommen heiterem Gemüt gewesen, das sich erst im Laufe der Zeit verdüstert hatte und schließlich in Frömmigkeit umgeschlagen war. Ihr Wunsch, ein zurückgezogenes Leben führen zu dürfen, war auf Seiten des Panarchen auf keinerlei Widerstand gestoßen – im Gegenteil.

Valentin ertappte sich dabei, dass er sich in der Gegenwart der neuen Favoritin so wohl und entspannt fühlte, dass er darüber seine übliche Vorsicht und Reserve seinem Vater gegenüber vollkommen vergaß. Er lachte und scherzte mit Lady Melania, und erst, als das brütende Schweigen neben ihm immer lastender wurde, erinnerte er sich daran, in wessen Gesellschaft er hier zu Tisch saß und wessen Gespielin es war, mit der er sich so hervorragend unterhielt.

Valentin verstummte und tupfte fahrig seine Lippen ab, ehe er die Serviette auf seinen Teller warf. »Vater, wir wollten etwas besprechen«, sagte er schroffer, als er gewollt hatte, und warf der jungen Frau deswegen einen entschuldigenden Blick zu, den sie mit einer graziösen Handbewegung beantwortete. »Soll ich euch allein lassen?«, fragte sie den Panarchen. Valentin wunderte sich – aber nur kurz – über die vertraute Anrede. Selbst Lady Sylvia hatte beinahe ein Jahr lang das Bett des Panarchen geteilt, ehe sie das erste Mal gewagt hatte, ihn so respektlos zu adressieren.

Und noch mehr erstaunte Valentin die Reaktion seines Vaters, der sich über die Hand seiner Geliebten beugte, einen Kuss auf ihre

Handfläche drückte und antwortete: »Nein, bleib. Ich möchte, dass du uns zuhörst und deine Meinung zu dem sagst, was wir zu besprechen haben.«

Das Mädchen neigte lächelnd den Kopf, und Valentin dachte, was für ein eigenartiges Lächeln das war, bei dem die Augen so seltsam unbeteiligt und traurig bleiben konnten.

Der Panarch ließ den Tisch abräumen und lehnte sich mit einem Glas Wein in der Hand zurück. »Was sagst du also zu der Aufgabe, die ich dir gestellt habe?«

Valentin rieb sich kurz und fest über die Augen, um einen Rest Kopfschmerz zu vertreiben, und goss sich ein großes Glas eisgekühltes Wasser ein. Er trank und räusperte sich. »Ich habe die Unterlagen durchgearbeitet und mir Gedanken darüber gemacht, was sie aussagen«, begann er langsam. »Wenn das stimmt, was dort gesammelt ist, dann geschieht etwas Schreckliches mit uns.«

Sein Vater trank und nickte ihm auffordernd zu. Lady Melania lauschte mit weit geöffneten Augen.

»Vor allem die Zahlen«, fuhr Valentin etwas sicherer fort. »Alban hat immer großen Wert darauf gelegt, dass ich in der Lage bin, Zahlen zu interpretieren.«

Der Panarch lächelte und verschränkte die Arme. Er nickte: weiter.

»Seit fünf Generationen werden den Türmern immer weniger Kinder geboren«, sagte Valentin beherzt. »Wir sterben einen langsamen Tod, Vater.« Er blickte auf seine Hände. »Das wird zurzeit noch dadurch ausgeglichen, dass Euer Vater, mein Großvater, den Kinderzehnt eingeführt hat. Der Zuwachs aus den Dörfern sorgt dafür, dass wir – wie soll ich es ausdrücken – den Betrieb aufrechterhalten können. Wachen, Bedienstete, Arbeiter. Was es nicht verhindern kann, ist die Verminderung unserer Zahl. Die Anzahl der Adligen im Turm schrumpft in erschreckendem Maße.«

Der Panarch neigte sich vor. »Schau dich um«, sagte er leise.

»Schau, welcher deiner Freunde zwei adlige Elternteile besitzt und wer ... einer Verbindung linker Hand entspringt.«

Valentin spürte, dass er errötete. Er selbst war ein solcher Bastard. Aber es stimmte und er hatte vorher nie darüber nachgedacht: Die legitimen Kinder waren weitaus in der Minderzahl. Er hatte das immer dem Umstand zugeschrieben, dass Grafen, Senatoren und Freiherren allesamt Geliebte und Mätressen unterhielten, die sie nach Belieben wechselten wie Nachtwäsche oder Schuhe. Noch mehr: Nicht wenige Adlige hatten in zweiter oder dritter Ehe ein Mädchen aus den Untergeschossen geehelicht. Jetzt begann er zu begreifen, was dahintersteckte – der Wunsch nach Erben. Er nickte langsam.

»Aber auch das ...«, sagte er und holte tief Luft, »auch das hilft uns nicht aus der Klemme. Wir könnten uns eine Weile mit einem zweiten Zehnt im Jahr behelfen, das würde die akuten Löcher flicken. Aber die Dörfer sind mittlerweile genauso betroffen wie die Türme.«

Der Panarch senkte den Kopf, und Lady Melania legte eine Hand vor den Mund, um ihr Entsetzen zu verbergen.

Valentin fuhr fort: »Türmer und Schluchter – wir sterben. Wenn die Entwicklung im gleichen Maße voranschreitet, werden wir in zwanzig Jahren diesen Turm nicht mehr bewirtschaften können. Und ein Teil der Zehntdörfer wird ausgestorben und verlassen sein. Das umso schneller, weil wir sie mit dem Kinderzehnt noch zusätzlich belasten und ausbluten.«

Der Panarch schenkte sich nach und nickte. »Korrekt, mein Sohn. Wie lautet nach der zutreffenden Analyse nun dein Ratschlag?«

Valentin sah in die Augen von Lady Melania, die ihn so unergründlich und traurig betrachteten, dass es ihn schauderte. »Ich bin mir nicht sicher«, sagte er abwesend. »Wir müssten herausfinden, woran es liegt, dass uns die Kinder verwehrt bleiben. Ist es ein Fluch? Oder eine Krankheit?«

Sein Vater verengte die Augen. »Ja«, erwiderte er. »Das ist die große Frage, auf die wir bisher keine Antwort haben finden können.« Er trank und rollte den Schluck in seinem Mund. »Was würdest du vorschlagen, bis wir die Ursache für das Übel gefunden und beseitigt haben – sollen wir den zweiten Zehnt beibehalten?«

Valentin wiegte den Kopf. »Ja«, sagte er dann. »Noch können die Dörfer den Blutzoll abfedern und uns hilft es zumindest für den Moment.« Er dachte nach. »Ich würde sogar noch einen Schritt weiter gehen«, sagte er. »Es wäre allerdings eine Entscheidung, die die Schluchter noch mehr gegen uns aufbringen würde.« Er zögerte und sein Vater winkte ihm ungeduldig fortzufahren.

»Wir könnten alle Kinder der Dörfer als Zehnt fordern«, sagte er und erwartete Widerspruch, Lachen, Spott. »Natürlich fehlen sie dann als Arbeitskräfte auf den Feldern«, beeilte er sich, seinen Gedanken weiter zu erläutern, »doch diesen Umstand können die Alten und Schwächeren für ein paar Jahre ausgleichen. So bekommen die Türme ausreichend Nachschub, und falls sich die Geburten wieder stabilisieren, heben wir den Zehnt auf.«

Aber Laurenz Lecare legte nur die Hände vor den Mund und sah ihn nachdenklich an. »Kühn«, sagte er nach einer Weile. »Sehr kühn.« Ein Lächeln flog über seine strengen Züge. »Gut«, sagte er. »Ich bin stolz auf dich, du besitzt Mut und Weitblick. Es wird dich freuen zu hören, dass ich zu den gleichen Schlüssen gekommen bin wie du. Das Prinzip wird in Kürze über diesen Entschluss in Kenntnis gesetzt werden, damit sie ihn ihrem Volk weitergibt.«

Valentin wusste nicht, ob er zufrieden oder erschreckt sein sollte. Sein Vater hatte einen der härtesten, schwierigsten Entschlüsse seiner gesamten Amtszeit in die Tat umgesetzt, und das so beiläufig, als ginge es nur um eine kleine Erhöhung der Getreideabgaben.

»Wird sie dagegen nicht aufbegehren?«, fragte er.

Der Panarch hob eine Braue. »Om?« Er schüttelte den Kopf. »Sie ist alt und vernünftig. Sie weiß, dass jedes Aufbegehren gegen meine Befehle darin enden würde, dass meine Garde sie blutig durchsetzt.«

»Jede Schraube kann einmal überdreht werden«, gab Valentin zu bedenken. »Und das Prinzip mag vernünftig sein, aber wie du schon sagst: Sie ist alt. Was werden die jungen Schluchter dazu sagen, die Mütter, denen wir ihre Kinder nehmen?«

Sein Vater hob gleichgültig die Schultern. »Lass sie schreien und drohen. Es wird ihnen nichts nützen. Und wir lassen ihnen ja immerhin diese Missgeburten, die Weißhaarigen.« Er sah zu Lady Melania, die auf ihre Hände niederblickte. »Du bist nicht einverstanden, meine Liebe?«

»Ich denke nicht, dass mir in dieser Sache eine Meinung zusteht, Euer Liebden«, erwiderte sie tonlos.

Der Panarch nahm dies mit einem unzufriedenen Nicken hin und wandte sich wieder an Valentin: »Ich wollte dich in einer zweiten Angelegenheit konsultieren, mein Sohn. Der Überfall auf deine Brüder. Was denkst du, sollte ich das Dorf dafür bestrafen?«

Valentin bemerkte, dass Melania sich bei dieser Frage versteifte. Ihre Hände falteten sich so fest ineinander, dass ihre Knöchel weiß wurden. Er musterte sie mit Befremden, aber sie wich seinem Blick aus.

»Nein«, sagte er geistesabwesend, während er das Rätsel dieses Mädchens zu lösen versuchte. »Nein, ich denke nicht. Dieses Dorf ist nach wie vor produktiv, wir würden uns damit selbst bestrafen. Wählt eins der Dörfer aus dem südlichen Quadranten. Es gibt dort zwei Siedlungen, die in den letzten fünf Jahren keine Geburten zu verzeichnen hatten. Eins von ihnen kann als Exempel dienen. Wir lassen die Männer öffentlich auspeitschen und schaffen sie danach in den Turm. Die Frauen bleiben dort, damit sie die Felder bestellen und sich ums Vieh kümmern. Sie sollen glauben, dass wir die Männer hinrichten lassen, das wird sie ruhig halten.«

Sein Vater begann zu lachen und stand auf. Er ging zum Fenster, hob sein Glas ins Licht und fing das Sonnenlicht darin ein. »Mein Sohn«, sagte er. »Dies ist mein Sohn!«

Valentin sah, dass Melania die Lippen zusammenpresste, als müsste sie mit Gewalt einen Ausruf zurückhalten. Wahrscheinlich waren diese Überlegungen für ein zartes Gemüt wie das ihre ein wenig zu direkt und verursachten ihr Pein. Nun, da der Panarch sie bei solchen Gesprächen nicht hinausschickte, täte sie besser daran, sich an derlei Geschäfte zu gewöhnen.

Valentin räusperte sich, er wollte die Gunst der Stunde und die gute Laune seines Vaters nutzen. »Darf ich Euch etwas fragen – eine Bitte äußern?«

»Nur zu, sprich, mein Sohn.« Der Panarch musterte ihn mit väterlichem Stolz.

»Diese Heirat ...«, begann Valentin und das Lächeln im Gesicht seines Vaters flackerte und erlosch wie eine Kerzenflamme im Luftzug.

»Darüber werde ich mit dir nicht diskutieren«, sagte er hart. »Diese Heirat ist gut durchdacht und von deinem Onkel und mir in jeglicher Hinsicht auf ihren Nutzen geprüft worden. Was willst du? Soll ich dir eine Prinzessin aus dem Süden kommen lassen, die du nie zuvor zu Gesicht bekommen hast? Wäre dir das lieber?«

Valentin setzte zu einer Antwort an, aber die steinerne Miene des Panarchen mahnte ihn zur Vorsicht. Er wusste, wie jeder im Turm, wie düster überschattet die Ehe seines Vaters mit Lady Cornelia gewesen war, ehe die Panarchontissa sich aus allen gesellschaftlichen Dingen zurückgezogen hatte.

»Vater ...«, wagte er dennoch einzuwenden, doch der Panarch ließ ihn nicht zu Wort kommen.

»Du wirst deine Cousine heiraten, daran führt kein Weg vorbei.« Laurenz Lecare beugte sich vor und blickte Valentin eindringlich an. »Junge, du bist zu sehr auf die Verfeinerung deiner Kampfkünste und deine Studien fixiert. Geh mehr aus, amüsiere dich, stoß dir die Hörner ab. Das bist du Leona schuldig. Willst du sie wahrhaftig in die blamable und peinliche Situation bringen, mit einer halben Jungfrau die Hochzeitsnacht verbringen zu müssen? Dass sie dich erst einweihen muss, was du zu tun hast, um ihr und dir Freude zu bereiten?«

»Vater!«, rief Valentin und spürte, wie es ihn heiß überlief. Er sah zu Lady Melania hin, die sich alle Mühe gab, in ihrem Sessel zu verschwinden und ihn nicht anzublicken. »Vater, ich bitte Euch – noch dazu vor den Ohren Eurer Favoritin.«

»Ach, dummes Zeug«, rief Laurenz Lecare und schlug mit der Hand auf den Tisch. »Lady Melania ist eine erfahrene junge Frau, und ich bin ernsthaft versucht, ihr zu befehlen, dich ...«

»Nein!«, rief Valentin und sprang auf. »Ich bitte Euch, dies weder mir noch ihr anzutun. Ich bin in Liebesdingen weniger unerfahren, als Ihr annehmt, Euer Liebden!«

Laurenz überraschte ihn mit einem Lächeln. »Nun, das ist gut«, sagte er. »Ich freue mich, dass ich keinen Mönch und keinen Bücherwurm zu meinem Nachfolger ernennen muss.« Er beugte sich vor und schenkte sich ein Glas Wein ein. »Du darfst dich entfernen«, sagte er. »Und denke an meine Worte. Diese Hochzeit findet statt, und ich erwarte von dir, dass du mir keine Schande bereitest.« Er hob das Glas an die Lippen und hielt noch einmal inne. »Sehe ich dich beim Festival? Du kämpfst doch sicher.«

Valentin nickte steif. »Natürlich, Euer Liebden.« Er verbeugte sich vor dem Panarchen und seiner Favoritin, schlug die Hacken zusammen und stürmte hinaus.

13

Es steht geschrieben: Nach dem Öffnen unverzüglich verzehren

Elster erwachte in hellem Sonnenschein, der durch die geflochtenen Wände des Baumhauses sickerte wie Honig. Sie streckte sich und war einen Moment lang glücklich, ohne zu wissen, warum sie hätte unglücklich sein sollen.

Es roch nach einem Feuer und etwas, das darauf kochte. Ihr Magen begann zu knurren wie ein wütender Hund, und mit dem Knurren fiel Elster der fatale Ausgang des gestrigen Tags ein. Das kalte Gewicht der Gabel, die auf ihrem Schlüsselbein ruhte, tat das Ihrige dazu, sie aufzuschrecken.

Sie seufzte und setzte sich auf. »Digo?«, rief sie, denn außer ihr war niemand in dem kleinen Raum.

Die Knotenleiter scheuerte über den Boden, ein Brett erzitterte, dann schwang sich Indigo über die Schwelle und grinste sie an. »Wach, Prinzessin?«

»Oh ja.« Sie gähnte und kämmte mit den Fingern durch ihr Haar. »Es riecht gut.«

»Das will ich meinen.« Indigo warf sich in die Brust. »Dein persönlicher Leibkoch hat dein Frühstück bereitet, Prinzessin. Wenn du mir folgen würdest ...«

Ein kleines, rauchloses Kochfeuer brannte am Fuß des Baumes, darüber hing der zerbeulte, geflickte Topf aus dem Baumhaus, in dem eine dicke Brühe köchelte. Zwei dampfende Becher mit Kräutertee standen auf der Einfassung des Feuers und Elster stürzte sich darauf und stöhnte vor Wonne. »Du bist ein Zauberer«, sagte sie und nippte an dem kräftigen Gebräu. Bitter, minzig und ein wenig süß, wahrscheinlich hatte er irgendwo Süßblatt gefunden und mitgekocht. Sie leckte sich über die Lippen und blickte verlangend auf den Kochtopf.

Indigo rührte darin herum und nickte zufrieden. Er schöpfte zwei Holznäpfe voll und grub mit einem Stecken neben dem Feuer zwei in Blätter gewickelte Päckchen aus. Als er sie unter lautem Schnaufen und Auf-die-Finger-Pusten auswickelte, schrie Elster vor Überraschung und Freude auf. »Digo, Butterknollen?« Sie nahm das Päckchen entgegen, das Indigo ihr reichte, verbrannte sich die Finger daran, pustete und lachte. »Du hast Butterknollen gesammelt«, wiederholte sie und brach die braune Kruste auseinander, aus der mit der Hitze ein betörender, nuss- und pilzähnlicher Geruch aufstieg. »Dafür bist du vor Sonnenaufgang aufgestanden? Nur, um mir Butterknollen zu servieren?«

Er lächelte und nickte. »Du liebst sie«, sagte er schlicht.

»Ich liebe sie«, erwiderte sie aus tiefstem Herzen. »Und dich auch.« Sie blickte auf ihr Essen und nicht in sein Gesicht, aber sein etwas lauteres Einatmen verriet ihr, dass ihre Worte ihn getroffen hatten. Ihre Wangen wurden heiß, aber sie nahm ihre Worte nicht zurück. Indigo war vor Tagesanbruch durch den finsteren Wald gelaufen und hatte nach diesen Knollen gesucht, die sich beim ersten Sonnenstrahl in die Tiefe zurückzogen. Nur am frühen Morgen, zwischen Nacht und Tag, konnte man die feinen Ausläufer entdecken, die sie durch den Boden an die Oberfläche schickten, um Tau zu sammeln. Nur in dieser verlorenen Frühe konnte man sie mit bloßen Händen oder einem Holzstock ausgraben. Eine halbe Stunde später waren sie von oben nicht mehr auszumachen.

Elster aß die Knolle bis auf das letzte Bröckchen auf und wischte sich die fettigen Finger an der Hose ab. Dann erst nahm sie den Napf und trank die Brühe. Wurzeln, eine weitere Butterknolle, die in Stücke geschnitten und gekocht einen dicken, sämigen Sud ergab, Kräuter, Pilze und einige Streifen von Karnbaumrinde, die sich fast wie Fleisch kauten und beinahe so schmeckten. Es war ein Festmahl und Elster bat um einen Nachschlag.

Endlich war sie satt und lehnte sich zufrieden zurück. »Den Posten als Leibkoch wirst du nicht mehr los«, sagte sie und legte die Hand vor den Mund, um zu rülpsen. »Ich weiß nicht, wann ich zuletzt so gut gegessen habe.«

Indigo freute sich über ihr Lob. Er wischte mit dem Finger seinen Napf aus und stellte ihn ab. »Gut«, sagte er. »Sehr gut. Ich war hungrig wie ein Wolf.«

Sie saßen da und blinzelten in den Sonnenschein. Elster war fest entschlossen, sich die gute Laune durch nichts verderben zu lassen, aber immerhin musste sie jetzt darüber nachdenken, wie es weitergehen sollte.

»Ich bin nicht sicher, ob ich mich Oms Gericht stellen möchte«, sagte sie. »Was denkst du, Digo?«

Er verzog das Gesicht. »Es ist nicht sicher, ob dabei was Gutes für uns herauskommt«, sagte er vorsichtig.

Dem konnte Elster nur zustimmen. Sie trank ihren mittlerweile kalten Tee aus, spuckte, weil er gallebitter geworden war, und seufzte. »Sollen wir einfach weglaufen?«, fragte sie ohne große Überzeugung. »Also – ich. Du hast ja nichts verbrochen.«

»Du auch nicht!« Seine Vehemenz überraschte Elster. Sie wollte etwas Versöhnliches, Besänftigendes sagen, aber er unterbrach sie, indem er aufsprang. »Ich hole unsere Rucksäcke«, sagte er. »Frisches Wasser. Hast du das Buch?« Er begann, das Feuer zu löschen und das Kochgeschirr einzusammeln, während er weitersprach. Elster sah ihm mit offenem Mund zu. »Wir nehmen den Gleiter für den ersten Teil der Reise. Ich denke, dass wir damit ungefähr bis nach Schönberg kommen. Mit ein bisschen Glück können wir den Sammler dann dort aufladen, ich weiß, wer in Schönberg zu den Mechanikern gehört ...«

»Digo!« Elster gelang es, seinen geschäftigen Monolog zu unterbrechen. »Du willst wirklich mit mir weglaufen?«

Er richtete sich auf und zog die Brauen zusammen. »Ja, was hast du denn gedacht?«

Elster suchte nach Worten, während er die Knotenleiter hinaufkletterte und im Baumhaus herumlief. »Indigo«, sagte sie und suchte nach Halt in ihrer Verwirrung, »lass uns doch zuerst darüber nachdenken, ob das überhaupt sinnvoll ist. Wohin sollen wir gehen? Die Türme stehen überall. Und deine Eltern. Meine Eltern. Was, wenn der Turm Vergeltungsmaßnahmen gegen das Dorf unternimmt? Jetzt könnten sie mich ausliefern, um das Dorf zu retten, aber wenn ich fort bin ...«

Das Gerumpel und Geraschel im Baumhaus hörte auf. Indigo steckte den Kopf aus der Türöffnung und sah auf sie hinab. »Wenn sie dich ausliefern, dann sterbe ich«, sagte er mit einem solch stillen, tiefen Kummer, dass es Elster das Herz zu brechen drohte.

»Digo«, sagte sie hilflos. »Es ist doch gar nicht gesagt ...« Sie seufzte. Natürlich war es das. Wenn der Starost sie auslieferte, war sie für jeden im Dorf wie tot und begraben. Der Turm schluckte seine Opfer und gab sie nicht wieder frei, ganz wie das gefräßige, blutgierige Monstrum, das er war.

Er sah sie an, dann nickte er, als hätte sie seine Meinung bestätigt, und zog den Kopf wieder zurück. »Fang«, sagte er und kurz danach flog Elsters Rucksack auf sie zu. Sie fing ihn auf und sah zu, wie Indigo die Leiter hinunterkletterte und sie danach mit einem geschickten Zug und Ruck von ihrer Verankerung löste. Er rollte das Seil auf und versteckte es wieder unter der Wurzel der Eiche. »Fertig«, sagte er. »Wir können gehen.«

Elster wurden die Knie weich. »Warte«, sagte sie atemlos. »Sollten wir nicht wenigstens eine Nachricht für Winter hinterlassen? Sie könnte sonst denken, dass die Türmer uns gefangen haben.«

Indigo stemmte die Fäuste in die Seiten, aber er seufzte und nickte. Elster öffnete den Rucksack und zog das Buch heraus. »Hier sind bestimmt leere Seiten am Schluss«, sagte sie, denn das einzige Buch, das sie kannte – das BUCH, das jeder Haushalt der Schluchter wie seinen größten Schatz bewahrte –, hatte jede Menge leere Seiten am Schluss. Das musste es auch, weil man doch hineinschreiben musste, was man an Worten der Alten fand. Elster hatte mit dem BUCH lesen gelernt und kannte es beinahe auswendig. Ihre Mutter war immer besonders stolz auf ihr Exemplar gewesen, weil nicht nur die handschriftlichen Ergänzungen ihrer Eltern und Großeltern, sondern auch einige originale Texte darin verzeichnet waren.

Elster fühlte sich mit einem Mal tiefer mit Indigo verbunden als je zuvor. Während rundum ihre Welt in Stücke brach, war er fest und stark an ihrer Seite. »Wir werden Abenteuer erleben«, sagte sie und blickte von ihrer Suche in dem verwirrenden Buch auf. »Abenteuer über Abenteuer. Ich freue mich!« Und das stimmte sogar. Sie war satt, nichts tat ihr weh und sie würde die Welt sehen, endlich. Was wohl hinter diesem endlosen Wald liegen mochte? Sie hatte im BUCH von einem großen Wasser gelesen, in dem riesige Lebewesen schwammen, die sogar Menschen verschlucken und mit sich herumtragen konnten, um sie anderswo wieder ans Land zu spucken. Die wollte sie sehen. Und das große Wasser, das sicherlich sehr nass und sehr tief war ...

Mit neu entfachtem Enthusiasmus blätterte sie durch das blaue Buch in ihrem Schoß. Hier und da blieb ihr Blick an einer der Zeichnungen hängen, die so fein und zierlich ausgeführt waren, als hätte man sie mit einem einzelnen Haar gemalt. Die Schrift war so gleichmäßig und schwarz, die Reihen der Wörter so ordentlich und mit dem Lineal gezogen – es war ein wunderschönes Buch, das ein wahrer Künstler geschaffen haben musste.

»Schau, hier erzählt es von einem fernen Land«, sagte sie und fuhr mit dem Finger an einem Absatz entlang, während ihre Lippen stumm die Worte formten. »Ja-pan«, sagte sie. »Ich habe noch nie davon gehört. Es liegt im großen Wasser. Und es leben Ja-paner darin.« Sie blätterte. »Hier steht nichts von Türmen«, sagte sie und blickte auf. »Digo, wir fliehen nach Ja-pan!«

»Machen wir«, sagte er und blickte sich unruhig um. »Nun beeil dich aber mit der Nachricht für Winter, El. Ich hab ein dummes Gefühl ...«

Elster schlug die letzten Seiten auf und fand ein einziges leeres Blatt. »Digo, hast du was zu schreiben?«, fragte sie ungeduldig und streckte ihre Hand zu ihm aus.

»Zu spät«, murmelte Indigo. Er stand mit dem Rücken zu ihr und starrte in den Wald. »Sie kommen.«

Es waren zwei Männer und eine Frau, die kamen, um sie abzuholen – oder sie zu verhaften, denn so fühlte es sich für Elster an. Sie hatte kurz erwogen, ihr Heil in der Flucht zu suchen, aber Indigo hatte sie festgehalten. »Sinnlos«, hatte er geflüstert, und natürlich hatte er recht.

Die Männer waren so gekleidet, dass sie auf wenige Schritte Entfernung mit der Umgebung verschmolzen, als wären sie selbst nur Unterholz und Geäst. Ihre Kleidung war bräunlich-grün und zweckmäßig, und erst, als sie die Kapuzen ihrer Jacken abstreiften, schimmerte ihr weißes Haar wie Mondlicht und Schnee im Schatten der Bäume.

Die Frau dagegen trug ein langes, helles Gewand, das bei jedem Schritt unter ihrem langen Umhang hervorblitzte. Ihr Haar schwang sich in einem dicken Zopf den Rücken hinunter und die wasserhellen Augen blickten Elster ernst an. »Du bist Winters Schwester«, sagte sie und ihr Blick blieb kurz an Elsters weißer Strähne hängen. »Gehen wir. Das Prinzip erwartet dich.« Ihr Blick streifte Indigo und glitt an ihm ab wie Regen von einem Frosch. Sie wandte sich um und die beiden Männer nahmen Elster in ihre Mitte.

Elster warf Indigo einen fragenden Blick zu. »Geh zurück«, formten ihre Lippen. Er schüttelte den Kopf und kam an ihre Seite, den einen der beiden Weißhaarigen beiseitedrängend. »Entschuldige«, sagte Indigo. »Das ist mein Platz.«

Elster hielt den Atem an und erwartete Widerspruch, doch zu ihrem Erstaunen trat der Weißhaarige zur Seite, so, als würde er einem Stein oder einer Wurzel ausweichen, und ließ Indigo gewähren.

Sie wanderten durch den immer dichter und dunkler werdenden Wald. Niemand sprach ein Wort. Elster spürte eine Beklemmung in sich aufsteigen, die sie kaum benennen konnte. Sie hatte wie alle Schluchter immer wieder mit Schamanen und Magiebegabten zu tun, immerhin würde sie selbst ein Trikker sein, und ihre Schwester war eine Begabte, war sogar die Erwählte ... aber noch nie war Elster von einer Gruppe dieser Menschen zum Prinzip selbst, dem Oberhaupt aller Schluchter, eskortiert worden.

Elster versuchte, nicht darüber nachzudenken, was am Ende ihres Marsches auf sie wartete. Verbannung oder die Auslieferung an die Türme? Oder hatte Om andere Pläne mit ihr? Sie galt als streng und unergründlich, gütig und doch unberechenbar. Kaum jemand aus ihrem Dorf hatte je mit dem Prinzip von Angesicht zu Angesicht gesprochen. Om kümmerte sich um alle Dörfer, alle Schluchter, sie hatte keine Zeit, sich mit einem einzelnen Schäfchen ihrer Herde zu beschäftigen.

Elster musste bei sich zugeben, dass sie sich ein wenig fürchtete. Und der Ausdruck in Indigos Gesicht sagte ihr, dass es ihm nicht viel anders erging. Sie tastete nach seiner Hand und drückte sie aufmunternd. Er erwiderte den Druck und lächelte ein wenig gequält, und beide vergaßen vollkommen, den Griff ihrer Hände wieder zu lösen.

Einer der beiden Männer stieß einen leisen Ruf aus, der kurz darauf aus der Ferne beantwortet wurde. Die Schamanin sah Elster an und nickte. »Wir sind da.«

Der Weg führte auf eine Lichtung, die ganz sicher nicht natürlichen Ursprungs war, sondern von Menschenhand gerodet. Elster sah den Schlitten, der am Waldrand wartete, und griff nach Indigos Hand. »Wir fliegen«, sagte sie entzückt. »Schau nur, Digo. Wir werden fliegen!«

»Toller Schlitten«, sagte er nur und wirkte plötzlich gar nicht mehr bedrückt, sondern aufgeregt und zufrieden gleichzeitig.

14

Es steht geschrieben: Nachbarin! Euer Fläschchen!

Aus Gründen, die er sich selbst nicht recht erklären konnte, verspürte Valentin den unwiderstehlichen Drang, die Untergeschosse des Turmes aufzusuchen. Das war nicht ausdrücklich verboten, wurde jedoch nicht gerne gesehen. Aber die lange Unterredung mit seinem Vater und dessen neuer Favoritin hatten ihn aufgewühlt und in einer seltsamen Laune in den Abend entlassen. Er war unzufrieden über das Ergebnis des Gesprächs, und er fühlte sich beschämt, weil sein Vater vor Lady Melania so unverblümt über Valentins brachliegendes Liebesleben geredet hatte. Natürlich war er keine Jungfrau mehr – wie sein Vater es auszudrücken beliebte –, aber es war leider auch nur allzu wahr, dass er sich in den letzten Monaten kaum um diese Seite seiner persönlichen Weiterbildung gekümmert hatte. Er verspürte einfach nicht das geringste Bedürfnis, sich in amouröse Spielchen und pikante Abenteuer zu stürzen, so wie seine Halbbrüder es zu tun pflegten, obgleich er wusste, dass mangelnde Aktivität auf diesem speziellen Gebiet beim künftigen Panarchen als ein Zeichen von Schwäche ausgelegt werden konnte.

Er kehrte in seine Gemächer zurück und kleidete sich um. Angemessen. Nicht zu protzig, eher unauffällig, aber dafür so, dass er sich leichtfüßig und schnell bewegen konnte. Er schnallte die Unterarmscheide für ein schmales Stilett um, verwahrte einen weiteren Dolch in seinem Stiefel und einen im Gürtel. Dann stand er eine Weile nachdenklich vor dem Spiegel und sah sich prüfend ins

Gesicht. Er beobachtete, als wäre es ein Fremder, der vor ihm stand, sein Spiegelbild, sah, wie eine Hand des Mannes hinauf zu seiner Stirn wanderte, das Haar zurückstrich und den Haaransatz freilegte. Dann schoben die Finger das Haar wieder zurück und strichen es glatt. Der Mann beugte sich vor und sah sich in die blassgrünen Augen. Er erwiderte den fremden Blick fragend und ohne zu lächeln. »Nimm eine Pistole mit«, sagte der Fremde.

Valentin nickte und zog die Schublade auf, in der er sein Paar Pistolen verwahrte. Er überprüfte die Tesla-Ladung, fand sie ausreichend für zehn oder zwölf Schüsse und steckte die Pistole hinten in seinen Hosenbund. Dann richtete er seine dunkle Jacke, strich sie glatt und wandte sich ohne einen weiteren Blick auf den Mann im Spiegel zum Gehen.

Der Aufzug brachte ihn nur bis zur Schleuse im nullten Geschoss. Von da aus musste er eine der Treppen an der Seite nehmen, um im ersten Untergeschoss dann erneut in den Aufzug steigen zu können.

Valentin betrat die Treppe mit dem Gefühl, in seine Vergangenheit zurückzuwandern und wieder zum Kind zu werden. Er hatte damals vor Angst gezittert, obwohl er sich an der Hand seines Erziehers doch hätte sicher fühlen müssen. Alban hatte ihm geduldig erklärt, dass sie sich immer noch weit über dem Erdboden befanden, obwohl die Etagen der Bediensteten und Arbeiter »Unter«geschosse genannt wurden. Aber die trübe Beleuchtung der Treppe, das völlige Fehlen von Fenstern, die Schäbigkeit und Ärmlichkeit, die irgendwie schmutzig auf ihn wirkten, hatten Valentin damals gleichzeitig abgestoßen und geängstigt.

Ein wenig von dem damaligen Gefühl kehrte nun wieder und ließ seine Hände kalt und schwitzig werden. Er atmete tief ein und schmeckte das Aroma auf der Zunge, das ihn damals tagelang nicht verlassen hatte, sosehr er sich auch immer wieder den Mund ausgespült hatte. Es schmeckte nach Moder und Verzweiflung, nach Schweiß und Schmutz, Unglück und Verwahrlosung.

Valentin verharrte auf der Treppe und überprüfte seinen Entschluss. Warum war er hier? War es notwendig hierherzukommen? Weshalb?

Dann verwarf er alle Grübelei und stieg weiter hinab. Am Ende der Treppe verließ er das Treppenhaus und wechselte in das untere Foyer mit den Liften der Arbeiter.

Er bestieg eine der Kabinen, misstrauisch beobachtet von einem ärmlich gekleideten Mann und zwei Frauen mittleren Alters. Er zog es vor, die Blicke zu ignorieren. Besuche aus den oberen Geschossen waren keine Seltenheit, vor allem die jüngeren Adligen pflegten ihre Jagdausflüge nicht nur in die Wälder zu unternehmen. Es war ihm gleichgültig, was die Menschen hier unten von ihm dachten. Sollten sie ruhig annehmen, er sei hier, um seine Gelüste zu befriedigen – welcher Art auch immer sie sein mochten. Vielleicht sorgte die Angst vor dem kurzen Degen an seiner Seite dafür, dass man ihm aus dem Weg ging, was ihm nur recht war. Er wollte hier weder jagen noch eine Frau finden.

Oder vielmehr – er wollte eine Frau finden. Eine ganz bestimmte Frau. Die Frau, nach der er nun schon seit zwei oder drei Jahren vergeblich suchte und die keiner der Männer, die er damit beauftragt hatte, bisher hatte ausfindig machen können.

Er stieg auf der Höhe der Dienstbotenquartiere aus und stand unschlüssig einen Moment lang in der Nabe. Die Speichen, die von hier ebenso abgingen wie im oberen Teil des Turmes, waren dunkel und überall waren Stimmen, Schritte, lautes Geschrei, Poltern und ein gelegentliches trunkenes Lachen zu hören. Menschen bevölkerten die Gänge. Menschen, die ihn fragend, misstrauisch und nicht sonderlich freundlich anblickten. Er wich ihren Blicken aus, bahnte sich seinen Weg durch eine kleine Gruppe von Mädchen, die großäugig verstummten, als er sie beiseiteschob, und zu flüstern und kichern begannen, kaum, dass er an ihnen vorüber war.

»Was will ich hier erreichen?«, fragte er sich halblaut. »Niemand weiß, wo sie ist. Sie ist verschwunden, als hätte es sie nie gegeben. Wahrscheinlich ist sie ...« Er verstummte. Niemals hätte er dieses Wort laut ausgesprochen, das sogar Alban erstaunlich unbarmherzig zu ihm gesagt hatte.

»Lass sie gehen, Junge«, hatte er gesagt. »Mit großer Wahrscheinlichkeit ist sie längst tot. Lass sie endlich los.«

Valentin biss die Zähne zusammen und ging weiter. Von der dritten östlichen Speiche führte ein zweites Treppenhaus noch tiefer, an den Unterkünften der Wachen vorbei hinab in die Betriebsräume. Darunter waren Lager und noch weiter unten lagen die elenden Quartiere der Arbeiter. Dort hinab hatte es ihn nur ein einziges Mal in seinem Leben verschlagen und damals war Alban an seiner Seite gewesen. Heute war er zum ersten Mal allein hier unten, und er fühlte sich schwach und schutzlos, was ihn gleichermaßen ärgerte und verwirrte.

Nicht zum ersten Mal fragte sich Valentin, was seinen Erzieher damals geritten hatte, den ihm anvertrauten Zögling und Sohn des Panarchen in solche Gefahr zu bringen. Valentin lächelte unwillkürlich. Wahrscheinlich war Alban betrunken gewesen. Das zumindest würde diese Verirrung erklären.

Jemand kam ihm entgegen, ein älterer Mann mit der grauen Hautfarbe derjenigen, die das Untergeschoss nie verließen. Er blinzelte verblüfft, als er Valentin sah, und vollführte einen ungeschickten Kratzfuß. »Ihr habt Euch sicherlich verlaufen, Euer Gnaden«, murmelte er in Richtung Fußboden.

»Nicht im Mindesten«, erwiderte Valentin und wollte weitergehen. Aber dann blieb er stehen und packte den Mann am Arm. »Warte«, sagte er. »Du lebst hier, du kennst doch wahrscheinlich jeden, oder?«

Der Mann sah ihn aus großen, dunklen Augen verwirrt an. »Nnein, Euer Gnaden«, stammelte er. »Nicht jeden, sicherlich nicht. Aber schon den einen oder die andere ...«

»Ich suche eine Frau«, sagte Valentin und fügte scharf hinzu: »Spar Er sich das anzügliche Grinsen, Kerl. Es ist nicht, was Er denkt!«

Der Mann ließ jeden Ausdruck aus seiner Miene verschwinden. »Ich höre, Herr«, flüsterte er.

Valentin atmete tief durch. Er musste ruhig bleiben. Er war allein hier unten. Natürlich weder hilf- noch wehrlos, aber dennoch – wenn die Ratten nur zahlreich genug waren, konnten sie auch einen Wolf töten.

»Es ist gut«, sagte er deshalb in versöhnlichem Ton. »Ich suche eine Frau, die früher ›Mond‹ genannt wurde. Dann wurde sie hinaufgebracht und bekam den Namen Fabia.«

Lady Fabia, um genau zu sein. Valentin musste an sich halten, um nicht vor Schmerz die Augen zu schließen.

Der Mann sah ihn beinahe verständnisvoll an. »Nein, Euer Gnaden«, sagte er dann. »Nein, es tut mir leid. Ich kenne niemanden dieses Namens. Ihr solltet Diener schicken, die sie für Euch suchen, denn hier unten leben zu viele Menschen und keiner von uns kennt all die anderen.« Er zögerte und senkte den Blick. »Falls sich die von Euch Gesuchte allerdings unten in den Kerkern befindet, dann wäre Eure Suche vergebens. Die Namenlosen können nicht gefunden werden, Euer Gnaden. Sie sind lebende Tote.«

Valentin nickte knapp und bedeutete dem Mann, er möge seinen Weg fortsetzen. Die Schritte verhallten über seinem Kopf, und Valentin ließ sich langsam auf die Stufe sinken, auf der er immer noch gestanden und ins Dunkel gestarrt hatte. Viele Stockwerke weiter unten befanden sich die Kerker des Turmes. Wer dort landete, war für alle Zeit verloren. Keiner der Inhaftierten überlebte länger als drei oder vier Jahre. Die Dunkelheit sog nach und nach jeden Lebenswillen aus den Gefangenen, bis sie nur noch vertrocknete, leere, seelenlose Hüllen waren. Mit einem Mal überkam Valentin eine Woge der Angst, dass er nur dort unten finden würde, was er suchte.

Einige Atemzüge lang saß er so da, dann raffte er sich auf, erhob sich und lief die Treppe wieder hinauf, rannte die Speiche hinunter, wobei er jeden beiseitestieß, der seinen Weg kreuzte und nicht rechtzeitig zur Seite sprang, stürmte in den Aufzug und ließ sich wieder hinauftragen.

Eine knappe halbe Stunde später stand er vor seinem Spiegel, in Schweiß gebadet und schwer atmend, als hätte er sich bei einem Fechtgang verausgabt, und auf seiner Zunge lag schwer und ölig der Geschmack der unteren Geschosse.

Valentin konnte keinen Schlaf finden. Das Bett, das sonst so weich und bequem war, erschien ihm wie mit Steinen und Scherben gefüllt, die seidene Decke war rau und kratzig wie minderwertige Wolle und die Luft schwer und stickig. Und immer noch hatte er den Geruch der tiefen Etagen in der Nase. Er schien ihm aus den Poren zu sickern, aus den Haaren aufzusteigen, aus seinen Lungen zu streichen und die reine Luft des Schlafgemaches zu verpesten.

Er stand auf und wusch sich mit heißem und kaltem Wasser. Seife, viel Seife. Pfefferminze und Alkohol, um den Mund auszuspülen. Er wusch seine Haare und schüttelte sie über seine nackten Schultern zurück. Tropfnass und immer noch mit dem Gefühl, besudelt und beschmutzt zu sein, tappte er in sein Schlafgemach zurück und wickelte sich in seinen Morgenrock.

Eine ganze Weile stand er am Fenster und betrachtete den mondscheinhellen Wald und den klaren Himmel, auf dem die Sterne funkelten wie Diamanten.

Dann zog er die Vorhänge dicht zu und legte sich wieder ins Bett. Starrte mit weit offenen Augen zur Decke, stöhnte und stand wieder auf.

Er kleidete sich an, kontrollierte seinen Dolch und den Degen, klopfte auf die Jackentasche, in der sich die Pistole befand, und verließ seine Gemächer. Er lief schnell und leise die Speiche hinunter, hieb mit der Faust auf den Rufknopf des Aufzugs, wartete nicht, bis der kam, sondern rannte weiter zur Tür des Treppenhauses, nahm die zwei Treppen im Sprint, lief die zweite nördliche Speiche hinab und hämmerte gegen eine Tür.

»Was?«, antwortete nach einer Weile eine schlaftrunkene Stimme. »Was denn?« Schritte tappten, die Tür öffnete sich und Alban sah ihn an. Seine Augen waren trüb, und er brauchte einige Sekunden, bis er Valentin erkannte und die Tür frei gab. Er schwankte zurück ins Zimmer und Valentin folgte ihm. Er erkannte jetzt erst, dass Alban splitternackt war und ganz offensichtlich nicht sonderlich nüchtern.

»Bist du klar genug, um zu verstehen, was ich sage?«, fragte er grollend. Es ging ihn nichts an, was sein Erzieher in seiner spärlichen freien Zeit trieb, aber es ärgerte ihn dennoch, dass ausgerechnet in der Nacht, in der er Alban einmal wirklich brauchte, dieser offensichtlich betrunken war.

Ausgerechnet in dieser Nacht? Valentin lachte kurz und wütend auf. Wahrscheinlicher war wohl: in so gut wie jeder Nacht.

Alban hatte sich zum Bett gehangelt und warf nun murmelnd und ächzend einen fadenscheinigen Hausmantel über seine Blößen. »Ich mache mich frisch«, sagte er schleppend. »Setz dich irgendwohin. Bin gleich für dich da.«

Valentin blieb unschlüssig neben der Tür stehen. Was hatte ihn getrieben, seinen Erzieher mitten in der Nacht aus dem Bett zu holen? Wie sollte Alban ihn unterstützen, wenn der Lehrer doch kaum in der Lage war, sich selbst zu helfen? Valentin legte die Hand gegen die Tür, um sie aufzuschieben und aus dem Zimmer zu flüchten, aber er hatte zu lange gezögert, denn die Tür zum Badezimmer sprang auf und ließ eine Wolke feuchtwarmer Luft herein. Alban trug den Hausmantel lose über die Schultern gehängt und trocknete sich mit einem Handtuch die Haare. Sein Blick war nicht mehr so trüb, aber immer noch war ihm die Trunkenheit deutlich anzusehen. »Warum stehst du da herum?«, fragte Alban gereizt. »Setz dich hin, mach mich nicht irre. Ich brauche einen verdammten Schluck zum Wachwerden.« Er nahm eine Flasche vom Tisch, kippte sie prüfend, warf sie aufs Bett, riss eine Schublade auf und kramte darin herum.

»Alban«, sagte Valentin, »es tut mir leid. Ich hätte nicht einfach herkommen und dich wecken dürfen. Ich gehe wieder und lasse dich ...«

»Setz dich, verdammt noch mal, hin!«, fauchte der Erzieher. Er hatte eine Flasche zu packen bekommen, deren Korken er nun mit den Zähnen herauszog. Er spuckte den Korken aufs Bett und setzte die Flasche zu einem tiefen, gluckernden Schluck an. »Gut«, ächzte er und wischte sich Mund und Augen. »Besser. Gleich funktioniert alles wieder wie geschmiert.«

»Alban«, sagte Valentin hilflos. Es schmerzte ihn unerwartet heftig, seinen Freund so zu sehen.

»Was?«, knurrte der. »Also, was ist passiert? Hat schon wieder jemand versucht, dich umzubringen?« Er lachte kurz und rau.

Valentin schüttelte den Kopf. »Es tut mir leid«, wiederholte er. »Ich wollte deine Freundschaft nicht über Gebühr strapazieren. Ich gehe jetzt besser.«

Albans Hand schoss vor und umklammerte Valentins Handgelenk mit einem eisenharten Griff. »Du schmeißt mich nicht aus dem Bett und verschwindest dann einfach wieder. Du sagst jetzt, was du von mir wolltest!« Albans Augen funkelten gefährlich. »Du kannst nicht so tun, als gehörte die Welt dir und alles hätte sich nur um deinen Nabel und nach deinen Launen zu drehen, mein Junge. Hin und wieder muss man auch mal den Kopf für das hinhalten, was man verbockt.«

Valentin riss sich los. Zorn ließ sein Gesicht heiß werden. »Wie redest du mit mir?!«, fauchte er. »Willst du, dass ich dich auspeitschen lasse, Kerl?«

Alban wich nicht zurück. Er erwiderte Valentins Blick ohne Furcht und mit einem Grimm, in dessen Kern ein triumphierendes Lachen lauerte. »Ich bin Euer Diener, Euer Gnaden«, sagte er tonlos. »Verfügt über mich, wie es Euch beliebt.«

Valentin wandte sich mit einem erstickten Laut ab und rieb sich fest über die Augen und den Mund. »Verdammt noch mal, Alban«, sagte er rau. »Warum? Du bist der klügste, feinste Mensch, den ich außer Leona kenne. Du bist neben ihr der einzige, dem ich blind mein Leben anvertrauen würde. Warum tust du das nur?«

Schweigen war die Antwort. Dann räusperte sich der Erzieher und erwiderte nicht minder schroff: »Es geht dich nichts an. Das ist einzig und allein meine Sache, und nicht einmal du hast mir darin etwas zu befehlen.«

»Ich könnte es tun«, erwiderte Valentin scharf. »Ich könnte dir befehlen, dass du ab heute keinen Tropfen mehr trinkst.«

»Oder?«

»Oder ich lasse dich in den Kerker werfen und dort verrotten!« Valentin fuhr herum und packte den Älteren bei den Schultern, um ihn zu schütteln. »Mann, sei doch vernünftig. Das erwartet dich, wenn der Panarch dich noch einmal betrunken erwischt. Du weißt, dass mein Vater keine leeren Drohungen macht. Ich will nicht, dass du eines Tages spurlos verschwindest wie ... wie ...« Seine Stimme brach, und er ließ Alban so heftig los, dass der zurücktaumelte, gegen die Bettkante stieß und schwer auf die fleckigen Laken fiel. Seine Brust hob und senkte sich stoßweise und seltsame Geräusche drangen aus seiner Kehle. Er lachte, begriff Valentin nach einem Moment der Panik. Alban lag da auf seinem Bett, betrunken wie ein Trupp Soldaten, und lachte ihn aus! Aber noch während er seinen Zorn darüber niederkämpfte, ging Albans Lachen in ein Schluchzen über.

Valentin stöhnte erbittert. Er griff nach Albans Arm und zog ihn vom Bett hoch, fegte den schwächlichen Widerstand beiseite und schüttelte Alban nicht sonderlich zimperlich. »Jetzt reiß dich zusammen, Mann«, sagte er hart. »Du bist besoffen und ich bin dir auf die Nerven gegangen. Kein Grund, herumzuheulen wie ein Dienstmädchen mit Liebeskummer. Haltung, Soldat!« Er schüttelte Alban noch einmal, gab ihm eine nicht allzu feste Ohrfeige und drückte ihm ein Glas mit Wasser in die Hand, das er von dem kleinen Tisch neben dem Bett geangelt hatte. Er hoffte zumindest, dass es Wasser war.

Der Anpfiff wirkte. Alban schluckte und schniefte, zog die Nase hoch wie ein Kind, griff nach dem Wasser und kippte es hinunter. »Danke«, sagte er und wischte sich mit dem lose herabhängenden Ärmel seines Hausmantels über das fleckige Gesicht. »Ich bitte vielmals um Vergebung, Euer Gnaden. Ich habe mich ungebührlich gehen lassen.«

»Dummes Zeug«, erwiderte Valentin erleichtert. »Was hältst du davon, wenn du dich anziehst und ich uns Kaffee bringen lasse?« Er wartete Albans Antwort nicht ab, sondern lief zur Tür hinaus und suchte nach dem nächsten Rufknopf für die Dienerschaft. Als es im Sprechgitter knackte und eine ferne Stimme darum bat, seinen Wunsch zu äußern, orderte Valentin starken Mokka und einen Imbiss und kehrte zurück in das schäbige Quartier seines Erziehers.

Alban hatte die Zeit genutzt, sich in eine dunkle Hose und ein weiches, braunes Hemd zu kleiden und sein Haar im Nacken zu knoten. Er war blass und unrasiert, aber er sah nicht mehr ganz so betrunken aus wie noch vor einigen Minuten. »Setz dich«, sagte er, ohne Valentin anzusehen, und knöpfte das Hemd über der Brust zu. »Ich mache dir auch keine Szene mehr, versprochen. Ich wäre dir sehr dankbar, wenn du vergessen könntest, was vorgefallen ist.«

»Schon vergessen«, sagte Valentin großzügig und erleichtert und ließ sich in einen quietschenden, verschlissenen Sessel fallen. »Meine Güte, Alban, du brauchst dringend ein anderes Quartier. Das hier ist für dich unangemessen.«

Der Erzieher schüttelte den Kopf. »Es ist gut so«, sagte er schroff. »Lass mir mein Leben, wie es ist, Valentin. Misch dich nicht ein.«

Valentin sah ihn fragend an, aber Alban wich seinem Blick aus.

Ein Diener klopfte und brachte das Bestellte. Der würzig-bittere Geruch des starken Mokkas füllte die Luft. Valentin stürzte sich auf die Kanne, füllte zwei Tassen, rührte Zucker in seinen schaumigen Kaffee und trank, wobei er sich Zunge und Gaumen verbrannte. »Das tut so gut«, murmelte er und meinte damit auch das Brennen in seinem Hals. Es bewies, dass sein Körper lebte und atmete. Immer noch. Er seufzte zufrieden und griff nach einem Gurkensandwich. »Du solltest auch was essen«, sagte er mit vollem Mund.

Alban lehnte ihm gegenüber in dem dunklen Ledersessel und knetete seine Unterlippe. »Sag mir, warum du mich geweckt hast«, forderte er und nahm sichtlich widerstrebend seine Tasse auf.

Valentin runzelte die Stirn und schluckte, bis sein Mund leer war. »Warum hast du mich damals in die Untergeschosse gebracht, Alban? Ich wollte dich das schon immer fragen.«

»Dafür weckst du mich?« Der Erzieher schnaubte. »Das hätte doch Zeit bis morgen gehabt, Val, also wirklich! Pass auf, dass du nicht exzentrisch wirst.«

»Nein, nicht dafür.« Valentin stellte seine leere Tasse ab und fuhr sich durch die Haare. »Ich war unten«, setzte er ruhig hinzu. »Ich wollte nach Lady Fabia suchen. Es lässt mir keine Ruhe, dass ich sie einfach so aufgegeben habe. Dass ich einfach so die Hoffnung habe fahren lassen, sie noch einmal wiederzusehen.«

Es klirrte, als Alban seine Tasse unsanft absetzte. »Lass die Toten ruhen!«, sagte er laut.

Valentin zwang sich, nicht ebenfalls laut zu werden. Er verschränkte seine Hände, damit sie nicht zitterten, und erwiderte so gefasst wie möglich: »Sie ist nicht tot. Sie ist irgendwo dort unten, womöglich in einem der Kerker ...«

»Dann ist sie doppelt tot!« Alban fuhr sich mit beiden Händen über das Gesicht. »Valentin, ich verstehe dich ja. Glaube mir, Junge, niemand versteht dich besser als ich. Aber Lady Fabia verschwand vor über zehn Jahren. Niemand überlebt so lange, wenn er dort unten landet.« Er hob den Kopf, seine dunkel geränderten Augen blickten wie Löcher in einer Maske aus seinem bleichen Gesicht. »Und wir wissen doch noch nicht einmal, ob sie überhaupt noch hier im Turm ist. Vielleicht ist sie in die Wälder geflohen. Vielleicht wurde sie zu einem der anderen Türme geschickt. Der Einzige, der dir darüber Auskunft geben könnte, ist dein Vater. Und der wird es nie tun!«

Valentin senkte den Kopf und schluckte seinen Groll hinunter. Er schmeckte bitter, gallebitter.

»Warum bist du so aufgewühlt?«, fragte Alban. »Was ist geschehen? Du hast seit einem Jahr oder länger nicht mehr darüber nachgedacht, warum also heute?«

Die Frage lenkte Valentin von seinem Kummer ab. Er leckte sich verblüfft über die Lippen, auf denen bittersüße Zuckerkrümel zurückgeblieben waren. »Warum?«, fragte er zurück. Er lachte und lehnte sich abwehrend zurück. »Mein Vater hat mir eine ehrenvolle Aufgabe zugeteilt«, sagte er hart. »Ich habe ihm das Ergebnis unserer Überlegungen mitgeteilt und er hat sich eine ganz besondere Belohnung einfallen lassen. Ich darf das Dorf auswählen, das bestraft wird. Und ich darf die Bestrafungsaktion leiten.«

Alban wurde noch blasser, soweit das überhaupt möglich war. »Oh«, sagte er. »Valentin, das ... sieh es als das, was es ist. Es ist eine Ehre, mein Junge. Dein Vater zeigt dir damit, dass er dich schätzt und achtet.«

Valentin sprang auf und warf dabei beinahe den Tisch um. »Ich weiß«, erwiderte er grimmig. »Und ich habe mich darüber gefreut, Alban. Du schätzt mich falsch ein, glaube ich. Ich habe kein Mitleid. Ich fürchte mich nicht davor, nein, ich freue mich sogar darauf, denn der Plan ist meinem Kopf entsprungen und er ist richtig und gut. Ich ... ich weiß nicht, warum ich nicht schlafen kann.« Er trat gegen das Bett und fluchte. Es war sein Vorschlag gewesen, ein Exempel an diesem Dorf zu statuieren. Er würde dafür sorgen, dass die anderen Dörfer sich hüten würden, gegen den Panarchen aufzumucken. Aber der Gedanke daran, dass er ein ganzes Dorf zu Schmerz, Leid und Trauer verurteilte, machte ihm dennoch erstaunlich zu schaffen.

Alban seufzte. »Ich würde einen kräftigen Schluck empfehlen«, sagte er mit galligem Humor, »aber ich fürchte, das ist mein Werkzeug, um überhaupt noch in den Schlaf zu finden. Du wirst dein Mittel selbst herausfinden müssen. Und das am besten schnell, denn du wirst es ab jetzt dringender denn je benötigen. Die Zeit der Unschuld ist vorüber, Val. Jetzt beginnt auch für dich die Zeit der unruhigen Träume und der schlaflos verbrachten Nächte.«

15

Es steht geschrieben: Manchmal ist eine Zigarre nur eine Zigarre

Der Flug mit dem Schlitten über das endlose Waldgebiet war sehr viel weniger aufregend, als Elster erwartet hatte. Ihr eigener Schlitten hatte zwar eine deutlich geringere Reichweite, aber er flog genauso schnell und hoch. Die erste Stunde hatte sie noch mit der Nase an dem kleinen Bullauge verbracht und in den Himmel und auf die unter ihnen vorbeiziehenden Bäume geblickt. Doch nun fielen ihr die Augen zu und sie lehnte sich in den unbequemen Sitz zurück und versuchte zu schlafen.

Indigo neben ihr hatte den Piloten des Schlittens beobachtet und ihm einige technische Fragen gestellt, aber dann war auch sein Kopf zurückgesunken und er schnarchte schon einige Zeit leise vor sich hin.

Sie erreichten ihr Ziel gegen Nachmittag, eine kleine Ansiedlung, an der auf den ersten Blick nichts Angsteinflößendes oder Beunruhigendes zu entdecken war. Es gab einen Dorfplatz mit einem Brunnen, der umringt von kleinen, fest gebauten Häusern und Schuppen war, ganz so wie auch Elsters und Indigos Heimatdorf.

Der Schlitten landete ein kleines Stück außerhalb, und Elster war froh, dass sie sich endlich strecken und ihre Beine wieder bewegen konnte.

»Ihr könnt euch zuerst frisch machen und etwas essen, wenn ihr wollt«, sagte die Schamanin, die sich zum ersten Mal nach langem Schweigen wieder an sie wandte. »Dort findet ihr alles, was ihr benötigt.« Sie deutete auf ein kleines Haus am Rande des Platzes. »Seid aber jederzeit bereit, dass man euch ruft.«

Elster sah sich um, während sie zu dem Haus gingen. Es lebten offensichtlich nicht nur Magiebegabte in diesem Dorf, denn sie sah zwei dunkelhaarige Frauen mit einem Mann sprechen, dessen kastanienbraunes Haar lang und lockig über seine Schultern fiel, und am Brunnen standen zwei Mädchen, eins mit feuerroten und eins mit dunkelblondem Haar, die lachten und schwatzten, während sie ihre Eimer füllten.

Elster entspannte sich ein wenig und wies Indigo mit einer Kopfbewegung auf die Dorfbewohner hin. Er nickte und wirkte nicht minder erleichtert darüber als sie.

Das Haus bestand nur aus einem nicht sehr großen, spartanisch eingerichteten Raum, aber es war sauber, auf einem kleinen Tisch stand ein herzhafter Imbiss für sie bereit und am Fenster wartete eine Waschschüssel mit einem nach Geißblatt duftenden, honiggelben Stück Seife. Über der Tür hing ein geschnitztes Gegenstück zu der Gabel, die Elster um den Hals trug. Elster ertappte sich mit einem verlegenen Lachen dabei, dass sie das Symbol mit gegabelten Fingern grüßte, als wäre sie ihre Mutter.

Sie wuschen sich und aßen dann dicke Scheiben frisch gebackenes Brot mit Butter und Käse. Es schmeckte himmlisch, und Elster, die nach dem Frühstück geschworen hätte, an diesem Tag keinen Bissen mehr herunterzubekommen, war erstaunt, wie groß und bissig ihr Hunger schon wieder war.

Als sie die letzten Krümel vom Tisch pickte und über ein Nickerchen nachdachte, sprang die Tür auf und ihre beiden schweigsamen Begleiter standen vor ihnen. »Bitte, das Prinzip erwartet dich«, sagte der ältere und deutete zur Tür. »Nein, du nicht.« Er verwehrte Indigo den Durchgang.

Elster winkte ihrem Freund zu. »Bleib, ruh dich aus«, sagte sie.

»Es wird mir hier nichts geschehen. Oder?« Sie sah die Männer fragend an. Der jüngere erwiderte ihren Blick stoisch, aber der ältere lächelte sanft und schüttelte den Kopf.

»Siehst du?«, sagte Elster, obwohl ihr Herz bis zum Hals schlug. »Du brauchst dir keine Sorgen zu machen. Schlaf ein wenig für mich mit. |¢ħ ķºммē ħēïł ωïēđēŕ, vēŕşρŕº¢ħēñ.« Sie zwang sich zu einem Lächeln, das Indigo ein bisschen verkniffen erwiderte.

Die Männer geleiteten sie zu einer anderen, nur unwesentlich größeren Behausung, schoben sie durch die Tür in das dunkle Innere des Hauses und blieben wie Torwächter davor stehen. Elster blinzelte, denn nach dem hellen Tageslicht auf dem Platz war sie beinahe blind. Entweder gab es hier keine Fenster oder sie waren dicht verhängt.

Nach und nach schälten sich Einzelheiten aus der düsteren Umgebung. Jemand saß an der Längsseite des Raumes, sie hörte Atem und sah das Schimmern von hellem Stoff und weißem Haar.

Sie blieb in der Mitte des Raumes stehen und wartete. Das Atmen der fremden Person war sanft wie der Wind im Frühling. Stoff raschelte, dann erklang eine Stimme: »Komm näher, Mädchen. Und um Himmels willen, macht Licht! Ich bin wach!«

Jemand lachte leise und das Ratschen eines Feuerriemens erklang. Dann zischte es leise und das warme Licht einer Öllampe schimmerte auf und beleuchtete das verrunzelte Gesicht einer uralten Frau. Ihre blassen Augen, rosa im Licht der Lampe, blieben starr auf einen Fleck neben Elster gerichtet, als die alte Frau lächelte und die Hand ausstreckte. »Komm näher«, wiederholte sie. »Lass dich anfassen. Wie du siehst, ist es mit meinem Augenlicht nicht mehr allzu weit her.«

Elster ging zu dem Lehnsessel und kniete davor nieder, um mit der Frau auf einer Höhe zu sein, alles andere wäre ihr respektlos erschienen. Am Rande bemerkte sie die andere Person, die in dem Zimmer war und das Licht angezündet hatte, eine junge Frau mit so kurz geschorenem Haar, dass es wie weißer Flaum ihren Schädel bedeckte. Ihre Augen waren golden wie die von Elsters Schwester und sie lächelte Elster freundlich und aufmunternd zu.

Die alte Frau nahm Elsters Hand zwischen ihre erstaunlich starken Hände und hielt sie fest. »Du bist also Winters Zwillingsschwester«, sagte sie. »Und du hast ein Talent, wie ich fühle.« Sie schien zu wittern. Ihr Gesicht, so schrumpelig wie ein alter Apfel, war dicht vor Elsters Gesicht und ihr Atem strich über Elsters Wange. Er roch süßlich, aber nicht unangenehm. Elster bewegte sich nicht, während die alte Frau den Griff ihrer Rechten löste und damit Elsters Gesicht und Schultern abtastete. Immer noch blickte sie starr an Elster vorbei. Ihre Augen waren gar nicht rosa, wie Elster gedacht hatte, sie waren vielmehr so klar, dass die Blutgefäße darin deutlich zu sehen waren, und von ihnen stammte die rötliche Farbe.

»Du weißt, wer ich bin?«, fragte die alte Frau.

»Du bist das Prinzip. Om«, erwiderte Elster.

»Ich bin Om, ja. Und ich habe die Ehre, das Prinzip zu sein, wiederum ja.« Om lächelte, und Elster sah verblüfft, dass sie immer noch alle ihre Zähne zu besitzen schien, und zwar so weiß und ebenmäßig, als wäre sie ein junges Mädchen.

Das Prinzip ließ Elster los und setzte sich auf. »Setz dich hin«, sagte sie. »Möwe, gib dem Mädchen einen Schemel, ich bitte dich.«

Die junge Frau beeilte sich, dem Befehl zu folgen, und blieb dann mit gefalteten Händen neben Om stehen. »Darf ich dir etwas zu trinken bringen, ehrwürdiges Prinzip?«, fragte sie leise.

Om lehnte mit einer Handbewegung ab. »Geh, lass uns allein«, sagte sie. »Und ruf mir den Steuermann. Ich brauche seinen Rat.«

Die junge Frau nickte und ging hinaus. Elster wartete, was Om ihr zu sagen hatte.

Das Prinzip faltete die Hände im Schoß und senkte den Kopf. »Du hast uns einige Schwierigkeiten bereitet«, sagte sie nach einer Weile. »Wir halten einen komplizierten und komplexen Frieden mit den Türmen, wie du vielleicht weißt. Ein Vorfall wie dieser zwingt uns und die Türme zu Maßnahmen, die sich beide Seiten nicht wünschen.« Sie seufzte und legte ihre Hände flach auf ihre Beine, die sich dünn unter dem Wollstoff ihres Rockes abzeichneten. »Wir müssen dich dem Panarchen ausliefern, Kind.«

Elster biss sich auf die Lippe. »Ehrwürdiges Prinzip«, sagte sie, die Anrede der jungen Schamanin wiederholend, »ich hatte gehofft ... Winter hat gemeint, Ihr könntet ... – ich habe nichts Unrechtes getan! Sie wollten Wolke entführen und ...«

Om unterbrach sie mit einer energischen Handbewegung. »Ich weiß«, sagte sie. »Mein Kind, glaube mir, ich weiß es. Aber dennoch ...« Sie seufzte wieder. »Auch ich kann die Bedingungen nicht verändern, unter denen wir mit den Türmen zusammen existieren. Wir sind auf das Wohlwollen des Panarchen angewiesen, und du hattest das Unglück, einen seiner Söhne schwer zu verletzen.«

Elster überlief es eiskalt bei diesen Worten. Der Panarch würde nicht darauf verzichten, sie festzunehmen. Er würde ein Exempel an ihr statuieren, und sie konnte froh sein, wenn er nur ihr Leben nahm und ihr Dorf verschonte. Nicht einmal das Prinzip würde das verhindern können.

»Om«, sagte sie hilflos, »gibt es denn nichts, was du tun kannst?«

Die alte Frau schüttelte langsam und mitleidig den Kopf. »Ich fürchte, dass es nichts geben kann, was den Zorn des Panarchen besänftigt. Aber warte ...« Sie hob den Kopf, als könnte sie sehen. »Steuermann«, sagte sie. »Berate uns.«

Elster hatte nicht gehört, dass jemand eingetreten war, und fuhr erschreckt herum. Eine Männergestalt zeichnete sich dunkel vor der Türöffnung ab. Er war groß, schmal und langgliedrig, und Elster konnte nicht erkennen, ob er alt oder jung war.

Der Mann trat schweigend ein, wobei er den Kopf ein wenig einziehen musste, und nickte ihr grüßend zu. Sein Haar war lang, dunkel und so lockig wie das des jungen Mannes auf dem Dorfplatz. Er trug die Kleidung eines Jägers oder Kammerläufers – weiches Leder, Wolle und halbhohe Stiefel –, aber im Gegensatz zu diesen war er unbewaffnet.

Er streckte ihr seine Hand zum Gruß entgegen und Elster ergriff sie. »Du bist Elster«, sagte er mit einer angenehmen, jugendlich klingenden Stimme. »Ich freue mich, dich endlich einmal mit eigenen Augen zu sehen. Ich habe von deinen Kletterkünsten gehört. Hast du den Rekord inzwischen gebrochen?«

Om kicherte. »Verwirre das arme Mädchen nicht, Steuermann«, sagte sie vergnügt. »Komm zu mir, wir benötigen deinen scharfen Blick.«

Der Mann gehorchte und blieb neben dem Prinzip stehen. Er legte seine Hände auf ihre Schultern und sah Elster aufmerksam an. Seine Augen waren von einem unnatürlich strahlenden Blau und schienen Elsters Gesicht abzutasten wie Finger.

»Was möchtest du wissen, Om?«, fragte er.

»Dieses Kind hat uns einige Probleme eingehandelt, deren Lösung mir noch nicht deutlich ist.« Das Prinzip atmete tief ein und wieder aus. »Ich möchte, dass du mich berätst. Was sollen wir mit Elster tun?«

Der Mann stand starr wie eine Statue. Sein Blick bohrte sich in Elsters Augen und sezierte ihr Inneres wie ein unbarmherziges Messer. Sie wollte sich unter diesem Blick wegducken, ihre Augen schließen und ihn aussperren, aber sie konnte es nicht. Voller Faszination erwiderte sie seine Musterung, und was sie sah und spürte, ließ sie erbeben. Eine leise Melodie, wie das Wehen des Windes, der die Blätter zum Rauschen bringt. In einem Winkel ihres Bewusstseins erkannte sie einen winzigen Misston, und etwas in ihr zitterte und umfasste den störenden Klang, bis er sich verwandelte und in der Harmonie aufging. Sie spürte, dass sie etwas richtig gemacht hatte, und ein warmes Gefühl der Erleichterung breitete sich in ihrem Inneren aus.

So standen sie eine lange Zeit, ehe der Mann sich regte. Er nickte. Elster schien es fast, als läge eine gespannte Erwartung in seinem Blick. »Ich denke, wir sollten Elster auf die Reise schicken«, sagte er. »Es ist an der Zeit, Om, wie es uns prophezeit wurde.«

Das Prinzip senkte den Kopf und schloss die Augen. »Wie die Prophezeiung es sagt, so soll es geschehen«, flüsterte sie.

Ehe Elster hatte fragen können, was die beiden damit meinten, sie auf eine Reise zu schicken, unterbrach sie das Eintreten ihrer Schwester, die Indigo im Schlepptau führte. Er schaute finster drein, aber seine Miene erhellte sich, als er Elster sah.

Om lachte, als hätte sie ein Geschenk erhalten, und klatschte wie ein Kind in die Hände. »Wie vorausschauend von dir, Steuermann«, rief sie.

Elster fragte sich, was das Prinzip trotz ihrer nutzlosen Augen zu sehen in der Lage war, denn Om hob die Hand und streckte sie Indigo entgegen, der sie mit einem kurzen Zögern nahm und an seine Stirn drückte. Elster war verblüfft über seine feierliche Förmlichkeit und die guten Manieren ihres Freundes.

»Du bist also Elsters treuer Begleiter und Freund«, sagte Om. »Ich habe vernommen, dass du dich nicht hast davon abbringen lassen, mit ihr ins Ungewisse zu gehen.« Sie ließ Indigos Hand los. »Würdest du ihr auch noch weiter folgen, junger Mann?«

»Selbstverständlich, ehrwürdiges Prinzip.«

»Auch, wenn eure Rückkehr fraglich und der Weg voller Gefahren wäre?« Sie schien Vergnügen an diesem Frage-und-Antwort-Spiel zu finden.

»Auch und gerade dann, ehrwürdiges Prinzip«, erwiderte er fest. »Wer mich von Elster zu trennen versucht, muss mich zuvor töten.«

Om jedenfalls schien zu gefallen, was sie vernahm. Sie hob die Hand und versetzte Indigo einen kleinen Klaps auf den Arm. »Wacker gesprochen, junger Mann«, sagte sie. »Nun gut, wir werden deinen innigsten Wunsch erfüllen und euch auf eine gefährliche Mission schicken. Freust du dich?«

Elster hielt den Atem an. In ihren Adern schien ihr Blut zu prickeln. War es Angst oder Freude? Sie konnte es nicht sagen.

»Ja, ehrwürdiges Prinzip«, antwortete Indigo und verneigte sich. »Ich freue mich.«

Om hustete und streckte beide Arme aus. »Ich möchte aufstehen«, sagte sie. Winter und die junge Schamanin sprangen zu ihr und halfen ihr auf. Elster hörte, wie Oms Gelenke knackten und das leise Ächzen, mit dem die alte Frau sich auf ihre Beine stellte und aufrichtete. »Gehen wir«, sagte sie. Und als nichts geschah, sondern die beiden Helferinnen sich nur fragend ansahen, klopfte sie der jungen Schamanin, die zu ihrer Rechten stand, energisch auf den Arm. »Hinunter«, sagte sie. »Ich möchte eine Tasse Tee und die jungen Leute können mich begleiten.«

»Aber ...«, sagte die Frau und blickte Hilfe suchend zum Steuermann, der sich schweigend im Hintergrund hielt, »ehrwürdiges Prinzip ... Uneingeweihte?«

»Ach, papperlapapp«, erwiderte Om scharf. »Wir schicken sie auf eine Reise, von der sie möglicherweise niemals wiederkehren werden. Und falls sie wiederkehren, dann haben sie es sich allein dadurch verdient.« Sie schob die junge Frau fort. »Nun mach schon.«

Elster warf ihrer Schwester einen fragenden Blick zu, den Winter mit einem kaum wahrnehmbaren Achselzucken beantwortete.

Die gemaßregelte junge Frau ging schweigend und mit verkniffener Miene durch den Raum und bückte sich in der Ecke nach einem Ring, der im Boden befestigt war.

Nein, der an einer Falltür im Boden befestigt war, erkannte Elster, als die Schamanin daran zog und eine Klappe öffnete. »Ehrwürdiges Prinzip«, sagte sie dann, und es klang durchaus ein wenig schnippisch.

Der Steuermann trat zu Om und hob sie hoch. »Folgt mir«, sagte er und stieg mit dem Prinzip in den Armen die Treppe hinunter, die an der Falltür endete.

Elster lachte überrascht und lief hinter ihm her und nach kurzem Zögern folgten ihr Winter und Indigo. Sie betraten die feste Treppe, die scheinbar endlos in die Tiefe führte, und hinter ihnen schloss die junge Frau die Falltür wieder.

16

Es steht geschrieben: Dabei sein ist alles

»Warum bist du so nervös?« Alban fuhr mit der Hand über den Brustpanzer, um ein Stäubchen von dem glatt polierten Metall zu entfernen. »Du zappelst herum wie eine Jungfer vor ihrer ersten Verabredung.«

Valentin beugte sich zum Spiegel und fuhr mit der Zunge über seine Zähne. »Es geht mir gut, hör endlich auf, an mir herumzuzupfen wie eine besorgte Mutter«, fuhr er seinen Erzieher an.

Alban trat zurück, hob beide Hände und erwiderte eingeschnappt: »Ich bitte um Verzeihung, Euer Liebden. Ich war mir nicht bewusst, Euch ungebührlich nahe getreten zu sein.«

Sie funkelten sich an, dann zwang sich Valentin zu einem Lächeln. »Ich bin den ganzen Morgen schon eklig zu dir.«

»Ja, das bist du.« Alban schien nicht gewillt, die halbe Entschuldigung anzunehmen. Er lehnte sich an den Türpfosten, stocherte mit dem Daumennagel in seinen Zähnen herum und starrte in den Gang.

Hallende Schritte näherten sich, eisenbeschlagene Absätze knallten auf dem Steinboden, dann stand der Ädil in der Tür. Er winkte Alban mit einer schroffen Handbewegung beiseite und salutierte zackig vor Valentin. »Euer Gnaden«, sagte er und reichte Valentin die zusammengerollte Aufstellung seiner Gegner.

»Ädil Olivarius«, grüßte Valentin matt zurück. »Danke. Irgendwelche Besonderheiten?« Er warf einen kurzen Blick auf die Liste und nickte resigniert.

»Nein, Euer Gnaden. Das übliche Regularium und der gleiche Ablauf wie beim letzten Festival. Eine kleine Änderung betrifft die Siegerehrung, der Panarch wird sie heute selbst vornehmen.«

Valentin nickte und lächelte schmal. Anscheinend wollte der Panarch es seiner neuen Favoritin nicht zumuten, dem heutigen Festival beiwohnen zu müssen, denn es würde wieder eins der blutigeren werden, wenn er sich seine Gegner ansah.

Oder vielleicht hatte sein Vater es auch einfach satt, dass seine Geliebten jedesmal abgeküsst wurden, wenn sie den Siegern die Lorbeerkränze aufsetzten. Der traditionelle Kuss gehörte nun mal dazu – gut, heute würde man sich die bärtige Wange des Panarchen gefallen lassen müssen.

»Danke, Ädil«, sagte er geistesabwesend. »Ich warte dann auf das Signal.«

Alban kehrte nicht zurück, und Valentin saß auf dem Hocker, zog seinen Gürtel enger, schnallte ihn wieder weiter und starrte ins Leere. Er war noch nie zuvor so ohne jede Freude, ohne jeden Antrieb in das Festival gegangen wie heute. Diese gleichgültige Stimmung war gefährlich, das wusste er. Wenn es ihm nicht gelang, die Flamme zu entzünden, würde er verlieren. Nicht das erste und auch nicht das zweite Duell, aber unter Garantie das dritte, denn darin musste er gegen seinen stärksten Gegner antreten. Und sollte er diesen Kampf überstehen, dann kamen die Runden gegen mehrere Gegner, allesamt schwächer als er, aber in der Gruppe gefährlich, wenn man nicht vollkommen konzentriert war.

Valentin seufzte und legte das Gesicht in die Hände.

»Hallo«, sagte eine leise Stimme unsicher. »Entschuldige die Störung, Pugnator, aber ich suche das Zimmer, in dem Aurelius sich vorbereitet.«

Valentin sah auf und blickte in das Gesicht des schönsten Mädchens, das er je gesehen hatte. Goldblondes, zu einem dicken Zopf geflochtenes Haar, große, dunkelblaue Augen, ein herzförmiges Gesicht mit einem Mund, der die Farbe und Form einer Rosenknospe hatte, eine zierliche, aber wohlgeformte Figur in einem schlichten, atemberaubend geschnittenen Kleid ... Valentin ertappte sich dabei, dass er sie angaffte, und beeilte sich, zu lächeln und so gelassen wie möglich zu antworten. »Aurelius hat gewöhnlich das Zimmer gegenüber dem zweiten Eingang in der Ostspeiche.«

Sie dankte mit einem Lächeln, bei dem es ihm warm wurde, und ging hinaus. Valentin schoss empor und lief hinter ihr her. »Hallo«, rief er, »sag mir bitte deinen Namen.« *Und ob Aurelius, dieser Hornochse, wirklich so unverschämtes Glück hat, so ein Schmuckstück wie dich sein Eigen nennen zu dürfen ...*

Sie drehte sich um, sah ihn erstaunt an und lächelte dann wieder dieses Lächeln. »Aurelia«, sagte sie süß. »Ich bin seine Schwester. Und du bist ...?«

Er fiel im Geiste auf die Knie und dankte allen Heiligen für dieses Wunder. »Valentin«, sagte er. »Ich ... warte einen Moment.« Er stürzte in die Garderobe zurück und nahm das kleine Sträußchen mit seinen Farben aus der Vase, das er dort hatte stehen lassen wollen. Damit kehrte er zu Aurelia zurück, die ihn fragend ansah und dann errötend die Augen niederschlug.

»Ich habe gesehen, dass du noch keine anderen Farben trägst«, sagte er und räusperte sich. »Es wäre mir eine Ehre, wenn ich dir dieses Festival widmen dürfte.«

Sie errötete noch tiefer und nahm den kleinen Strauß mit einem verlegenen Knicks entgegen. »Ich danke Euch«, sagte sie und senkte ihren Kopf auf die zarten Blumen. »Ich fühle mich geehrt, Euer Liebden.«

Sie zog die schwarze Rose aus der Mitte des Gebindes und steckte sie in eine Schnalle von Valentins Panzer. Dann stellte sie sich auf die Zehenspitzen und hauchte ihm einen Kuss auf die Stirn. »Zieh in den Kampf und gewinne ihn für mich, mein Ritter«, sagte sie. Sie wandte sich um und rannte geradezu davon.

»Wahnsinn«, murmelte Valentin und befühlte seine Stirn. Er grinste breit. Nun konnte das Festival beginnen.

Er drehte sich um und prallte beinahe mit Alban zusammen. Der Erzieher hob das Glas, das er in der Hand hielt, damit er seinen Inhalt nicht verschüttete, und knurrte: »He, langsam. Bist du so weit? Sie spielen schon den ersten Marsch.«

Valentin rückte seinen Degen zurecht und warf den kurzen Umhang über die linke Schulter, sodass man die Rose noch sehen konnte. »Gehen wir«, sagte er gut gelaunt und legte Alban die Hand auf die Schulter. »Wünsch mir Glück, mein Lehrer.«

Alban zog eine Braue empor. »Was bist du denn auf einmal so aufgekratzt?«, fragte er misstrauisch.

»Warum nicht? Das Leben ist doch schön!«, erwiderte Valentin und pfiff leise und ein bisschen schief den durch den Eingang dröhnenden Marsch mit.

Das steile Halbrund war bis auf den letzten Platz unter der Decke besetzt. Valentin hörte das erwartungsvolle Brummen und Summen der Stimmen, Gelächter und Füßescharren, das gelegentliche Poltern, mit dem etwas zu Boden fiel. Er rieb seine Hände an der Hose trocken und zog die Handschuhe aus dem Gürtel.

Ädil Severus war heute der Spielleiter. Er stand im Halbrund der Arena und sagte das erste Kämpferpaar an. Valentin blieb hinter einer Verkleidung stehen und beobachtete das Duell. Zwei Anfänger, gerade im duellfähigen Alter, also ungefähr zehn. Sie hielten sich wacker, aber ihren Schlägen mangelte es natürlich an Kraft.

Irgendwann flog der kurze Degen des kleineren Jungen im hohen Bogen durch die Luft und der Ädil verkündete den Sieger. Die beiden Jungen verbeugten sich und dicke Schweißtropfen platschten von ihren Gesichtern in den Sand. Freundlicher Applaus kam von den Sitzen, eine Frauenstimme rief: »Bravo, Otho!« Wahrscheinlich seine Mutter, dachte Valentin lächelnd.

Es folgte ein weiteres Kinder-Duell zum Aufwärmen, dann kam der erste Kampf Mann gegen Mann. Valentin beobachtete ihn sehr genau, denn Silvan, der Rotgekleidete der beiden Duellanten, war einer seiner Gegner im zweiten Gruppenkampf – falls er jetzt nicht zu schwer verwundet wurde.

Er war gut, aber nicht überragend. Immerhin, für seinen aktuellen Gegner reichte es. Silvan verneigte sich vor seiner Dame, die vor Begeisterung laut auf den Fingern pfiff, und fing den Strauß auf, den sie ihm zuwarf. Mit einem Handkuss und einer blutenden Schramme auf der Wange ging er ab, wobei er Valentin zugrinste. »Gutes Publikum heute«, sagte er kurzatmig.

Valentin nickte und sah wieder hinaus.

Jetzt kam Cosimo, der ein grauenvoll schlechter Fechter war, aber ein hervorragender Faust- und Ringkämpfer – die Disziplin, in der er nun auch antreten würde. Sein muskulöser, ganz und gar nicht schlanker Körper steckte in einer engen Hose und sein bloßer Oberkörper war schimmernd eingeölt. Einige Damen im Publikum gaben Laute des Entzückens von sich, ein Bukett flog Cosimo vor die Füße. Er hob es auf, küsste es und lachte breit zu den Rängen hinauf. Sein Gegner war ein bulliger, dunkelhaariger Bursche mit glatt rasierter Brust. Er fletschte die Zähne und stürzte sich voller Wut auf Cosimo, als der Ädil das Zeichen gab. Kurz darauf wälzten die beiden sich über den Boden, keuchend, knurrend, stöhnend. Valentin hatte keine Sorge, wie der Kampf ausgehen würde. Er ließ sich von einem Diener einen Becher Wasser bringen und betrachtete den Ausschnitt des Publikums, den er von seinem Standort aus sehen konnte.

Irgendwann hatte Cosimo gewonnen, nahm den Beifall entgegen und half seinem Gegner aus der Arena. Er grinste Valentin zu und hob den Daumen.

Es folgten zwei Bogenschützen, dann ein Duell mit Tesla-Pistolen (natürlich waren sie so weit heruntergedimmt, dass keiner der beiden Schützen mit dem Tod rechnen musste) und dann war Valentin endlich an der Reihe. Er streifte seine Handschuhe über und trat in die Arena. Sein suchender Blick hatte die schöne Aurelia schon vor einigen Minuten entdeckt, und jetzt verneigte sich Valentin vor ihr und fing mit einer dankenden Handbewegung ihre Kusshand auf. Er hörte das Murmeln und Raunen, das durch die Reihen ging, und zwang sich, ernst zu bleiben und nicht zu breit zu grinsen. Ja, ihr Dummköpfe und Klatschmäuler, Valentin hat eine Dame, die für ihn zittert! Eine schöne, bezaubernde, adlige Dame, ihr Nichtskönner!

Dann dachte er einige Minuten nicht mehr über Blumensträuße und blondes Haar nach, denn er hatte alle Hände voll zu tun, sich seinen Gegner vom Leib zu halten. Marcus der Jüngere, mit dem er schon manchen Strauß gefochten hatte und der Valentin so gut kannte wie Valentin ihn.

Offensichtlich hatte Marcus sich noch einmal von einem Meister unterweisen lassen, denn einige seiner Manöver waren Valentin neu. Er hätte sich beinahe einen Treffer am Oberarm zugezogen, der sein Festival wahrscheinlich beendet hätte, wenn er sich nicht geistesgegenwärtig hätte nach hinten fallen lassen – eine riskante Parade, die bei einem anderen Gegner womöglich dazu geführt hätte, dass er mit einer Klinge vor der Kehle hätte aufgeben müssen.

Aber Marcus sprang beinahe entsetzt vor, den Degen hilflos ausgestreckt, und Valentin trat ihm genüsslich die Beine unterm Leib weg. Und dann lag Marcus da, die Klinge an der Kehle, und knirschte seine Kapitulation durch die Zähne.

»Das war kein feiner Schachzug«, murmelte Alban und reichte ihm ein Handtuch und einen Becher.

»Nicht fein, aber wirksam«, erwiderte Valentin. Er trank und wischte sich den Schweiß ab.

»Du blutest«, sagte Alban.

Valentin zuckte die Achseln und tupfte mit dem Handtuch über die Schramme an seiner Schläfe. »Ich war zu langsam. Marcus hat mich überrascht.« Er leerte den Becher und reichte ihn seinem Erzieher zurück. »Als Nächster kommt Balbus, dem wird das nicht gelingen.« Er warf einen Blick ins Publikum und lächelte Aurelia zu.

Alban folgte seinem Blick und runzelte die Stirn. »Seit wann?«, fragte er knapp.

»Seit gerade eben«, erwiderte Valentin.

Alban grinste, nahm das Handtuch entgegen und räumte den Korridor, denn hinter ihnen rumpelte der Wagen mit den Hindernissen heran.

Die nächste Serie an Duellen gehörte wieder jüngeren Kämpfern, die sich zum ersten Mal in der mit allerlei Stolperfallen und Schikanen ausgestatteten Arena herumschlagen mussten. Wie immer bei diesem Programmteil, gab es viel Gelächter im Publikum, nicht zuletzt deswegen, weil hinter einigen der Stellwände ältere Kämpfer lauerten, um die Duellanten mit Wasserbeuteln zu bewerfen oder mit schrillen Pfiffen und anderen Tricks aus dem Gleichgewicht zu bringen.

Valentin reckte den Hals und kniff die Augen zusammen. Wer beugte sich da über den Sitz seiner Dame und machte ihr Komplimente? Es sah aus, als wäre es Rufus, sein Halbbruder. Dieser hinterlistige Feigling! Er hatte in der letzten Woche mit schmerzverzerrter, leidender Miene verkündet, dass er leider zu diesem Festival nicht würde antreten können, weil er sich beim Training eine böse Zerrung zugezogen habe, die ihn daran hindere, seinen rechten Arm zu bewegen. Er trug auch wirklich den Arm in der Schlinge, aber Valentin hatte das Grinsen auf Cornels Gesicht gesehen und wusste, dass Rufus log. Sicherlich hatten die beiden das ausgeheckt, weil sie ahnten, dass Valentin sich Rufus als Gegner für das letzte Duell gewünscht hätte.

Rufus verscheuchte jetzt einen Halbwüchsigen, der den Sitz neben Aurelia innehatte, und ließ sich dort nieder. Er beugte sich zu ihr, seine Wange lag beinahe an ihrer, und seine Hand berührte wie zufällig ihren Arm. Sie lächelte, während er ihr feurige Blicke zuwarf.

Valentin knirschte mit den Zähnen.

»Valentin, schläfst du? Raus mit dir«, riss ihn Albans Stimme aus seiner zornigen Konzentration. »Du bist schon zum zweiten Mal aufgerufen worden!«

Er hob die Hand und betrat die Arena. Sein Gegner hatte sich dort schon gut eingerichtet, die beste, etwas erhöhte Ausgangsposition auf der Rampe gesichert und grinste breit auf Valentin herunter. »Dachte schon, du kneifst«, sagte er halblaut.

Valentin bleckte knurrend die Zähne. Er war so wütend auf Rufus, dass er diesen, wenn er hier vor ihm gestanden hätte, in kleine Stückchen gehauen hätte, ohne Rücksicht darauf, dass bei einem Festival zwar Blut fließen, aber niemand zu Tode kommen sollte. Natürlich passierte auch dies im Eifer des Gefechts gelegentlich, aber es gab dafür kräftige Abzüge in der Punktewertung, die einen Kämpfer den Gesamtsieg kosten konnten.

Valentin hob seinen Degen zum Publikum, grüßte die Kampfrichter und warf einen finsteren Blick zu Aurelia, die immer noch so intensiv mit Rufus beschäftigt war, dass sie Valentin nicht einmal zur Kenntnis nahm. Er sah, dass sie an seinem Sträußchen herumfingerte und es gedankenlos zerpflückte, und stieß einen Fluch aus. Ohne auf das Signal zu warten, fuhr er herum und griff Balbus an.

»Das gibt Punktabzug«, keuchte der und parierte.

»Ist mir egal«, erwiderte Valentin und drängte weiter vor, ohne sich von den zunehmend hektischer werdenden Paraden seines Gegners aus dem Tritt bringen zu lassen. »Ich pfeif auf den Gesamtsieg. Es reicht mir, wenn ich dich ... hoppla ... erledige.« Er sprang beiseite, weil Balbus einen eher verzweifelten als gekonnten Ausfall unternahm, der ihn seine erhöhte Position kostete.

Sie trieben sich gegenseitig durch die Arena, wichen den Schikanen aus und tänzelten über die Fußangeln hinweg. Valentin wurde von einem Wasserbeutel ins Gesicht getroffen und musste danach schwer darum ringen, wieder die Oberhand zu gewinnen. Sein Gegner blieb von Überraschungen verschont, was Valentin nicht wunderte. Er war immer das Ziel der Obstacula, die sich ein ganz besonderes Vergnügen daraus machten, den Sohn des Panarchen zu behindern und zu stören.

Beide Duellanten atmeten schwer. Valentin war zweimal kurz davor, Balbus kampfunfähig zu machen, aber sein Gegner focht wie ein Lebensmüder und war offensichtlich nicht bereit, so schnell aufzugeben. Valentin trieb ihn mit einem dichten Hagel von Schlägen gegen die hölzerne Eingrenzung der Arena. Schweiß lief in seine Augen, den er hastig wegblinzelte. Seine Muskeln brannten, der Atem pfiff und sein Brustkorb arbeitete wie ein Blasebalg, aber sein Gegner, der ähnlich keuchte und schnaufte, gab nicht klein bei.

Valentin drückte ihn gegen die Brüstung und ließ den Dolch in seine Linke gleiten. Mit einer schnellen Drehung fing er den gegnerischen Degen in der Gabelung zwischen Dolch und eigener Waffe und verharrte so, die Spitze seiner Klinge gegen Balbus' pochende Kehle gerichtet. »Ergibst du dich?«, fragte er keuchend.

Sein Gegner knurrte und wand sich. »Ich denke nicht daran«, stieß er hervor. Er versuchte, sich wegzuducken, aber Valentin setzte nach und hielt ihn nun mit seinem Degen fest.

Eine Frauenstimme rief: »Valentin«, und etwas flog an seinem Ohr vorbei. Balbus nutzte den kurzen Moment, in dem Valentin abgelenkt war, und schlug ihm den Degenknauf mit voller Wucht gegen die Schläfe.

Valentin taumelte und ging auf ein Knie. Im Reflex hob er, halb betäubt und mit Sternen vor den Augen, seinen Degen und lenkte die heranzuckende Klinge ab. Ein scharfer Schmerz in seiner Schulter vertrieb die Benommenheit. Er rappelte sich auf und wollte angreifen, aber sein Arm gehorchte ihm nicht. Er sprang rückwärts, ließ den Dolch fallen und wechselte den Degen in die linke Hand, wobei er unterdrückt fluchte. Das war sein schwacher Punkt, er war so gut wie unfähig, mit links zu fechten. Das Einzige, was ihm jetzt noch helfen konnte, war ein Überraschungsangriff, eine Finte, etwas, womit sein Gegner nicht rechnete.

Er taumelte und fiel beinahe über eine der Schikanen, eine wirre Ansammlung von Ästen und Zweigen, die einen Steinbrocken verbargen. Er stöhnte, stützte sich auf dem Stein ab und gab sich den Anschein, schwerer getroffen zu sein, als es der Fall war. Sein Ärmel war nass und schwer vom Blut, wahrscheinlich sah es höchst dramatisch aus. Sein Arm pochte, aber er konnte die Hand öffnen und schließen und den Arm ein wenig anwinkeln, also war die Verletzung weniger schlimm, als zuerst befürchtet.

Balbus knurrte erschöpft und griff an. Sein Vordringen war zögerlich und ein wenig unsicher, er schien nicht recht zu wissen, ob er jetzt einem ohnehin geschlagenen Gegner mit einem weiteren Hieb gegen den Kopf den Rest geben oder ihn besser mit der Degenspitze an der Kehle zum Aufgeben zwingen sollte.

Seine Überlegungen verlangsamten den Angriff. Valentin stieß sich mit dem verletzten Arm, der heftig protestierte, vom Stein ab, flankte darüber und kam kurz vor dem völlig verblüfften Balbus zum Stehen. Mit einer beinahe beiläufigen Drehung seines Degens entwaffnete er seinen Gegner und stellte den Fuß auf die zu Boden gefallene Waffe. Er lächelte, stieß dem anderen den Zeigefinger in den Bauch und sagte: »Du bist tot, Balbus.«

Sein Gegner verdrehte die Augen und stöhnte theatralisch. Er spuckte aus und wischte sich über die Stirn. »Dabei habe ich keinen Kratzer davongetragen«, sagte er düster. »Und schau dich an, du blutest wie ein Schwein.«

Die Zuschauer brüllten und trampelten, applaudierten und sprangen von den Sitzen. Valentin verneigte sich lächelnd und warf einen grimmigen Blick zu Aurelia, deren seltsames Verhalten ihn beinahe den Sieg gekostet hätte. Sie stand da, klatschte frenetisch, warf ihm Kusshände zu und schien sich ganz und gar keiner Schuld bewusst zu sein. Neben ihr stand Rufus und hob grinsend den Daumen.

Valentin verbeugte sich in Aurelias Richtung und taumelte. Alban, der händeringend und fluchend hinter der Abschirmung gestanden hatte, sprang in die Arena und nahm seinen unverletzten Arm. »Raus mit dir«, sagte er. »Der Arzt wartet schon auf dich. Du kannst dich später feiern lassen.«

»Die letzten beiden Kämpfe«, widersprach Valentin, dem die Sinne zu schwinden drohten. Er schüttelte den Kopf, um wieder klare Sicht zu bekommen.

Alban packte ihn fest um die Taille. »Das Festival ist für dich vorüber«, hörte Valentin ihn durch das laute Rauschen in seinen Ohren sagen. Dann erlosch das Licht.

17

Es steht geschrieben: Feind hört mit

Die Treppe führte hinab und hinab und hinab, bis Elster meinte, sie müssten beinahe auf der anderen Seite der Welt angelangt sein. Endlich traf ihr Fuß auf ebenen Boden und sie stieß einen erschöpften kleinen Seufzer aus.

Sie sah sich gründlich um. Sie standen in einem langen Gang, der in unregelmäßigen Abständen von Lampen erhellt wurde, deren Schein sie an das kalte, unerschöpfliche Licht ihrer Laternen erinnerte. »Wo sind wir hier?«

»Unter dem Dorf«, erwiderte Indigo nüchtern. »Wahrscheinlich haben sie einige der Alten Kammern ausgebaut.«

»Ganz recht, junger Mechaniker«, sagte der Steuermann, der unvermittelt neben ihnen aufragte. »Folgt mir bitte.«

Sie gingen eine Weile geradeaus, dann endete der Gang in zwei Quergängen, von denen sie den rechten nahmen. Hier führte sie der Steuermann noch ein paar Meter weiter, ehe er eine Tür öffnete, die sich in nichts von den anderen Türen unterschied, die sie bisher passiert hatten. Er winkte ihnen durchzutreten und schloss dann die Tür wieder sorgfältig.

Elster sah sich mit einem Gefühl des unendlichen Staunens um. Der Raum war ungeheuer lang, hoch und breit und beinahe vollständig leer. »Eine Alte Kammer«, flüsterte sie.

»Das ist richtig«, sagte der Steuermann und lächelte zum ersten Mal – und das Lächeln stand ihm gut, wie Elster fand. Sie lächelte zurück und fragte: »Wo sind die anderen?«

Der Steuermann bot ihr seinen Arm und ignorierte Indigos empörtes Schnauben. »Folgt mir.« Er lächelte wieder und kleine Fältchen kräuselten seine Augenwinkel. Elster sah ihn fasziniert an. Wie alt mochte er sein? Er wirkte gleichzeitig jung wie Indigo und älter als ... als Turff. Nein, anders. Alt wie ... wie die Welt.

Verblüfft über diesen absurden Gedanken, ließ sie sich von ihm quer durch den Raum zu einer weiteren Tür führen. Es war, als wären sie in die Alten Kammern zurückgekehrt, in der sie das Buch gefunden hatten, und unwillkürlich blickte Elster zu ihren Füßen, ob dort Spuren am Boden zu sehen waren, aber der Untergrund hier war blitzblank und recht glatt.

Die Tür öffnete sich zu einem kleineren Raum, in dem Tische voller Papier und kleiner Kisten standen. Ein niedriges Tischchen in einer der Zimmerecken wurde von mehreren bequem aussehenden Sesseln umringt, und in einem davon saß Om, die Füße auf einen Schemel gestellt und eine Tasse in der Hand. »Tee«, sagte sie und gluckste leise wie ein zufriedenes Huhn. »Ich liebe Tee.«

Elster blieb stehen und sah sich um, obwohl der Steuermann ihr einen der Sessel zurechtrückte. »Was ist das hier?«, fragte sie fasziniert. »Die Bilder auf dem Tisch dort bewegen sich!«

»Ein Erbstück der Alten, aber das ist jetzt nicht von Interesse«, sagte das Prinzip und sah auf diese irritierende Weise an Elster vorbei, die ihr trotzdem das Gefühl vermittelte, Om würde sie ansehen. »Setz dich her, Kind. Ich werde jetzt mit jemandem sprechen und möchte, dass ihr alle ruhig seid und nicht dazwischenredet. Elsters Zukunft hängt davon ab und vielleicht unser aller Schicksal. Also seid still.«

Der Steuermann ging zu einem der Tische und holte eine Vorrichtung, die er Om vorsichtig um den Hals hängte. Einen Teil des Gerätes spannte er so um ihren Kopf, dass ein kleiner Knopf vor ihren Lippen tanzte wie ein gefangener Maikäfer. Elster sah gebannt zu.

Indigo sah sie überrascht an und sagte: »Fµñķġēŕæ†!«

Elster runzelte die Stirn. Wie konnte so ein kleines Ding das Gleiche sein wie die großen Kästen mit ihren Reglern und Knöpfen, die sie aus dem Gleiter und dem Dorf kannte?

»Vºłłķºᴍᴍēñ ŕi¢ħ†iġ, ĵµñġēŕ Mē¢ħãñiķēŕ«, sagte der Steuermann zu ihrer beider Überraschung. Indigo öffnete den Mund, aber ehe er den Steuermann etwas fragen konnte, fuhr Om dazwischen. »Könnte ich nun bitte ein wenig Ruhe haben?«

Alle sanken in ihre Sitze zurück und schwiegen. Om saß aufrecht da, alles Freundliche war aus ihrem Gesicht gewichen, sie sah streng und unnahbar aus.

»Ich höre«, sagte sie laut. »Ich höre ... Hallo? Ja, ich bin hier, ich kann Euch hören, laut und klar.« Sie legte ihre Hände im Schoß zusammen und straffte die Schultern. »Wir haben von dem Vorfall gehört. Was werdet Ihr unternehmen?« Ihr blinder Blick flog zu Elster. »Wartet«, sagte sie laut. »Wartet bitte einen Moment, ich möchte, dass jemand mithört. Ich habe das Mädchen hier, das ... Ja. Eben dieses Mädchen.« Sie lächelte schwach. »Steuermann, bitte schalte die Lautsprecher ein.« Der Angesprochene beugte sich vor und betätigte zwei Schalter. »Eingeschaltet«, sagte er.

»... sie auszuliefern«, erklang eine Männerstimme aus dem Nichts. »Das würde es uns ersparen, das Exempel an einem der Dörfer statuieren zu müssen.«

Elsters Blick flog zu Om.

»Wir haben darüber nachgedacht«, erwiderte diese sachlich. »Aber Ihr müsst zugeben, dass der Junge selbst daran schuld war. Wie konnte er so dumm sein, mitten auf dem Dorfplatz zu landen und sich dort eins der Mädchen greifen zu wollen? Hat er denn gar keinen Verstand in seinem Schädel?«

Die Männerstimme, eine sehr sympathische Stimme, wie Elster bei aller Bedrängnis fand, lachte. »Sehr, sehr wenig, wertes Prinzip«, sagte der Mann. »Er kommt vollkommen auf seinen Vater, fürchte ich. Ich werde mir etwas für ihn und seinen Bruder einfallen lassen, wenn er wieder auf den Beinen ist. Etwas, das die beiden nicht überfordert, aber für eine Weile beschäftigt hält.«

Nun lachte Om. Dann räusperte sie sich und wurde wieder ernst. »Euer Gnaden, das Mädchen bekommt Ihr nicht von mir. Ich werde sie auf die Reise schicken.«

Eine Weile herrschte Schweigen. Dann sagte der Mann: »DIE Reise? Halten Sie das für den rechten Zeitpunkt?«

»Ja«, flüsterte das Prinzip so leise, dass es wie ein sanftes Ausatmen klang. »Ja!«, wiederholte sie lauter. »Es ist uns vor langer Zeit prophezeit worden, und nun sprechen alle Zeichen dafür, dass der rechte Moment gekommen ist. Der rechte Moment und die richtigen Kandidaten für diese Aufgabe.«

Wieder schwieg der Mann. Dann drang ein tiefes Ausatmen durch die Luft und der Mann sagte: »Gut. Vielleicht löst das alle unsere Probleme auf einen Schlag – obwohl ich nicht wage, daran zu glauben. Also bin ich einverstanden. Aber ich habe eine Bedingung.«

»Das dachte ich mir. Ich höre.«

»Einer meiner Söhne wird daran teilnehmen. Ich denke, dass wäre eine passende Aufgabe für meinen legitimen Nachfolger.«

Om nickte langsam. »Das klingt vernünftig. Einverstanden. Stellt eine Gruppe zusammen und ... wir brauchen Euren Schlitten mit der größten Reichweite.«

Der Mann hustete überrascht und begann zu lachen. »Sie waren sehr sicher, dass ich Ihren Plänen zustimme, oder?«

Das Prinzip lächelte. »Ich war sehr sicher, dass Ihr ein vernünftiger und weitblickender Mann seid.«

»Ich überlasse Ihnen mein eigenes Schiff«, erwiderte er. »Und mein Sohn wird es zu Ihnen bringen, Om.«

»Danke«, sagte Om hoheitsvoll. »Es ist immer ein Vergnügen, mit Euch zu sprechen.« Sie hob das Kinn. »Damit ist die Angelegenheit vorerst erledigt, hoffe ich. Das Dorf ...«

»... bleibt unbehelligt, ja«, antwortete der Mann ein wenig ungeduldig. »Gibt es sonst noch etwas?«

Om winkte dem Steuermann zu, der einige Knöpfe betätigte, worauf das leise Rauschen der Verbindung verstummte. »Nein, das war es für jetzt und hier«, sagte Om. »Ich würde allerdings gerne später mit Euch über den Fund in den neuen Kavernen sprechen, den meine Kammerläufer vor ein paar Tagen gemacht haben. Ihr habt meine Nachricht bekommen?« Sie lauschte. »Danke. Ich bin Euch sehr verbunden, Euer Gnaden.«

Sie hob den Kopf und nickte, worauf der Steuermann ihr behutsam das Gerät abnahm.

Om sank zurück und ließ ihren Kopf gegen die Lehne des Sessels sinken. Der Steuermann massierte ihre Schultern und flüsterte ihr etwas zu, was sie lächeln ließ.

Elster wechselte einen unbehaglichen Blick mit Indigo. Der Mann, mit dem das Prinzip gesprochen hatte ... das konnte doch kaum möglich sein?

Indigo war blass geworden. Er sah sie mit großen Augen an, und seine Lippen formten das Wort, das auch sie dachte: *Panarch.*

Om richtete sich auf und wandte ihr blindes Gesicht Elster und Indigo zu. »Ihr müsst nun erfahren, um welche Prophezeiung es geht, damit ihr wisst, auf was für eine gefährliche und wichtige Reise wir euch schicken«, sagte sie.

Indigo griff unwillkürlich nach Elsters Hand und drückte sie fest. Ihr Herz begann zu pochen. *Aufregung. Gefahr. Reise.* Sie rutschte auf die Stuhlkante und beugte sich erwartungsvoll vor.

Om lächelte, als könnte sie Elsters Gesichtsausdruck sehen. »Ihr kennt die Legende vom Ewigen König?«, fragte sie.

Elster und Indigo sahen sich an. »*Es steht geschrieben*«, sagte Elster unwillkürlich, und Indigo fuhr fort: »Das Erwachen des Ewigen Königs erschüttert die Welt. Die Erde wird sich schwärzen und die Berge erbeben und die Menschen der Türme und Schluchten werden erschüttert bis in die Tiefen ihrer Seelen. Nichts wird mehr sein, wie es war, denn der Ewige König hat sich erhoben.«

Elster schloss die Augen und zitierte: »*Es steht geschrieben*: Was unten ist, wird sich erheben, und was oben ist, wird fallen. Hell und Dunkel, Turm und Schlucht befreien den König aus seinem Gefängnis und schenken der Welt den Frieden.«

Om lachte, ein junges und sanftes Lachen, das Elster verblüffte.

»Dies ist nur ein kleiner Teil der Legende«, sagte Om und lachte wieder. »Aber er weist in die richtige Richtung.« Sie wurde ernst. »Bevor ihr eure Reise antretet, werde ich noch einmal mit euch sprechen. Jetzt bin ich müde.« Sie senkte den Kopf und nahm einen tiefen Atemzug. »Geht, ruht euch aus. Ich werde euch rufen lassen.«

18

Es steht geschrieben: All you need is love, love, love is all you need

Sein Arm war immer noch steif und schmerzte, aber er fühlte sich großartig. Valentin hatte den Gesamtsieg des Festivals natürlich nicht mehr erringen können, der goldene Lorbeer war an Aurelius, den Hornochsen, gegangen. Seltsamerweise hatte Valentin sich darüber noch nicht einmal geärgert, denn Aurelia, die Süße, die Goldene, war ein viel ansehnlicherer Preis, und sie führte er auch stolz am Arm, als er zur abendlichen Feier schritt.

Allein der Ausdruck des Neids, den er in manchen Gesichtern zu lesen bekam, versüßte ihm den Schmerz, den der verwundete Arm bei jeder unbedachten Bewegung aussandte. Und die leichte Benommenheit, die er verspürte – denn der Arzt hatte ihm ein Schmerzmittel eingeflößt –, ließ seine Laune eher noch steigen. Er fühlte sich leicht und ein wenig schwindelig und ganz und gar heftig verliebt. Aurelia plauderte mit ihm, und er antwortete, ohne dass er recht wahrnahm, was sie sagte, was er selbst erwiderte.

Sein Vater hatte ihm den Glückwunsch und den silbernen Lorbeerkranz am Ende der Veranstaltung mit den leisen Worten überreicht: »Du lässt dich immer noch zu leicht ablenken.« Aber er lächelte dabei und der Druck seiner Hand auf Valentins unverletzter Schulter war herzlich.

Cornel, der dem Gesamtsieger huldigte, indem er Aurelius' Schulter klopfte, ihn schubste und dabei »Du bist der Größte, Aurel« und ähnliches Zeug brüllte, hielt nur kurz inne, um seinem verwundeten Bruder die Hand zu schütteln und dabei anzüglich zu grinsen.

»Viel Glück«, wünschte er und raunte: »Sie ist ein Hauptgewinn. Wenn du sie leid bist, denk an mich«, wobei er Valentin kumpelhaft den Ellbogen in die Seite stieß. Natürlich nicht, ohne dabei »ganz aus Versehen« den verletzten Arm anzurempeln.

Valentin lächelte verzerrt und revanchierte sich mit einem scheinbar freundschaftlichen, in Wirklichkeit gut gezielten Faustschlag in die Leber.

Rufus stand neben Cornel und starrte Valentin mit einem hämischen Grinsen auf den Lippen an. In Valentin kochte Zorn hoch. »Du hast den Angriff des Mädchens im Dorf ja offensichtlich unversehrt überstanden. Warst wie immer schnell im Rückzug, hm?«

Rufus' Grinsen verblasste. »Du redest ohne jeden Verstand«, gab er zurück. »Aber das sind wir ja von dir gewöhnt. Wie sollte es beim Sohn eines Küchenmädchens auch anders sein?«

Valentin zwang sich, die geballte Faust zu entspannen. »Das sagt der Sohn einer Kammerzofe«, knurrte er. »Halt den Mund lieber gut geschlossen, Rufus, sonst vermisst du am Ende ein paar Zähne.«

»Leere Drohungen, wie wir alle wissen«, erklärte sein Halbbruder.

»Soll ich es dir beweisen?«, knurrte Valentin, aber ehe der Streit eskalieren konnte, packte Cornel Rufus am Arm und zog ihn mit sich.

Valentin stand neben Aurelia, trank sein drittes Glas Sekt und hatte seine Hand auf ihre Hüfte gelegt, was sie mit einem Schnurren beantwortete und damit, dass sie sich an ihn schmiegte. Der Abend war in trockenen Tüchern, dachte er und leerte das Glas in freudiger Erwartung.

Er neigte sich zu Aurelia und flüsterte: »Sollen wir uns ein ruhigeres Plätzchen suchen?«

Der Augenaufschlag, den sie ihm schenkte, ließ ihm die Knie weich werden. Sie leckte sich kurz über die volle Unterlippe, senkte die Lider und murmelte: »Hast du einen Vorschlag?«

Sein Herz tanzte, aber er ließ sich nichts anmerken. »Aber natürlich«, sagte er gelassen. »Komm.« Er stellte das Glas ab und griff nach ihrer Hand.

Auf dem Weg zur Tür hielt er einen der Lakaien an und gab ihm einige gemurmelte Anweisungen, die der Mann mit einer tiefen Verneigung beantwortete.

Draußen holte Valentin tief und erlöst Luft und fasste um Aurelias Taille. »Ich denke, so ein schöner, klarer Abend könnte einen Mondscheinspaziergang vertragen«, sagte er. »Kennst du das Arboretum?«

Aurelia gab einen entzückten Laut von sich und klatschte in die Hände. »Oh, bitte, Valentin! Das wollte ich immer schon besuchen.«

Er lächelte breit und lenkte sie zum Aufzug. Das Arboretum stand nur einigen wenigen Türmern offen, und er hatte sich gedacht, dass Aurelias Familie, die zum niederen Adel gehörte, kein Einlass gewährt wurde.

Der Aufzug wartete bereits auf sie und drinnen stand ein Tablett mit Gläsern, einem Sektkühler und einer Platte mit Delikatessen.

Aurelia war stumm vor Staunen. Sie hob sich auf die Zehenspitzen und küsste Valentin auf den Mund. Der Kuss dauerte für seinen Geschmack entschieden nicht lang genug, aber es war schon mal ein Anfang. Er zog den goldenen Schlüssel aus der Westentasche und steckte ihn in das Schlüsselloch in der Steuertafel, woraufhin sich eine kleine Nummerntastatur öffnete. Dort gab er eine geheime Zahlenkombination ein und sah zufrieden zu, wie die Lifttür sich schloss.

Sie fuhren einige Dutzend Stockwerke nach oben und nutzten die Zeit, um das zu vertiefen, was Aurelia eben schon begonnen hatte.

Dann glitt die Aufzugtür auf und Mondlicht schien in die Kabine. Aurelia tat einen entzückten Ausruf und hob die Arme, um sie erneut Valentin um den Hals zu legen. »Das ist noch viel schöner, als ich es mir vorgestellt hatte«, flüsterte sie und küsste ihn.

Valentin stöhnte leise, weil sie seinen Arm einquetschte, dann lachte er. »Du hast doch noch gar nichts gesehen«, sagte er vergnügt. Er nahm das Tablett und stellte es vor der Kabine auf einen Tisch. Dann reichte er Aurelia ihr Glas und hakte sie unter. »Komm, ich zeige dir den allerschönsten Platz.«

Mit einer vor Entzücken und Staunen quietschenden und seufzenden Aurelia am Arm wanderte er durch das nächtliche Arboretum. Sie ließen den aufzugnahen Birkenhain hinter sich, durchquerten das Mischwäldchen und gelangten endlich zu den locker stehenden Pinien, deren Nadeln einen weichen Teppich auf dem Boden bildeten. Der satte, harzige Geruch der Bäume füllte die samtweiche Luft und durch das gläserne Dach schien hell wie ein Scheinwerfer der Mond. Der Himmel war samtschwarz mit Sternen, die wie aufgestickte Diamanten wirkten.

Valentin lenkte Aurelia zu der kleinen Senke, von der aus man in den Himmel blicken konnte, ohne selbst gesehen zu werden. Hier entledigte sich Valentin seiner Jacke, ächzte ein wenig, als er sie über die Wunde zog, und breitete sie vor Aurelia auf den weichen Nadeln aus. »Ich habe vergessen, eine Decke zu bestellen«, sagte er ein wenig verlegen. »Sieh es mir nach. Ich bin kein ... ich mache das nicht so oft.«

Aurelias Augen spiegelten das Licht der Sterne. Sie waren groß und dunkel. Sie legte ihre Hand auf seine Wange und hauchte: »Ich bin froh darüber, dass du das nicht so oft machst.« Sie ließ sich auf seine Jacke sinken und zog ihn zu sich hinunter. In der Nähe begann eine Nachtigall zu singen, und Valentin überlegte kurz, ob der Gesang aus einem der kunstvoll verborgenen Lautsprecher stammte.

Und dann dachte er über gar nichts mehr nach.

»Was bist du nur so ekelhaft gut gelaunt?«, unterbrach ihn Albans missmutige Frage.

Valentin schabte sich mit seinem Rasiermesser den Schaum von den Wangen und grinste seinen Erzieher schief an. »Ich hatte einen schönen Abend«, sagte er. »Du anscheinend weniger.«

Alban schnaufte und ließ sich auf Valentins Bett fallen, streckte die Beine lang aus und faltete die Hände auf dem Bauch. »Frühstückst du mit mir oder hast du mittlerweile eine bessere Begleitung gefunden?«, fragte er.

»Viel besser.« Valentin warf Alban im Spiegel einen mutwilligen Blick zu. »Auf jeden Fall besser aussehend, wohlriechender, besser gelaunt und mit glatten Wangen.« Er deutete auf Albans unrasiertes Kinn und schüttelte tadelnd den Kopf. »Du hast wieder durchgemacht, gib es zu.«

Alban grinste schief und verschränkte die Arme hinter dem Kopf. »Falsch. Ich habe fast fünf Stunden geschlafen, mein Rekord im letzten Jahr.«

Valentin rieb sich den restlichen Schaum mit einem Handtuch von Hals und Kinn und musterte Alban nun ohne jeden Spott. »Was geht dir so an die Nieren?«, fragte er. »Willst du nicht irgendwann einmal darüber reden?«

Der Erzieher hob die Hand und schüttelte den Kopf. »Lass es«, sagte er schroff. Dann lächelte er, um seinen Worten die Schärfe zu nehmen. »Es ist schon gut«, fügte er versöhnlich hinzu. »Also, erzähl schon. Hast du die hübsche Aurelia erobert?«

»Oder sie mich«, wiegelte Valentin ab. Er lehnte sich an den Türpfosten. »Ich habe eine Verabredung zum Frühstück, allerdings mit meinem Vater und Leona. Wir könnten uns aber auf einen Nachmittagskaffee treffen, wenn du möchtest.«

»Sehr schön.« Alban schwang die Beine vom Bett. »Dann bringe ich mich bis dahin wieder in Form. Du bist ja vorläufig vom Training befreit.« Er klopfte Valentin auf die Hand und ging hinaus.

Valentin pfiff vor sich hin, während er sich anzog und die Speiche hinunterlief. Er pfiff im Aufzug und auf dem Weg zu den Gemächern seines Vaters, und er hörte erst auf und ordnete seine Gesichtszüge zu einer angemessen gesammelten und respektvollen Miene, als er an die Tür klopfte.

Lady Melania selbst öffnete ihm. Die Favoritin seines Vaters sah ihn prüfend an und nickte ernst. »Ich habe gehört, dass Ihr verletzt worden seid, Euer Liebden?«

»Valentin«, sagte er. »Waren wir nicht inzwischen beim ›Du‹?«

Ein schwaches Lächeln erhellte ihre Züge. Sie war so schön wie Aurelia, fand Valentin. Eine dunkle Schönheit, ganz anders als die goldlockige Sonne, die seine Nacht erhellt hatte, aber dennoch nicht weniger hinreißend. Er griff nach ihrer Hand und hauchte einen respektvollen Kuss darauf.

»Dann kommt herein, junger Galan«, zog sie ihn auf und trat beiseite.

Sein Vater stand vor einer der Vitrinen, die eine ganze Wand des großen Raumes einnahmen, und schien Leona etwas zu erklären. Es war die Vitrine mit den konservierten Fröschen und Insekten, stellte Valentin im Näherkommen mit leichtem Ekel fest. Er fand all diese in einer trüben Lösung schwimmenden Tierkadaver abstoßend, aber Leona studierte sie fasziniert. Sie nahm hier und da sogar eins der Präparate in die Hand und stellte eine Frage, was den Panarchen sichtlich erfreute.

Valentin begrüßte die beiden und blieb bei ihnen stehen, obwohl der leicht süßliche Geruch der Konservierungslösung ihm den Appetit aufs Frühstück auszutreiben drohte.

Leo hielt ihm ein Glas mit einem winzigen, feuerroten Frosch entgegen und sagte: »Wusstest du, dass das hier das giftigste Tier ist, das jemals entdeckt wurde? Giftiger sogar als dieser schreckliche Skorpion dort drüben?« Ihr Auge blitzte vergnügt, als sie seine missmutig verzogene Miene sah.

»Ich weiß«, erwiderte er kurz. »Vater, ich hoffe, Ihr habt wohl geruht.«

Der Panarch schob die schmale Brille ganz auf die Nasenspitze und sah ihn scharf an. »Ich danke dir«, sagte er. »Du siehst übernächtigt aus. Hast du deine private Feier gestern ein wenig übertrieben?«

Valentins Wangen begannen zu brennen, weil er Leonas fragenden Blick auf sich ruhen fühlte. Er wich ihm standhaft aus und schüttelte den Kopf. »Ich habe nichts übertrieben, Vater. Fragt Alban, wenn Ihr mir nicht glaubt.« Sein Erzieher würde ihm in jedem Fall ein Alibi geben, denn zu oft hatte er sich darauf verlassen müssen, dass sein Zögling ihm aus der Patsche half. Valentin hatte einiges gut bei ihm.

Die Mundwinkel des Panarchen zuckten kaum merklich und er zog die Brille ab. »Begeben wir uns also zu Tisch«, sagte er.

Die beiden Frauen, die sich anfangs etwas misstrauisch beäugt hatten, plauderten nach einer Weile so entspannt miteinander, als wären sie schon lange die allerbesten Freundinnen.

Laurenz Lecare lehnte sich zurück, eine Tasse duftenden Mokkas in der Hand, und musterte Valentin streng. »Du hast gestern Kopf und Kragen riskiert«, sagte er tadelnd. »Dein letztes Manöver, um den jungen Balbus zu täuschen, war geradezu tollkühn.«

Valentin nickte gelassen. »Ich weiß«, sagte er. »Es gab keinen anderen Weg, das Duell noch zu gewinnen, nachdem er mich halb außer Gefecht gesetzt hatte.«

»Du hättest dich ergeben können«, wandte der Panarch ein.

Valentin dachte kurz darüber nach und schüttelte dann den Kopf. »Nein«, sagte er fest. »Aufgeben ist keine Option. Wäre das ein echtes Duell gewesen, hätte er mich beim ersten Anzeichen von Schwäche getötet und erst recht, wenn ich um Gnade gefleht hätte.«

Der Panarch lächelte breit. »Gut gekontert«, sagte er. »So muss mein Erbe denken. Und genau so, wie du gestern gekämpft hast, brauche ich dich. Mit Verstand und ohne Furcht. Du hast dich von dem Mädchen ablenken lassen – nun gut. Das kann passieren. Aber dann hast du dich wacker geschlagen, trotz einer nicht gerade leichten Verwundung.« Er beugte sich vor und sah Valentin eindringlich an. »Du musst jetzt schnell genesen«, sagte er leise. »Ich werde dich schon bald auf eine Mission schicken, bei der du einen gesunden Körper und einen wachen Verstand benötigst.«

Valentin setzte sich auf und spitzte die Ohren. »Eine Mission?«, fragte er halblaut, aber sein Vater legte den Zeigefinger auf die Lippen und schüttelte den Kopf. »Später«, sagte er. »Geduld.«

Sie widmeten sich wieder den Damen, und Leona unterhielt sie mit der Schilderung einiger Vorfälle, die sich am Rande des Festivals ereignet hatten. Einige junge Männer hatten sich um die Gunst einer Dame geprügelt und zwei Ladies waren beim Anblick der blutig geschlagenen Gesichter in Ohnmacht gefallen.

Valentin lauschte mit halbem Ohr. Seine Gedanken wanderten zu Aurelia, und er berührte zärtlich die inzwischen welke Rose, die er sich an die Weste gesteckt hatte.

Lady Melania verwickelte nun den Panarchen in ein philosophisches Streitgespräch, das sein Vater sichtlich zu genießen schien. Leona zog ihren Sessel an Valentins Seite und legte ihre Hand auf sein Bein. Ihr Blick forschte besorgt in seinem Gesicht. »Darf ich dir etwas sagen?«, fragte sie seltsam gehemmt.

Er nickte erstaunt. »Seit wann fragst du mich?«

Sie wandte den Blick nicht ab, obwohl sie sich offensichtlich unwohl fühlte. »Val, du weißt, dass ich dir von Herzen zugetan bin«, sagte sie ernst. »Ich wünsche dir nichts Schlechtes, nichts ist mir lieber, als wenn es dir gut geht.«

Valentin nickte misstrauisch und abwartend. Er vermisste Leonas üblichen spöttischen Unterton, und das irritierte ihn.

Leona schob mit einer gedankenverlorenen Geste den gekrümmten Finger unter ihre Augenklappe und rieb über das, was einmal ihr Auge gewesen war. Valentin erschreckte diese Geste, denn sie war für seine sonst so beherrschte Cousine so untypisch, als hätte sie sich in der Öffentlichkeit entblößt.

Ihre Augenklappe verschob sich um eine Winzigkeit und Valentin konnte die tiefe Höhlung darunter erahnen. Leona hatte ihm ihre Verletzung einmal gezeigt, als sie beide nach einem Trainingsduell verschwitzt und lachend zu den Erfrischungsräumen neben dem Übungsraum gelaufen waren, und es hatte ihn alle Mühe gekostet, nicht abgestoßen zu reagieren. Er wusste nicht genau, wie es zu der Verletzung gekommen war, aber sie war noch ein Kind gewesen, als es passierte. Eine Tesla-Entladung hatte ihr Auge zerstört und einen Teil ihres Schädels gleich mit. Es war ein Wunder, dass sie das überlebt hatte ... ein Wunder und die ausgezeichnete Arbeit des Leibarztes seines Vaters.

»Val«, sagte Leona entschlossen, »es gibt keinen Weg, dir dies behutsam beizubringen. Also sage ich es geradeheraus: Deine Brüder führen dich aufs Glatteis. Sei vorsichtig.«

»Wie meinst du das?«, fragte er. »Du sprichst in Rätseln, Leo.«

Sie seufzte und nahm seine Hand. »Das Mädchen«, sagte sie. »Aurelia. Der kleine blonde Engel.« Ein spöttisches Zucken tanzte um ihre Lippen. »Sie ist schon recht lange Rufus' heimliche Mätresse.«

Valentin benötigte einige Atemzüge, um diese Worte zu verdauen und den eiskalten Schock, den sie hervorriefen. »Aurelia?«, wiederholte er schwach. Dann keimte Wut in ihm auf. »Das erfindest du doch. Du siehst es einfach nicht gerne, dass ich mich mit ihr treffe!«

Leona drückte seine Hand. »Hör mir zu«, sagte sie ruhig, »ich habe Spione, die sie beobachten. Sie wurde recht häufig und zu verräterischen Zeiten bei Rufus' Gemächern beobachtet. Ich weiß nicht, welches Spiel sie spielt. Aber ich befürchte ernstlich, dass dein Halbbruder dahintersteckt. Die beiden haben auch gestern während deines Kampfes und während du behandelt wurdest, ständig miteinander gesprochen, und es war deutlich zu erkennen, dass die beiden immer noch ... unter einer Decke stecken.«

»Du willst mich in die Irre führen«, sagte Valentin mühsam beherrscht. »Du bist eifersüchtig, Leona.«

Sie schüttelte heftig den Kopf. »Rede kein dummes Zeug«, wies sie ihn zurecht. »Ich habe dir gesagt, dass ich zu dir stehe, ganz gleich, was du sagst oder tust. Ich bin deine Freundin und bin es immer gewesen. Daran ändert sich nichts. Ich weiß, dass du mich nicht liebst, Val. Es ist mir nicht gleichgültig, aber ich kann dich schließlich nicht dazu zwingen.« Sie hob das Kinn und presste die Lippen schmal zusammen. »Aber deswegen würde ich keine Eifersuchtsnummer abziehen«, sagte sie betont salopp. »Du kennst mich, Val. Das ist nicht mein Stil.«

Valentin bemerkte, dass sein Vater zu ihnen hinsah. Er beugte sich vor und murmelte hastig: »Wir treffen uns morgen Abend, wenn es dir recht ist. Im kleinen Foyer im 370ten, dort wird uns niemand belauschen.«

ZWEITES BUCH
DIE SCHWESTERN

Jede hinreichend fortschrittliche Magie
ist von Technologie nicht zu unterscheiden.

Nivens Gesetz

19

Es steht geschrieben: Nur einen Sommer gönnt, ihr Gewaltigen!

Lady Melania, wie sie hier genannt wurde, saß in dem großen Lehnsessel am Feuer, der mittlerweile »ihr« Sessel war. Sie hatte die Füße unter sich gezogen und trank süßen Milchkaffee aus einer riesigen Tasse, während sie den Panarchen und seinen jüngsten Sohn beobachtete. Der Junge war so groß wie sein Vater, aber schmaler gebaut. Er sah übernächtigt und blass aus, wahrscheinlich hatte er mit seinen Kumpanen bis in den Morgen gezecht und musste nun, verkatert wie er war, seinem Vater Rede und Antwort stehen, der arme Kerl. Sie lächelte in ihre Tasse und leckte sich den Milchschaum von der Lippe. Ihrem scharfen Blick entging nicht, dass der helle Haaransatz, der ihr vor einigen Tagen noch aufgefallen war, nun wieder dunkel glänzte. Man mochte keine Weißhaarigen hier im Turm, außer es handelte sich dabei um das Silber des hohen Alters.

Melania strich sich unwillkürlich über den Scheitel und zog ihren Zopf durch die Finger. Er glitt glatt und kühl über ihre Hand und fiel schwer auf ihre Schulter. Der Morgenmantel aus weichem Samt und Pelz wärmte nicht die Kälte, die in ihrem Herzen wohnte. Sie war hier, am Ziel all ihrer Wünsche, und nun wusste sie nicht, was sie beginnen sollte.

Der Panarch blickte auf und sah sie an, als hätte sie seinen Namen gerufen. »Bist du zufrieden, meine Lady?«, fragte er. »Benötigst du etwas?«

Melania registrierte die Verblüffung im Gesicht des jungen Herrn. Er schien das Verhalten seines Vaters ungewöhnlich zu finden. Melania zwang sich zu einem Lächeln, das gleichzeitig Verheißung war. »Ich bin sehr zufrieden, mein Herr und Gebieter«, sagte sie sanft. Auf eine gewisse Art und Weise stimmte das sogar. Laurenz Lecare war ein aufmerksamer und rücksichtsvoller Liebhaber. Das hatte sie überrascht und tat es immer noch. Sie war darauf gefasst gewesen, Gewalt und Grausamkeit zu begegnen, und fühlte sich nun wie jemand, der eine verriegelte Tür hatte einrennen wollen, die sich aber überraschend vor dem Ansturm geöffnet hatte.

»Ich komme gleich zu dir«, sagte der Panarch. »Geduldest du dich?«

Sie nickte und hob als Antwort das Buch, das sie wie ein Hündchen auf dem Schoß hielt. Der Panarch lächelte und nickte ihr zu, und sie gab vor, sich erneut in die Seiten zu vertiefen.

Bücher. Das hatte sie am allermeisten überrascht und entzückt. Hier im Turm gab es Bücher, die vollkommen anders waren als das BUCH, das die Schluchter kannten. Hier gab es Bücher, die fortlaufende Geschichten erzählten; Bücher, die Wissen ausbreiteten wie einen prächtigen Teppich; Bücher, die Gedichte rezitierten und Märchen vortrugen; Bücher, in denen Zahlentabellen und Karten von fremden Ländern und den Sternen über ihrem Kopf berichteten; Bücher, die sich mit den Atomen beschäftigten und dem Inneren des Menschen, mit Tieren und Pflanzen und mit fremden Sprachen. Es war ein Paradies, in dem sie gelandet war, nicht die erwartete Hölle.

Abgesehen davon hatte sie es warm, und sie hatte noch keinen einzigen Tag diesen Hunger leiden müssen, an den sie sich schon so sehr gewöhnt hatte, dass er ihr kaum noch als etwas Schlimmes aufgefallen war.

»Dann wird das Dorf verschont?«, hörte sie den Jungen ausrufen. Aus seiner Stimme klangen Überraschung und verhohlene Erleichterung.

»Vorläufig ja«, antwortete der Panarch. Er kämmte sich mit den

Fingern über den kurzen Bart und unterdrückte ein Gähnen. Auch Laurenz war übernächtigt, aber nicht, weil er gezecht hatte. Melania lächelte wissend. Nein, ganz und gar nicht, weil er gezecht hatte.

Sie widmete sich wieder der Betrachtung der Buchseite, während ihre Ohren auf die Fetzen des Gesprächs gerichtet blieben, die der Luftzug aus dem geöffneten Fenster zu ihr trug. Nicht zum ersten Mal verfluchte sie die Größe des Gemachs. Es war so weitläufig wie der Dorfplatz daheim, und wenn sich die Gespräche, die sie eigentlich belauschen wollte, am anderen Ende des Raumes abspielten, dann hätte sie schon das Gehör einer Fledermaus benötigt, um einigermaßen sinnvolle Informationen daraus zu gewinnen.

»Du wirst die Gruppe also begleiten«, wehte auf dem kühlen Lüftchen zu ihr herüber. »Ich wünsche, dass du die Schluchter im Auge behältst. Vor allem die ...« Der Panarch schloss mit einem kleinen Knall das Fenster und ließ damit auch den informativen Luftstrom versiegen. Melania schniefte enttäuscht und gab es für den Moment auf. Sie würde heute Nacht schon aus Laurenz herauskitzeln, worum es bei dieser seltsamen Expedition ging. Schluchter, Schamanen und Türmer reisten gemeinsam in einem der panarchischen Schlitten? Was war das für eine seltsame, merkwürdige, bemerkenswerte Reisegesellschaft?

Ihre Gedanken begannen zu wandern, während ihr Blick durch die Buchseite hindurch in die Vergangenheit glitt. Das Leben in den Schluchten war hart im ständigen Kampf gegen den Hunger und die Natur, die sich ihr Eigentum zurückerobern wollte. Die Dörfer waren kleine, verlorene Flecken inmitten einer riesigen, atmenden, lebenden, fressenden Welt. Sie konnte sich an keinen Tag erinnern, an dem nicht Hunger, Schmerz oder Angst und allzu oft alle drei sie begleitet hatten. Und Zorn. Heftiger, lodernder Zorn.

Im Turm hatte sich alles geändert. Kein Hunger mehr, aber auch kein Sonnenlicht, kein Windhauch, nichts, was lebte, außer einer Unzahl anderer Menschen, die alle auf einem Fleck vegetierten. In den ersten Tagen hatte sie befürchtet, allein durch die Gegenwart so vieler anderer verrückt zu werden. Nie war es still, nie herrschte Ruhe, immerzu gab es Geräusche und Stimmen, Schritte, Gelächter, Geschrei, Stöhnen und Jammern, das Atmen und die Ausdünstungen anderer Körper dicht neben dem ihren.

Sie hatte gelernt, ihre Ohren und ihre Nase ebenso zu verschließen wie ihre Augen, wenn sie Ruhe wollte.

Kein Hunger mehr und keine der alten Ängste, dafür eine Anzahl neuer. Die Aufseher schlugen oft unvermittelt zu, mit kleinen Peitschen, die Stromschläge durch den Körper jagten. Danach war oft ein Glied gelähmt oder man war kurzfristig erblindet oder ertaubt. Die Arbeit war hart und schwer, aber daran war sie gewöhnt – harte und schwere Arbeit war in den Dörfern an der Tagesordnung.

Schlimmer als all das waren die Besuche der jungen Herren. Melania musste an sich halten, nicht hier und jetzt, auf diesen schönen Teppich, vor die Füße des Panarchen selbst, auszuspucken vor Ekel und Abscheu. »Herren«, ja, das waren sie, all diese jungen, arroganten, selbstverliebten Schnösel. Die Untergeschosse waren für sie nichts weiter als ein Spielplatz, Jagdgründe, ein Ort, der von seltsamen Tieren bevölkert war, mit denen man tun und lassen konnte, was einem in den Sinn kam. Und es war erstaunlich, was so ein Gehirn ersinnen konnte aus nichts als reiner Langeweile.

Sie war erleichtert gewesen, als sie bei der monatlichen Sichtung von einem gelangweilten Offizier aus der aufgereihten Truppe der Küchenmädchen herausgewinkt und in den Aufzug nach oben verfrachtet worden war. Natürlich wusste sie, was das zu bedeuten hatte – aber zumindest würde sie nicht mehr das Opfer für jeden jungen Adligen, jeden Gardisten des Turmes sein, sondern nur noch einem einzigen Mann gehorchen müssen. Und wenn sie sich erst einmal halbwegs frei bewegen konnte, dann würde sie weitersehen. Immer einen Tag nach dem anderen. Das, was sie suchte, befand sich sicherlich oben in den Geschossen der Adligen. Es war unvorstellbar, dass sie sich irrte. Vollkommen unvorstellbar. Denn das Glück war jetzt auf ihrer Seite – wie sonst hätte es sein können, dass sie hierher gebracht worden war? Hier war der Ort, an dem alles begann und gleichzeitig alles endete. Hier lag ihre Bestimmung, in der höchsten Spitze des Turmes, hoch über den Wolken.

Sie hob den Blick und lächelte und ihr Lächeln wurde erwidert. Der mächtigste Mann der Welt war in ihrer Hand. Sie hatte nicht vor, dieses Geschenk zu vergeuden.

20

Es steht geschrieben: Und der Haifisch, der hat Zähne

Es war überraschend und aufregend, was der Panarch ihm eröffnet hatte. Eine Mission, so verrückt, dass er sich bei jedem anderen, der ihm davon erzählt hätte, nach seinem Geisteszustand hätte erkundigen mögen. Aber die Worte waren aus dem Mund seines Vaters gekommen, und der wirkte allerdings alles andere als irrsinnig. Konzentriert und besorgt, sehr eindringlich, aber so klar wie der Himmel über dem Turm.

Valentin lehnte an der Brüstung und blickte nach Süden. Der Horizont verschwamm im gelblichen Dunst. Valentin grinste. Gut, heute war der Himmel nicht sonderlich klar, es schien erneut ein Gewitter heranzuziehen.

Er kniff die Augen zusammen und wünschte sich ein Teleskop. Von hier aus konnte man manchmal bei klarem Wetter die Spitze des nördlichsten der Südtürme erblicken. Etwas näher, zu den treuen Verbündeten gehörend, stand der Turm mit der Nummer 64, der von seinen Bewohnern »Venedig« genannt wurde. Valentin hatte dort einmal eine sehr muntere Woche verbringen dürfen, in der ein Maskenfest das nächste abgelöst hatte. Dieser Turm markierte die Grenze des Gebietes, über das der Panarch herrschte und hinter dem das Südliche Konglomerat begann. Die Südtürme gehörten dem Panarchat nur nominell an, mal mehr, mal weniger treu, je nachdem, wie lange der letzte Krieg zurücklag.

Valentin seufzte und legte das Kinn in die Hand. Was für eine verrückte Aufgabe! Den legendären Turm Null zu finden, hatten sich schon viele Glücksritter und Abenteurer auf die Fahne geschrieben, denn unermessliche Reichtümer und das gesammelte Wissen der Alten sollten dort zu finden sein. Keiner von ihnen war auch nur in die Nähe dieses wahrhaft sagenhaften Gebäudes gelangt. Valentin hatte alles darüber gelesen, was die Archive des Turmes hergaben, und er war mehr denn je davon überzeugt, dass Turm Null nicht mehr als ein Hirngespinst und ein Luftschloss war.

Und dennoch wollte sein Vater, dass er danach auf die Suche ging. Laurenz Lecare setzte seine Hoffnung und die Zukunft seiner Herrschaft auf den Ausgang einer zweifelhaften Jagd nach Chimären. Wissen. Das Wissen der Alten. Macht. Waffen, die seine Herrschaft sichern sollten, mächtiger und tödlicher als Tesla-Gewehre und Kanonen. Heilung für die merkwürdige Dürre, die die Menschen befallen hatte und die – so befürchtete der Panarch – irgendwann auch auf die Natur und die Tiere übergreifen würde. Große Ziele, die das bittere Aroma von Wahnsinn in sich trugen.

Und über allem, diffus und unangenehm, die Angst vor dem düsteren Teil der Legende. Der Ewige König, ein Märchen, mit dem man Kinder erschreckte. Der Schwarze Mann, der kam, um alles zu vernichten, zu töten und zu zerstören. Valentin hätte gerne darüber gelacht, aber der bittere Ernst im Gesicht seines Vaters hatte das Gelächter im Keim erstickt und nur Betroffenheit zurückgelassen und einen Hauch von Angst.

Valentin wandte sich von der Aussicht ab und sah am Turm hoch. Die Spitze, weit über ihm, versank im schwülen Gewitterdunst. Das war nicht das Wetter, das er sich für ein Rendezvous mit seiner Herzensdame gewünscht hätte, aber was wollte er machen? Dem Wetter gebot nicht einmal der Panarch selbst.

Aurelia, der kleine blonde Engel. Leonas Worte nagten an Valentin. Was, wenn sie tatsächlich mit Rufus gemeinsame Sache machte? Was, wenn sie ihn nur ausspionieren und schwächen wollte?

Oder entsprangen diese Anschuldigungen nur Leonas allzu fantasievollem Geist?

Alle Zweifel verflogen, als eine weiche Hand seine Schulter berührte und sich um seinen Nacken legte. Eine Wange, so zart wie eine Aprikose, schmiegte sich gegen die seine. »Valentin«, flüsterte Aurelia mit süßer Stimme, bevor er ihre Lippen mit seinem Mund verschloss.

»Ich muss dich verlassen«, sagte Valentin, als er wieder sprechen konnte. »Morgen. Mein Vater schickt mich auf eine Reise.«

Ihre mitternachtsblauen Augen wurden groß und noch dunkler. »Oh«, sagte sie mit zittriger Stimme. »Oh, mein Valentin. So bald? Wie lange wirst du fort sein?«

Er legte den Arm um ihre Taille und schlenderte mit ihr über den Balkon, der sich um ein Viertel des Turmes zog. Wie im Arboretum waren auch hier Bäume gepflanzt, die unregelmäßig angeordnet den Eindruck eines lichten Hains erzeugen sollten. Valentin berührte den glatten Stamm einer Buche und drehte Aurelia so, dass sie sich gegen ihn lehnen konnte. Er beugte sich zu ihr und küsste sie voller Verlangen, streichelte ihre Wange, fuhr die Linie ihres Kinns nach, ließ seine Finger an ihrem Hals hinuntergleiten bis zu ihrer Kehle, in der sanft der Puls pochte. »Ich weiß es nicht«, sagte er bekümmert. »Ich befürchte, dass ich einige Wochen unterwegs sein werde.« Er betrachtete ihre kummervoll gekrauste Stirn und fügte hinzu: »Wirst du auf mich warten?«

Sie schlug die Augen nieder. »Aber ja«, sagte sie sanft. »Natürlich werde ich das.«

Valentin schwieg und nahm ihren Arm. Sie spazierten unter den dichten Kronen der Bäume, als die ersten Regentropfen auf dem Balkonboden zerplatzten. Aurelia stieß einen kleinen Schrei aus, und Valentin schlüpfte aus seiner Jacke, um sie über ihren Kopf zu halten. Kichernd wie kleine Kinder rannten sie zum Eingang zurück, während der Himmel über ihnen seine Schleusen öffnete.

Sie lagen eng umschlungen und lauschten dem davonziehenden Gewitter. Valentin strich eine Locke aus Aurelias Stirn und hob seinen Kopf, um sie zu küssen. Sie lächelte ihn schläfrig an. »Du wirst mir so sehr fehlen«, sagte sie.

»Ich vermisse dich jetzt schon«, erwiderte Valentin ernsthaft. »Aber ich freue mich auch jetzt schon auf unser Wiedersehen.« Er lächelte und bettete seinen Kopf an ihre Schulter, während sie sein Haar kraulte.

Nach einer Weile seufzte sie und setzte sich auf. »Ich habe meinem Bruder versprochen, mit ihm zu Abend zu essen«, sagte sie und richtete ihre Kleider. »Wenn ich gewusst hätte, dass dies unser letzter Abend ist, hätte ich ihn vertröstet.« Sie beugte sich vor und hauchte einen Kuss auf seine Lippen. »Ich hoffe, du bist nicht enttäuscht.«

Valentin war enttäuscht, aber er zeigte es nicht. »Nein, aber nein«, erwiderte er lächelnd. »Ich muss mich ohnehin auf morgen vorbereiten.« Er schwang die Beine auf den Boden und zog seine Jacke wieder an, die immer noch ein wenig feucht vom Regen war. »Amüsiere dich gut während meiner Abwesenheit«, sagte er, »aber nicht zu sehr, hörst du?«

Sie lachte und wedelte mit der Hand. »Ich werde dich nach Strich und Faden betrügen, was dachtest du?«

Er knurrte und legte spielerisch seine Hände um ihre Kehle. »Ich erwürge dich«, drohte er. »Glaube mir, ich scherze nicht.«

»Hu, ich habe Angst«, gab sie keck zurück und schlüpfte in ihr Übergewand. Sie hob ihr Gesicht zu ihm und ließ sich ein letztes Mal küssen, dann war sie mit einem Winken und einem sanften Lächeln zur Tür hinaus.

Valentin lehnte noch eine Weile am Türpfosten und kaute auf seinem Daumennagel, ehe er sich seufzend abstieß und ihr folgte. Leonas Warnung nagte und zerrte an ihm. Wenn er Aurelia im Arm hielt, erschien ihm die Verdächtigung so absurd, dass er am liebsten laut herausgelacht hätte. Aber wenn sie fern von ihm weilte, wenn er allein mit sich und seinen Gedanken war, dann erschien ihm alles möglich. Sogar, dass seine süße Aurelia das Bett mit dem hinterlistigen Rufus teilte …

Ein Abendessen mit ihrem Bruder? Nun, das war ihr von Herzen vergönnt. Er verzog den Mund zu einem grimmigen Lächeln. Schnell und lautlos lief er die Speiche hinunter und sah vorne in der Biegung ihr helles Gewand verschwinden. Sie war auf dem Weg zur Nabe. Er tastete nach dem Schlüssel in seiner Westentasche. Wenn sie den Aufzug nahm, konnte er diesen mit dem Privatlift des Panarchen verfolgen. Das war ein Privileg seines Ranges, das er nun auszunutzen gedachte.

Zu seiner Überraschung ging Aurelia an den Aufzügen vorbei und öffnete die Tür zur Treppe. Sie fiel schwer hinter ihr ins Schloss und Valentin fluchte unterdrückt. Er rief den Aufzug, der glücklicherweise sofort zur Verfügung stand, und fuhr zwei Etagen hinab. Dann öffnete er leise die Tür zum Treppenhaus und lauschte. Ja, sie kam gerade herunter. Er lehnte die Tür an und wartete, bis ihre Schritte vorüber waren, dann schob er sich durch den Türspalt und folgte ihr.

Zwei Etagen weiter unten verließ sie das Treppenhaus und ging mit schnellen Schritten die innere Westspeiche hinunter. Valentin wartete, bis sie beinahe nicht mehr zu sehen war, und folgte ihr. Sie ging fast bis zum Ende des Ganges, dort blieb sie vor einer Tür stehen und klopfte.

Valentin drückte sich in eine der Wartungsnischen und beobachtete sie scharf. Dies war kein Geschoss, in dem sich die Unterkünfte der Adligen befanden, hier gab es stattdessen Salons und Ruheräume. Es war zwar ungewöhnlich, aber durchaus möglich, dass Aurelia mit ihrem Bruder hier zu Abend speiste.

Sie wirkte unbekümmert, während sie auf Antwort wartete.

Als die Tür sich schließlich öffnete, wurde ihr Lächeln strahlend. »Liebster«, sagte sie schmelzend. »Ich fürchtete schon, ich wäre zu spät gekommen.« Sie ließ sich von einem Mann, den Valentin nur zu genau erkennen konnte, umarmen und ins Zimmer ziehen, die Tür fiel hinter ihnen ins Schloss.

Valentin sank langsam in die Knie, ihm war, als hätte er einen Schlag auf den Kopf bekommen, so sehr klingelten seine Ohren und brummte sein Schädel. Der Schock nahm ihm den Atem. Er stützte sich auf die Hände und schüttelte den Kopf, bis er wieder klar denken konnte.

Dann stand er auf, so wackelig, als wäre er schwer verwundet. Bei den Göttern, er *war* schwer verwundet! Mit einem Stöhnen wandte er sich ab und lief wie von Hunden gehetzt davon. Leona hatte nicht gelogen. Sein verfluchter Bruder und Aurelia ... er konnte den Gedanken nicht zu Ende denken, so sehr schnürte ihm der Grimm die Kehle zu. Er wollte sich übergeben, er wollte seinen Degen ziehen und ihn seinem schändlichen Bruder ins Herz jagen, er wollte Aurelia bei den Haaren packen und aus dem Zimmer zerren, er wollte ...

Das Schluchzen, das aus seiner Kehle brach, die Tränen in seinen Augen, der Schmerz in seiner Brust löschten alle Rachegedanken aus. Er ballte die Fäuste und drängte den Kummer beiseite. Morgen früh würde er auf eine Reise aufbrechen, von der schon viele vor ihm nicht zurückgekehrt waren. In diesem schrecklichen Augenblick hoffte er inständig, dass er zu ihnen gehören würde.

Valentin hatte eine nahezu schlaflose Nacht hinter sich, in der er sich und seine Leichtgläubigkeit ebenso verflucht hatte wie die Untreue der schönen Aurelia. Die Morgensonne schmerzte in seinen geröteten Augen, als er sich schließlich aus seinem Bett erhob.

Er zog sich an und befahl sich, seine Gedanken auf die bevorstehende Mission zu konzentrieren. Der Panarch hatte es seinem Sohn überlassen, seine Begleiter selbst zu bestimmen. Da Valentin nicht wusste, was genau ihn auf der Reise erwarten würde, hatte er sich dazu entschieden, diejenigen Menschen mitzunehmen, denen er unbedingtes Vertrauen schenkte.

Sie trafen zu einer Besprechung im kleinen Foyer des 370. Stockwerks zusammen. Valentin mochte den Ausblick vom dortigen Balkon, und da auf dieser Seite des Turmes nur eine der kleineren Arenen untergebracht war, würden sie ungestört bleiben.

»Warum hast du uns gerufen?«, fragte Leona, die in mattem Schwarz mit einer schlichten dunkelroten Augenklappe und ihrem streng zurückgesteckten Haar eine höchst unnahbare Erscheinung abgab. Sie hatte Valentin sehr zurückhaltend, beinahe kühl begrüßt und saß nun in dem Sessel, der dem seinen so weit wie möglich entfernt lag. Valentin grübelte, womit er sie verärgert haben konnte, wurde aber abgelenkt, als Cosimo als Letzter durch den Eingang platzte, Entschuldigungen für seine Verspätung rufend.

»Setz dich hin und halt den Mund«, sagte Valentin ärgerlich. »Ich überlege, ob ich dich mitnehmen soll, Cosimo. Wirklich!«

Damit besaß er die Aufmerksamkeit seiner Zuhörer. Alban, der bereits in groben Zügen wusste, worum es bei diesem Treffen ging, lehnte sich zurück und hob eine Braue.

»Mitnehmen?«, fragte Cosimo und ließ sich in den Sessel neben Leona fallen. »Lady Leo«, sagte er lässig und winkte dem Diener. »Bring mir ein großes Glas Bier«, sagte er. »Ich habe eine anstrengende Fechtstunde hinter mir.«

Valentin knurrte und wartete, bis der Diener das Gewünschte serviert und die Tür hinter sich geschlossen hatte. »Wärst du dann so weit, mir zuhören zu können?«, fragte er spitz.

Cosimo grinste und hob das Glas. »Leg los, Alter«, sagte er und trank einen gewaltigen Schluck, der das halbe Glas leerte.

Valentin stieß einen angewiderten Laut aus und beugte sich vor. »Der Panarch schickt uns auf eine Expedition, die uns ins Ungewisse führt«, begann er. »Wir haben geheime Instruktionen, die ich euch enthüllen werde, sobald wir uns auf den Weg gemacht haben.« Er pausierte, sah die anderen an. Cosimo hatte sein Glas abgestellt und blickte so verwundert drein, als hätte Valentin zu singen begonnen. Leona versteckte sich immer noch hinter dieser reservierten, kühlen Maske und Alban lächelte unbeirrt. Einen Moment lang schwiegen alle, dann beugte sich Cosimo vor und fragte: »Wohin ins Ungewisse?«

»Wir werden gen Süden fliegen«, erwiderte Valentin. »Es geht auf die Suche nach dem ersten aller Türme. Turm Null.«

Cosimo lachte auf und griff wieder nach seinem Bierglas. »Guter Witz«, sagte er aufgeräumt. »Und jetzt sag, wo es wirklich hingehen soll, Val.«

Valentin sah ihn nur an. Das Lachen auf Cosimos Gesicht wurde schmaler und verschwand. »Das war kein Witz?«, fragte er, als traue er seinem eigenen Verstand nicht.

Valentin räusperte sich und blickte auf seine Hände nieder, um sich zu sammeln. »Wir werden morgen bei Sonnenaufgang aufbrechen«, fuhr er fort. »Nehmt mit, was ihr für einige Wochen benötigt. Wir haben Platz genug für euer Gepäck.« Er wartete auf eine Zwischenfrage, aber niemand regte sich, also setzte er hinzu: »Wir werden mit dem Staatsschiff reisen.«

Jetzt gab Cosimo ein leises Röcheln von sich und Leona richtete sich starr auf. Ihr Blick fixierte Valentin so bohrend wie die Spitze eines Rapiers. »Dein Vater gibt uns sein Luftschiff?«, fragte sie, als wäre Valentins Aussage nicht eindeutig gewesen.

Valentin nickte. »Ja, er gibt uns das Staatsschiff. Wir werden unterwegs haltmachen und einige Mitreisende aufsammeln. Und dann geht es nach Süden.«

Cosimo lachte, klatschte in die Hände und zeigte auf Valentin.

»Du veräppelst uns«, sagte er vergnügt. »Das ist deine Junggesellenreise, gib es zu. Der letzte Ausflug, bevor du die Ketten angelegt bekommst.«

Alban lachte unterdrückt und Leona presste die Lippen zusammen. »Danke«, sagte sie scharf.

Cosimo wurde blutrot. »Ich ... das habe ich nicht gemeint ...«, stammelte er. »Lady Leo – ich habe dich nicht damit gemeint. Ich dachte an die Senatsversammlung vor dem Feiertag. Dass Val dort offiziell als Erbe des Panarchen inauguriert wird. Diese Kette habe ich gemeint, die Kette mit dem Wappen des Panarchen!« Ihm quollen die Augen aus dem Kopf, als er Leona flehend anstarrte.

Sie nickte knapp und wandte den Blick ab. Valentin runzelte die Stirn. Das sah seiner Cousine nicht ähnlich. Zu jedem anderen Zeitpunkt hätte sie gelacht, sich über Cosimo belustigt und selbst eine ironische Bemerkung über das bevorstehende Ehejoch gemacht ... Was war ihr nur über die Leber gelaufen?

Er sah sie fragend an, aber sie wich seinem Blick beharrlich aus. Valentin entschied sich, Leonas Launen zu ignorieren und stattdessen die restlichen Anweisungen zu geben. »Seid also morgen pünktlich am Ablegeplatz«, sagte er abschließend. »Ich möchte euch bitten, keine Informationen über unsere Reise weiterzugeben.«

»Wie auch, wenn wir keine Informationen von dir bekommen?«, grummelte Cosimo leise.

Valentin stand auf. »Wenn einer von euch nicht mitkommen will, wäre es jetzt der richtige Zeitpunkt, mir das zu sagen.«

Stille.

Valentin nickte. »Dann sehen wir uns morgen.«

Er wartete am Fenster, weil er wusste, dass Leona zurückbleiben würde. Alban klopfte ihm kurz und fest auf die Schulter und folgte Cosimo hinaus, dann schloss die Tür und sie waren allein.

»Cousine Leona?«, fragte Valentin. »Was habe ich dir getan?«

Sie saß immer noch da, kerzengrade, die Arme verschränkt, und jetzt sah sie ihn sogar an. Ihr Blick war so dunkel und so tödlich verletzt, dass Valentin erschrak. Er war mit zwei langen Schritten bei ihr, ließ sich vor ihrem Sessel auf die Knie nieder und griff nach ihrer Hand, die sie ihm widerstrebend überließ. »Was habe ich dir getan?«, wiederholte er leise. »Was auch immer es war, Leo, glaube mir, es ist nicht mit Absicht geschehen.«

Ihre steinerne Miene erweichte um keinen Deut. »Du bist nicht gekommen«, sagte sie spröde. »Du hast es vorgezogen, deine neue Flamme zu beglücken und mir aus dem Weg zu gehen. Ich habe gestern hier auf dich gewartet wie eine dumme Gans auf ihren Liebsten, der es längst mit einer anderen treibt.«

Valentin sank auf die Fersen zurück. Er hatte es vergessen. Er hatte wahrhaftig vergessen, dass er gestern hier mit Leona verabredet gewesen war, um über ihre Verdächtigungen zu sprechen, und noch wichtiger für sie: über ihrer beider Verlobung. Stattdessen hatte er seine Zeit mit der ungetreuen Aurelia vertändelt und sich den Stich ins Herz eingehandelt, der ihn mehr schmerzte, als jede körperliche Verletzung es je getan hatte.

»Oh«, sagte er und legte die Hand über die Augen. »Leo ... ich ... es tut mir leid.«

»Ja, das glaube ich dir«, sagte sie und machte Anstalten, sich zu erheben. »Ich glaube dir wirklich, Valentin. Und mir tut es leid, dass du deiner zukünftigen Gemahlin nicht einmal so viel Aufmerksamkeit zu schenken gewillt bist, wie du sie deinen Freunden gönnst. Ich weiß, dass du mit den Plänen deines Vaters nicht einverstanden bist, aber es wäre zumindest freundlich von dir gewesen, es mich nicht so brutal spüren zu lassen. Ich dachte, wir wären befreundet. Dass du mich verachtest ...«

Valentin schrie auf und griff mit beiden Händen nach ihr, wollte sie an sich ziehen, aber Leona wich ihm geschmeidig aus und tänzelte von ihm fort. »Nein, Cousin«, sagte sie eisig. »Nein, das ist nicht die richtige Antwort.« Sie wich zur Tür zurück. »Ich verlange keine Liebe«, sagte sie leise. »Ich hätte nur ein wenig Achtung verlangt. Aber ich vergaß, dass ich gezeichnet bin. Es stößt dich ab, und du findest, dass ich keine Gemahlin bin, auf die du stolz sein könntest. Nicht so.« Sie legte sacht zwei Finger auf ihre Augenklappe.

Valentin brüllte wie ein Tier. Er sprang auf sie zu, packte sie und presste sie gegen die Wand. »Das darfst du nie wieder sagen«, keuchte er und sein Speichel sprühte auf ihr abgewandtes Gesicht, ihr angespanntes Kinn, das zarte Ohr, das unter dem schweren Haar hervorblickte. »Leo, du kennst mich, du weißt, dass es mir nichts bedeutet. Das reden dir meine Feinde ein!«

Sie verharrte starr unter seinen Händen, wehrte sich nicht, kämpfte nicht gegen seinen Griff an, der ihr wehtun musste. »Ich spreche nicht mit deinen Feinden«, erwiderte sie. »Ich bin loyal, Valentin. Aber du kannst nicht leugnen, dass du deine Zeit lieber mit Aurelia oder sogar mit Cosimo verbringst – und wie ihr dabei über mich und über unsere Verlobung redet, das hat Cosimo ja gerade ausgeplaudert.«

Valentin ließ sie vor lauter Verblüffung los und machte einen Schritt zurück. Sie rieb sich die Arme und sah ihn dabei kalt an.

»Leo, das ist nicht wahr«, sagte er ruhig und bestimmt. »Ich würde niemals schlecht oder unangemessen über dich und uns beide reden. Cosimo ist ein Idiot, aber auch er würde so etwas niemals sagen, denn er verehrt dich. Nach unserem Gespräch war ich sehr beunruhigt, weil ich dir vertraue und weiß, dass du niemals ohne Grund so eine Verdächtigung aussprechen würdest. Ich bin Aurelia also nachgegangen und habe herausgefunden, dass alles, was du gesagt hast, der Wahrheit entspricht. Danach habe ich mich nur noch verkriechen wollen und vollkommen vergessen, dass wir uns treffen wollten. Noch einmal: Es tut mir leid. Entsetzlich leid sogar. Und es ist nicht wahr, dass ich dich nicht liebe. Ich liebe dich wie eine Schwester. Und wenn wir denn erst einmal vermählt sind, dann schwöre ich dir, werde ich es lernen, dich zu lieben, wie es meiner Gemahlin und treuesten aller Gefährtinnen zusteht. Ich schwöre dir, dass ich keine Favoritin neben dir haben werde, schon gar nicht Aurelia.« Er musste an sich halten, um nicht auszuspucken. »Du wirst die Eine und Einzige sein, die an meiner Seite ist, für alle Zeit.«

Leonas Blick flackerte. Sie blinzelte mehrmals, leckte sich nervös über die Lippen, setzte an, etwas zu erwidern, aber kein Wort drang über ihre Lippen. Dann, plötzlich und völlig unerwartet für Valentin, füllte sich ihr Auge mit Tränen. Sie stieß einen erstickten Laut aus, wirbelte herum und rannte hinaus und die Tür schlug hinter ihr zu.

Valentin stand da, hilflos die Hand zur geschlossenen Tür ausgestreckt, und wusste nicht, was er falsch gemacht hatte.

21

Es steht geschrieben: Alle Kreter lügen

Sie schliefen in der kleinen Hütte, Elster, Indigo und auch Winter. Elster vermutete, dass Winter als eine Art Anstandsdame eingeteilt worden war, damit ihre Schwester nicht unter dem Dach des Prinzips mit einem jungen Mann allein in einem Raum schlafen musste. Es war eine altmodische Art der Fürsorge, die Elster gleichermaßen zum Lachen reizte und rührte. Niemand in den Dörfern scherte sich darum, ob ein Junge mit einem Mädchen allein blieb. Was sollte schon passieren? Ein Kind? Jedes Kind war gleichzeitig Grund zur Freude wie zur äußersten Trauer. Viele der Kinder gehörten den Türmen. Mütter oder Väter, die sich zu sehr an ihre Kinder banden, endeten wie Jett und Wendel in Verzweiflung, Trauer und Tod. Und trotzdem musste es Kinder geben, denn das Leben musste doch weitergehen.

Elster war dankbar für die Gegenwart ihrer Schwester, denn der Tag hatte sie verwirrt und aus dem Gleichgewicht gebracht. Sie drehte sich auf die Seite und sah Winter an. An ihrem Hals glänzte eine silberne Gabel, der Zwilling der Gabel, die sie Elster geschenkt hatte. Sie lag auf dem Rücken wie eine Statue, die Hände auf der Brust gefaltet und ihre Augen waren offen. Dennoch schlief sie. Elster schauderte. Was auch immer die Schamanen mit Winter anstellten, es machte sie noch fremder. Oder waren es gar nicht die Schamanen? War es das Erwachen ihrer Kräfte? Winter war die Erkorene, sie würde Om als Prinzip ablösen und damit zum Oberhaupt aller Schluchter. Winter. Ihre Zwillingsschwester.

Elster legte sich auf den Rücken, ahmte die Haltung ihrer Schwester nach. Es war gut, so zu liegen, denn so konnte sie nachdenken, ohne darüber einzuschlafen, und nachdenken wollte und musste sie.

Sie ließ den vergangenen Abend Revue passieren. Nach dem erstaunlichen Gespräch, das Om mit dem Panarchen geführt hatte, waren sie weiter durch den Untergrund geleitet worden, zu einem Raum, der klein und gemütlich eingerichtet war und in dem ein gedeckter Tisch auf sie wartete.

Elster konzentrierte sich darauf, sich alles zu merken, was ihr begegnet war. Sie hatte beobachtet, wie Indigo etwas schneller ging, um an die Seite des Steuermanns zu gelangen. Er sagte sehr leise etwas zu dem großen Mann, der darauf leicht den Kopf neigte und antwortete, indem er Indigo die Hand reichte. Elster sah den komplizierten Fingergriff, den beide so beiläufig wechselten, und wunderte sich. Was ging da vor zwischen den beiden?

Elster drehte sich auf die Seite zurück und bat den Schlaf, zu ihr zu kommen. Im Bett neben Winter konnte sie Indigos leises Schnarchen hören. Was hatte das Zeichen zu bedeuten, das er mit dem Steuermann dort im Korridor ausgetauscht hatte? Während des Essens hatten die beiden sich keines Blickes mehr gewürdigt, und auf dem Weg hierher zurück hatte Elster Indigo geradeheraus gefragt, was er mit dem Steuermann zu schaffen hatte. Indigo hatte sie abweisend angesehen und gemurmelte, sie bilde sich da was ein. Der Steuermann sei ein Fremder für ihn, und er verspüre auch keinerlei Ambition, das zu ändern.

Elster gab sich wohl oder übel mit der Auskunft zufrieden, auch wenn sie eine Lüge war. Auch das wanderte auf die Liste der Dinge, die sie sich merken würde, um sie später zu begreifen. Und es trieb einen Keil zwischen sie und Indigo. Sie hatte ihm immer unbedingt vertraut, blind, fraglos. Das war nun vorbei. Er hatte Geheimnisse vor ihr? Gut. Dann sollte es so sein.

Und mit diesem Gedanken schlief sie endlich doch ein, einen bitteren Geschmack auf der Zunge.

Sie wurden von einer Schamanin geweckt. »Winter, das Prinzip bittet dich, zu ihr zu kommen. Ihr anderen macht euch bereit zur Abreise.« Sie war zur Tür hinaus, ehe Elster den Schlaf aus ihren Augen gerieben hatte.

»Abreise«, wiederholte sie und sah Indigo an. Bei allem, was vorgefallen war, war er doch hier an diesem Ort immer noch ihr Vertrauter, ihr ältester und engster Freund.

Zu ihrer Erleichterung grinste er schief und kämmte sich die zerzausten Haare mit den Fingern. »Die Weißen und ihre Geheimniskrämerei«, sagte er. »Los, lass uns sehen, ob sie noch ein Frühstück für uns haben. Ich habe gestern so viel gegessen, wie nur reinging, aber ich könnte schon wieder etwas vertragen.«

Elster erwiderte sein Lachen und reichte ihm die Hand. »Frühstück«, sagte sie. »Ģµ†ē |đēē.«

Sie bekamen ein Frühstück, das weniger üppig als das gestrige Abendessen ausfiel, aber sättigend und schmackhaft war. Während sie am Brunnen in der Morgensonne saßen und mit der Aufmerksamkeit aßen, die jeder Schluchter seiner Nahrung entgegenbrachte, erlaubten sie sich, einen Teil ihrer Konzentration auf das zu richten, was sie erwartete.

»Wohin wird die Reise gehen?«, fragte Elster leise und trank einen Schluck des heißen, bitteren Tees.

Indigo beugte sich vor und hielt zwei junge Männer im Blick, die ein Stück von ihnen entfernt ein Schwätzchen zu halten schienen. Oder dort standen, um sie zu belauschen. Wer konnte das schon wissen?

Indigo wechselte in Speek, aber Elster hatte gestern gehört, wie der Steuermann ihre geheime Sprache verstanden und darin geantwortet hatte. Sie glaubte nicht mehr daran, dass sie wirklich geheim war. Auch das war bitter.

»|¢ħ ģłãμbē, ēş ħã† ē†ωãş мï† đēŕ Pŕºρħēżēïμñģ żμ †μñ, vºñ đēŕ Mã $¢ħñēēbãłł μñş ēŕżæħł† ħã†«, sagte Indigo. »Erinnerst du dich?«

Ma Schneeball war schon lange vor Elsters Geburt die Schamanin des Dorfes gewesen, und sie hatte die Kinder unterrichtet, bis sie selbst zu alt und zu schwach dafür geworden war. Sie war im vorletzten Winter gestorben, und seitdem hatte das Dorf keinen eigenen Schamanen mehr. Nicht nur die Kinder, auch die Schamanen wurden weniger.

»Đïē Pŕºρħēżēïμñģ?« Elster grub in ihrem Gedächtnis. Sie war daran gewöhnt, so gut wie alles, was sie dort einmal verstaut hatte, auch wiederzufinden, deshalb ärgerte es sie, dass es dieses Mal ein paar Atemzüge länger dauerte, bis sie die Information endlich in den Fingern hatte. »Đãş ãł†ē Điñģ?«, sagte sie verblüfft. »Das ist ein Kindermärchen, Digo.«

Er nickte zweifelnd. »Đïē Mē¢ħãñïķēŕ ģłãμbēñ ãμ¢ħ đãŕãñ«, sagte er.

»Ţμŕм Ñμłł?« Elster lachte. »Đēŕ ģēħēïмñïşvºłłē ēŕş†ē ãłłēŕ Ţůŕмē, ïñ đēм đēŕ Ēωïģē Ķøñïģ đãŕãμ*f* ωãŕ†ē†, ēŕωē¢ķ† żμ ωēŕđēñ? Digo, du veräppelst mich!«

Er lachte nicht mit ihr. »Das Prinzip glaubt ebenfalls daran«, sagte er. »Und deine Schwester. Und der Steuermann, dem du dich so an den Hals schmeißt.«

Elster verschlug es einen Augenblick lang die Sprache. »WAS hast du gesagt?«, fragte sie dann, als traute sie ihren Ohren nicht.

Er blickte finster auf seinen Becher hinab, dann kippte er den Rest seines Tees vor sich in den Staub und stand auf. »Gehen wir«, sagte er schroff. »Wir wollen das Prinzip und den Steuermann doch nicht warten lassen.«

Elster schnaufte, stand aber ebenfalls auf. »Das nehme ich dir übel«, sagte sie leise. »Richtig übel.«

Sie gingen in zornigem Schweigen zu ihrem Schlafplatz zurück und holten ihre Rucksäcke. Als sie wieder auf den Dorfplatz traten, wartete Winter schon auf sie. »Ihr seid reisefertig, wie schön«, sagte sie sanft. Elster spürte einen Schauder über ihren Rücken laufen. Eine Sehnsucht, die sie sich nicht erklären konnte, umklammerte ihr Herz wie eine eiserne Klaue und raubte ihr den Atem und die Stimme. Sie nickte und straffte ihre Schultern. Unwillkürlich flog ihr Blick über den sonnenhellen Platz. Erst, als sich die hochgewachsene Gestalt des Steuermanns aus dem Schatten des Waldes löste und auf sie zukam, erkannte sie, nach wem sie Ausschau gehalten hatte.

»Elster«, begrüßte er sie mit seiner tiefen, ruhigen Stimme vor allen anderen, denen er nur zunickte. Der strahlende Blick seiner Augen wandte sich ihr zu und fuhr prüfend über ihr Gesicht. Dann sah sie, wie ein Kranz von Fältchen sich um seine Augen bildete.

»Bevor wir gehen, will Om uns noch über unsere Mission unterrichten«, sagte er und ließ seine Aufmerksamkeit nun auch Indigo und Winter zuteilkommen. »Folgt mir bitte.« Er wandte sich ohne ein weiteres Wort um und führte sie in den Wald hinein.

Die Bäume, hauptsächlich Buchen und Erlen, standen in lichten Reihen. Das Unterholz war gerodet worden und der weiche Boden bedeckt mit Moos und dem vorjährigen Laub, das unter ihren Füßen raschelte. Dies hier war ein kultiviertes Waldgebiet, in dem sich weder Barkies noch Wölfe verstecken konnten. Und wahrscheinlich war es auch wenig sinnvoll, hier Löfflerfallen aufzustellen oder nach Pilzen zu suchen.

Über ihnen in den Zweigen raschelte ein Eichhörnchen. Rundum sangen Vögel, doch in ihrer Nähe verstummten sie, sodass sie in einer Blase der Stille durch den lichten Wald gingen. In der Ferne hämmerte ein Specht.

Der Weg führte sie zu einer Formation von Buchen, die auf kunstvolle Weise miteinander verflochten und verwachsen waren, sodass sie eine Art lebender Halle bildeten. In der Mitte des so entstandenen Raumes waren einige Stühle und ein Tisch aufgestellt worden, so bemoost und von Efeuranken überwuchert, dass sie beinahe selbst wie lebende Gewächse aussahen. Das Sonnenlicht filterte durch das Laub und malte Kringel und Flecken aus Gold über alles.

Om saß am Kopf des Tisches, hoch aufgerichtet, ihre Hände ruhten auf der verwitterten Tischplatte und ihr runzliges Gesicht trug den Ausdruck konzentrierten Lauschens.

Niemand war bei ihr. Elster fragte sich, wie sie hierher gelangt war und wieso man sie hier allein gelassen hatte.

Der Steuermann blieb am Eingang der Buchenhalle stehen und rief leise: »Ehrwürdiges Prinzip, ist es uns erlaubt einzutreten?«

»Es sei euch gestattet«, sagte Om mit leiser, dennoch klingender Stimme.

Der Steuermann bedeutete seinen Begleitern, ihm zu folgen, und schritt auf Om zu. Wieder blieb er stehen und wieder sprach er sie an: »Ehrwürdiges Prinzip, ist es uns gestattet, uns an deinen Tisch zu setzen?«

»Es sei euch erlaubt«, antwortete Om. Der Blick ihrer blinden Augen wanderte über ihre Gesichter, und es schien Elster, als könnte das Prinzip sie sehen.

Der Steuermann deutete auf die moosbewachsenen Stühle und sie nahmen Platz.

Om lächelte und faltete ihre Hände. »Willkommen, meine Sendboten«, sagte sie. »Ihr werdet meine Augen und mein Körper sein, mein Geist und mein Wille, wenn ihr auf diese Mission geht.« Sie sah jeden von ihnen eindringlich an. »Winter, Erwählte, die unser Volk führen wird. Elster, Finderin, Hoffnung, Dunkelheit und Licht in der Nacht. Indigo, geschickt, klug und tapfer, der treue Gefährte. Steuermann, Hüter des Wissens und weiser Ratgeber. Ich vertraue euch das Schicksal unseres Volkes, unserer ganzen Welt an. Seid ihr bereit, diese Verantwortung auf eure Schultern zu nehmen?«

Elster warf Indigo und Winter einen schnellen, verwirrten Blick zu. Der Steuermann beobachtete sie mit einem schmalen Lächeln, das sie nicht entschlüsseln konnte.

»Ja«, sagte Winter und Elster fuhr zusammen. »Ja«, wiederholte sie die Zustimmung ihrer Schwester. »Ja, ich bin bereit.«

»Ja.« Indigos Stimme klang fest und zuversichtlich.

Om neigte den Kopf. »Ich danke euch«, sagte sie mit einer Trauer in der Stimme, die Elster frösteln machte. »Nun, ihr sollt nicht blind auf diese Reise gehen.« Sie lächelte schwach. »Also hört, was ich euch zu sagen habe.« Sie sammelte sich einen Moment. »Hört also die Legende vom Ewigen König«, sagte sie mit klingender Stimme.

»Es steht geschrieben:

Eine Zeit der Dürre und des Krieges kommt über uns, in der die Frucht auf dem Feld und die Frucht des Leibes verkümmert. All diese Zeichen künden vom Erwachen des Ewigen Königs, mit dem die Welt endet, wie wir sie kennen. Ein Stern, gefallen vom Himmel, tat den Abgrund auf, und aus dem Abgrund erhebt sich der Ewige König in Feuer und Rauch.

Es steht geschrieben:

Die Erde wird sich schwärzen und die Berge werden erbeben und die Menschen der Türme und Schluchten werden erschüttert bis in die Tiefen ihrer Seelen. Nichts wird mehr sein, wie es war, denn der Ewige König hat sich erhoben.

Es steht geschrieben:

Ein Feuerball wird die Länder erschüttern und der Ewige König wird über alle emporsteigen. Wer ihn ansieht, wird erblinden und ertauben und zu Boden stürzen, und lautes Jammern und Wehklagen wird die Lüfte erfüllen.

Was unten ist, wird sich erheben, und was oben ist, wird fallen. Die Hoffnung der Welt ruht dort, wo Turm und Schlucht sich treffen und Oben und Unten verschmelzen.

Es steht geschrieben:

Das Erwachen des Ewigen Königs erschüttert die Welt.

Wenn Turm und Schlucht Seite an Seite kämpfen, steigt der König auf und seine Glorie wird offenbar. Hell und Dunkel, Turm und Schlucht befreien den König aus seinem Gefängnis und schenken der Welt den Frieden.«

Sie verstummte, und der Steuermann gab ihr einen Becher in die Hand, aus dem sie ihre Lippen benetzte. Elster dachte über die Worte nach, die sie gerade gehört hatte. Sie kannte wie alle Schluchter den Kern der Legende, aber der Wortlaut der Prophezeiung, wie Om ihn gerade zitiert hatte, barg eine düstere, kraftvolle Zukunftsvision, die sie gleichermaßen erschreckte und faszinierte. Sie sah Indigo an, der ebenso gebannt schien.

Om gab dem Steuermann den Becher zurück und richtete wieder das Wort an sie: »Eins ist wichtig, und deshalb habe ich euch noch einmal vor eurer Abreise hierher gebeten. Ihr werdet zwar gemeinsam mit den Türmern auf diese Mission gehen, aber denkt immer daran: Niemand weiß, welche Ziele sie verfolgen. Seid auf der Hut. Ich baue darauf, dass ihr klug und wachsam seid und im rechten Moment wisst, was ihr zu tun habt. Ihr dürft euer Ziel nie aus dem Auge verlieren: Weckt den Ewigen König. Wenn das gelingt, wird unsere Welt bestehen. Misslingt es, wird Tod und Zerstörung der Preis dafür sein.«

Sie atmete hörbar mühsam, wehrte aber die Hand des Steuermanns ab, die sich auf ihre Schulter legte. »Noch nicht, Steuermann«, sagte sie scharf.

»Warum gehen wir nicht alleine auf diese Fahrt?«, warf Elster ein. »Dann müssten wir uns nicht auch noch mit den Türmern herumschlagen.«

Om hob die Hand. »Die Prophezeiung, die seit Generationen weitergegeben wird, sagt, dass nur eine gemeinsame Pilgerreise von Turm und Schlucht Erfolg haben wird. So steht es geschrieben. Ich vertraue auf eure Stärke und euren Verstand.«

Sie wandte den Kopf und machte Anstalten, sich zu erheben. Elster sah, wie ihr Gesicht schlaff wurde und ihre Augenlider flatterten. Sie sank schwer in den Sitz und ihr Kopf schwankte wie ein Getreidehalm im Wind. Ihre Augen schimmerten wie Opale.

»*Hört*«, sagte Om. »*Hört. Hört. Der silberne Mond erhebt sich in der Nacht und steigt über die Türme empor. Der Mondjunge flieht vor dem Zorn des Königs in die Winternacht. Die Horchende findet das Zerbrochene und fügt es zusammen. Hand in Hand gehen die Pilger in eine Tiefe, die sich hoch über die Wipfel erhebt. Feuer und Donner. Blitz und schreckliches Licht. Er verlässt uns. Das ist der Preis, den wir alle zahlen, wenn die Türme fallen. Er verlässt uns.*«

Tränen schimmerten wie Diamanten auf ihrer faltigen Haut. Ihre Lippen zitterten, sie stöhnte und sank gegen die efeubewachsene Lehne des Stuhles. Ihre blinden Augen starrten blicklos zum Laubdach der Halle. Winter machte Anstalten, aufzuspringen und zu ihr zu eilen, aber der Steuermann hielt sie mit einer Handbewegung zurück. Er schüttelte den Kopf. Elster wunderte sich über den Ausdruck von Strenge, der seine Züge hart erscheinen ließ.

Einige Minuten lang hörten sie nur den Wind und das Rascheln kleiner Tiere im Gebüsch, den Ruf eines Kuckucks und das monotone Flöten eines Vogels in der Nähe. Dann hob ein tiefer Atemzug Oms Brust und sie richtete sich auf. »Steuermann?«, sagte sie mit leiser, schwacher Stimme. »Bring mich heim.«

Der Steuermann erhob sich und trat zu ihr, beugte sich über sie und hob sie auf seine Arme. »Bleibt hier«, sagte er. »Wartet auf mich.« Er verließ die Halle, das Prinzip wie ein Kind in seinen Armen.

Elster sah Winter an, die Om und dem Steuermann hinterherblickte. Sie wirkte erschüttert.

»Sind wir jetzt klüger als vorher?«, fragte Elster. »Habt ihr verstanden, was sie gesagt hat?«

»Nein«, sagte Indigo. »Keinen Ton.«

Elster rollte nachdenklich ein Dirrumblatt und begann, es zu rauchen. »Worin besteht also unsere Aufgabe?«, fragte sie. Winter streckte stumm die Hand aus und Elster reichte ihr das Röllchen. Sie sahen sich an. Früher hatten sie sich das Dirrum immer geteilt.

Indigo legte die Füße auf den Tisch und lehnte sich zurück. »Wir sollen den Ewigen König aufwecken«, sagte er und verschränkte die Hände hinter dem Kopf. »Wenn es sonst nichts ist.«

22

Es steht geschrieben: Nicht der Mörder, der Ermordete ist schuldig

Melania – sie begann sich an diesen Namen zu gewöhnen – genoss es, ein eigenes Arbeitszimmer zu haben. Man stelle sich vor: ein Zimmer, das einzig dem Zweck diente, darin zu sitzen und zu schreiben oder zu lesen, nachzudenken oder einfach allein zu sein.

Der Panarch hatte ihr dieses Zimmer präsentiert wie eine Bonbonniere oder ein Schmuckstück. Der Kuss, mit dem sie sich bei ihm bedankte, war ehrlich gemeint, und zum ersten Mal empfand sie ein Gefühl von Zuneigung zu ihm, das ihr im Nachhinein betrachtet ein wenig Angst machte. War sie so leicht zu korrumpieren? War es so einfach, sie zu kaufen: Gebt ihr ein Arbeitszimmer mit einer Wand voller Bücher und ein wenig Privatheit und sie gehört Euch mit Haut und Haar ...?

Sie schob all diese unangenehmen Gedanken beiseite und gönnte sich den Luxus, sich einfach nur zu freuen.

Laurenz hatte ihr bei ihrem gemeinsamen Mittagsmahl gesagt, dass er wahrscheinlich erst spät in der Nacht zu ihr kommen würde. Er sprach von einer anstrengenden Sitzung mit seinen Senatoren und danach noch einem Treffen mit seinen engsten Beratern. Wie es schien, freute er sich auf keins von beiden sonderlich. Melania kannte ihn schon gut genug, um die kleinen Anzeichen von Müdigkeit und Überdruss in seinem Gesicht und seiner Körperhaltung erkennen zu können, auch wenn er sich bemühte, sie nicht zu zeigen. Sie hatte ihn geküsst und ihm versichert, dass sie ihn zwar vermissen würde, aber sich dennoch die Zeit zu vertreiben wisse, bis er zu ihr zurückkehrte. Er hatte gelächelt und eine Strähne ihres Haars durch seine Finger laufen lassen, bevor er ihren Kuss erwiderte und sie verließ.

Melania stand am Fenster – ja, das Zimmer hatte ein Fenster! Luxus über Luxus! – und blickte auf den endlosen Wald, der sich tief unter ihr bis zum Horizont erstreckte. Von hier oben konnte sie zum ersten Mal mit eigenen Augen sehen, dass »Schluchten« der richtige Ausdruck für ihre Heimat war. Berge, Hügel und Täler reihten sich aneinander, wie von einer Riesenhand mit aller Sorgfalt aufgebaut. Die Regelmäßigkeit der Täler und Erhebungen wirkte so künstlich, als wäre sie auf einem Reißbrett entstanden.

Sie wandte sich von dem Anblick ab, der die Sehnsucht nach dem gleichmäßigen, freundlichen Dämmerlicht des Waldes in ihr wachrief, und widmete sich dem Anblick ihrer Bücher. Laurenz hatte sie ihr geschenkt, all diese wunderbaren Bücher gehörten wirklich und wahrhaftig ihr! Sie konnte, wenn sie wollte, in ein jedes ihren Namen schreiben.

Der Gedanke ließ einen Tropfen Bitterkeit in die Freude fallen. Ihren Namen? Nein, den Namen, den er ihr gegeben hatte. Lady Melania. Nichts von all dem gehörte ihr. Sie gehörte dem Panarchen, und wenn er des Spielzeugs überdrüssig wurde, dann würde er sie ebenso gedankenlos zurück in die Untergeschosse, zurück in Dunkelheit und Elend stoßen, wie er sie mit einem Fingerschnippen daraus erlöst hatte.

Melania verschränkte die Arme und senkte den Kopf. Weicher Samt und glatte Seide schmeichelten ihrer Haut. Sie strich unwillkürlich mit den Fingerspitzen darüber. Luxus. Niemals hätte sie es für möglich gehalten, dass Luxus sie so beeindrucken könnte. Ein Badezimmer, aus dessen Hähnen heißes Wasser floss. Eine Badewanne. Duschessenzen und wohlriechende Öle. Schöne Kleider und Schmuck und so viele Mahlzeiten am Tag, wie sie vertilgen konnte. Diener, die ihr alles brachten, wonach sie verlangte.

Bücher.

Ihr Blick verlor sich im Anblick der leder- und leinengebundenen Bände. Ohne sich weiter mit Selbstvorwürfen zu quälen, ließ sie ihre Hände über die Reihe der Buchrücken wandern und wählte einen Band mit Märchen. Sie ließ sich in den weichen Lesesessel am Fenster sinken, schlug die erste Seite des Buches auf und seufzte vor Freude. »Die Legende vom Turm Null«, las sie laut und versenkte sich dann in die Worte einer Legende, die sie anders in Erinnerung hatte.

»Was oben ist, wird fallen. Was unten ist, steigt auf. Herrscher stürzen und ihr Volk erhebt sich und erobert die Paläste.

Wenn die Zeichen sich mehren, dass eine große Unfruchtbarkeit über Mensch und Tier gekommen ist, ist es an der Zeit, aufzubrechen und die Pilgerfahrt zu beginnen.

Der erste aller Türme, verschollen in der Unendlichkeit der Zeit, versunken wie ein Stein im Wasser, aller Augen entrückt und aus jedem Gedächtnis verschwunden, wird denen, die suchen, Segen und Leid, Heilung und Verderben bringen.

Die Pilger werden einander vertraut und fremd sein, Freund und Feind, hoch und niedrig geboren, Mann und Frau, jung und alt, geliebt und gehasst.

Sie werden den ersten aller Türme finden, und großer Reichtum wird auf diejenigen warten, die würdig genug sind, den Turm zu betreten. Sie werden Wunder sehen, und sie werden zusammenfügen, was zerbrochen war. Harmonie wird herrschen, Krankes wird gesunden, und ein Weg wird gewiesen, der verloren war.

Bedenket, Pilger: Eure Reise führt euch in die Ferne und in die Tiefe, sie führt euch tief hinab und hoch hinaus. Sie schleudert euch ins Nichts und lässt euch gewinnen, was ihr euch wünscht, und verlieren, was ihr euch erhofft.

Die Welt wird erbeben, aber sie wird bestehen.

Doch seid gewarnt: Bleibt der Turm bestehen, wird er verwurzeln und sich in die Erde krallen, stehen bis ans Ende der Zeit, dann werdet ihr alle verdorren und sterben, und euer Leben wird ein Hauch sein, der im Sturm verweht.«

Melania schloss das Buch. »Seltsam«, murmelte sie. »Seltsam.«

Der Nachmittag ging vorüber und mit ihm wanderte das Licht der Sonne weiter um den Turm. Melania entzündete mit einer Handbewegung die Leselampe auf dem kleinen Tisch und blätterte um. Als jemand anklopfte, blickte sie auf, einen Moment lang orientierungslos. »Ja?«, fragte sie. »Herein.« Es konnte nicht Laurenz sein, der Panarch pflegte einfach einzutreten.

Die Tür öffnete sich und ein ihr unbekannter, älterer Mann sah sie fragend an. »Lady Melania«, sagte er und verbeugte sich, »verzeiht mir mein Eindringen. Darf ich Sie um einige Minuten Ihrer Zeit bitten?«

Melania erhob sich langsam, das Buch wie einen Schild gegen ihre Brust gepresst. »Mit wem habe ich das Vergnügen?«, fragte sie.

Der Mann trat vollends ein und schloss die Tür hinter sich, kam aber keinen Schritt näher, als wollte er sie nicht bedrängen oder ängstigen. »Nochmals um Vergebung, edle Lady. Ich bin Senator Andoni.« Er wartete.

Melania bat ihn mit einer Handbewegung zu der kleinen Sitzgruppe. »Wie kann ich Ihnen helfen, Senator?« Sie legte das Buch ab und setzte sich auf die Chaiselongue. Der Senator, der gewartet hatte, bis sie selbst Platz genommen hatte, ließ sich nun vorsichtig auf die Kante eines Sessels nieder. Er zog seine Weste über dem ausladenden Bauch zurecht und schien nach Worten zu suchen. Sein Vollmondgesicht schaute in einer Mischung aus Sorge und Freundlichkeit drein, die etwas Harmlos-Naives hatte.

»Lady«, sagte er endlich, »ich weiß, dass es mir nicht zusteht, Ihnen Ratschläge zu erteilen, aber ich bin kein Jüngling mehr, dem man dies als Versuch auslegen könnte, sich über die Favoritin seines Herrn einen Vorteil zu erschleichen.« Seine dicken Finger hörten auf, an dem Stoff herumzuzupfen, und er blickte Melania offen an. Sie revidierte ihren ersten Eindruck – dies war kein fetter, weichlicher Naivling, der nur mit seinem Bauch dachte. Seine Augen blickten klar und scharf und registrierten alles, was im Raum war, mit äußerster Genauigkeit. Dieser Senator war intelligent und damit gefährlich, und seine zur Schau gestellte Unbeholfenheit war ein Mittel, sein Gegenüber in Sicherheit zu wiegen.

Melania presste in einer kurzen Aufwallung von Furcht die Lippen zusammen, dann nickte sie ihm zu. »Fahren Sie fort, Senator.«

Er lächelte kurz, wurde dann wieder ernst. »Sie sind eine kluge Frau, das sehe ich«, sagte er. »Und Ihr schneller Aufstieg – im wahrsten Sinn des Wortes – zeigt, dass Sie eine Chance zu nutzen wissen, die sich Ihnen bietet. Nehmen Sie mir meine offenen Worte nicht übel ...« Er pausierte und Melania nickte ungeduldig.

Der Senator lehnte sich zurück und faltete die Hände über dem Bauch. »Ich bin einer der wenigen treuen Anhänger des Panarchen«, sagte er. »Wahrscheinlich bin ich außer seinem Bruder der Einzige im Senat, auf den er sich wirklich vollkommen verlassen kann. Er hat sich in den letzten Monaten Feinde gemacht, und einer von ihnen ist Lady Sylvias Neffe Gratian.« Er wartete und sah sie an.

Melania senkte den Blick nicht. »Ich kann mir vorstellen, was Sie andeuten möchten«, erwiderte sie vorsichtig. »Nicht nur der Panarch hat Feinde.«

Er nickte und ein schwaches Lächeln glitt über sein rundes Gesicht. »Sehr richtig«, sagte er. »Ich bin nicht wie die meisten meiner Mitsenatoren der Meinung, dass der Panarch einen Fehler begangen hat, Sie zu seiner Favoritin zu machen. Wir alle kennen seinen Hang zu Gespielinnen, die von dort draußen stammen.« Er zuckte die fetten Schultern. »Jeder nach seiner Fasson«, sagte er. »Wer bin ich, meinem Herrscher vorzuschreiben, wie er mit seinen abgelegten Geliebten zu verfahren hat? Aber Lady Sylvia sieht das naturgemäß vollkommen anders. Sie hat Rache geschworen, und zwar nicht dem Panarchen.« Er schmunzelte und rückte seinen schweren Leib in dem zierlichen Sessel zurecht. »Dass sie ihm nichts anhaben kann, ist auch unserer lieben Sylvia bekannt. Aber sie weiß, wie sie ihn treffen kann, und zwar schwer, wenn sie jetzt etwas unternimmt.«

»Gegen mich«, sagte Melania tonlos. Der Senator nickte und beugte sich vor, um ihre Hand zu tätscheln.

»Schauen Sie nicht so besorgt drein, Mädchen – pardon, Lady Melania. Sie sind gewarnt. Nehmen Sie sich einfach in Acht. Auf Gesellschaften sollten Sie auf Ihren Rücken achten. Trinken oder essen Sie nichts, von dem nicht vorher ein anderer probiert hat. Bitten Sie Laurenz darum, dass er Ihnen einen Leibwächter stellt. Wechseln Sie diesen Leibwächter jede Woche.« Er runzelte nachdenklich die Stirn. »Und tragen Sie ein paar Waffen am Leib. Können Sie mit dem Stilett umgehen? Mit einer Pistole?«

Melania spürte, dass sie in sich zusammensank, und richtete sich hastig wieder auf. Sie straffte ihre Schultern. »Ich bin Ihnen für Ihre Warnung und Ihre Besorgnis zu großem Dank verpflichtet, Senator«, sagte sie. »Und nun wollen Sie mir bestimmt sagen, was Sie als Gegenleistung dafür von mir erwarten.«

Andoni legte in einer Geste gekränkter Unschuld die mollige Hand auf die Brust und riss die Augen auf. Seine Lippen formten einen Schmollmund, aber in seinen Augen nistete ein anerkennendes Lachen. »Mylady«, sagte er im Brustton der Empörung. »Ich bin Ihr Freund.«

Melania lachte, aber es war kein böses Lachen. Sie lächelte den Senator an und reichte ihm die Hand. »Noch nicht«, sagte sie. »Aber ich glaube, wir könnten daran arbeiten.«

Er erhob sich, ergriff ihre Hand und beugte sich darüber. »Von Herzen gerne, Lady Melania«, murmelte er.

Sie entzog ihm ihre Hand und sagte leichthin: »Darf ich Ihnen eine Tasse dieses wirklich vorzüglichen Mokkas anbieten, lieber Senator?«

Er blickte von ihr zu dem Kaffeegeschirr, das auf dem Tisch stand. Das silberne Kännchen wurde von einem Wachslicht warm gehalten, und als Melania den Deckel anhob, füllte das starke, bittere Aroma die Luft und ließ seine Nasenflügel verlangend beben. »Von Herzen gerne«, sagte er und sah wohlwollend zu, wie sie die schäumende Flüssigkeit in eine zarte Tasse goss und ihm reichte. Seine Hände blieben verschränkt auf der Weste liegen, und er lächelte Melania unbeirrt und freundlich an, ohne Anstalten zu machen, die Tasse zu ergreifen.

Melania erwiderte das Lächeln und griff zur Zuckerdose. »Ich empfehle drei Löffel«, sagte sie mit honigsüßer Stimme.

»Vier«, erwiderte er, ohne den Blick von ihr zu wenden. Sie nickte, rührte den Zucker ein und hielt ihm die Tasse erneut entgegen.

Sein Lächeln wurde breiter und immer noch blieben seine Hände auf der bestickten Weste liegen. Seine Daumen trommelten sacht gegen die Wölbung seines Bauches.

Melania gluckste und hob die Tasse an die Lippen. Sie blies über das heiße Getränk, nahm einen beherzten Schluck und verzog ein wenig das Gesicht. »Mir wäre er so zu süß«, sagte sie sanft und reichte ihm erneut die Tasse.

Der Senator senkte dankend den schweren Kopf und nahm sie endlich entgegen. Er nippte und seufzte zufrieden. »Wunderbar«, sagte er.

Melania lächelte sanft. »Das Beste fehlt noch«, sagte sie. »Ich habe es mir für die letzte Tasse verwahrt, aber einem lieben Gast gönne ich es gerne.« Sie nahm ein zartes Porzellantellerchen auf, kaum größer als die Praline, die darauf lag, und hielt es ihm hin.

Das Aufblitzen nackter Gier in seinen Augen verriet ihn, auch wenn er es genauso schnell, wie es aufgetaucht war, wieder verbarg. Sie lächelte unbeirrt weiter, als hätte sie nichts bemerkt, und hielt ihm das Tellerchen auffordernd noch dichter unter die Nase. Sie wusste, dass er dem Duft der dunklen Schokolade nicht würde widerstehen können. »Sie ist mit Nougat und einem Hauch von Mokka gefüllt«, sagte sie. »Meine Lieblingspraline.« Als er zögerte, machte sie Anstalten, den Teller wieder zurückzuziehen.

Seine dicken Finger schnappten zu wie die Zangen eines Baumkrebses. Er ließ die Süßigkeit zwischen seinen Lippen verschwinden und leckte sich das Kakaopulver von den Fingerspitzen. Seine Augen verdrehten sich vor Wonne und er schmeckte jedem Molekül des Aromas in Andacht versunken nach. Melania beobachtete ihn scharf. Dies war die schwache Stelle des Senators, sie hatte es sich gedacht. Wo stand Andoni? Wozu wollte er sie benutzen? Wie konnte sie erreichen, dass er ihr folgte, statt sie zu führen?

»Behagt Ihnen die Füllung?«, fragte sie sanft, als seine Lippen aufhörten, sich zu bewegen, und seine Zungenspitze wieder im Mund verschwunden war.

Sein Blick verlor den leicht glasigen Ausdruck und wurde scharf und misstrauisch. Sie schenkte Andoni ihr falschestes Lächeln mitsamt einem Klimpern ihrer Wimpern, das erreichte, dass der Senator kreidebleich, beinahe grün wurde. Er beugte sich ruckartig vor, seine Hände klammerten sich um den Rand des Tisches zwischen ihnen. »Was ...?«, keuchte er. »Was ...?!«

Sie lehnte sich zurück und verschränkte die Arme vor der Brust, während sie ihn taxierte. »Es gibt einen interessanten Vogel«, sagte sie im Plauderton. »Sie haben vielleicht davon gehört. Bei uns in den Schluchten heißt er Giftammer. Seine getrocknete, zerriebene Leber ist dunkel wie Schokolade und erinnert im Geschmack ein wenig an bitteren Kakao.« Sie warf einen bezeichnenden Blick auf seine verschmierten Finger.

Der Senator würgte und beugte sich krampfhaft so weit vor, wie es sein Wanst erlaubte. Seine Finger zitterten und sein Gesicht war so bleich wie das eines Toten.

»Ich denke, Sie waren nicht vorsichtig genug, Senator«, fuhr Melania im Plauderton fort. »Es war nicht der Mokka ...«

Er sprang auf, wobei der Sessel hinter ihm zu Boden polterte, und stieß einen unartikulierten Laut aus. Seine Augen, die ohnehin ein wenig vorstanden, quollen vor Panik beinahe aus ihren Höhlen.

»Aber auch die Praline war es nicht«, fuhr sie fort. »Entspannen Sie sich. Sie war wirklich das, was ich behauptet habe: Die letzte, die ich mir für meine letzte Tasse Mokka verwahrt hatte. Nehmen Sie Platz, Senator. Trinken Sie noch etwas, es wird ihnen guttun.«

Er stand wie erstarrt und langsam kehrte die Farbe wieder in sein Gesicht zurück. Er beugte sich schwerfällig vor, hob den Sessel auf, ließ sich hineinfallen und strich mit beiden Händen, die immer noch bebten, über sein rot angelaufenes Gesicht. Sein Atem ging schwer und Zorn prägte nun statt der Todesangst seine Züge.

Melania fixierte ihn aufmerksam und berührte mit den Fingerspitzen den Griff ihres Stiletts, das sie möglicherweise würde benutzen müssen. Es wäre bedauerlich, aber unvermeidbar.

Der Senator saß reglos da, seine Hände ballten sich zu Fäusten, entspannten sich wieder. Er schloss die Augen und atmete tief und langsam ein und aus, Melania konnte sehen, wie er um seine Fassung rang.

»Lady«, sagte er schließlich heiser, »ich stehe beschämt vor Ihnen. Sie benötigen ganz offensichtlich die Ratschläge eines nutzlosen alten Mannes nicht.«

Sie spürte eine Aufwallung von Erleichterung und Mitleid und kämpfte dies schnell nieder. Es ging nicht um Freundschaften, es ging um viel mehr.

»Senator«, sagte sie und griff nach seiner Hand, um sie zwischen ihre Hände zu nehmen, in einer Imitation der Gönnerhaftigkeit, die er ihr zuvor kaum verhohlen hatte zukommen lassen. »Lieber Senator, ich danke Ihnen für Ihren Besuch. Und nun lassen Sie uns diesen vorzüglichen Mokka genießen und ein wenig plaudern. Ich würde mich sehr freuen, wenn Sie mir ab jetzt häufiger die Ehre erweisen würden.«

Er erwiderte ihr Lächeln ein wenig zittrig und wies die angebotene Tasse dieses Mal nicht zurück.

Melania hob ihre Tasse zu den Lippen und verbuchte den Besuch des Senators als einen Punkt auf ihrer Erfolgsliste. Sie konnte nun beginnen, ihre Position auszubauen und zu verstärken, und er würde ihr dabei nützlich sein.

23

Es steht geschrieben: Den Himmel überlassen wir den Engeln und den Spatzen

Valentin wurde von einem Klopfen geweckt und brauchte einige Atemzüge, bis er wusste, wo er war und woher das Geräusch kam, das ihn aus seinen Träumen gerissen hatte. Es war dunkel, der Morgen noch fern. Valentin schüttelte die zähen Schlafreste ab und stand auf, schlüpfte in seinen Morgenmantel, entsicherte die Tesla-Pistole und tappte zur Tür. »Wer ist da?«, fragte er, die Hand an der Türverriegelung.

»Aurelia«, ertönte die zaghafte Antwort. »Val, lass mich rein, ich bitte dich.«

Aurelia? Valentin zog die Brauen zusammen. Was wollte sie von ihm? Sie war die Geliebte seines Halbbruders und machte sich wahrscheinlich mit ihm darüber lustig, wie sie Valentin aufs Glatteis geführt hatte. Er hatte damit gerechnet, dass sie die Vorstellung noch eine Weile auskosten würde, zu welchem Zweck auch immer, aber dazu passte nicht, dass sie mitten in der Nacht bei ihm auftauchte.

Er entriegelte das Schloss und ließ sie eintreten, ohne die Pistole aus der Hand zu legen. »Was willst du?«, fragte er nicht sonderlich freundlich.

Sie schob sich an ihm vorbei, warf einen befremdeten Blick auf die Waffe und fiel ihm um den Hals. »Du musst mir helfen«, jammerte sie. »Er ist so grausam zu mir!«

Valentin legte überrumpelt die Pistole auf den Tisch und erwiderte ihre Umarmung. Sie trug einen seidenen Umhang und darunter nicht sehr viel Verhüllendes, stellte er fest. »Wer ist grausam zu dir?«, fragte er mit beherrschter Ungeduld.

»Rufus!«, schluchzte sie. »Er hat ... er ist ... du solltest es gar nicht erfahren, weil ich nicht wollte, dass du schlecht von mir denkst.«

Valentins Griff um ihre Taille verfestigte sich unwillkürlich. »Ich habe gesehen, wie du zu ihm gegangen bist«, sagte er schroff. »Und was versuchst du mir jetzt vorzugaukeln?«

Sie schniefte und suchte nach einem Taschentuch. Ihre Augen schwammen in Tränen, aber sie wich seinem Blick aus. »Er hat es von mir gewollt«, murmelte sie. »Ich sollte dich ein bisschen ablenken und sehen, was ich über dich herausfinden kann, damit Rufus dich beim Panarchen anschwärzen kann. Am Anfang hielt ich es für eine lustige Idee.« Sie trocknete die Tränen und schnaubte damenhaft in das Tüchlein. »Aber ich habe ihm gesagt, dass ich damit aufhören will. Du bist so ein netter Junge, Val!« Ihr Augenaufschlag war schon nicht mehr so tränenumflort wie vor einigen Minuten. Hoffnung glomm in ihrem Blick.

Valentin zuckte zusammen. Das klang nicht gerade nach einer heißblütigen Liebeserklärung. Mit netten Jungen ging man höchstens Hand in Hand ein bisschen spazieren und weinte sich an ihrer Brust aus, wenn der Geliebte einen wieder einmal schlecht behandelt hatte ...

»Was willst du also?«, wiederholte er seine Frage. Er wandte sich halb ab. »Ich bin müde, morgen wartet ein anstrengender Tag auf mich. Wenn du dich bei mir über Rufus' schlechtes Betragen beschweren willst, müssen wir das leider auf einen späteren Termin verschieben.«

Sie riss die Augen auf. »Val«, sagte sie schmelzend und umschlang ihn mit ihren Armen. »Sei doch nicht so eklig zu mir. Ich dachte, du magst mich.«

Valentin war es mit einem Mal müde. Er löste ihre Hände von

seinem Arm und seiner Hüfte und war dabei nicht sonderlich zärtlich. »Geh, Aurelia«, sagte er. »Geh zu Rufus und störe ihn in seiner Nachtruhe. Ich bin fertig mit dir.«

»Er hat mich geohrfeigt, Val!«, rief sie klagend aus. »Sieh, ich habe eine ganz geschwollene Wange!« Sie wollte sich wieder an ihn schmiegen und ihre Hände in seinen Nacken legen, aber Valentin hinderte sie daran.

»Aurelia, geh!« Er nahm ihren Arm, um sie zur Tür zu schieben.

Sie fauchte wie eine Katze und fuhr herum. Aus dem Augenwinkel sah er etwas zwischen ihren Fingern hervorblitzen und schlug mit einer schnellen Aufwärtsbewegung ihre Hand beiseite. Dann packte er ihren Arm, verdrehte ihn auf den Rücken und zwang sie, das Messer fallen zu lassen. »Miststück«, presste er zwischen den Zähnen hervor und schob sie unsanft gegen den Türrahmen. »Ich rufe die Wache und lasse dich verhaften, Aurelia.«

Ihr Widerstand erschlaffte und sie begann zu weinen. »Nein«, schluchzte sie, »nein, bitte, Val, bitte tu das nicht. Es war nicht meine Idee, glaub mir. Und ich wollte dich auch nicht verletzen, nicht richtig. Du sollst doch nur die Abreise verpassen. Es ist ein Schlafmittel, nichts Schlimmes, glaub mir bitte!«

Er hätte sie beinahe losgelassen, so sehr schockierten ihn ihre Worte. »Du wolltest mich vergiften?«, fragte er fassungslos. Sein Blick suchte das Messer, das wirklich zu klein war, um eine ernsthafte Wunde hervorrufen zu können. Klein, schmal, spitz. Ein Ritzer, den man im Eifer des Gefechts kaum bemerkte, und das Gift war im Körper und tat seine Wirkung.

»Nein, es ist kein Gift, so glaub mir doch!«, beteuerte sie. Die Tränen versiegten vor Schreck. »Es ist kein Gift, nur ein leichtes Schlafmittel. Val, übergib mich nicht der Wache, bitte!«

Doch Valentin hatte endgültig genug. Er wollte ihr Jammern nicht mehr hören, ihren flehenden Blick nicht mehr sehen, die zitternden Lippen, die bebende Brust. Er knurrte angewidert, riss die Tür auf und schob sie in den Gang. »Mach, dass du wegkommst«, sagte er und warf die Tür hinter ihr zu.

Dann sank er auf sein Bett und vergrub das Gesicht in den Händen. Vielleicht war es gar nicht so schlecht, eine Weile von hier fort zu sein.

Es war kühl und der Himmel war wolkenbedeckt. Regen lag in der Luft, fein und feucht wie Nebel. Valentin stand fröstelnd auf der Plattform und beobachtete das Anlegemanöver des riesigen Luftschiffes. Das glänzende Holz der Aufbauten und der polierte Metallrumpf schimmerten im diffusen Licht wie Edelsteine aus einer anderen Welt. Mit graziöser Langsamkeit schob sich der Rumpf an die Plattform heran, die Schrauben und Düsen der turmabgewandten Backbordseite gaben einen letzten, sanften Schub und ließen den Rumpf mit einem dunklen Klingen andocken. Matrosen sprangen über die Reling und vertäuten das Schiff an den Klampen, die in die Turmwand eingelassen waren.

Valentin faszinierte die elegante Leichtigkeit des scheinbar so plumpen Schiffes. Es war um ein Vielfaches größer als die Gleiter und Schlitten, mit denen sich die Türmer sonst zu bewegen pflegten – so viel größer, dass es zwei große Schlitten in seinem Bauch und eine Reihe von kleinen Gleitern an den Seiten mit sich transportieren konnte. Dies war das Schiff, mit dem der Panarch seine jährliche Rundreise zu den verbündeten Türmen unternahm. An Bord gab es allen erdenklichen Luxus und natürlich war seine Reichweite erheblich größer als die eines gewöhnlichen Schlittens. Die *Wolkenkönigin* würde sie den größten Teil ihres Weges transportieren.

Es war sicherlich nicht die schnellste Art zu reisen, aber mit einer größeren Gruppe war das übliche Postenspringen nicht zu machen.

Jeder Posten verfügte nur über zwei oder drei Gleiter oder kleine Schlitten, deren Kapazität für ihre Reisegesellschaft in keinem Fall ausreichte.

Valentin war so versunken in die Betrachtung des Staatsschiffes, dass er nur am Rande bemerkte, wie jemand an seine Seite trat und ebenfalls das Treiben der Matrosen beobachtete. Kisten wurden gerade an Bord gehievt – Vorräte und Ausrüstung, vermutete Valentin.

»Sie ist so schön«, sagte der neu Hinzugekommene. »Ich beneide dich um diese Reise.«

»Euer Liebden.« Valentin schrak zusammen und verneigte sich. »Ich war in Gedanken, vergebt mir.«

Der Panarch legte schweigend seine Hand auf Valentins Schulter. Sein Gesicht blieb dem Schiff zugewandt, und Valentin las Gefühle darin, die ihm rätselhaft waren. Trauer und Sorge, Sehnsucht und eine Melancholie, die er an seinem Vater niemals zuvor beobachtet hatte. »Was bedrückt Euch, Vater?«, fragte er impulsiv.

Laurenz Lecare wandte langsam den Kopf und sah Valentin an. Seine Augen verengten sich, und er runzelte die Stirn, als wöge er zwei diffizile Angelegenheiten gegeneinander ab. Dann löste sich die Anspannung in seinem Gesicht, er lächelte und schüttelte den Kopf. »Dinge, die nichts mit dir und deiner Reise zu tun haben und die dich nicht belasten müssen«, sagte er. »Das Südliche Konglomerat setzt uns an der Grenze massiv unter Druck, aber dem werde ich zu begegnen wissen. Konzentriere du dich auf deine Aufgabe: Ihr werdet nach Informationen suchen, nach Aufzeichnungen, nach Waffen. Alles, was uns gegen die Unfruchtbarkeit helfen könnte oder wenigstens einen Vorteil im Kampf gegen das Südliche Konglomerat verschafft. Der Turm muss wahre Reichtümer an Wissen und Technologie bergen, und ich will nicht, dass sie in andere als meine Hände fallen. Und denk daran, die Schluchter im Blick zu behalten. Sie verfolgen andere Ziele als wir, mein Sohn, vergiss das nie. Sie glauben an die Legende vom Ewigen König, der ihr Volk befreien wird. An dir ist es, das zu verhindern. Der Ewige König, sollte es ihn denn wirklich geben, darf auf keinen Fall erweckt werden, denn das würde bedeuten, dass die Türme fallen. Wenn es nicht anders geht, dann zerstöre den Turm, bevor das geschieht.«

»Den Turm zerstören?«, fragte Valentin, um sich zu vergewissern, dass er den Panarchen recht verstanden hatte.

Sein Vater senkte bestätigend die Lider. »Du weißt, was die Prophezeiung sagt. Ich bin niemand, der an solche Vorhersagen glaubt, aber dennoch ... einiges davon ist bereits eingetroffen, und das lässt mich zögern, sie für die Hirngespinste eines Verrückten zu halten.«

»*Wenn die Zeichen sich mehren, dass eine große Unfruchtbarkeit über Mensch und Tier gekommen ist, ist es an der Zeit, aufzubrechen und eine Pilgerfahrt zu beginnen*«, wiederholte Valentin den Teil der Prophezeiung, der ihm wegen des heutigen Tages in Erinnerung geblieben war.

»Ja«, erwiderte sein Vater gedämpft. »Und du bist nicht der Erste, den ich entsende. Glaube mir, ich habe schon mehrere Expeditionen auf die Reise geschickt, aber sie sind alle verschollen oder erfolglos zurückgekehrt. Wir wissen aus Aufzeichnungen, wo Turm Null zu finden sein muss, doch er entzieht sich unserem Blick, als wäre er verhext. Es scheint tatsächlich eine von diesen weißhaarigen Missgeburten aus den Schluchten notwendig zu sein, um ihn zu finden. Wir müssen mit ihnen zusammenarbeiten.« Er wandte sich ab und blickte zum Horizont. »Die Welt wird sich verändern, ich spüre die Zeichen«, sagte er, als spräche er zu sich selbst. Dann straffte er seine Schultern, die herabgesunken waren, und legte Valentin die Hand auf die Schulter. »Ich wünsche dir eine gute Fahrt. Erfülle deine Pflicht, aber genieße auch deine Freiheit. Hiernach wird alles anders sein.«

Valentin schüttelte das Gefühl der Bedrückung ab, das ihn erneut überfallen wollte. Es ging hinaus, in die Ferne. Er war gleichzeitig angespannt und voller Erwartung. Natürlich war dies kein unbeschwerter Ausflug, wie er es sich gerne eingeredet hätte. Er hatte eine Mission zu erfüllen und sein Vater erwartete Ergebnisse von dieser Reise. Und er ging mit dem bitteren Geschmack des Verrats und der Untreue auf den Lippen, die es ihm unmöglich machten, sich auf das Bevorstehende zu freuen. Aber dennoch, die Lust, ins Unbekannte hinauszuziehen und sich den Wind der Fremde um die Nase wehen zu lassen, überwog allen Kummer und alle Besorgnis über das Ziel und ob er es erreichen würde.

Er lächelte also und sagte: »Ich werde Euch nicht enttäuschen, Vater.«

Der Panarch nickte und sah zum Schiff. »Sie ist ein gutes Mädchen«, sagte er. »Behandle sie pfleglich. Und höre auf Nauarch Rochus, er ist ein erfahrener Luftschiffer.« Der Panarch wandte sich ab, ohne Valentin noch einmal anzusehen. »Viel Glück, mein Sohn. Und kehre heil zurück.« Dann war er fort.

Valentin ging zum Rand der Plattform und sah an der Schiffswand hoch. »Hoi«, rief er. »Bitte um Erlaubnis, an Bord kommen zu dürfen!«

Stimmen riefen durcheinander, dann setzte sich ein sonorer Bass durch, der ihm antwortete: »Erlaubnis erteilt!« Kurz danach senkte sich ein Fallreep auf die Plattform hinab. Valentin ergriff das Tau, das als Handlauf diente, und kletterte kurz darauf über die Reling.

Der Offizier, der ihn oben erwartete, salutierte kurz und höflich. »Willkommen an Bord, Euer Gnaden«, sagte er. »Zweiter Offizier Marius, zu Eurer Verfügung.«

»Danke, Proreta«, sagte Valentin und wurde mit einem kurzen Heben der Augenbrauen des Offiziers bedacht. Offensichtlich freute es den Seemann, dass Valentin die korrekte Bezeichnung seines Ranges kannte. »Ich möchte Sie nicht von Ihrer Arbeit abhalten. Wenn einer Ihrer Männer mein Gepäck in meine Kabine bringt und meine Begleiter, sobald sie eintreffen, zu mir führt ...«

»Selbstverständlich, sofort, Euer Gnaden«, sagte der Proreta und hob die Hand. »Du, Schiffsjunge! Bring diese Koffer in die Kabine des Panarchen.«

Ein junger Matrose schlitterte heran, stoppte und salutierte zackig, während er Valentin neugierig musterte.

»Beeilung, mach schon«, fügte der Offizier ungeduldig hinzu.

Valentin drehte sein Gesicht in den Wind. »Wann legen wir ab?«, fragte er.

Der Proreta blickte zum Himmel auf und kniff nachdenklich die Augen zusammen. Sein wettergegerbtes Gesicht hatte beinahe die Farbe der Planken, auf denen sie standen. »Der Nauarch ist noch im Turm, er holt unsere Order. Wenn der Wind auffrischt, wonach es riecht, können wir ablegen, sobald alle an Bord sind.«

»Danke, Proreta«, sagte Valentin höflich und blickte zum Turm. »Dort kommen meine Begleiter. Machen Sie weiter.«

Der Zweite Steuermann salutierte und ging dann mit schnellen Schritten davon. Valentin sah zu den Ballons, die sich in der frischen Brise wiegten. Diese Ballons sorgten für den Auftrieb, und die Segel und Düsen dienten der Steuerung und dem Antrieb des Luftschiffes, so hatte Alban es ihm einst erklärt. Es war ein merkwürdiges Gefühl, auf den schwankenden Planken des riesigen Schiffes zu stehen und zu wissen, dass unter ihnen nichts war als ein weiter Weg zum Erdboden und die Ballons die einzige Versicherung dafür, dass der Abstand vom Boden erhalten blieb und sich nicht plötzlich und folgenreich verkürzte.

Valentin kämpfte den kurzen, heftigen Schwindel nieder und lachte über seine Schwäche. Kein Türmer hatte Angst vor großen Höhen. Er war nur übernächtigt und hatte Hunger.

Hinter ihm kletterte Cosimo an Bord und reichte seine Hand Leona. Sie schlug die ritterliche Geste mit einem verächtlichen Lachen aus und schwang sich über die Reling, als wäre sie an Bord eines Schiffes geboren worden. Valentin sah, dass sie weite Hosen trug, die ihr vorzüglich standen. »Cousine Leo«, rief er und winkte ihr zu. »Du siehst aus wie eine Freibeuterin.«

Leona blickte auf und lachte ihn an. Es schien, als hätte sie allen Groll auf ihn vergessen und vergeben. Der auffrischende Wind trieb Strähnen ihres Haars in ihr Gesicht, und sie wischte sie nachlässig beiseite, ehe sie die Hand hob und bestätigend zurückwinkte. Valentin hörte, wie ein Matrose, der mit einem seiner Kameraden in der Nähe arbeitete, leise und anerkennend pfiff und sagte: »Sie könnte die Piratin Goldhand sein mit ihrer Augenklappe, was, Lucus?«

Der Angesprochene lachte rau und spuckte aus. Valentin sah die beiden scharf an, und sie zogen die Köpfe ein und machten sich wieder daran, Tauwerk zu ordentlichen Rollen aufzuwickeln.

Etwas rumpelte gegen die Bordwand, dann zog sich Alban ungeschickt über die Reling, stolperte und fing sich nur mit Mühe. Er richtete sich würdevoll auf, zog seine Jacke zurecht und schwankte, als hätte das Schiff sich plötzlich bewegt. Valentin fluchte leise. »Cosimo, hilf Alban«, rief er scharf. »Bring ihn in seine Kabine.« Er winkte einen der beiden Männer herbei, die vorhin Leona gemustert hatten. »Zeig meinen Begleitern ihre Unterkünfte. Ich warte im vorderen Salon. Bring sie zu mir, sobald sie ihre Quartiere bezogen haben.«

Der Matrose salutierte. »Ich werde mich darum kümmern, Euer Gnaden.«

Valentin nickte und stieß einen leisen Seufzer aus. Es war kein gutes Omen, dass Alban die Reise in diesem Zustand begann, aber daran ließ sich nun nichts mehr ändern.

Sie richteten sich in ihren Kabinen ein, während draußen das Schiff zum Ablegen bereit gemacht wurde. Pfiffe der Signalpfeifen, trampelnde Füße, laute Rufe begleiteten den Vorgang. Valentin, den die Neugier nicht ruhen ließ, beeilte sich, wieder an Bord zu kommen.

Die Leinen waren bereits gelöst worden und der letzte Matrose sprang mit einem gewaltigen, mutigen Satz über den sich verbreiternden Spalt zwischen Schiff und Turm an Bord. Zwei Kameraden fingen ihn auf und klopften auf seine Schultern, ehe alle an ihre Plätze eilten.

Valentin stellte sich an die Reling und sah hinunter zum Boden. Über ihnen begannen die Wolken sich aufzulösen und die Sonne brach durch den Dunst, aber unter ihnen lag immer noch dichter Nebel, durch den hier und da ein Baumwipfel ragte wie der Geist eines Riesen.

Die Takelage ächzte und unter lauten Ho-Ho-Rufen wurde das große Segel gesetzt. Die turmseitigen Steuerborddüsen feuerten, die Schrauben setzten sich langsam und immer schneller in Bewegung, das Schiff trieb vom Turm weg und richtete seinen Kurs auf die Sonne aus. Sie waren unterwegs.

24

Es steht geschrieben: Follow the yellow brick road

Elster mied Indigos Blick und hielt sich während ihres Weges durch den Wald an der Seite des Steuermanns. Sie fand erstaunlich viel Vergnügen daran, sich mit ihm zu unterhalten, obwohl – oder gerade weil? – er so anders war als alle Jungen und Männer, die sie kannte. Er war geheimnisvoll und distanziert, aber in seinen schrecklichen Augen konnte sie seinen Humor lesen, seinen Verstand, sein Wissen, seine Erfahrung. Der Steuermann war kein Junge mit zerrissenen Hosen und Schmutz unter den Fingernägeln. Er war kein Junge, der im Schlaf furzte und nach dem Essen rülpste und alberne Witze riss. Er war ... anders.

Er nannte ihr seinen Namen – Zach – und lachte laut über ihre überraschte Reaktion. »Dachtest du, ich heiße ›Steuermann‹?«, fragte er vergnügt.

Sie musste ebenfalls lachen. Natürlich nicht, was für ein dummer Gedanke! Natürlich musste er einen Namen haben wie jeder andere auch. Es war nur eben so, dass alle von ihm als »Steuermann« sprachen und ihn auch so anredeten.

»Zach«, wiederholte sie. Jetzt erinnerte sie sich, dass Om ihn so genannt hatte. »Ein seltsamer Name.«

»Seltsam, aber der meine«, erwiderte er und lächelte.

Dann sprachen sie über andere Dinge. Elster erzählte ihm von ihrer Schwester Jett, die ihre Tochter und ihren Mann verloren hatte und sich beim letztjährigen Zehnt von den Greifern hatte fortbringen lassen. »Dafür ist Drossel im Dorf geblieben«, sagte Elster und schluckte an dem Kloß in ihrem Hals. »Ihre Mutter hat geweint vor Freude. Im nächsten Jahr ist Drossel zu alt für den regulären Zehnt, dann kann ihr nur noch etwas passieren, wenn die Greifer auf Jagd gehen.«

Der Steuermann schwieg zu ihren Worten, aber sein Gesicht verlor den sanften, freundlichen Ausdruck und wurde hart und kalt. »Es ist unrecht«, sagte er nur. »Unrecht.«

Danach schwiegen sie für eine ganze Weile, aber es war kein ungutes Schweigen. Elster atmete ruhig und entspannt und ließ ihre Gedanken treiben, wohin es sie zog.

Hinter ihnen gingen Winter und Indigo, die Köpfe im leisen Gespräch zueinander geneigt, Schulter an Schulter, sodass sich ihre Hände berührten. Elster wartete darauf, dass sie Eifersucht verspürte, denn schließlich war Indigo ihr allerbester Freund, aber da regte sich nichts. Sie lächelte wehmütig.

»Woran denkst du?«, fragte der Steuermann. Zach.

»Ich denke darüber nach, dass Freundschaft ein seltsames Ding ist, Liebe aber noch viel mehr.«

Der Tag war heiß. Mücken tanzten um ihre Köpfe, und gelegentlich verirrte sich eine sirrende Hornbremse zu ihnen, angelockt vom Schweiß, und sorgte für Hüpfen und Schimpfen, klatschende Hände und Gelächter bei denen, die gerade nicht gebissen wurden. Elster beobachtete, dass Zach von all dem völlig unbehelligt blieb. Er schien auch nicht zu schwitzen, seine Haut strömte im Gegenteil sogar Kühle aus, als liefe er nicht wie sie durch die brütende Wärme zwischen den Bäumen, sondern durch kalten Schnee.

Sie gingen schnell und ohne Pause und Elster begann müde zu werden. Keiner von ihnen sprach mehr ein Wort. Elster hängte sich an Winters Arm und schnaufte: »Du bist auch außer Atem, gib es zu.«

Ihre Schwester lachte und legte ihren Arm um Elsters Schultern. »Darauf kannst du wetten«, erwiderte sie. »Seit meine Ausbildung angefangen hat, bin ich jedes Mal außer Atem, wenn ich mich überhaupt bewege.«

Elster sah sie mit warm aufschießender Zuneigung an. »So schlimm?«, fragte sie. Winter hatte sich immer gerne bewegt, sie war stundenlang durch die Wälder gelaufen und zu jeder Jahreszeit im Fluss geschwommen. Das Klettern war Elsters Domäne gewesen, die Bewegung auf dem Boden gehörte Winter.

»Bereust du es?«, fragte Elster, als Winter nicht gleich antwortete. Ihre Schwester warf ihr einen Blick zu und hob die Schultern.

»Nein«, sagte sie dann. »Nein, ich bereue es nicht. Es ist gut, was ich lerne. Du wirst es sehen, wenn deine Kraft erwacht. Es ist gut.«

Elster presste die Lippen zusammen. »Ich bin ein Trikker«, sagte sie schroff. »Da gibt es nicht viel zu lernen, Win.«

Winter zuckte mit den Lidern und drückte Elsters Hand. »Ich habe dir wehgetan, das tut mir leid«, sagte sie sanft.

Gegen Abend traten sie endlich aus dem Schatten der Bäume und Elster blinzelte in das Licht der tief stehenden Sonne. »Ist das der Landeplatz?«

Sie standen auf einer großen Lichtung, die keinen erkennbaren Zweck erfüllte. Es gab weder Gebäude noch Felder, nur festen Boden, der mit einem kriechenden, harten Gewächs bedeckt war, das unter ihren Schritten nachgab und sich hinter ihnen wieder aufrichtete.

»Ja«, sagte Indigo müde. Er rieb sich über die Augen, gähnte und reckte die Arme.

»Für Gleiter?« Elster sah sich interessiert um.

»Gleiter und Schlitten.« Indigo stemmte die Hände in die Hüften. »Ich habe schon mal so einen gesehen, in der Nähe von Holerbusch.«

»Du geheimniskrämerischer Mechaniker«, sagte Elster scherzend und stieß ihn mit dem Ellbogen an.

Indigo lächelte schmal und warf einen unsicher wirkenden Blick zum Steuermann. »Nicht so laut«, sagte er. »Ich weiß nicht, ob ich dir das alles überhaupt hätte erzählen dürfen.«

Elster hob die Brauen. Sie beobachtete Zach, der die Lichtung abschritt, als suche er etwas zwischen den Bäumen, die sie begrenzten. »Was erzählen? Über deinen ach so geheimen Geheimbund?«

Indigo sah zu Winter, die so tat, als würde sie nicht zuhören. »Ja«, sagte er knapp. Er wandte sich halb ab und murmelte: »Er ist der Steuermann, weißt du?«

Elster verstand nicht, was er damit sagen wollte. »Ja, natürlich ist er das«, sagte sie ein wenig ärgerlich. »Was willst du damit sagen?«

Winter gab es auf, sich taub zu stellen. Sie beugte sich zu Elster und flüsterte ihr ins Ohr: »Der Steuermann ist der Anführer der Mechaniker, El.«

Elster starrte sie und Indigo an. Schüttelte den Kopf und lachte. »Ihr beide macht euch lustig über mich«, sagte sie anklagend. »Das ist wirklich nicht nett.« Sie ließ ihre Schwester und Indigo stehen und stapfte über den federnden Boden auf Zach zu. »Wo ist also unser Schlitten?«, rief sie laut.

Zach blickte zum Himmel. »Da kommt er«, sagte er und lächelte über ihre Verblüffung.

Sie standen da und starrten in den Himmel, der sich in allen Farben des Sonnenuntergangs verfärbt hatte. Inmitten der goldenen, roten und violetten Pracht sank ein schimmerndes Gefährt auf sie herab, das keinerlei Ähnlichkeit mit den hässlichen, schwarzen Schlitten der Greifer hatte, die Elster kannte. Dies hier war ein Schwan gegen diese struppigen Krähen.

Der Schlitten zog eine Schleife über der Lichtung und landete dann so elegant, wie er herangenaht war. Das grüne Gewächs auf dem Boden bremste seine Kufen sanft ab und ließ den Schlitten schaukelnd zur Ruhe kommen. Der Steuermann ging mit lang ausholenden Schritten darauf zu und hob grüßend die Hand. »Ho«, rief er laut. »Wir bitten, an Bord kommen zu dürfen.«

An der Seite des Schlittens öffnete sich eine Luke und eine kurze Leiter fuhr aus. Ein junger Mann blickte durch die Öffnung und winkte ihnen zu. »Vier Personen?«, rief er. »Beeilt euch, Leute, ich möchte vor Sonnenuntergang zurück sein.«

Elster rannte schon auf den Schlitten zu und befühlte seine Außenwand, die glatt war wie Seide. »Was für ein schönes Teil«, sagte sie zu Indigo.

»Den könnte ich stehlen«, murmelte er und sie wechselten einen verständnisinnigen Blick.

Winter erklomm als Erste die Leiter, dann kletterten Indigo und Elster hinterher und als Letzter folgte Zach ins Innere des Schlittens. Es war eng, aber für jeden war ein schmaler Sitz da, an dem man sich festschnallen konnte.

»Sitzen alle gut?«, rief der Pilot über die Schulter. Er trug wettergebleichte, derbe Kleidung und hatte sein langes Haar zu einem dicken Zopf geflochten.

»Alle sitzen«, bestätigte Zach mit seiner ruhigen, tiefen Stimme. »Wir können starten, Remigus.«

»Celeusta«, erwiderte der Mann lächelnd.

Der Steuermann neigte den Kopf. »Man schickt einen Offizier, um uns abzuholen? Ich fühle mich geehrt, Celeusta.«

Der Mann erwiderte das Nicken und machte sich an seinen Instrumenten und Hebeln zu schaffen. Mit einem lauten Surren sprang ein Motor an und der Schlitten begann zu vibrieren. »Haltet euch gut fest«, rief der Celeusta. »Starts vom festen Boden sind immer ziemlich holprig.«

Er hatte nicht übertrieben. Die nächsten Minuten waren ein Inferno aus Lärm, Gerüttel und Geschüttel, Rumpeln und Holpern, Schlägen gegen den Rumpf, die so laut waren, dass Elster die Ohren klingelten, und heftigen, ruckartigen Bewegungen des Schlittens, die sie fortlaufend hart gegen den Gurt, den Sitz, die Seitenwand und ihren Nachbarn prallen ließen.

Zach befreite schließlich seinen Arm aus den Gurten und legte ihn um Elsters Schultern, um sie fest an sich zu ziehen. »Das erspart uns beiden blaue Flecken«, flüsterte er ihr ins Ohr.

Elster ließ es mit einer gewissen Freude zu. Zachs kräftiger, muskulöser Körper strahlte Ruhe aus. Es war, als umarme man einen Baum, die Festigkeit und Stärke, das Verwurzelte, die Standhaftigkeit und die Kraft. Und, auf seltsame Weise, auch das Alter.

Sie warf einen Blick in sein Gesicht, als der Schlitten endlich aufhörte zu steigen und ruhig geradeaus flog. Zach war kein junger Mann wie Indigo. Er war aber auch nicht alt. Er mochte zehn Jahre älter sein als Elster, deutlich jünger als ihre Eltern. Was also war es, das sie bei seinem Anblick an einen verwitterten Felsen, an die Kammern tief unter der Erde denken ließ? Was war es, das ihn so uralt und geheimnisvoll machte?

Er bemerkte ihren Blick und sah sie an. Es waren seine Augen, diese verwirrenden, hellen und kalten Augen, die manchmal so fern blickten wie Sterne, dann wieder so sanft und lächelnd ...

»Es ist schade, dass wir nicht hinausblicken können«, sagte er leise. »Aber du bist schon oft geflogen, habe ich recht?«

Elster riss sich von seinem Anblick los und sah sich in der engen Schlittenkabine um. Die anderen hockten teilnahmslos in ihren Sitzen und schienen das Ende des Fluges herbeizusehnen. »Ja«, sagte sie geistesabwesend. »Indigo hat einen alten Gleiter gefunden und instand gesetzt. Wir waren ein paar Mal damit unterwegs.«

Der Steuermann nickte und legte den Finger auf die Lippen. »Du weißt, dass das nicht erlaubt ist.«

»Ich weiß es«, erwiderte Elster gleichgültig. »Digo hat behauptet, du wärst der Anführer seines komischen Geheimbunds. Stimmt das?«

Zach schwieg. Sie warf ihm einen erstaunten Blick zu. Sie hatte mit Lachen gerechnet, mit einer Frage, mit allem Möglichen, aber nicht mit Schweigen. Er sah sie nicht an, blickte mit weit geöffneten Augen ins Leere. »Ja und nein«, sagte er schließlich. »Er hat wohl in gewisser Weise recht damit.«

Elster wollte ihn fragen, wie er das meinte, aber ein Ausruf von vorne ließ sie innehalten. »Wir sind in ein paar Minuten da«, rief der Pilot. »Haltet euch gut fest, der Wind ist stärker geworden. Die Landung wird womöglich ein wenig härter als der Start.«

»Uh«, machte Winter. Elster registrierte, dass ihre Schwester sich an Indigo klammerte, als wäre er ein Felsen.

Unwillkürlich rückte sie von Zach ab und kontrollierte den Sitz ihrer Gurte. »Ich denke, das schaffe ich jetzt allein«, sagte sie. »Danke fürs Händchenhalten. Aber ich bin schon groß, Zach.«

Er lachte und setzte sich wieder aufrecht hin. »Ich wollte dich nicht bevormunden«, sagte er.

»Hast du nicht.« Sie wich seinem Blick aus.

Der Schlitten begann zu sinken, das spürte sie in ihrem Magen. Mit dem Sinkflug wurden auch die Turbulenzen wieder stärker, und wenig später fand sie keinen Platz mehr, um über den Steuermann und seine Worte nachzudenken. Sie brauchte alles Denken und alle Kraft, um sich festzuhalten und zu verhindern, dass ihr schlecht wurde, so sehr schüttelte die Landung sie durch.

Der letzte, heftige Ruck, dann erklang von draußen ein lautes Schleifen und das Kreischen von Metall auf Metall. Die schnelle Vorwärtsbewegung verlangsamte sich, wurde sanft abgebremst und kam zum Stillstand, bevor sich der Schlitten plötzlich wieder ein Stück in die Richtung zurückbewegte, aus der sie gekommen waren.

Elster fing den unvermuteten Ruck mit einem schnellen Griff zu den Halteschlaufen ab und fragte: »Was war das?«

Der Steuermann löste bereits seine Gurte. »Das Fangnetz«, sagte er. »Es war etwas zu straff gespannt.«

»Korrekt«, rief der Celeusta über die Schulter. Er drückte Knöpfe und betätigte Schalter, die Lichter und Anzeigen der Instrumententafel erloschen eins nach dem anderen und das Summen des Antriebs verstummte. »Sehr korrekt, Euer Gnaden. Dafür wird es gleich noch Ärger geben. Die Netzmannschaft muss nachsitzen.« Er stand auf und öffnete die Luke. »Willkommen an Bord der *Wolkenkönigin*. Der Nauarch erwartet Euch zur Begrüßung im vorderen Salon.«

25

Es steht geschrieben: Nie sollst du mich befragen

»Laurenz, du musst mir hier etwas erklären ...« Melania stürmte in das Gemach des Panarchen, ein Buch in der Hand, ihr Zeigefinger als Lesezeichen zwischen den Seiten. Sie hielt inne und blickte verblüfft auf die Frau, die vor dem Schreibtisch des Panarchen stand. Sie war nicht mehr jung, hochgewachsen und mager und in ein schmuckloses schwarzes Gewand gekleidet. Ihre Hände lagen verborgen in ihren Ärmeln und auf dem Kopf trug sie eine einfache Haube, die ihr Haar beinahe vollständig verdeckte. Was davon zu sehen war, war grau durchschossen und glatt. Keine Farbe, kein Schmuck durchbrach die Düsterkeit ihrer Erscheinung. Auch ihr Gesicht war blass und bis auf die dunklen Brauen und beinahe schwarzen Augen so farblos wie ein nebliger Tag.

»Das ist also deine neue Favoritin, Laurenz«, sagte die Frau und ein winziges Lächeln ließ ihre strengen Züge ein wenig weicher erscheinen.

Der Panarch, der schweigend und reglos an seinem Schreibtisch gesessen hatte, erhob sich und trat zu ihr. »Ich darf dir Lady Melania vorstellen«, erwiderte er mit trockener Stimme.

Melania wand sich unter den bohrenden Blicken der Fremden. Wieso konnte sie so vertraulich mit dem Panarchen reden? Wer war sie?

»Sie ist so jung«, sagte die Frau wehmütig. »So jung wie Cornel. Laurenz, ist das klug?«

»Sie mag jung sein, aber sie hat einen scharfen Verstand in ihrem hübschen Kopf. Du weißt, dass ich es liebe, wenn eine Frau Verstand besitzt.«

Melania begann sich zu ärgern, dass die beiden über sie redeten, als wäre sie ein Kind oder gar nicht anwesend. »Darf ich fragen, mit wem ich die Ehre habe?«, sagte sie nicht ohne Schärfe.

Der Panarch lachte und die Frau neigte lächelnd den Kopf. »Ich vergesse meine Erziehung«, sagte sie. »Und da Laurenz offensichtlich nicht vorhat, mich dir vorzustellen, mein Kind …« Sie pausierte einen Augenblick, aber der Panarch stand nur da, kreuzte mit amüsierter Miene die Arme vor der Brust und sah die beiden Frauen abwartend an.

»Ich bin Cornelia«, fuhr die Frau schlicht fort und reichte Melania ihre schmale, kühle Hand. Melania ergriff sie verblüfft, erwiderte den schwachen Druck und schnappte nach Luft, als sie den Namen einordnete.

»Lady … Euer Gnaden«, sagte sie und sank in einen tiefen Knicks. »Ich wusste nicht, dass Ihr, die Panarchontissa …«

»Schhhh«, machte Lady Cornelia sanft. »Ich lege keinen Wert darauf, wie du vielleicht gehört hast, Kind.« Sie legte ihre Hand wie zu einem kurzen Segen auf Melanias Scheitel und wandte sich dann wieder dem Panarchen zu. »Du denkst also, es wäre vernünftig, deinen kleinen Bastard auf solch eine Mission zu schicken?«

Der Panarch sah sie nur schweigend an und schien nicht gewillt, ihr eine Antwort darauf zu geben. Lady Cornelias Lippen wurden noch schmaler. »Nun«, sagte sie sanft, »wahrscheinlich sollte ich dankbar sein, dass du unseren Sohn mit sinnlosen Himmelfahrtskommandos verschonst. Habe ich also deine Erlaubnis, Cornel zu besuchen? Ich hörte, es ginge ihm mittlerweile wieder besser.«

Laurenz Lecare hob die Hand. »Du benötigst meine Erlaubnis nicht«, sagte er gleichgültig. »Cornel hat Hausarrest, bis er vollkommen gesundet ist, das ist alles. Ich kann ihn nicht herumlaufen lassen, solange er seinen rechten Arm nicht bewegen kann.«

»Immerhin setzt du sein Leben nicht so leichtsinnig aufs Spiel wie das des jungen Valentin«, erwiderte die Panarchontissa. »Wohl überlegt, Gemahl. Opfere deine Bastarde und schone den wahren Erben.«

Der Panarch wandte sich ab und blickte aus dem Fenster. »Die gleiche spitze Zunge wie immer, Cornelia. Ich dachte, dass deine Kontemplation dich milder gestimmt hätte.«

Die Lady lachte gurrend. »Lieber, ich vermisse die Wortgefechte zwischen uns«, sagte sie.

»Auch, wenn du sie immer verloren hast?« Er sah sie an und ein Lächeln nistete in seinen Augenwinkeln.

Cornelia hob die Brauen. »Ich war jung und naiv. So jung wie deine kleine Gespielin hier. Das ist lange her – und mit der Schönheit und mit der Jugend schwand immerhin auch die Dummheit.« Sie hob die eckigen Schultern. »Wie auch immer. Ich beklage mich nicht. Wir haben uns immer nur im Streit gut verstanden.«

»Das ist wohl wahr.« Laurenz legte seine Hand auf die ihre. »Geh, besuch deinen Sohn, er wird sich freuen.«

Die Panarchontissa neigte den Kopf und schritt hinaus.

Melania, die still am Rande dieser häuslichen Unterhaltung gestanden und sich an ihrem Buch festgehalten hatte, entließ den unwillkürlich angehaltenen Atem. »Dies alles war nicht für mich bestimmt«, sagte sie mit leisem Vorwurf.

Laurenz, der nachdenklich auf seinen Schreibtisch niedergeblickt hatte, hob den Kopf und musterte sie mit unverhohlener Überraschung. »Du bist meine Favoritin, du teilst Bett und Tisch mit mir«, sagte er. »Wem sonst sollte ich vertrauen, wenn nicht dir?«

Melania erwiderte seinen Blick und ignorierte das warnende Stechen in ihrem Magen. Wie sehr sie ihn mittlerweile schätzte, überraschte sie selbst. Das war nicht ihr Plan gewesen. Der Panarch war der mächtigste Mann dieser Welt. In seinem Namen wurden die Schluchter unterdrückt, in seinem Namen starben Menschen, wurden Kinder entführt, hungerten Dörfer, darbten alle, die nicht das Privileg hatten, in den oberen Geschossen der Türme geboren zu sein. Der Panarch war das Symbol für alles, was böse, schlecht und ungerecht war.

Melania neigte den Kopf und murmelte: »Ich fühle mich durch Euer Vertrauen geschmeichelt, Herr.«

Er war mit zwei langen Schritten bei ihr, seine Hände legten sich auf ihre Schultern, strichen über ihren Hals, fuhren in ihr Haar und lösten die Nadeln und Kämme, die es aufsteckten. Klimpernd fielen sie auf den Boden und schwer sanken die dunklen Flechten auf Melanias Schultern und ihren Rücken. Seine Hände umfassten ihr Gesicht und seine Lippen schlossen ihren Mund.

Sie lag in seinem Arm und strich mit zarten Fingern über seine Brust. Er war in guter Form, aber dennoch kein junger Mann mehr, sein Brusthaar war beinahe vollständig grau, und wenn er so lag wie jetzt, dann hatte sein Hals beinahe so viele Falten wie ihr reich plissierter Unterrock, den sie auf den Sessel neben dem Bett geworfen hatte. Er sah müde aus, aber auch zufrieden. Mit einem langen Stöhnen drehte er sich zu ihr und lachte auf. »Ich werde alt, meine Schöne«, sagte er, als hätte er ihre Gedanken gehört. »Cornelia hat recht. Du bist beinahe so jung wie mein jüngster Sohn.« Sein Gesicht überzog sich mit einem Schatten. »Stört es dich?«

Sie zwang sich, seinem Blick nicht auszuweichen, und legte alle Aufrichtigkeit in ihre Stimme und ihre Miene, derer sie fähig war. Alles in ihr zitterte. Ein falscher Ton, eine Beteuerung, die ihn misstrauisch machen könnte, ein auch nur um Haaresbreite verrutschtes Lächeln, und er würde erkennen, dass sie log. »Laurenz«, sagte sie tastend, »ich habe niemals zuvor einen Mann wie dich gekannt. Ich bin glücklich. Du machst mich glücklich.«

Er seufzte tief und zog sie an sich. Sie legte das Gesicht an seine Brust und erlaubte sich ebenfalls ein Seufzen und ließ zu, dass ihre Anspannung sich in einem Zittern ihres Leibes löste. Er würde es interpretieren, wie es ihm gefiel, und das wäre gut.

Wirklich legten sich seine Hände auf ihren Rücken, um sie eng an ihn zu ziehen, und seine Lippen berührten ihre Stirn. »Du frierst«, sagte er leise. »Ich wärme dich.«

Sie ließ zu, dass er eine weiche Decke über sie zog, und dann ließ sie geschehen, was geschehen musste. Er war der Panarch. Er war der Mann, den sie zu töten gedachte. Aber nicht heute, nicht in dieser Nacht.

26

Es steht geschrieben: Niemand kann zwei Herren dienen

Eine unangenehme Überraschung erwartete Valentin im Zugang zum vorderen Salon, in dem er auf seine Reisegesellschaft warten wollte. Vor der Tür stand sein Halbbruder Rufus und nickte ihm nicht sonderlich herzlich zu. »Valentin«, sagte er. »Ich kann nicht behaupten, dass dein Anblick mein Herz erfreut. Ganz ehrlich: Ich hätte es vorgezogen, dass du das Ablegen verpasst.«

Valentin schluckte den Fluch hinunter, der ihm die Kehle verengte. Er strapazierte seine Beherrschung bis aufs Äußerste, denn nichts wäre ihm lieber gewesen, als dem Bruder den Kragen umzudrehen. Stattdessen nickte er ebenso kühl zurück und erwiderte: »Rufus. Ich bin versucht, dich über Bord werfen zu lassen, nachdem du mir deine Mätresse mit einem vergifteten Messer auf den Hals gehetzt hast.«

Rufus lächelte verzerrt. »Sie hat es vermasselt, die alberne Gans. Ich wusste, dass man sich in wichtigen Details auf niemanden verlassen kann. Wenn ich mich selbst darum gekümmert hätte, dann wärst du jetzt außer Gefecht und ich müsste nicht auch hier noch deine hässliche Visage ertragen.«

Valentin ballte die Fäuste, aber ehe er sie seinem Halbbruder ins Gesicht schmettern konnte, öffnete sich die Tür und ein Matrose bat sie herein.

Der dunkel eingerichtete Salon mit seinen großen Aussichtsfenstern war lichtdurchflutet und bot ein atemberaubendes Panorama dar, von dem Valentin allerdings keine Notiz nahm, denn der Nauarch trat lächelnd zu ihm. Seine Zähne blitzten schneeweiß aus seinem gegerbten Gesicht. Er war ein kleiner, dunkelhäutiger Mann mit einem langen, in Leder gewickelten Zopf, der sich über seine Schulter ringelte. »Euer Gnaden«, sagte er und drückte Valentins Hand fest. »Es ist mir eine Ehre, den zukünftigen Panarchen an Bord begrüßen zu dürfen.«

Valentin erwiderte den Händedruck ebenso herzlich und ignorierte das verächtliche Schnauben seines Halbbruders, der sich nun abwandte und aus dem Fenster sah. »Danke, Nauarch. Ich fühle mich geehrt, Gast an Bord Ihres Schiffes zu sein.«

Wieder schnaubte Rufus, aber das Lächeln des Nauarchen wurde breiter. »Darf ich Euch und Euren Begleitern eine Erfrischung bringen lassen?«

Valentin dankte und fügte hinzu: »Meine Reisegesellschaft verspätet sich, Nauarch. Einer meiner Begleiter hatte ein kleines Problem.«

»Ich habe davon gehört«, erwiderte der Kapitän. »Ich denke, Euer Erzieher bleibt während der Fahrt besser in seiner Kabine.«

»Ich werde ihn dort nicht einsperren«, wandte Valentin ein. »Aber ich verbürge mich dafür, dass er Ihnen keine Schwierigkeiten bereiten wird, Nauarch.«

»Ich vertraue auf Euer Wort.« Der Kapitän neigte den Kopf. »Soeben habe ich Meldung erhalten, dass das Schiff die Gäste aus den Schluchten aufgenommen hat. Sie werden sich gleich hier zur Begrüßung einfinden.«

Rufus zog die Augenbrauen hoch und schien sich eine Bemerkung zu verkneifen.

»Ihr und Eure Begleiter seid heute Abend meine Gäste«, fuhr der Nauarch fort. »Die Schiffsküche hat es sich nicht nehmen lassen, ein exquisites Essen vorzubereiten.«

»Danke für die Einladung«, sagte Valentin überrascht.

Der Nauarch lächelte breit. »Ich werde es mir doch nicht entgehen lassen, interessante Gäste nach Strich und Faden auszufragen.«

Er neigte kurz und respektvoll den Kopf und wandte sich dann einem Matrosen zu, der stumm an der Tür zum Salon wartete, um Anweisungen entgegenzunehmen.

»Schleimer«, sagte Rufus zu der Landschaft zu seinen Füßen. Er trank und starrte weiter hinaus.

»Warum bist du hier?«, fragte Valentin geradeheraus. »Worin besteht dein Auftrag?«

Rufus drehte sich um und lehnte sich lässig gegen das Fenster. »Ich? Ich denke, ich soll auf dich aufpassen, kleiner Bruder«, sagte er. »Unser verehrter Vater ist sich offensichtlich nicht so ganz sicher, ob du der Aufgabe gewachsen bist. Ich bin da, um das Schlimmste zu verhindern – und glaube mir, nichts wäre mir lieber gewesen, als schön zu Hause und im warmen Bett zu bleiben.« Er lachte kurz und anzüglich und nippte an seinem Glas.

»Du widerst mich an, Rufus«, konstatierte Valentin zähneknirschend. »Wir werden uns gelegentlich an Bord begegnen und ich möchte hier oben keinen Streit. Halten wir also Frieden, bis wir wieder gelandet sind.«

»An mir soll es nicht scheitern«, murmelte sein Halbbruder. »Geh mir aus dem Weg, dann werden wir auch keinen Streit haben.«

Die Tür zum Salon öffnete sich und Leona wurde mit Cosimo im Türrahmen sichtbar. Alban stand leicht schwankend zwischen ihnen. »Wo sind nun unsere mysteriösen Mitreisenden, von denen das ganze Schiff spricht?«, fragte Leona und ihr Blick blieb an Rufus hängen. »Es heißt, wir müssten uns mit gefährlichen und unberechenbaren Wilden zusammentun.«

Valentin warf Alban einen zornigen Blick zu und stellte seine Begleiter dem Nauarchen vor, ehe er sich an seine Reisegefährten wandte und eindringlich sagte: »Wir werden nun einige Tage mit den Schluchtern zusammen auf diesem Schiff verbringen. Ich bitte euch darum, Frieden zu halten. Es ist der Wunsch des Panarchen, dass wir auf dieser Mission zusammenarbeiten. Wann und wie diese Zusammenarbeit endet, ist allein meine Entscheidung, versteht ihr? Ich dulde keinerlei Gezänk und keine Streitigkeiten. Das gilt vor allem für dich, Rufus.«

Sein Halbbruder schnaubte und wandte sich erneut ab, als ginge ihn das alles nichts an. Valentin presste die Lippen zusammen und sah seine Cousine an, die leise lachte.

»Die Wilden verursachen mir kein großes Kopfzerbrechen«, sagte sie vergnügt. »Das könnte sogar recht amüsant werden. Aber deinen Bruder ertragen zu müssen, das ist hart!«

Cosimo hatte sich ein Bier servieren lassen und gesellte sich zu ihnen. »Worin genau besteht denn nun unsere Aufgabe?«, fragte er und setzte den Becher an die Lippen.

»Wir sollen herausfinden, ob im Turm Null irgendwelche Aufzeichnungen existieren, die uns im Krieg gegen das Konglomerat nützen könnten«, sagte Valentin leise. »Außerdem soll ich nach Waffen Ausschau halten. Und wir müssen verhindern, dass der Ewige König erweckt wird.« Er warf Leona einen strafenden Blick zu, deren Lippen zu zucken begannen.

»Val, wirklich«, sagte sie. »Das alte Kindermärchen ...«

»Mein Vater findet das alte Märchen glaubhaft genug, dass er uns auf diese Reise schickt«, erwiderte Valentin. Er lächelte unmerklich. »Ich war auch verwundert«, gab er zu. »Aber der Panarch nimmt das Ganze erschreckend ernst.«

Elster war stumm vor Staunen, seit sie ihren Fuß auf die Planken dieses Schiffes gesetzt hatte. Es war riesig. Sie hätte nie geglaubt, dass so etwas Riesiges imstande wäre zu fliegen, aber hier war sie, an Bord dieses … dieses Bauwerks – und es flog durch die Luft wie ein Vogel.

Sie sah Indigo an, der genauso fasziniert um sich blickte. Ihre Augen trafen sich und er hob wortlos beide Hände und ließ sie wieder sinken.

Elster nickte. Es brauchte keine Worte. Das hier war ein Wunder, und sie war zutiefst dankbar, es erleben zu dürfen.

Der Celeusta geleitete sie aus dem Bauch des Schiffes, in dem zwei Schlitten parkten, über eine steile, schmale Treppe hinauf in das nächste Deck. »In den Niedergängen bitte immer gut festhalten«, rief er über die Schulter und dann »Aufwärts!« nach oben.

Der Steuermann sah Elsters fragenden Blick und erklärte: »Damit man oben weiß, dass der Niedergang besetzt ist. Es wäre doch unangenehm, auf halber Höhe mit jemandem zusammenzustoßen, der herabgeklettert kommt.«

Elster merkte sich das und legte die Hände um die glatten Handläufe der steilen Treppe.

Sie kletterten zwei Decks hinauf, dann ging es einmal an der Außenwand des Schiffes entlang. Der Gang war fensterlos, aber seine deutliche Biegung ließ erahnen, dass sie sich an der äußeren Haut des Schiffes befinden mussten. Elster legte ihre Hand auf das kühle Metall und glaubte den Wind dahinter zu spüren. »Wie hoch fliegen wir?«, fragte sie.

Der Steuermann hob die Schultern. »Celeusta?«, rief er und stellte ihm Elsters Frage.

»Nicht sonderlich hoch«, erwiderte der freundlich. »Zweitausend Meter zurzeit.«

Elster schluckte und fühlte kurz Schwindel durch ihre Füße in den Kopf steigen. Zweitausend Meter über dem Boden! So hoch, wie ein Turm aufragte ...

»Aufwärts!«, hörte sie den Celeusta wieder rufen.

Endlich standen sie in einem breiten, holzgetäfelten Gang, in den Tageslicht durch viele kleine Fenster fiel. Elster presste ihr Gesicht an eines davon. Das Glas war eisig kalt und draußen trieben dichte

Nebel vorbei. Wolken. Aber über den Wolken war der Himmel zu erahnen und Sonnenschein. Sie hörte das sanfte Wummern eines Antriebs, ein singendes Dröhnen wie ein ferner Chor aus tausend Stimmen, die sich in einem unendlichen Choral umeinanderwanden. Der Gesang zog sie in seinen Bann und sie vergaß alles um sich herum.

»Bitte, junge Lady«, sagte der Celeusta geduldig. »Der Nauarch wartet.«

Er stand vor einer geöffneten Tür und lächelte Elster aufmunternd zu. Sie kehrte mit einem Ruck in die Wirklichkeit zurück und drängte den mächtigen Gesang aus ihrem Bewusstsein.

»Nauarch, Ihre Gäste sind da«, sagte der Celeusta laut.

Der Salon war groß und dunkel eingerichtet, riesige Panoramafenster boten einen atemberaubenden Ausblick auf endlosen Wald, über dem die Sonne unterging. Die Wolken waren verschwunden und über ihnen zeigten sich die ersten Sterne im klaren Blau des Abendhimmels. Elster seufzte, ihr Blick wurde von der Aussicht angezogen. Es waren Menschen im Raum, aber das Dämmerlicht der schwachen Beleuchtung zeigte nur ihre Schatten in den tiefen Sesseln und Sofas, drei Silhouetten am Fenster, hier und da ein helles Kleidungsstück, das Licht zurückwarf.

Der kleine, wettergegerbte Mann, der nun auf sie zutrat, war anscheinend der Kapitän des Staatsschiffes. Er reichte jedem die Hand, hieß sie herzlich willkommen und schien sich über ihre Verspätung nicht zu ärgern.

Jetzt erst wandte Elster ihre Aufmerksamkeit auch der anderen Gruppe zu. Sie wusste ja, dass jemand aus der Familie des Panarchen sie anführen sollte. Sein Sohn? Es war die Rede von seinem Sohn gewesen, oder? Wer von ihnen mochte das sein? Sie musterte die beiden jüngeren Männer, die sich in den entgegengesetzten Ecken des Salons aufhielten. Der Braunhaarige sah sie unverhohlen feindselig an, der Schwarzhaarige, etwas jünger als der andere, hatte eine reservierte Miene aufgesetzt, die kaum eine Regung erkennen ließ, und seine hellgrünen Augen blickten kühl und kontrolliert. Neben ihm stand ein rot gelockter, grobknochiger junger Mann, der als Einziger lächelte, als ihr Blick ihn traf.

Sie lächelte kurz zurück und sah zu einem einige Jahre älteren Mann, der mit griesgrämigem Gesicht in einem der Sofas lümmelte, die Arme über die Lehne ausgebreitet und die Beine ausgestreckt. Er war dunkelblond, trug einen kurzen Bart und hatte dunkel geränderte, blutunterlaufene Augen, die von zu wenig Schlaf oder übermäßig genossenem Alkohol zeugten. In dem Sessel an seiner Seite saß eine junge Frau in Hosen und einem roten Wams, die offensichtlich ihre Kostümierung ein wenig zu ernst genommen hatte, denn sie trug zu allem Überfluss auch noch eine Augenklappe.

»Das ist einer der beiden Männer, wegen denen du ausgeliefert werden solltest.« Indigos Hand krallte sich in ihren Arm und er deutete auf den Braunhaarigen. Sie hatte es mittlerweile selbst erkannt und nickte mit mulmigem Gefühl. Das war der Mann mit dem blauen Auge, der ihr blutige Rache geschworen hatte. Das Veilchen war verblasst, aber der Hass in seinen Augen war immer noch derselbe.

»Miststück«, sagte er nun halblaut. »Valentin, das ist die Aufrührerin, die versucht hat, Cornel zu töten.«

Wut stieg in Elster hoch. Was bildete der Kerl sich ein? Schließlich hatten er und sein Gefährte das Dorf überfallen. Aber es war offensichtlich, dass die Türmer die Menschen aus den Schluchten nur als Freiwild betrachteten.

Der schwarzhaarige junge Mann, an den er sich derart wandte, schien ihm nicht zuzuhören. Sein Blick ruhte auf Winter, die er fasziniert musterte. Wahrscheinlich hatte er noch nie eine Begabte aus den Schluchten gesehen.

»Valentin!« Der wütende Schrei des Braunhaarigen ließ alle herumfahren. Elster holte tief Luft. Wenn dies der Sohn des Panarchen war, dann würde sie den Rest der Reise wahrscheinlich in Eisen gelegt im Bauch des Schiffes hinter sich bringen müssen. »Eher springe ich über die Reling«, flüsterte sie mit zusammengebissenen Zähnen. Indigo legte seinen Arm um ihre Schulter und drückte sie mit grimmiger Miene schützend an sich.

»Valentin, hast du mir nicht zugehört?«

»Du warst ja nicht zu überhören, Rufus.« Valentin klang unverkennbar genervt. »Das ist also die bemerkenswerte junge Dame, die Cornel mit seinem eigenen Dolch in der Schulter nach Hause geschickt hat?« Seine Stimme brach in einem Ton, der zwischen Lachen und Husten lag.

»Sehr interessant«, meldete sich nun die Frau zu Wort, die während der ganzen Zeit still neben dem bärtigen Mann gesessen und das Geschehen mit mildem Erstaunen beobachtet hatte. Aus ihrem Gesicht und ihrer Stimme sprach unverhohlene Belustigung. »Meine Liebe, ich verlange eine detaillierte Schilderung dieses Vorganges. Val, mein Schatz, darfst du eigentlich qua deines Ranges Orden verleihen?« Sie gluckste und hielt die Hand vor den Mund und ihr Auge sprühte förmlich vor Vergnügen.

Der Mann neben ihr beugte sich leicht vor und machte eine unterdrückte Bemerkung, die seine Begleiterin in lautes Lachen ausbrechen ließ.

Rufus, der sich all das mit steigender Empörung angehört hatte, zischte eine Verwünschung und drängte sich an Zach und dem Nauarchen vorbei rüde aus dem Salon. Als die Tür hinter ihm ins Schloss fiel, atmete Elster auf und löste sich ein wenig verlegen aus Indigos Arm. Es sah alles nicht nach Ketten und einem Sprung von der Reling aus. »Ist dies der Sohn des Panarchen?«, fragte sie herausfordernd in die Runde.

»Ja«, antwortete die Frau mit der Augenklappe. »Ja, das ist er. Genau wie sein Bruder Cornel, den du so übel zugerichtet hast.« Sie gluckste und wischte sich über das Auge. »Kindchen, du hast uns allen damit viel Freude bereitet. Cornel hat eine Abreibung mehr als verdient, nicht wahr, mein Cousin?«

Der schwarzhaarige junge Mann antwortete geistesabwesend: »Aber ja, Leo, ganz gewiss.« Er blickte Winter mit einem fragenden Ausdruck an, als hätte sie etwas zu ihm gesagt, was er nicht verstand, und sie erwiderte seinen Blick nicht minder intensiv. Wie aus einem Schlaf erwacht, rieb er sich über die Augen und richtete sich auf. »Das war ein etwas verunglücktes erstes Zusammentreffen«, sagte er laut. »Nauarch, ich bitte Sie, das schlechte Benehmen meines Bruders zu ignorieren. Wir werden uns von jetzt ab alle wieder wie zivilisierte Menschen benehmen. Lasst uns also damit anfangen, dass wir uns vorstellen. Wir werden eine lange Strecke gemeinsam reisen und wir haben ein gemeinsames Ziel«, fuhr er fort und richtete seinen Blick auf Elster. »Darf ich erfahren, wie du heißt?« Er lächelte ungezwungen. »Keine Sorge, außer Rufus nimmt dir hier auf dem Schiff niemand übel, dass du Cornel in seine Schranken gewiesen hast. Allerdings stimme ich Cousine Leona zu, dass wir alle darauf brennen, die Umstände zu erfahren, unter denen das geschehen konnte.« Er sah sie aufmunternd an.

Elster nickte ein wenig verkniffen. Die Türmer hielten das alles für einen Scherz. Sie hatte Hals über Kopf fliehen müssen, ihrem Dorf drohten schlimme Strafmaßnahmen, aber die reiche Gesellschaft, die nun vor ihr saß, nahm das Geschehene als Witz. Wut kochte in ihr hoch. »Ich heiße Elster«, presste sie hervor. »Dort drüben steht meine Schwester Winter.« Sein Blick flog wieder zu ihrer Schwester und blieb erneut einen Augenblick länger an ihr haften.

»Elster und Winter«, sagte er. »Ich bin erfreut. Und eure Begleiter?«

Der Steuermann stellte sich und Indigo vor. Danach nannte der junge Mann die Namen seiner Freunde. Der freundliche Rothaarige hieß Cosimo, die Frau Leona, der ältere Mann wurde Alban genannt, und Valentin, der Sprecher der Gruppe, war offensichtlich ebenfalls ein Sohn des Panarchen. Elster verschränkte die Arme. Ein Haufen höchstadliger Türmer auf einem Schiff mit Schluchtern – wie sollte das nur gut gehen? Wie sollten sie gemeinsam etwas erreichen, wo sie sich doch von Natur aus nur misstrauen und hassen konnten?

»Ich habe mir erlaubt, für uns alle eine Mahlzeit servieren zu lassen«, unterbrach der Nauarch das eintretende unbehagliche Schweigen. »Es hieß, dass Sie sich noch nicht kennen, und was ist besser, um sich kennenzulernen, als ein gemeinsames Mahl?« Er winkte dem Matrosen, der neben der Tür wartete. Die Tür schwang auf und enthüllte eine üppig gedeckte Tafel im Nebenraum.

Der rothaarige Cosimo ließ einen entzückten Ausruf hören und Valentin klatschte lachend in die Hände. »Auf, Leo, hilf Alban auf die Füße. Begeben wir uns zu Tisch. Verehrter Gastgeber, nach Ihnen!«

27

Es steht geschrieben: Leicht beieinander wohnen die Gedanken, doch hart im Raume stoßen sich die Sachen

Die Tafel bog sich geradezu unter Leckerbissen, von denen Elster die meisten noch nie in ihrem Leben zu Gesicht bekommen hatte. Kleine gelbe Würfel aus irgendeinem Gelee, in das winzige Stücke Fleisch, Gemüse und Obst eingelegt waren, Terrinen mit dampfender Suppe, große Platten mit dünn geschnittenem Fleisch, Saucen in allen Farben, ein Topf mit rötlich schimmernden gekochten Knollen, die atemberaubend gut rochen, ein wahres Gebirge von einem grünen, buschigen Gemüse, das mit Mandeln überstreut war ... das alles roch so appetitlich und sah so gut aus, dass Elster einen Moment lang alle ihre Befürchtungen vergaß.

Der Nauarch nahm seinen Platz am Kopf der Tafel ein und legte die Hände zusammen. »Alle Heiligen der Lüfte mögen dieses Schiff, seine Mannschaft und seine Passagiere beschützen«, sagte er ernsthaft. »Und nun wünsche ich einen guten Appetit.« Er sah sich um und winkte einen grämlich dreinschauenden Mann in Livree zu sich. »Euer Gnaden, meine Damen und Herren, der Vorkoster steht zu Ihrer Verfügung.«

Elster ließ das Stück Brot fallen, das sie aus dem Körbchen vor ihrem Teller genommen hatte, und starrte den Mann entsetzt an, bevor sie Zach einen Blick zuwarf. Der runzelte die Stirn und seine Miene zeigte höchsten Widerwillen.

»Vorkoster?«, sagte Elster laut. »Was bedeutet das? Müssen wir damit rechnen, hier an Bord vergiftet zu werden?«

Der Nauarch wirkte geradezu schockiert. »Aber nein, aber nein«, sagte er laut. »Meine Bordküche verlässt nichts, was nicht vollkommen verträglich und bekömmlich ist. Sie können sich daran den Magen verderben, wenn Sie zu viel davon essen, das ist alles.«

»Also, warum ...?« Elster deutete auf den Lakaien, der sie mit geradezu beleidigter Miene fixierte.

»Es gehört zur Etikette«, mischte sich Valentin ein, der am anderen Ende der Tafel saß. Er zerkrümelte ein Stück Brot auf seinem Teller und lächelte schmal. »In der Vergangenheit sind zu oft Panarchen während eines Gastmahles zu Tode gekommen. Mein Vater selbst entging einem Giftanschlag auf seiner eigenen Hochzeit nur durch einen solchen Vorkoster.« Er warf dem Bediensteten einen Blick zu und spitzte die Lippen. »Der Mann war natürlich tot«, fügte er nüchtern hinzu.

Elster schob ihren Teller von sich. Ihr war jeglicher Appetit gründlich vergangen.

Zach beugte sich zu ihr und murmelte: »Iss. Wir werden eine lange Zeit mit ihnen auf diesem Schiff verbringen und sicherlich immer wieder zusammen essen. Du kannst schlecht die ganze Zeit hungern.«

»Mir ist übel«, erwiderte Elster. Sie sah zu, wie der Vorkoster sich über Valentins Schulter beugte und eine Gabel voll von dessen Pastete probierte. Er kaute sorgfältig, schluckte und spitzte nachschmeckend die Lippen, dann nickte er und ging zu Valentins Cousine, die ihn mit einer Handbewegung fortschickte. Auch der ältere Mann, Alban, knurrte abwehrend und ließ sich von dem Matrosen, der bei Tisch bediente, sein Glas füllen. »Zum Wohl«, sagte er laut und hob das Glas.

»Alban, bitte«, sagte Valentin mahnend, aber der Ältere ignorierte ihn und stürzte das Glas in einem Zug hinunter.

Elster ließ es zu, dass der Steuermann die Serviette über ihren Schoß breitete und ihr ein Stück Pastete und eine der duftenden

Knollen auf den Teller legte. Er schöpfte etwas dunkle Sauce darüber und schob ihr den Teller hin. »Iss«, sagte er wieder. »Du wirst nicht vergiftet werden, solange ich an deiner Seite bin, das verspreche ich dir.« Seine irritierenden Augen waren mit ungewöhnlicher Wärme auf ihr Gesicht gerichtet. Elster erwiderte den Blick und senkte dann verwirrt die Lider. Ihr Leben war innerhalb von wenigen Tagen so durcheinandergewürfelt geworden, dass es sie schwindelte. Mit einer plötzlichen heftigen Aufwallung von Heimweh sehnte sie sich nach ihrem Dorf, ihren Eltern zurück. Sie gehörte nicht hierher, zwischen all diese seltsamen Fremden.

Zachs Hand streifte ihre Finger. »Sei unbesorgt«, flüsterte er ihr ins Ohr. »Du bist stark, Elster. Du wirst alle Herausforderungen meistern, die auf dich warten. Auch diesen Abend.«

Elster nickte und zwang einige Bissen hinunter. Sie beobachtete den schwarzhaarigen Valentin und erneut wallte Zorn in ihr auf. Sie schob den Teller beiseite, rollte ein Dirrumblättchen und sah ihn herausfordernd an. »Panarchensohn«, sagte sie schroff, »erzähl mir, was du auf dieser Reise zu suchen hast.« Sie steckte das Röllchen zwischen die Lippen und entzündete es an einer Kerze. Sie blies einen dünnen Rauchfaden über den Tisch und lehnte sich zurück, wobei sie Valentin fixierte. Sie war müde und schlecht gelaunt und die Arroganz des Türmerpacks reizte sie zur Weißglut.

»El«, hörte sie Winter murmeln, aber sie hatte nicht vor, sich besänftigen zu lassen.

Valentin legte sehr langsam sein Besteck auf den Tisch und faltete die Hände unter dem Kinn. Er sah sie schweigend und nachdenklich an und sie konnte die Glut tief in seinen Augen brennen sehen. Also war er gar nicht so abgeklärt und kühl, wie er sich gab. Sie erwiderte seinen Blick und hob ihre Mundwinkel zu einem winzigen, spöttischen Lächeln.

Elster sah aus dem Augenwinkel, wie Zach sich wachsam aufrichtete.

»Schluchtermädchen«, sagte Valentin leise, »du lässt es an Ehrerbietung und Höflichkeit mangeln. Ich denke, dass ich dir keine Antwort schuldig bin. Wenn du eine Frage hast, dann stelle sie. Es heißt im Übrigen ›Euer Gnaden‹.«

Ihr Lächeln wurde breiter. Sie beugte sich vor, sog an ihrem Dirrumblatt und stieß den Rauch mit gespitzten Lippen wieder aus. Die Beleidigung kam an, denn seine Augen verengten sich. »›Eure Gnaden‹ kannst du dir irgendwohin stecken«, sagte sie. »Ich bin keine von deinen Bediensteten, Türmer. Meine Freunde und ich sind gleichberechtigte Partner auf dieser Reise. Hat dein hochwohlgeborener Vater vergessen, dir das zu erklären?«

Wieder blitzte es in seinen Augen. Er kniff die Lippen zusammen.

»Valentin«, murmelte der ältere seiner Begleiter. »Lass dich nicht provozieren, hörst du?«

»Bitte!« Der Nauarch hatte sich das Geplänkel ruhig angehört, aber nun erhob er seine Stimme und alles Gemurmel verstummte. Der wettergegerbte kleine Mann erhob sich und sah seine Passagiere streng an. »Hier an Bord bin ich die höchste Instanz«, sagte er. »Auf meinen Befehl könnte sogar Seine Gnaden in Ketten gelegt werden. Ich bitte also darum, Frieden zu halten, solange ihr euch auf diesem Schiff befindet. Wenn jemand Streit anzettelt, dann werde ich unverzüglich dafür sorgen, dass er eine Abkühlung erhält, und zwar ohne Ansehen der Person und des Ranges. Ich dulde keine Fehden auf der *Wolkenkönigin*!«

»Hört, hört«, murmelte Alban und hob sein Glas. »Gut gebrüllt, Nauarch.«

Elster nickte und lehnte sich zurück. Sie rauchte und betrachtete den Panarchensohn. Er war aufgebracht und warf ihr immer wieder zornige Blicke zu – aber er verkniff sich eine Antwort. Zumindest war das schon mal ein Teilsieg, dachte sie und grinste ihn höhnisch an.

28

Es steht geschrieben: Misswende naht mir, wo ich mich neige

Melania schloss die Tür nach einer herzlichen Verabschiedung hinter Senator Andoni, der sie wieder einmal mit dem neuesten Klatsch versorgt hatte. Ihr gemeinsames zweites Frühstück war inzwischen eine wöchentliche Routine, die beide weidlich genossen. Sehr oft brachte Andoni ihr dabei Amüsantes und Wissenswertes aus den Senatsversammlungen oder von denjenigen gesellschaftlichen Ereignissen mit, an denen sie nicht selbst teilgenommen hatte. Nichts davon war geheim oder durfte ihr nicht zu Ohren gelangen, der Senator ging zu Melanias Bedauern sehr gewissenhaft mit vertraulichen Informationen um, die er hütete wie ein wahrer Zerberus, aber andererseits wusste sie die Diskretion des dicken Mannes auch zu schätzen. Und er war ja nicht der einzige Informant und Zuträger, auf den sie zurückgreifen konnte, um sich immer tiefer und detaillierter in die Geheimnisse, Ränke und Intrigen des Turmes hineinzufinden. Sie blickte in ihren wohlgefüllten Terminkalender, um nachzusehen, wann der Panarch ihre Anwesenheit wieder erwarten würde. Bis zu dem frühabendlichen Umtrunk bei Konsul Janus blieben ihr noch einige Stunden, die sie nach eigenem Gutdünken füllen konnte.

Kurz entschlossen öffnete sie ihren Kleiderschrank und warf einige Kleidungsstücke auf ihr Bett, die schwerlich die Zustimmung des Panarchen gefunden hätten.

Sie öffnete Rock und Unterrock, die raschelnd auf ihre Füße sanken, und knöpfte das bestickte Mieder auf, schlüpfte heraus und warf es über eine Stuhllehne. Sie stieg in den schweren, dunklen Rock, zog ihn über ihre Hüften und knöpfte ihn zu, schlüpfte in die kurze Jacke, band die Schürze um und griff nach dem Häubchen. Vor dem Spiegel stopfte sie ihr Haar darunter und sorgte dafür, dass der Stoff einen Schatten über ihr Gesicht warf. Sie runzelte die Stirn, tupfte das Lippenrot ab und trat dann in zwei derbe Holzpantinen, die sie tief unter der Wäsche in ihrem Kasten versteckt hatte.

Aus der Schublade ihres kleinen Sekretärs holte sie ein scharfes, schmales Messer hervor und verbarg es unter ihrer Schürze. Noch ein letzter prüfender Blick in den Spiegel, ein zufriedenes Nicken, dann ging sie zur Tür, lauschte einige Atemzüge lang, ob sich draußen etwas regte, und schlüpfte hinaus.

Sie ging mit gesenktem Kopf und benutzte ein paar Stockwerke weit die Treppe. Dann stieg sie in den Aufzug und fuhr beinahe ganz hinab. Hier waren die Etagen, in denen sich hauptsächlich die Gardisten, Dienstpersonal und die untergeordneten Beamten des Verwaltungsapparates aufhielten. Sie würde in ihrer einfachen Kleidung hier nicht auffallen, die meisten Frauen trugen ähnliche Arbeitsgewänder. Melania hob den Kopf und sah sich um. Die mittlere westliche Speiche, dann die fünfte Tür auf der rechten Seite. Sie hielt kurz inne, beruhigte ihren Atem, rieb ihre Handflächen am Rock. Dann klopfte sie an.

Schritte hinter der Tür. Sie sog erleichtert den angehaltenen Atem ein. Er war da. Sie hatte gehofft, dass er zur Nachtschicht gehörte und sie ihn jetzt in seinem Quartier antreffen würde.

»Ja?«, knurrte eine Stimme. »Ich schlafe!«

Melania räusperte sich und sagte: »Nullum est iam dictum, quod non sit dictum prius.« *Es gibt kein Wort, das nicht schon früher gesagt worden wäre.*

Einen Augenblick lang herrschte Stille, dann hörte sie Schritte, ein Rumpeln, dann schwang die Tür auf. Im Dunkeln sah sie ein helles Hemd, das schwache Oval eines Gesichtes, darin dunkle Augenhöhlen, die auf sie gerichtet waren.

»Nullus contra nullum«, sagte der Mann. Sie hörte das Misstrauen in seiner Stimme.

»Lass mich rein, Hummel«, flüsterte sie und hob die Hand mit dem zum Kreis geformten Zeigefinger und Daumen.

Er sog scharf die Luft ein und packte ihr Handgelenk, zerrte sie ins Zimmer und schlug die Tür zu. Seine freie Hand griff nach ihrer Haube, schob sie aus ihrem Gesicht, fuhr tastend über ihre Wange, ihr Kinn.

»Mach Licht«, sagte sie müde. »Ich bin es.«

Er fluchte unterdrückt und ließ sie los. Sie hörte seine Schritte in der absoluten Finsternis des fensterlosen Gemachs, das Kratzen einer Schublade, das leise Zischen eines Arielfeuers, das bläulich aufglomm. Das Lichtlein wanderte durch die Luft und entfachte den Docht einer Kerze. Die Flamme beleuchtete breite Schultern, einen kräftigen Hals, ein kantiges Kinn mit Bartstoppeln. Der Mann drehte sich mit dem Kerzenleuchter in der Hand zu ihr um und sah sie an. Dunkle, tief liegende Augen, kurz geschorenes Haar, eine breite, glatte Stirn.

»Hummel«, sagte sie, erleichtert, ihn wiederzuerkennen. »Ich bin so froh.«

Er stellte den Leuchter auf einen kleinen, wackeligen Tisch und rieb sich mit beiden Händen über Gesicht und Kopf. »Du bist wahnsinnig, selbst hier herunter zu kommen«, sagte er rau. »Wie kannst du dich nur derart in Gefahr bringen?«

Sie lächelte und breitete die Arme aus. »Ich freue mich auch, dich wohlauf zu sehen«, sagte sie. »Ich musste einfach aus deinem Mund hören, ob du sie gefunden hast.«

Er brummte wie ein Barkie und nahm sie kurz und fest in den Arm. »Du Verrückte«, flüsterte er ihr ins Ohr. »Du bist wirklich wahnsinnig, weißt du das?«

»Ich weiß«, antwortete sie ruhig. »Wie sonst könnte ich all das tun, ohne vor Schmerz zu zerspringen?« Sie drückte ihn an sich und schob ihn fort. »Nun?«

Er ließ sich auf die Kante seines schmalen Bettes fallen und deutete auf den Stuhl, der am Tisch stand. Viel mehr Platz war nicht in der Kammer, aber immerhin: Er musste nicht mit fünfzig anderen in einem der Säle schlafen. Ein Privileg seines Status als Vorarbeiter. Ein Segen für ihre Bewegung.

»Nein«, sagte er, und sie nickte, denn sie hatte nichts anderes erwartet, auch wenn sie mit ganzem Herzen gehofft hatte, er würde etwas anderes sagen.

»Sie ist nicht mehr hier im Turm, oder?«, fragte sie so kalt und ruhig, als ginge es nicht um Amber, um ihre einzige, geliebte Tochter.

Er schüttelte den Kopf, zweifelnd, nicht verneinend. »Sie ist nicht in den Untergeschossen«, sagte er. »Aber sie war ... sie ist eine Schönheit, genau wie ihre Mutter. Es ist recht wahrscheinlich, dass sie von einer der Familien an Kindes statt ausgewählt wurde.«

Melania nickte resigniert. »Und womöglich ist sie auf diesem Weg auch längst in einen der anderen Türme gebracht worden«, sagte sie bitter. »Sie tauschen die Zehnt-Kinder, Hummel. Es ist kostbares Tauschgut.«

»Ich weiß«, sagte er grimmig. »Verdammt, ich weiß es.« Er lehnte sich zurück. »Noch ist nichts verloren. Aber das hätten wir nicht Auge in Auge besprechen müssen«, sagte er mit sanftem Vorwurf in der Stimme. »Ich freue mich, dich zu sehen. Ich freue mich, dass es dir gut geht. Aber es ist gefährlich, viel zu gefährlich, Jett.«

Sie beugte sich vor, berührte sein Knie. »Ich will zu Zero.«

Er riss die Augen auf und hob abwehrend die Hände. »Das geht nicht«, sagte er. »Verlange das nicht von mir. Es war schwer genug, jemanden an der Spitze einzuschleusen, Jett. Wir haben Jahre daran gearbeitet. Du hast es geschafft. Wenn ich dich jetzt zu Zero bringe, dann setzen wir das alles aufs Spiel. Und wozu?«

Melania ließ sich zurücksinken und biss auf ihren Daumennagel. Es tat gut, wieder jemanden zu sehen und zu sprechen, der sie noch gekannt hatte, als sie Jett hieß.

Sie seufzte, lang und tief. »Organisiere ein Treffen mit Zero«, sagte sie hart. »Ich will sichergehen, dass alles reibungslos läuft. Ich halte dort oben den Kopf für uns alle hin, Hummel. Ich sitze auf dem Podium, wenn das alles hier hochgeht. Es ist kaum anzunehmen, dass ich den Knall überleben werde.«

Er senkte den Blick. Nickte und zuckte mit den Schultern. »Ich werde sehen, was ich tun kann«, sagte er. »Geh jetzt zurück. Ich melde mich bei dir.«

Das musste genügen. Sie stand auf und beugte sich vor, küsste ihn auf die Wange und flüsterte: »Danke.«

»Warte noch«, sagte er und kniete vor seinem Bett nieder. Stein scharrte über Stein, er hob eine der Bodenplatten an und zog aus dem entstandenen Loch ein flaches, rechteckiges Päckchen, sorgfältig in Wachstuch geschlagen, das er ihr reichte. Sie sah ihn fragend an.

»Da du schon hier bist«, sagte er und verschloss das Versteck sorgfältig, ehe er sich wieder aufs Bett setzte. »Ich hätte es dir sonst über unseren toten Briefkasten zuspielen müssen. Lass dich damit nicht erwischen, Jett. Du musst es auf den Schreibtisch des Panarchen schmuggeln, unter seine anderen Papiere. Schaffst du das?«

Sie nickte zögernd und wog das Päckchen in den Händen. »Was ist das?«

Er schüttelte den Kopf. »Besser, wenn du nichts darüber weißt«, erwiderte er schroff. »Es wird uns unserem Ziel ein großes Stück näher bringen. Pass gut darauf auf. Und auf dich.«

Sie nickte und verbarg das Päckchen unter ihrer Schürze. »Ich höre von dir«, sagte sie.

Er nickte nur und wartete, bis sie die Hand an der Türverriegelung hatte. Dann beugte er sich vor und blies die Kerze aus.

Sie schob die Tür hinter sich zu und lehnte sich einen Moment lang dagegen, weil ihre Knie nachgaben und Tränen ihren Blick verschleierten. Amber. Amber! Amber, mein goldenes Kind ... wo bist du?

29

Es steht geschrieben: Leise flehen meine Lieder durch die Nacht zu dir

Sie waren kaum vier Tage unterwegs, und schon verspürte Valentin den unwiderstehlichen Drang, seinen Bruder zu erwürgen, den unerträglich gut gelaunten Cosimo in einem Fass Malvasier zu ersäufen, Alban aus dem nächsten Luk zu werfen und selbst so schnell wie möglich von Bord zu springen, ehe seine Reisegesellschaft ihn – und das erschien ihm mittlerweile unausweichlich – in den Wahnsinn treiben würde.

Die Schluchter hielten sich strikt in ihrem Bereich des Schiffes auf, und keiner von ihnen war Valentin nach dem gemeinsamen Essen noch einmal unter die Augen getreten, was ihn gleichermaßen erleichterte und enttäuschte. Seine Gedanken wanderten zur hellen der beiden Schwestern – die, die sie »Winter« nannten. Sie erschien so sanft und still, aber unter dem weichen Samt lag eine Kraft verborgen, die ihn gleichermaßen verwirrte und faszinierte. Die Schluchter hielten ihresgleichen für magisch begabt, und ganz gleich, was er selbst davon hielt, würde er wohl ihre Hilfe benötigen, um Turm Null zu finden. Und abgesehen davon hatte sie ein freundliches Lächeln und ganz entzückende Grübchen in den Wangen …

Er schlenderte über das Zwischendeck, das er für seine täglichen Spaziergänge ausgewählt hatte, weil ihm dort niemand aus seiner Reisegruppe begegnen konnte, und nahm den Niedergang zum Hauptdeck in Angriff, »Aufwärts!« rufend. Beinahe gleichzeitig erscholl der Ruf »Abwärts!« von oben, und Valentin ließ den Holm des Handlaufs wieder los, um beiseitezutreten. Abwärts hatte jederzeit Vortritt, hatte er gelernt.

Nach einem Moment kurzen Zögerns erbebten die Stufen unter leichten Tritten und Winter kam die Treppe hinunter. Sie schlug mit einem erschreckten Aufseufzen die Augen nieder, als sie Valentin sah, und neigte den Kopf. »Euer Gnaden«, sagte sie.

»Winter.« Valentin musterte ihr schmales Gesicht mit dem schneefarbenen Haar, die schmalen Glieder, ihre gleichzeitig stolze und zurückhaltende Haltung, die sonnenfarbenen Augen ...

Er schüttelte den Kopf. Warum faszinierte ihn dieses Schluchtermädchen so sehr? Sie war doch nichts Besonderes. Weniger als das, sie war eine dieser weißhaarigen Sonderlinge, die nicht einmal für den Zehnt infrage kamen. Und trotzdem konnte er den Blick kaum von ihr wenden.

»Euer Gnaden?«, unterbrach ihre melodische Stimme seine Überlegungen, und er bemerkte, dass er sie angestarrt und ihr den Weg versperrt hatte. Er stammelte eine Entschuldigung und trat zur Seite, aber sie blieb vor ihm stehen und sah ihn neugierig an. Ihr ernster, ganz und gar nicht schüchterner Blick forschte in seinem Gesicht nach etwas – er wusste nicht, wonach. Ihre goldenen Augen begannen zu lächeln. »Ihr seht so traurig aus«, sagte sie. »Es ist schlimm, Tag und Nacht hier in diesem Schiff eingesperrt zu sein, habe ich recht?«

Er nickte wieder und streckte ihr seine Hand entgegen. »Wollt Ihr mir das Vergnügen Eurer Gesellschaft gönnen?«, fragte er, über seine eigenen Worte verblüfft. »Ich war auf dem Weg hinauf, um auf dem Oberdeck ein wenig Luft zu schnappen.«

»Oh, frische Luft«, sagte sie sehnsüchtig. »Und Licht ...« Sie ergriff ohne Scheu seine Hand und lachte dann. »Wir können kaum Hand in Hand diese steile Treppe wieder hinaufsteigen«, sagte sie vergnügt.

»Niedergang«, erwiderte er ernsthaft. »Das ist ein Niedergang. An Bord eines Schiffes gibt es keine Treppen.«

Sie lachte wieder und legte die Hände auf die Handläufe. »Und keine Zimmer, keine Stockwerke, keine Küche, keine Betten ...«, zählte sie auf und kletterte derweil flink wie ein Eichhörnchen wieder nach oben.

Valentin fühlte sich auf einmal gar nicht mehr übel gelaunt und trübsinnig, sondern geradezu beschwingt. Er lachte und beeilte sich, Winter zu folgen.

An Deck herrschte das übliche Getriebe von Matrosen und Steuerleuten, die die Segel trimmten, die Ballons justierten und in der Takelage herumkletterten, Tauwerk aufrollten, Dinge reparierten und bei all dem einen ordentlichen Lärm veranstalteten. Dazu pfiff der Wind, die Seile knarrten, Segeltuch knallte, Holz knirschte, Metall klirrte gegen Metall und in der Ferne schrillten Signalpfeifen.

Valentin bemühte sich, niemandem im Weg zu sein, und führte Winter zum Bug, wo auf dem Schanzdeck immer noch die größte Ruhe herrschte. Hier stand die große Tesla-Kanone, die bei einem Angriff sicherlich gute Dienste leisten würde, aber Valentin wünschte sich nicht, das jemals mitzuerleben. Zu beängstigend war die Vorstellung, hoch oben in den Lüften um sein Leben kämpfen zu müssen.

Winter berührte das lange Metallrohr und schauderte. »Immer nur Kampf und Blutvergießen«, sagte sie. »Warum kann man nicht in Frieden leben und andere in Frieden lassen?«

Valentin lehnte sich gegen die Verschanzung und genoss das Gefühl des Fahrtwindes auf seinem Gesicht. »Es wäre schön, wenn es so sein könnte«, sagte er geistesabwesend. »Aber solange es Menschen gibt, gibt es Streit und Krieg und Blutvergießen. Das ist ein Teil unseres Erbes.«

Winter seufzte und kam an seine Seite. Sie stützte sich auf die Reling und blickte hinunter auf den dichten Wald. Am Horizont türmte sich in dunstigem Blau das Gebirge auf, auf das sie seit Beginn ihrer Fahrt zusteuerten.

Schweigend sahen sie hinaus. Valentins Arm berührte Winters Schulter, seine Hand rührte an ihre Finger, die sich um die Reling schlossen. »Ich bedauere den unfreundlichen Beginn unserer gemeinsamen Reise«, sagte er. »Wir waren alle ein wenig gereizt, glaube ich.«

Winter wandte den Kopf und sah ihn aufmerksam an. »Ja«, sagte sie, »ja, das ist wohl wahr.«

Valentin neigte den Kopf und blickte wieder zum Horizont. »Weshalb haben sie dich auf diese seltsame Reise ins Ungewisse geschickt?« Er bemerkte gar nicht, dass er Winter so vertraulich ansprach, als wären sie Freunde.

Sie lachte und lehnte sich gegen die Reling und sah ganz und gar nicht mehr jenseitig oder mystisch aus, sondern wie ein Mädchen, mit dem er gelacht und getanzt hatte und mit dem er jetzt den Sonnenuntergang bewunderte. Der Wind ließ ihr Haar wie eine silberne Fahne flattern, es schlug in ihr Gesicht und sie wischte es mit einer ungeduldigen Bewegung fort, drehte es um ihre Hand und hielt es fest. »Ich bin noch in der Ausbildung«, sagte sie. »Wahrscheinlich glaubt das Prinzip, ich könnte hierbei viel lernen.«

Er lachte mit ihr. »Dann sind wir uns ähnlicher, als du denkst«, erwiderte er vergnügt. »Meinen Vater dürften die gleichen Überlegungen angetrieben haben.«

Sie standen noch eine Weile Schulter an Schulter, hielten ihre Gesichter in den Wind und schwiegen. Es war ein freundschaftliches Schweigen, in dem nichts Ungutes lag. »Deine Schwester«, sagte Valentin und warf ihr einen vorsichtigen Blick zu. »Ist sie immer so ... aggressiv?«

Winter stützte sich gegen die Reling. »Sie hat mitangesehen, was dein Bruder der Frau aus unserem Dorf angetan hat. Das hat sie wütend gemacht.«

Valentin wich ihrem Blick nicht aus. »Ich bin nicht mein Bruder«, erwiderte er eindringlich. »Rufus ist ein übler Geselle, Winter. Ich rate dir und ganz besonders deiner schlecht erzogenen Schwester: Geht ihm aus dem Weg.«

In ihren Augen blitzte es und einen Augenblick lang sah sie in ihrem aufblühenden Zorn ihrer Schwester erstaunlich ähnlich. Aber was ihn an Elster abstieß, war in Winters Miene so anziehend wie aufregend.

Es ist, als würden wir uns schon ewig kennen, dachte er. Als hätten wir uns nur vergessen und würden jetzt voreinanderstehen und voller Staunen erkennen, dass wir einst zusammengehörten und uns nur verloren haben.

Als die abendlichen Nebel fielen und Winter in ihrer dünnen Jacke zu frösteln begann, legte Valentin seinen Arm wärmend um ihre Schultern. Sie akzeptierte seine Berührung, als wäre sie das Selbstverständlichste der Welt. Er spürte ihre zarten Glieder, atmete den Duft ihrer Haut und genoss den sanften Druck ihrer Hände, die sie nach kurzem Zögern in seine legte. Ihre Finger verschränkten sich mit seinen und sie lehnte sich an ihn und hob ihm das Gesicht entgegen. Seine Mission war mit einem Mal so fern und winzig wie der helle Abendstern am Himmel. Kein Gedanke mehr daran, dass sie ein Schluchtermädchen war und er der Sohn des Panarchen.

Er versank in ihrem Blick. Winters Augen schimmerten im Licht der Abenddämmerung wie Topase, in deren Tiefe goldene Sterne funkelten. Ihr Haar leuchtete wie Schnee im Mondlicht und war so weich und fein wie gesponnene Seide. Er wollte seine Hände darin vergraben und den Duft einatmen, er wollte sie in seinen Armen halten und vor der Welt beschützen, sie wärmen und für alle Zeit festhalten. So musste es sich anfühlen, nach einer langen Reise nach Hause zu kommen.

30

Es steht geschrieben: Non vitae, sed scholae discimus

So aufregend und neu alles hier an Bord des Luftschiffes auch in den ersten Tagen gewesen war, begann sich Elster doch langsam zu langweilen. Sie war noch nie in ihrem Leben gezwungen gewesen, Tag und Nacht am gleichen Platz auszuharren, und es machte sie schier verrückt, dass es nichts, aber auch gar nichts gab, womit sie sich hätte sinnvoll beschäftigen oder wenigstens halbwegs die Zeit vertreiben konnte. Ihre Ausflüge aufs Deck hatten jedes Mal damit geendet, dass ein höflicher Matrose sie aus den Takelagen pflückte und wieder hinunterbrachte, was sie entsetzlich fuchste. Sie hätte zu gerne probiert, wie es sich in den hohen Masten des Schiffes klettern ließ, es juckte sie geradezu in Händen und Füßen, sich zu verausgaben und die überschießende Energie dort ein wenig abzuarbeiten. Ihr war bis zum Erbrechen langweilig. Sie hatte das Buch, das sie in der Alten Kammer erbeutet hatte, mittlerweile gelesen und die Lektüre war interessant, seltsam und vollkommen langweilig gleichermaßen gewesen. Nichts, was in diesem Buch stand, schien mit der Welt übereinzustimmen, die sie kannte und in der sie lebte. Es war wie ein Märchen, nur mit dem Unterschied, dass in diesem Buch keine Geschichte erzählt wurde, sondern nur Dinge aufgezählt, gemessen und abgebildet worden waren. Dinge, die es nicht gab oder jedenfalls nicht in dieser Form.

Elster verstaute das Buch enttäuscht in ihrem Rucksack und vergaß es.

Sie streunte erneut über das Schiff, stand den Matrosen im Weg und bat darum, im Ruderhaus zusehen zu dürfen, wie man so einen großen Schlitten flog, aber ihre Wünsche fanden kein Gehör, sondern hatten nur höfliche, aber bestimmte Abfuhren zur Folge.

Zach erbarmte sich schließlich und zog sich mit ihr in eine Ecke des Salons zurück, wo er ein Spielbrett aufbaute und ein Dutzend zylinderförmige schwarze Figuren darauf positionierte. »Das Spiel der Türme«, sagte er. »Kennst du die Regeln?«

Elster verneinte und blickte wenig begeistert auf das Spielbrett aus unzähligen roten, schwarzen und weißen Drei- und Sechsecken. Sie war noch nie eine Freundin von solchen Spielen gewesen. Aber die Langeweile war zu drückend, und die Verlockung, sich für eine Weile nur mit dem Steuermann hier aufhalten zu können, und sei es, um ein dämliches Spiel zu spielen, war zu groß. Also seufzte sie und setzte sich hin.

»Wieso heißt es so?«

Er blickte von dem Brett auf und lächelte. »Geht es nicht letztlich immer um die Türme?«, fragte er leise. »Und passt es nicht hervorragend zu uns, die wir auf der Suche nach dem ersten Turm sind?«

Elster beugte sich über das Spielbrett. »Erzähl mir von unserer Mission«, sagte sie. »Warum sollen wir diesen Märchenturm finden? Was verspricht Om sich davon?«

Er schob geistesabwesend eine der Figuren über drei Felder, bis sie auf einem schwarzen Sechseck zu stehen kam. »Was weißt du über Turm Null?«, fragte er zurück.

Elster nahm die Turmfigur von dem Spielbrett und drehte sie in den Fingern. Sie war schwer, als wäre sie aus Metall, aber ihre Oberfläche fühlte sich samtig und warm wie Holz an. Auf der Seite trug sie ein Wappen: einen weißen Schild mit zwei ineinander verschlungenen Kreisen, die eine liegende Acht bildeten. »Turm Null ist der Ort, an dem der Ewige König auf seine Wiederkehr wartet«, sagte Elster in nüchternem Tonfall, der andeuten sollte, was sie von dieser Sage hielt. »Wenn er erwacht, werden die Türme fallen.« Sie stellte die Spielfigur ab und kreuzte die Arme vor der Brust. »Kein Mensch glaubt an so einen Blödsinn«, sagte sie heftig.

Zach stützte die Ellbogen auf den Tisch, bettete sein Kinn in die Hände und sah sie intensiv an. »Kein Mensch?«, fragte er leise. »Was ist mit den Nullern?«

Elster lachte unwillig. »Die sind verrückt. Vollkommen bekloppt und übergeschnappt.« Sie musterte ihn fragend. »Du gehörst zu den Mechanikern«, sagte sie langsam. »Ihr glaubt daran, dass die Schluchter genau wie die Türmer frei über die Maschinen der Alten verfügen sollten. Das ist vernünftig, auch wenn das Prinzip es anders bestimmt hat.«

Er nickte langsam und lächelte. »Ich gehöre nicht offiziell zum Bund der Mechaniker«, sagte er. »Dein junger Freund hat da etwas missverstanden.«

Elster hob die Brauen. »Dass du es nicht heraustrompeten magst, ist mir klar«, sagte sie scharf. »Du bist Oms rechte Hand. Sie würde dich davonjagen, wenn sie das wüsste.«

Er begann zu lachen. Elster schnitt ihm eine Grimasse, und er hörte auf, obwohl sein Mund immer noch zuckte. »Zurück zum Thema«, sagte er. »Was also steckt deiner Meinung nach hinter der Organisation der Nuller? Nur Wirrköpfe und Spinner?«

Elster lehnte sich zurück und nickte nachdenklich. »Nein, das sind sicherlich nicht nur Wirrköpfe. Einige von ihnen benutzen diese Geschichte vom Ewigen König nur, um einen Gedanken zu transportieren, ein Gefühl herzustellen. Das Gefühl, dass wir Schluchter nicht alleine und wehrlos dastehen, dass wir etwas bewirken könnten, wenn wir nur alle zusammen gegen die Türme aufstünden.«

Er nickte und schob den Turm wieder auf seine Ausgangsposition zurück. »Und was glaubst du? Wäre das ein gangbarer Weg? Sollten die Schluchter sich zusammentun und die Türme erstürmen?«

Elster wollte mit einem heftigen »Ja« antworten, aber sie zögerte. Der Steuermann beobachtete sie mit einem halben Lächeln.

»Ein Sturm auf die Türme wäre sinnlos«, sagte Elster. »Wie sollten wir hineingelangen? Ich bin an einem dieser Türme hochgeklettert, so weit ich konnte, und Indigo war in unserem Gleiter an meiner Seite. Ich bin nicht einmal in die Nähe der ersten Plattform gekommen, Zach. Also, selbst angenommen, wir hätten eine Armada von Gleitern – wie sollte es damit gelingen, den Turm zu entern? Sie brauchten doch nur ihre Soldaten mit Gewehren und Armbrüsten dort zu postieren, wo wir Fuß fassen wollen, und könnten uns wie die Vögel vom Himmel holen.«

Er nickte. »Aus der Luft wäre es nicht zu machen«, sagte er. »Sie können die Plattformen komplett abschotten, sodass keine Mücke hindurchkommt.«

»Das wusste ich nicht.«

Er kratzte mit dem Zeigefingernagel über seinen Nasenflügel. »Also bliebe nur der Weg durch den Untergrund«, schlug er vor.

»Dessen Betreten uns ebenfalls verboten ist«, erwiderte Elster müde. »Außerdem glaube ich nicht, dass die Türme von unten weniger gut bewacht und geschützt sind als in der Luft.«

Zach zog einen Turm über eine diagonale Linie aus roten und weißen Dreiecken. »Du musst dich für jeden der Türme entscheiden, ob du die schwarzen Wege benutzt oder die weißen und roten«, sagte er. »Je nach deiner Wahl darfst du dann die schwarzen Sechsecke besetzen oder die rot-weißen.« Er stellte den Turm auf einem weißen Sechseck ab und drehte ihn so, dass Elster das Wappen auf seiner Seite erkennen konnte. Es war das Wappen des Panarchen, ein goldener Schild mit sechs roten, im Kreis angeordneten Kugeln.

Elster warf dem Steuermann einen scharfen Blick zu. »Worin besteht das Ziel des Spiels?«, fragte sie.

»Das Ziel ...« Er nagte an seiner Lippe. »Heimkehr«, murmelte er. Einige Sekunden lang schien er im Geiste weit weg von diesem Spiel, diesem Schiff zu weilen. Dann fokussierte sich sein Blick wieder und er seufzte. »Das Ziel jedes dieser und ähnlicher Spiele besteht darin, eigene Positionen zu festigen und zu halten, die der anderen zu schwächen und zu zerstören.«

Elster blickte auf das Spielfeld. »Welche Figuren gehören mir, welche dir?«

Er nickte ihr lächelnd zu. »Genau das ist die Frage.«

Elster runzelte die Stirn. »Na gut, dann ... welches ist mein Gebiet auf diesem Spielfeld?«

Zach breitete die Hände aus. »Was auch immer du für dich beanspruchst. Du musst nur in der Lage sein, es zu verteidigen.«

Sie schüttelte den Kopf. »Das ist sinnlos«, erwiderte sie müde.

»Nicht durch die Luft und nicht durch den Untergrund«, kehrte Zach auf das vorherige Thema ihrer Unterhaltung zurück. »Wie also, wenn du eine Anhängerin oder noch besser: Zero, der Anführer der Nuller, wärst, wie würdest du einen Turm erobern?«

Sie zog nachdenklich ihre Unterlippe zwischen die Zähne. Zach ließ sie nachdenken und nahm zwei der Türme, um damit ein weißes und ein schwarzes Feld zu besetzen.

Elster schüttelte den Kopf. Das widersprach allen Spielregeln, denen sie jemals begegnet war. Sollten sie nicht abwechselnd ziehen? Und sollte man sich nicht auf eine Farbe beschränken müssen? Sie knurrte frustriert, nahm einen Turm und zog ihn auf ein rotes Feld. »Sind die Türme unterschiedlich stark?«, fragte sie.

»Natürlich.« Der Steuermann sah sie ehrlich verblüfft an. »Es wäre doch nicht echt, wenn sie alle gleich mächtig oder gleich stark bewaffnet wären.«

Sie knirschte mit den Zähnen. »Du hast dir den Turm des Panarchen gekrallt«, hielt sie ihm vor. »Ist das fair?«

»Nein«, sagte er sanft. »Das ist es nicht.«

»Von innen«, sagte sie und zog zwei Türme so, dass sie ihren ersten flankierten und je ein weißes, ein rotes und ein schwarzes Sechseck in einem spitzen Winkel besetzten.

Zach nickte anerkennend. »Gut«, sagte er, ohne zu spezifizieren, worauf sich dieser Ausruf bezog. Er ließ seine Hand über dem Spielbrett kreisen und griff nach einem Turm am Rand, den er in die Mitte versetzte.

»Ich habe keine Ahnung, was ich hier mache«, beschwerte sich Elster und veränderte die Position ihres mittleren Turmes, sodass das Dreieck jetzt mit der spitzen Seite nach vorne wies, auf den Turm mit dem Wappen des Panarchen.

Zach grinste. »Du greifst mich an?«

»Keine Ahnung«, erwiderte sie knurrig. »Du verrätst mir ja nicht, wie das Spiel geht.«

Er nickte und schob zwei Türme von der Seite auf ihr Dreieck zu. »Du hast Turm Null«, sagte er beiläufig. »Das gibt dir die Macht, einen meiner Türme zu vernichten. Überleg dir gut, welchen du nimmst.«

Sie starrte ihn an. »Aber das ist doch vollkommen verrückt.«

»Ist es das?« Er lehnte sich zurück und griff nach einem Glas, das neben ihm auf der Bank stand. Es enthielt Wasser, das Einzige, was Zach zu trinken pflegte außer schwachem Tee. »Von innen also«, griff er den Faden wieder auf. »Wie stellst du dir das vor?«

Sie blickte auf das Spielbrett und legte die Stirn in die Hand. Welchen seiner Türme sollte sie vernichten? Und wäre es nicht vielleicht besser, damit noch zu warten? Sie hatte zu wenig Informationen, wie sollte sie das entscheiden?

»Es sind genügend Schluchter in den Türmen«, sagte sie, im Geiste mit ihrem Dilemma beschäftigt. »Solche, die als Kinder über den Zehnt eingesammelt wurden, andere, die später erst von den Greifern geholt oder sogar freiwillig dorthin gegangen sind. Ich würde meine Leute dort einschleusen. Nach und nach, sodass es nicht auffällt. Von innen könnten sie die Struktur unterwandern.« Sie zuckte die Achseln und schob einen freien Turm zwischen den des Panarchen und ihren vordersten. Der Nuller stand hinten, gut geschützt und beinahe versteckt.

»Und dann?« Zach beugte sich vor, ließ seine Formation auffächern und bildete so eine Zange, die sich mit einem der nächsten Züge um Elsters Angriffsformation schließen würde. »Wie würdest du dann vorgehen?«

»Ich würde versuchen, den Turm des Panarchen als ersten einzunehmen«, sagte sie und zog ihren Turm Null. Sie setzte ihn auf den Platz, den der Turm des Panarchen eingenommen hatte, und wog den Spielstein nachdenklich in der Hand.

»Und deine Leute in den anderen Türmen würdest du opfern?« Zach schloss die Zange und nahm vier ihrer Figuren vom Brett. Nur noch Turm Null und ein anderer, der außerhalb der umkämpften Gebiete stand, gehörten ihr. Und Turm Null fand sich eingeschlossen von Zachs Türmen.

Elster streckte die Beine aus und warf den Spielstein von einer Hand in die andere. »Es geht nicht ohne Opfer«, sagte sie. »Die von mir eingeschleusten Schluchter dürften fast alle gefallen sein. Vielleicht ist es ihnen gelungen, den Turm zu sprengen oder anzuzünden, aber sie haben auf jeden Fall den Panarchen gefangen gesetzt. Das war das eigentliche Ziel. Wenn sie ihn haben, haben sie die Macht, auch die anderen Türme in die Knie zu zwingen.«

Zach blickte auf das geleerte Spielbrett und lächelte. »Bist du dir da so sicher? Wäre es nicht besser, ihn gleich zu exekutieren? Er ist gefährlich, auch als Gefangener.«

»Wir brauchen ihn aber als Geisel und Druckmittel«, erwiderte Elster schlicht. »Tote taugen schlecht für so etwas. Er muss herzzerreißende Ansprachen an die anderen Türme halten. Vielleicht schicken wir ihn in Ketten herum, damit ihn alle sehen können. Damit alle sehen können: Das geschieht mit euch auch. Ihr wisst schließlich nicht, ob die Gefahr auch schon in euren Türmen lauert ...«

Zach lachte laut und warf dabei den Kopf zurück. Er stieß seine Türme um und sagte: »Du hast gewonnen. Du hast eins erkannt: Wer Turm Null besitzt, der gewinnt das Spiel. Fast immer.«

Elster sah ihn misstrauisch an. »Du erzählst mir irgendwelchen Mist«, sagte sie leise. »So geht das Spiel nicht.«

»Nein, da hast du recht«, sagte er ebenso gedämpft. »Und dennoch: Genau so geht das Spiel.«

Das Klopfen riss Valentin aus traumlosem Schlummer. Er fuhr hoch und rief schlaftrunken »Herein!«.

Cousine Leona steckte den Kopf durch die Tür und fragte: »Bist du angekleidet, Val?«

Er nickte und schwang die Beine auf den Boden, während er sich mit den Händen übers Gesicht und durch die Haare fuhr. Das rötliche Licht des Sonnenaufgangs tauchte das Innere der großzügig geschnittenen Kabine in Gold und Flammen.

Sie setzte sich auf sein Bett, streckte die Beine aus und lehnte sich gegen die Wand. Ihre Haare lockten sich wild um ihre Schultern, sie trug ein dunkelrotes Wams und schwarze Hosen, weiche Stiefel und ein goldfarbenes Halstuch und sah mit ihrer samtroten Augenklappe wieder ganz und gar wie eine Freibeuterin aus.

»Du bist so schön, Leo«, entfuhr es Valentin.

Leona wurde beinahe so rot wie ihr Wams. »Schmeichler«, entgegnete sie leichthin und angelte ein Stück Konfekt vom Tisch neben dem Bett. »Sag ...«, sie lutschte daran und gab ein wohliges Schnurren von sich, »was denkst du, warum Alban sich und uns das antut? Er ist so ein feiner, kluger Mensch ...«

Valentin, der sich in dem kleinen Nebengemach aus der Waschschüssel einige Handvoll Wasser ins Gesicht geschaufelt hatte, griff nach dem rauen Handtuch und rubbelte es fest über seine Haut, bis sie glühte. Er warf das Handtuch zurück auf den Halter und fuhr nachlässig mit einem Kamm durch sein Haar, um es zu glätten. »Leo«, sagte er und suchte nach Worten. »Ich weiß es nicht«, gab er dann zu. Er kehrte in die Kabine zurück und ließ sich ihr gegenüber in einen kleinen Sessel fallen.

»Hast du jemals mit ihm darüber gesprochen?« Sie sah ihn nicht an, ließ ihren Blick über die Schale mit Konfekt schweifen, ihre Finger schwebten unschlüssig darüber und pickten schließlich ein zweites Stück heraus.

Valentin knurrte verlegen und band sein Haar zurück. »Nicht direkt«, murmelte er.

Leona lachte und legte das Konfekt zurück, leckte sich über die Fingerspitzen und stand federnd auf. »Du bist ein Mann«, sagte sie vergnügt. »Männer scheuen sich immer, über die wirklich wichtigen Dinge zu reden. Aber warte nur, wir sind ja eine Weile unterwegs. Ich hole schon aus ihm heraus, was ihn so verfolgt.«

Valentin sah sie erschreckt an. »Mach ihn mir nicht verrückt«, warnte er. »Ich brauche ihn, Leo. Er ist mein ... er ist mein Freund.«

Das Lächeln schwand aus ihrem Gesicht. Sie legte sacht die Hand auf seinen Arm und neigte sich zu ihm. »Wovor fürchtest du dich, Val?«, hauchte sie. »Dass ich ihn verführen könnte?«

In einer Aufwallung, die ihn selbst überraschte, hob er die Hand und berührte mit dem Daumen ganz sacht ihr Kinn und ihre Unterlippe. »Nein«, flüsterte er zurück. »Nein, ich fürchte mich davor, dass ihr beide euch wehtun könntet, du ihm und er dir. Ich will nicht, dass du verletzt wirst.«

»Aber du liebst mich doch nicht«, gab sie sanft zurück und machte sich frei. »Aber ich danke dir. Und hab keine Sorge, wenn ich ihn verführe, werde ich sehr behutsam sein.«

Er lachte und beugte sich vor, um seine Jacke aufzunehmen, die auf dem Boden gelandet war. »Wahrscheinlich beißt du dir die Zähne an ihm aus«, sagte er. »Aber du bist gewarnt.«

»Das bin ich, mein Cousin.« Sie lachte ihn strahlend an und schob ihn zur Tür. »Los jetzt. Die anderen warten schon beim Frühstück.«

31

Es steht geschrieben: Die Kühlkette niemals unterbrechen!

Ein übel gelaunter Gardist hielt Melania auf, als sie die Schleuse zwischen den Tiefgeschossen und den Etagen der Herrschaft durchqueren wollte. »Wo willst du hin, Mädchen?«, bellte er.

Sie hielt den Kopf gesenkt. Es war möglich, dass er sie erkannte, und sie wollte ihn nicht töten müssen. Kein Aufsehen. Nicht jetzt.

»Senator Andoni hat sich über den Zustand seiner Gemächer beschwert«, wisperte sie. »Die Hausdame schickt mich, damit ich mich entschuldige und meine Strafe entgegennehme.«

Der Gardist lachte rau und gab den Weg frei. »Lauf, Mädchen«, sagte er und gab ihr einen festen Klaps auf den Hintern. »Lauf und lass dich bestrafen.«

Sein Lachen dröhnte hinter ihr her, als sie zur Treppe rannte. Ihre Hände umklammerten das Päckchen unter ihrer Schürze, das in ihren Fingern zu brennen schien.

Sie lief drei Treppen hinauf und verschnaufte kurz hinter der Tür, die in die Nabe führte. Der schwierigste Teil des Weges lag jetzt vor ihr: Sie musste unerkannt und ungehindert zurück in die Gemächer des Panarchen gelangen.

Der Aufzug kam und war glücklicherweise nicht besetzt. Sie sprang in die Kabine und hämmerte auf den Knopf, der die Tür schloss. Schritte näherten sich durch eine der Speichen, eine Frauenstimme, die ihr bekannt vorkam, rief: »Halt, wartet bitte!« Sie schloss die Augen und hielt den Atem an.

Die Tür glitt zu, und Melania hoffte, dass das geschehen war, bevor die Ruferin sie gesehen und womöglich erkannt hatte. Melania lehnte sich mit weichen Knien an die Wand und wusste, wenn sie sich in einen der kleinen Sessel setzte, würde sie nicht wieder aufstehen können, so schwach fühlte sie sich mit einem Mal.

Sie stand mit geschlossenen Augen da und ließ ihre Gedanken zur Ruhe kommen. In ein paar Minuten brauchte sie alle Kraft und Geistesgegenwart, derer sie habhaft werden konnte. Sie zwang sich, nicht über das nachzudenken, was hinter ihr lag, und nicht auf das zu blicken, was ihr noch bevorstand. Das heutige Abendessen war ein zwangloses, inoffizielles Treffen mit einigen Senatoren, das sie leicht und ohne Mühe bewältigen würde. Der Panarch erwartete von ihr, dass sie lächelte, still und charmant war und ihre Ohren weit aufsperrte, damit sie ihm hinterher all das berichten konnte, was sie gehört und sich zu dem Gehörten gedacht hatte.

Sie liebte es, nach einem solchen Essen mit dem Panarchen noch ein Glas Wein zu trinken und zu rekapitulieren, was gesprochen worden war und – noch viel wichtiger – worüber man geschwiegen hatte. Sie hatte mittlerweile ein gutes Gespür dafür entwickelt, welche Allianzen sich an solchen Abenden bildeten oder verrieten. Ihr Auge und Ohr für Lügen, Intrigen und Geheimnisse wurde immer besser.

Der Fahrstuhl wurde langsamer und sie richtete sich wachsam auf. Sie hatte als Ziel eine Etage zwei Stockwerke unter ihren Gemächern gewählt, um zumindest ein wenig sicherer davor zu sein, dass jemand, der womöglich vor den Aufzügen wartete, sie sofort erkannte.

Sie hatte Glück, die Nabe war leer. Sie rannte zur Treppe und lief die letzten beiden Etagen hinauf, horchte an der Tür und öffnete sie einen Spalt, um hinauszusehen.

Schritte und Stimmen. Melania hielt die Tür knapp angelehnt und lauschte. Die Anspannung ließ ihre Beine zittern.

Gelächter, jemand ging durch die Nabe und an der Tür vorbei.

Sie hörte eine Frau sagen: »Du übertreibst schamlos, mein Lieber!«, und ein Mann antwortete gut gelaunt: »Nein, aber nein. Du hättest sein Gesicht sehen sollen, wirklich, Lucrezia.«

Dann waren sie fort, und Melania wagte es, die Tür zu öffnen. Der Weg war frei. Sie nahm all ihren restlichen Mut zusammen und lief mit gesenktem Kopf die Speiche hinunter bis zum Ende, öffnete mit bebenden Fingern die Tür zu ihrem Gemach und drückte sie hinter sich zu. Gerettet.

Mit einem lauten Stöhnen warf sie die Haube auf die Truhe, schleuderte die Pantinen unters Bett und riss sich die Kleider vom Leib. Der Panarch durfte sie unter keinen Umständen in dieser Kostümierung antreffen. Sie stand in ihrer dünnen Wäsche zitternd vor Erschöpfung im Zimmer, hielt das verräterische Päckchen in der Hand und drehte sich im Kreis. Wo verstecken, bis sie es auf seinem Schreibtisch deponieren konnte? Wo würde niemand darüberstolpern?

Sie wickelte es kurz entschlossen in die Kleider, die sie tief unten in ihren Kleiderschrank stopfte, gefolgt von den Pantinen und der Haube.

Dann sank sie auf ihr Bett und presste die Faust vor den Mund. Sie musste wahnsinnig geworden sein, solch ein Risiko einzugehen – und wofür? Hummel hatte recht, es war vollkommen unnötig gewesen und sie hatte ihre Sache damit unentschuldbar gefährdet. Wenn man sie aufgegriffen hätte, wäre sie einer peinlichen Befragung unterzogen worden. Und wer garantierte, dass sie unter der Folter nicht alles gesagt hätte, jeden verraten, all ihre Pläne, all die Menschen, die darauf vertrauten, dass sie funktionierte, dass sie durchführte, was so lange vor ihrer Geburt schon geplant worden war?

Sie schluchzte auf und drückte einen Zipfel ihres Unterkleids gegen die Augen.

Die Tür klappte, schnelle Schritte kamen auf sie zu, das Bett senkte sich unter dem Gewicht eines Körpers, ein Arm legte sich um ihre Schultern. »Liebes, was hast du?«, fragte die besorgte Stimme des Panarchen.

Sie bemühte sich, sich ihren Schreck nicht anmerken zu lassen. »Nichts«, sagte sie erstickt. »Nichts, ich bin ... ein wenig erschöpft, das ist alles.«

Seine Hand massierte ihren Nacken und ihre Schultern. »Soll ich dich heute entschuldigen?«, fragte er.

Sie hob den Blick, erstaunt über die Sanftheit seiner Stimme. Sie zwang sich zu einem Lächeln und sagte betont heiter: »Nein, nein. Das ist nicht nötig, Laurenz, danke. Ich ziehe mich jetzt an und dann können wir gehen.«

Er nickte, sah sie forschend an. Er sah müde aus, wie meist in der letzten Zeit. Sie hob unwillkürlich die Hand und legte sie auf seine Wange. »Du sorgst dich um mich?«, fragte sie sanft. »Sieh dich an, Laurenz. Geht es dir gut?«

Er nahm ihre Hand und zog sie an seine Lippen. Seine Augen lächelten. »Wenn ich dich sehe, geht es mir immer gut.«

Sie war wider Willen gerührt. Mit einem Lächeln beugte sie sich vor und küsste ihn. »Ich ziehe mich an«, sagte sie.

»Und ich bleibe derweil hier sitzen, wenn du es erlaubst.« Er lehnte sich zurück und schloss die Augen.

Sie verzichtete darauf, ihre Zofe zu rufen, und zog sich, so gut es ging, allein an. Laurenz musste ihr mit einigen Verschnürungen helfen, was er sichtlich gerne tat. Seine Hände ruhten auf ihren Hüften und er legte seine Stirn an ihren Hinterkopf. »Wir könnten hierbleiben«, flüsterte er und sein Atem kitzelte ihren Nacken.

Sie drehte sich in seinem Griff und legte die Arme um seinen Hals. »Nein«, erwiderte sie und sah tief in seine Augen. »Nein, Lieber. Konsul Camillus ist ganz wild darauf, mir von seinen Plänen zu erzählen, was die Umgestaltung der unteren Etagen angeht. Ich denke, das interessiert uns beide brennend.«

Er lächelte schmal und streifte eine Locke aus ihrem Gesicht. »Klug und schön«, murmelte er. »Dann lass uns gehen und den Bestien die Stirn bieten.«

Er schlief tief und fest, so fest wie schon lange nicht mehr. Melania hatte darauf geachtet, ihm etwas mehr von seinem Lieblings-Cognac einschenken zu lassen, als er gewöhnlich trank. Er war nicht angeheitert gewesen, als sie die Gesellschaft verließen – dazu war er ein zu alter Wolf, der sich eine solche Blöße vor den jungen Rüden des Rudels niemals geben würde –, aber es hatte ihn entspannt. In ihren Räumen hatte sie dann noch ein wenig nachgeholfen und der bereits genossene Alkohol hatte ihn unvorsichtig gemacht. Er hatte das beigemengte Mittel nicht bemerkt und war kurz darauf unvermittelt in den Schlaf gesunken.

Sie hoffte, dass die Wirkung bis zum frühen Morgen anhalten würde. Mehr von diesem Pulver hätte verdächtig geschmeckt, das hatte sie nicht gewagt.

Sie stand leise auf und öffnete den Schrank. Mit dem bereitliegenden Kleiderbündel und dem ominösen kleinen Päckchen in den Händen ging sie ins Badezimmer, zog sich hastig im Dunkeln an und schlich dann zur Tür hinaus.

Niemand begegnete ihr, als sie die Speiche durchquerte. Um diese Nachtzeit stand die Wache nicht vor den Gemächern des Panarchen, sondern an den Aufzügen, deshalb musste sie sich darüber keine Gedanken machen.

Laurenz hatte ihr die Zugangsziffern zu seinen Gemächern anvertraut. Sie gab sie mit zitternden Fingern in das Tastenfeld ein und drückte die Klinke hinunter, die mit einem leisen Knacken nachgab.

Melania huschte durch das dunkle Gemach und entzündete die Lampe am Schreibtisch. Das gelbliche Licht erschien ihr so blendend hell wie die Sonne. Von außen musste die Lampe wie ein Stern in der Finsternis erscheinen, aber so hoch über dem Boden konnte sie niemand sehen. Dennoch fühlte sie sich wie auf einer Bühne, beobachtet von tausend Augen aus der Dunkelheit, als sie mit fliegenden Händen das Päckchen nahm und unter einen der Papierstapel auf dem Schreibtisch schob. Nicht zu tief, damit er es nicht übersah, nicht zu auffällig, damit er keinen Verdacht schöpfte.

Sie trat zurück, begutachtete ihr Werk und löschte eilig das Licht.

Ihre Muskeln zuckten vor Anspannung, als sie sich auf den Rückweg machte. Sie musste sich zwingen, nicht zu rennen, sondern leise und beherrscht wieder in ihre Gemächer zurückzukehren.

Als sie die Tür hinter sich schloss, begann sie am ganzen Leib zu beben und ihre Zähne schlugen aufeinander. Sie rettete sich ins Badezimmer und wartete, bis der Anfall vorüber war, wusch ihr Gesicht mit kaltem Wasser und schlüpfte in ihre Nachtkleider.

Noch ein kleiner Moment der Unsicherheit, als sie aus dem Badezimmer kam und wieder ins Bett kroch – der Panarch drehte sich zu ihr um und murmelte: »Ist etwas?«

Sie legte ihren Arm über seine Brust, bettete ihren Kopf an seine Schulter, küsste seine Wange und flüsterte: »Alles ist gut. Schlaf.«

Er lächelte und schloss die Augen.

Melania lag noch eine Weile wach und erlaubte sich einen Anfall von Schwäche und Zweifeln. War es richtig, was sie tat?

Aber dann hatte sie Ambers kleines, lachendes Gesicht vor Augen, ihre strahlenden Augen, den roten Lockenkopf, der so weich und seidig war, das warme Gewicht des Kindes, wenn sie Amber auf ihrer Hüfte trug, während ihre Tochter mit dem Daumen im Mund selig schlief ... Und mit diesen Bildern und dem Gefühl der Gewissheit, dass alles, was sie tat, einer guten Sache diente, fand sie endlich auch in den Schlaf.

32

Es steht geschrieben: Schlage die Trommel und fürchte dich nicht!

Valentin blieb vor der Tür stehen, die zu Leonas Kabine gehörte, und klopfte an. »Leo? Bist du da?« In den letzten Tagen hatte er seine Cousine und zukünftige Gattin kaum zu Gesicht bekommen. Entweder ging sie ihm aus dem Weg oder sie war luftkrank wie Cosimo.

Sein schlechtes Gewissen regte sich. Seit zwei Tagen wich er Winter kaum von der Seite. Natürlich hatte Leo das mitbekommen müssen, so groß war dieses Schiff nun auch wieder nicht. Wahrscheinlich war sie zu Tode betrübt, gekränkt, beleidigt ...

Schritte, ein Lachen, die Tür öffnete sich. Seine Cousine sah ihn an, das Haar wild gelockt, die Wangen gerötet, lachend. »Oh, du bist es«, sagte sie und gluckste. »Komm rein, leiste uns Gesellschaft.« Sie griff nach Valentins Hand und zog ihn hinein.

»Bist du betrunken?«, fragte Valentin misstrauisch. So aufgekratzt hatte er die beherrschte Leona noch nie erlebt.

Sie schüttelte heftig den Kopf. »Ich?« Sie lachte wieder. »Nun komm schon, alter Langweiler. Setz dich irgendwo hin. Viel Auswahl ist ja nicht.« Mit diesen Worten trat sie ihm aus dem Weg, und Valentin blickte in das amüsierte, aber auch ein wenig verlegene Gesicht seines Erziehers, der mit einem Glas in der Hand quer auf der schmalen Koje saß, an die Wand gelehnt und seine langen Beine in den engen Raum zwischen Bett und kleinen Tisch gestreckt. »Valentin«, sagte er und räusperte sich. »Setz dich, nimm dir ein Glas Wein.«

»Al... Alban?«, stotterte Valentin und fiel in den Sessel neben der Koje. Erst jetzt fiel ihm ein, dass er damit Leona nur eine mögliche Sitzgelegenheit übrig ließ, aber bevor er aufspringen konnte, hatte sie sich schon neben Alban gesetzt, ihre Finger mit seiner Hand verflochten und blinzelte Valentin mutwillig an. *Eine Bemerkung, und ich erzähle dir was über dich und Winter*, schien ihr Blick ihn herauszufordern.

»Ah«, machte Valentin und wandte seinen Blick hastig von den beiden ab. »Ja. So ist das also.« Er hüstelte und sagte: »Ich wollte euch bitten, in zwanzig Minuten im vorderen Salon zu erscheinen. Wir haben ein Treffen mit den Schluchtern. Es geht um unsere Mission.«

»Sehr schön«, sagte Leona. »Ich fing an, mich zu fragen, wie wir uns zusammenraufen sollen, wenn wir uns nie treffen.« Sie lächelte Valentin herausfordernd an. Valentin nickte unsicher und sah Alban fragend an. Der blickte auf sein leeres Glas, runzelte die Stirn und fühlte sich offensichtlich nicht recht wohl in seiner Haut.

»Im vorderen Salon also«, sagte der Erzieher und räusperte sich. »Gut, ich mache mich vorher ein wenig frisch.« Er stellte das Glas ab, beugte sich zu Leona, um sie auf den Mund zu küssen, und stand auf. »Wir sehen uns gleich.«

Valentin schwieg, nachdem Alban hinausgegangen war. Er wusste nicht, was er sagen sollte. Leona betrachtete ihn lächelnd.

»Ist er ...«, sagte Valentin zögernd, »ist er nicht ... hm ... ein bisschen zu alt?«

Seine Cousine begann zu lachen und verschluckte sich. »Oh, Valentin!«, rief sie aus und schüttelte den Kopf. »Das ist alles, was du dazu sagen kannst? Gib hier nicht den Moralapostel, ich bitte dich. Du hast mir sehr deutlich zu verstehen gegeben, dass du mit mir nichts anzufangen weißt.«

Valentin verschlug es kurz die Sprache. »Ich weiß nicht, ob ich das gutheiße«, sagte er, nachdem er sich gefasst hatte. »Leo, du spielst mit dem Feuer. Wenn du ihm vorgaukelst, dir läge etwas an ihm, und ihn dann fallen lässt ...«

Sie erhob sich und streckte sich anmutig. »Wir sind erwachsene Leute«, sagte sie. »Weder er noch ich hat dem anderen etwas vorgegaukelt. Val, wirklich, du benimmst dich, als wärst du mein Vater. Es ist eine lange, langweilige Reise, und du bist doch ganz offensichtlich selbst zu dem Schluss gekommen, dass es keinen schöneren Zeitvertreib gibt als eine unverbindliche kleine Affäre. Oder?« Ihr Blick und ihre Haltung waren herausfordernd, aber Valentin schluckte den Köder nicht. Er schüttelte nur stumm den Kopf und seufzte. »Warum, Leo? Warum spielst du diese Scharade mit Alban?«

Sie beugte sich tief über ihn und hauchte. »Es ist keine Scharade, Val. Es war nie ein Spiel, das habe ich dir nur vorgelogen. Wir sind seit einem Jahr schon ...« Sie stockte. Ihre Hand knetete Valentins Schulter. »Du liebst mich doch nicht«, sagte sie sanft. »Hast du gedacht, ich tauge für die Rolle der verschmähten alten Jungfer?«

Valentin verdaute ihre Worte mit Mühe. »Aber«, sagte er nach einer Weile, »aber, Leo! Alban? Ausgerechnet ein heruntergekommener Trunkenbold wie Alban? Du könntest doch jeden ...«

Sie beugte sich noch tiefer und legte ihren Finger auf seine Lippen. »Dich konnte ich nicht haben, Lieber«, sagte sie traurig. »Und Alban ... er war da und er hat mir zugehört und war klug und voller Verständnis und sein Herz war so krank und so traurig wie meins.« Sie lächelte schwach. »Es passte einfach.«

Sie richtete sich auf. »Geh jetzt bitte, ich möchte mich umziehen. Für ein Treffen mit den Schluchtern möchte ich gewappnet sein – im wahrsten Sinne!«

Es war eine über die Maßen ungewöhnliche Gesellschaft, die sich im Bugsalon versammelt hatte. Valentin, der ein wenig zu spät eintraf, weil er noch den von Übelkeit geschüttelten Cosimo aus dem Schlaf hatte trommeln müssen, blickte sich von der Tür aus im Raum um. Die beiden Gruppen hatten sich streng voneinander getrennt in den entgegengesetzten Ecken der geräumigen Kajüte versammelt, wobei Valentins Reisegesellschaft wie erwartet die exklusiven Plätze am großen Aussichtsfenster eingenommen hatte und dort plaudernd und lachend den Ausblick genoss, während sich die Schluchter in finsterem Schweigen neben der Tür eingerichtet hatten.

Valentin seufzte leise, während er Winter zunickte. Sie trug ein fließendes Gewand aus weicher Wolle, das ihre schlanken Glieder umspielte wie gesponnener Schnee. Ihr Mondscheinhaar fiel nur von einem Reif zurückgehalten lang und glänzend über ihren Rücken, und ihre Augen blickten ihn ernst und voller Wärme an. Ein wunderbar leichtes Gefühl machte sich in seinem Inneren breit. Dann fiel sein Blick auf ihre Schwester, die ihn mit zu Schlitzen verengten Augen feindselig musterte. Er wandte ihr den Rücken zu und stieß einen unterdrückten Fluch aus. Was hatte sein Vater sich nur dabei gedacht, eine derart bunte Gruppe auf diese heikle Mission zu schicken?

Er räusperte sich angelegentlich. Das Geplauder am Fenster verstummte und alle Gesichter wandten sich ihm zu. Er bemerkte nicht ohne Erleichterung, dass Rufus der Versammlung ferngeblieben war.

»Meine Freunde«, sagte er laut und bezog mit einer Geste die Schluchter in diese Anrede ein, »es ist an der Zeit, dass wir uns beraten. Wir nähern uns der Grenze zum Gebiet des Südlichen Konglomerats, die dieses Schiff nicht überqueren kann, ohne einen diplomatischen Zwischenfall heraufzubeschwören. Wir werden also in weniger als zwei Tagen in die Schlitten umsteigen müssen, die sich hier an Bord befinden, und damit unsere Reise fortsetzen.«

Die Gesichter, die ihn anblickten, zeigten die unterschiedlichsten

Schattierungen von Überraschung und skeptischer Neugier. »Verrate uns nun endlich, was wir hier sollen, Val«, rief Leona, die neben Alban auf dem Sofa lümmelte, ihre Beine in einer dunkelroten Hose elegant überkreuzt über dessen Schoß drapiert.

Valentin hob die Brauen und antwortete ein wenig schärfer als beabsichtigt: »Unser Ziel habe ich euch vor unserer Abreise genannt und den Zweck der Reise wirst du gleich erfahren, liebe Cousine.« Valentin wandte sich von ihr ab und sah die Schluchter an. »Ich bin mir aber immer noch nicht ganz darüber im Klaren, was ihr zum Gelingen der Reise beitragen könnt. Inwieweit könnt ihr uns mit euren beschränkten Mitteln bei der Suche nach Turm Null unterstützen?«

Er hörte, wie Elster auflachte und eine zornige Männerstimme etwas ausrief, was Valentin nicht verstand: »Ŵāş biłđē† đēŕ Ķēŕł şi¢ħ ēïñ?«

»€ŕ ħæł† şi¢ħ ƒůŕ đēñ Pãñãŕ¢ħēñ ħïēŕ ãñ βºŕđ«, erwiderte das Mädchen und beide lachten.

Valentin ballte die Fäuste und entspannte sie wieder. »Ich bitte um Verzeihung?«, fragte er scharf und wandte sich zu Elster um.

»Oh, Ihr müsst Euch nicht entschuldigen«, murmelte sie. Der junge Mann, der neben ihr stand, lachte unterdrückt.

Valentin erwiderte den Blick, den Winter ihm zuwarf. »Bitte«, rief Winter. »Bitte! Wir sind gegen unseren Willen hier zusammengeworfen worden, aber wir sollten versuchen, das Beste daraus zu machen. Bitte. Lasst uns vernünftig miteinander reden.«

Valentin löste den Blick von ihrem hellen, sanften Gesicht und sah die anderen Schluchter an. Elster erwiderte seinen Blick mit dem hell flammenden Zorn in den Augen, den er an ihr schon kannte. Sie sah Winter erschreckend ähnlich, obwohl sie einen vollkommen anderen Charakter hatte. Der Anblick der weißen Strähne in ihrem dunklen Haar ließ ihn unwillkürlich mit der Hand über seinen eigenen Kopf fahren. Er wandte hastig den Blick ab und musterte den jungen Mann, Indigo, der mit trotziger Miene schräg hinter Elster stand und die Fäuste ballte. Ein kräftiger, ein wenig einfältig wirkender Junge, der ganz offensichtlich Beschützergefühle für die dunkle Schwester hegte. Valentin schenkte ihm ein schmales Lächeln, das nicht erwidert wurde. Armer Kerl, an dem Mädchen biss er sich garantiert die Zähne aus.

Er atmete tief ein und wieder aus. Was für eine seltsame Gruppe. Mit einem Achselzucken wollte er sich ab- und seinen Begleitern zuwenden, da durchfuhr es ihn wie ein Blitzschlag. Er hatte einen der Schluchter übersehen, und das war kein Zufall gewesen. Der Steuermann beherrschte die Kunst, in einem Raum voller Menschen unsichtbar zu werden. Er stand still da, schien nicht zu atmen und ließ das Auge und die Aufmerksamkeit von sich abgleiten, als wäre er ein Baum oder ein Möbelstück.

Valentin fixierte ihn und fragte sich, wie der Mann das schaffte. Diese Augen, die so strahlend und so kalt waren wie Mondschein in einer klirrenden Winternacht, waren ungefähr so unauffällig wie ein angreifendes Wolfsrudel. Der Steuermann sah ihn starr an und in seiner Miene war nichts Verbindliches oder Freundliches. Wenn jemand aus der Gruppe der Schluchter die Türmer wirklich hasste, dann war es dieser Mann.

Valentin nickte ihm zu und hob um eine Winzigkeit die Schultern. *Wir sind hier zusammengebracht worden, um etwas zu tun. Ich habe es mir nicht ausgesucht, genauso wenig wie ihr. Lasst uns das Beste daraus machen.*

Der Steuermann senkte kurz die Lider. Waffenstillstand. Gut, mehr war nicht zu erwarten und wahrscheinlich auch nicht nötig.

»Unser Reiseziel«, begann Valentin erneut. »Was wissen wir über den Turm Null?«

Winter regte sich unbehaglich und sah ihre Schwester an. Elsters Konzentration wiederum schien dem Steuermann zu gelten. Und der war es auch, der sich nun räusperte.

»Turm Null ist der legendäre erste aller Türme«, sagte er mit wohlklingender, tiefer Stimme. Seine irritierenden Augen blickten die Türmer nacheinander an und verharrten dann auf Valentin. »In diesem Turm, der von den Alten errichtet worden sein soll, wartet der Legende gemäß der Ewige König auf seine Wiederkehr.« Er verzog die Lippen zu einem ironischen Lächeln. »Natürlich ist das eine Legende der Schluchter«, sagte er sanft. »Denn dieser König wird aufstehen und die Türme vom Angesicht der Welt fegen, und es wird ein Heulen und Zähneklappern sein unter denen, die sie bewohnen.«

Jetzt war es Alban, der lachte. Er richtete sich auf und schenkte sich ein Glas Wasser ein. »Und die Schluchter werden auf den Leichen ihrer Feinde tanzen und von da ab herrscht ein Paradies auf Erden«, sagte er nicht weniger ironisch.

Der Steuermann verneigte sich leicht. »So steht es geschrieben«, bestätigte er.

»Es steht geschrieben: Republiken enden durch Luxus, Monarchien durch Armut«, sagte Elster.

»Es steht geschrieben: Tand, Tand ist das Gebilde von Menschenhand«, setzte lachend Indigo hinzu. Die beiden sahen sich an, lachten und klatschten sich ab.

Valentin wartete verwirrt auf eine Erklärung dieser kryptischen Worte, aber die blieb aus.

»Wo stehen wir also?«, sagte er nach einem kurzen Schweigen. »Turm Null. Wir gehen davon aus, dass er existiert und wir in der Lage sein werden, ihn zu finden. Allerdings sind wir dafür in feindlichem Grenzgebiet unterwegs. Habe ich das richtig zusammengefasst?«

»Vollkommen korrekt«, bestätigte der Steuermann. Sein Gesichtsausdruck, so neutral er auch war, hatte etwas Lauerndes.

Valentin nickte knapp und wandte sich an seine Begleiter. »Ihr seid auf meinen Wunsch hier«, sagte er. »Hier sind die Instruktionen, die ich von meinem Vater bekommen habe.« Er hob einen Umschlag in die Luft und wandte sich den Schluchtern zu. »Und als Zeichen der Zusammenarbeit werde ich euch jetzt offenlegen, was in diesem Brief geschrieben steht.« *Bis auf den Teil, der sich mit der möglichen und geplanten Zerstörung des Turmes befasst.*

»Wir haben den Auftrag, den Turm zu erforschen und alles, was wir an Nützlichem finden, zu bergen. Mein Vater hofft inständig, dass wir ein Heilmittel finden werden, das gegen die Unfruchtbarkeit wirkt, die seit Jahren die Bevölkerung der Türme und der Schluchten plagt. Ich vermute, dies ist auch der Grund, warum das Prinzip euch auf diese Reise geschickt hat. Entspricht das eurem Auftrag?«

Der Steuermann zögerte einen winzigen Augenblick zu lang, ehe er nickte. Valentins Augen verengten sich. Auf der anderen Seite schien etwas anderes hinter dieser Reise zu stecken, als auf den ersten Blick sichtbar war. Wusste Winter mehr, als sie ihm bisher verraten hatte? Er sah sie an, aber ihr Blick war offen und ohne jede Arglist auf ihn gerichtet.

»Panarchensohn«, hörte er Elster sagen, »erklär uns doch bitte eins: Wenn ihr all das findet, worauf ihr hofft, was werdet ihr damit anfangen?« Sie musterte ihn feindselig. Valentin hörte, wie Winter leise ihren Namen sagte, aber ihre Schwester beachtete sie nicht.

Valentin ignorierte das aufgebrachte Murmeln seiner Begleiter und fixierte Elster. »Du willst dich mit mir streiten«, sagte er ruhig. »Ich habe dir nichts getan, Elster. Was kann ich tun, damit wir in Zukunft zumindest höflich miteinander umgehen?«

»Ģēħ µñđ ş†ůŕż đïȼħ vºñ βºŕđ«, hörte er den Schluchterjungen murmeln. Valentin ignorierte auch diesen unverständlichen Kommentar, denn etwas anderes als eine Beleidigung konnte es vom Tonfall her nicht sein. Er sah Elster unverwandt an.

Ihr Blick flackerte, aber sie gab nicht nach. Valentin dachte zum ersten Mal, dass er ihre Stärke bewunderte.

»Na gut«, sagte sie und löste den Blickkontakt. »Wir werden höflich und kooperativ mit euch zusammenarbeiten. Kannst du uns versprechen, dass ihr uns nicht auszubooten versucht?«

Valentin dachte darüber nach. Dann nickte er. »Ich denke, dass ich das kann«, sagte er. »Wir mögen nicht bis ins letzte Detail dieselben Ziele verfolgen, aber zumindest unser Weg dorthin ist derselbe.« Er sah Zach an, der bestätigend den Kopf senkte. Winter lächelte ihn an, und ihr Lächeln wärmte sein Herz und ließ sein Rückgrat kribbeln. Er atmete durch, um die Aufwallung niederzukämpfen, und bemerkte das Misstrauen im Gesicht der dunklen Schwester. War sie am Ende eifersüchtig? Oder was war es, das sie so grimmig aussehen ließ?

»Danke«, sagte er laut. »Dann verbleiben wir so. Wenn wir unser Etappenziel erreicht haben und die Schlitten besteigen, sollten wir gelernt haben, uns so weit zu vertragen, dass wir eine sinnvolle Suche starten können. Ich wünsche allen einen schönen Tag.« Er stand auf und ging ans Fenster, sah hinaus in den dunstigen Nachmittag. »Alban, ich möchte gleich mit dir reden«, sagte er leise. »Allein. In meiner Kabine.«

Er wartete mit verschränkten Armen, bis der Salon sich geleert hatte, dann wandte er sich um und wollte ebenfalls hinausgehen. Verblüfft stand er Elster gegenüber.

»Was kann ich für dich tun?«, fragte er nicht sonderlich freundlich.

»Ich bin nicht hier, um mich zu entschuldigen«, sagte sie angriffslustig. »Ich will dich warnen. Wenn du meiner Schwester wehtust, dann bring ich dich um.«

Valentin nickte. »Ich habe verstanden«, sagte er. »Aber zu deiner Beruhigung: Ich habe nicht vor, deine Schwester zu verletzen. Sie scheint mir übrigens durchaus in der Lage zu sein, sich selbst zu schützen.«

Elster hob den Kopf und sah ihn eisig an. »Ich weiß, was ihr Türmer mit Frauen aus den Dörfern anstellt«, sagte sie. »Und ich bin nicht davon überzeugt, dass du besser bist als dein Bruder. Der Beweis steht noch aus.«

Valentin lachte wider Willen. »Was kann ich tun, um deine Meinung über mich zu verbessern?«, fragte er halb amüsiert, halb gereizt. Das Mädchen zog die Brauen zusammen. Ihre dunklen Augen verschatteten sich noch mehr. »Zeig mir die Brücke.«

Er wusste einen Moment lang nicht, was sie meinte. »Was soll ich tun?« Er hatte kurz die irrsinnige Vision, wie er vor diesem Dorfmädchen eine gymnastische Übung vollführte. Dann lachte er und schüttelte den Kopf. »Du willst die Brücke besichtigen? Das ist doch eine Kleinigkeit, natürlich bringe ich dich hin.«

Sie lächelte nun auch und erneut erkannte er die Ähnlichkeit der beiden Schwestern. »Danke«, sagte sie. »Ich bin schon so lange neugierig darauf, aber die Offiziere lassen keine Passagiere dorthin. Gut, dann ... ich bringe Indigo mit. Wann?«

»Ich habe noch eine Besprechung«, sagte er. »In einer Stunde? Wir treffen uns oben an Deck.«

Sie nickte und war fort. Valentin rieb sich über die Augen.

33

Es steht geschrieben: Meines Lebens schönster Traum
hängt an diesem Apfelbaum!

Elster war aufgeregt wie ein Kind. Sie stürmte aus dem Salon und aller Missmut war verflogen. Sie kletterte den Niedergang hinauf und stieg an Deck. Der Wind war kräftig aufgefrischt, die Segel knallten und das Getriebe an Deck war laut und hektisch wie immer. Sie genoss es, den Matrosen im Weg zu stehen, und beobachtete, wie zwei der Schiffsjungen hoch in die Takelage kletterten. Die Masten des Luftschiffes waren kreuz und quer mit Seilen verbunden, sodass die vielen kleineren Segel wie auf Wäscheleinen von der einen zur anderen Seite gezogen werden konnten, je nachdem, aus welcher Himmelsrichtung der Wind kam, ob es Fall- oder Aufwinde gab oder ob bei Flaute die Luftschrauben angeworfen werden mussten. Elster studierte die Muster der Bewegungsabläufe und Manöver wie eine fremde Sprache, die es zu erlernen gab. Der Wind sauste und brauste um ihren Kopf, machte sie halb blind und taub für alles, was um sie vorging.

Deshalb beachtete sie die leisen, schnellen Schritte nicht, die sich ihr näherten, und erst, als jemand sie grob packte und gegen die Reling warf, dass ihre Rippen schmerzten, begriff sie, wer sich da so verstohlen angeschlichen hatte.

Der braunhaarige Türmer, dessen Kumpan sie im Dorf verletzt hatte. Valentins Bruder. Sie strampelte in seinem Griff, der sich schmerzhaft um ihren Arm und ihre Schulter geschlossen hatte. Das Gesicht des Mannes war so dicht vor ihr, dass sie einen Kopfstoß versuchte, aber er hatte es vorhergesehen und packte sie nun an der Kehle. Sie wollte ihn treten, aber er hatte auch ihre Beine schon geschickt blockiert und presste sie immer fester gegen die Reling, drückte sie mit seiner Hand an ihrer Kehle langsam immer weiter rückwärts, bis sie erstickend halb über dem sausenden Abgrund hing.

»Hab ich dich endlich, kleines Miststück«, hörte sie ihn durch das laute Dröhnen in ihren Ohren sagen. Seine Stimme klang ruhig und beinahe uninteressiert, und das machte ihr mehr Angst, als jeder Wutausbruch es getan hätte. Der Hass in seinem Gesicht war kalt und gnadenlos. Elster gurgelte und hangelte panisch mit den Füßen nach Halt. Ihre Ferse verhakte sich in einer Taurolle, aber das Seil rollte sich ab, während sie versuchte, sich daran zu verankern.

Rufus genoss ihre Angst sichtlich. Der Griff um ihre Kehle lockerte sich um eine Winzigkeit, gab ihr Luft, aber ehe sie einen Schrei ausstoßen konnte, drückte er wieder fest zu und ließ sie zappeln.

»Auf Nimmerwiedersehen«, sagte er und grinste wie ein Wolf, mit gebleckten Zähnen, aber ohne jeden Humor. »Ich wünsche einen guten Flug.« Mit diesen Worten hob er sie ein Stück an und machte Anstalten, ihr den letzten kräftigen Stoß über die Reling zu verpassen.

Elster trat aus und verfehlte ihn. Sein Lachen war das Letzte, was sie hörte, ehe das Pfeifen und Brausen des Windes alle anderen Geräusche auslöschte. Sie fühlte, dass sie über die Reling zu fallen begann, dann war unter ihr nur noch der brüllende Abgrund.

Ein kräftiger, schmerzhafter Ruck zerriss sie beinahe in zwei Teile. Sie quälte einen Schrei durch ihre wunde Kehle, ruderte mit den Armen und fand sich kopfüber hängend in der Luft, neben sich die steil abfallende Schiffswand, zwischen sich und dem Boden nichts als Wind und saugende Leere. Aber – sie fiel nicht. Sie hing dort, schwang wie ein Pendel hin und her und ihr Bein flammte vor Schmerz. Eine eiserne Klammer hielt ihren Knöchel umfangen.

Elster rang nach Luft, ihr Herz schlug wild in ihrer Brust. Ihr Fuß musste sich in dem Tauwerk verfangen haben, das sie nun vor dem Sturz in den Abgrund bewahrte. Aber wie lange noch? Das Seil war ordentlich aufgerollt, aber nirgendwo befestigt gewesen. Es hatte sich wahrscheinlich irgendwo verhakt, und Valentins mörderischer Bruder war nun damit beschäftigt, es zu lösen oder durchzuschneiden.

Sie schluchzte vor Angst und Anstrengung und versuchte, die Pendelbewegung auszugleichen und sich zum Seil hinaufzuschwingen. Wenn sie es packen und daran emporklettern konnte, bevor Rufus es durchschnitt ...

Sie spannte alle Muskeln an und hob den Oberkörper ein Stück in Richtung Schiff.

»Hier!«, hörte sie eine Stimme schreien. Eine Hand reckte sich ihr entgegen. Durch die Tränen in ihren Augen, die sie immer wieder wegblinzelte, sah sie verschwommen, dass es Zach war, der wie ein Artist anscheinend nur an seinen Füßen über der Reling hing und dessen eiserner Klammergriff es war, der sie gerettet hatte. Er hielt sie mit einer Hand am Knöchel, die andere streckte sich ihren suchenden Fingern entgegen. Elster keuchte, versuchte, sich nicht vorzustellen, was geschehen würde, wenn er abrutschte oder sie loslassen musste. Sie schrie ihre Angst und Anstrengung hinaus und ließ sich erneut lang hängen, bevor sie den zweiten Anlauf nahm, sich emporzukrümmen und nach seiner Hand zu greifen.

Es misslang, sie verfehlte seine greifenden Finger und fiel schwer wieder zurück. Der Griff um ihren Knöchel glich dem eines Schraubstocks. Sie hatte das Gefühl, dass er ihre Knochen zermalmte, aber der Schmerz war ihr willkommen. Solange sie ihn spürte, war sie noch am Leben.

Sie hing kopfunter und atmete tief ein und aus. »Ich versuche es wieder«, schrie sie in der Hoffnung, dass er sie hören konnte.

»Auf drei«, erklang fern und leise seine Antwort. »Eins ... zwei ...«

»Drei«, flüsterte sie und krümmte sich wie ein Wurm an der Angel in die Höhe. Ihre Muskeln brannten wie Feuer. Wenn es dieses Mal nicht funktionierte, hätte sie keine Kraft mehr für einen dritten Versuch. Also. Musste. Es. Sein.

Sie berührte seine Hand, glitt ab, aber er vollführte eine unmöglich scheinende Streckung und packte ihr Handgelenk. Jetzt hing sie wie ein nasser Sack zwischen seinen beiden Händen und stöhnte vor Schmerz. Ein versehentlicher Blick in die Tiefe ließ sie schwindelig werden. Das Schiff machte eine erstaunliche Fahrt, das war ihr nie so vorgekommen, während sie feste Planken unter den Füßen hatte. Aber so, wie sie jetzt hier hing ...

Ein heftiger Ruck ging durch ihren Körper. Sie blickte empor in Zachs Gesicht, das konzentriert und gelassen erschien. Ihm war nichts von der Anstrengung anzusehen, die dieses Rettungsmanöver ihm abverlangen musste. Und – bei aller Stärke, die sein Griff verriet – wie wollte er sich und sie aus dieser Haltung heraus wieder an Bord bekommen? Das war unmöglich!

»Ich lasse gleich dein Bein los«, hörte sie Zachs Stimme dicht an ihrem Ohr. »Nicht erschrecken. Streck deine Hand aus.«

Sie atmete stoßweise, nickte, streckte die freie Hand hoch. Ihr Rücken drohte durchzubrechen, aber sie hielt die Position, obwohl jeder Muskel in ihrem Körper zitterte und brannte.

»Jetzt«, sagte der Steuermann. Einen schreckerregenden Moment lang glaubte Elster erneut zu fallen, aber dann packte der eiserne Griff ihr freies Handgelenk und hielt sie wie eine Schelle.

»Mach die Augen zu«, sagte er. »Halt still. Das wird jetzt ein bisschen holperig und ich kann keine Ablenkung brauchen. Entspann dich, so gut es geht.«

Sie gehorchte widerwillig. Mit geschlossenen Augen erschien alles noch viel beängstigender. Es schaukelte und schwankte, sie pendelte in Zachs Griff und alles war Schmerz. Dann ein Ruck, der sie beinahe entzweiriss, ein dumpfer Aufschlag, der ihr den Atem aus der

Lunge trieb, ein Zerren und Stoßen, dann fiel sie, plötzlich losgelassen. Sie riss die Augen auf, wollte schreien, fand keine Luft dafür und prallte schwer auf einen anderen Körper, der sie umklammerte und festhielt, während sie beide auf das Deck rollten.

Sie lagen eine Weile so da, Elster keuchte und stöhnte leise, weil jeder Zentimeter ihres Körpers in Flammen zu stehen schien. Zach, der unter ihr lag, hatte sich ausgestreckt und nur sein Brustkorb hob und senkte sich so regelmäßig wie eine Maschine. Sie hörte das Pfeifen seines Atems und schloss die Augen. Ihr Kopf sank auf seine Brust. »Ver...dammt«, japste sie, »das ... war ... knapp.«

Schritte trampelten über das Deck, Stimmen riefen durcheinander. Anscheinend war ihre missliche Lage so lange unbemerkt geblieben, bis sie beide wie Fische an einer Leine über die Reling geschossen waren.

Elster hielt die Augen geschlossen. Wie hatte Zach es geschafft, sie hochzuziehen? Er hatte keine Hand frei gehabt. Sie hatte geglaubt, dass ihm Männer der Besatzung geholfen hatten, aber als sie auf ihn fiel, waren nur sie beide dort gewesen, niemand sonst.

Dann fiel ihr ein, wer ihr diesen fatalen Sturz eingebrockt hatte. Sie hob den Kopf und fragte heiser: »Rufus?«

Zach, immer noch mit geschlossenen Augen, schüttelte den Kopf. »Ich habe ihn laufen lassen«, sagte er. »Musste erst dich raufholen.« Ein lautloses Lachen erschütterte seinen Körper. »Er kommt ja nicht weit.«

Elster stemmte sich hoch und rollte von ihm herunter. Die Männer der Besatzung, die jetzt um sie herumstanden, riefen durcheinander, Hände reckten sich ihr entgegen, fragende Blicke trafen sie und den Steuermann.

»Alles in Ordnung«, sagte Elster. »Alles gut gegangen. Wir sind gestolpert und ausgerutscht. Irgendwie.« Sie betrachtete ihre Handgelenke, die blau und grün waren.

Zach kam hoch und saß mit ausgestreckten Beinen da wie ein

kleiner Junge. Er lachte und rieb sich über die Arme. »Danke, wackere Luftschiffer«, sagte er. »Ihr kommt zu spät, aber dennoch danke.«

Die Männer sahen sich verdutzt an, zuckten die Schultern, trollten sich brummelnd und lachend. Elster hörte einige Bemerkungen über Landratten, die zu dämlich waren, auf ihre Füße zu achten, und bei jedem kleinen Hindernis auf die Fresse flogen.

Zach kam mit einer fließenden Bewegung auf die Füße und beugte sich hinab, um Elster aufzuhelfen. Sie ächzte und belastete ihr Bein nur sehr vorsichtig. »Mein Knöchel ist verstaucht«, sagte sie. »Ich verdanke dir mein Leben.« Sie zog seinen Kopf zu sich und küsste ihn fest auf den Mund.

Er sah sie mit einem merkwürdigen Ausdruck in den Augen an. »Nun bin ich dir auf immer verpflichtet«, erwiderte er und es klang wehmütig.

Elster rieb sich ein wenig verlegen über den Mund. Der Kuss war spontan und unüberlegt passiert, und sie fürchtete, ihn und sich damit in eine peinliche Situation gebracht zu haben. Deshalb stopfte sie nun umso forscher ihre schmerzenden, aufgeschürften Hände in die Jackentaschen und sagte: »Also, von mir aus ist die Sache hiermit erledigt. Danke schön. Vielleicht kann ich mich irgendwann mal bei dir revanchieren.« Ihr Tonfall klang ein wenig angestrengt und lange nicht so unbekümmert, wie sie es beabsichtigt hatte, aber noch zitterte der Schock in ihren Knochen und machte sie seltsam schwach und unsicher.

Der Steuermann nickte nur und sagte knapp: »Du brauchst einen kräftigen Schluck für die Nerven. Ich sollte mich wundern, wenn nicht einer unserer wackeren Helfer so etwas besorgen kann.« Er wandte sich um und pfiff auf den Fingern. Dem jungen Matrosen, der herbeieilte, gab er leise einige Anweisungen, dann drehte er sich wieder zu Elster um, die ihre flatternden Nerven nach und nach in den Griff bekam. »Gut, dass ich keine Höhenangst habe«, sagte sie.

Und registrierte interessiert die Welle von Zorn, die in ihr aufbrandete. »Ich bringe ihn um«, sagte sie nüchtern.

»Bemühe dich nicht«, erwiderte Zach, und in seinen schrecklichen Augen blitzte etwas auf, was sie sich kein zweites Mal zu sehen wünschte.

Der Schiffsjunge kam angerannt und hielt ihr eine kleine Taschenflasche entgegen. Sein dunkles, schmales Gesicht war besorgt. »Kann ich etwas für Sie tun?«, fragte er. »Brauchen Sie medizinische Hilfe oder ...«

Zach legte dem Jungen eine Hand auf die Schulter und dankte ihm. »Trink«, sagte er zu Elster.

Sie schraubte die kleine Flasche auf und nahm einen zaghaften Schluck daraus, der ihren Mund mit flüssigem Feuer füllte und danach wie Lava in ihren Magen hinunterglitt. Sie hustete und reichte Zach die Flasche, während Tränen über ihre Wangen liefen. »Himmel«, keuchte sie. Das Zeug war höllisch stark, aber es erfüllte seinen Zweck, sie fühlte sich nicht mehr so in Stücke gehauen.

Zach grinste und gab dem Matrosen die Flasche zurück. »Danke, mein Junge. Ich glaube, wir sind wieder auf Deck.«

34

Es steht geschrieben: Sei glöcklich, du gutes Kend!

Nach der Abreise seine Sohnes und nachdem Melania das ominöse Päckchen auf seinem Schreibtisch deponiert hatte, nahm die schlechte Laune des Panarchen krankhafte Züge an. Er saß grübelnd am Fenster, sprach kaum mit ihr, und wenn, dann waren seine Worte kalt und abweisend oder schroff und unfreundlich.

Wenn er nachts zu ihr kam, dann lag nichts Liebevolles oder Zärtliches in seiner Berührung. Er stillte seinen Hunger an ihr wie an einem karg gedeckten Tisch, bei dem man sich eilen musste, um noch einen Brocken zu erwischen, und dann drehte er sich auf die Seite und schlief ein. Wortlos, ohne sie mehr zu beachten als das Kissen, auf das er seinen Kopf bettete.

Melania lag im Dunkeln, schlaflos und bis ins Innerste ihrer Seele wund. Ihre Augen brannten. Es war ihr nicht bewusst geworden, wie sehr sie seine Freundlichkeit und die Zärtlichkeit seiner Berührungen genossen hatte. Niemand hier im Turm war ihr je freundlich oder sanft begegnet. Ihre Zeit unten in der ewigen Nacht der Tiefgeschosse hatte dem geglichen, was man sich unter einem Aufenthalt in der Hölle vorstellte, nur ohne Feuer – aber dafür mit tausend Teufeln, die die verdammten Seelen unentwegt quälten und peinigten.

Tränen rannen kitzelnd aus ihren Augenwinkeln und tropften über die Schläfen auf ihr Kopfkissen. Sie weinte lautlos, seit drei Jahren weinte sie nur noch lautlos. Es war sinnlos, überhaupt zu weinen, nichts änderte sich dadurch. Amber war fort, gefressen vom Turm. Wendel, ihr Mann, hatte sich so tief in seinen Kummer vergraben, dass er darin verschwunden war. Und sie selbst brannte vor Hass oder fror in eisiger Trauer.

Wie hatte sie vergessen können, dass es der Mann war, der neben ihr atmete, der an all dem Leid, all der Trauer schuld war? Seinetwegen war sie hier, und seinetwegen waren die anderen hier, die im Dunkel lebten und dort ihr Netz spannen. Das Netz, in dem sich die Türmer schließlich verfangen und sterben würden.

Und dennoch lag sie hier und weinte, weil Laurenz Lecare sie behandelte, wie alle Türmer die Schluchter behandelten: wie schlachtreifes Vieh, wie nützliches Werkzeug, wie Essen, das heruntergeschlungen und verdaut wurde.

Sie zog leise die Nase hoch und wischte sich mit dem Zipfel ihres Lakens über die Augen. Schluss mit dem Geheule.

Der Feind neben ihr ließ ein unterdrücktes Stöhnen hören. Sie wandte teilnahmslos den Kopf und sah ihn an. War er wach?

Hinter seinen geschlossenen Lidern schienen seine Augen wild zu rollen. Sein Gesicht zuckte, er bewegte die Hände auf dem Laken. Sein Gesicht verzerrte sich und wieder kam ein Stöhnen über seine Lippen. Der Panarch träumte, und es schienen keine freundlichen Bilder zu sein, die ihn umgaukelten.

Melania sah ihm zu, wie er sich im Griff des Albtraums wand. Er begann zu weinen und sie genoss den Anblick. Dann rief er einen Namen, den seines Lieblingssohnes, und dann, nach einigen schluchzenden Atemzügen, auch den ihren. Es klang wie ein Hilferuf.

Sie biss sich auf die Lippe. Der Hass, der so glühend in ihr gebrannt hatte, wurde zu Schlacke, die bitter auf ihrer Zunge lag. Sie zögerte, dann streckte sie die Hand aus und rüttelte an seiner Schulter. »Laurenz«, sagte sie. »Wach auf.«

Er stieß einen erstickten Schrei aus und riss die Augen auf. Seine Brust hob sich in hastigen Atemzügen, die die Luft in seine Lungen und wieder hinaus pumpten, als müsste er unter Wasser zu atmen versuchen.

Nach und nach beruhigte er sich. Er stieß einen tiefen Laut des Schmerzes aus und legte seinen Arm über die Augen. »Ich habe geträumt«, sagte er mit schwerer Zunge.

»Ich weiß«, sagte sie und drehte sich von ihm fort, zog das Laken über sich. Sie hörte ihn atmen.

Seine Hand tastete nach ihr, berührte ihr Haar, glitt über ihre Schulter, den Arm hinab, ruhte auf ihrer Hüfte. Sie seufzte. War es das, was er brauchte, um wieder in den Schlaf zu finden? Aber er machte keine Anstalten, sie an sich zu ziehen. Seine Hand lag so verloren auf ihr wie ein verwundetes Tier, das Schutz und Wärme suchte.

Melania verschluckte einen Fluch und drehte sich zu ihm. »Laurenz?«

Er rührte sich nicht. Seine Hand war von ihr abgeglitten, lag wie ein toter Gegenstand auf dem weißen Bettlaken. Er starrte in die Luft. Sie konnte die Spuren der Feuchtigkeit sehen, die sich über seine Wange zogen. »Laurenz?«, fragte sie, sanfter diesmal, von einem Mitgefühl erfasst, das sie hasste, schon während sie es empfand.

Er schüttelte den Kopf. »Nichts«, sagte er. »Ich bin nur ... besorgt.«

Widerwillig legte sie ihre Hand auf seine Brust und er griff danach, hielt sie fest.

»Ich war nicht sehr freundlich zu dir«, sagte er.

»Nein, das warst du nicht«, erwiderte sie.

Er seufzte tief und zog ihre Hand an seine Lippen. »Vergib mir«, sagte er leise.

Sie antwortete nicht, aber der Druck ihrer Finger schien ihm Antwort genug zu sein. Er seufzte wieder, und sie konnte fühlen, wie die Anspannung aus seinen Gliedern wich. Sein Atem ging tiefer und langsamer.

Noch während Melania versuchte, wach zu bleiben und den glühenden Hass wieder anzufeuern, wurden ihre Lider schwer und sie schlief ein, Hand in Hand mit ihrem ärgsten Feind.

Sie erwachte in der Morgendämmerung und das Bett neben ihr war leer. Mit einem tiefen Seufzen streckte sie sich aus und lag eine Weile mit geschlossenen Augen da, ohne zu denken, ohne etwas zu fühlen.

Schritte und das leise Klirren von Porzellan schreckten sie auf. Das Bett senkte sich, der Duft von Mokka zog in ihre Nase. Sie schlug die Augen auf und sah in das Gesicht des Panarchen, der ihr schweigend eine Tasse hinhielt.

»Danke«, sagte sie verwundert und setzte sich auf. Sie schlang das Laken um sich und atmete den heißen, aromatisch-bitteren Dampf ein.

Er nickte und lehnte sich gegen das Betthaupt. Seine Miene war verschlossen, zwischen seinen Brauen stand eine tiefe, steile Falte. Er trank seinen Mokka und starrte dabei in die Ferne.

Melania setzte ihre Tasse ab und legte ihre Hand auf sein Knie. »Laurenz«, sagte sie, »was macht dir das Herz so schwer?«

Er wandte langsam den Kopf und ließ sie einen kurzen Moment lang die Qual in seinen Augen sehen. Dann schloss sich der Vorhang und er schüttelte sacht den Kopf. »Nichts, was dich bedrücken muss«, sagte er. Kurz legte er seine Hand auf ihre, dann leerte er seine Tasse und schwang die Beine aus dem Bett. »Ich erwarte dich heute Vormittag zu einer außerordentlichen Sitzung des Rates. Ich möchte, dass du hörst, was ich zu sagen habe.«

Melania sah ihm verblüfft hinterher, als er das Schlafgemach verließ. Eine außerordentliche Sitzung, bei der er ihre Anwesenheit befahl? Ihr wurde kalt. Sein verändertes Verhalten in den letzten Tagen, seine abweisende, schroffe Art, die offensichtliche Pein in seinen Augen – hatte man sie doch auf ihrem Ausflug gesehen? Die Stimme der Frau, als sie von dem Treffen mit Hummel zurückgekehrt war. Sie hatte ihrer Vorgängerin gehört. Die Aufzugtür hatte sich geschlossen, bevor die Frau herangekommen war, aber wenn sie Melania gesehen und erkannt hatte ... Sylvia hatte jeden Grund, Melania zu hassen und ihr schaden zu wollen.

Mit steifen Fingern zog sie sich an und verbrachte eine Weile vor dem Spiegel, um die Angst aus ihrem Gesicht zu schminken.

Die Vernunft sagte ihr, sie solle besser ein kräftiges Frühstück zu sich nehmen. Wenn ihre Angst sich bestätigte, würde sie statt eines Mittagessens mit dem Panarchen wohl eher eine Fragestunde mit seinem Inquisitor erwarten – und sie würde danach womöglich nie wieder etwas zu essen oder zu trinken benötigen.

Sie richtete ihr Haar und zwang das Zittern tief in ihr Inneres zurück, bis sie ruhig und kühl ihren Blick im Spiegel erwidern konnte. Wenn dies das Schicksal war, das sie erwartete, dann war es unnötig, noch etwas in sich hineinzuzwingen, das ihr nur unnötig den Magen beschweren würde. Ein Klopfen an ihrer Tür schreckte sie auf. Sie holte tief Luft, fuhr noch einmal über ihr straff nach hinten gestecktes Haar und überprüfte ihre Augen. Trocken und klar. Kein Zeichen von Tränen oder Furcht. Gut so. Wenn sie ihrem Schicksal nicht entgehen konnte, dann wollte sie es mit geradem Rücken tun. Niemand sollte sie jammern oder um Gnade betteln sehen.

Sie stand auf und ging zur Tür.

Der Gardist, der dahinter wartete, salutierte zackig. »Ich habe den Auftrag, Euch zur Versammlung zu bringen, Eure Ladyschaft«, sagte er. Seine Haltung, seine Stimme und seine Miene waren nichtssagend und dienstlich. War dies schon die von ihr befürchtete Verhaftung?

Melania hob das Kinn und sah an dem Mann vorbei. »Danke, Soldat«, sagte sie kühl. »Tun Sie Ihre Pflicht.«

Er trat beiseite und wartete, bis sie die Tür hinter sich geschlossen hatte. Dann folgte er ihr, dicht an ihrer Seite, etwas hinter ihr gehend, wie ein Schatten. Melania fühlte ihren Herzschlag bis in die Kehle. Sie legte unwillkürlich ihre Hand über die verräterisch pochende Stelle und wünschte sich, sie hätte eine Stola umgelegt.

Die Tür zum Versammlungssaal stand offen, Stimmengewirr drang auf den Gang. Melania blieb einen Augenblick stehen, atmete tief ein und wieder aus und straffte die Schultern. Dann trat sie ein.

Die Senatoren standen in kleinen Gruppen um den langen Tisch. Es wurde gemurmelt und laut gelacht, sie hörte im Vorbeigehen Gespräche, in denen es um das letzte Festival, die schlechte Versorgung mit Luxusgütern, die fremdgehende Ehefrau eines Quästors, das Ergebnis einer Wette und anderen üblichen Klatsch ging. Keiner hier schien sich über irgendetwas Sorgen zu machen, niemand wirkte beunruhigt oder schien sich zu fragen, warum der Panarch diese Versammlung einberufen hatte. Der eine oder andere erstaunte Blick traf sie, aber sie wurde respektvoll und höflich begrüßt. Der kalte Stein in ihrem Magen löste sich nicht auf. Wenn niemand wusste, warum sie sich hier versammelten, sprach das umso mehr dafür, dass der Panarch etwas verkünden würde, womit niemand rechnete. Und das machte ihr Angst.

Ihr Blick traf auf Senator Andoni. Sein rundes Gesicht war bewölkt, und er als Einziger erwiderte ihren Blick nicht freundlich und nichtssagend, sondern er hob seine Brauen und gab ihr Zeichen.

Melania schluckte und blieb stehen. Der Senator schob seine gewichtige Gestalt zu ihr und schirmte sie mit seinem massigen Körper gegen den Raum ab. »Danke, Gardist«, sagte er. »Er darf sich entfernen. Ich kümmere mich jetzt um Ihre Ladyschaft.«

Der Soldat zögerte, murmelte etwas von Befehlen. Der Senator wurde oft unterschätzt, und er ließ es zu, dass ihm der Ruch des harmlosen Fettwanstes anhing, weil ihm dies nützlich war, aber nun hob er den Kopf und schenkte dem Soldaten einen Blick, der alles andere als gemütlich war.

Der Gardist prallte zurück, salutierte verwirrt und drehte sich auf dem Absatz herum. Andoni lächelte humorlos und wandte sich Melania zu. »Meine Liebe, was hat Laurenz vor?«, fragte er sie unverblümt.

Sie hätte sich am liebsten an seinen Arm geklammert und ihn um seinen Schutz angefleht, aber Melania wusste, dass auch Andoni ihr nicht würde helfen können, wenn Laurenz Lecare sie als Verräterin enttarnt zu haben glaubte. Sie bot dem Senator stattdessen ein zittriges Lächeln dar und antwortete: »Andoni, ich weiß es nicht. Ich bin genauso davon überrascht worden wie du – aber ich befürchte Schlimmes.«

Er nickte düster und nahm sie beim Arm, um sie zu einem der Plätze am unteren Ende des Tisches zu führen. »Lächeln«, sagte er leise. »Wir werden beobachtet. Wir unterhalten uns über das Festival.«

Sie lachte perlend und nickte. »Und die beiden Streithähne, die sich das Duell neben der Arena geliefert haben ...«, sagte sie laut und fuhr leise fort: »Was denkst du?«

Er lachte dröhnend, drückte ihren Arm und murmelte: »Laurenz ist in einer grauenvollen Stimmung seit ein paar Tagen. Ich befürchte, dass er unerfreuliche Neuigkeiten erhalten hat, womöglich vom südlichen Konglomerat. Du weißt, dass er seine jüngeren Söhne auf irgendeine ominöse Mission geschickt hat? Mein Neffe begleitet sie.«

Melania sah ihn an. »Ja«, erwiderte sie und lächelte strahlend. »Ich weiß. Sie sind nach Süden unterwegs, soweit ich mitbekommen habe. Glaubst du, es hat damit zu tun?« Sie wagte nicht, sich der Erleichterung hinzugeben, solange auch Andoni lediglich spekulierte.

Er hob die Schultern. »Ich habe keine Ahnung«, sagte er. »Aber ich bin in Sorge, Melania.«

Der älteste Senator klopfte gegen die Glocke, die am Kopf des Tisches hing. Das Stimmengewirr wurde leiser.

»Ich bitte, Ihre Plätze einzunehmen«, sagte er und blieb hinter seinem Stuhl stehen, bis das Füßescharren, das Rascheln und Flüstern verstummt waren und alle Anwesenden hinter ihren Stühlen Aufstellung genommen hatten.

»Seine Gnaden, der hochedle Panarch Laurenz Lecare«, verkündete ein Lakai, der die Tür öffnete. Der Panarch trat ein, gefolgt von seinem Sekretär Lucius und seinem ältesten Sohn Cornel, und schritt zu dem erhöhten Sitz am Kopfende des Tisches. Er sah niemanden an, grüßte niemanden, blickte nicht auf, bis er sich gesetzt und seinen roten Mantel über die Armlehnen des Sessels drapiert hatte. Melania sah mit erneut aufsteigendem Schrecken, dass er seine Staatsrobe trug samt den Insignien, die seinen Rang kennzeichneten: der schmale Reif um seine Stirn, die silberne Kugel mit dem sitzenden Löwen und das goldene Rapier, das er nun quer über seinen Schoß legte.

Ein Raunen und Wispern ging durch den Saal. Köpfe neigten sich zueinander. Melania klammerte ihre Hände um die Tischkante.

»Bitte nehmen Sie nun alle Platz«, sagte der Konsul. Stuhlbeine scharrten über den Steinboden, Stoff raschelte, Gürtelschnallen und Messergriffe klirrten.

Ruhe kehrte ein und der Panarch hob zum ersten Mal den Blick und sah jeden der Anwesenden an. Sein Blick glitt über Melania, kalt, fremd und dunkel wie ein tiefer Brunnen. Sie fröstelte. Andoni an ihrer Seite legte tröstlich seine schwere Hand auf ihren Arm, aber sie hörte seinen Atem, der rasch und unruhig ging. Auch er sorgte sich.

»Damen und Herren Senatoren«, sagte der Panarch mit einer Stimme, die vor eiserner Beherrschung beinahe leblos wirkte, »wir haben Sie zusammengerufen, weil Uns eine gegen Uns und Unsere Herrschaft gerichtete Verschwörung offenbar gemacht wurde.«

Er musste pausieren, weil ein Aufschrei mit folgendem Stimmengewirr ein Weiterreden unmöglich machte. Melania blieb stumm, ihr schwindelte, und sie fühlte sich so schwach, dass es sie alle verbliebene Kraft kostete, aufrecht sitzen zu bleiben. Senator Andoni hatte sich mit halb geöffnetem Mund vorgebeugt, sein Bauch drückte gegen die Tischkante und quoll auf die Platte.

»Ruhe bitte!«, rief der älteste Senator, der den Vorsitz innehatte, und ließ die Glocke wie wild erschallen.

Nach und nach kehrte Ruhe ein, auch wenn ein unterdrücktes Gemurmel die nächsten Worte des Panarchen begleitete.

»Wir haben die Uns überbrachten Anschuldigungen und Beweise gewissenhaft und genau geprüft«, fuhr Laurenz Lecare fort. Die Qual in seinen Augen war nun klar zu erkennen, auch das Knarren seiner Stimme sprach deutlich für den Sturm, der in seinem Inneren wütete. Melania schloss die Augen und sank gegen die Lehne ihres Sessels. »Andoni, mir ist übel«, murmelte sie.

»Uns sind zum jetzigen Zeitpunkt noch nicht sämtliche Beteiligten der gegen Uns gerichteten Verschwörung bekannt«, fuhr der Panarch fort. »Aber Unser Kenntnisstand erlaubt es, einige Maßnahmen zu ergreifen, die mit dem heutigen Tag wirksam werden. Ich bitte um Ihre vollständige Aufmerksamkeit.«

Er senkte den Blick und nahm einen Bogen Papier auf, von dem er mit vor Kälte klirrender Stimme abzulesen begann: »Wir, Laurenz, der 27. Panarch der Familie Lecare, erlassen folgende Verfügung: Unser designierter Nachfolger, Unser Sohn Valentin Lecare, wird mit heutigem Tag und heutiger Stunde seines Ranges und seiner Würden enthoben und des Hochverrats beschuldigt. Unverzüglich nach seiner Ergreifung soll er Uns vorgeführt werden, um zu diesen Vorwürfen Stellung zu ne...«

Seine Stimme wurde von dem durch seine Worte ausgelösten Tumult verschluckt. Melania blickte verständnislos auf die aufspringenden, gestikulierenden, durcheinanderschreienden Senatoren.

»Was ...?!«, sagte sie schwach und sah Andoni an, der wie vom Schlag getroffen, abwechselnd hochrot und bleich wie ein Leintuch, neben ihr in den Sitz zurückgesunken war und röchelnd nach Luft schnappte.

Das wilde, schrille Bimmeln der Glocke durchdrang den Höllenlärm und nach und nach ließen die Senatoren sich wieder in ihre Sessel fallen. Immer noch war der Stimmenlärm zu groß, aber Zischen und »Ruhe«-Rufe sorgten dafür, dass er verstummte und dem Panarchen Gelegenheit gab fortzufahren. Er war so bleich und grimmig, wie Melania ihn noch nie zuvor erlebt hatte.

In den nun folgenden Ausführungen war die Rede von den Südtürmen, mit denen Valentin Lecare konspirierte, um den Panarchen zu stürzen, und dass er die Gelegenheit ausgenutzt habe, die ihm die offizielle Mission bot, um sich mit dem Renegaten Holborn vom Südlichen Konglomerat zu treffen und ihm das Staatsschiff samt seiner Mannschaft und alles an geheimen Dokumenten und Wissen über Staatsangelegenheiten zu übereignen, das er vor seiner Abreise hatte an sich raffen können. Zudem habe er seine engsten Vertrauten und Mitverschwörer auf diese Fahrt mitgenommen. Alle miteinander hätten sich rechtzeitig vor der drohenden Entdeckung durch den Panarchen abgesetzt, aber man versuche zurzeit, dem Kapitän des Schiffes per Funk den Befehl zu übermitteln, die Aufrührer zu inhaftieren und mit ihnen an Bord unverzüglich umzukehren. Darüber hinaus sei auch eine schlagkräftige und schnelle Einsatztruppe bereits auf dem Weg, um die Verräter noch vor dem Erreichen des Grenzgebietes abzufangen und zurückzubringen.

Melania bemerkte, dass sie unentwegt den Kopf schüttelte. Sie warf Andoni, der starr neben ihr saß, einen Blick zu. Sein Neffe begleitete Valentin, hatte er das nicht eben selbst gesagt?

Nun verlas der älteste Konsul die Namensliste derer, die des Hochverrats angeklagt wurden. Valentin. Leona, seine Cousine, die Nichte des Panarchen. Melania blickte sich hastig um – wirklich, der Bruder des Panarchen war nicht anwesend. Ob er ebenfalls schon inhaftiert worden war? Cosimo, Andonis Neffe. Der Senator sank röchelnd in den Sitz zurück und schlug die Hände vors Gesicht. Alban, Valentins Erzieher. Und – wieder ging ein Aufstöhnen durch die Versammlung – Rufus, der mittlere Sohn des Panarchen.

Melania hörte sich flüstern. »Wie kann das sein? Das ist doch der blanke Irrsinn!« Sie beugte sich vor, starrte Laurenz an. Sein Sekretär, der ein Stück hinter seinem Sessel stand, hielt einen Packen Papier in den Händen. Von dem Papier hing ein Stück der ehemaligen Umhüllung herab – Wachstuch, gelblich schimmernd, wie eine schützende Haut.

Melania schlug die Hand vor den Mund. Es war das Päckchen, das sie unter Laurenz' Papiere geschmuggelt hatte.

Alles, was nun folgte, nahm sie wie durch eine dicke Glasscheibe wahr. Der Panarch ernannte seinen legitimen Sohn, den Sohn der Panarchontissa Cornelia, zu seinem Nachfolger. Die Inauguration würde in den nächsten Tagen stattfinden, denn das Reich wurde durch die gerade erst zu Teilen erkannte Verschwörung in höchsten Kreisen aufs Schlimmste erschüttert, und man musste damit rechnen, dass das Südliche Konglomerat die Verwirrung nützen und angreifen würde. Noch waren nicht alle Fäden der Verschwörung aufgedeckt, aber es war nur eine Frage der Zeit, bis die letzten Beteiligten aufgespürt und verhaftet worden waren. Bis dahin musste Ruhe bewahrt werden, der Panarch bat seine Senatoren um einen kühlen Kopf und die nötige Härte, um in aller Konsequenz gegen die Verschwörung vorzugehen.

Melania hörte nicht mehr zu. Ihre kurze Erleichterung, dass es nicht sie war, die verhaftet und befragt werden würde, hatte einem lähmenden Schrecken Platz gemacht. Sie selbst hatte diese Informationen auf Laurenz' Tisch gelegt. Sie wusste, woher die Unterlagen stammten. Die Nuller hatten sie dem Panarchen zugespielt ... und höchstwahrscheinlich entsprach nichts, aber auch gar nichts davon im Mindesten der Wahrheit. Durch ihre Hände würden nun Menschen leiden und sterben, die unschuldig ...

Sie rief sich zur Ordnung. Die »Unschuldigen« waren Türmer. Dies war der erste Schritt, auf den sie mit den anderen Nullern hingearbeitet hatte, und der Köder war ohne jedes Zögern geschluckt worden. Der Panarch war unverrückbar davon überzeugt, dass sein Lieblingssohn ihn an seinen Todfeind verraten hatte. Es war wunderbar, es war großartig, die endgültige Vernichtung des Turmes war in greifbare Nähe gerückt!

Sie hörte das Schluchzen des dicken Mannes neben sich, senkte den Kopf und begann zu weinen.

35

Es steht geschrieben: Leise, leise, fromme Weise

Alban trat ein und blieb abwartend stehen. Seine Miene war nicht weniger verschlossen als die Tür, die er hinter sich zugedrückt hatte. »Du wolltest mit mir sprechen?«

Valentin wies schweigend auf den Sessel, den er schon für seinen Gast zurechtgerückt hatte. Alban zögerte, dann nahm er Platz, zog seine Hosenbeine zurecht, lehnte sich zurück und legte die Hände auf die Sessellehnen. Seine reservierte Haltung sagte sehr deutlich, dass er nicht gewillt war, sich das, was Valentin ihm sagen wollte, in aller Geduld anzuhören.

Valentin musterte das Gesicht seines Erziehers. Er kannte Alban, seit er denken konnte. Alban hatte ihm die Welt erklärt, Valentins Hand gehalten, wenn der schreiend aus Albträumen erwachte – als Kind war er von bösen Träumen so sehr geplagt worden, dass er kaum gewagt hatte, sich zum Schlafen zu legen –, Alban kümmerte sich um seine Schrammen und Wunden, trocknete seine Tränen, ertrug die Auswirkungen von Streit und Liebeskummer und ersetzte ihm gleichzeitig Vater und Mutter. Es gab keinen Menschen auf der Welt, den Valentin so gut zu kennen meinte, und dennoch war Alban ihm heute so fremd, als wären sie sich zu Beginn dieser Reise zum ersten Mal über den Weg gelaufen.

»Was ist mit dir los?«, fragte er unverblümt. Wenn es kompliziert erscheint, dann geh mitten hinein und mach keine Umschweife – das war etwas, was Alban ihn gelehrt hatte. Und dies hier war kompliziert, jedenfalls für ihn.

Sein Erzieher legte die Hände zusammen und berührte mit den Fingerspitzen sein Kinn. Sein Blick wich ihm nicht aus, aber es war, als hätte Alban eine Mauer dahinter hochgezogen, an der jede Verständigung, jedes Begreifen abprallte. Er bewegte den Kopf langsam von rechts nach links und wieder zurück. Keine Verneinung, eine Abwehr. »Ich weiß nicht, was du meinst.«

Valentin biss sich auf die Lippe. »Ich werfe dich mit eigenen Händen über Bord, wenn du weiter darauf bestehst, dieses erbärmliche Schauspiel aufzuführen. Reiß dich zusammen, Alban. Ich ertrage dein betrunkenes Gestammel nicht mehr!«

Alban senkte als Erster den Blick. »Ich habe Euch verstanden, Euer Gnaden«, sagte er steif.

»Das hoffe ich, Mann!« Valentin beugte sich vor und gab ihm einen festen Stoß gegen die Schulter. »Das hoffe ich sehr! Wenn du dich schon nicht meinetwegen am Riemen reißt, dann tu es um Leonas Willen! Sie hat etwas Besseres verdient als einen stammelnden Säufer!«

Albans Blick flackerte. Er leckte sich kurz und fahrig über die Lippen. »Das hat gesessen«, flüsterte er. »Ich werde mich bemühen.« Seine Miene war so abweisend und verschlossen, dass Valentin ihn am liebsten geschlagen hätte. Er klammerte die Hände um die Armlehnen seines Sessels. »Wenn du nicht mein Freund wärst«, sagte er, »wenn du nicht ... ach, vergiss es!«

Er rieb sich frustriert über die Augen. »Dein Verhalten seit unserer Abreise erscheint mir vollkommen unverständlich. Ich dachte, dass ich dich gut kenne, aber ...«

»Ich bin wie immer«, unterbrach Alban ihn schroff. »Du bist es, der sich seltsam verhält. Du bändelst mit einem dieser Hinterwäldlermädchen an. Du, der zukünftige Panarch!«

Valentin verschlug es kurz die Sprache. »Aber ...«, sagte er und schüttelte den Kopf. »Du selbst warst es, der mir immer gepredigt hat, dass die Schluchter ebenso Menschen seien wie wir«, sagte er, um Beherrschung ringend. »Dass sie Achtung verdienen, dass wir darüber nachdenken sollten, wie wir sie behandeln. War das alles nur Geschwätz?«

Alban presste die Lippen zusammen. »Nein«, erwiderte er dann. »Das ist wahr, aber es gibt doch immerhin Abstufungen ... es sind Bauern und Tölpel, verlaustes Pack, an dem man sich die Finger nicht beschmutzen ...«

Valentin fuhr auf und Alban verstummte. »Du redest irre!«, schrie Valentin ihn an. »Alban, komm zu dir! Hast du vergessen, was ich bin? Meine Mutter ... Lady Fabia ...«

»Lass deine Mutter aus dem Spiel«, fauchte Alban. »Sie war keine Schluchterhure wie die anderen. Sie ist als kleines Kind in den Turm gekommen, sie hat den Wald nicht einmal bewusst erlebt.«

Valentin hätte ihn am liebsten geschüttelt. »Aber sie war das Kind einer Schluchterfamilie«, sagte er scharf. »Sie hat unten in den Tiefgeschossen gelebt, unter Schluchtern ...«

»Lass sie aus dem Spiel«, wiederholte Alban stur. Seine Hände umklammerten die Armlehnen des Sessels. »Du solltest dich auf deinen Stand besinnen, Valentin. Du bist ein Sohn des Panarchen. Wie willst du deinem Vater erklären, dass du dich mit einer blassäugigen Schluchterhexe vergnügst? Sie sind minderwertig, sie ...«

»Du redest wirres Zeug«, unterbrach Valentin ihn, zu erschüttert, um noch zornig zu sein. »Alban! Ich habe alles, was ich weiß, von dir gelernt. Wie ich diese Welt sehe, verdanke ich dir. Aber du redest, als hätte dich jemand gegen einen Wechselbalg ausgetauscht. Was ist geschehen?«

Albans Blick war kalt. »Türmer sind Türmer und Schluchter sind Schluchter«, sagte er unnachgiebig. »Jeder auf seine Weise hat ein Recht darauf, das zu sein, was er ist. Das habe ich gemeint und nichts anderes. Es steht uns nicht zu, diese Grenzen mutwillig zu überschreiten. Sie bleiben dort, wo sie sind, und wir bleiben auf unserer Seite. Dann ist alles gut. So ist die Ordnung dieser Welt.«

Valentin schlug in ohnmächtigem Zorn mit der Faust auf seine Armlehne. »Ich verstehe dich nicht«, rief er aus und fuhr sich mit beiden Händen durch die Haare. »Alban, ich bin vollkommen durcheinander.« Er legte die Hände vors Gesicht und sammelte sich.

»Geh«, sagte er leise. »Bitte, geh. Ich muss das erst zu begreifen versuchen.« Er hörte die Beine des Sessels über den Boden kratzen und Schritte, die zur Tür gingen.

»Alban?« Die Schritte verstummten. Warteten. »Alban, ich wünsche nicht, dass du weiterhin mit Lady Leona herumpoussierst. Halte dich von ihr fern.«

Ein scharfes Einatmen, dann die kühle Antwort: »Dabei hat sie auch noch ein Wort mitzureden, denke ich.« Die Tür öffnete und schloss sich wieder. Die Stille dröhnte wie eine Glocke.

Beinahe hätte er seine Verabredung mit dem Schluchtermädchen vergessen. Valentin riss sich aus seiner erstarrten Haltung und stand auf. Schwerfällig wie ein alter Mann schob er den Sessel beiseite und ging zur Tür. Niemand konnte es ihm verübeln, wenn er sie einfach dort oben warten ließ. Sie würde schon merken, dass er nicht kam. Wen interessierte es, ob er ein Versprechen hielt oder brach, das er einer Schluchterin gegeben hatte?

Während er so mit sich stritt, hatte er schon den Niedergang erklommen und stand an Deck, wo ein frischer Wind an seinen Kleidern zerrte, den Atem von seinen Lippen riss und ihm das Haar ums Gesicht peitschte. Er drehte sich und blinzelte die Tränen fort. Wo war das verdammte Mädchen?

Dann sah er die kleine Gruppe an der gegenüberliegenden Reling. Elster lehnte an einer Winde, sie sah erschreckt und durchgerüttelt aus. Vor ihr ragte der finstere Steuermann auf, er beugte sich zu ihr und redete mit ihr, während seine Hand auf ihrer Schulter ruhte. Neben ihnen stand der Schluchterjunge, den sie Indigo nannten, er starrte auf seine Füße und zog einen regelrechten Flunsch.

Valentin ging auf die drei zu und runzelte die Stirn. Wollte der Steuermann ebenfalls an dieser Besichtigung teilnehmen? Valentin war sich nicht sicher, ob er das gutheißen konnte. Der Mann hatte etwas zutiefst Beunruhigendes an sich ... und das Ruderhaus war für gewöhnlich jedem verboten, der nicht zur Mannschaft gehörte. Es gab dort keine Geheimnisse, aber dennoch, es war das Herzstück des Schiffes, von dort wurde alles gelenkt und geleitet. Wenn die Schluchter am Ende versuchten, das Schiff zu kapern ...

Valentin schüttelte den Kopf und lachte sich selbst aus. An Nauarch Rochus und seinen Offizieren müsste solch ein Kaperer erst mal vorbei.

Er erreichte das Grüppchen und erschrak beinahe darüber, wie aufgewühlt und blass die junge Frau aussah. Sie rieb sich die Handgelenke und schien zu zittern. Der Steuermann hob den Kopf und sah ihn bohrend an. »Was wollt Ihr?«, fragte er scharf.

Ehe Valentin etwas erwidern konnte, hob Elster den Kopf und sagte: »£ãşş ïħñ ïñ ®µħē. €ŕ łǿş† ñµŕ ēïñ Vēŕşpŕē¢ħēñ ēïñ, đãş ēŕ мïŕ ġēġēbēñ ħã†.«

Valentin presste die Lippen zusammen. Mit verhaltenem Zorn sagte er: »Deine Eltern haben dich schlecht erzogen, Schluchtermädchen.«

Beide Männer machten einen drohenden Schritt auf ihn zu, aber Elster schüttelte den Kopf und hielt sie mit einer Geste zurück. »Er hat recht. Das war ungezogen von mir.« Sie sah Valentin ebenso prüfend an, wie er sie musterte, und ein winziges Lächeln blühte in ihren Augen auf. »Er kann nichts für seinen Bruder«, fügte sie rätselhafterweise hinzu.

Der große Mann an ihrer Seite schnaubte unterdrückt, ihr jüngerer Begleiter verzog das Gesicht.

Elster stemmte ihre Hände in die Jackentaschen und machte einen Schritt auf Valentin zu. »Ist es in Ordnung, wenn die beiden mitkommen?«, fragte sie leise. »Es ist etwas vorgefallen, nach dem sie mich nicht ohne Geleitschutz mit dir ziehen lassen werden.«

»Was ist passiert?« Er hatte die blauen Flecken und Aufschürfungen an den Händen gesehen, die Elster vor ihm zu verbergen suchte. »Hat jemand von der Mannschaft dich ... bedrängt?« Sie hatte seinen Bruder erwähnt. Hatte Rufus es am Ende gewagt, sich ihr unsittlich zu nähern? Hier, unter seinen Augen?

Sie lachte und schüttelte den Kopf. Der ausgestandene Schreck stand mit feinen Linien in ihr Gesicht gezeichnet. Was auch immer passiert war, es hatte sie offensichtlich ordentlich durchgerüttelt.

»Nein, keiner aus der Mannschaft. Das sind gute Jungs«, sagte sie und hakte ihn einfach unter. »Komm, hör auf nachzubohren. Ich werde es dir nicht verraten.«

Überrumpelt ließ Valentin sich von ihr zum Niedergang ziehen, der hinauf auf die Brücke führte. Er konnte sich einfach nicht daran gewöhnen, wie respektlos sie mit ihm umging.

Sie erklommen den Niedergang. »Gubernator, ich bringe meine Gäste«, rief Valentin. »Erbitte die Erlaubnis, das Ruderhaus betreten zu dürfen.«

»Erlaubnis erteilt«, erscholl die formelle Antwort von drinnen.

Der Gubernator – der Erste Offizier des Luftschiffes – stand neben einem jungen Rudergänger über eine Instrumententafel gebeugt, während zwei weitere Offiziere sich vor dem großen Fenster und in der Tür zum Brückendeck aufhielten. Diese beiden musterten die Eintretenden mit dezenter Neugier, wandten dann aber höflich ihre Blicke ab und widmeten sich wieder ihrem Dienst.

Der Gubernator blickte auf und nickte Valentin zu. »Ihr spracht von einer Begleiterin«, sagte er und sah die beiden Schluchter an.

Valentin lächelte und breitete die Hände aus. »Ich hoffte auf Ihr Verständnis für das Interesse unserer Gäste.«

Der Gubernator nickte mit angespannter Miene. »Ich bitte um einen kleinen Moment Geduld«, sagte er. »Seit heute Mittag versucht der Turm uns anzufunken, aber irgendetwas stört die Verbindung. Ich möchte noch einmal versuchen, den Funkspruch zu empfangen, denn es muss sich um etwas Wichtiges handeln.« Wieder beugte er sich über das Schaltpult.

Valentin trat an seine Seite. »Der Turm?«, fragte er, von einer Unruhe gepackt, die er sich selbst nicht erklären konnte. »Wissen Sie, worum es geht?«

»Wir haben nur unverständliche Bruchstücke der Nachricht empfangen können.« Der Rudergänger drehte an einem Regler und lauschte dem lauten Rauschen und Klackern, das aus seinen Kopfhörern drang. »Aber sie ist mit höchster Priorität angekündigt worden, also geht es um die Sicherheit von Schiff und Besatzung.«

Valentins Unbehagen verdichtete sich. Sein Vater war in einer seltsamen Stimmung gewesen, als er sich von ihm verabschiedet hatte. Valentin wusste, dass er mit einem bevorstehenden Konflikt mit den Südtürmen rechnete. Ob das Konglomerat dem Panarchat nun auch offiziell den Krieg erklärt hatte? Dann hielten sie mit der *Wolkenkönigin* gerade stracks auf das Krisengebiet zu.

Einige angespannte Minuten später riss der Rudergänger die Kopfhörer von seinen Ohren und schüttelte den Kopf. »Zwecklos. Die Interferenzen sind zu stark.«

»Versuchen Sie es später noch einmal, Operator«, sagte der Erste Offizier. »Der Nauarch will diesen Funkspruch spätestens zum Abendessen auf dem Tisch haben.«

»Verstanden, Gubernator«, erwiderte der junge Offizier und salutierte.

Der Erste Offizier nickte Valentin zu und lächelte dann Elster an. »Junge Dame, Sie haben meines Wissens schon mehrmals Interesse angemeldet, sich die Brücke ansehen zu dürfen. Was darf ich Ihnen zeigen? Was möchten Sie wissen?« Er bot ihr seinen Arm und Elster nahm ihn mit einem Lächeln an. »Zeigen Sie mir, wie das Luftschiff gesteuert wird«, sagte sie.

Der Gubernator neigte den Kopf und wies auf die Instrumententafel. »Sehen Sie hier ...«, begann er.

Valentin drehte sich zu den beiden Schluchtern um. »Ich wüsste gerne, was vorhin auf dem Deck vorgefallen ist«, sagte er gedämpft. »Mein Bruder hatte damit zu tun, richtig?«

Die beiden Männer sahen sich an und schwiegen. Der Blick des Jüngeren flackerte zu Valentin und wieder fort, er rieb unschlüssig mit der Hand über seine Lippen. Der Ältere wahrte eine eisern verschlossene Miene. Valentin seufzte und wandte sich ab.

»Und hiermit geben Sie Signale hinunter in den Maschinenraum?«, fragte Elster gerade.

Der Gubernator schob den Deckel von dem Sprachrohr und sagte: »Maschinenraum: Test.« Dann drehte er das Rohr zu Elster um und forderte sie auf: »Sagen Sie etwas hinein.«

Elster grinste und beugte sich vor. »Alle Maschinen stopp«, rief sie und lachte, als aus dem Hörer »Aye, Lady« erscholl.

»Darf ich den Maschinenraum auch sehen?«, fragte sie.

Der Gubernator warf einen Blick zu Valentin und zögerte. »Das muss der Nauarch entscheiden«, sagte er dann.

Elster nickte und beugte sich über das Instrumentenpult. Valentin registrierte, wie der jüngere Schluchter, Indigo, seiner deutlich erkennbaren Neugier nachgab und sich zu ihr gesellte. »Das eigentliche Ruder ist draußen, richtig?«

Der Gubernator stürzte sich in eine lange, detaillierte Erklärung der verschiedenen Ruder und Steuerdüsen, die teilweise von hier, teilweise vom Heck und von der Brücke aus bedient wurden.

Valentin lehnte sich in die offene Tür zum Deck und hing seinen Gedanken nach, wobei ihm der bohrende Blick und die düstere Anwesenheit des älteren Schluchters wie ein Stachel im Fleisch die ganze Zeit über im Bewusstsein blieb.

»Oh!« Ein Ausruf des Schluchtermädchens riss ihn aus seinen Gedanken. Elster stand mit geneigtem Kopf da, die Augen halb geschlossen und eine Hand um das an eine Stimmgabel erinnernde Amulett geschlossen, das sie um den Hals trug. »Ah«, sagte sie und schloss die Augen ganz. »Da ist gerade ein anderes Geräusch dazugekommen. Und es klingt falsch.«

Der Gubernator sah sie verblüfft an und schüttelte den Kopf. »Was meinen Sie?«

Elster hatte die Lippen halb geöffnet und zwischen ihren Brauen stand eine Falte. »Dieses grässliche Geräusch«, sagte sie wütend. »Das zerfetzt einem doch die Trommelfelle.« Sie schlug die Augen auf und sah in die fragenden Gesichter der Brückenmannschaft. »So ein Quietschen und Schnarren«, versuchte sie ihre Wahrnehmung zu präzisieren. »Als ob etwas sich verkantet hätte und damit alles andere dazu bringt, schief und holprig ...«, sie seufzte und winkte ab. »Ich bin kein Maschinist«, sagte sie. »Ihr müsst wissen, was falsch läuft, ich kann es nicht.«

Der Gubernator sah seinen Rudergänger an und beide wirkten recht ratlos. Dann beugte sich der Erste Offizier über das Sprachrohr, gab ein Signal und rief hinein: »Maschinenraum, ist alles in Ordnung bei euch?«

Valentin beobachtete Elster, die sich regelrecht die Ohren zuhielt. »Steuermann«, sagte sie, »du musst das doch hören! Digo!«

Der junge Schluchter hob die Schultern. »Ich höre nichts Ungewöhnliches, El.«

Der große Mann an seiner Seite fixierte Elster mit nachdenklicher Miene. Seine hellen Augen verschatteten sich um eine Nuance. Er wirkte verblüfft.

Valentin ging zum Gubernator, der einen Hörer an sein Ohr hielt und konzentriert lauschte. Seine Miene bewölkte sich. Er blickte auf und sah Elster an, schüttelte den Kopf, senkte den Blick erneut und gab zustimmende Laute von sich.

Das Quaken verstummte und der Erste Offizier hängte den Hörer wieder an das Sprachrohr. »Dreh uns aus dem Wind«, befahl er dem Rudergänger. »Wir haben ein Problem mit den Backbordsteuerdüsen.« Ohne die Bestätigung des jungen Offiziers abzuwarten, machte er zwei Schritte und griff nach Elsters Arm. »Wie haben Sie das gemacht?«, fragte er und es klang beinahe drohend. »Haben Sie und Ihre Leute unsere Steuerdüsen sabotiert?«

Elster starrte ihn an. »Was?«, fragte sie. »Aber nein, wie hätten wir das tun können? Ich weiß noch nicht mal, wo die Dinger sind und wie man an sie herankommt.«

»Woher wussten Sie dann, dass die Düsen ausgefallen sind?«

Elster riss ihren Arm aus seinem Griff. »Das wusste ich nicht«, schnappte sie. »Ich habe nur bemerkt, dass sich etwas anders anhört als vorher und dass es nicht so klingt, als wäre alles in Ordnung. Ganz im Gegenteil, es klang wirklich grässlich.« Sie lauschte und nickte. »Jetzt ist das Geräusch weg. Aber der Klang ist immer noch nicht richtig, es müsste höher sein und weniger unruhig. Da steckt irgendwo was quer.«

Der Rudergänger stieß einen Laut aus, der wie ein Stöhnen klang. Der Gubernator fluchte, ohne Rücksicht auf die Ohren der anwesenden Dame zu nehmen, stürzte zum Sprachrohr zurück und bellte hinein: »Maschinist! Es ist wieder der linke Austauscher. Pustet ihn mal gründlich durch.«

Die Bestätigung quakte durch den Hörer. Der Erste Offizier drehte sich um, wischte mit der Hand über sein Gesicht und sah Elster an. »Ich bin gespannt«, sagte er. »Das können Sie nicht gewusst haben.«

Eine Weile herrschte gespanntes Schweigen, dann kam das Signal vom Maschinenraum. »Korrekt, Gubernator. Es war der linke Austauscher. Wir nehmen die Backborddüsen jetzt wieder in Betrieb.«

Ein Zittern ging durch das Luftschiff, es vibrierte kurz und heftig, dann begann das Schiff zu krängen. »Drehen Sie uns wieder in den

Wind, Rudergänger, und volle Fahrt voraus«, befahl der Gubernator.

Valentin sah ihn fragend an, aber ehe er eine Erklärung für das Vorgefallene verlangen konnte, seufzte Elster und bat mit schwacher Stimme: »Ich möchte in meine Kabine zurück. Ich glaube, ich muss mich ...« Sie verstummte, verdrehte die Augen und sank ohnmächtig in die Arme des verblüfften Rudergängers.

DRITTES BUCH
DER TURM

Wenn Technologie von Magie zu unterscheiden ist,
ist sie nicht fortschrittlich genug.

Gehms Korollar

36

Es steht geschrieben: Und dann und wann ein weißer Elefant

Elster seufzte und öffnete die Augen. Zachs Blick war auf sie gerichtet, starr, besorgt. »Дłłēş ïñ 0ŕđñµñġ?«, fragte er leise.

Elster nickte und zuckte lächelnd die Achseln. »€ïñ bïşş¢ħēñ đµŕ¢ħġēŕů††ēł†«, log sie, um ihn nicht noch weiter zu beunruhigen. Wahrscheinlich war es der Zwischenfall mit Rufus, der jetzt seinen verspäteten Tribut von ihr forderte. Sie begann zu zittern und unterdrückte mit Gewalt das Schaudern, das sie erfasste.

Indigo schienen ihre Worte zu beruhigen. »Wir sollten nicht so unhöflich sein«, mahnte er und nickte Valentin zu, der still danebensaß und besorgt wirkte.

Elster nahm das Glas Saft, das vor ihr auf dem Tisch stand, und trank einen großen Schluck. Das seltsame Gefühl hörte nicht auf. Immer noch spürte sie, wie die Maschinen des Luftschiffes arbeiteten. Eine von ihnen lief nicht rund, das Geräusch hatte spitze Kanten und Ecken, die in einem hässlichen dunklen Rot schillerten. Elster hielt inne und betrachtete den Gedanken von allen Seiten. Wie konnte ein Geräusch Ecken haben und eine Farbe?

Sie wurde aus ihrer verwirrten Betrachtung geweckt, weil Winter in die Kabine trat. Sie nickte langsam und blickte Elster fragend an. »Ihr habt einen Matrosen nach mir geschickt?« Ihre Augen ruhten auf ihrer Schwester. »Was ist passiert, Elster? Erzähl es mir.«

Elster schloss die Augen und schmeckte dem Gefühl nach. Es war ein Geräusch gewesen, aber gleichzeitig auch ein beinahe körperlicher Schmerz. Nein, kein Schmerz, ein Unbehagen oder ein Kribbeln. Als hätte man einen Schuh an den falschen Fuß gezogen oder Kleider übergestreift, die viel zu eng und zu klein waren. Oder war es eher wie ein dumpfer Schmerz in den Zähnen? Eine Vibration, die den Blick trübte und Ohrensausen verursachte? Nein, das war es alles nicht und doch war es von allem etwas. Dissonanz. Alles, was lebte, erzeugte Harmonien und Dissonanzen, aber diese Empfindungen waren immer erträglich und manchmal sogar angenehm. Das jetzt bereitete ihr körperliche und seelische Schmerzen, die kaum auszuhalten waren.

»Ich habe gehört oder besser gesagt gefühlt, dass etwas nicht richtig war. Sich nicht richtig anfühlte.« Sie suchte nach Worten, fand sie nicht, gab mit einem Achselzucken auf. »Ich würde so gerne einmal den Maschinenraum sehen«, sagte sie sehnsüchtig, ohne selbst zu verstehen, warum ihr dies so wichtig erschien. Indigo war der Mechaniker, nicht sie.

»Das sollst du. Ich werde dem Nauarchen eine Order geben.« Valentin lächelte fast schon freundlich, dann blickte er Winter fragend an. »Ist so etwas normal unter euch Schluchtern?«, fragte er.

Elster lächelte über diese Frage, aber ihr Lächeln erstarb, als Zach bedächtig antwortete: »Ja und nein. Ihr wisst von den Begabungen, die einige der Schluchter auszeichnen?«

»Ich habe natürlich davon gehört«, sagte Valentin und musterte Elster mit scheuem Interesse. »Unter euch gibt es … Magier, richtig?« Sein Blick huschte zu Winter, die ihm freundlich zunickte. Valentins Mundwinkel hoben sich. »Sie sorgen dafür, dass unsere Maschinen arbeiten und die Sammler aufgeladen werden.«

»Ja, das ungefähr meinte ich.« Zach warf Elster einen mitfühlenden Seitenblick zu. »Es gibt aber auch einige unter ihnen, die nur über ein einziges spezielles Talent verfügen, und ich glaube, Elster hat das ihre gerade entdeckt.«

Seine Worte dröhnten in Elsters Ohren und echoten in ihrem Kopf, dass sie glaubte, ohnmächtig werden zu müssen. Ihr Trick?

Das sollte wahrhaftig ihr Trick sein? Ein Gespür für Dissonanzen? Sie wusste nicht, ob sie lachen oder weinen sollte. Natürlich hatte sie, wie alle Trikker vor ihrem Erwachen, darüber nachgedacht, welches ihre Gabe sein könnte. Es gab so viele wunderbare, nützliche Gaben. Man konnte weitsehen oder Pflanzen zum Wachsen bringen, Tiere herbeirufen, Gegenstände schweben lassen – darauf hatte sie gehofft, denn Levitation war eine sehr nützliche Gabe für jemanden, der kletterte und Gleiter flog –, es gab die heilende Gabe und diejenige, die Dinge finden ließ, die Gaben, die es ermöglichten, über weite Entfernungen zu sprechen oder dem Feuer zu befehlen ... Es gab so viele wunderbare, nützliche Talente, und sie bekam nun ausgerechnet so etwas Sinnloses? Die Enttäuschung darüber ließ sie beinahe in Tränen ausbrechen.

Indigo musterte sie mitleidig und drückte ihre Hand. »Ich fände es toll«, murmelte er.

»Ja, du.« Sie probierte ein Lächeln, doch es wollte nicht recht gelingen.

Sie stand auf. »Ich habe Kopfschmerzen und möchte mich hinlegen. Das war ein anstrengender Tag für mich.«

Zach legte seinen Arm um ihre Schulter. »Das Erwachen der Kraft ist ein einschneidendes Ereignis«, sagte er ruhig. »Normalerweise wird es von Heilern und Schamanen begleitet. Ruh dich aus, Winter wird sich um dich kümmern.«

Elster sank erleichtert in seine schützende Umarmung. Sie war mit einem Mal so erschöpft und fühlte sich so verlassen und ängstlich, als hätte man ihr den Boden unter den Füßen weggezogen, als hinge sie wieder über dem gähnenden Abgrund, nur gehalten von einer Hand an ihrem Knöchel ...

Zach stützte sie und schüttelte den Kopf, als Indigo ebenfalls an ihre Seite kam. »Ich bringe Elster in ihre Kabine.«

Elster hörte Indigos Protest, war aber zu überwältigt von dem Aufruhr in ihrem Inneren, um dem Aufmerksamkeit zu schenken.

Ihre Muskeln und Knochen schienen sich in Gelee verwandelt zu haben, ihre Sicht verschwamm und ihr Kopf glühte. Was geschah mit ihr? Sie hob die Hand an ihre Kehle und berührte die Gabel. Das Metall fühlte sich warm, beinahe lebendig an.

»Erwachen«, hörte sie den Steuermann murmeln. »Bei starken Kräften geschieht das heftig. Ich habe mich geirrt, Elster. Wie konnte ich mich nur so irren?« Er erläuterte seine Worte nicht, und Elster war zu schwach und zu sehr damit beschäftigt, das Bewusstsein zu verlieren, um sich darüber zu wundern.

Sie träumte, und in ihren Träumen flog sie über dem dichten Dach des Waldes, hin und her geworfen von einem heftigen Wind, der an ihren Kleidern und ihren Haaren riss, ihr Tränen in die Augen trieb und ihr den Atem von den Lippen raubte. Es war schrecklich und schön zugleich. Aber noch schrecklicher war das Sausen, Jammern und Heulen, das Knurren und Pfeifen, das Dröhnen und Stöhnen des Sturmes, so laut, dass es ihre Ohren ertauben ließ, aber nur fast, leider nur fast.

Sie zwang sich, den schmerzhaft lauten Gesang des Sturmes zu ignorieren, und wischte mit dem Ärmel über ihre Augen, um den Tränenschleier zu entfernen. Der Wind zerrte an ihren Armen, drückte sie gegen ihren Leib zurück, aber für einen Augenblick konnte sie weit voraus die nadelfeine Silhouette sehen, auf die sie zuflog. Dort war ihr Ziel. Sie wusste, dass sie es um jeden Preis erreichen musste, denn wenn sie nicht rechtzeitig dort war, dann würde etwas Grauenvolles geschehen. Die Dunkelheit, die sich am Horizont auftürmte, würde sie alle verschlucken, und nichts würde zurückbleiben außer Tod und einer leeren, stillen Welt, über die nur noch der einsame Wind hinwegheulte.

Sie zwang sich zu einer Anstrengung, die ihr beinahe das Herz aus dem Leibe, das Gehirn aus den Augen trieb, und flog schneller auf die silbern schimmernde Silhouette zu, die vor der schwarzen Wand aus wirbelndem Nichts strahlte wie ein Signalfeuer.

Wenn es ihr gelang, dorthin zu kommen, dann war alles gut. Näher. Die silberne Nadel wurde zu einem schimmernden, hoch aufragenden Turm, der sich bis in die Wolken hinein verjüngte. Kein Makel verunreinigte sein Äußeres, das so glatt war wie Eis und so unberührt, als stünde er nicht seit Jahrtausenden im tobenden Sturm. Keine Öffnung ließ einen Blick in sein Inneres zu. Er stand abweisend und kühl im brausenden Wind, Wolken zerrissen an seiner Spitze und Wasser strömte an ihm herab. Ein Klang ging von ihm aus, donnernd und tief, das Wummern riesiger Maschinen.

Sie hielt den Atem an, trank diesen Klang, nahm ihn in sich auf, bis er ihr Inneres erfüllte. Ihr Körper vibrierte mit dem Geräusch, das immer lauter wurde, je näher sie kam. Lauter. Lauter. Es übertönte den Sturm, es übertönte alles, sie wurde blind und taub von diesem Dröhnen, öffnete den Mund, um ihren Schmerz hinauszuschreien –

Es war still. Totenstill. Der langsame, stolpernde Schlag eines Herzens. Atem, der beinahe unhörbar über Lippen flüsterte. Stille.

Elster schrak auf und eine Hand legte sich beruhigend auf ihre Stirn. »Alles ist gut«, sagte eine leise Stimme, die sie nicht sofort erkannte. Sie strengte ihre Augen an, die sich trocken und gereizt anfühlten, als wären sie zu lange starkem Wind ausgesetzt gewesen, und erkannte die helle Gestalt ihrer Schwester. »Winter«, flüsterte sie. Ihre Kehle war wund, rau vom Schreien und dem eisigen Wind. Ihr Gesicht glühte. Sie hob die Hand, flehte um einen Schluck Wasser.

Winter beugte sich über sie, half ihr, sich aufzurichten, und gab ihr zu trinken. Kühl und süß lief das Wasser in ihren Mund und durch ihre Kehle. Sie trank und seufzte tief. »Danke«, sagte sie, und schon fühlte ihr Hals sich nicht mehr ganz so rau an. »Was ist los? Bin ich krank?« Sie lehnte sich gegen das Kissen und strich mit zittrigen Händen das schweißfeuchte Haar aus ihrer Stirn.

Winter legte ihre kühle Hand an Elsters Kehle und hob den Finger an die Lippen. Nach einer Weile nickte sie und wischte mit einem feuchten Tuch über Elsters Gesicht. »Dein Fieber ist gesunken«, sagte sie leise. »Der Puls rast nicht mehr, deine Augen sind klar und du erkennst mich. Ich würde sagen, du bist über den Berg.« Sie lächelte, und ihre weißen Zähne blitzten im schwachen Licht, das durch das Gitter in der Tür in die Kabine fiel.

Elster runzelte die Stirn. Dies hier war nicht ihre Kabine. Sie lag in einem kargen, winzigen Raum, kaum größer als eine Zelle, auf einer schmalen, recht harten Liege. Sonst gab es an Möbeln nur den Stuhl, auf dem Winter saß.

Elster hob sich auf die Ellbogen. Kein Fenster. Das war kein Zimmer, das war ein Sarg. Ihr brach der Schweiß aus.

»Wo bin ich?«, fragte sie kurzatmig. »Ist das ... hat man mich eingesperrt?«

Winter lachte und drückte sie sanft zurück auf die Liege. »Aber nein. Wir wollten dich nur nicht durch das Schiff tragen, solange du noch fieberst.«

Elster zog das Laken um ihre Schultern, denn sie begann zu frösteln. »Wie lange habe ich hier gelegen?«, fragte sie. Es kam ihr vor, als wäre sie tagelang durch den Sturm geflogen, hätte tagelang den Turm verfolgt, der immer wieder vor ihr davongerückt war, als flöge auch er ...

»Sechs Stunden«, sagte Winter zu ihrer Überraschung. »Ein schneller Durchgang. Du bist stark, El.« Sie hockte sich auf die Kante der Liege und griff nach Elsters Händen, sah ihr prüfend in die Augen. »Sehr gut«, sagte sie. »Während du ... geschlafen hast, hat sich einiges ereignet, ich erzähle dir davon, wenn du etwas gegessen hast. Bist du müde?«

Elster verneinte verwundert. »Aber hungrig«, sagte sie und lauschte dem Knurren ihres Magens.

Winter lächelte und umfasste die Gabel, die auf ihrer Brust hing, mit der Linken. Die Rechte legte sie auf Elsters Hand. »Erzähle«, sagte sie. »Was hast du gesehen?«

Elster schloss die Augen und schauderte. Sie griff nach den Bildern ihres Traumes, die zwischen ihren Fingern zerfaserten wie Wolken und Nebel. »Ich weiß es nicht«, sagte sie. »Ich habe etwas gehört. Maschinengeräusche. Sie klangen falsch, die Maschine funktioniert nicht so, wie sie es sollte. Es ist gefährlich, sie so laufen zu lassen, jemand muss sie abschalten.« Sie riss die Augen auf und keuchte, griff nach Winters Arm und krallte ihre Finger hinein. »Wir müssen sie reparieren oder abschalten, so schnell wie es nur geht!«, sagte sie eindringlich. »Hast du gehört, Win? Wir werden alle sterben, wenn wir sie nicht abschalten!« Ihr Blick irrte durch den kleinen Raum und zur Tür, in der Zach erschienen war. Seine Miene war von einer so tiefen, alles umfassenden Trauer durchdrungen, dass es sie schüttelte.

»Wir werden sie reparieren, Elster«, sagte er leise. »Ich verspreche es dir.«

37

Es steht geschrieben: Ich schnitt es gern in alle Rinden ein

Drei Tage lang sah und hörte Jett, die inzwischen sogar selbst von sich als »Melania« dachte, nichts von Laurenz Lecare. Der Panarch hatte sich nach der Versammlung und den letzten Anweisungen, die er noch persönlich gegeben hatte, in seine Gemächer zurückgezogen und nur noch seinen Sekretär vorgelassen.

Sie wartete. Nicht nur darauf, dass der Panarch sie zu sich rief oder selbst zu ihr kam – er hatte es in der letzten Zeit vorgezogen, sich mit ihr in ihren Gemächern zu treffen –, sondern auch darauf, dass man ihr endlich die ersehnte Botschaft von Zero überbrachte. Auch Andoni kam nicht zu ihr, aber so, wie der Senator um seinen geliebten Neffen geweint hatte, verwunderte sie dies nicht. Wahrscheinlich schämte er sich für seinen Gefühlsausbruch, womöglich saß er selbst mittlerweile dem Inquisitor gegenüber – sie wollte es nicht wissen. Wer sich in solchen Zeiten exponierte, der wurde festgenommen und verhört, und sie hatte zu viel zu verbergen, um ein unnötiges Risiko einzugehen.

Am vierten Tag hielt sie es nicht mehr aus. Sie konnte sich nicht für den Rest ihres Lebens in ihren Gemächern verbarrikadieren und hoffen, dass der Sturm vorüberging. Dieser Sturm würde womöglich nie mehr enden, sondern sich zum Orkan und danach zum Weltuntergang entwickeln.

Sie schlüpfte in eins der Kleider, das Laurenz an ihr am meisten liebte, warf eine Stola um und ging die Speiche entlang zum äußeren Ring mit den Gemächern des Panarchen. Sie passierte die beiden Gardisten am Ausgang der Speiche, die sie gelangweilt grüßten, und betrat den äußeren Ring. Vor der Tür sammelte sie sich einen Moment, dann klopfte sie an. »Laurenz?«

Drinnen war alles ruhig. Sie zögerte, dann gab sie die Zugangsziffern in das Schloss ein und drückte die Klinke herunter.

Sie schob die Tür auf und trat ein. Die Fensterfront war verdunkelt, deshalb sah sie kaum, wohin sie ging, aber sie kannte das riesige Gemach gut genug, um sich im Dunkeln orientieren zu können. Melania tat ein paar Schritte in den Raum und lauschte. Es war totenstill. »Laurenz?«, rief sie beunruhigt. Er war offensichtlich nicht hier. Noch zwei Schritte, dann knirschte plötzlich Glas unter ihren Füßen. Sie erstarrte, tastete mit der Fußspitze um sich. Es klirrte leise, ihre Zehen stießen gegen herumliegende Dinge. Etwas rollte davon, stieß gegen etwas anderes. Ein scharfer, süßlicher Geruch stieg in ihre Nase, unangenehm, peinigend.

Melania fröstelte. Laurenz war ein penibler Ordnungsmensch, niemals hätte er geduldet, dass zerbrochene Dinge auf dem Boden seines Gemaches herumlagen. Hier musste etwas passiert sein, etwas Übles. Sie brauchte Licht.

Mit schnellen Schritten kehrte sie zur Tür zurück und betätigte den Rufknopf für die Wache.

Keine zwei Minuten später standen zwei Gardisten an der Tür. »Mylady?«, fragte der Ranghöhere, er sah beunruhigt aus.

»Ich brauche Licht«, sagte sie ruhig. »Die Verdunkelung lässt sich nicht aufheben.«

Der Gardist nickte und nestelte ein starkes Arielfeuer von seinem Gürtel. Es blendete sie einen Moment lang, dann sah sie, worauf ihre Füße eben gestanden hatten. Sie sog scharf die Luft ein und nahm dem Gardisten das Arielfeuer ab. »Holen Sie den Leibarzt des Panarchen«, sagte sie. »Und Verstärkung.« Der Mann salutierte und rannte davon.

Sie wandte sich an den zweiten Gardisten: »Bleiben Sie hier

stehen und kommen Sie, wenn ich Sie rufe. Ich will zuerst nachsehen ... warten Sie einfach hier.« Sie raffte ihre Röcke, hob das Arielfeuer und kehrte in das Gemach zurück.

Glas und Scherben. Alles voller Scherben. Die Präparate lagen überall im vorderen Bereich verstreut, viele der Gefäße waren zerbrochen. Sie ließ das Licht des Arielfeuers über die Wand mit den Vitrinen gleiten. Der größte Teil war zertrümmert, umgekippt und zerbrochen. Ein oder zwei standen noch unberührt da, aber es sah so aus, als wären sie zufällig verschont geblieben. Was immer hier drinnen gewütet hatte, es war in seiner Zerstörungswut geradezu methodisch vorgegangen. Methodisch – oder vollkommen wahnsinnig.

Sie ließ das Licht weiterwandern. Die Verdunkelung der Fenster blockierte, weil Möbelstücke verhinderten, dass sie sich bewegte. Das gesamte Gemach sah aus, als wäre ein Wirbelsturm hindurchgefegt. Melania holte zitternd Luft. Sie ging vorsichtig tiefer in den Raum hinein, jederzeit gewahr, dass der Wahnsinnige, der das hier getan hatte, irgendwo in den Schatten lauerte und sie anspringen würde, wenn sie in seine Nähe geriet.

Das Bett, ein großer, dunkler Fleck in der Ecke. Das Bettzeug schimmerte hell, reflektierte das Arielfeuer. Auf den Decken ruhte dunkel ein regloser Körper.

Melania zwang sich dazu, ruhig zu bleiben und auf das Bett zuzugehen. Wenn er tot war, war er tot, und kein Geschrei und kein Nervenzusammenbruch der Welt würde etwas daran ändern können. Also konnte sie auch genauso gut ruhig und gelassen bleiben. Sie ignorierte den scharfen Schmerz in ihrer Brust und trat dicht an das Bett heran, ließ den Lichtschein darüberwandern.

Die Laken waren zerknittert und fleckig. Dunkle Flecken. Blutflecken, die meisten getrocknet, manche davon noch rot und frisch. Damit hatte sie gerechnet. Sie ließ das Licht weiterwandern, über seine Hände und Arme, die zerschnitten und blutig waren.

Ein tiefer Atemzug nahm die Spannung aus ihrem Körper. In den Rissen und Schnitten trocknete dunkel das Blut. Er war über und über damit beschmiert, auch sein Brustkorb und Teile seines Gesichtes, es sah aus wie eine dieser schrecklichen Masken, die die jungen Männer sich zu den Festivals schminkten. Auch auf der Brust und im Gesicht waren Schnittwunden unter dem Blut.

Seine Brust hob und senkte sich. Sein Mund stand leicht offen. Die Augen ließen einen Spaltbreit Weißes sehen. Er ... verdammt noch mal, dem ewigen Prinzip sei Dank ... er lebte.

Melania stellte die Lampe aufs Betthaupt und kniete sich neben ihn. Sie legte sacht die Hand auf seine Schulter, die unverletzt schien, und drückte sie vorsichtig. »Laurenz«, sagte sie. »Laurenz, wach auf.«

Ein Stöhnen, ein tiefes Knurren, er regte sich schwach, zuckte, fuhr hoch und schlug ihre Hand von seiner Schulter. Sie wich zurück, er saß aufrecht und starrte sie aus riesigen Augen an. Seine Zunge erschien zwischen den Lippen, die trocken und rissig aussahen, leckte darüber. Er war nackt bis auf das Laken, das über seine Beine gedeckt war, und sah krank und verwirrt aus. Und vollkommen irre, mit all diesem Blut und diesen Schnitten, wie ein archaischer Krieger, der im rasenden Wahn seine Feinde getötet und danach seine Familie und seine Freunde zerrissen hatte.

»Laurenz«, sagte sie leise und sanft. »Warum bist du nicht zu mir gekommen?«

Er begann zu zittern. Ein leises Wimmern drang über seine Lippen. Melania ließ alle Vorsicht fahren und nahm ihn fest in ihre Arme. Er ließ den Kopf auf ihre Schulter sinken und erwiderte die Umarmung. Sie konnte fühlen, wie einige der tieferen Schnitte sich erneut öffneten und frisches Blut herausquoll. »Dein Leibarzt ist hier«, flüsterte sie ihm ins Ohr. »Lass dich von ihm verbinden. Laurenz, tu mir so etwas nie wieder an, ich bitte dich. Ich ...« Sie schluckte, und dann sagte sie etwas, was sie noch nie zu ihm gesagt hatte, so wenig wie er zu ihr, und wofür sie sich gleichzeitig hasste und verachtete: »Ich liebe dich, Laurenz.«

Und sie spürte, wie er in ihren Armen erschlaffte, ließ ihn vorsichtig in die Kissen zurücksinken, sah das frische Blut und seine graue Gesichtsfarbe unter all dem verkrusteten, verschmierten Blut und rief laut: »Schickt den Arzt herein!«

Sie wartete, bis der Mann bei ihr war, dann ging sie schnell zur Tür zurück. »Schickt einen Reinigungstrupp«, sagte sie zu dem jungen Gardisten. »Lasst alles aufräumen und säubern, aber vorsichtig, es sind höchst giftige Präparate dabei. Lasst am besten alles verbrennen. Und ich wünsche, dass der Panarch in meine Gemächer gebracht wird, sobald der Arzt mit ihm fertig ist.«

Sie wartete, bis der Gardist fort war, und stakte durch all das zerbrochene, zersplitterte Zeug auf dem Boden. Drei der Präparate hob sie auf und steckte sie ein. Man wusste nie, wozu so etwas gut war, und Laurenz würde annehmen, dass diese speziellen Gläser ebenfalls zerstört worden waren.

Sie brachten Laurenz in der Dunkelheit der Nacht zu ihr. Das war ihre letzte Anweisung gewesen, die sie dem Hauptmann der Leibgarde noch gegeben hatte, nachdem sie Laurenz' Gemächer verlassen hatte. Der Hauptmann hatte ihr zugestimmt, dass es besser sei, den Zustand des Panarchen vor der Allgemeinheit geheim zu halten. Allein sein Sekretär und Senator Andoni waren benachrichtigt worden – Melania wusste, dass sie Andoni in dieser Angelegenheit vertrauen konnte und dass er nicht über das reden würde, was hier geschehen war.

Andoni besuchte sie am Abend auf ihre Bitte hin und lauschte ihrer Schilderung dessen, was sie gesehen und veranlasst hatte. Er sah beinahe ebenso müde und grau aus wie der Panarch und seine Kleider saßen ein wenig lockerer als sonst.

Melania hielt ihn auf, als er gehen wollte, und sagte: »Es wird alles gut werden, Andoni. Ich werde dafür sorgen, dass dein Neffe freigelassen wird.«

Er sah sie mit diesem scharfen, hellsichtigen Blick an, der so klar war und so abgrundtief traurig. »Wie sollte dir das gelingen?«, fragte Andoni leise. »Laurenz hat Beweise für das, was er sagt, Melania. Gute Beweise. Ich habe sie gesehen ...« Er wandte sich heftig ab. »Wie konnte der Junge nur«, hörte sie ihn murmeln.

Melania schwirrte der Kopf. Sie wusste, dass die Beschuldigungen haltlos waren. Ja, sie waren sicherlich wasserdicht und unwiderlegbar, denn immerhin hatte Zero sie hergestellt. Zero war ein Genie. Aber sie waren dennoch eine Lüge, diese ganze Verschwörungsgeschichte war von vorne bis hinten gelogen. Nur – sie konnte dies nicht offenlegen, ohne ihre Leute und sich selbst zu verraten.

Mit einem Stöhnen vergrub sie das Gesicht in den Händen und hörte, wie der Senator hinausging.

Sie brachten Laurenz auf einer Trage, zwei kräftige Soldaten, der erschöpft aussehende Leibarzt und der Hauptmann. Melania sah zu, wie sie den Bewusstlosen vorsichtig auf ihr Bett hoben.

Der Leibarzt kam zu ihr, nachdem er noch einmal den Puls des Panarchen geprüft hatte, und murmelte: »Ich habe ihm etwas gegen seine Schmerzen gegeben und einen Schlaftrunk gemischt. Er sollte bis morgen Mittag durchschlafen. Wenn Sie dann dafür sorgen würden, dass er etwas zu sich nimmt – eine Brühe, etwas gedünstetes Gemüse ... Und er muss viel trinken, denn er hat einiges an Blut verloren. Ich komme morgen und sehe nach ihm, und natürlich bin ich sofort da, wenn Sie mich brauchen, Mylady.«

Melania dankte ihm und brachte ihn zur Tür. Sie hielt ihn auf, ehe er hinausging: »Er hatte sicherlich Kontakt mit den Präparaten, die zerstört wurden. Sind Sie sicher, dass er sich nicht mit etwas davon vergiftet hat?«

Der Arzt wiegte den Kopf. »Ich kann es nicht sagen«, antwortete er ehrlich. »Aber wenn er bis morgen … morgen sehen wir weiter.« Melania verzog das Gesicht, dankte ihm aber erneut und kehrte zum Bett zurück. Sie blickte grübelnd auf den Schlafenden nieder. Er war nun in ihrer Hand, ganz und gar. Wie in jeder Nacht, in der er an ihrer Seite geschlafen hatte, bei jedem Essen, das sie gemeinsam genossen hatten ... Es hatte Dutzende von Gelegenheiten gegeben, ihn zu töten, aber sie wäre diejenige gewesen, die man dafür zur Rechenschaft gezogen hätte. Nicht, dass sie dieser Gedanke gestört hätte. Ihr Leben hatte geendet, als die Greifer ihre Tochter geholt hatten.

Aber ihre Lage hatte sich heute entscheidend geändert. Sie brauchte nur eins der Präparategläser zu öffnen und ihm etwas davon einzuflößen. Der Morgen würde den Panarchen tot in ihrem Bett finden, und niemand, absolut niemand würde auch nur in Betracht ziehen, dass sie ihre Hände dabei im Spiel gehabt haben könnte. Ganz im Gegenteil ...

Die Präparate, die sie aus den Trümmern gerettet hatte, standen auf dem Tisch, sie hatte ein Tuch darübergedeckt.

Melania griff nach dem Glas mit dem feuerroten Fröschlein und drehte es unschlüssig in den Fingern. Es wäre so leicht. Und noch dazu wäre es barmherzig. Er würde nichts spüren, sein Schlaf würde nur noch tiefer werden, tiefer, so tief, dass er nicht mehr daraus erwachte.

Sie konnte geradezu hören, was Aulus zu ihr sagte, wie Hummel sie anfeuerte, wie ihre Tochter vor ihr stand, mit flammenden Augen, und rief: *Mama! Du musst es tun! Tu es für mich!*

Mit einem Schluchzen, das ihr die Kehle zu zerreißen drohte, stellte sie das Glas zurück zu den anderen und deckte es ab. Mochte Zero das Werk vollenden. Melania konnte es nicht tun. Nicht, nachdem sie diese Worte zu ihm gesagt hatte, die immer noch in ihren Ohren klangen.

Sie zog sich aus und schlüpfte neben ihn unter die Decke, schmiegte sich an seine Seite und legte ihre Lippen auf seine Schulter, auf einen Fleck Haut, der nicht bandagiert und mit Pflaster bedeckt war. Sie seufzte tief, schluckte die Tränen hinunter und schlief ein.

38

Es steht geschrieben: Alle reden vom Wetter, wir nicht!

Valentin hatte sich nicht bewusst nach Winter umsehen wollen, aber unversehens fand er sich doch in der Nähe ihres Quartiers wieder. Er war vollkommen in Gedanken versunken dorthin gelangt, weil seine Füße ganz offensichtlich eigenständig dachten, und zwar in völlig anderen Bahnen, als sein Kopf das tat.

Er stand unschlüssig vor ihrer Tür. Wollte er anklopfen? War es klug, das zu tun? Sollte er nicht besser einfach wieder kehrtmachen, bevor irgendjemand ihn hier sah, wie er dastand und wie ein alberner Jüngling ohne einen Funken Verstand zwischen den Ohren die Tür zur Kabine seiner Angebeteten anschmachtete? Er, der künftige Panarch?

Er ließ die Hand sinken und machte einen Schritt von der Tür weg, die sich im gleichen Augenblick öffnete. Winter stand vor ihm, Schatten unter den Augen, schmal und blass, und als sie ihn ansah, erblühte ein Lächeln auf ihrem Gesicht, das all seine Bedenken wie ein Sturmwind aus seinem Kopf fegte. Er ging auf sie zu und zögerte. »Winter«, sagte er. »Ich wollte dich nicht stören.«

Ihr Lächeln verblasste ein wenig, aber sie blickte ihn unbeirrt weiter an. »Ich muss zu Elster«, sagte sie. »Es scheint ein schwieriges Erwachen zu sein.« Sie lächelte ein wenig gequält. »Liegt bei uns in der Familie. Sie ist nur ein Trikker, aber der Steuermann sagt, es wäre eins der alten, seltenen Talente, stärker als die meisten.«

Valentin hob die Schultern. »Deine Familie – seid ihr alle Hexen?«

Sie gingen nebeneinander her, Winter schritt weit aus, und auf ihrer Brust tanzte an einem Lederriemen das Zeichen, das auch Elster trug, diese kleine, etwas zu kurz geratene Stimmgabel. Winter lachte zu ihm auf. »Hexen? Nein, tut mir leid, mit so etwas können wir nicht dienen.«

Er sah sie fasziniert an. Wie sie den Kopf hielt, wie sie lachte und sich bewegte, glaubte er wieder, jemanden zu sehen, den er schon sein Leben lang kannte.

»Wie auch immer ihr euch nennt«, sagte er und beeilte sich, den Anschluss an sie nicht zu verlieren. Sie mussten auf die andere Seite des Schiffes, weil Elster vor der Tür der Messe zusammengebrochen war und der Erste Offizier sie kurzerhand in eine leer stehende Kabine der Mannschaftsquartiere hatte bringen lassen. Er blieb so abrupt stehen, dass sie ins Stolpern kam und sich verwirrt zu ihm umdrehte. »Was ist?«

»Nichts«, sagte er und schüttelte den Kopf, um das Bild zu vertreiben, das sich vor seine Augen geschoben hatte. »Nein, nichts. Ich habe gerade an jemanden denken müssen.« An Melania, wie sie ihm gegenüber am Tisch saß und ihn anlachte. Dann überzog sich ihr Gesicht mit einem Schatten, sie sah so verängstigt und traurig aus, dass es ihn schüttelte. Irgendetwas ging gerade im Turm vor sich, das konnte er fühlen.

Er schloss wieder zu Winter auf und lenkte sich von dem beklemmenden Gefühl ab, das ihn so unvermittelt überkommen hatte. »Was ist das für ein Anhänger, den du da trägst?«

Ihre Hand glitt zu ihrer Brust. »Die Gabel? Sie hat etwas mit dem Alten Glauben zu tun.«

Er grinste. »Ihr seid ganz schön prosaisch, ihr Schluchter«, sagte er. »Das ist ein religiöses Symbol und ihr nennt es einfach nur ›Gabel‹?«

Ihre Miene war ernst, aber ihre goldenen Augen lächelten, während ihre schlanken Finger die drei Arme der Gabel nachfuhren. »Wurzel, Vergangenheit«, sagte sie. »Die Kreuzung ist die Gegenwart. Und diese beiden Arme hier bedeuten die Unwägbarkeit der

Zukunft. Nur zwei, obwohl es unendlich viele sein müssten. Niemand weiß, was die Zukunft bringt.« Ihr Blick umwölkte sich. »Obwohl einige von uns manchmal einen Blick hinter den Schleier werfen können.«

»Du auch?«

Sie antwortete nicht gleich, denn nun waren sie vor der Kabine angekommen, in der Elster provisorisch untergebracht worden war. Winter drehte sich zu Valentin und griff nach seinen Händen. »Ich auch«, sagte sie leise. »Deshalb kann ich den Sturm am Horizont erahnen, Val. Sieh dich vor. Ein Orkan ist im Anzug, und er wird uns alle mit sich reißen, wenn wir nicht auf der Hut sind.«

Mit diesen Worten ließ sie ihn vor der Tür stehen.

Er ging nachdenklich zurück in seine Kabine und warf sich auf sein Bett. Dort lag er ein paar Minuten und starrte Löcher in die Luft, dann sprang er wieder auf und ging zu Cosimos Kabine. »Cosimo?«, rief er und klopfte. »Bist du da?«

Der Freund öffnete mit schlaftrübem Blick. Seit sie unterwegs waren, schien Cosimo den Rekord im Dauerschlafen brechen zu wollen. Er war luftkrank, hatte er Valentin erklärt. Das Gefühl, dauerhaft keinen festen Boden unter den Füßen zu haben, brachte sein Inneres so durcheinander, dass er den ganzen Tag entweder über der Reling hängen und sich übergeben musste oder eben den Ausweg in den Schlaf suchte.

»Hallo«, sagte er und schob die Tür ganz auf. »Komm rein. Sind wir bald da?« Er tappte zum Bett zurück und hockte sich auf die Kante. »Ich bin es so leid.«

Valentin lehnte sich gegen die geschlossene Tür. »Hast du es mal mit dem Mittel versucht, das Winter dir empfohlen hat?«

Cosimo riss die Augen auf, sie waren blutunterlaufen und trüb. »Bist du irre?«, fragte er fassungslos.

Valentin rieb sich über die Lippen. »Ich frage mich das auch«, sagte er. »Ich habe ein ungutes Gefühl in den Knochen, so ein Gefühl, dass im Turm etwas Schlimmes geschehen ist.«

Cosimo lehnte sich in sein Kissen und stöhnte leise. »Dann geh doch zu Rochus und lass dich mit dem Turm verbinden«, murmelte er. »Die haben weitreichenden Funk hier an Bord. Hör nach, ob was los ist, ehe du dich mit irgendwelchen Ahnungen verrückt machst.«

Valentin sah seinen Freund verblüfft an. Seit ihrer Abreise hatte Cosimo seine Unterwürfigkeit und seine Leisetreterei ihm gegenüber vollkommen abgelegt. Er war bestimmter, ruhiger, nachdenklicher geworden, und das lag nicht allein an der Reisekrankheit. Es war, als wäre er plötzlich erwachsen geworden, und sein neues Ich glich verblüffend dem seines Onkels Andoni.

»Ich habe dich immer für ein bisschen beschränkt gehalten«, sagte Valentin. »Ich glaube, ich muss mich dafür bei dir entschuldigen.«

Cosimo winkte ab, seine Lider sanken über die Augen. »Später, bitte«, murmelte er. »Mir ist zu schlecht, um das genießen zu können.« Er grinste schief und zog die Decke über den Kopf.

Valentin seufzte und entschied, dass ein Spaziergang an Deck ihn auf andere Gedanken bringen würde. Sobald er wieder klar denken konnte, würde er den Nauarchen bitten, ihm eine Funkverbindung mit dem Turm zu ermöglichen, um seine bösen Ahnungen auf diese Weise zur Hölle zu schicken.

Er erklomm den Niedergang zum Heck und geriet in einen Tumult aus Schreien und trampelnden Füßen. Luftschiffer rannten über das Deck, brüllten durcheinander, jemand donnerte Kommandos, Signalpfeifen schrillten, Winden quietschten und Taue pfiffen durch die Luft.

Valentin blieb in der Nähe des Niedergangs stehen und sah fasziniert bei dem zu, was er für ein aufgeregtes Manöver hielt, bis er erkannte, dass oben in der Takelage jemand hing, der offensichtlich nicht mehr aus eigener Kraft in der Lage war hinabzuklettern.

Er beobachtete die Rettungsaktion gespannt, aber ohne große Beteiligung. Ein junger Matrose, dem übel geworden war? Oder hatte sich einer der Männer durch einen unglücklichen Zufall so in den Tauen verfangen, dass er sich nicht mehr selbst befreien konnte?

Anscheinend war der Mann bewusstlos. Die Matrosen sicherten ihn mit Seilen und ließen ihn langsam aufs Deck hinunter. Ein Offizier stand unten und brüllte Anweisungen, drei Männer standen bereit, um den Abgeseilten aufzufangen und vorsichtig auf die Planken zu betten. Dann standen sie alle um ihn herum. Wieder gellte eine Signalpfeife, jemand rannte zum Brückendeck, ein anderer kam auf den Niedergang zugepoltert, von dem aus Valentin das Spektakel beobachtete.

Der Mann hielt vor ihm an, salutierte flüchtig und keuchte: »Euer Gnaden, gut, dass Ihr bereits an Deck seid. Bitte, wenn Ihr mir folgen wollt ...«

Mit einem Gefühl des nahenden Unheils, das ja schon den ganzen Tag über seinem Kopf dräute wie eine Gewitterwolke, lief Valentin hinter dem Luftschiffer her. Als er sich der Gruppe näherte, die um den reglosen Körper herumstand, öffnete sich der Kreis schweigend und ließ ihn sehen, wer da auf dem Boden lag.

»Rufus«, sagte Valentin und fiel auf die Knie. Er griff nach der Hand seines Bruders, aber es war unnötig, nach einem Puls zu tasten. Rufus' Genick war offensichtlich gebrochen, sein Gesicht blickte mit grässlich hervorquellenden Augen beinahe über die andere Schulter. Kein Mensch konnte den Kopf so weit drehen und war danach noch lebendig.

»Was ist geschehen?«, fragte Valentin den Proreta, der mit fassungsloser Miene über dem Leichnam stand.

»Wir wissen es nicht, Euer Gnaden«, erwiderte der Offizier. »Euer Bruder hing nach der Wachablösung dort oben an der Royalrah. Niemand hat gesehen, wie er dorthin gelangt ist. Er muss hochgeklettert sein, hat sich dort in der Takelage verfangen und ...«

»Nein«, unterbrach Valentin ihn hart. »Das hier war kein Unfall. Jemand hat ihm den Hals umgedreht und dann dort oben aufgehängt.« Er beugte sich über Rufus und zog den Kragen tiefer. Die blauvioletten Male an dessen Hals waren deutlich zu sehen. Sie waren von Fingern verursacht worden, nicht von einem Seil. Er berührte die Würgemale mit den Händen so vorsichtig, als könnte er Rufus damit Schmerzen zufügen. Aber sein Halbbruder war jenseits aller Empfindungen, er war kalt, steif und tot. Valentin schluckte und zog seine Hand zurück. Sie waren keine Freunde gewesen, beileibe nicht, aber Rufus hier ermordet vor seinen Füßen liegen zu sehen, erschütterte ihn.

Valentin fuhr mit der Hand über die starren Augen und schloss dem Toten die Lider. »Wir müssen meinen Vater benachrichtigen«, sagte er heiser.

»Wer kann einem erwachsenen Mann so den Hals herumdrehen?«, murmelte ein Matrose. »So viel Kraft hat doch niemand.«

Valentin blickte starr auf den Leichnam. »Ja, das ist die Frage«, sagte er geistesabwesend. »Bringen Sie ihn unter Deck, verwahren Sie ihn in einem kühlen Raum, Proreta. Er muss zum Turm zurückgebracht werden, wenn wir anderen ausgestiegen sind.«

Valentin sah dem Abtransport des Leichnams voller widerstreitender Gefühle zu. Es war mehr als wahrscheinlich, dass mindestens einer der Schluchter hier seine Hände im Spiel gehabt hatte. Gut möglich, dass der Steuermann und Indigo Elster für eine ihr angetane Schmach gerächt hatten. Nicht, dass er seinem Bruder sonderlich zugetan gewesen wäre – aber es ging nicht an, einen solchen Mord ungesühnt zu lassen.

Das alles würde ihre Reise noch weiter erschweren. Was für ein Durcheinander. Er fühlte Wut in sich aufsteigen. Hätte dieser Idiot Rufus nicht wenigstens ein einziges Mal in seinem Leben seine Finger bei sich behalten können?

Der Nauarch sah ihm mit düsterer Miene entgegen. »Euer Gnaden«, sagte er, »ich bin untröstlich, dass sich an Bord meines Luftschiffes solch eine Tragödie ereignen konnte. Ich möchte Euch mein tief empfundenes Mitgefühl ...«

»Danke, Nauarch«, unterbrach Valentin ihn nicht sonderlich höflich. »Ich benötige eine Funkverbindung zum Turm. Ist das mittlerweile wieder möglich?«

Der Operator, der mit Kopfhörern auf den Ohren und konzentrierter Miene vor seinem Gerät saß, blickte auf und schüttelte den Kopf. »Es scheint eine atmosphärische Störung zu sein, die den Funkverkehr behindert. Wenn die abgezogen ist, lasse ich Euch sofort benachrichtigen.«

Valentin dankte den beiden Offizieren. Nun musste er herausfinden, wer Rufus getötet hatte, und das würde das ohnehin schwierige Verhältnis der beiden widerwillig zusammenarbeitenden Reisegruppen nur noch weiter verschlechtern. Dieser Todesfall gefährdete den Erfolg ihrer gesamten Mission.

39

Es steht geschrieben: Freedom is just another word for nothing left to lose

»Sein Fieber geht nicht hinunter, das macht mir Sorgen.« Der Leibarzt wusch sich die Hände und trocknete sie sorgfältig ab. »Sorgen Sie dafür, dass er trinkt, Mylady. Ansonsten warten wir noch bis heute Abend, wenn es bis dahin nicht besser ist, werde ich versuchen, das Fieber mit kalten Wickeln zu senken.«

Melania saß neben dem Bett und nickte matt. Sie hatte zwei Tage kaum geschlafen, wenig gegessen und dafür ausgiebig mit Andoni, Senatorin Tullia und Xenon, dem Bruder des Panarchen, konferiert, und nun dachte sie über das vor einer Stunde stattgefundene Treffen nach. Andoni und Tullia waren diejenigen unter den Senatoren, denen Laurenz am meisten vertraute, und beide rieten dazu, den Zustand des Panarchen und die Umstände, wie es dazu gekommen war, vollkommen geheim zu halten. Xenon hatte sich widerstrebend dieser Auffassung angeschlossen.

Die Gardisten, die nach dem »Unfall«, wie Melania es zu nennen vorzog, das Gemach betreten, es gereinigt und den Panarchen zu ihr gebracht hatten, waren zu einem strikten Stillschweigen vereidigt worden. Der Kommandant der Leibgarde, ein altgedienter Haudegen, hatte versichert, dass seine Männer sich daran halten würden, schon allein, weil sie wussten, dass einem Plappermaul der Strafdienst in den Tiefgeschossen drohte.

Die engsten Vertrauten des Panarchen hatten völlig unverblümt mit ihr über ihre Sorgen und Befürchtungen gesprochen. Die Verlautbarung, nach der Valentin und seine Begleiter in eine groß angelegte Verschwörung zum Sturz des Panarchen verwickelt seien und nun auf dem Weg, sich mit dem Erzfeind des Panarchats zu verbünden, hatte den Turm in seinen Grundfesten erschüttert. Noch war es Xenon und Andoni gelungen, dies alles im Inneren des Turmes zu halten, aber wenn es nach draußen sickerte – und das war unmöglich zu verhindern –, würde es in den anderen Türmen des Panarchats womöglich dazu führen, dass auch diese sich von Laurenz Lecare lossagten und dem Südlichen Konglomerat anschlossen. Zumindest die ohnehin wackelige Loyalität der grenznahen Türme stand auf dem Spiel, aber auch die panarchatstreuen inneren Türme konnten ins Wanken geraten und mit ihnen das gesamte Reich.

Melania konnte die Besorgnis im Raum beinahe mit Händen greifen.

»Was bedeutet das für uns?«, fragte sie leise.

»Krieg, wenn es hart auf hart kommt. Revolution. Das Ende des Panarchats im schlimmsten Fall.« Andoni hatte den schweren Kopf in die Hände gelegt. »Und wir haben nichts als Cornel, der das alles zusammenhalten soll«, hatte er gestöhnt. »Wenn Laurenz doch wenigstens so klug gewesen wäre, Xenon ans Ruder zu stellen!«

Melania nickte in der Erinnerung. »Ich fürchte, du warst schon da nicht mehr ganz bei Sinnen«, flüsterte sie und legte ihre Hand auf die fiebrige Wange des Schlafenden. Er wachte immer wieder für einige Augenblicke auf, in denen sie ihm zu trinken gab oder etwas Suppe einflößte. Er wusste nicht, was geschehen war, und Melania ließ ihm die gnädige Dunkelheit seiner fehlenden Erinnerungen. Sie würden früh genug zu ihm zurückkehren, und dann musste er sich all dem stellen, ob er wollte oder nicht.

Womöglich bestand das Panarchat schon gar nicht mehr, wenn es so weit war. Der Gedanke erleichterte sie auf seltsame Weise. Wenn das Panarchat fiel, wenn die Türme sich gegenseitig zerstörten, dann könnte sie doch einfach gehen. Sie könnte all das hinter sich lassen, zurückkehren in den Wald, fortgehen, weit fort von diesem Ort, irgendwohin, wo man nicht wusste, wer sie war. Neu anfangen, einen anderen Namen, ein anderes Leben ...

Er seufzte, ein langer, hoffnungsloser Ton, und seine Augenlider flatterten. »Melania«, flüsterte er ihren Namen und sie beugte sich über ihn, lächelte auf ihn hinab. »Laurenz«, sagte sie, »ich bin hier. Hast du Schmerzen? Möchtest du etwas?«

Seine Finger umklammerten ihre Hand. Er schüttelte den Kopf, seine Augen schlossen sich wieder.

Als sie sicher war, dass er schlief, löste sie ihre Hand aus seinem Griff und stand auf. Sie musste sich bewegen, es machte sie schier wahnsinnig, hier eingesperrt zu sein.

Es klopfte an der Tür. Sie öffnete und sah den Bediensteten fragend an, der vor ihr stand. Der Mann verneigte sich und reichte ihr einen Umschlag, dienerte wieder und ging.

Melania schloss die Tür und öffnete das Schreiben. Ihr Herz klopfte, als ahnte sie schon, was darin stand.

»€ïñē $†µñđē ñã¢ħ Mï††ēŕñã¢ħ†«, las sie, »ãñ đēŕ µñ†ēŕēñ $¢ħłēµşē. Đµ ωïŕş† ãbġēħºł†. Đµñķēł ïş† đïē Ķŕēã†µŕ, şº*f*ēŕñ şïē ãµş đēм Ñï¢ħ†ş ş†ãмм†. Ħ.«

Sie presste die Botschaft an ihre Brust und zwang ihren Atem zur Ruhe. Hummel hatte das Treffen mit Zero arrangiert. Sie konnte es jetzt nicht mehr rückgängig machen. Heute Nacht also.

Sie schritt zum Kamin und warf den Brief hinein, während sie fieberhaft nachdachte. Jemand musste ihre Nachtwache übernehmen. Sie konnte behaupten, erschöpft zu sein und deshalb bei einer Freundin ein paar Stunden in Ruhe schlafen zu wollen. Xenon hatte ihr bereits gestern angeboten, er würde sie von Herzen gerne ablösen. Sie rieb sich über die Augen. Die Zeit bis zum Treffen konnte sie in einem der Ruheräume im 157. Stock verbringen. Dort gab es Liegen und Waschräume, in denen sie sich umkleiden konnte.

Sie ging zu ihrem Schrank, nahm die Kleider heraus, in denen sie sich in den Untergeschossen unauffällig bewegen konnte, wickelte das Bündel in einen ihrer Mäntel und stopfte es samt den Schuhen in einen der Körbe, in denen Holz für die Kamine heraufgebracht wurde und den sie vor ein paar Tagen für diesen Zweck akquiriert hatte.

Sie sah sich um, wischte gedankenlos ihre Hände am Rock ab und biss sich auf die Lippe. Zuerst musste sie den Korb hinausschaffen, dann Xenon eine Botschaft schicken. Hier warten, bis er kam, dann mit dem Korb hinunter ins 157. Stockwerk. Dort konnte sie sogar noch etwas schlafen, was ratsam war, denn sie war bis auf die Knochen erschöpft und sie musste Zero mit wachem Verstand gegenübertreten.

Für einige Atemzüge sank sie auf die Kante eines Sessels und ließ die Schultern nach vorne sinken. Sie konnte sich nicht daran erinnern, warum sie um dieses Treffen gebeten hatte, was ihr daran so wichtig und dringend erschienen war. Ihr Kopf war wie leer gefegt und einen kurzen Moment lang stieg kalte Panik in ihr auf. Zero würde sie ansehen und wissen, dass Melania nicht mehr ganz und gar hinter der Sache stand. Er würde den Verrat an ihr wittern und sie töten, ohne mit der Wimper zu zucken. Verrat konnte nicht geduldet werden, zu fragil war der Untergrund, auf dem die Revolte fußte. Verräter wurden exekutiert, augenblicklich und ohne lange zu fackeln. Es gab keine Anklage, keine Richter und keine Verteidigung – nur den Henker.

Sie legte ihre zitternden Hände in den Schoß und bot alle Kraft auf, um ihren Geist zur Ruhe zu bringen. Niemand konnte ihre Gedanken lesen, selbst Zero nicht. Sie durfte sich keine Blöße geben. Sie musste konzentriert und wach sein – und dafür war es gut, ein paar Stunden zu schlafen. Je eher sie einen der Ruheräume aufsuchte, desto besser.

40

Es steht geschrieben: Ich hab hier bloß ein Amt und keine Meinung

Valentin stürmte über das Deck und besann sich erst, als ihn verwunderte Blicke trafen, darauf, dass er als Sohn des Panarchen niemals, niemals seine Contenance verlieren durfte – jedenfalls nicht, solange jemand ihm dabei zusah. Er ballte die Fäuste und zwang sich zu einem gemesseneren, dennoch zügigen Schritt. Endlich, endlich war die Funkverbindung zum Turm wiederhergestellt!

Er kletterte zum Brückendeck hinauf und betrat das Ruderhaus. »Nauarch?«, sagte er ein wenig atemlos.

Der fest umwickelte Zopf des Kapitäns schwang herum und tanzte auf dessen Schulter wie eine lebendige Schlange. Das zerknitterte Gesicht des Nauarchen war ausdruckslos, als er Valentin ansah, aber in seinem Blick schien sich aufgewühltes Wetter zu spiegeln. »Euer Gnaden«, sagte Rochus und räusperte sich unbehaglich. »Wir haben die Nachricht nun endlich unverstümmelt und klar empfangen können, die uns vom Turm geschickt wurde.« Er pausierte und räusperte sich wieder. »Es steht mir nicht zu, die Befehle des Turmes und des Panarchen infrage zu stellen, ich bin nur ein einfacher Luftschiffer, der nichts von Politik versteht.«

Valentin verstand gar nichts mehr und sagte das auch laut. »Nauarch, hören Sie auf herumzustottern«, sagte er und lachte, obwohl ihm nicht nach Lachen zumute war. Die Nachricht des Turmes schien Rochus über die Maßen verstört zu haben. »Reden Sie frei heraus, ich werde Ihnen nichts, was Sie sagen, übel nehmen.«

»Da bin ich ganz und gar nicht sicher«, murmelte der Nauarch, dem sichtlich der Schweiß ausbrach. Er zog ein großes Schnupftuch aus der Tasche und wischte sich übers Gesicht. »Euer Gnaden«, begann er, faltete das Schnupftuch sorgsam zusammen und steckte es ein, »Euer Gnaden ... ich bin aufgefordert worden, Euch und Eure Begleiter zu inhaftieren, in Eisen legen zu lassen und unverzüglich zum Turm zurückzukehren.«

Valentin merkte, dass ihm der Unterkiefer herabfiel, und schloss hastig den Mund. »Nauarch«, sagte er ruhig, »Sie erlauben sich einen üblen Scherz, hoffe ich.«

Rochus schüttelte mit unglücklicher Miene den Kopf. Er streckte die Hand aus. »Darf ich um Eure Waffen bitten, Euer Gnaden? Ich verzichte auf die Ketten, wenn Ihr mir Euer Ehrenwort gebt, in Eurer Kabine zu bleiben und keinen Fluchtversuch zu unternehmen.« Er lächelte gequält. »Wohin solltet Ihr auch fliehen?«

Valentin dröhnten die Ohren. Er schüttelte den Kopf, um das Klingeln und Sausen zu verjagen. »Rochus«, sagte er geduldig, »sind Sie betrunken? Wer sollte mich aus welchen Gründen inhaftieren wollen? Der Panarch selbst hat mich und meine Begleiter auf diese Mission geschickt. Ich werde keine Order akzeptieren, die nicht von meinem Vater selbst stammt. Das kann nur eine Intrige ...«

Der Nauarch straffte seine Schultern und winkte dem Proreta, der sich diskret im Hintergrund gehalten hatte und der nun mit zwei Schritten an Valentins Seite war. »Euer Gnaden«, murmelte er und legte seine schwere Hand auf Valentins Schulter. »Eure Waffen, bitte.«

Valentin machte sich mit einem unwilligen Ruck frei. »Nauarch Rochus«, sagte er laut, »wer hat diesen Befehl erteilt? Und worauf lautet die Anklage?«

Der Kapitän hob das Kinn und sah ihm gerade in die Augen. »Seine Gnaden, der Panarch«, erwiderte er. »Die Anklage lautet auf Hochverrat.«

Valentin ließ es zu, dass der Proreta ihm die Tesla-Pistole aus dem Gürtel zog und sein Messer abnahm und ihn dann mit sanftem

Druck zur Tür dirigierte. Er fühlte sich, als hätte er einen harten Schlag auf den Kopf bekommen, und erst, als er schon halb auf dem Brückendeck stand, riss er sich noch einmal aus dem Griff und rief: »Benachrichtigt den Turm, Nauarch, und gebt durch, dass ich dringlich mit meinem Vater sprechen will!«

Der Nauarch hob bestätigend die Hand und der Proreta packte fester zu und zog Valentin hinaus.

»Ich komme mit, Marius«, sagte Valentin. »Sie müssen nicht zerren.« Er schüttelte den Kopf. »Das kann nur ein absurder Irrtum sein«, sagte er leise. »Was sonst?«

»Ja, Euer Gnaden«, sagte der Proreta stoisch. »Nun folgt mir bitte. Ich habe die Anweisung, Euch zu Eurer Kabine zu eskortieren, aber ich werde sie nicht abschließen.« Sein Blick flackerte zu Valentin und wieder fort. »Habt Ihr verstanden?«

»Ich habe verstanden, Proreta«, erwiderte Valentin verwirrt.

»Gut«, sagte der Proreta und ging bis zum zweiten Niedergang schweigend neben Valentin her. Dann sah er sich hastig nach allen Seiten um und murmelte: »Es ist ein Greiferkommando auf dem Weg hierher, das Euch an Bord nehmen soll. Ich denke, dass sie uns übermorgen in den Mittagsstunden eingeholt haben werden. Es wäre also ratsam, sich vorher von Bord zu machen.« Er schwieg und deutete mit vielsagender Miene hinab. »Dort wird keine Wache stehen. Ich sorge dafür.«

Valentin holte bis ins Mark erschüttert tief Luft. »Warum tun Sie das, Marius?«

Der Proreta hob schweigend die Hand und bildete mit Daumen und Zeigefinger einen Kreis. »Ich habe meine Gründe«, sagte er knapp. »Folgt mir nun bitte, Euer Gnaden. Ich habe, wie Ihr wisst, strikte Order, Euch in Eurer Kabine abzuliefern.«

Er sagte kein Wort mehr, bis er die Kabinentür für Valentin öffnete. Dann neigte er leicht den Kopf und sagte halblaut: »*Nullum est iam dictum …*«

»... *quod non sit dictum prius*«, ergänzte Valentin das Terenz-Zitat und schüttelte den Kopf. »Ich verstehe nicht, was Sie mir sagen wollen, Marius.«

Der Proreta lächelte schmal. »Ihr versteht offensichtlich nur zu gut, Euer Gnaden. Ich wünsche Euch Glück.« Er verneigte sich und schloss die Tür.

Valentin stand dahinter, wartete auf das Knirschen eines Schlüssels, das Scharren eines Riegels, aber beides blieb aus. Die Schritte des Luftschiffers entfernten sich. Valentin wartete, dann öffnete er die Tür. Keine Wache stand davor. Der Gang war leer.

Valentin schloss die Tür wieder und sank in einen Sessel. Er rieb sich mit beiden Händen übers Gesicht.

Hochverrat. Sein Vater ließ ihn wegen Hochverrats verhaften? Und der Proreta dieses Schiffes vollführte seltsame Handzeichen und äußerte kryptische Parolen, auf die Valentin auch noch geantwortet hatte ...

Er stöhnte und vergrub das Gesicht in den Händen. Er musste mit seinem Vater sprechen, das Missverständnis aufklären. Es konnte ja nur ein Irrtum sein! Wenn er nur mit dem Panarchen reden konnte, würde sich alles im Handumdrehen lösen und sie konnten ihre Reise wie geplant fortsetzen.

Er sprang auf und griff nach dem Sprachrohr, das ihn mit dem Ruderhaus verband. »Nauarch Rochus«, rief er hinein und wartete.

Nach einer Weile knackte die Leitung und Rochus' Stimme sagte: »Euer Gnaden?«

»Haben Sie den Turm erreicht?«

»Es ist uns noch nicht gelungen, Euer Gnaden. Ich melde mich unverzüglich bei Euch, wenn ich etwas Neues erfahren habe.«

»Danke, Nauarch«, murmelte Valentin und hängte das Sprachrohr wieder in seine Halterung.

Er stand eine Weile da und starrte aus dem Fenster. Dann begann er auf und ab zu tigern. Er konnte es nicht riskieren, jetzt seine

Kabine zu verlassen. Der Nauarch konnte jeden Augenblick wieder mit ihm sprechen wollen oder jemanden nach ihm schicken, falls Valentins Gesuch um ein Gespräch mit seinem Vater stattgegeben wurde.

Er fluchte. Griff nach dem Sprachrohr und rief nach Obst und einem Becher Wein. Hängte auf und ging weiter auf und ab, schlug die Faust in die Hand, raufte sich das Haar, biss sich auf die Lippe.

Dann eilte er an seinen Schreibtisch und warf hastig einige Zeilen aufs Papier.

Ein junger Matrose brachte ein Tablett mit dem Gewünschten und stellte es auf das Tischchen am Fenster. »Habt Ihr noch einen Wunsch?«, fragte er mit gesenktem Blick.

»Ja«, sagte Valentin und reichte ihm den Brief. »Überbringe das meiner Cousine, Lady Leona.«

Wieder war Valentin allein, aber die Verzweiflung lastete schon weniger schwer auf seinem Gemüt. Leona war klug. Sie würde Rat wissen. Und wenn nicht sie, dann war da immer noch Alban, der, wenn es hart auf hart kam, bisher noch stets seinen Mann gestanden hatte.

Valentin nahm einen großen Schluck von dem kühlen Weißwein und schloss die Augen. Ob die Maßnahmen des Turmes – er bezweifelte immer noch, dass dieser Befehl von seinem Vater gekommen war – auch die Schluchter betraf? Waren sie ebenso festgesetzt worden wie er und seine Begleiter? Er kehrte an seinen Schreibtisch zurück und begann zu schreiben. Winter musste wissen, was vorging, und sei es nur zu ihrem eigenen Schutz.

41

Es steht geschrieben: Der Adler ist gelandet

»Wir sollten das Schiff verlassen. Heute noch.« Der Steuermann saß da, die Ellbogen auf den Knien, die Hände verschränkt. Sein Blick wanderte von Winter zu Indigo und ruhte dann wieder auf Elster, als wäre sie diejenige, von der er eine Zustimmung erwartete, bevor er fortfuhr.

Sie wärmte ihre Hände an einem Becher Tee und kämpfte gegen die Mattigkeit, die immer noch ihre Glieder wie Blei beschwerte. Die Fieberträume waren nur noch verschwommene Erinnerungen, beinahe mehr ein Geschmack oder Geruch, dessen sie sich vage entsann, ein Echo aus weiter Ferne. Aber das dumpfe Brummen in ihrem Kopf und ein Gefühl von bleierner Schwere, das sie überfallen hatte, nachdem sie aufgehört hatte, vom Fliegen zu träumen, waren geblieben.

»Warum?«, fragte sie und unterdrückte ein Gähnen. Wenn es nach ihr ging, dann würden sie nirgendwohin aufbrechen, um keinen Preis der Welt.

Zach betrachtete seine verschränkten Hände. Das Licht, das durch einen Spalt in den Vorhängen fiel, ließ die feinen Linien in seinem Gesicht hart heraustreten. War dieses Spinnennetz von Fältchen bei ihrer Abreise schon da gewesen? Elster runzelte träge die Stirn, fing ihre davontreibenden Gedanken ein und richtete ihre Aufmerksamkeit wieder auf das Gespräch.

»Ich habe erfahren, dass unsere Mission kurz vor dem Scheitern steht«, sagte der Steuermann und blickte weiter auf seine Hände, die er so fest ineinander verkrampfte, dass Elster sich wunderte, seine Knochen nicht knacken zu hören. »Der Panarch hat Anweisung gegeben, das Luftschiff zum Turm zurückkehren zu lassen.«

»Warum?«, fragte Winter, die geistesabwesend und unglücklich wirkte, und Elster fragte sich, ob ihre Schwester sich mit Valentin gestritten hatte.

Der Steuermann hob die Schultern und erwiderte nach einem kurzen Zögern: »Man sagte mir, es existiere eine Order, Valentin und seine Begleiter zu inhaftieren. Wegen Hochverrats.«

Elster starrte Winter an, die nicht sonderlich überrascht, wenn auch seltsam entschlossen aussah. Indigo beugte sich vor und fixierte Zach. »Hat es etwas damit zu tun, dass dieser Rufus ermordet wurde?«, fragte er.

»Was?«, rief Elster. »Wie, wann ... wer?« Ihr Blick flog zu Zach. Wer? Sie hatte seinen schrecklichen Blick gesehen, mit dem er ihr versichert hatte, er würde sich um Rufus kümmern.

»Ich weiß es nicht, Indigo«, erwiderte Zach und wich ihrem Blick aus. »Aber mein Informant hier an Bord hat mir eingeschärft, dass wir uns beeilen müssen. Es ist ein Greiferkommando unterwegs, um den Sohn des Panarchen festzunehmen. Ich würde es vorziehen, mich zu diesem Zeitpunkt nicht mehr auf diesem Luftschiff zu befinden, wenn wir mit unserem Leben davonkommen wollen.«

»Wie gelangen wir von Bord?«, fragte Elster, ohne den Blick von Winter zu lösen. Ihre Schwester war noch bleicher als sonst und ihre Augen glühten wie Sonnenfeuer. »Und wo sollen wir hin?«

»Die Schlitten werden nicht bewacht, dafür hat mein Mann hier an Bord gesorgt«, sagte Zach müde. »Ich würde vorschlagen, dass wir die Morgendämmerung nutzen, um uns abzusetzen. Ich wage nicht, in der Nacht zu fliehen, da wir nicht wissen, wohin wir uns wenden. Die Schlitten haben nur begrenzte Reichweite und wir sind noch nicht in der Nähe unseres Ziels. Jedenfalls nicht nahe genug, um die Energie der Sammler darauf verschwenden zu können, dass wir blind und ziellos in der Gegend herumfliegen.« Immer noch sah er Elster an, wartete auf ihre Zustimmung.

»Wir sollten umkehren«, sagte Elster, die sich mit einem Mal unendlich müde fühlte. Das Surren in ihrem Kopf war leiser geworden, aber sie hatte trotzdem das Gefühl, als würde alles in ihr vibrieren. »Unsere Mission ist gescheitert, Zach. Wie sollen wir es schaffen, den Ewigen König zu erwecken? Wir sind zu schwach. Lass uns einen Schlitten stehlen und so weit wie möglich in Richtung Heimat fliegen. Om wird es verstehen. Das ist mein Vorschlag.«

Indigo nickte und klatschte zustimmend in die Hände. Winter senkte stumm den Blick. Der Steuermann verschränkte die Arme vor der Brust. Elster sah in sein eisernes, unnachgiebiges Gesicht und spürte ihre Hoffnung schwinden.

»Ich gebe unsere Mission noch lange nicht verloren«, sagte Zach. »Wir sind in der Nähe des Zieles. Jetzt umzukehren ist keine Option.« Er beugte sich vor und fixierte Elster eindringlich. »Du hast deine Gabe entdeckt, und sie wird uns bei dem helfen, was wir zu tun haben, wenn wir den Turm erst einmal gefunden haben. Ich akzeptiere die Möglichkeit des Scheiterns nicht, Elster. Zu viel hängt davon ab. Willst du umkehren und zusehen, wie die Türme nach und nach alles Leben aus den Schluchten saugen?«

Elster starrte in seine schrecklichen, faszinierenden Augen. Sie blinzelte. »Zach«, sagte sie. »Zach, ich ... nein, natürlich nicht. Aber haben wir denn überhaupt eine Chance?«

»Nicht mehr und nicht weniger als zu Beginn unserer Reise«, erwiderte er fest. »Also, wir stehlen den Schlitten und setzen die Reise ohne die Türmer fort. Д¢ķ?«

Elster senkte bestätigend die Lider. »In der Morgendämmerung also«, sagte sie. »Zach, ich vertraue auf dich.«

Der Steuermann nickte und lehnte sich zurück. »Gut, da dies entschieden ist, müssen wir uns Gedanken darüber machen, wie wir den Turm finden.«

»Ich dachte ...«, begann Elster und unterbrach sich.

»Ja?«, fragte Zach.

»Ich dachte, du führst uns dorthin.«

»Das dachte ich auch«, murmelte Indigo. »Wozu sind wir alle hier, wenn du nicht weißt, wo wir suchen müssen?«

Der Steuermann lachte beinahe überrascht auf. »Wozu wärt ihr alle hier, wenn ich wüsste, wo wir zu suchen beginnen müssen?«, fragte er zurück. »Ihr – einer von euch oder ihr alle zusammen – habt die Karte oder einen Hinweis, eine Spur ... Sonst hätte euch das Prinzip nicht losgeschickt.«

Indigo lachte und schüttelte den Kopf. »Willkommen in der Wirklichkeit, alter Mann«, sagte er müde. »Wenn du nicht weißt, wo es langgeht, dann sind wir gearscht.«

»Digo«, sagte Elster und musste lachen. »Wie redest du denn!«

»Om weiß, was sie tut«, meldete sich Winter nachdrücklich zu Wort. Ihr Blick war klar und hart wie Stahl. »Sie hätte uns nicht auf diese Mission geschickt, wenn wir nicht in der Lage wären, den Turm zu finden. Diese Aufgabe ist für uns bestimmt und für niemanden sonst.«

»Dann lasst uns nachdenken«, sagte Elster und richtete sich auf. Ihre Kabine bot ihr mit den anderen darin nicht die Möglichkeit, auf und ab zu gehen, aber immerhin konnte sie ans Fenster treten und hinaussehen. Der Himmel war mit Wolken bedeckt, durch die immer wieder die Sonne brach. Es war böig, aber das Luftschiff segelte ruhig voran. Elster drückte das Gesicht an die Fensterscheibe und kniff die Augen zusammen, als sie den Horizont absuchte. Müsste der Turm Null nicht am Horizont erscheinen, wenn sie sich ihm näherten? In ihren Träumen war er so hoch aufgeragt, dass er den Himmel verdunkelt hatte.

Sie sprach ihre Gedanken laut aus und Winter blickte auf. »Der Turm ist verschwunden«, sagte sie. »Om glaubt, dass er versunken sein könnte. Oder dass alles andere um ihn emporgewachsen ist.

Ich verstehe nicht, was sie damit meint, aber das ist es, was sie gesehen hat.«

»Das klingt nicht so, als ließe er sich leicht finden«, sagte Elster enttäuscht. »Es hört sich vielmehr so an, als wäre der Turm zerstört worden.«

»Niemand kann Turm Null zerstören«, widersprach Winter erstaunlich energisch. »Der Ewige König residiert dort, er beschützt ihn.«

»Kindermärchen«, flüsterte Indigo, aber sein Blick flackerte unsicher.

Elster blieb hinter Zach stehen und legte ihre Hände auf seine Schultern. Er zuckte leicht, regte sich aber nicht. »Wenn das Prinzip sagt, dass wir die Lösung wissen, dann gibt es irgendwo hier etwas, das uns helfen wird?«

»Richtig«, sagte Indigo mit neu erwachter Lebhaftigkeit. »Es steht geschrieben: Wer suchet, der findet. Also lasst uns suchen.« Er grinste und leerte seine Taschen aus. Die anderen blickten ihn verständnislos an.

»Wenn Om meint, dass wir etwas bei uns haben, das uns hilft, den Weg zu finden, dann lasst uns doch einfach mal unsere Sachen durchsehen«, bemerkte er pragmatisch. »Wer weiß, was von unserem Zeug vielleicht etwas taugt.«

Elster lachte über seinen originellen Ansatz und half ihm beim Ausleeren seiner Taschen. Es kamen zum Vorschein: ein Schraubendreher, Draht, ein paar Kieselsteine, ein Bleistift, ein Beutel, in dem er, wie Elster wusste, Dirrumblätter und sein Arielfeuer verwahrte, eine Handvoll Schrauben und ein Taschenmesser, zwei Kirschkerne – wieso auch immer – und ein Taschentuch.

Dann holte Elster ihren Rucksack unter dem Bett hervor. Sie öffnete ihn und breitete alles auf dem Bett aus. Ein Hemd, eine Hose, ein paar Strümpfe. Ein Kamm, Lederbänder für ihr Haar, Seife und ein in ein Tuch eingewickelter Ring, der einmal ihrer Großmutter gehört hatte. Ein kleiner Spiegel, ein Schraubendreher – sie grinste Indigo an –, ein Taschenmesser, der Beutel mit Dirrumblättern und die Büchse mit dem Arielfeuer, ein Stück seltsam geformte Wurzel und das blaue Buch. Sie schluckte, wollte es eilig wieder in ihrem Rucksack verschwinden lassen, aber Zach hinderte sie daran. Er berührte es vorsichtig und fragte: »Wo hast du dieses Buch her?«

»Gefunden.«

»Du steckst voller Überraschungen.« Zach schob ihre Hand sanft, aber nachdrücklich beiseite und nahm ihr das Buch ab. Er legte es auf den Tisch und öffnete es. »Ich sage dir alles«, las er den Titel und lächelte Elster an. »Das ist kein leeres Versprechen, musst du wissen.« Er blätterte, bis er eine Kartenzeichnung in der Mitte des Buches fand.

Elster beugte sich vor und betrachtete die verwirrend verschlungenen Linien, die keiner Landkarte glichen, die sie kannte. »Was stellt das dar?«

»Dies ist eins der Ewigen Bücher«, sagte Zach. Er strich mit der Hand liebkosend über die Buchseite. »Ich dachte, sie alle wären vernichtet worden. Du bist die wahre Finderin, Elster.« Er hob den Kopf und sah sie an, und das Licht in seinen Augen zog ihre Aufmerksamkeit an wie eine Kerzenflamme den Nachtfalter. Sie hielt den Atem an. Unendliche Einsamkeit, ewige Trauer, die Nacht zwischen den Sternen ... Düstere Dissonanz ließ ihr Herz stolpern und ihre Hände zittern. Sie blinzelte, der Kontakt riss, und sie fand sich wieder in der Kabine, zwischen den anderen, die nichts von all dem gespürt zu haben schienen. Zach blickte wieder auf die Karte hinab.

»Hierin ist der Standort des Turmes verschlüsselt, Elster.« Er hob den Kopf und lächelte. »Wir sind so gut wie am Ziel.«

»Nicht ganz.« Winter hatte sich zu ihrer vollen Größe aufgerichtet. Sie wirkte imposant und kraftvoll, trotz ihrer zierlichen Gestalt. »Wenn wir den Turm finden und den Ewigen König erwecken wollen, dann müssen wir uns an die Prophezeiung halten. *Es steht geschrieben: Wenn Turm und Schlucht Seite an Seite kämpfen, steigt der König auf und seine Glorie wird offenbar.*« Sie schluckte. »Ich gehe nicht ohne Valentin.«

42

Es steht geschrieben: Verhaftet die üblichen Verdächtigen!

Leona hatte sich von Hausarrestandrohungen nicht beirren lassen, sondern stand vor Valentins Tür, kurz nachdem sie seine Nachricht bekommen hatte. Sie brachte Alban mit, und als sie zu dritt um den Tisch in seiner Kabine saßen, fühlte sich Valentin in friedlichere alte Zeiten zurückversetzt. Alles würde sich aufklären, sobald er mit seinem Vater gesprochen hatte.

Alban sah übernächtigt aus und stierte in seinen Tee. Er war einsilbig und überließ Leona das Reden, was Valentin nur zu recht war.

»Ich fasse zusammen: Wir haben also diese Anschuldigung«, sagte seine Cousine nüchtern. »Daran können wir von hier aus nicht viel ändern. Der Nauarch ist immerhin so freundlich, uns nicht in Eisen legen zu lassen. Aber er wird dich – oder uns alle zusammen – an ein Greiferkommando ausliefern, das übermorgen hier eintreffen wird. Ich habe alles richtig verstanden?«

»Korrekt«, murmelte Valentin müde. »Ich verstehe nicht, wie jemand aus dem Turm – Cornel? – es schaffen konnte, diese vorgetäuschte Verschwörungsgeschichte an meinem Vater vorbei zu lancieren. Die Entsendung des Greiferkommandos kann nur von ganz oben kommen. Die Senatorenversammlung, der Hauptmann der Garde, mein Vater, mein Onkel.«

Leona nickte und rieb sich über die Nasenwurzel. »Val«, sagte sie vorsichtig, »wir beide wissen, dass niemand auf dieser Welt so einen Befehl an deinem Vater vorbei hätte geben können.«

Sie sprach aus, was er die ganze Zeit zu verdrängen versuchte. Er stöhnte und vergrub das Gesicht in den Händen. »Ich verstehe es nicht«, sagte er dumpf.

Alban regte sich. Er stellte den Becher hart ab und beugte sich vor. »Junge, reiß dich zusammen und benutz dein Gehirn«, sagte er schroff. »Dein Bruder Cornel hat es geschafft, deine Abwesenheit zu nutzen, sich bei seinem Vater einzuschmeicheln und dich mit gefälschten Beweisen in Misskredit zu bringen. Das war sicherlich auf lange Hand vorbereitet, kein Schnellschuss. Dafür ist Cornel zu dämlich. Ich schätze, Rufus hat daran mitgearbeitet und wahrscheinlich auch die Panarchontissa Lady Cornelia.« Er verzog den Mund, als hätte er auf etwas Bitteres gebissen. »Und natürlich deine kleine Bettgespielin, Aurelia.«

Valentin fuhr auf, aber Leona hieß ihn mit einer beschwichtigenden Geste schweigen. »Also, gehen wir davon aus – nur als Hypothese –, dass das der Wahrheit entspricht«, sagte sie. »Was können wir tun?«

»Nichts, von hier aus jedenfalls nicht«, murmelte Valentin müde. »Ich muss mit meinem Vater reden.«

»Also willst du dich in Ketten zum Turm zurückbringen lassen?«, fragte Alban spöttisch. Er stand auf und tigerte durch die Kabine. »Verdammt, hast du dich hier einsperren lassen, ohne für etwas Trinkbares zu sorgen?«

»Alban, bitte!« Valentin schlug erbittert auf sein Knie. »Was soll ich tun? Ratet mir!«

Leona biss auf ihren Daumennagel. »Man wird dir Rufus' Ermordung in die Schuhe schieben. Es kann gut sein, dass er ausschließlich deswegen sterben musste und dass Cornel dahintersteckt«, sagte sie nach einer Weile. »Womöglich wäre es wirklich das Beste, wenn wir tun, was der Proreta uns geraten hat. Wobei ich nicht verstehe, warum er uns hilft. Warum tut er das?«

Valentin beobachtete den auf und ab laufenden Alban. »Er hat mir seltsame Zeichen gemacht und etwas wie eine Parole genannt.

Er scheint zu glauben, dass ich in irgendeiner Weise ...«, er lachte auf, »dass ich tatsächlich in eine Verschwörung verwickelt sein könnte. Oh, ihr Götter!« Er lachte erstickt.

Alban lachte nicht. Er kniff die Lippen zusammen. »Was für ein Durcheinander«, sagte er matt.

Leona sah ihn misstrauisch an. »Du weißt, was das zu bedeuten hat?«

Alban hob abwehrend die Schultern. »Nun, es gibt tatsächlich so etwas wie eine Verschwörung oder wie man das auch immer nennen will. Eine Art Geheimbund. Spinner, nicht ernst zu nehmen. Sie reden von Umsturz, aber alles, was sie zustande bringen, sind höchst geheime Treffen, Parolen und Handzeichen ... Kinder, die Revolution spielen.« Er lachte verächtlich.

Valentin riss die Augen auf. »Alban«, sagte er und beugte sich vor, »Alban! Die Männer, die den Anschlag auf mich verübt haben! Null! Das Handzeichen sollte eine Null darstellen!«

Leona pfiff leise durch die Zähne. »Die Nuller«, sagte sie nachdenklich. »Ich habe davon munkeln hören. Und es für eine dieser Geschichten gehalten, mit denen man die Untergeschosse still hält. Sollte in dem Bodensatz dort unten wirklich etwas gediehen sein, das nun den Umsturz probt?«

»Lächerlich«, fauchte Alban. Er nahm sein ruheloses Herumlaufen wieder auf. »In dem Abfallhaufen gedeiht nichts – schon gar nicht etwas, das hinauf ins Licht gelangen könnte.«

Valentin legte die Hände auf seine Knie und sah seinen Erzieher bohrend an. »Alban, raus mit der Sprache«, sagte er. »Du steckst da doch irgendwie mit drin.«

Alban fuhr herum und fletschte die Zähne. »Ich? Oh nein, mein Junge. Dazu habe ich keine Zeit. Ich muss ja rund um die Uhr das Kindermädchen für einen verwöhnten kleinen Jungen spielen.«

»Du widerst mich an«, sagte Valentin ruhig und stand auf. »Ich habe keine Ahnung, was mit dir los ist, aber wahrscheinlich hast du es geschafft, dir das letzte Bisschen Hirn aus dem Schädel zu saufen. Geh mir aus den Augen. Ich benötige deine Dienste nicht mehr.«

Die beiden standen sich gegenüber und fixierten sich wie Duellgegner. Leona seufzte und sagte: »Also bitte. Benehmt euch nicht wie die kleinen Kinder. Lasst uns lieber überlegen, wie wir ungesehen vom Schiff kommen.«

Valentin wandte sich mit einem angewiderten Geräusch von seinem Erzieher ab und verschränkte die Arme. »Ich werde mit meinem Vater sprechen«, sagte er beherrscht. »Sobald der Nauarch eine Funkverbindung hat, werde ich benachrichtigt. Dann sehen wir weiter. Ich werde nicht fliehen und damit eine Tat eingestehen, die ich nicht begangen habe.«

Leona wechselte einen Blick mit Alban und nickte resigniert. »Valentin, es wird uns kaum etwas anderes übrig bleiben, als das zu tun, wessen man uns ohnehin bezichtigt.«

Valentin schüttelte heftig den Kopf. »Niemals, Leo. Niemals. Ich flüchte mich nicht in das zweifelhafte Asyl des Südlichen Konglomerats!«

Leona erwiderte seinen Blick voller Trauer. »Es wird uns kein anderer Ausweg bleiben«, flüsterte sie.

Ein Signal unterbrach das bleierne Schweigen, das auf diese Worte folgte. Valentin riss den Kopf hoch und rannte zum Sprachrohr. »Nauarch?«, rief er hinein, »Haben Sie den Panarchen ...?«

»Euer Gnaden«, drang die Stimme des Kapitäns aus dem Hörer, »ich bedauere unendlich, dass ich es bin, der Ihnen diese Nachricht überbringen muss. Auf Euren Vater, den hochwohlgeborenen Panarchen, ist ein Mordanschlag verübt worden. Es ist unwahrscheinlich, dass er überlebt.«

Valentin ließ den Hörer fallen und taumelte zurück. Raue, unartikulierte Töne drangen aus seiner Kehle, wurden zu einem unbeherrschten Schluchzen. Er fiel auf die Knie und rang nach Luft, während feurige Spiralen vor seinen Augen tanzten.

Entfernt nahm er wahr, dass jemand seine Schultern umfasste und ihm auf die Beine half. Er wurde zum Sofa geschleppt, und jemand half ihm, sich dort auszustrecken. Eine Hand streichelte seine Stirn, eine andere drückte seine Finger so fest, dass es schmerzte. Stimmen riefen seinen Namen. Ein Becher drückte sich an seine Lippen, kaltes Wasser schwappte über sein Kinn und lief seinen Hals entlang.

»... was ist geschehen?«, hörte er Leona geduldig fragen. »Val. Val. Beruhige dich bitte. Was hat er gesagt? Was ist geschehen?« Sie kniete neben dem Sofa, hielt seine Hände. Die Hand, die seine Stirn und sein Haar streichelte, gehörte Alban. Valentin registrierte diese unerwartet zärtliche Geste nicht genauer als eine Fliege, die über seinen Arm kroch, denn in seinem Kopf tanzten die Gedanken und Gefühle durcheinander wie ein Mückenschwarm. Er richtete sich auf und schüttelte den Kopf, als könnte diese Bewegung alles in die richtigen Fächer fallen lassen. »Der Panarch ...«, sagte er mit trockener Stimme, »auf den Panarchen wurde ein Anschlag verübt. Er liegt im Sterben.«

Leona schrie auf und beugte sich ruckartig vor, als hätte sie ein Schlag ins Genick getroffen. Alban gab ein tiefes Ächzen von sich und stand auf. Valentin hörte ihn zum Fenster gehen.

Leona fasste sich schnell. Valentin konnte ihre Überlegungen förmlich sehen. »Wer hat es getan?«, fragte sie. »Wir sind über eine Woche vom Turm entfernt. Damit bist du rehabilitiert, Val.«

Alban am Fenster lachte kurz und trocken auf. Valentin rieb sich mit dem Handballen über die brennenden Augen. »Nein, Leo«, sagte er rau. »Damit sitze ich richtig in der Tinte, denn niemand wird für mich sprechen. So sieht es aus: Ich wurde des Hochverrats angeklagt, habe mich rechtzeitig abgesetzt – offensichtlich mit dem Hintergedanken, mich dem Südlichen Konglomerat anzuschließen – und während meiner Abwesenheit hat einer meiner Mitverschwörer das Gemach meines Vaters in die Luft gejagt.«

»Oh«, war alles, was seine sonst so wortgewandte Cousine darauf sagte. Sie war blass geworden.

Alban drehte sich vom Fenster weg. Das wechselhafte Spiel von Licht und Schatten malte einen Moment lang den Ausdruck tiefster Befriedigung und höchsten Triumphes auf sein Gesicht. Valentin starrte seinen Erzieher befremdet an, aber als Alban nun zu ihnen trat, las Valentin nur Sorge und Konzentration aus seiner Miene. »Ich denke, damit sind alle Spekulationen obsolet«, sagte Alban. »Jetzt werden sie uns nicht mehr lange befragen, jetzt werden wir sofort exekutiert.«

Leona stand auf. Tränen schimmerten in ihren Augen. »Ich gehe zu Cosimo. Er muss wissen, was sich über uns zusammenbraut.«

Valentin beugte sich vor und berührte ihre Hand. »Dein Vater ...«, sagte er leise. »Es wird ihm schon nichts geschehen sein, Leo. Xenon ist ein Fuchs, er weiß, wann er den Kopf unten halten muss.«

Leona nickte mit zusammengepressten Lippen und wandte sich brüsk ab. Die Tür klappte hinter ihr zu.

Valentin sah seinen Erzieher an, der ihn mit merkwürdiger Miene musterte. »Was ...«, sagte er mühsam, denn in seiner Kehle steckten ungeweinte Tränen, »was denkst du?«

Alban verschränkte die Arme und senkte das Kinn. »Du liebst ihn wirklich«, sagte er. »Das wusste ich nicht.«

Valentin schluckte. »Nein«, erwiderte er. »Nein, ich denke nicht, dass man das so ausdrücken kann. Ich ... er ist der Panarch. Ich bin einfach nur durcheinander. Das alles ...«, er atmete tief durch und richtete sich auf. »Was schlägst du vor?«

Alban stand wie eine Statue, reglos, mit ausdrucksloser Miene. »Das Südliche Konglomerat würde uns aufnehmen«, erwiderte er. »Wir erreichen das Grenzgebiet vielleicht in einer Tagesreise, die Schlitten müssten für diese Reichweite ausgerüstet sein. Von dort aus sollten uns die Schiffe des Konglomerats ins Kernland bringen können.« Er grinste, ein humorloses Blecken der Zähne. »Ich denke, die *Wolkenkönigin* wird seit einiger Zeit von der anderen Seite scharf beobachtet. So nah dürfte das Staatsschiff dem Grenzgebiet schon lange nicht mehr gekommen sein.«

Valentin starrte auf seine Finger, die unruhig über den glatten Stoff seiner Hose strichen. »Und wenn wir zurückkehren?«

»Zum Turm?« In Albans Stimme schwang echte Überraschung mit. »Wozu, um uns dort hängen zu lassen?«

Valentin hob den Kopf. »Nein«, erwiderte er eisig. »Um den wahren Verschwörern das Handwerk zu legen. Um meinen Vater zu rächen. Um die Ordnung wiederherzustellen. Ich bin nun der Panarch, Alban. Ich habe Pflichten ...«

Alban machte einen langen Schritt und kniete an seiner Seite nieder. Er legte Valentin die Hände auf die Schultern und sah ihn eindringlich an. »Nein«, sagte er leise. »Das wäre reiner Selbstmord. Der Mordanschlag auf deinen Vaters ist bestimmt nicht das Einzige, was dort geschehen ist und geschehen wird. Das ist der Umsturz, Val. Wir geraten nur zwischen die Fronten ...«

Valentin lehnte sich zurück und musterte Alban mit einem Gefühl, als hätte ihn jemand mit kaltem Wasser übergossen.

»Was siehst du mich so an?«, fragte Alban.

»Du«, sagte Valentin. »Du ... weißt mehr, als du mir sagen willst. Du kennst diese Nuller. Du hast mit so etwas gerechnet.« Sein Atem stockte. Wenn er diesen Gedankengang weiter verfolgte, dann tat sich noch ein ganz anderer, schrecklicherer Verdacht auf. Er stand vor einem Abgrund, drohte hineinzufallen, zwang sich, nicht in die bodenlose Schwärze zu blicken. Alban? Hatte er Rufus ermordet? War er dafür verantwortlich, dass Valentin als Verräter gebrandmarkt worden war? Noch schlimmer ... falls die Nuller hinter dem Anschlag auf den Panarchen steckten, hatte Alban es gewusst? Nur jemand, der sich frei in den oberen Geschossen bewegen konnte, war in der Lage, so nah an den Panarchen heranzukommen. Steckte am Ende Alban hinter diesem Attentat?

»Was weißt du?«, fragte Valentin aufgewühlt. »Alban, was verschweigst du mir? Was hast du getan?«

Sein Erzieher rieb sich mit einer fahrigen Geste über die Lippen. »Valentin«, sagte er spröde, »ich habe dein ganzes Leben lang über dich gewacht, als wäre ich dein Vater und deine Mutter, dein Leibwächter und dein engster Freund in Personalunion. Traust du mir wahrhaftig zu, dass ich von einer solchen Verschwörung weiß und dich nicht zumindest davor warne?«

Valentin schwieg. Noch vor zwei Wochen hätte er diese Frage vehement verneint, gelacht, Alban versichert, wie absurd die Vorstellung sei ... aber jetzt saß er wahrhaftig da, sah seinem engsten Vertrauten ins Gesicht und wusste gar nichts mehr. »Nein«, sagte er dennoch, aber es klang halbherzig. »Nein, ich vertraue dir. Das kann ich doch, oder, Alban? Das kann ich doch?«

Sein Erzieher wich Valentins Blick nicht aus. »Das kannst du, Valentin«, sagte er. »Ich würde niemals zulassen, dass dir etwas zustößt.«

Valentin senkte als Erster den Blick. Müde nickte er. »Das zumindest glaube ich dir.«

43

Es steht geschrieben: Es ist ein Ziel aufs Innigste zu wünschen

Der kurze Schlaf war erholsam gewesen. Melania nutzte den Erfrischungsraum, um mit kaltem Wasser die Reste der Müdigkeit zu vertreiben und sich umzukleiden. Den Korb mit ihren Kleidungsstücken versteckte sie in einem Winkel, in dem allerlei Zeug herumstand, zwischen dem er nicht weiter auffiel, dann richtete sie die Haube und ihr Schultertuch, atmete noch einmal tief durch und verließ die Ruheräume.

Sie senkte den Kopf und verbarg ihre Hände unter ihrer Schürze. Wenn ihr jemand mit scharfen Augen begegnete, würde ihm sonst womöglich auffallen, dass sie nicht mehr nach harter Arbeit aussahen.

Zwei Männer kamen ihr entgegen, die ihr nur einen flüchtigen Blick schenkten. Sie gelangte zur Nabe und wartete mit gesenktem Kopf vor dem Aufzug.

Eine Frau kam heran und musterte sie scharf. »Was treibst du hier?«

Melania knickste tief. »Meine Herrin schickt mich um Holz, Euer Gnaden«, wisperte sie.

»Und du wagst es, dich hier hinzustellen, als gehörtest du zur Herrschaft?« Die Frau deutete mit spitzem Zeigefinger auf die Tür zum Treppenhaus. »Husch, fort mit dir.« Sie schüttelte den Kopf. »Dienerpack«, hörte Melania sie ausrufen, während sie sich zur Treppe flüchtete.

Sie war noch früh genug, um ein Dutzend Stockwerke zu Fuß hinunterlaufen zu können. Dann wagte sie sich wieder in die Nabe hinaus und zu den Aufzügen. Dieses Mal blieb sie unbehelligt und fuhr bis zur Schleuse hinunter.

Der Wachsoldat ließ sie ohne einen Blick passieren. Es interessierte die Garde nicht, wer von den Bediensteten den Weg nach unten nahm. Nach oben würde sie möglicherweise kontrolliert werden, aber darüber würde sie erst nachdenken, wenn sie das Treffen mit Zero überlebt hatte.

Sie schauderte und stieg in den kleinen Lift, der sie zu ihrem Treffpunkt bringen sollte. Er hielt immer wieder und ließ bleiche, stille Gestalten in zerlumpten Kleidern ein- und aussteigen. Irgendwann stieg ein großer, breitschultriger Mann zu und stellte sich hinter sie. Hummel. »Bereit?«, fragte er.

»Bereit«, flüsterte sie. Er legte seine Hand auf ihr Schulterblatt und schob sie beim nächsten Halt durch die Tür hinaus. »Ich muss dir die Augen verbinden«, sagte er und zog ein dunkles Tuch aus der Tasche.

Melania presste die Lippen zusammen und nickte. Wenn es sein musste, dann würde sie auch das über sich ergehen lassen. Sie vertraute Hummel wie ihrem eigenen Vater.

Die dunkle Binde löschte das ohnehin trübe Licht vollkommen aus. Eine kräftige Hand umfasste ihren Arm und schob sie voran. Hummels Stimme raunte Anweisungen. »Rechts«, sagte er. »Vorsicht, zwei Stufen abwärts. Wieder rechts. Achtung, eine Schwelle.«

Sie marschierten eine lange Zeit, und Melania hatte das Gefühl, dass es stetig tiefer und tiefer ging. Es wurde immer stiller. Wasser tropfte. Die Luft war gleichzeitig kalt und modrig. Die Dunkelheit und die Ungewissheit zerrten an ihren Nerven, aber sie atmete ruhig und konzentrierte sich darauf, ihre Füße mit Bedacht zu setzen und all ihre übrigen Sinne zu nutzen. Sie roch die abgestandene Luft, den Rauch von Feuern, Schweiß und Kochdünste, Moder, Abfall und stehendes Wasser. Sie hörte Tröpfeln und Gluckern, Schritte und ferne Stimmen. Sie fühlte die kühle, feuchte Luft auf ihrer Haut, den unebenen Boden unter ihren Füßen, immer wieder Stufen und Schwellen, gelegentlich streifte ihr Arm eine raue Wand oder es blieben Spinnweben in ihrem Haar hängen und flüsterten über ihre Wange.

Endlich, nach einer scheinbaren Ewigkeit, sagte Hummel: »Halt«, und zog an ihrem Arm.

Melania blieb stehen und wartete. Stimmen murmelten, aber sie konnte die Worte nicht verstehen. Schritte. Jemand näherte sich ihr. »Ist sie das?«, fragte eine Frauenstimme.

»Ja.«

Finger machten sich an ihrer Augenbinde zu schaffen, der Stoff lockerte sich und glitt herunter. Melania kniff geblendet die Augen zusammen. Fackeln und Arielfeuer, so hell, dass es schmerzte.

»Danke, Lukas«, sagte die Frau, »du kannst gehen. Wir kümmern uns um ihren Rücktransport.«

Hummel drückte noch einmal fest und aufmunternd ihren Arm, dann hörte sie, wie er sich entfernte. Sie hätte ihm am liebsten hinterhergerufen und gebeten, sie nicht allein zu lassen, aber sie verschloss ihre Lippen und blinzelte durch die Wimpern. Langsam gewöhnten sich ihre Augen an das Licht, das gar nicht so hell war, wie es ihr nach der langen Zeit im Dunkeln zuerst erschienen war.

Vor ihr stand eine Frau, deren helles Haar im Licht schimmerte. Sie war älter als Melania, vielleicht etwas älter als ihre Mutter. Melania musterte sie und fand ihren Anblick vertraut. Die Frau lächelte schwach und fragte: »Du bist also Jett.«

Melania nickte zögernd. Jett, ja. Das war ihr Schluchtername gewesen. Es kam ihr vor, als läge dieses Leben schon Jahrhunderte zurück.

Die Frau streckte ihre Hand aus und wartete, dass Melania sie ergriff. »Komm, Kind«, sagte sie freundlich. »Ich bringe dich zu Zero.«

Melania folgte der Frau durch einen niedrigen, feuchten Tunnel. Es ging immer nur geradeaus, und Melania fragte sich, ob sie überhaupt noch im Turm waren. Man munkelte von Tunneln unter dem Fundament, Tunnel, die durch die Alten Kammern bis in die Schluchten führten. Aber das war sicherlich nur ein Märchen, denn wenn es diese Tunnel wirklich gäbe – was hielte dann die Menschen noch in den Untergeschossen?

Die Frau verlangsamte ihren Schritt und legte einen Finger auf die Lippen. »Rede erst, wenn du dazu aufgefordert wirst«, sagte sie. »Es ist eine Ehre, dass dir dieses Gespräch gewährt wurde.«

Melania nickte ergeben.

Ein Vorhang wurde beiseitegeschoben, er roch nach muffigen alten Säcken. Sie trat in einen kleinen Raum, der gerade genügend Platz für ein halbes Dutzend Personen bot.

Ein dürrer Mann hockte zusammengesunken an einer Wand, sein Kinn ruhte auf der Brust. Melania sah auf den kahlen, altersfleckigen Schädel, die schmalen, gebeugten Schultern, die knotigen Finger, die in seinem Schoß ruhten. Er trug einen zerschlissenen Mantel, der nicht weniger modrig roch als die Säcke, die die Türöffnung verschlossen. Das konnte doch unmöglich Zero sein, der Anführer der Revolution, der Kopf der Nuller, von dem alle voller Ehrfurcht und Angst sprachen?

Die Frau kniete geschmeidig neben dem alten Mann nieder und legte ihre Hand auf seine Schulter. »Sie ist da«, sagte sie.

Der Mann hob langsam den Kopf und sah sie an. Seine Augen waren so milchig trüb wie der Herbstnebel über ihrem Dorf. Dennoch hatte sie das Gefühl, dass er sie scharf musterte, und neigte ehrerbietig den Kopf. »Zero«, sagte sie.

Er hob die Hand und legte einen Finger auf seine Lippen, wie es vorhin auch die Frau getan hatte. Melania nickte und wartete schweigend, bis er seine Musterung beendet hatte.

»Jett, Tochter von Sonne, Mutter von Amber«, sagte der alte Mann mit brüchiger Greisenstimme. Sein Gesicht war voller Runzeln und Flecken, wie ein Winterapfel.

»Ja«, sagte sie, als er nicht weitersprach. »Die bin ich.«

»Mutter von ...«, sagte er und gab ein kleines, stöhnendes Geräusch von sich. »Mutter von ...« Er stöhnte wieder und ein Speichelfaden lief aus seinem Mundwinkel. Sein Kopf schwankte auf dem dürren Hals hin und her.

Die Frau beugte sich ohne Hast über ihn, legte ihre Hände um seine Schläfen und flüsterte ihm etwas zu. Er atmete tief und seufzend aus und ließ den Kopf sinken. »Enkelin von Grille«, sagte er nuschelnd. »Schwester von ...«

Melania hielt es nicht mehr aus. »Amber«, sagte sie, fiel vor dem alten Mann in die Knie und griff nach seiner dürren Hand. »Wo ist sie? Wo ist meine Tochter, kannst du es sehen, weißt du es, Zero?«

Seine Hand, Knochen, mit pergamentdünner Haut bespannt, zuckte in ihrem Griff. »Amber«, wiederholte er. »Tochter von Jett, Enkelin von Sonne ...«

Die Frau kniete neben Melania, löste ihre Hand aus der des Alten und schüttelte den Kopf. Sie legte ihre Hände wie vorhin um seine Schläfen. »Es ist gut«, sagte sie. »Ruh dich aus.« Sie zog ein Tüchlein aus der Jackentasche und wischte den Speichel von seinem stoppeligen Kinn.

Er seufzte wieder, lang und tonlos, sein Kinn fiel zurück auf die Brust.

Melania sank zurück auf die Fersen, starrte den Alten an, mit einem Mal müde und ohne Hoffnung. Das war das Symbol der Revolution, auf die sie alles gesetzt hatte? Ein verwirrter, sabbernder, stammelnder Greis?

Der Vorhang aus Säcken raschelte. Die Frau blickte auf, nickte. Melania wollte sich umdrehen, aber bevor sie das tun konnte, zog ihr jemand etwas über den Kopf, einen Sack, eine Kapuze ... sie war blind und schnappte panisch nach Luft.

»Alles ist gut, Kind«, sagte die Frau. »Jetzt entspann dich.«

Kälte an ihrem Hals, ein scharfer Biss. Melania krallte nach dem, was sie da gebissen hatte, aber ihre Hände versagten ihren Dienst, ihre Arme wurden schwer wie Blei, Hitze kroch durch ihren Körper. Sie wollte schreien, ihre Zunge bewegte sich, aber ihr Mund wollte sich nicht öffnen. Sie hörte das Gurgeln, das aus ihrer Kehle kam, und dann hörte, fühlte und dachte sie lange Zeit nichts mehr.

44

Es steht geschrieben: Eingeschränktes Halteverbot

Sie trafen sich in Valentins Kabine. Das Schweigen war unbehaglich. Elster betrachtete den Sohn des Panarchen, der blass war und so aussah, als hätte er geweint, so rot waren seine Augen. Anscheinend ließ ihn seine brenzlige Situation alles andere als kalt. So sah kein Verschwörer aus, fand sie. Überdies war der Gedanke wirklich lächerlich. Sie fragte sich, wie irgendjemand auf den Gedanken kommen konnte, Valentin sei ein Verräter. Dafür war er doch viel zu … fantasielos.

Er hob den Blick und erwiderte ihr Starren. »Was?«, fragte er unfreundlich.

Winter räusperte sich, ehe Elster etwas darauf erwidern konnte. »Wir haben überlegt, uns vom Schiff abzusetzen«, sagte sie. »Valentin, ich möchte, dass du uns begleitest.«

Valentin blickte Winter an, und in seinen Augen lag ein so hoffnungsloser Ausdruck, dass Elster beinahe Mitleid mit ihm bekommen hätte. »Warum wollt ihr das Schiff überhaupt verlassen? Meine Leute und ich sind es, die von einer Inhaftierung und Schlimmerem bedroht wurden. Euch wird doch nichts passieren.«

Elster lachte auf. »Das glaubst du?«

Er runzelte die Stirn, warf einen Blick zu Alban, der sie mit spöttischer Miene beobachtete. »Ja, das glaube ich«, sagte er zögernd.

Winter schüttelte den Kopf und zog ihre Lippe zwischen die Zähne. »Ich nicht«, sagte sie erstaunlich kühl und nüchtern. »Ich denke, dass sie uns zurückbringen und mit euch zusammen inhaftieren wollen, bis sie herausgefunden haben, wie und ob wir zusammen in der Sache drinstecken.« Sie verschränkte die Hände im Schoß. »Außerdem dürfen wir unsere Reise nicht unterbrechen«, fügte sie hinzu. »Es ist wichtig, dass wir den Turm Null finden. Über alle Maßen wichtig!«

»Alban und Leo haben mir ebenfalls zur Flucht geraten«, sagte Valentin widerwillig. »Aber ich kann und will nicht davonlaufen. Mein Vater liegt im Sterben und mein Halbbruder scheint ein Komplott gegen mich angezettelt und mich verleumdet zu haben. Wenn ich fliehe, dann sieht es so aus, als würde ich meine Schuld eingestehen, und das kann ich nicht tun.« Sein Blick flackerte unruhig zu Winter und tastete ihr Gesicht ab.

»Also willst du abwarten, bis die Greifer kommen und dich festnehmen?« Valentins bärtiger Begleiter beugte sich aufgebracht vor. »Valentin, Junge, komm zur Vernunft! Du wirst dich nicht rehabilitieren können, wenn du in einer Zelle sitzt oder auf dem Richtblock kniest!«

»Val, er hat recht«, warf seine Cousine ein. »Sei doch nicht so stur! Wir werden alle im Kerker verrotten oder hängen, nur weil du hoffst, dass du dich reinwaschen kannst. Aber wenn dein Vater tot ist, wird dich niemand mehr anhören!«

»Mein Vater ist noch nicht tot!«, rief Valentin aus.

»Darf ich etwas dazu bemerken?« Zachs tiefe Stimme sorgte dafür, dass ihn alle ansahen. »Euer Gnaden, Ihr solltet dem Rat Eurer Begleiter mehr Aufmerksamkeit schenken. Überlegt: Wenn wir den Turm finden, wie es unsere Aufgabe ist, und dann mit Ergebnissen zurückkehren, werdet Ihr Eurem Vater, so er denn noch unter uns weilt, beweisen können, dass Ihr seine Anweisungen ausgeführt und voll und ganz in seinem Sinne gehandelt habt. Er wird Euch anhören, dessen bin ich mir sicher, und Ihr werdet Gelegenheit haben, die Sache richtigzustellen. Sollten wir aber zwischendurch erfahren, dass der Panarch gestorben ist, können wir immer noch eine Flucht ins Südliche Konglomerat anstreben. Damit wäre erst einmal nichts verloren. Was uns und Euch aber nichts nützt, ist das Verweilen hier an Bord. In Eisen gelegt, könnt Ihr nichts mehr bewirken.«

Valentin senkte den Kopf. Seine Cousine sah den Steuermann mit neu erwachtem Respekt an. »Gut gesprochen«, sagte sie leise.

»Also?«, fragte Elster ungeduldig. »Ich persönlich wäre gerne von Bord und schon ein Stück weit weg, wenn die Greifer kommen. Wer ist bei mir?«

»Ich«, sagte Indigo und der Steuermann lächelte.

»Wir auch.« Leona sah Alban an, der nickte, und Cosimo, der zwar zweifelnd dreinschaute, aber dann auch zustimmte. »Val?«

Er holte tief Luft und fuhr sich mit den Händen durch sein lackschwarzes Haar. Elsters Blick blieb an seinem Haaransatz hängen und sie blinzelte verblüfft. War der Sohn des Panarchen in Wirklichkeit hellblond?

Ihr Blick löste sich von seiner gefärbten Mähne, als er den Atem ausstieß und erneut Winter ansah. Er wirkte gänzlich verloren. Winter machte eine Bewegung, als wollte sie die Hand nach ihm ausstrecken, aber dann senkte sie den Blick und atmete tief ein.

»Ich bleibe an Bord«, sagte Valentin mit flacher, tonloser Stimme. »Solange ich noch keine neuen Meldungen vom Turm bekommen habe, werde ich nicht gehen.«

»Val, du lebensmüder Idiot«, fuhr seine Cousine auf, aber er schüttelte den Kopf und kniff eigensinnig die Lippen zusammen.

»Dann bleibe ich auch.« Winters sanfte Stimme ließ Elster zusammenzucken. Sie sah ihre Schwester fassungslos an, die sich neben Valentin auf das Sofa setzte und seine Hand ergriff. »Ich lasse dich nicht allein«, sagte sie zu ihm.

Sein verkniffener Gesichtsausdruck wurde weich und zärtlich und der Hauch eines Lächelns legte sich auf seine Züge. Seine Hand suchte die von Winter und ihre Finger verschränkten sich.

»Winter«, rief Elster schockiert. »Bist du wahnsinnig geworden?«

»Ich bleibe«, sagte sie und ihre Stimme klang ruhig und entspannt. »Ihr könnt mich nicht umstimmen.«

»Mit eurem kindischen Verhalten gefährdet ihr unsere Mission«, rief der Steuermann. Sein Zorn war mit Händen zu packen. Elster wurde von der Wucht der dunklen Disharmonie getroffen wie von einem Schmiedehammer. Sie schnappte nach Luft und schloss die Augen. Schwarze Wogen der Gewalt brachen über sie herein, drohten sie fortzuspülen. In ihren Ohren dröhnte eine Kakofonie von Klängen und Geräuschen. Kanonenschläge und Gewehrfeuer, Blitze und das Krachen von zerberstendem Holz, schrille Schmerzensschreie und ohrenbetäubender Donner. So musste sich Krieg anhören. Sie stemmte sich dagegen, warf all ihre Kraft in den Versuch, die Harmonie herzustellen, und scheiterte. Die Dissonanz riss sie mit sich und zerschmetterte ihren Geist in winzige, bewusstlose Fragmente.

Weiche Hände lagen auf ihrer Stirn und eine sanfte Stimme flüsterte sie ins Bewusstsein zurück. Der Missklang war nicht verschwunden, aber zu einem dumpfen, bohrenden Schmerz abgeflaut, der zwischen ihren Schläfen pochte. Sie öffnete die Augen und sah in Winters besorgtes Gesicht.

»Du bist zusammengebrochen«, sagte sie. »Indigo hat dich in deine Kabine getragen. Geht es wieder, El?«

Elster nickte schwach und rieb sich über die Stirn. »Alles in Ordnung«, sagte sie und richtete sich auf. »Was habt ihr beschlossen? Bleibt es dabei, dass Valentin an Bord bleiben will?«

Winter nickte und wich ihrem Blick aus. »Wir warten den nächsten Funkspruch vom Turm ab«, sagte sie. »Ihr anderen fliegt voraus. Wir halten Kontakt über Funk und folgen euch, sobald es uns möglich ist.«

Elster schüttelte den Kopf. »Du bist wahnsinnig«, sagte sie. »Warum tust du das, Winter?«

Ihre Schwester sah sie reglos an. Dann zuckte sie mit den Schultern. »Weil ich ihn liebe«, sagte sie sanft.

Elster stand weit vor der Morgendämmerung auf, packte ihren Rucksack und öffnete vorsichtig die Tür. Dies war eine Tageszeit, zu der im Bauch des Luftschiffes wenig Betrieb herrschte, aber es wäre dennoch fahrlässig und dumm, jede Vorsicht außer Acht zu lassen.

Es war ein langer Weg, daran erinnerte sie sich noch von ihrer Ankunft. Hinunter, hinunter, immer tiefer hinunter. Endlich gelangte sie an die letzte Tür und verschnaufte einen Moment. Ihr Herz schlug bis zum Hals. Der Gedanke daran, ungesehen von diesem Luftschiff fliehen zu können, erschien ihr noch absurder, als er es bei Tag getan hatte. Man würde sie binnen weniger Augenblicke entdecken und einfach vom Himmel schießen. Schaudernd dachte sie an die große Kanone, die auf dem Deck stand. Es war nicht die einzige ihrer Art, das hatte ihr der Proreta erzählt. Auf der gesamten Länge des Schiffes waren Luken angebracht, hinter denen sich schwere Geschützarmierung verbarg. Dies war das Staatsschiff des Panarchen, ein lohnendes Ziel für Piraten und Feinde des Panarchats. Dieses Schiff musste sich zur Wehr setzen können!

Sie lauschte und öffnete die Tür. Der große Hangar dahinter lag im Dunkeln. Hell schimmerten die beiden Schlitten.

Elster lief lautlos an der Wand entlang und versuchte, die Silhouette zu erkennen, die sich hinter dem Fenster der Pilotenkanzel bewegte. Die Tür stand offen und schwacher Lichtschein drang heraus. Elster holte entschlossen Luft und rannte zur Strickleiter des Schlittens, hangelte sich daran empor und zog sich in den Passagierraum.

Der Mann im Pilotensitz drehte sich um und grinste sie breit an.

Indigo. »Perfektes Timing, El«, sagte er. »Wir sind startklar, warten nur noch auf die Türmer.«

Elster zog sich neben ihn in den Sitz des Copiloten. »Wirst du uns fliegen?«, fragte sie. »Ich dachte, der Steuermann ...«

Indigo schnitt eine beleidigte Grimasse, aber seine Augen lachten. »Der Steuermann hält mich für befähigt genug, uns in der Luft zu halten, bis er sich um die Landung kümmern kann«, sagte er.

Elster nickte und warf einen Blick durch das Fenster. »Wo ist er?«

»Er öffnet die Verriegelung des Hangartors«, sagte Indigo und beugte sich zur Seite, um die Stirn gegen die Scheibe zu drücken. Er beschattete seine Augen mit den Händen. »Ich sehe ihn. Er kommt gerade zurück.«

Elster schlängelte sich wieder in den Passagierraum und sprang durch die offene Luke auf den Boden des Hangardecks. Zach kam mit weit ausholenden Schritten auf sie zu. Seine ernste Miene hellte sich zu einem Lächeln auf, als er sie erblickte. Er legte seinen Arm um ihre Schultern und drückte sie fest an sich. »Du bist da«, sagte er. »Los, ab an Bord, wir starten, sobald die Türmer da sind.«

»Schnall dich schon mal an«, sagte Indigo. Er beugte sich über die Instrumententafel und betätigte Knöpfe und Regler. Mit einem Schnurren erwachte der Antrieb des Schlittens zum Leben. »Steuermann, das Hangartor?«

»Öffnet sich, wenn du den roten Knopf drückst«, antwortete Zach, der sich neben Elster an seinen Sitz schnallte. »Elster, ich ...«, er unterbrach sich, als Leona in der Luke erschien. Der Schlitten schwankte, als sie sich an Bord zog, gefolgt von Alban und Cosimo.

»Los«, sagte Alban. »Ich fürchte, dass uns jemand von der Besatzung gesehen hat.«

Das Geräusch des Antriebs wurde von einem Schnurren zu einem Brummen, der Schlitten begann sich zu schütteln. In der Ferne fuhr stöhnend das Hangartor auf.

Elster krallte ihre Hand in Zachs Schulter. »Sollen wir wirklich ohne Winter starten?«, fragte sie mühsam beherrscht.

Das innere Tor des Hangars sprang auf und Lichtschein fiel in den großen Raum. Wachen kamen auf den Schlitten zugerannt, schwenkten Waffen und brüllten Befehle.

»Los!«, befahl Zach. Seine Kiefer mahlten. »Bring uns raus, junger Mechaniker!«

Indigo hob die Hand, dann dröhnte der Antrieb und der Schlitten begann sich auf das offene Tor zuzubewegen. Elster spürte den Wind, der durch das Tor fegte und an den Schlittenflügeln riss. Der Schlitten schlingerte, fing sich und nahm Fahrt auf. Einige harte Schläge gegen die Außenhülle dröhnten durch den Schlitten. Die Wachen schossen auf sie.

»Festhalten«, drang Indigos Schrei durch das Dröhnen des Antriebs. »Wir sind ...« Der Rest wurde verschluckt, als der Schlitten das Hangartor erreichte und in die brausende Leere fiel. Der Antrieb verstummte, sie sackten ab, fielen wie ein Stein vom Schiff weg, und das einzige Geräusch war das Heulen des Windes, der an den Seiten des Schlittens entlangpfiff. Elster klammerte sich an Zachs Arm, wartete darauf, dass er eingriff, Anweisungen brüllte, aber der Steuermann saß nur ruhig da und beobachtete Indigo, der sich über das Steuer beugte. Seine Hand schwebte über einem blauen Hebel, zögernd, abwartend. Elster sah das Glitzern des Schweißfilms auf seiner Stirn.

»Jetzt«, sagte Zach leise. Im gleichen Sekundenbruchteil hatte Indigo den Hebel umgelegt und riss am Steuer. Der unkontrollierte Fall des Schlittens ging mit einem übelkeitserregenden Ruck in eine sanfte Gleitbewegung über, als der Antrieb ansprang.

»Gut gemacht«, sagte Zach. »Bring uns jetzt vom Schiff weg, nach Westen.«

Der Schlitten legte sich in eine weite Kurve. Elster reckte den Hals und sah die dunkle Masse des Luftschiffes über ihnen im dämmernden Himmel hängen. Es wurde langsam kleiner, verschmolz mit der Dunkelheit. Kurz sah sie noch das Aufblitzen einer Positionslaterne, das helle Schimmern eines Ballons, die Spitze eines Segels, dann waren sie allein in der sich stetig aufhellenden Morgendämmerung.

Elster atmete tief ein. »Wie sollen wir Winter und Valentin jemals wiederfinden?«, fragte sie ruhig. Zach lehnte sich mit geschlossenen Augen in seinen Sitz zurück. »Wir werden uns um dieses Problem kümmern, wenn wir in Sicherheit sind«, sagte er matt. »Erst müssen wir den Turm finden. Ich brauche dich dazu, Elster …«

Elster sah ihn an und erschrak. Er sah so müde aus, so alt. Sie beugte sich zu ihm, legte ihre Hand auf seine Schulter. »Geht es dir gut?«, fragte sie besorgt.

Er schüttelte schwach den Kopf, nicht als Verneinung, sondern als Abwehr. »Gleich«, murmelte er. »Lass mich einen Moment ...«

Elster gab es auf, irgendetwas verstehen zu wollen. Sie sank in einen unruhigen Zustand zwischen Wachen und Schlafen, in dem ihr ihre Umgebung ständig bewusst blieb und in dem sie jegliches Zeitgefühl verlor. Indigo flog den Schlitten mit einer Seelenruhe, als hätte er nie in seinem Leben etwas anderes getan. Die Türmer auf den hinteren Sitzen schienen zu schlafen und Zach atmete leise und stockend. Seine Hand lag auf ihrer, und sie fühlte das Zucken seiner Finger, die kälter waren als gewöhnlich.

Das Summen des ruhig laufenden Antriebs veränderte seine Tonhöhe. Indigo lehnte sich zurück und rief leise: »Lichtung rechts voraus.«

Zach regte sich, seine Finger krümmten sich, sein Atem ging tiefer, er seufzte und öffnete die Augen. Einen kurzen Moment lang glaubte Elster einen bläulichen Schein aus seinen Augen auf seinen Wangen glänzen zu sehen, aber dann verschwand die Illusion. Zach richtete sich auf und sah aus dem Fenster. Inzwischen lag ein matter Glanz über der Landschaft, der Himmel hatte sich zu einem perligen Graublau aufgehellt. Die Sonne ging auf.

»Dort.« Leona hatte sich vorgebeugt und zeigte auf eine Stelle ein Stück voraus, in der die dunkle Masse des Waldes eine Unterbrechung erfuhr.

»Wir landen«, erwiderte Zach. Er öffnete seine Gurte und schwang sich über die Lehne in den Copilotensitz. »Ich übernehme die Landung, wenn es dir recht ist.«

»Gerne«, erwiderte Indigo erleichtert. Er betätigte eine Reihe von Reglern, Hebeln und Knöpfen, fragte dann: »Bereit?«, und drückte auf Zachs Nicken hin einen Schieberegler hinauf und zur Seite. Der Schlitten rüttelte wie ein Falke, dann glitt er wieder sanft dahin.

Indigo drehte sich zu Elster um und grinste breit. »©ãķēωãłķ, bis hier. Ich bin gut, oder?«

»Der Beste, immer«, erwiderte sie warm. »Ich hätte dich auch landen lassen, Digo.«

Er schüttelte sich in gespieltem Entsetzen. »Hättest du nicht«, sagte er. »Das hier ist ein verdammt großer Vogel und die Lichtung ist nicht besonders lang. Ich hätte uns in die Bäume gesetzt.«

»Hättest du nicht«, widersprach Elster mit Nachdruck, woraufhin ihr Indigo einen tiefen Blick schenkte. Sie wandte hastig den Kopf ab und sah zum Fenster hinaus. »Wie weit trägt uns die Levitationsmagie der Sammler?«, fragte sie.

Indigo sah dem Steuermann zu, der mit erkennbarer Routine das Ruder bediente. Der steile Sinkflug ließ ihre Ohren knacken. »Keine Ahnung«, sagte Indigo. »Ich glaube, wir kommen eine Tagesreise weit. Mit Rückenwind noch etwas weiter. Oder?«

Zach nickte wortlos. Seine Hände flogen über die Kontrollen.

»Eine Tagesreise, bei gutem Wind anderthalb«, bestätigte Alban von hinten. »Ich hoffe, wir finden den verdammten Turm bald.«

Der Schlitten sank noch schneller, ging in eine enge Spirale und schraubte sich so auf die Lichtung zu. Indigo hatte recht, sie war klein. Zu klein?

»Wie starten wir von dort?«, fragte sie leise.

Cosimo beugte sich zu ihnen nach vorne und starrte hinunter. Er pfiff durch die Zähne. »Das wird knapp.«

»Keine Sorge«, sagte der Steuermann. Er zwang den Schlitten in eine noch engere Kurve, bis sie beinahe auf der Seite lagen. Ihre Landung begann einem Absturz zu gleichen. Elster klammerte sich an die Halteriemen. Der Schlitten sackte heftig durch und Elster schloss die Augen. Ihr wurde übel. Wieder ein Ruck, der durch das Gefährt ging, das Sausen der Luft wurde lauter. Der Schlitten begann zu rappeln und zu klappern, rüttelte seine Insassen durch, dass ihre Zähne aufeinanderschlugen.

Ein letztes, übelkeitserregendes Rumpeln und Schaukeln, ein letzter, knochenerschütternder Ruck, ein Rutschen und Gleiten, der Schlitten legte sich quer und dann hörte alle Bewegung auf. Die Geräusche des Antriebs verstummten. Zach drehte sich um und nickte. »Wir sind unten.«

45

*Es steht geschrieben: Seid klug wie die Schlangen
und ohne Falsch wie die Tauben*

Melania erwachte in einem Wirbel von Übelkeit, Schwindel und Atemnot, kam auf Hände und Knie und erbrach sich qualvoll in einen Eimer, der neben ihr stand. Sie keuchte und spuckte, würgte und erbrach sich erneut, bis nur noch bittere Galle in ihrem Mund war.

Jemand half ihr, sich aufzusetzen und gegen eine kalte Wand zu lehnen. Ein feuchtes Tuch reinigte ihr Gesicht, ein Becher mit Wasser stieß an ihre Lippen. Sie trank und überredete ihren revoltierenden Magen, den kleinen Schluck bei sich zu behalten. Langsam klärte sich ihr Blick. Sie kauerte in einem düsteren Gelass zwischen Kisten, Körben und den Überresten von Möbelstücken auf einer verschlissenen Decke, durch die eisige Kälte in ihre Glieder stieg. Vor ihr hockte die Frau, die sie zu Zero gebracht hatte. Melania strengte ihren in Schmerz und Übelkeit schwimmenden Kopf an. Was war geschehen? Sie hatte dem alten Mann gegenübergesessen und dann ...?«

Die Frau legte ihre kühle Hand auf Melanias Stirn. »Geht es wieder?«

Melania nahm noch einen Schluck Wasser, spülte ihn in ihrem Mund herum und spuckte ihn in den Eimer. »Nein«, sagte sie und ächzte. »Was hast du mit mir gemacht?«

Die Frau neigte bedauernd den Kopf. »Es war notwendig, Kind. Dieser Ort muss unter allen Umständen geheim bleiben. Wir können nicht riskieren, dass durch eine Unachtsamkeit, eine Indiskretion, ein Versehen ...«

»Ich hatte einen Sack über dem Kopf!«, unterbrach Melania die Frau. Wut stieg in ihr auf. Sie begrüßte dieses Gefühl, denn es vertrieb die Benommenheit, die Kälte und die Übelkeit mit seiner heißen Lohe.

Die Frau lächelte. »Ja«, sagte sie heiter, »du hattest einen Sack über dem Kopf. Nun siehst du, für wie klug und gefährlich Zero dich hält.« Sie erhob sich und klopfte fest gegen die Tür, vor der sie stand. »Du wolltest Zero sehen – also komm.«

Melanias Zorn verrauchte. Sie stand wackelig auf und fragte verwirrt: »Warum ... ich habe ihn doch ...?«

Helles Licht drang durch die sich öffnende Tür. Der Raum dahinter glich zum ersten Mal, seit sie den Untergrund betreten hatte, einem ganz gewöhnlichen Zimmer und nicht einer Höhle, einem Kellerloch oder einer Rumpelkammer. Sie trat durch die Tür und blieb stehen. Vor einem prasselnden Kaminfeuer standen drei Sessel, und in einem davon saß ein kräftiger, mittelalter Mann mit kurz geschorenem Haar und einem dichten Bart, dunklen Brauen und ebensolchen Augen, der sie prüfend ansah. »Jett«, sagte er und lud sie mit einer Handbewegung ein, sich zu setzen. »Ich freue mich, dich endlich kennenzulernen.«

Melania trat zögernd näher. »Mit wem habe ich das Vergnügen?«, fragte sie.

Die Lippen unter dem dunklen Bart verzogen sich zu einem Lächeln. »Wen hattest du denn sprechen wollen?«

Sie sank langsam in den Sessel, der ihm gegenüberstand. »Zero?«

Er neigte den Kopf. »Darf ich dir etwas zu trinken anbieten?« Auf seinen Wink hin brachte die Frau zwei Gläser und eine staubige Flasche, aus der er dunkelrot funkelnden, duftenden Wein einschenkte. Eins der Gläser reichte er Melania und nickte ihr zu. »Er ist sehr gut, probiere ihn einmal.«

Sie roch daran, aber das kräftige Aroma ließ ihren Magen Salti schlagen.

Zero schwenkte den Wein im Glas, atmete seinen Duft ein und nippte. Sein Blick war freundlich, aber nichtssagend.

Melania stellte ihr Glas ab und beugte sich vor. »Zero«, sagte sie, »ich habe alles getan, was man mir aufgetragen hat. Ich habe niemals protestiert, nie gezögert, mich nicht gesträubt. Ich habe mich an meinen Teil der Abmachung gehalten.«

Er nickte reserviert und trank.

Melania presste die Hände gegeneinander. »Habt ihr Amber gefunden?«

Seine Brauen zuckten empor. »Amber?« Er wandte den Kopf und warf einen fragenden Blick zu der Frau, die schräg hinter seinem Sessel stand und Melania beobachtete.

»Ihre Tochter«, erklärte die Frau leise. »Wir hatten dich darüber informiert.«

»Deine Tochter.« Er zuckte leicht mit den Schultern, lächelte. »Ich habe so viel, was ich im Auge behalten muss. Ja, ich erinnere mich. Haben wir sie gefunden?«

»Ihre Spur verliert sich zwischen dem Sammellager und der Verteilerstelle«, sagte die Frau. Echtes Bedauern schwang in ihrer Stimme mit und glänzte in ihren Augen. »Kind, ich wollte, ich könnte dir bessere Nachricht geben. Deine Tochter ist hier angekommen, aber es sieht so aus, als wäre sie gleich danach zu einem der anderen Türme gebracht worden. Wir forschen weiter nach ihr, aber ich befürchte, dass du sie verloren geben musst.«

Melania sank zurück und schloss die Augen. Das war es, was sie vor allem anderen befürchtet hatte. Amber, ihr goldenes Mädchen – und niemand wusste, wo sie war. Die Trauer rollte in einer großen, dunklen Woge heran und drohte sie zu verschlingen.

Eine leichte Berührung an ihrem Arm ließ sie auftauchen. »Liebes, ich weiß, wie dir zumute sein muss«, sagte die Frau, die jetzt neben ihr auf dem Boden hockte. »Aber es geht um weit mehr als um das Schicksal eines einzelnen kleinen Mädchens. Kannst du dich so weit beruhigen, dass Zero mit dir reden kann?«

Melania nickte schwach und rieb sich über die Augen. »Ich höre«, sagte sie und schluckte ihre ungeweinten Tränen hinunter. Gesellt euch zu all den anderen, dachte sie. Eines Tages wird der Damm brechen, und die ganze Welt wird davongeschwemmt von der Flut der Tränen, die ich nicht geweint habe, die ich hinuntergeschluckt und weggesperrt habe ...

»Jett?«

»Ich höre«, wiederholte sie und richtete ihren Blick auf den Mann.

»Berichte uns, was du erreicht hast«, sagte er. »Ich habe vernommen, dass der Panarch knapp einem Anschlag auf sein Leben entgangen sein soll. Ein anderer Bericht hingegen behauptet, er wäre bei ebendiesem Anschlag getötet worden. Lass hören, was davon wahr ist und wie du darin verwickelt bist.«

Melania dachte an den fiebernden Mann in ihrem Gemach und seufzte. »Es war kein Anschlag«, begann sie und berichtete knapp und konzentriert, was sie gesehen und daraus geschlossen hatte. Sie fasste zusammen, wie ihre ersten Maßnahmen ausgesehen hatten und wo sich der Panarch jetzt aufhielt.

Zero und die Frau lauschten, unterbrachen Melania nicht und schwiegen eine Weile, nachdem sie geendet hatte.

»Gut«, sagte Zero und tippte mit dem Zeigefinger gegen seine Lippen. »Gut, also ... Es wäre dir also nun ohne Mühe und ohne größere Gefahr für dich selbst möglich, ihn zu töten.«

Melania biss die Zähne zusammen und nickte widerstrebend.

»Dann ...«, begann Zero, aber die Frau unterbrach ihn.

»Nein«, sagte sie scharf. »Nein, jetzt wäre der vollkommen falsche Zeitpunkt. Wir haben die Garde noch nicht im Griff. Wenn der Panarch stirbt, wird sein Sohn sofort den Notstand ausrufen, und das wird unsere Planungen vollständig über den Haufen werfen. Wir müssten unsere Leute neu in Stellung bringen, was uns Monate kosten würde.« Sie zischte durch die Zähne. »Dieser verdammte Zwischenfall wäre uns ein paar Wochen später bestens zupassgekommen«, sagte sie grimmig. »Jetzt kompliziert er alles!«

Zero nickte zweifelnd. »Wenn du es sagst, Mond«, murmelte er. »Du hast die Details besser im Kopf als ich.«

Melania sah von ihm zu der Frau, die er Mond genannt hatte, dann wieder zu Zero. Hier stimmte etwas nicht, aber sie bekam es nicht zu greifen.

»Geh zurück«, sagte Mond. »Kehre in dein neues Leben zurück, Jett. Halte noch eine Weile durch, kannst du das?«

Melania nickte. Die Frau lächelte sie voller Wärme an. »Du bist stark«, sagte sie. »Ich wusste, dass wir mit dir die Richtige an diese Stelle setzen. Ich habe mir berichten lassen, dass dein Einfluss auf Laurenz und seine Berater mit jedem Tag stärker wird. Wenn wir die Zeit hätten, dich dort oben vollkommen zu etablieren, könntest du alles mit einem Fingerschnippen bewirken, woran ich so schändlich gescheitert bin und was wir nun mühsam erarbeiten müssen.« Sie zuckte bedauernd die Schultern. »Diese Zeit haben wir nicht mehr. Die Situation gerät ins Kippen, und wir können froh sein, wenn wir all unsere Kräfte rechtzeitig in Position bekommen.«

Melania hob die Hand zum Mund und riss die Augen weit auf. »Mond«, wiederholte sie und begann zu lachen. »Das kann doch nicht sein?«

Die Frau nickte und strich ihr Haar mit einem Achselzucken aus dem Gesicht. »Es ist so lange her«, sagte sie. »Ich erinnere mich kaum noch daran. Und dich habe ich zuletzt gesehen, als du noch an der Hand deiner Mutter gingst. Wie geht es Sonne, lebt sie noch?«

»Sie lebt«, flüsterte Melania. »Und sie trauert immer noch um dich.«

Mond zuckte wieder die Achseln. »Du bist auch gegangen, denkst du, um dich trauert meine Schwester nicht?« Sie stand auf und streifte Zero mit einem Blick, der erstaunlich wenig ehrerbietig erschien. »Wir sollten jetzt dafür sorgen, dass Jett wieder an ihren Platz zurückkehrt, ehe jemandem auffällt, dass sie fort ist«, sagte sie. »Hast du noch etwas mit ihr zu besprechen?«

Der Mann blickte ins Kaminfeuer und drehte das Weinglas hin und her. »Nein«, sagte er gleichgültig. »Es ist wohl alles gesagt.«

Mond nahm Melania beim Arm. »Dann komm«, sagte sie. »Wir bringen dich zurück.«

Sie durchquerten schweigend eine Reihe von Kammern und Lagerräumen. Melania hing ihren Gedanken nach, aber nach einigen Minuten sagte sie: »Mond?«

Die Frau drehte sich nicht zu ihr um. »Ja?«

»Du verschweigst mir etwas.«

Mond zuckte mit den Schultern. »Ich verschweige dir eine ganze Menge«, sagte sie und wandte Melania ihr traurig lächelndes Gesicht zu. »Immerhin bringe ich dich auf dem offenen Weg zurück, ohne Augenbinde, ohne Betäubung. Ist das nicht ein Beweis, dass ich dir vollkommen vertraue?«

Wieder gingen sie stumm weiter. Treppen und Gänge, erneut Lagerräume voller Kisten und Gerät. Melania sah Waffen. Degen, Langmesser und Hellebarden, Äxte und Tesla-Gewehre, Armbrüste und Bögen. Sie schauderte.

»Laurenz«, sagte Mond nach einer langen Weile. »Wie ist sein Zustand?«

»Alles andere als stabil«, erwiderte Melania nüchtern. »Er hat hohes Fieber und wird mit jeder Stunde schwächer. Es ist durchaus möglich, dass er in den nächsten Tagen stirbt.«

»Das wäre fatal«, murmelte Mond. »Wie lange könntest du sein Ableben geheim halten?«

Melania dachte darüber nach. »Ich müsste seinen Leibarzt töten«, antwortete sie nüchtern. »Andoni kann ich möglicherweise täuschen oder hinhalten. Xenon auch.«

Mond fixierte Melania mit nüchterner Konzentration. »Andoni hinzuhalten dürfte schwierig werden. Ich kenne ihn, er ist ein Fuchs. Du wirst ihn ausschalten müssen, Jett. Und am besten, bevor Laurenz stirbt.«

Melania fröstelte. »Er vertraut mir«, sagte sie tonlos. »Es wäre keine große Anstrengung nötig, ihn zu vergiften.«

»Gut.« Mond musterte sie lächelnd. »Du bist aus gutem Holz geschnitzt, Jett Sonnentochter. Du kümmerst dich um Andoni, seinen Leibarzt übernehmen wir.«

Sie betraten ein Treppenhaus und begannen den Aufstieg.

»Der Junge«, brach Mond zwei Stockwerke höher das Schweigen. »Valentin. Hast du ihn kennengelernt?«

Melania pustete Luft aus und sog sie heftig wieder ein. Ihr Brustkorb ging wie eine Dampfmaschine. Sie war nicht mehr sonderlich gut in Form, das weichliche Leben hinterließ seine Spuren. »Natürlich«, gab sie kurzatmig zurück. »Er war der Liebling seines Vaters. Das hat Laurenz ja so verrückt gemacht.«

Mond nickte und wandte den Kopf ab. »Was ist Valentin für ein Mensch?«, fragte sie.

Melania verzog das Gesicht. »Schwer zu sagen. Er hat immer auf Laurenz gehört und sich bemüht, ein guter Sohn zu sein.« Sie lachte trocken und böse. »Er ist ein Türmer, durch und durch.«

»Ist er das?« Mond seufzte. »Was sollte er auch anderes sein.«

»Ihr habt ihn geopfert«, sagte Melania. »Was kümmert es dich, was er für ein Panarch geworden wäre? Er wird zum Turm zurückgeschafft und exekutiert.«

Sie registrierte, wie Mond zusammenzuckte und einen Moment lang ihr Schritt stockte. Dann straffte sich die Gestalt der älteren Frau, ihr Griff um das rostige Treppengeländer verfestigte sich und sie stieg unbeirrt weiter. »Ja, das könnte sein Schicksal sein«, sagte sie hart. »Wir alle müssen Opfer bringen, um unser Ziel zu erreichen.«

Melania verkniff sich jede Antwort, die ihr auf die Zunge drängte, aber sie musste an sich halten, um ihre plötzliche Abneigung hinunterzukämpfen. Mond war ganz offensichtlich eine der Anführerinnen der Revolte. Niemand organisierte einen solchen Widerstand, ohne dabei etwas von seiner Menschlichkeit zu verlieren. Wahrscheinlich betrachteten Mond und Zero andere Menschen nur noch wie Spielfiguren auf einem riesigen Brett.

Ich bin ja nicht besser als sie, dachte sie wehmütig.

Nach langen Minuten der stetigen Kletterei gelangten sie an eine verriegelte Eisentür. Mond legte die Hand auf den Riegel und drehte sich zu Melania um. »Leise«, sagte sie. »Ich lasse dich jetzt hier hinaus. Tu dir und uns den Gefallen: Vergiss diesen Zugang.«

Melania nickte stumm und wartete, dass Mond die Tür öffnete. Die Frau zögerte, dann ließ sie die Tür los und trat auf Melania zu. Sie umarmte sie fest und flüsterte: »Sei klug, Jett. Sei klug und still und versuche, das alles zu überleben. Um deiner Mutter willen.« Sie hielt Melania noch einen Atemzug lang fest, dann schob sie sie von sich weg und öffnete die Tür. Sie blickte hinaus, nickte und ließ Melania hindurchtreten. Die Tür schlug zu und Melania hörte den Riegel, der vorgeschoben wurde.

Sie sah sich um. Dies war kein Teil der Untergeschosse, der ihr bekannt war, aber da alle Wege in die Mitte führten, konnte sie sich wohl kaum verlaufen.

Mit dem unguten Gefühl, viel zu lange im Untergrund verweilt zu haben, machte sie sich auf den langen Weg zurück an die Spitze des Turmes.

46

Es steht geschrieben: Right or wrong – my country!

Valentins luxuriöse Gefängniszelle drückte ihm schier den Atem ab. Als die Sonne aufging, tigerte er bereits wieder auf und ab, zu ruhelos, um sich zu setzen oder noch ein wenig zu schlafen, was vernünftig gewesen wäre. Winter lag schlafend in seinem Bett, wo sie Hand in Hand, Schulter an Schulter geruht und fast die ganze Nacht leise miteinander gesprochen hatten, bis sie beide in einen unruhigen Schlaf gefallen waren, aus dem er nach allzu kurzer Zeit wieder aufgeschreckt war.

Valentin blieb am Fenster stehen und starrte zum Horizont, an dem der Nachthimmel sich in Rosa-, Grün- und Blautönen aufzulösen begann. Wie schön dieser Tag zu werden versprach und wie trüb und hoffnungslos sich dagegen seine Zukunft vor ihm erstreckte. Der Ausblick würgte ihn wie Hände, die sich um seine Kehle gelegt hatten.

Eine leise Stimme rief seinen Namen. Er drehte sich um und sah Winter, die sich aufgesetzt hatte. Sie hatte geweint, ihre Augen waren gerötet und die Spuren der Tränen in ihrem Gesicht waren nicht zu übersehen. Aber sie lächelte, als er sie umarmte. Er hielt sie fest und streichelte ihre Schultern. »Sie sind sicherlich schon fort«, sagte er leise. »Ist es das, was dich bedrückt?«

Sie nickte und wischte sich über die Augen. Dann hob sie die Hand, strich mit zarten Fingern über seine Stirn und fuhr in seinen Haaransatz. »Du bist einer von uns«, sagte sie sehr leise. »Warum willst du zu den Türmern gehören, Val?«

Er zuckte zurück, als hätte sie ihn angespuckt. »Was?«, stieß er hervor. Er legte seine Hände auf Winters Schultern, die so schmal und zerbrechlich aussahen und sich unter seinem Griff so erstaunlich stark anfühlten. »Was meinst du damit?«

Winter blinzelte verwirrt. »Du bist einer von uns«, wiederholte sie. Erneut hob sie die Hand, bat ihn wortlos um Erlaubnis und zog an einer Strähne seines Haars, zupfte sie aus seiner wirren Mähne.

Valentin verdrehte die Augen, um sich anzusehen, was sie meinte. Er zuckte die Achseln. Winter runzelte ärgerlich die Stirn. Sie stand auf, zog ihn hoch und schob ihn zu dem Spiegel, der neben der Tür hing.

Valentin blickte hinein. »Ja, und?« Er beugte sich vor. Er hatte Ringe unter den Augen, was kein Wunder war. Er musste sich dringend rasieren. Und die Farbe wusch sich aus seinen Haaren, sein Vater hätte ihm etwas erzählt, wenn er so schlampig durch den Turm gelaufen wäre. Er hätte längst ... Seine Gedanken wurden langsamer und hielten an, während sein Blick über den hellen Ansatz seiner Haare wanderte und dann das ausgewaschene, von Wind und Sonne gebleichte, scheckige Erscheinungsbild seines Haupthaares musterte.

Er hatte vollkommen vergessen, was seine natürliche Haarfarbe war. Er hatte es vergessen. Nein, er hatte es in eine finstere Ecke seines Bewusstseins verdrängt, ein paar Kisten davorgeschoben, das Ganze mit Decken verhängt und dann die Tür zugenagelt, die dorthin führte. Es gab keine blonden Türmer.

Valentin schluckte und zwang sich zur Wahrheit. Es gab keine *weißhaarigen* Türmer. Er schauderte.

Winter stand neben ihm und ihre Augen strahlten wie kleine Sonnen. »Du müsstest doch längst erwacht sein«, sagte sie. Dann schüttelte sie den Kopf und lachte. »Om hat es einmal erwähnt, ich habe es vergessen. Die Türme verhindern das Erwachen, deshalb dürfen auch keine begabten Kinder dorthin ausgeliefert werden.

Es gibt kein Erwachen im Turm, zwischen all den Wänden aus Metall.«

Valentin schauderte. »Was bedeutet das?«, fragte er tonlos.

Winter legte den Arm um seine Taille. »Dass du eine Heimat haben wirst, selbst wenn deine Leute dich jagen.«

Ehe Valentin etwas darauf antworten konnte, darauf bestehen, dass er immerhin der Sohn und Erbe des Panarchen war, zumindest, bis irgendeine Intrige ihn zu einem heimatlosen Flüchtling gemacht hatte ... ehe er überhaupt den Mund öffnen konnte, ließ das Kommunikationsgerät sein schrilles Signal hören.

Valentin stürzte zum Hörer und nahm ihn ab.

»Gibt es eine Verbindung zum Turm?«

»Noch nicht, Euer Gnaden«, hörte er den Nauarchen sagen, »darf ich um Eure Anwesenheit auf der Brücke bitten? Es geht um Euren weiteren Verbleib auf diesem Schiff.« Rochus klang angestrengt. »Es eilt, Euer Gnaden«, fügte er gepresst hinzu.

»Ich komme«, sagte Valentin nach einem Blickwechsel mit Winter.

Er hängte den Hörer in seine Halterung und ergriff ihre Hände, um sie fest zu drücken. »Wenn ich nicht zurückkomme, haben sie mich in Ketten fortgebracht«, sagte er leise und hastig. »Wenn das geschieht, dann musst du fliehen. Wende dich an den Proreta, ich habe das Gefühl, dass er dir helfen wird. Versprichst du mir das?«

Winter sah ihn lange und ernst an. Sie zwang sich zu einem Lächeln und streichelte seine Wange und seinen Mund. »Das wird nicht geschehen«, sagte sie leise. »Ich weiß es.«

Valentin nahm seine Jacke von der Stuhllehne und schlüpfte hinein. Er schabte mit den Fingern über sein unrasiertes Kinn und zuckte mit den Achseln.

»Warte«, sagte Winter. Sie löste das Lederband aus ihrem Zopf, schüttelte ihr weißes Haar aus und band Valentins Haare zusammen. Ihr Gesicht war seinem dabei so nah, dass er sich nur eine

Winzigkeit vorbeugen musste, um sie zu küssen. Ihre Blicke tauchten ineinander. »Komm zu mir zurück«, hauchte Winter und berührte seine Wange mit den Fingerspitzen.

»Das werde ich«, versprach er.

Der Nauarch beugte sich mit seinem Ersten Offizier über eine Luftkarte, die auf dem Kartentisch ausgebreitet lag. Der Proreta stand an der offenen Seite des Ruderhauses und blickte durch ein Fernglas, während er laufend Zahlen und Himmelsrichtungen durchrief, die der junge Rudergänger neben ihm auf einem Block notierte. Valentin stieß erleichtert Luft durch die Zähne. Es sah nicht danach aus, als wollte ihn der Nauarch in Ketten legen.

Rochus blickte auf und Valentin erschrak über das sorgenzerfurchte Gesicht des Kapitäns. »Euer Gnaden«, sagte Rochus und winkte ihn zu sich. »Es haben sich einige Änderungen unserer Situation ergeben, über die ich gerne mit Euch sprechen würde.« Er sah sich um, als wüsste er nicht mehr, wo sie sich aufhielten. »Gubernator, übernehmen Sie die Brücke«, sagte er und nahm Valentin beim Arm. »Euer Gnaden, wenn ich bitten dürfte ...«

Valentin folgte Rochus in die winzige Kabine hinter dem Ruderhaus. Dort war gerade Platz für zwei Sessel, die zum Fenster gewandt neben einem winzigen Tisch standen. Der Nauarch deutete auf die Sessel und entkorkte eine braune Tonflasche. »Ich habe die Nacht hindurch gewacht«, sagte er mit einem entschuldigenden Grinsen und schenkte zwei kleine Gläser mit einer bräunlichen, würzig riechenden Flüssigkeit voll.

Valentin ließ sich in einen der beiden Sessel fallen und nahm das Glas entgegen. »Worüber wollten Sie mit einem inhaftierten Hochverräter sprechen, Nauarch?«, fragte er mit müdem Spott.

Rochus nahm neben ihm Platz und stemmte die Füße gegen die

Fensterbrüstung. Er hob das Glas an die Lippen, legte den Kopf in den Nacken und ließ die Flüssigkeit in seinen Mund rinnen. Er stöhnte leise, wischte mit der Hand über den Mund und stellte das Glas mit einem harten Knall ab. »Euer Gnaden«, sagte er, »möglicherweise ist es Euch zu Ohren gekommen, dass ein Teil unserer Passagiere uns heute früh verlassen hat?« Sein Blick war vor Müdigkeit verhangen, aber dennoch bohrend.

Valentin nippte an seinem Glas, um Zeit zu gewinnen. Die Flüssigkeit darin war unerwartet scharf und brachte ihn zum Husten. »Ja«, keuchte er kurz entschlossen. »Das ist mir nicht entgangen.«

Der Nauarch lächelte und seine Haltung entspannte sich. »Offenheit gegen Offenheit«, sagte er. »Euer Gnaden, ich möchte Euch vorschlagen, dass Ihr dem Beispiel folgt.«

Valentin, den immer noch das Kratzen in seiner Kehle beschäftigte, glaubte, sich verhört zu haben. Er stellte das Glas behutsam ab, wischte seine Finger an der Hose trocken, sah Rochus an und fragte: »Wie bitte?«

Der Nauarch lächelte müde und bot erneut die kleine Tonflasche an, aber Valentin lehnte ab. Rochus schenkte sich nach, verkorkte die Flasche wieder und verstaute sie unter seinem Sessel. »Nehmt den zweiten Schlitten, Euer Gnaden«, sagte er und kippte das Glas auf die gleiche Weise hinunter wie das erste. »Wir haben ... ja, Proreta?«

Der Zweite Offizier hatte von draußen etwas gerufen und wiederholte es nun: »Eine Staffel von Greiferschlitten von Ost, die Kaperschiffe sind aber immer noch schneller, sie werden uns in einer, allerhöchstens zwei Stunden eingeholt haben, falls der Wind nicht dreht.«

Rochus fluchte und warf sein leeres Glas gegen die Wand, wo es in tausend Splitter zersprang.

»Was bedeutet das, Nauarch?«, fragte Valentin beunruhigt.

»Wir werden aufgebracht, wenn ich es nicht verhindern kann«, sagte Rochus grimmig. »Die Greiferschlitten sind nicht schnell genug und garantiert nicht gut genug bewaffnet, um gegen eine Kaperflotte der verdammten Südler etwas ausrichten zu können. Keine Sorge, wir werden unsere Haut teuer verkaufen. Aber ich wäre ruhiger, wenn ich nicht auch noch Zivilpersonen an Bord beschützen müsste.«

Valentin verdaute die Antwort. Dann schüttelte er den Kopf. »Wenn die Greifer kommen und Sie mich nicht ausliefern können, sitzen Sie in der Tinte, Rochus. Wie wollen Sie das erklären?«

Der Nauarch blickte ihn finster an. »Ich bin kein Gefängniswärter«, sagte er schroff. »Mein Schiff ist nicht dazu ausgerüstet, Gefangene zu transportieren. Ich werde sagen, was dann hoffentlich auch der Wahrheit entspricht: dass Ihr Euch mit Euren Begleitern der Schlitten bemächtigt habt und davongeflogen seid.« Er hob die Schultern. »Ich hätte Euch nicht verfolgen können – wie auch, wenn ich gleichzeitig von den Freibeutern des Konglomerats angegriffen werde?« Er beugte sich vor und legte seine raue Hand auf Valentins Arm. »Geht, mein Junge«, sagte er. »Der Zeitpunkt ist günstig, für Euch wie für uns. Fliegt, bringt Euch in Sicherheit und lasst mich für mein Schiff sorgen.«

47

Es steht geschrieben: O, wonder!
How many goodly creatures are there here!

Die Sonne war schon eine Handbreit über die Baumwipfel gestiegen, als sie den Schlitten verließen, um sich umzusehen. Hoch über ihnen donnerte es wie ein heranziehendes Gewitter, aber der Himmel war klar und die Luft frisch und kühl.

Elster ignorierte das Donnern und streckte sich, atmete tief durch und musste an sich halten, nicht laut zu jubeln. Moos und weiches Gras unter ihren Füßen! Ein Boden, der nicht schwankte! Bäume! Es war, als hätte man sie aus einem finsteren Kerker entlassen.

Der Steuermann rief leise ihren Namen. Sie drehte sich zu ihm um und hätte ihn beinahe umarmt, wenn sein verhaltener Ausdruck sie nicht davor hätte zurückschrecken lassen.

»Komm her«, sagte er und legte die Hand auf das Moospolster. »Ich brauche deine Hilfe.«

Sie sah zu Indigo, der sich der Länge nach ausgestreckt hatte und leise schnaufend schlief. Etwas abseits saßen die drei Türmer im Gras und unterhielten sich gedämpft. Sie wollten offenbar unter sich bleiben. Konnten sie sogar in einer Situation wie dieser ihr Standesbewusstsein nicht vergessen? Elster schüttelte den Kopf und ließ sich neben Zach nieder. »Was kann ich tun?«

Er nahm ihre Hand und strich sacht mit dem Daumen über ihre Handfläche. »Es tut euch sicher gut, eine Weile zu rasten«, sagte er, »aber wir müssen darüber nachdenken, wie es nun weitergeht. Fühlst du dich dazu in der Lage?«

Sie nickte und betrachtete sein Gesicht. Es war faszinierend und erschreckend zugleich, wie sein Aussehen zwischen dem eines jungen Mannes und eines uralten Wesens changierte. Die unerklärliche Zuneigung, die sie von Anfang an für ihn verspürt hatte, wechselte ebenso zwischen Verliebtheit und Furcht vor dem, was er wirklich war. Sie schauderte unwillkürlich. *Was er wirklich war?* Woher kam dieser seltsame Gedanke? Die dunkle Dissonanz, die sie in seiner Nähe inzwischen beständig hörte, wurde lauter und begann zu pochen wie ein tief sitzender Kopfschmerz.

»Hier ist unsere Karte«, sagte Zach und legte das Buch vor sich auf den Boden. »Sie irren, wenn sie deine Schwester die Erwählte nennen.« Die Fältchen um seine Augen vertieften sich. »Winter ist Oms Nachfolgerin, das ja. Aber die wahre Erwählte bist du.«

»Rede kein dummes Zeug«, erwiderte Elster schroff. »Ich bin ein Trikker mit einem vollkommen unnützen Trick, weiter nichts.« Sie hob abwehrend die Schultern. »Nun zeig mir schon, wie du aus einem Buch den Weg herauslesen willst.«

Er lachte, griff sacht an ihren Hals und zupfte an dem Lederband, an dem die Gabel hing. Er zog es über Elsters Kopf und drehte die Gabel behutsam hin und her. Elster sah ihn fragend an. »Und nun?«

»Sieh her«, sagte er und blätterte die Karte auf. »Leg deine Hand auf die Seite, Finderin.«

Sie warf ihm einen irritierten Blick zu und tat, was er von ihr verlangte. Ihre Finger berührten den Plan und warteten.

Zach legte die Gabel so auf die Seite, dass sie Elsters Zeige- und Mittelfinger berührte. »Jetzt lausche«, sagte er. »Kannst du die Harmonien hören?«

Elster zuckte zusammen. »Woher weißt du von den Harmonien?«, fragte sie scharf.

Er lächelte. »Om hat es gesehen«, antwortete er. »Sie hat nur, ebenso wie ich, geglaubt, dass Winter die Finderin ist.« Sein Lächeln wurde intensiver und ließ seine Augen leuchten. »Aber du bist mehr als das«, fuhr er fort und berührte zart ihre Schulter. »Du bist Finderin und Heilerin. Das ewige Prinzip hat dich geschickt, Elster. Du bist mein Heil und meine Rettung und das Heil und die Rettung deiner Welt.«

Elster lachte unwillkürlich auf. »Große Worte«, sagte sie spöttisch. »Hast du es ein bisschen kleiner, Steuermann?«

Er lachte nicht mit ihr, aber sein Lächeln wärmte ihr Herz und vertrieb die Schatten. Sie nickte und konzentrierte sich auf ihre Hand, auf den Plan, auf das Lauschen.

Das leise Murmeln der Türmer und das stete Rascheln des Laubes im Wind, der Gesang der Vögel und das Summen der Insekten verklangen. An ihre Stelle trat das Rauschen ihres Blutes, der Schlag ihres Herzens. Lauter. Immer lauter. Dröhnend laut und mit einem Mal verstummend. Sie schwebte in einer Blase aus Stille, in der nur noch der dumpfe Druck der Dissonanz zu spüren war, als Schmerz, nicht als Geräusch.

Die Stille ängstigte sie, und sie wollte die Augen öffnen und ihre Hand von dem Buch lösen, aber sie war gelähmt. Ihre Finger berührten wie festgeschweißt die Seite und konnten sich nicht mehr davon lösen und auch ihre Lider schienen tonnenschwer und unbeweglich zu sein.

Elster schluckte und rang die aufsteigende Panik nieder. Ihr konnte nichts passieren, Zach wachte über sie.

Mit diesem Gedanken verflog der letzte Rest von Angst und ein Gefühl von Weite öffnete ihren Geist. Mit einem Ruck, der durch ihren Körper fuhr, schwebte sie hoch oben über einer hügeligen Landschaft. Sie blickte auf all die Bäume und die tiefen Einschnitte zwischen den Hügelkuppen, fühlte die kalte Luft, die an ihren Haaren und ihren Kleidern riss, und blinzelte im hellen Sonnenschein. Jetzt wäre der richtige Zeitpunkt gekommen, um in Panik zu verfallen, aber seltsamerweise war sie ganz ruhig und beinahe belustigt, dass sie wie ein Vogel durch die Luft flog.

Ihre Hand prickelte schmerzhaft. Sie riss ihren Blick vom Horizont los und begann, das Gelände unter ihr mit Blicken zu durchkämmen. Langsam begriff sie, dass das Prickeln ebenso wie der singende Ton in ihren Ohren eine Orientierung boten, ob sie in die richtige Richtung schaute. Sie drehte sich um die eigene Achse und sondierte die anderen Himmelsrichtungen. Das Prickeln wurde zu einem unangenehmen Stechen, das Singen so laut, dass ihre Trommelfelle schmerzten. Durch die aufschießenden Tränen erkannte sie in der Ferne den aufragenden Silberpfeil, in dem sich blendend hell das Licht spiegelte. Ihr Atem stockte. Es war ein Turm! War es am Ende wirklich der Turm, den sie suchten?

»Dort«, rief sie unwillkürlich laut aus und begann mit einem Mal zu stürzen. Sie trudelte, fiel, griff haltsuchend um sich, schlug mit den Armen und rotierte fallend den Baumwipfeln entgegen.

Ein harter Schlag, sie riss die Augen auf und sah in Zachs Gesicht. »Was?«, fragte sie und wollte ihre Glieder betasten, um sich zu vergewissern, dass nichts gebrochen war. »Was?«, wiederholte sie und blickte auf ihre Hand, die immer noch wie festgeschmiedet auf der Buchseite ruhte. Sie hatte die Position verändert, lag nun so, dass ihre Finger einen Ort am Rande der Karte berührten. Das Prickeln hatte nicht aufgehört, es war so schmerzhaft, als steckte ihre Hand in einem Ameisenhaufen.

»Dort«, sagte Zach und löste vorsichtig ihre Finger von der Seite, wobei er die Stelle, auf die sie gezeigt hatte, markierte. »Du hast den Turm gefunden, Elster. Ich wusste es.« Er beugte sich vor und küsste ihre Stirn und Elster sah den Glanz in seinen Augen. Wenn es nicht so unwahrscheinlich und geradezu lächerlich abwegig gewesen wäre, hätte sie gedacht, dass es Tränen waren, die dort glänzten.

»Wie kann das sein?«, fragte sie und schüttelte ihre Hand aus, die nicht mehr schmerzte, sondern im Gegenteil taub und gefühllos war. »Wie soll ich mit einer Zeichnung und einer Gabel so etwas bewerkstelligt haben?«

Zach lächelte nur und stand auf. »Wir haben die Ortung«, sagte er laut. »Wir können starten.«

Die Türmer blickten auf und starrten den Steuermann an. Alban fasste sich als Erster. Er stand auf und sagte: »Ohne Valentin reisen wir nicht weiter.«

Valentins Cousine, die blass und übernächtigt aussah, fügte hinzu: »Was meinst du mit ›Ortung‹, Steuermann?«

Elster lächelte. Die Türmer hatten Zachs Beinamen fraglos übernommen, als wäre es das Normalste auf der Welt, jemanden so zu nennen. Er war der Steuermann, das stellte niemand infrage, noch nicht einmal die hochnäsigen Turmbewohner.

Zach hob das Buch und antwortete: »Wir wissen, wo Turm Null zu finden ist. Ich halte es für einen Fehler, auf euren Freund zu warten. Wer weiß, ob er überhaupt in der Lage sein wird, das Schiff zu verlassen? In der Zwischenzeit sitzen wir hier auf dem Präsentierteller. Lasst uns weiterziehen. Wenn unseren Freunden die Flucht gelingt, werden wir sie über Funk ans Ziel lenken können. Hier nützen wir weder ihnen noch unserer Mission.«

Alban fluchte und Elster verschränkte ihre Hände so fest, dass sie ihre Knochen knacken hörte. Winter zurücklassen? Darauf vertrauen, dass sie schon nachkommen würde?

Ihr schwindelte und eine tiefe Erschöpfung machte sich in ihrem Inneren breit. Sie brauchte jetzt Ruhe. Den Duft von Moos, das Rascheln der Blätter um sich. Benommen stand sie auf, ging in Richtung der Bäume und achtete nicht auf die Rufe des Steuermanns.

Indigo fand sie, wie sie auf einem modernden Baumstamm hockte und nachdenklich ins Leere starrte. Er setzte sich stumm neben sie und legte seinen Arm um ihre Schultern. Elster senkte den Kopf. »Indigo«, flüsterte sie, »wir können sie doch nicht allein zurücklassen!«

Er streichelte mit seinen großen, zuverlässigen Händen über

ihre Schultern und ihren Rücken und brummte beruhigend. Sie ließ sich in seine Umarmung sinken und schnüffelte an seinem Hals. Indigo-Aroma, ein bisschen Dirrumrauch, Pfefferminze, Seife, Maschinenöl und Holz. Sein vertrauter Geruch ließ eine heftige Sehnsucht nach ihrem Zuhause in ihr aufbrechen. Sie waren so weit weg von allem, was sie kannten und liebten. Elster schluckte und rieb sich fest über die Augen.

»Winter ist nicht allein«, sagte er und sah sie fest an. »Der Türmer ist bei ihr, und ich glaube, er weiß sich zu helfen. Er wird sie nicht im Stich lassen, El. Er liebt sie.« Ein winziges, trauriges Lächeln spielte um seinen Mund. »Ich erkenne die Anzeichen«, setzte er hinzu.

»Meinst du?« Sie richtete sich auf und trocknete ihr Gesicht mit dem Ärmel.

»Ich weiß es. Ich sehe es daran, wie er sie ansieht ...« Er verschluckte den Rest und wich ihrem Blick aus. »Gehen wir?«, fragte er schroff. »Die anderen warten.«

Sie hielt ihn am Ärmel fest. »Digo«, sagte sie und suchte nach Worten für das Gefühl, das in ihr brodelte. Es war wie die dunkle Dissonanz, nur mit schärferen Kanten, kleiner und kompakter und von einem schrillen Pfeifen begleitet. Sie griff ungeduldig danach und zwang es in eine Harmonie.

Indigo sah sie verblüfft an. »Was hast du gemacht?«, fragte er. »Ich fühle mich ...« Er hob die Hände an die Schläfen und berührte sein Herz. »Es fühlt sich an, als wäre etwas Schweres von mir genommen.« Er schüttelte benommen den Kopf.

Elster horchte in sich hinein. »Ich auch«, flüsterte sie. »Es tut nicht mehr weh.« Sie legte den Kopf lauschend auf die Seite und wandte dabei den Blick nicht von Indigos Gesicht. War ihr je aufgefallen, dass er kein Halbwüchsiger mehr war? Er war zum Mann geworden, und sein kantiges Gesicht unter den Bartstoppeln erschien ihr so fremd, dass es ihr einen Schock versetzte. Dann blickte sie in seine warmen, vertrauten Augen und atmete auf. Es war immer noch Indigo, ihr liebster, engster Freund. Sie stand auf und streckte ihm die Hand entgegen. »Es ist so gut, dass du da bist«, sagte sie. »Ohne dich würde ich mich so verloren fühlen wie ein neugeborenes Lamm im Schneesturm.«

Seine Augen wurden groß und dunkel. »Meinst du das ernst?«, fragte er unsicher.

Sie ließ ihn nicht ausreden. Mit einem schnellen, verschämten Kuss schloss sie seinen Mund und griff dann nach seiner Hand, um mit ihm zu den anderen zurückzukehren.

48

Es steht geschrieben: Manch weiser Mann ließ sich berücken, er fehlte und versah sich's nicht

Melania wusste kaum, wie sie den Rückweg bewältigt hatte. Sie erinnerte sich vage an die Kontrolle an der Schleuse, dann daran, wie sie sich über Treppen und Lift wieder zu den Ruheräumen zurückgekämpft hatte, ihr Staunen darüber, dass immer noch Nacht war – oder etwa schon wieder? Hatte sie einen ganzen Tag in den Tiefen des Turmes verloren? Sie kleidete sich um und stand dann eine Weile schwankend vor Erschöpfung vor den einladend mit Kissen und Decken bestückten Liegen. Oh wie gerne hätte sie sich einfach nur dort fallen lassen, die Decke über ihren Kopf gezogen und geschlafen, geschlafen, geschlafen! Stattdessen versteckte sie den Korb mit Kleidern wieder in der Ecke. Wenn ihn dort jemand entdeckte, hatte sie Pech gehabt und musste sehen, wie sie sich eine neue Garnitur besorgte, aber sie war viel zu erledigt, um auch noch einen Korb in ihr Gemach zurückzuschmuggeln.

Sie schleppte sich erneut zum Lift, grüßte geistesabwesend eine Frau, die ihren Namen nannte, und stand dann gegen die Wand des Aufzugs gelehnt im halben Dämmerschlaf da, bis sie wieder in ihrem Stockwerk angelangt war. Das letzte Stück schleppte sie sich nur noch mühsam, Fuß vor Fuß setzend, öffnete die Tür, schob sie wieder zu und sank mit geschlossenen Augen dagegen. Die Erschöpfung, die sie gepackt hielt, war keines natürlichen Ursprungs. Wahrscheinlich steckte ihr immer noch das Betäubungsmittel in den Knochen, das Zeros Gehilfen ihr verabreicht hatten.

Sie raffte sich auf, löste ihr Schultertuch und warf es auf einen Stuhl, begann ihr Mieder aufzuschnüren und verharrte, ehe sie es vollends öffnete. Mit einem leisen Lachen hielt sie es zu und ermahnte sich, erst einmal nachzusehen, ob der Leibarzt oder Andoni an des Panarchen Lager Wache hielten. Dann schwand ihr Lächeln, und die Vorstellung, dass im Schlafgemach nur mehr ein kalter, lebloser Körper lag, dem Atem und Augenlicht geschwunden waren, machte sie frösteln.

Sie schob die Tür auf und tastete sich durch das dämmrige Gemach zum Bett. Niemand wachte dort. Die Beklemmung, die sie verspürte, wurde zu einer kalten Faust, die ihr Herz zu zerquetschen drohte. War er gestorben, während sie sich in den Untergeschossen herumtrieb und die Vernichtung des Turmes plante?

Sie ließ ihr Mieder los, das nun über ihre Schultern glitt und um ihre Taille baumelte. Es war kühl im Gemach, und sie fröstelte in ihrem dünnen Unterkleid, als sie vor dem Kamin niederkniete und die ersterbende Glut erneut anfachte. Sie legte ein Scheit nach, klopfte ihre Hände ab und richtete sich auf. Mit der sicheren Gewissheit, im Licht des Feuers einen vom Laken bedeckten Leichnam auf dem Bett zu erblicken, drehte sie sich um.

Ihr Herz tat einen schmerzvollen Schlag und sekundenlang stockte ihr Atem. Dunkel umränderte Augen in einem eingefallenen Gesicht blickten sie unverwandt an. Der Panarch saß aufrecht gegen die Kissen gelehnt in ihrem Bett, die Hände reglos auf seinen Schenkeln, den Kopf hoch erhoben.

Sie starrten sich an. Einen wahnwitzigen Moment lang glaubte Melania, einen Toten vor sich zu haben, der absurderweise aufrecht und mit offenen Augen aufgebahrt worden war. Doch dann hob ein Atemzug seine Brust, und eine seiner Hände strich ziellos über das Laken, das seine Beine bedeckte.

»Laurenz!«, rief sie erstickt und eine Woge der Erleichterung ließ ihre Glieder weich werden. Sie taumelte und hielt sich am Bettpfosten fest. »Laurenz«, wiederholte sie leiser. »Du lebst. Du bist wach.« Sie raffte sich auf und eilte an seine Seite, nahm seine Hand, fühlte seine Stirn. »Das Fieber ist weg«, sagte sie erleichtert. »Laurenz, ich bin so froh!« Tränen sprangen ihr in die Augen und sie wischte sie ungeduldig fort.

Seine Hand in ihrem Griff zuckte. Er befeuchtete seine Lippen und seine Stimme, heiser und schmerzhaft rau, klang an ihr Ohr. »Melania.« Sie hob den Blick und musterte sein Gesicht. Er war blass und abgemagert, die Falten und dunklen Schatten in seinem Gesicht zeugten von Schmerz und tiefer Trauer.

Sie hob die Hand und legte sie auf seine Wange. »Laurenz«, sagte sie. »Ich habe so gefürchtet …«

»Wo bist du so lange gewesen?«, fragte er flüsternd.

Sie war nicht auf diese Frage vorbereitet gewesen, begann zu stammeln. Bei einer Freundin, bei Andoni, sie hatte sich ausruhen müssen, Pläne, Vorkehrungen … sie verstummte und schlug die Augen nieder.

Der Panarch saß starr da, regte sich nicht. Dann atmete er tief und schmerzlich ein. »Es ist gut«, sagte er heiser. Seine Hand berührte ihren Scheitel. »Es ist schon gut. Ich will es nicht wissen. Nicht jetzt, nicht hier. Morgen …« Die Spannung, die ihn aufrecht gehalten hatte, riss wie ein überdehntes Gummiband und er sank in die Kissen zurück. Melania stützte ihn, half ihm, sich bequem zu betten, drückte die Kissen zurecht, zog das Laken hoch. »Hast du Durst, hast du Hunger, soll ich den Leibarzt rufen, brauchst du …?«

Seine Hand legte sich auf ihre Lippen. »Nur Schlaf«, murmelte er. »Leg dich zu mir, wärme mich. Ich friere.«

Sie schlüpfte hastig aus ihrem Kleid und legte sich ins Bett. Sie zog die wärmere Decke über sich und ihn und nahm ihn in die Arme. Er lag kalt und starr da, eckig und knochig, als hielte sie wahrhaftig einen Leichnam in ihren Armen und keinen lebendigen Menschen.

Sie spürte die Angst langsam in sich hochkriechen. »Laurenz«, fragte sie leise, »was denkst du?«

Er rührte sich nicht. Sein Atem ging ruhig. »Was ich denke?«, sagte er nach einer Weile. »Ich bin durch ein tiefes, dunkles Tal gewandert. Eine Zeit lang hatte ich meinen Verstand verloren, aber nun sehe ich endlich wieder klar.« Er seufzte. »Vielleicht zu klar. Es schmerzt, Melania. Es schmerzt ...«

Sie wagte nicht, ihn zu fragen, was er damit meinte. Sie lag da, starrte in die Dunkelheit, lauschte seinem Atem. Er schlief nicht und sein Körper wurde nicht weich in ihrer Umarmung. Melania befeuchtete ihre Lippen, ihre Kehle war mit einem Mal eng und rau. »Dein ... dein Sohn?«, fragte sie.

Der Panarch lachte kurz und hart. »Mein Sohn, der Mörder seines Bruders. Meine Nichte. Der Neffe meines Ratgebers. Meine Gemahlin? Ganz sicher die Mutter meines Sohnes, die schon vor Jahren versucht hat, mich zu stürzen. Du?«

Ihr Atem stockte. »Was ... was meinst du mit ›du‹?«

Er schwieg. Sie schmiegte sich eng an ihn, streichelte seine Brust, legte ihren Kopf an seine Schulter, bettelte um eine Geste der Zuneigung, ein Hinwenden, eine besänftigende Berührung, aber er lag da wie ein gezogenes Schwert, kalt, abweisend, tödlich.

»Laurenz«, sagte sie. »Laurenz, ich ...«

»Warum?« Seine Stimme klang so unbeteiligt, so bar jeden Gefühls. Keine Wärme, aber auch kein Vorwurf. Nur Kälte.

»Ich verstehe nicht, was du von mir willst.« Sie fand selbst, dass ein falscher, hysterischer Ton ihre Stimme färbte, und zwang sich zu einem tiefen Atemzug. »Was habe ich getan? Sag es mir.«

»Ich habe einige interessante Neuigkeiten erfahren, während du ... unterwegs gewesen bist«, sagte er nüchtern. »Nicht alle meiner Ratgeber haben sich von dir einlullen lassen, Melania.«

Sie löste sich von ihm und setzte sich auf. Rieb mit zitternden Händen über ihr Gesicht. Fand keine Antwort, keine Frage, keine

Beteuerung, kein Leugnen in ihrem Inneren, das sie ihm hätte anbieten mögen. Schwieg.

»Du hast etwas zu mir gesagt, dort drüben, als du mich fandest«, fuhr er fort. »Ich habe es glauben wollen. Es hat mir geholfen, mich nicht vollkommen zu verlieren. Dafür danke ich dir. Es mag eine Lüge gewesen sein wie alles andere, was du gesagt oder getan hast, aber es war eine barmherzige Lüge, die mir den Verstand und das Leben gerettet hat. Ich werde das mit in die Waagschale legen, wenn es so weit ist.«

»Laurenz«, flüsterte Melania und zog schaudernd ihr Laken um die Schultern.

»Schlaf jetzt«, sagte er tonlos. »Morgen wird der Inquisitor einige Fragen an dich haben.« Er atmete rau, aber seine Stimme war ohne Gefühle, klar und kalt. »Du könntest versuchen, mich heute Nacht zu töten. Das würde dich nicht retten. Ich bin der Einzige, der dich retten kann, vergiss es nicht. Schlaf jetzt.«

Sie stand auf, taumelte durch das Gemach, griff nach ihrem Kleid, tastete nach der Tür.

»Es steht eine Wache draußen«, drang sein Flüstern zu ihr. »Wenn es dir lieber ist, auch diese Nacht schon in deiner Zelle zu verbringen ...«

Sie sank vor der Tür in die Knie und presste die Faust gegen den Mund, um den Schrei zu ersticken, der mit Macht herausdrängte. Der Schmerz raubte ihr die Sinne. Sie hatte alles verloren. Ihre Tochter. Ihren Mann. Ihre Schwestern und ihre Eltern. Laurenz. Ihr Leben. Sie war tot, und nur ihr Körper hatte es noch nicht begriffen, bestand darauf, zu atmen und herumzulaufen, zu sprechen, zu bluten, Schmerzen zu empfinden, zu trauern ...

Mit einem erstickten Schluchzen sank sie vornüber.

Sie lag lange dort, spürte die Kälte in ihre Glieder kriechen und sie mit eisigen Klauen schütteln. Oder war es Angst, die sie gepackt hielt? Sie stemmte sich auf die Hände, kam auf ihre Knie und zog sich an einem Stuhl hoch, um sich aufzurichten. Schwankend stand sie da, wusste nicht, wohin sie fliehen sollte. Ein Messer, wenn sie ein Messer gehabt hätte, hätte sie es sich ins Herz stoßen können.

Sie lauschte dem ruhigen Atem, der vom Bett kam. Das Kaminfeuer war heruntergebrannt, nur die Glut sorgte noch für ein wenig Licht, in dem sie die Umrisse der Möbel erkennen konnte. Ihr Blick fiel auf den kleinen Tisch. Sie hatte die Präparategläser dort abgestellt. Jedes dieser Tiere taugte als Tür aus dieser Notlage. Sie musste nur den Mut aufbringen, eins dieser Gläser zu öffnen und seinen Inhalt zu schlucken.

Langsam, wie mit einer tödlichen Wunde in der Brust, schleppte sie sich zum Tisch und zog das Tuch beiseite, mit dem sie die Präparate bedeckt hatte. Die Gläser standen dort, aber ihr Inhalt war verschwunden. Melania starrte die Gläser verständnislos an. Ihre Gedanken waren so zäh wie klebriges Karamell. Fort. Der rote Frosch. Die Vogelleber. Der dunkelblaue Käfer. Sie stöhnte und sank gegen den Tisch, stützte sich mit beiden Händen darauf ab. Eine Träne rollte an ihrer Nase entlang, tropfte herab und zerplatzte auf der Tischplatte.

Sie schniefte, wischte sich mit dem Handrücken über die Nase und ermahnte sich, endlich wieder wie eine Erwachsene zu denken und nicht wie ein hilflos heulendes Kleinkind. Sie war aufgeflogen? Gut, das war ein Risiko, das sie von vorneherein hatte kalkulieren müssen. Es war lange gut gegangen, aber nun war es vorbei. Sie hatte keinen Plan für diesen Fall in der Hinterhand, das allein konnte sie sich vorwerfen. Wenn sie dem Inquisitor vorgeführt wurde, würde sie reden. Sie machte sich keine Illusionen darüber, eine Weile mochte sie der peinlichen Befragung widerstehen können, aber irgendwann würde sie alle verraten, deren Überleben davon abhing, dass sie schwieg. Die Nuller standen so kurz vor einem Sieg. Sie durfte es nicht aufs Spiel setzen. Ihr eigenes Leben zählte nicht, das tat es schon lange nicht mehr.

Sie ließ den Tisch los und richtete sich auf. Es gab tausend Möglichkeiten, sich zu töten. Eine davon reichte aus. Es kostete nur Überwindung, und ihre Angst vor Schmerzen und Tod war trotz allem genauso groß wie die jedes Menschen.

Sie blickte sich um. Die Schnüre ihres Mieders. Der Bettpfosten. Würde sie es schaffen, sich an diesem Pfosten zu erdrosseln? Sie musste die Schnüre kurz genug anbinden, damit ihr Körpergewicht ausreichte, um sie zu ...

»Melania?«, riss sie ein Flüstern aus ihren fieberhaften Überlegungen. »Melania ... warum hast auch du mich verraten?« Seine Stimme klang so hoffnungslos und so tödlich verwundet, dass sie wie ein Pfeil in ihre ungeschützte Brust drang.

Sie legte die Hände vor den Mund und brach in ein hilfloses Schluchzen aus. »Amber«, stieß sie hervor. »Du hast mir meine Tochter genommen. Mein Mann ist aus Gram darüber gestorben. Du hast mir alles genommen, was ich besaß. Du stiehlst uns Schluchtern die Luft und das Licht zum Leben und wunderst dich, dass wir uns krümmen?«

Der Tyrann atmete seufzend ein und wieder aus. »Und mein Sohn teilt diese Ansicht?«, fragte er nach einer langen Weile des Schweigens.

Melania (*Jett! Sie hieß Jett!*) lachte und lachte, krümmte sich vor Lachen, begann wieder zu weinen und kauerte sich weinend und lachend, schluchzend und kichernd am Fußende des Bettes zusammen. Sie berührte seinen Fuß, strich an seinem Bein entlang, legte ihre Hand auf seinen Schenkel, wie sie es immer getan hatte, wenn sie beide in eine hitzige Diskussion verwickelt gewesen waren. »Laurenz«, stieß sie hervor, lachte, schluchzte, schüttelte sich vor abgrundtiefer Verzweiflung und ebensolcher Erheiterung. »Laurenz, Lieber. Du bist einer Fälschung aufgesessen. Ich kann nicht glauben, dass du es geschluckt hast. Du! Dein schäfchenbraver, treuer Lieblingssohn soll dich verraten haben? Seine Cousine, die nichts Schlimmeres von ihrem Leben zu erwarten hatte als die Ehe mit einem Mann, der sie nicht liebt? Der treue, dumme Cosimo, der Augapfel seines Onkels?« Sie lachte, bis sie den Schmerz kaum noch ertrug, hielt sich die Seiten, legte den Kopf in den Nacken und weinte um ihr verlorenes, vergeudetes Leben, um das verlorene, vergeudete Leben ihrer Tochter, um all die Toten, deren Leben so schwer auf den Schultern des Tyrannen lasteten ... oder waren sie ihm wirklich so gleichgültig?

Sie sank zusammen, legte die Hände vors Gesicht.

Seine Berührung ließ sie erschaudern. Seine Hand strich über ihre Schulter, glitt über ihre Wange, verflocht sich mit ihrer Hand. »Sagst du das, um mich zu quälen?«, flüsterte er. »Sagst du es, um dich zu befreien? Ich kann nicht mehr erkennen, was von all dem Lüge ist und was Wahrheit.«

»Ich lüge nicht«, sagte sie müde. »Ich kann nicht mehr lügen, mein Geliebter. Ich weiß doch kaum noch zu unterscheiden, wer ich bin und wer ich war.« Sie legte ihre Wange in seine Hand. »Ich habe dir nicht geschadet«, flüsterte sie, »nur ein einziges Mal habe ich dir Böses getan, und da wusste ich nicht ... ich wusste es nicht.« Sie schloss die Augen. Den Verrat auszusprechen, machte ihn zur Wahrheit. Sie hatte die Sache längst verraten, für die sie zu kämpfen geschworen hatte. Es war alles so sinnlos. So sinnlos.

Er schloss seine Arme um sie und sie lehnte sich in seine Umarmung. So saßen sie bis zur Morgendämmerung, als der Inquisitor an die Tür klopfte.

49

Es steht geschrieben: O Herr, er will mich fressen!

Wolken zogen an ihrem Blick vorbei, als Elster erwachte. Sie flog durch den Himmel. Sie fiel, sie fiel vom Turm! Einige Atemzüge lang war sie ohne jede Orientierung und fühlte heftig den angstvollen Schlag ihres Herzens. Dann klärte sich ihr Blick und ihre Erinnerung kehrte zurück. Sie saß angeschnallt in einem der Sitze des Schlittens, neben ihr schlief Cosimo, der offensichtlich unter Luftkrankheit litt, so grünlich bleich war sein Gesicht, und vorne in der Pilotenkanzel sah sie die Köpfe von Zach und Indigo. Die beiden unterhielten sich leise.

Sie setzte sich auf und rieb mit den Händen über ihr Gesicht. Die Zunge klebte ihr am Gaumen, und ihre Augen waren so trocken, dass jeder Lidschlag wie Sandpapier über ihre Augäpfel scheuerte. »Habt ihr Wasser?«, fragte sie und sogar das Sprechen tat weh.

Indigo fuhr herum und sah sie so besorgt an, dass sie lachen musste. »Nur ein Schluck Wasser«, sagte sie. »Ich lebe und fühle mich gut. Einigermaßen gut.« Sie dehnte die Schultern. »Als hätte mich eine Horde Barkies niedergetrampelt«, fügte sie einschränkend hinzu. Sie hörte den Steuermann lachen.

Nach einigen Schlucken Wasser und einem Stück Brot fühlte sie sich so weit erfrischt, dass sie aufstehen und sich hinter den Pilotensitz stellen konnte. Sie hakte sich in die Halteriemen und blickte durch das Fenster. Wolken, Berge und Baumwipfel, so weit sie sehen konnte. Der Himmel hatte sich eingetrübt, weit hinter ihnen erklang immer noch Donner. »Wo sind wir?«, fragte sie.

Zach ließ das Steuer los und streckte die Arme über den Kopf. Seine Finger suchten ihre Hände und er drückte sie kräftig. Indigo knurrte leise und übernahm das Steuer mit einem schrägen Seitenblick.

»Wir fliegen im Moment nach Sicht«, erklärte Zach. »Es geht nach Südosten, und wir müssen uns vorsehen, dass wir nicht einer Grenzpatrouille des Konglomerats in die Arme fliegen.« Er drehte sich so weit um, dass er sie ansehen konnte. »Hast du dich erholt?«

Sie nickte. »Habt ihr etwas von der *Wolkenkönigin* gehört?«, fragte sie und meinte ›von Winter und Valentin‹.

Indigo verneinte knapp. Er deutete auf das Funkgerät. »Ich sende ein Peilsignal über eine Frequenz, von der ich hoffe, dass sie sie benutzen, wenn ihnen die Flucht gelingt«, sagte er. »Alban hat sie mir genannt, es ist die Frequenz, auf der sich auch die Türmergleiter verständigen.« Er sah ihren entsetzten Blick und fügte hinzu: »Nicht die Greifer! Es ist ein verschlüsselter Kanal, den nur einige der Privilegierten kennen.« Er verzog den Mund. »Dass ich jemals mit so jemandem überhaupt reden würde ...«, fügte er grollend hinzu.

»Danke gleichfalls, Schluchter!«, erscholl die Antwort von hinten. Der bärtige Türmer beugte sich vor und zeigte Indigo den Fluchfinger. Indigo grinste und erwiderte die rüde Geste. Elster sah von ihm zu Alban und zog die Brauen empor. »Ihr scheint euch ja blendend zu verstehen«, sagte sie verblüfft.

»Darf ich euch unterbrechen?«, rief Zach ungeduldig. »Ich brauche eure Augen, alle Augen! Seht euch bitte um. Wir suchen einen Krater. Indigo, erkläre es den anderen bitte!«

»Der Krater ist unser Ziel«, sagte Indigo. »Wir suchen eine Formation, die der Gabel gleicht. Dahinter oder daneben soll ein Tal liegen und am Ende dieses Tals wartet dann der Krater auf uns. Behauptet der Steuermann.« Wieder dieser schräge Blick zu Zach.

»Höre ich Renitenz aus deinen Äußerungen, junger Mechaniker?«, erwiderte Zach amüsiert. »Zweifelst du an meinem Orientierungssinn oder an der Karte, die deine Freundin entschlüsselt hat?«

Indigo schnaubte. »Wenn ich davon ausgehe, dass du noch beim Verlassen des Luftschiffes keinen blassen Schimmer hattest, wohin wir uns wenden müssen, dann erscheint mir ein kleiner Rest Zweifel durchaus angemessen, oder? Großer Steuermann?« Die letzten Worte klangen spöttisch.

Elster sah von Indigo zu Zach und seufzte. Indigos Eifersucht war mit Händen zu greifen, aber da war noch mehr – Enttäuschung? Was hatte Indigo so enttäuscht, Zach? Warum und wodurch?

»Ein Krater?«, kehrte sie zum Thema zurück und ignorierte die Spannung zwischen den beiden Männern. »Wir suchen nach einem Turm, Zach, du erinnerst dich? Ein Krater erscheint mir ... nun ja, als das Gegenteil eines Turmes.«

Der Steuermann lachte und nahm ein Fernglas von einem Haken an seinem Sitz, das er Elster in die Hand drückte. »Halte Ausschau nach der gegabelten Formation«, sagte er. »Sie müsste schräg voraus liegen. Ich fliege noch mit dem Wind, solange wir sie nicht sichten, das schont die Sammler.« Er drehte den Kopf. »Ihr Türmer haltet Ausschau nach den Seiten. Habt ihr gehört, wonach wir suchen?«

»Wir sind ja nicht taub«, antwortete der Erzieher. »Eine gegabelte Formation, ein Krater. Nicht so schwer zu verstehen, wenn man kein Schluchter ist.«

Elster nahm das Fernglas entgegen, das schwer in ihren Händen ruhte. »Wie lange halten die Sammler noch?«

Zach zuckte die Achseln. »Ich denke, es wäre günstig, wenn wir innerhalb der nächsten Stunde unser Ziel erreichen. Über den Rückweg können wir uns dann immer noch Gedanken machen.«

Elster hob das Fernglas an die Augen und beschwerte sich leise darüber, dass immer einer der beiden Köpfe in ihrem Blickfeld störte. Indigo löste seine Gurte und schwang sich über die Rückenlehne. »Hüpf rein«, sagte er. »Dann kannst du den Schlitten auch mal ein Stück fliegen, das wolltest du doch. Ich halte derweil dem Kranken das Händchen.« Er grinste.

Vom vorderen Sitz aus gestaltete sich der Ausguck sehr viel einfacher. Elster musterte den Horizont. »Was ist eine ›gegabelte Formation‹?«, beschwerte sie sich leise. »Wir haben hier eine Menge Erhebungen, aber sie sehen alle ganz normal aus. Da gabelt sich gar nichts.«

»Du wirst sie erkennen, wenn du sie siehst«, beschied Zach ihr kurz angebunden. Er runzelte die Stirn und blickte abwechselnd auf die Energieanzeigen und den Horizont. Seine Nervosität steckte Elster an, und sie musste an sich halten, um nicht unruhig auf dem Sitz herumzurutschen, sondern weiter nach der Formation zu suchen.

Einige unbehagliche Minuten glitt ihr suchender Blick über einen Berg und darüber hinweg, als ihr Gehirn Alarm schlug. Sie ließ das Fernglas wieder zurückschwingen und betrachtete den Gipfel genauer. Keine Gabel. Aber dort, ein Stück südlich davon ...

»Ich habe die Gabel«, sagte sie laut. Die dunkle Dissonanz, die all ihre Gedanken und Gefühle begleitete, nahm eine neue Färbung an. Tiefer, drohender, der dumpfe Druck wurde stechend. Was auch immer das bedeuten mochte, es schien mit ihrem Ziel zusammenzuhängen.

Elster ließ das Fernglas sinken. »Lass mich das Ruder übernehmen«, sagte sie. »Ich habe die Formation im Blick.«

»Übergebe«, erwiderte Zach knapp.

Das Steuerruder ruckte in Elsters Händen und sie atmete scharf ein. Die Reaktionen des Schlittens waren träger als die des Gleiters, mit dem sie fliegen gelernt hatte. Sie musste sich daran erst gewöhnen, was ihnen eine kurze turbulente Phase eintrug. »Mir wird übel«, protestierte Indigo lachend, aber Elster ignorierte ihn und kämpfte weiter mit dem bockigen Steuer. Zach beobachtete sie scharf, und sie wusste, dass er jederzeit bereit war, die Führung wieder zu übernehmen und sie vor einem Absturz zu bewahren.

Aber das war nicht nötig. Nach einigen weiteren Minuten glitt der Schlitten wieder so sanft dahin wie zuvor. Elster grinste und wischte sich imaginären Schweiß von der Stirn. Zach nickte anerkennend. »Bring uns hin«, sagte er leise.

Elster nickte und visierte die Formation an. Der Schlitten glitt in eine Kurve und flog dann pfeilgerade auf den Hügel mit der seltsam gespaltenen Kuppe zu.

»Gib mir das Fernglas«, sagte Zach. »Ich suche den Krater.«

Elster verkniff sich die erneute Frage, warum sie auf der Suche nach einem Krater waren, wo doch ein Turm ihr eigentliches Ziel war. Sie hielt den Schlitten auf Kurs und freute sich daran, endlich fliegen zu dürfen.

Die anderen Passagiere schwiegen und sondierten die Umgebung. Der gegabelte Gipfel kam näher und offenbarte ein tief eingeschnittenes Tal, das zwischen den beiden Hügelhälften verlief. »Tal«, rief Elster und ging tiefer.

»Zwischen den Zinken der Gabel hindurch. Schaffst du das?«

Sie nickte unwirsch und ließ den Schlitten in einen stetigen Sinkflug übergehen. Der Hügel kam schnell näher, und der Spalt zwischen den Gipfeln erwies sich als weniger schmal, als sie befürchtet hatte. Sie drückte den Schlitten noch tiefer und flog in das Tal hinein. Es war düster in dem tiefen Einschnitt, die nachmittägliche Sonne erreichte den Grund des Tales nicht und die Zwillingsgipfel beschatteten den oberen Teil.

»Wo suche ich nach dem Krater?«, fragte Elster und ließ den Schlitten noch tiefer gehen. Die schroffen Wände des Tals sahen aus, als hätte ein riesiges Messer mit groben Zacken sie in den Erdboden geschnitten. In der Düsternis schienen sie voller fensterähnlicher Höhlen zu sein. Es war, als hätte jemand die Alten Kammern hinauf an die Oberfläche gebracht und säuberlich aufgeschnitten, damit man ihr Inneres sehen konnte. Sie sprach den Gedanken laut aus und zu ihrer Überraschung stimmte Zach ihr zu. »Das waren einmal Gebäude«, sagte er und suchte den Grund mit dem Fernglas ab.

Elster schüttelte den Kopf und lachte. »Gebäude, klar. So was wie die Türme, nur viele davon, richtig?«

»Sehr viele«, erwiderte Zach geistesabwesend. »Ganze Städte voll davon.«

»Dort hinten!«, ließ ein Ruf sie zusammenzucken. Leona hing über dem Sitz und zeigte schräg voraus. Tief im Schatten der Schlucht tat sich ein noch dunklerer Schatten auf, ein riesenhaftes Loch, ein gähnender Schlund, der ins Herz der Welt zu führen schien. Elster stockte der Atem. »Das ... das ist unser Ziel?«, fragte sie und ihr Herz begann zu hämmern.

»Das ist unser Ziel«, bestätigte Zach mit einer Erleichterung in seiner Stimme, die ihr beinahe noch mehr Angst machte als der Anblick des schreckenerregenden Kraters.

Zach beugte sich vor und versuchte, in den Krater zu blicken. »Zu dunkel«, hörte Elster ihn murmeln. »Haben wir Leuchtraketen? Natürlich nicht. Verdammte Hinterwälderausrüstung.«

Indigo beugte sich zwischen die beiden Pilotensitze und starrte hinaus. »Was für ein Anblick. Steuermann, wie ist dieser Krater entstanden?« Er sah sich um. »Und wie hilft er uns weiter auf unserer Suche nach Turm Null?«

Zach beachtete ihn nicht. Er sah Elster an. »Traust du dich?«, fragte er mit einem halben Lächeln. »Flieg uns rein.«

Sie verriss vor Schreck beinahe das Steuer. »Dort hinein? In dieses Höllenloch?« Sie blickte hinab. Die Schwärze schien bis ins Herz der Welt zu reichen oder sogar noch tiefer? Der Gedanke stieß sie ab, aber gleichzeitig war da ein lockendes Singen, eine erwartungsvolle Harmonie, ein ferner Chor von Stimmen, der sie mit Macht zu rufen schien.

»Dort hinein. Wir sind da.« Er legte die Hände aufs Steuer. »Wenn du Angst hast, übernehme ich.«

Mit einem Fluch drückte sie das Steuer nach unten. »Festhalten«, presste sie durch die Zähne. »Ich fliege uns rein.«

»Ihr seid doch irre«, kommentierte Alban von hinten, aber weder Elster noch Zach beachteten seinen Einwurf. Elster schwitzten die Hände, sie umklammerte das Steuer und hielt den Atem an. Der schwarze Abgrund kam schnell näher, ihr Schlitten fiel geradewegs darauf zu. Sie musste nicht fürchten, mit den Wänden zu kollidieren, denn der Durchmesser des Kraters hätte sogar der *Wolkenkönigin* genügend Raum geboten. Viel schlimmer war das schwindende Licht. Je höher die Kraterwände wuchsen, desto dunkler wurde es, bis schließlich kein Schimmer mehr die absolute Finsternis erhellte. »Ich sehe nicht mehr, wohin wir fliegen«, sagte Elster beherrscht.

»Ich übernehme«, erwiderte Zach. »Ich kann noch immer gut sehen.« Elster überließ ihm das Ruder und schüttelte ihre vor Anspannung steifen Hände aus. Zach ließ den Schlitten in einer Spirale weiter abwärts sinken. »Fühlst du etwas? Oder kannst du etwas hören?«, fragte er. »Maschinen?«

Elster wollte verneinen, aber da bemerkte sie ein Geräusch, das sie bisher ignoriert hatte: ein beständiges dumpfes Summen. Sie atmete scharf ein. »Ja«, sagte sie knapp. »Es ist sehr leise. Aber wir fliegen darauf zu.«

Sie erahnte im schwachen Schein der Instrumententafel Zachs Nicken mehr, als sie es sehen konnte. »Das ist gut«, sagte er leise. »Dann lebt der Turm noch.« Er erläuterte seine Worte nicht näher, und sie blieben für lange Minuten das Einzige, was gesprochen wurde, während die Dunkelheit sie tiefer und tiefer in ihren Schlund zog.

50

Es steht geschrieben: Das Pferd frisst keinen Gurkensalat

Valentin stand auf dem Hangardeck, starrte zum offenen Tor, durch das der Wind brauste, und biss auf seinen Daumennagel. Es widerstrebte ihm zutiefst, den Nauarchen und seine Mannschaft ihrem Schicksal zu überlassen und wie ein Feigling von Bord zu fliehen. Natürlich war das eine alberne, kindische Regung, aber das Gefühl der Schmach nagte an ihm wie ein kleines, bissiges Tier.

Er wurde von seinen bitteren Gedanken abgelenkt, als Winter sich näherte. Sie ging mit schnellen, großen Schritten, hoch aufgerichtet, ihre strahlenden Augen blickten ihn an. Sein Herz wurde weit und begann schmerzhaft zu pochen. Er machte einen Schritt auf sie zu und nahm sie in seine Arme. Er atmete den Duft ihres Haars, drückte sein Gesicht hinein und wünschte sich, diesen Augenblick für alle Ewigkeit anhalten zu können. Widerstrebend ließ er sie los und hob nur noch einmal die Hand, um ihre Wange zu berühren. »Brechen wir auf?«, fragte er lautlos und sie nickte mit einem halben Lächeln.

Valentin half Winter dabei, die Leiter zu erklimmen. Er blickte noch einmal zum offenen Hangartor und seufzte. Dann folgte er ihr, kletterte in den Pilotensitz und schnallte sich an. Der Antrieb sprang mit einem tiefen Brummen an. Valentin betätigte den Knopf der Rufverbindung. »Brücke, wir sind startklar.«

»Starterlaubnis erteilt«, erklang blechern die Antwort des Gubernators. »Gute Reise, Schlitten zwei«, fügte der Nauarch hinzu. »Ich wünsche Euch eine sanfte Landung, Euer Gnaden.«

»Die wünsche ich Ihnen auch, Rochus«, erwiderte Valentin. »Schlitten zwei aus.« Er trennte die Verbindung und ließ den Schlitten vorangleiten, auf das offene Tor zu.

Sie fielen durch das Tor und vom Luftschiff weg. Valentin legte den Schlitten in eine weite Kurve und wartete, bis die *Wolkenkönigin* weit genug entfernt war, um eine versehentliche Kollision zu vermeiden, ehe er den Antrieb auf volle Kraft schaltete. Sein Herz war schwer. Vor ihnen lag nichts als Ungewissheit.

»Wo entlang?«, fragte er ruhig.

»Zu Turm Null.« Winters Stimme war klar wie Wasser. »Wir müssen den anderen helfen. Wir werden sie finden. Ich weiß es.«

»Dann machen wir uns auf die Suche.« Valentin biss die Zähne zusammen. »Und führen unseren Auftrag aus.«

In der nächsten Stunde herrschte Schweigen in der Kabine. Valentin warf immer wieder Blicke nach hinten, wo die *Wolkenkönigin* langsam im Morgendunst verschwand. Er glaubte, einige dunkle Schatten zu sehen, die sich dem Luftschiff näherten. Die Kaperer? Und war da das Donnern von Geschützen zu vernehmen, das Blitzen von Schüssen zu sehen? Er zwang sich, seinen Blick nach vorne zu richten und sich auf ihr Ziel zu konzentrieren. »Müsste man den Turm nicht sehen können?«, murmelte er.

»Nicht diesen Turm«, murmelte Winter.

»Was meinst du damit?«, fragte er und suchte weiter mit den Augen den Horizont ab.

Ehe Winter antworten konnte, gab das Funkgerät ein schrilles Signal von sich. Valentin beugte sich vor und betätigte einen Drehknopf, las die Anzeigen ab und schaltete dann das Geräusch leiser. »Wir haben sie«, sagte er erleichtert. »Das ist ein Peilsignal und es kommt auf der verschlüsselten Frequenz rein. Das sind sie, Winter. Wir müssen nur dem Signal folgen.«

Am Horizont ballten sich Wolken zusammen, sie flogen geradewegs in ein schweres Wetter. Der Nachmittag wurde zum Abend. Valentin dehnte wieder die Schultern und ließ den Kopf kreisen. Nach einer beinahe vollständig durchwachten Nacht fühlte er sich mittlerweile wie zerkaut und ausgespuckt. »Glaubst du, der erste Schlitten hat den Turm gefunden?«

Winter gähnte. »Ja, das denke ich«, sagte sie matt. »Der Steuermann ist der Schlüssel, das hat Om mir gesagt. Der Weg zum Turm führt über ihn.«

Valentin brummte etwas Unverständliches und regte unbehaglich die Schultern. Er war ein gejagter Hochverräter in den Augen seines Vaters, aber dennoch hatte der Panarch ihm einen Auftrag erteilt, und Valentin gedachte, ihn durchzuführen. Das würde allerdings zur Folge haben, dass er die Schluchter gegen sich aufbrachte ... auch Winter. Er fühlte einen Stich in seiner Brust. Und doch musste es sein. Sie würden es kaum gelassen hinnehmen, wenn er alles Brauchbare aus dem Turm entfernte, um ihn dann samt ihrem heiligen Ewigen König in die Luft zu jagen. Nicht, dass er an diese Sagengestalt wirklich glaubte, aber die Türmer schienen es zu tun.

Er steckte in einer Zwickmühle und hätte sich beinahe gewünscht, diesen verfluchten Turm Null niemals zu finden. Dann hätten sie einfach aufgeben und sich um ihre eigene Haut kümmern können. Er seufzte.

Winter beugte sich zu ihm. »Müde?«, fragte sie.

Valentin sah sie an und tauchte tief in ihren goldenen Blick. Er lächelte unwillkürlich. »Du bist so wunderschön«, flüsterte er. »Ich liebe dich.«

Sie erwiderte sein Lächeln und küsste ihn auf die Wange. Ihre Finger strichen durch sein Haar. »Wir schneiden es ab«, sagte sie nachdenklich. »Dann kann es in seiner normalen Farbe wachsen. Das wird dir besser zu Gesicht stehen.« Ihre Miene war nachdenklich. »Ich frage mich, wann deine Kraft erwacht, nun, da du den

Turm verlassen hast«, sagte sie. »Es wird ungewohnt für dich sein. Sie haben euch darauf nie vorbereitet, oder?«

Er schüttelte sich unwillkürlich. »Sag das nicht immer«, erwiderte er heftig. »Ich bin kein Schluchter, ich bin keine ... wie auch immer ihr euch nennt.«

Sie lachte und zerzauste sein Haar. »Wehrt sich mit Händen und Füßen«, spottete sie und rutschte wieder auf ihren Sitz.

Valentin sah sie lächelnd an. »Was werden wir beginnen, wenn wir unsere Mission beendet haben?«, sagte er mehr zu sich als zu ihr. »Ich kann nicht zurück nach Hause – oder vielleicht doch, wenn wir erfolgreich waren.« Wieder das beklemmende Gefühl, dass er sich würde entscheiden müssen: Wollte er zu Winter gehören oder seinen vorherigen Rang wiedergewinnen und sich mit seinem Vater versöhnen? Was war ihm wichtiger? Welches seiner Ziele war überhaupt erreichbar? Er presste die Lippen zusammen. Er wollte beide, Winter und seinen Vater, aber mit klarem Blick konnte er sagen, dass dies Ziele waren, die sich widersprachen wie Nacht und Tag, Feuer und Wasser ... Türme und Schluchten.

Ein schriller Pfeifton riss ihn aus seinen Grübeleien. Er beugte sich vor und überprüfte die Position, aus der das Signal kam. »Sie bewegen sich nicht mehr«, sagte er. »Wir haben sie beinahe eingeholt, noch eine Stunde, denke ich.«

»Dem ewigen Prinzip sei Dank«, rief Winter aus. Sie beugte sich zu Valentin, gab ihm einen Kuss, dann lehnte sie sich in ihren Sitz zurück und schloss die Augen. Ihr Kopf sank zur Seite, gegen Valentins Schulter, sie war schon eingeschlafen. Valentin legte seine Hand auf ihren Arm und korrigierte den Kurs, bis das hektisch flackernde Signal des Ortungsgerätes wieder in ruhigem Takt blinkte.

Sie flogen eine knappe Stunde weiter über das endlose Waldgebiet. Das Signal wurde tiefer und sein Blinken langsamer. Sie näherten sich ihrem Ziel. Valentin beugte sich vor und musterte die Landschaft unter ihnen. »Dort hinten«, sagte Winter, die gerade aufgewacht war. »Siehst du diesen seltsam gespaltenen Berg? Ich bin sicher, dort müssen wir hin.«

Er lachte. Winter und ihre Ahnungen – aber sie schien recht zu haben. Sie flogen geradewegs auf die gegabelte Formation zu, und je näher sie kamen, desto deutlicher war das tief eingeschnittene Tal zwischen den beiden Erhebungen zu erkennen. Das Ortungssignal leitete sie in das Tal hinein. Valentin ließ den Schlitten tiefer gehen und verfluchte das abendlich schwindende Licht. »Ich kann dort im Dunkeln keine Landung wagen«, sagte er.

»Sehen wir uns das Terrain erst einmal an.« Winter legte die Kopfhörer an. »Ich kann das Signal so besser verfolgen. Gib mir das Fernglas. Ich lotse dich.«

Sie flogen durch das tiefe, dämmrige Tal. Rechts und links ragten schroffe, wie mit dem Messer geschnittene Wände auf. Valentin glaubte, tiefe Höhlen darin zu erkennen, regelmäßig angeordnet wie Zellen in einer Honigwabe. Das stetig schwindende Tageslicht zwang seine Aufmerksamkeit auf den Weg, der vor ihnen lag. »Ich muss landen«, sagte er. »Winter, das wird ein Glücksspiel.«

Sie lauschte dem Signal, drückte das Fernglas an die Augen und seufzte. »Da vorne«, sagte sie ruhig und zeigte links voraus. »Dort ist eine ebene Fläche. Kannst du sie sehen?«

Valentin folgte ihrem Fingerzeig und nickte. »Das sieht aus, als läge direkt dahinter ein Abgrund.«

Winter runzelte die Stirn. »Ich fürchte, du hast recht«, sagte sie. »Bring uns runter. Und sieh zu, dass wir rechtzeitig zum Stehen kommen.«

Valentin biss sich auf die Lippen und fühlte den Schweiß seinen Rücken hinunterlaufen. »Das wird eng«, sagte er.

»Kannst du den Schlitten nicht wieder hochziehen, wenn wir über die Kante rutschen?«, fragte Winter und presste das Fernglas an ihre Augen.

»Falls wir über die Kante rutschen, werde ich das wohl oder übel versuchen müssen«, erwiderte Valentin. »Aber es wäre mir lieber, wenn ich auf solche Kunststückchen verzichten könnte. Wir sehen nicht, wohin wir fallen, wenn wir abstürzen. Es ist zu dunkel. Wir könnten mit einer gegenüberliegenden Wand kollidieren oder eine Bruchlandung auf dem Boden hinlegen, wenn die Schlucht nicht tief genug ist.«

Der Boden kam rasch näher. Valentin drosselte die Geschwindigkeit so weit, dass der Schlitten abzusacken begann, sich schüttelte und zu kippen drohte. Er zog den Schlitten wieder etwas hoch, nahm Geschwindigkeit weg und rief: »Beten!«

Es rumpelte, als die Kufen aufsetzten. Einige harte Schläge, die von Steinen und Unebenheiten herrührten, ein Kreischen und Knirschen, dann begann der Schlitten sich zu drehen. Sie wurden gegen ihre Gurte gedrückt, wieder zurück in die Sitze gepresst, im Frachtraum polterten Kisten gegen die Wand. Noch ein lautes, unangenehmes Knirschen und das Geräusch, als würde etwas sehr Großes in zwei Teile gerissen, ein letztes Schleudern und der Schlitten stand.

Valentin stieß stöhnend die Luft aus und löste mit zitternden Fingern seine Gurte. »Bist du noch an einem Stück?«, fragte er.

»Die Copilotin lebt«, antwortete Winter. »Ich bin aber nicht sicher, ob das auch für unseren Schlitten gilt.«

Valentin reckte sich und stand auf. »Darum kümmern wir uns morgen«, sagte er müde. »Wir richten uns im Frachtraum einen Schlafplatz ein. Morgen finden wir den anderen Schlitten und, so das Schicksal es will, den Turm. Danach sehen wir weiter.«

51

Es steht geschrieben: Ich bin nicht in der Geberlaune heut

Sie ließen ihr keine Zeit, sich anzukleiden, und der Panarch sah tatenlos zu, wie sie im Unterkleid aus dem Gemach gezerrt wurde. Die groben Hände der Wachen taten ihr weh, aber sie biss die Zähne zusammen, damit kein Laut des Schmerzes oder der Klage über ihre Lippen drang. Ihr letzter Blick galt Laurenz, der reglos am Fenster stand und ihr nachsah.

Sie brachten Melania (*Jett!*) hinunter in die tiefen Geschosse, die noch unter den Quartieren der Arbeiter lagen. Hier waren die Zellen, hier waren die Kerker, hier wurden Menschen eingesperrt, damit sie am lebendigen Leib verfaulten, ohne jemals wieder Tageslicht zu sehen oder den Wind auf ihrer Haut zu spüren. Die Verzweiflung griff mit scharfen Klauen nach ihr, aber immer noch weinte sie nicht, flehte nicht um ihr Leben.

Der Raum, in den sie schließlich gebracht wurde, war kein finsteres, modriges Loch, wie sie erwartet hatte, sondern ein heller, niedriger Arbeitsraum, nüchtern, mit glatten Wänden und Steinboden, durch Arielfeuer schattenlos ausgeleuchtet. In seinem Zentrum stand eine Art Werkbank neben einer Liege und einem Stuhl mit Hand- und Fußfesseln. An der Längswand standen mehrere Stühle neben einem Schreibtisch aufgereiht. Hinter dem Tisch saß ein Mann in einem dunklen Anzug, der Notizen aus einem Büchlein in ein gebundenes Buch übertrug. Er blickte kurz auf, als die Wachen sie ins Zimmer schoben, nickte und schrieb weiter.

Melania wartete. Sie wagte nicht, sich zu setzen. Die Luft war kühl, sie fror in ihrem dünnen Unterkleid. Ihr Blick fiel auf die Werkbank und die Instrumente und Geräte, die dort griffbereit lagen. Blitzendes Glas, schimmernder Stahl, Haken und scharfe Klingen, Ledergurte mit und ohne Dornen, metallene Schellen, Zangen und lange Nadeln ... sie wandte hastig den Blick ab. Was auch immer geschah, sie durfte Zero nicht verraten. Sie konnte lügen, niemand würde es bemerken, wenn sie Personen und Orte erfand. Die Türmer wussten nichts über die Untergeschosse. Sie kannten doch noch nicht einmal die Namen ihrer Bediensteten. Sie atmete tief und befahl sich Ruhe. Was jetzt kam, war nur Schmerz. Sie kannte Schmerz. Schmerz konnte sie nicht überraschen.

Die Tür öffnete sich und drei in weite Umhänge, Kapuzen und dunkle Gesichtsmasken gekleidete Männer traten ein. Sie gingen an Melania vorbei, ohne sie zu beachten, und setzten sich auf die Stühle neben dem Schreibtisch, als wären sie das Publikum einer Theateraufführung. Melania verschränkte die Arme vor der Brust und senkte den Blick. Waren das ihre Richter?

Der Mann im schwarzen Anzug schraubte seinen Füllfederhalter zu und legte ihn auf den Tisch. Dann zog er ein Paar weiße Handschuhe aus der Jackentasche. »Können wir beginnen?«, fragte er.

Melania hörte oder sah nicht, dass er eine Antwort erhielt, aber er nickte und wandte sich ihr zu. »Würdest du dich bitte dort hinsetzen?«, forderte er sie freundlich auf und wies auf den Stuhl mit den Lederfesseln.

Melania erwog einen Atemzug lang, sich zu weigern, aber natürlich hätten ihre Wärter sie dann eben mit Gewalt dazu gebracht, dem Befehl Folge zu leisten. Also nickte sie und ließ sich auf dem Stuhl nieder. Die Wärter zogen die Riemen um ihre Hand- und Fußgelenke fest und traten dann in den Hintergrund zurück.

Melanias Zittern verstärkte sich. Nun konnte sie nicht mehr

aufstehen, sich nicht mehr zur Wehr setzen, sie konnte nur noch schreien.

Der Mann im schwarzen Anzug stellte sich zwischen sie und die Werkbank und sah mit väterlicher Miene auf sie herab. »Junge Dame«, sagte er jovial, »du weißt, warum du hier bist?«

Melania befeuchtete ihre Lippen, nickte knapp. Er lächelte und nickte ebenfalls. »Sehr gut«, sagte er. »Dann können wir das Ganze möglicherweise weniger ... unangenehm für uns beide gestalten. Ich bin kein Freund peinlicher Befragungen. Die Ergebnisse, die man erzielt, wenn man jemandem die Zehennägel herausreißt oder die Finger bricht, sind von zweifelhafter Qualität, musst du wissen.« Er lächelte sie an, als spräche er mit ihr über das Wetter. Melania schluckte. Sein Gesicht war rund und freundlich, die spärlichen grauweißen Haare lagen ordentlich gekämmt über seinem Kopf, er hatte rosafarbene, sorgfältig manikürte Hände, war untersetzt und glich in allem einem behäbigen, harmlosen Großvater. Aber dies war eine Maske, nicht weniger täuschend und falsch als die Masken der schwarz Vermummten. Sein Blick verriet ihn, die schwarzen Augen, die so kalt und unbeteiligt blickten, wenn er vom Brechen der Finger sprach. Er sah sie prüfend an, dann nickte er wieder und streifte seine Handschuhe über. »Sehen wir also, was wir herausbringen«, sagte er nüchtern. »Ich fange mit etwas Einfachem an: deinem Namen. Wie heißt du?«

»Mel... Jett«, erwiderte sie.

Er zog die Brauen hoch und griff hinter sich, nahm eine lange Nadel von einem Tablett. »Mel? Oder Jett?« Die Nadel näherte sich ihrer Hand. Er griff nach ihrem Zeigefinger und setzte die Nadel an, bereit, sie unter ihren Nagel zu treiben. Melania keuchte und rief: »Jett. Ich hieß früher Jett und werde hier im Turm Melania genannt.«

»Ah«, sagte er und die Nadel entfernte sich wieder. »Siehst du? Präzision, das ist wichtig. Ohne Präzision versinkt die Welt im Chaos.«

Er legte die Nadel nicht beiseite, sondern hielt sie fest, ließ sie vor Melanias Augen tanzen. »Du solltest uns nun in eigenen Worten berichten, welcherart deine Pläne waren. War es die Ermordung unseres geliebten Panarchen? Der Umsturz? Wer stand dir bei deinem Tun zur Seite?«

Melania wand sich in ihren Fesseln. »Ich ...«, sagte sie heiser, »ich ... ich bin hierhergekommen, um nach meiner Tochter zu suchen. Amber. Sie wurde von den Greifern geholt.«

Der Inquisitor gab ein enttäuscht klingendes Schnauben von sich. Er nahm wortlos Melanias Finger zwischen seine behandschuhten Finger, fixierte ihn und setzte erneut die Nadel an. Melania spürte den ersten scharfen Schmerz und keuchte. »Es ist die Wahrheit«, sagte sie flehend. »Ich bitte Euch! Es ist die Wahrheit!«

Sein Blick hob sich von ihrer Hand und der Nadelspitze, an der bereits Blut glitzerte. »Sicherlich«, sagte er strafend. »Sicherlich ist das die Wahrheit. Aber warum sollte uns der Grund interessieren, der dich hierher getrieben hat? Wir möchten wissen, was du geplant hast. Mit wem. Wie die Tat geschehen sollte. Alles, was du uns zu deinen Hintermännern sagen kannst. Was du über die sogenannten Nuller weißt. Nun stell dich nicht naiv, liebes Kind. Ich weiß, dass du eine intelligente junge Frau bist.« Die Nadel drang ein wenig tiefer in ihr Fleisch und Melania schrie auf.

»Ich hatte die Absicht, den Panarchen zu töten«, sagte sie erstickt. »Zu diesem Zweck habe ich mich einschmuggeln lassen. Wir wussten, dass ich ihm gefallen würde. Man sagte mir, ich gliche einer seiner alten Favoritinnen ...« Sie atmete hastig, denn die Nadel wurde nicht zurückgezogen, sie saß unter ihrem Fingernagel und biss und zog und sandte scharfe Schmerzimpulse durch ihre Nerven, die bis zu ihrer Schulter hinaufzuckten. »Bitte ...«, hörte sie sich sagen.

Der Inquisitor zog die Brauen hoch und schüttelte bedauernd den Kopf. »Wir sind doch erst ganz am Anfang«, sagte er sanft.

»Dann erzähle uns, wer diese ›man‹ sind, die dich hier eingeschleust haben.«

Melania schloss die Augen. »Ich kenne ihre Namen nicht«, sagte sie. Und schrie, denn mit dem letzten Wort trieb er die Nadel tief unter ihren Nagel. Der Schmerz war unbeschreiblich. »Zero«, schrie sie. »Oh, heiliges Prinzip, nehmen Sie das weg, ich bitte Sie! Zero, es war Zero!«

Die Nadel wurde mit einem Ruck herausgezogen, was den Schmerz noch einmal ins Unerträgliche steigerte. Melania biss sich auf die Lippe, bis sie Blut schmeckte, und hörte sich stöhnen, als wäre es jemand, der neben ihr stand.

»Zero selbst«, sagte der Inquisitor. »Sehr gut. Wir haben bisher noch niemanden hier in Behandlung gehabt, der Zero selbst begegnet ist. Erzähle uns mehr darüber, Kind.«

Melania schüttelte die Tränen aus den Augen und schluckte das Schluchzen hinunter. Sie dachte nach, aber ihre Gedanken drehten sich wie wild im Kreis. »Ein alter Mann«, sagte sie hastig. »Uralt. Ich habe ihn ein einziges Mal getroffen und gedacht, dass er schon fast im Sterben liegt.«

Die Nadel strich über ihren Mittelfinger und sie schrie auf. »Ein alter Mann. Beinahe schon tot. Wie ungemein praktisch«, sagte der Inquistor spöttisch. »Nun, lass uns sehen, ob das der Wahrheit entspricht.« Die Nadel stach in ihren Handrücken und wurde hindurchgestoßen, bis sie auf die Stuhllehne traf. Melania wollte den Schrei unterdrücken, aber es gelang ihr nicht. Sie schrie aus voller Kehle. »Ein alter Mann«, schrie sie. »Beinahe schon tot. Bei ihm war noch eine Frau, aber sie hat nichts zu bedeuten. Oh, bitte, zieht das heraus, bitte!«

»Hm«, machte der Inquisitor. »Lassen wir es vorerst dabei. Nein, die Nadel bleibt, wo sie ist. Es tut mir leid, aber ich finde sie dort im Moment sehr nutzbringend untergebracht.«

Melania schloss die Augen. Unter ihren Lidern quollen Tränen hinaus. Sie hatte gedacht, dass Schmerzen ihr nichts mehr ausmachten? Oh, was für ein fataler Irrtum.

»Erzähle mir nun, wie du die Ermordung unseres Herrschers betreiben wolltest«, sagte der Inquisitor. Er lehnte sich an die Kante der Werkbank und ließ seine Finger über die ausgebreiteten Instrumente gleiten. »Wann sollte es passieren? Unter welchen Umständen?«

»Ich ... ich sollte ihn vergiften«, stammelte Melania. »Aber ... ich hätte es nicht getan. Nicht mehr. Ich konnte es nicht.«

»Deshalb hast du die Präparate gestohlen?«

Sie schwieg. »Nein«, sagte sie müde. »Nein, das ... hat sich ergeben. Ich wusste ja nicht, dass Laurenz ... Ah!« Sie stieß einen erschreckten Laut aus. Der Inquisitor hatte eine kleine Metallschelle um ihren Ringfinger gelegt. »Zufall? Wirklich?«, fragte er freundlich und drehte an einer Schraube. Der Sitz der Schelle wurde unangenehm eng. »Kleine Ursache, große Wirkung«, sagte er wie zur Erklärung. »Ich mag diese Instrumente, die ohne großes Blutvergießen ... ja, genau das meine ich.« Er hatte die Schraube noch enger gedreht und Melania kreischte vor Schreck und Schmerz. »Zufall?«, fragte er erneut.

»Zufall, ja«, keuchte sie. »Ich schwöre es bei der Seele meiner Tochter, ich hatte nicht vor, etwas davon zu verwenden. Ich wollte dem Panarchen nichts mehr antun. Ich habe mich – ich bin – ich habe die Sache längst verraten, für die ich kämpfen wollte. So glaubt mir doch!« Sie schrie wieder und begann zu weinen, dass es ihr das Herz zu sprengen drohte.

»Genug«, rief einer der stummen Beobachter im Hintergrund und sprang auf. »Genug. Alle hinaus!«

Melania sah durch ihre Tränen und den Schmerz hindurch, wie der Inquisitor ohne ein Wort seine Handschuhe auszog und zur Tür ging. Zwei der Maskierten folgten ihm, dann, nach einem kurzen Zögern, auch die beiden Wachen, die sie hergebracht hatten.

Die Tür schloss sich und Melania war mit dem letzten Maskierten allein. Der beugte sich über sie, löste die Schelle, zog behutsam die Nadel aus ihrer Hand, öffnete die Schnallen, mit denen ihre Gurte geschlossen waren, und hob Melania aus dem Stuhl. Halb ohnmächtig und starr vor Schreck ließ sie zu, dass er sie auf die Liege trug und eine wärmende Decke über sie breitete, bevor er selbst sich neben sie setzte und sie auf seinen Schoß und in seine Arme zog. »Es tut mir so leid«, flüsterte er. »Ich hätte das niemals anordnen, ich hätte es nicht zulassen dürfen – kannst du mir vergeben, kannst du mir das jemals vergeben?«

Melanias Glieder wurden weich vor Überraschung und Schock. »Laurenz?«, fragte sie schwach und hob die blutende Hand, um seine Maske zu berühren. Es waren seine Augen, die sie durch die Löcher ansahen, es war seine Stimme, es waren seine Hände. »Laurenz?«

Er fluchte ungeduldig und riss die Maske von seinem Gesicht. Die Kapuze fiel zurück und enthüllte seinen schmalen, dunklen Kopf. Sein Gesicht sah so gequält aus, als hätte er die Schmerzen erdulden müssen, die der Inquisitor ihr zugefügt hatte. Melania sah in seine Augen und begann erneut zu weinen. »Ich dachte«, schluchzte sie, »ich dachte, ich könnte es ertragen …«

Er beugte sich vor wie im Krampf. »Vergib mir«, sagte er wieder.

Sie wandte den Blick ab, schüttelte den Kopf. »Lass mich«, sagte sie schwach. »Ich möchte hier weg, bitte. Bring mich zurück nach oben.« Sie sah ihn an. »Wirst du das tun? Mich zurückbringen? Oder wirst du mich töten lassen? Sperr mich nicht hier unten ein, bitte, tu mir das nicht an.«

Er umarmte sie so fest, dass ihre Rippen knirschten. »Nennt mich verrückt«, flüsterte er. »Ich verspiele mein Leben, ich gebe alles hin, was meine Väter geschaffen haben, ich werfe mein Reich und meine Herrschaft weg, ich gebe mich in deine Hände. Du wirst mich vernichten, ich weiß es. Ich weiß es und dennoch kann ich nicht anders. Wenn ich sterben soll, dann wird es deine Hand sein, die mich tötet. Ich bin wahnsinnig, und ich sehe mir dabei zu, wie ich wahnsinnige Dinge tue. Melania ... Jett?«

»Laurenz?« Ihre Stimme zitterte, ihr ganzer Körper zitterte.

»Du hast etwas gesagt, als du mich gefunden hast«, flüsterte er. »Du hast mich vom Wahnsinn geheilt und mich in einen anderen Wahnsinn getrieben. War es die Wahrheit? Sag es mir.« Sein Atem ging in hastigen Stößen. Er legte seine Hand auf ihren Mund, verschloss die Worte in ihr. »Nein, sag es nicht«, fuhr er ruhiger fort. »Lass mich in dem Glauben sterben, dass du ... es ist gut. Ich bringe dich nach oben.« Er hob sie von seinem Schoß und stellte sie auf die Füße. »Kannst du gehen?«

Sie probierte einen wackeligen Schritt, einen zweiten. Nickte. Schwankte. Er hielt sie fest und legte die Decke um ihre Schultern. »Dann komm.«

»Du verlässt mich?« Der Panarch stand groß und dunkel in der Tür, in seinen Morgenrock gewickelt wie in eine warme Decke. Er fror beständig, seit er das Fieber überwunden hatte. Jett sah ihn mit einer Mischung aus Mitleid und Abscheu an, die sie beinahe zerriss. Ihre misshandelte Hand pochte und stach, als wollte sie der Schmerz daran erinnern, dass es Laurenz gewesen war, der ihn ihr zugemutet hatte.

»Ich denke, es ist besser so«, erwiderte sie nüchtern. »Nach allem, was geschehen ist ...«

Er nickte, aber seine Augen waren verschattet. Er hatte abgenommen; alles, was an ihm breit und stattlich gewesen war, schien nun nur noch aus Haut und Knochen zu bestehen. Er war nicht mehr als ein Schatten seiner selbst, erkannte Jett mit einem jäh aufschießenden Gefühl von Wärme, ein gebrochener Mann, nicht mehr der unerschütterlich starke, mächtige Panarch.

»Laurenz«, sagte sie impulsiv, »du musst mir noch ein einziges Mal glauben. Dein Sohn hat dich nicht verraten.«

Er verschränkte die Arme und senkte das Kinn. »Glauben«, wiederholte er tonlos. »Warum sollte ich dir glauben? Du hast dich wider mich verschworen, wolltest mich töten, hast mit meinen Feinden an meinem Untergang gearbeitet. Ich soll dir vertrauen?«

Sie hob die Schultern und legte die Kleider zurecht, die sie getragen hatte, als sie zum ersten Mal in die oberen Etagen gebracht worden war. Sie strich bedauernd über den weichen Wollstoff des blauen Morgenkleids, das sie so geliebt hatte, dann streifte sie es ab und begann, sich anzukleiden. Das grobe Gewebe des einfachen Stoffes kratzte über ihre Haut und sie seufzte unwillkürlich.

»Melania«, sagte der Panarch erstickt. »Jett. Ich ... ich bin bereit, dir zu vergeben. Wenn du ...«

Sie schüttelte den Kopf. »Wir können nicht wieder dorthin zurück, Laurenz.« Sie schnürte ihr Mieder und zog die kurze Jacke darüber. Beinahe reisefertig.

Der Panarch war mit zwei langen Schritten vor ihr und griff nach ihren Händen. Jett keuchte und riss die verbundene Hand aus seinem Griff. Er wurde bleich und seine Lippen zitterten. »Ich ...«, stammelte er, »Jett!«

Wie seltsam es war, ihren alten Namen aus seinem Mund zu vernehmen. Sie stand wie gebannt und sah zu ihm auf. Seine Hand legte sich auf ihre Wange, sein Daumen strich über ihre Lippen. Er sah sie mit einem verzweifelten Ausdruck an, der ihr schier das Herz brach. »Bleib bei mir«, flüsterte er.

Einen Moment lang wurde ihr Entschluss wankend. Wohin wollte sie gehen? Hinab ins Dunkel, zu Zero und den Ränken und Verschwörungen, die so wenig Aussicht auf Erfolg hatten? Oder wieder zurück in ihr langsam sterbendes Dorf und zu den Erinnerungen an Amber und Wendel, die sie wie Schatten begleiten würden, bis sie starb?

Sie holte zitternd Luft. »Wenn ich bliebe«, flüsterte sie, »wenn ich bliebe ... was wäre ich für dich?«

Er riss sie in seine Arme, drückte sie an sich, barg das Gesicht in ihrem Haar. »Mein Herz«, sagte er erstickt. »Mein Leben. Das Licht, das meine Tage erhellt.«

Sie dachte an seine verflossenen Favoritinnen, die voller Bitterkeit und Hass in den Schatten gegangen waren. »So lange, bis du meiner überdrüssig geworden bist«, sagte sie müde und schob ihn fort. »Laurenz, es ist besser, wenn ich jetzt gehe, bevor ich dich langweile und du dich an meine Verfehlungen erinnerst.« Sie lächelte ohne Humor. »Ich ziehe es vor zu überleben«, sagte sie. »Danke, dass du es mir ermöglicht hast.« Mit einem wehmütigen Blick auf ihre Bücher und ihr Gemach und einem abschiednehmenden Nicken nahm sie ihr Bündel und wandte sich zur Tür.

Sie hörte, wie er ihren Namen rief, als ertränke er inmitten all der Schönheit und Pracht seines Lebens. Kurz zauderte ihr Schritt, dann straffte sie die Schultern und schloss die Tür hinter sich.

VIERTES BUCH
DER EWIGE KÖNIG

»Würdest du mir bitte sagen, wie ich von hier aus weitergehen soll?«
»Das hängt zum großen Teil davon ab, wohin du möchtest«,
sagte die Katze.

52

Es steht geschrieben: Bei Philippi sehen wir uns wieder!

Der Blindflug in den Abgrund würde Elster noch ein Leben lang im Schlaf verfolgen, davon war sie überzeugt. Wenn sie nicht darauf vertraut hätte, dass der Steuermann sie heil und sicher nach unten bringen würde – sie wäre auf den langen Minuten des Fluges, der einem langsamen Absturz glich, unfehlbar verrückt geworden.

»Wie weit reicht dieser Krater hinunter?«, fragte Leona.

»Ich kann unseren Landeplatz schon sehen«, erwiderte Zach. »Habt keine Angst, wir werden sicher landen.«

»Ich habe keine Angst«, fuhr Leona ihn an. »Ich finde nur, dass es der blanke Irrsinn ist, im Dunkeln in solch ein finsteres Loch hineinzufliegen. Erzähl mir nicht, dass du wirklich sehen kannst, was vor uns liegt!«

Er lachte leise. »Ich sehe so klar und deutlich wie am helllichten Tag«, gab er zurück.

Elster hörte Indigos zweifelndes Murmeln, dem sie kaum widersprechen konnte. »Du bist dir sehr sicher«, sagte sie.

»Ja«, erwiderte Zach. »Und nun lasst mich diesen Schlitten landen.«

Elster lehnte sich zurück und konzentrierte sich wieder auf das beständige, langsam anschwellende Maschinengeräusch, das inzwischen von überallher zu dringen schien. Es war dumpf und klang wie das Schnurren einer riesigen, schlafenden Katze. Aber da war auch ein Missklang in dem Schnurren, etwas Schrilles, Kratzendes, das sie störte wie das Schaben eines Fingernagels auf Schiefer. Das und die alles begleitende dunkle Disharmonie vereinten sich zu einem Dröhnen, das sie kaum noch ertragen konnte. Sie horchte und ihre Finger krallten sich in den Stoff ihrer Ärmel. Woher stammte das Geräusch? Verbargen sich hierorts in den Alten Kammern Maschinen, die immer noch liefen, nach all den Jahrtausenden? Elster atmete unwillkürlich schneller. »Maschinen«, sagte sie halblaut. »Viele. Unter uns.«

»Du kannst sie fühlen?« Zach wandte ihr kurz das Gesicht zu. Seine Augen strahlten heller als die schwachen Leuchten der Kontrolltafel.

Elster wandte hastig den Blick ab. »Ich höre sie«, sagte sie schroff. »Konzentriere dich bitte auf die Landung.«

Er lachte leise. Der Schlitten ruckte und sackte abrupt tiefer. Elster klammerte sich an ihre Haltegurte und verschluckte einen Aufschrei. Es war unheimlich, diese Bewegungen in der Finsternis der Hölle erdulden zu müssen. Sie krampfte ihre Finger zusammen und betete, dass diese Schreckensreise bald ein Ende fände. Sie hörte Leona leise aufschreien und Alban unterdrückt fluchen.

Als hätte das ewige Prinzip ihre Gebete erhört, ruckte es ein zweites Mal und die Kufen glitten mit einem metallischen Kreischen über den Boden. Das Geräusch schnitt durch die Finsternis wie ein akustischer Blitz. Elster schauderte. Es war offenkundig weder Stein noch weicher Erdboden, auf dem die Kufen Kontakt gefunden hatten – das Geräusch war Metall auf Metall und es wurde immer lauter. Durch den infernalischen Lärm hörte sie Cosimo brüllen. »Was ist das? Macht, dass es aufhört, mir platzen die Trommelfelle!«

»Haltet euch die Ohren zu«, rief Zach. Er riss an zwei Hebeln, der Schlitten drehte sich mehrmals um die eigene Achse, die Bewegung wurde langsamer, dann kam das Kreiseln endgültig zum Stehen und das Kreischen und Schrillen erstarb.

»Wir sind da«, sagte Zach und ließ die Hände über das Kontrollpult tanzen. Der Antrieb hustete noch einmal heiser und verstummte. Zach legte seine Hand bedauernd auf die Instrumententafel, deren Lichter nach und nach erloschen. »Das war der letzte Rest an Antriebsmagie«, sagte er. »Wie auch immer, auf diesem Weg werdet ihr nicht mehr zurückkehren, außer es gelingt uns, die Sammler wieder aufzuladen.«

Elster hockte regungslos in der undurchdringlichen Finsternis und fror. »Wir sitzen hier fest?«, fragte sie, um Beherrschung ringend. »Du hast uns in dieses Loch geflogen, obwohl du wusstest, dass wir hier gefangen sein würden?« Ihre Stimme zitterte. »Bist du vollkommen wahnsinnig geworden, Steuermann?«

Zach lachte. Sie hörte das Rascheln von Stoff, das Klappern einer Dose, dann glomm ein heller Funke auf. Indigo hatte sein Arielfeuer entzündet und beugte sich zu ihnen. »Er ist der Steuermann«, sagte er ruhig. »Er wird uns hier herausbringen, El.«

»Du und deine komische Verschwörertruppe«, blaffte Elster. »Ich wollte, ich hätte dein Vertr... oh.« Sie hielt inne. Während das Licht heller wurde, riss es Einzelheiten aus der Dunkelheit, die sich so erstickend um den Schlitten gelegt hatte. Der Grund, auf dem sie standen, war leicht gewölbt und glänzte wie ein Spiegel. Das Licht fing sich darin und wurde zurückgeworfen, sodass die Kraterwände schimmerten und funkelten wie schwarze Edelsteine. Der Erdboden schien zu Glas geschmolzen zu sein, undurchsichtig und dunkel, aber in seinen Tiefen schwammen Funken. Elster atmete tief ein und wieder aus.

»Wie schön«, flüsterte Leona.

»Steigen wir aus«, zerriss Zachs nüchterner Befehl die märchenhafte Stimmung. »Ich möchte die Nacht nicht im Freien verbringen und auch nicht hier im Schlitten. Lasst uns nach dem Einstieg suchen.« Er schob die Luke auf und ließ die Leiter hinunter.

»Einstieg?«, fragte Cosimo und Elster zuckte die Achseln.

»Ich dachte, wir suchen einen Turm«, rief Alban hinter Zach her. »Das hier ist doch wohl eher ein Tunnel!«

Zach lachte wie ein kleiner Junge. »Kommt schon, ihr Unken«, sagte er. »Elster, ich brauche dein Talent. Wo geht es hinein? Wo sind die Maschinen?«

Elster sah Indigo an und schüttelte den Kopf. Sie kletterte hinter Zach her und sprang auf den metallischen Boden, der sich fremd und seltsam unter ihren Füßen anfühlte. »Wo sind wir hier?«, fragte sie. Sie hörte, wie die Türmer hinter ihnen langsam aus dem Schlitten kletterten.

»Such den Eingang«, wiederholte Zach ungeduldig.

Elster griff nach Indigos Hand und drückte sie. Seine Finger, warm und verlässlich, schlossen sich um ihre und hielten sie fest. Sie atmete ein und ließ ihre Lider heruntersinken, um zu horchen. War es überhaupt ein Hören? Oder war es doch eher ein Fühlen, ein Nachspüren, etwas, das durch ihre Fußsohlen und ihre Schädelknochen drang, in ihre Adern sickerte, in ihren Fingern kribbelte und sie ganz und gar ausfüllte wie Gesang, wie das Rauschen des Blutes und das Klopfen des Herzschlags?

»Dort«, sagte sie tonlos und zeigte voraus in die Dunkelheit. »Zehn Schritte. Dann hinunter, tief unter uns.« So tief, dass es sie schauderte. Die Alten Kammern, dachte sie. Wie tief sie hinunterreichten, wusste niemand.

Sie drängte den Gedanken an all die Ungeheuer beiseite, die unter ihren Füßen lauerten, und tastete sich blind voran. Indigos tröstliche Nähe und der feste Griff seiner Hand vertrieben alle Schimären. Elster bemerkte, dass sie zu lächeln begann. Sie tastete sich vorwärts, spürte Wummern und Brummen, Singen und Schnurren der riesigen Maschinen unter sich. Sie mussten gigantisch sein, sie mussten alles übertreffen, was Elster je an Maschinen gesehen hatte, sogar den riesigen Antrieb der *Wolkenkönigin*, der ihren Schlaf in den letzten Tagen ihrer Reise wie ein brummender Barkie, ein summender Bienenstock, eine sirrende Peitsche begleitet hatte.

»Hier«, sagte sie. Das Vibrieren unter ihren Füßen ließ ihre Zähne aufeinanderschlagen. »Wenn es einen Eingang gibt, dann muss er hier irgendwo sein.«

Zach berührte ihren Arm und schob sie sanft ein Stück zurück. Sie öffnete die Augen und erblickte die Reflexionen des Arielfeuers im Metall. Das tanzende Licht, vielfach gespiegelt von den gläsernen Wänden und verstärkt durch den kalten Glanz, der aus Zachs Augen drang, narrte ihre Sinne. Einige Augenblicke lang glaubte sie, schwerelos im Nachthimmel zu schweben, rund um sie nichts als das Licht der Sterne. Mit einem Ruck kehrte sie wieder auf den Boden zurück und rief: »Dort!« Sie kniete nieder und berührte eine dunkle Vertiefung im Boden.

Zach stieß einen Laut aus, der höchste Befriedigung erkennen ließ. Er kniete neben ihr nieder und bohrte seine starken Finger in die Stelle. Elster hörte das Ächzen des misshandelten Metalls, das sich unter seinem unbarmherzigen Griff zu verformen begann.

Zach zog an dem sich verbreiternden Spalt, und die Sehnen in seinem Hals traten hervor wie dicke Taue. Trotz der Anstrengung blieb seine Miene gelassen und er lächelte schwach. Elster schauderte. Heute mehr denn je erschien ihr der Steuermann so wenig menschlich wie ein Berg oder eine Eiche.

Das Metall kreischte wie ein Mensch in höchster Qual. Eine Klappe riss auf und gab einen dunklen Eingang frei. Zack löste seine Finger von dem eingedrückten Metall und stand eine Weile vorgebeugt da, die Hände auf seine Schenkel gestemmt. »Ich gehe vor«, sagte er.

»Wir brauchen Licht«, sagte Indigo. »Und eine Leiter oder ein Seil?«

Der Steuermann schüttelte leicht den Kopf. »Wartet hier«, sagte er. »Ich sorge für Licht.« Er schwang sich über den Rand der Luke und ließ sich ins Innere des Lochs gleiten.

Elster ließ zu, dass ihre Beine nachgaben. Sie hockte sich hin und schüttelte den Kopf. »Wir müssen verrückt sein, ihm zu folgen«, murmelte sie. Cosimo, der immer noch neben dem Schlitten stand, gab einen zustimmenden Laut von sich. Sein Gesicht schwamm wie ein bleicher Pilz in der Dunkelheit.

Indigo kniete sich neben sie und legte seinen Arm um ihre Schultern. »Bis hierher haben wir ihm vertraut«, sagte er. »Er ist der Einzige, der uns von hier wieder fortbringen kann, El.«

Sie nickte unwillig. »Und wenn er uns nun hier zurücklässt?«, flüsterte sie. »Wenn er nicht zurückkehrt?«

»Dann folgen wir ihm«, erwiderte Indigo. »Ich bringe uns von hier fort, El, das verspreche ich dir.«

Sie wandte den Kopf und lachte. »Oder ich dich«, spottete sie sanft. »Gemeinsam sollten wir das schaffen, Digo, du hast recht. Wie wir immer alles geschafft haben.«

Indigo erwiderte ihr Lachen. »Bist du nicht aufgeregt? Wir werden ihn finden und erwecken. Den Ewigen König. Keiner vor uns hat das je geschafft, El. Wir werden es tun!«

Elster drückte seine Hand und erwiderte seinen Blick, in dem Aufregung, Vorfreude und so etwas wie Ehrfurcht sich mischten. Ein Schauder fuhr über ihren Rücken. Der Ewige König. Sein Erwachen wäre ihrer aller Triumph. Er würde aufstehen, um die Schluchten zu retten und die Türme zu stürzen ... »Ja, Digo, wir werden ihn wecken«, sagte sie leise. »Und die Welt wird sich verändern.«

Alban stieß ein bellendes Lachen aus und Leona sagte spöttisch: »Ihr seid so naiv, so verdammt naiv. Respekt, euer Prinzip beherrscht den Trick mit der Gehirnwäsche offensichtlich perfekt.«

»Ach, geh und stürz dich ins Loch«, fauchte Elster und wandte sich ab.

Sie warteten. Die Dunkelheit zerrte an Elsters Nerven. Indigos kleines Arielfeuer schien sie sogar zu verstärken, jedenfalls war die Schwärze hinter dem winzigen Lichtkreis umso drückender und die matten Reflexe in den gläsernen Wänden narrten ihre Augen mit einer Illusion von Bewegung.

Das Maschinengeräusch veränderte sich, als hätte sich eine neue Stimme zum Chor gesellt. Elster beugte sich vor. War da Licht im Schacht?

Wirklich leuchtete ein schwacher, gelblicher Schein aus der Luke. Etwas scharrte über den Rand, dann rief, blechern verzerrt, Zachs Stimme: »Kommt herunter. Ich habe eine Leiter ausgefahren.«

Indigo zuckte die Schultern. »Folgen wir ihm«, sagte er.

Elster legte den Kopf in den Nacken und blickte wie durch einen endlosen Brunnenschacht nach oben. Weit über sich konnte sie den nächtlichen Himmel erahnen. »Wie sollen sie uns finden?«, fragte sie halblaut.

»Sie werden unseren Schlitten orten und dann sehen sie das Licht. Komm schon, El. Türmer?«

Cosimo hob die Hand. »Wir sollten eine Wache hier beim Schlitten lassen«, sagte er. »Wenn die anderen kommen, muss sie einer von uns empfangen, damit sie den Einstieg überhaupt finden.« Er sah Leona an. »Ich finde, eine der Frauen ...«

»Das könnte dir so passen, Kleiner«, knurrte Leona und Elster schüttelte nur energisch den Kopf. Aller vorheriger Streit zwischen ihnen war vergessen, als sie Cosimo einträchtig finster musterten.

»Wir brauchen Elster«, sagte Indigo. »Und ich lasse sie nicht allein, das könnt ihr vergessen.« Er sah die Türmer an. »Er.« Er zeigte mit dem Kinn auf Alban. »Er ist der Älteste, und ich würde mich wundern, wenn er heute mal nüchtern ist. Wir wissen nicht, was da unten auf uns lauert. Wir können nicht auch noch jemanden mitschleppen, auf den wir aufpassen müssen.« Er grinste.

Alban begann zu protestieren, und auch Leona widersprach dem Vorschlag, aber nur halbherzig. Sie verstummte nach einer Weile und brachte mit einer energischen Handbewegung die hitzig Diskutierenden zum Schweigen. »Alban, der Junge hat recht«, sagte sie und sah ihn eindringlich an. »Du bist nicht in der besten Form. Aber das allein wäre kein Grund, dich zurückzulassen. Ich weiß, dass du dich behaupten kannst, wenn es darauf ankommt. Aber es wäre klüger, wenn du uns das Terrain sondieren lässt und Valentin und seine Freundin dann sicher zu uns geleitest. Das ist deine Aufgabe, Alban. Du musst Valentin beschützen.«

Alban presste die Lippen zusammen und gab dann mit einer zornigen Handbewegung nach. »Meinetwegen«, knurrte er. »Also geht. Ich passe auf, dass keiner unseren Schlitten klaut.«

Leona beugte sich vor und küsste ihn fest auf den Mund. Elster hörte, wie sie flüsterte: »Sieh zu, dass du nüchtern wirst, und komm dann schleunigst mit Val nach. Ich vermisse dich jetzt schon, Liebster.«

Sie wandte sich um und wies auf den Einstieg. »Gehen wir, ehe ich die Lust verliere«, sagte sie und Elster hörte das Beben in ihrer Stimme. Sie wechselte einen Blick mit Indigo und nickte Leona ermutigend zu. »Ich hoffe, wir bleiben nicht lange fort«, sagte sie. »Wenn ich wüsste, was Zach dort unten zu finden hofft ...«

»Turm Null«, erwiderte Indigo leise. »Und den Ewigen König.«

Leona lachte, aber ihr Lachen klang halbherzig. »Also, abwärts mit uns«, sagte sie. »Das will ich mir auf keinen Fall entgehen lassen ...«

Sie stiegen die lange, schmale Leiter hinab. Im Dämmerlicht konnten sie die metallenen Wände der Röhre erkennen, in der sie sich bewegten. Nirgendwo gab es Rost oder Korrosionsspuren, das Metall war matt, aber sauber und gut erhalten.

»Wenn das hier ein alter Tunnel ist, heiße ich ab morgen Küken«, knurrte Indigo.

Elster beachtete seine Worte nicht, sie lauschte. »Ich habe noch nie solch eine Dissonanz gehört«, sagte sie. »Es füllt meinen Kopf bis zum Platzen, Digo. Ich weiß nicht, ob ich das aushalte.«

Er sprang die letzten Sprossen hinunter und Elster folgte ihm, dann Leona und als Letzter Cosimo. Ihre Schritte klangen hohl und metallisch wie anscheinend alles hier. Die Metallwände verstärkten das Dröhnen ins Unerträgliche. Elster widerstand dem Impuls, die Hände auf die Ohren zu pressen, denn es hätte ohnehin nichts genutzt. Das Wummern drang durch ihre Fußsohlen und pulsierte in ihren Knochen. »Wie erträgst du den Lärm?«, fragte sie Indigo, der sich gleichmütig umschaute.

»Wovon redest du?«, fragte er. Er sah die Türmer an. Cosimo zuckte mit den Schultern und Leona griff nach seiner Hand. »Ich höre nichts«, sagte sie und musterte Elster mitleidig. »Hast du dir vielleicht den Kopf gestoßen bei der Landung?«

Elster wurde schwindelig und sie hielt sich an Indigos Arm fest. »Ihr müsst mich nicht aufziehen«, sagte sie. »Das ist nicht nett.«

Indigo stützte sie mit besorgter Miene. »Ich höre nichts«, wiederholte er. »Wirklich, El. Du bildest dir das ein.« Er schaute sich weiter um. »Dort entlang, denke ich.«

Ein halbdunkler Gang mündete in ihre enge Röhre. Das schwache Licht, das alles erhellte, kam von überall und nirgends. Elster strengte sich an, das Wummern und Dröhnen zu ignorieren, wie auch Indigo es tat, und betrachtete die Wände. »Leuchten die von innen?«, fragte sie. »Oder woher kommt das Licht?«

Indigo ging voran, er zuckte die Achseln. »Das ist solides Metall«, sagte er, die Wand neben sich betastend. »Metall kann nicht leuchten. Das Licht ist magisch, El.«

Sie betraten den Gang. Ihre Schritte klangen hohl und klackerten auf dem harten Boden.

Der Gang knickte ab und leitete sie in einen zweiten, breiteren Gang. Nirgendwo gab es Türen oder Abzweigungen, sie konnten nur vorwärts gehen. »Zach?«, rief Elster laut. »Wo bist du?«

Echos antworteten ihr, aber keine menschliche Stimme. »Das ist unheimlich hier«, flüsterte Indigo. »Noch schlimmer als die Alten Kammern unter unserem Dorf.«

Elster pflichtete ihm bei. Die Alten Kammern waren wie natürliche Höhlen, auch wenn man ihnen ansah, dass sie künstlich geschaffen sein mussten. Aber diese Umgebung hier war vollkommen und ganz und gar unnatürlich und erschreckend.

»Wo ist der große Entdecker?« Leonas Stimme klang ärgerlich. »Erst ruft er uns, dann lässt er uns stehen? Ist das eine Falle?«

Sie legte eine Hand auf ihre Tasche, und Elster vermutete, dass sie dort eine Waffe verborgen hatte.

Sie gingen weiter und weiter, der Gang führte in einer steil absteigenden Spirale tiefer und tiefer hinab. Eine wachsende Verzweiflung ließ Elsters Schritte langsamer werden. »Das kann nie und nimmer der rechte Weg sein«, sagte sie. »Digo, wir hätten doch längst irgendwo ankommen müssen. Wo ist Zach?«

Mit ihren Worten traten sie erneut um eine Biegung. Der Gang öffnete sich in eine riesige Höhle, deren Wände in tiefer Schwärze versanken. Rechts und links von ihnen waren weitere Gangöffnungen zu erkennen, die in Plattformen endeten. Alles war überwuchert mit kriechenden und schlingenden Gewächsen, die eine mild leuchtende Luminiszenz ausstrahlten, in deren Schein man die gewaltigen Ausmaße der Höhle nur erahnen konnte. Weit unter ihnen schimmerten Lichter wie Sterne am Grunde eines Ozeans. Elster umklammerte das hüfthohe Geländer der Plattform, das sie vor dem Absturz in die Tiefe bewahrte. »Ewiges Prinzip«, sagte sie atemlos, »was ist das hier?«

Indigo beugte sich vor, sah nach rechts und links, blickte hinab. »Das ist ...«, sagte er erschüttert, »Elster, ich glaube, das ist der Turm!«

53

Es steht geschrieben: Nun sei bedankt, mein lieber Schwan

Die Morgendämmerung brachte Nieselregen und dichten Dunst, der das Tal füllte. Sie erwachten fröstelnd in der klammen Luft und beeilten sich, ein Feuer zu entfachen, auf dem sie Tee kochen konnten.

Valentin reckte sich und rieb müde über seine Augen. »Ich sehe mir die Schlucht an«, sagte er gähnend. »Kommst du mit?«

Es war ein kurzes Stück bis zur Kante des schroffen Abbruchs. Valentin kniete sich dort nieder und blickte in den Abgrund. »Das ist ganz schön tief.« Er legte sich auf den Bauch und schob sich nach vorne, bis er halb über dem Abgrund hing. »Da ist der Schlitten«, rief er.

Winter stand mit dem Fernglas neben ihm und musterte den Krater. »Wie kommen wir hinunter? Wir werden den Schlitten nehmen müssen. Zum Klettern ist es zu weit und die Wand ist zu glatt und zu steil.«

»Das muss eine Punktlandung gewesen sein«, sagte Valentin nachdenklich. »Wie haben die das im Dunkeln geschafft? Da unten ist ja kaum Licht.«

Winter beugte sich vor. »Da ist Licht«, sagte sie verwirrt.

Sie starrten hinab in das düstere Loch.

»Du hast recht«, murmelte Valentin und griff nach dem Fernglas. »Da ist wahrhaftig Licht.« Er schwenkte das Glas. »Und im Gleiter bewegt sich jemand.«

»Sie leben«, sagte Winter erleichtert.

Valentin stand auf und klopfte seine Hose ab. Er umarmte Winter, um ihr Wärme zu geben, denn sie sah verfroren und müde aus.

Der Tee stand auf dem Feuer. Winter schenkte ein und hielt ihm einen Becher hin, den Valentin dankend entgegennahm. Das heiße Getränk belebte ihn und jagte die klamme Kälte aus seinen Gliedern. Sie teilten sich eins der Brote aus dem Proviantbeutel, dann stand Valentin auf und streckte sich. »Ruh dich aus«, sagte er. »Ich sehe mir den Schlitten an. Ich muss ihn so weit wieder flottbekommen, dass wir hinunterfliegen können.«

Valentin verbrachte eine schweißtreibende Stunde damit, die Schäden am Schlitten zu reparieren – glücklicherweise war nichts davon so schwerwiegend, dass es grundlegende Funktionen beeinträchtigt hätte. Er wischte sich die Hände an einem öligen Lappen ab und stöhnte. »Bis unten sollte es halten«, sagte er.

»Und unser Rückflug?«

»Steht in den Sternen.« Er lächelte und hob die Hände. »Das könntest du doch über die gesamte Mission schreiben, Win. Wir werden schon irgendwie wieder von hier wegkommen.« Er trank den kalten Tee aus und klatschte in die Hände. »An Bord«, rief er. »Wir wagen den Absturz.« Er half Winter die Leiter hoch und schwang sich in die Pilotenkanzel. »Anschnallen«, sagte er. »Es wird bestimmt holprig.«

Der Antrieb keuchte wie ein alter Hund. Valentin brachte den Schlitten zum Felsabsturz und ließ ihn langsam darüber hinwegkippen. »Wenn wir fallen, schalte ich den Antrieb kurz aus«, rief er. »Wir sind knapp mit Energie und ich möchte genügend Magie für die Landung übrig haben.« Sie fielen, er gab ein wenig Schub, damit sie von den Wänden wegkamen, und schaltete aus.

Nur das Sausen des Fallwindes und das Rappeln und Klappern der beschädigten Hülle zerstörten die Stille ihres Falls. Valentin hörte Winter leise vor sich hin murmeln. Er hoffte, dass es Magie war, die sie webte, denn sie konnten nun jedes bisschen Hilfe brauchen, um heil zu landen. Er behielt den Boden im Blick, während er gleichzeitig die Instrumente ablas.

»Jetzt«, sagte er und startete den Antrieb, riss das Ruder heran, stellte die Flügel gegen den Wind. »Halte dich fest!«

Der Aufprall war so hart, dass Valentin einen kurzen Moment die Besinnung verlor. Als das Licht wiederkehrte, saß er in seinem Sitz und fühlte sich, als wären sämtliche Knochen gebrochen.

»Lebst du noch?«, fragte Valentin und fuhr mit der Zunge über seine Zähne, die sich locker anfühlten.

»Ich glaube ja«, erwiderte Winter und lachte heiser. »Aber es war knapp, Val. Das war sicher nicht die beste Landung deines Lebens.«

»Ganz sicher nicht«, erwiderte er matt und öffnete seine Gurte. »Und ganz sicher wird dieser Schlitten nicht mehr abheben.«

Er half ihr aus dem Wrack, denn als etwas anderes konnte man ihr Gefährt beim besten Willen nicht mehr bezeichnen.

Der andere Schlitten sah nicht wesentlich besser aus, fand Valentin, als sie darauf zuhumpelten. »Wo ist der Einstieg?«, fragte Valentin kurz. Seine Nerven zuckten wie Fische an der Luft. »Folgen wir den anderen. Bringen wir es zu einem Ende.« Mit einem Mal war er müde und resigniert. Sie saßen in einem Loch irgendwo im Nirgendwo, ohne einen Ort, an den sie zurückkehren konnten ... genauso gut konnten sie sich hinlegen und sterben. Er kniff die Augen zusammen und erkannte den schwachen Lichtschein, den er auch schon durch das Fernglas wahrgenommen hatte.

Die Luke des Schlittens fuhr auf und Alban kletterte zu ihnen hinunter. »Da seid ihr ja«, sagte er knurrig. »Wurde auch Zeit, ich fing an, mich zu langweilen.«

Valentin musterte ihn nicht sonderlich freundlich. »Wo sind die anderen?«

Alban zeigte in die Dunkelheit. »Der Steuermann hat den Eingang gefunden, wie es scheint«, sagte er. »Keine Ahnung, was uns da unten erwartet. Sie sind gegangen, und danach habe ich nichts mehr von ihnen gehört oder gesehen.«

Valentin erkannte die gut verborgene Sorge im Gesicht seines Erziehers und sein Groll wurde etwas geringer. »Es wird ihnen schon nichts passiert sein«, sagte er. »Leona ist bis an die Zähne bewaffnet, wie ich sie kenne.«

Albans umwölkte Miene erhellte sich nicht. »Hoffen wir es«, gab er kurz zurück. »Und jetzt sollten wir aufhören, Zeit zu schinden. Am Ende wecken sie noch den sagenhaften König auf und wir verpassen das Ereignis.«

Valentin grinste und nahm Winters Hand. »Gehen wir«, sagte er. »Auf zur hoffentlich letzten Etappe unserer Suche.«

54

Es steht geschrieben: Immer den Richtungspfeilen folgen

Indigo kauerte auf der Plattform und starrte in die glosende Tiefe. »Ist das ein Feuer dort unten?«

Elster hielt sich mit beiden Händen am Gestänge fest und suchte nach einem Halt für ihren linken Fuß. »Keine Ahnung«, erwiderte sie. »Schau mal hier rüber, kannst du sehen, wo die nächste Strebe verläuft?«

Cosimo kam an ihre Seite und kniff die Augen zusammen. »Wir können da nicht runterklettern«, sagte er.

»Ihr könnt es vielleicht nicht, ich kann es.« Elster schnaufte und schwang sich nach links. Ihr Fuß verhakte sich unter der Ranke einer Eisenrebe und sie grinste. »Nächster Schritt.«

»El, wir sollten lieber nach einem anderen Weg suchen«, sagte Indigo. »Ich glaube nicht, dass der Steuermann hier runtergeklettert ist. Er ist doch kein Akrobat.«

»Hast du eine Ahnung, was Zach fertigbringt«, erwiderte Elster. Sie schnaufte kurz durch, löste die linke Hand und griff nach einer Ranke in ihrer Kniehöhe. »Und weiter geht es. Digo, wenn du mir alles genau nachmachst, schaffst du es. Das ist nicht schwerer, als auf einen Baum zu klettern. Kein glatter Stein, viele gute Haltemöglichkeiten durch all den Bewuchs. Pass auf die Blattkanten auf, sie sind messerscharf. Ihr Türmer, folgt ihm oder bleibt, wo ihr seid, es ist mir gleich.« Sie stieg tiefer.

Indigo stieß einen ergebenen Seufzer aus und stieg über das Geländer. »Woher willst du wissen, dass diese Richtung stimmt?«, rief er atemlos und hangelte in der Luft herum. Elster griff nach seinem Knöchel und lenkte seinen Fuß, bis er Halt fand. »Ich weiß es. Ich kann spüren, wo das Herz der Dissonanz sich befindet, und dort ist auch Zach. Und jetzt halt die Luft an und konzentriere dich auf deine Füße!«

Sie hörte sein atemloses Lachen und grinste. Indigo war die einzige Konstante in ihrem Leben, und sie wusste nicht, ob sie ohne ihn noch die Kraft gefunden hätte, auch nur einen Schritt weiter zu machen.

Elster warf einen Blick nach oben und sah, wie Leona über den Rand der Plattform stieg, mit den Füßen Halt fand und die Hand ausstreckte, um Cosimo zu zeigen, wohin er treten musste. Beide stellten sich weitaus geschickter an, als sie es von Türmern erwartet hatte. Anscheinend hielten sich die verweichlichten Geschöpfe körperlich einigermaßen in Form. Sie lächelte Indigo zu und suchte in Kniehöhe nach einem Halt für ihre Hand.

Der Abstieg gestaltete sich technisch nicht sonderlich kompliziert, aber er war lang, so lang, wie das Herabklettern an einem Turm, egal ob außen oder innen, eben war. Sie begann zu schwitzen und ihr Atem wurde knapp.

»Pause«, hörte sie Indigo nach einer Weile stöhnen. Sie hob den Kopf und sah ihn ein Stück über sich, an eins der verschlungenen Rankengebilde geklammert, das sie soeben überquert hatten.

»Dort drüben«, antwortete sie laut und ließ kurz los, um nach rechts zu deuten. »Plattform.«

Er rief eine wortlose Bestätigung und wartete, bis sie sich in Bewegung setzte, um dann ihrem Weg zu folgen. Cosimo und Leona kletterten schweigend hinterher, nur gelegentlich rief einer der beiden dem anderen einen Hinweis oder eine Ermutigung zu.

Sie rasteten, teilten sich das Wasser aus ihrem Vorrat und rauchten Dirrum. Die Türmer betrachteten das gerollte Blatt mit Misstrauen, aber sie probierten es beide und nickten dann erstaut.

»Ich glaube, wir sind fast am Ziel«, sagte Elster müde. Sie legte sich auf den Bauch und musterte den Abstieg. Das düster glosende Feuer in der Tiefe machte ihr Angst, aber sie sprach es nicht aus. »Dort, links von uns, seht ihr das Licht?«

Indigo nickte und schätzte die Entfernung ab. »Noch mal ein Drittel von unserem Weg.« Er prustete. »Auf, ehe ich die Lust verliere!«

Sie stiegen weiter hinab, schweigend, gelegentlich stöhnend, mit nachlassenden Kräften. Elster fragte sich kurz, wie Winter den Abstieg schaffen sollte, und drängte auch diesen Gedanken beiseite. Besser sollte sie sich fragen, wie sie selbst den Aufstieg wieder bewältigen würden ...

Ihr Fuß berührte das Geländer der Plattform, und sie gab einen erleichterten Schrei von sich, ehe sie sich hinausstreckte, um erst Indigo über die letzte Etappe zu helfen, dann Leona und Cosimo.

Dann hockten sie da und kamen wieder zu Atem. »Weiche Knie«, schnaufte Leona und Indigo massierte stöhnend seine verkrampften Waden. Elster drückte mitfühlend seine Schulter, ehe sie ihm aufhalf, und Cosimo und Leona halfen sich gegenseitig in die Höhe. »Diesem Steuermann erzähl ich was«, murmelte Leona erschöpft.

Sie traten durch den Eingang und fanden sich in einem hell erleuchteten Tunnel, der sich in eine Halle voller riesiger säulenähnlicher Konstruktionen öffnete, an denen Eisenreben emporrankten. Kristalle glühten bläulich und grün zwischen den Bäumen, glänzten violett an den entfernten Wänden, schimmerten gelb durch das dichte Laub, das hier und da rostfarben aufleuchtete. Zwischen Ranken, Wurzeln und Blättern erkannte Elster merkwürdige Instrumente und Schalttafeln, die sich wie gewachsen in die Umgebung fügten.

Über allem lag ein machtvoller, dröhnender Chor, dessen Wohlklang Elster Tränen in die Augen treten ließ. Hier war von der dunklen Dissonanz kaum etwas zu spüren, so stark war der Gesang der ... Maschinen?

Elster hielt den Atem an.

Indigo schien ähnlich ergriffen. »Was für Maschinen sind das?«, fragte er. »Đãş ïş† ĵã đēŕ Ŵãħñşïññ, €ł. Die müssen riesig sein!«

Sie nickte stumm. Auch ohne zum geheimen Bund der Mechaniker zu gehören, raubte ihr das, was sie hörte, den Atem.

Sie fasste sich und ließ ihren Blick schweifen. Irgendwo hier musste Zach sein. Er war der Steuermann, er allein wusste, was sie hier unten suchten. Sie rief seinen Namen und glaubte, in der Ferne eine schwache Antwort zu vernehmen. Wieder rief sie, und dieses Mal verstand sie die Antwort: »Bleib dort, ich komme!«

Die nahe gelegenen Kristalle leuchteten grell auf und erloschen wieder. Ihre Nachbilder flammten auf Elsters Netzhaut und sie blinzelte. Die Ranken der Eisenrebe erbebten und das metallische Laub klirrte wie in einem heftigen Luftzug. Das Glimmen der Kristalle wurde erneut heller, schwächte sich wieder ab, wurde strahlend hell und beleuchtete die Umgebung wie vielfarbiges Sonnenlicht.

»Schaut«, rief Leona aus und zeigte auf ein dichtes Rankengeflecht in der Nähe. Unter dem Licht der Kristalle begannen die Ranken sich zu bewegen und glitten zur Seite. Durch die entstandene Öffnung trat der Steuermann und lächelte sie an. »Ihr habt es geschafft, ich bin stolz auf euch.«

»Zach, was ist das alles hier?«, fragte Elster. Indigo wanderte stumm vor Staunen durch den Raum und inspizierte die Kontrolltafeln und Schaltkästen.

»Der Kontrollraum«, erwiderte Zach und rieb sich fest über die Augen. »Jahrhunderte alt, und immer noch laufen die Aggregate. Aber die Zeit hat an den Systemen genagt, Elster. Ich brauche dich, um die Schäden zu beheben.«

»Ist dies Turm Null?«, fragte Leona, die das blind gewordene Glas über einer Kontrolltafel betastete. Auch hier wucherte überall dichtes Moos, und dazwischen kroch das kleinblättrige, Licht aussendende Gewächs über die Oberflächen, das auch den Tunnel und die Wände der Halle bedeckte.

Der Steuermann nickte. »Das ist Turm Null«, bestätigte er feierlich. »Und nun lasst ihn uns zum Leben erwecken.«

»Und dann erweckt er den Ewigen König«, sagte Indigo andächtig.

»Das ist falsch überliefert worden, fürchte ich«, sagte Zach belustigt. »Es ist umgekehrt: Der Ewige König erweckt den Turm!«

Er stand auf und legte seine Hände auf Elsters Schultern. »Hörst du den Gesang?«, fragte er leise.

Elster nickte.

»Gibt es Misstöne?«

Sie legte den Kopf schief und schloss die Augen. Der mächtige, brausende Chor aus tausend Stimmen erschien makellos und rein. Aber wenn sie eintauchte in den Klang, dann existierten darunter unschöne Dissonanzen, scharfkantige Störungen im Wohllaut. Davon abgesehen war da noch die dunkle Dissonanz, an die sie sich nahezu gewöhnt hatte wie an einen anhaltenden, dumpfen Zahnschmerz. Auch sie gehörte zum Gesamtklang und zerstörte die Harmonie. Sie seufzte und nickte wieder.

Zach nahm ihre Hand und zog sie ein paar Schritte mit sich fort. Sein Gesichtsausdruck war abwesend.

»Lass es mich hören«, flüsterte er und legte seine Hände auf ihre Schläfen.

Seine Berührung jagte Kälte und zuckende Entladungen durch ihren Körper. In ihrem Kopf explodierte ein blaues Licht und füllte ihn ganz und gar aus. Sie sah die Kristalle hell aufleuchten und zuckende Blitze durch die Eisenreben fahren. Und sie sah die Dissonanzen, fühlte sie, konnte sie beinahe berühren. Sie stand starr da, kaum mehr in der Lage, ihren Körper zu kontrollieren. Selbst ihr Blick war wie festgeschweißt auf die Halle vor ihr fixiert, in der die Kristalle heller und heller erstrahlten, bis sie jeden Schatten aus dem riesigen Gewölbe vertrieben hatten. Alles in ihr drängte danach, die Augen vor dem blendenden Glanz zu schließen, aber sie konnte keinen Muskel bewegen.

Der Chor der Maschinen wurde lauter und übertönte jedes andere Geräusch. Blind und stumm für alles außer diesen Lichtern und diesem Klang, stand sie da, ewig. Ewig.

55

Es steht geschrieben: Gott, welch Dunkel hier!

Sie folgten dem gewundenen Gang hinunter in die Tiefe. Valentin hielt Winter an der Hand, die sich in dem metallenen Tunnel so unbehaglich und fremd fühlte, dass er es an der Kälte ihrer Hand spüren konnte. »Es ist, als würde mir jemand alle Luft abschnüren«, flüsterte sie.

Valentin verspürte nichts von dieser Beklemmung. Dies hier glich einem Turm – roh und ohne jede Verschönerung, ohne Teppiche, ohne Zierelemente, allein die nackte Konstruktion und die kahlen Wände und Böden. Er hätte sich fast wie zu Hause gefühlt, wenn hier nicht überall Kriechgewächse, Moos und rankende Eisenrebe über Wände und Boden wuchern würden. Es roch nach Rost und Feuchtigkeit, nach Erde und Blättern, satt und grün wie in einem Treibhaus.

Der Tunnel oder Gang schraubte sich immer tiefer. Nichts regte sich, kein Geräusch war zu hören, es war totenstill. Valentin glaubte, Wasser tropfen zu hören.

»Was ist das hier für ein seltsames Gebilde?«, fragte Winter.

»Der Turm«, erwiderte Alban lakonisch.

»Der Turm? Du meinst ... Turm Null? Unser Ziel?«

»Unser Ziel«, bestätigte Valentin. Dies hier war der Ort, den er gründlich untersuchen und dann sprengen musste. Aus der Entfernung hatte das wie eine Aufgabe geklungen, der er sich gewachsen fühlte, aber jetzt, wo er sich durch die höhlenähnlichen Gänge in einem riesigen, unterirdischen Gebäude schleppte, erschienen ihm seine Aufträge monströs, seine Pläne pure Hybris. Was konnte ein Maulwurf gegen einen Berg ausrichten?

Sie gingen weiter. Das Licht war mal schwächer, mal heller und schien aus dem Pflanzenbewuchs selbst zu kommen und aus den teils winzigen, teils faustgroßen Kristallen, die alle freien Oberflächen überkrusteten.

»Wenn das ein Turm ist«, murmelte Winter, »dann haben wir doch einen kilometerlangen Abstieg vor uns. Vorausgesetzt, wir wollen nach unten.«

Sie sah müde aus, abgekämpft, desillusioniert. So ähnlich, wie Valentin sich fühlte. Er zwang ein aufmunterndes Lächeln auf sein Gesicht. »Dies ist der einzige mögliche Weg«, sagte er. »Er wird uns schon irgendwohin führen, Winter.«

»Das ist es ja, was ich befürchte«, flüsterte sie tonlos. »Irgendwohin.«

Ein lautes Rauschen ließ alle erschreckt innehalten. Aus dem Rauschen wurde ein Dröhnen, ein singendes, zunehmend tiefer werdendes Hallen. Der Boden unter ihren Füßen vibrierte immer stärker. Der Gang neigte sich zur Seite und ließ sie gegen die Wand taumeln. Alban fluchte laut. Valentin umklammerte Winter und zog sie auf den Boden. »Hinsetzen. Nein, legt euch hin!«

Das Kippen hörte auf, der Gang stabilisierte sich wieder, nur das Rütteln und Vibrieren blieb bestehen. »Ein Erdbeben! Er kippt, er stürzt ein«, rief Winter.

»Wir sind tief unter der Erde«, beruhigte Valentin sie, obwohl auch sein Herz bis zum Hals schlug. »Da kann nichts kippen!«

»Dein Gottvertrauen möchte ich haben«, murmelte Alban, der sich blass und grimmig an eine Eisenrebenranke klammerte. Seine Finger bluteten von den scharfen Kanten der Blätter, die sie berührten.

Endlich kehrte wieder Ruhe ein. Der Boden vibrierte immer noch leicht, aber das war kaum mehr zu spüren und nicht allzu beängstigend. Auch der infernalische Lärm hatte sich in ein stetiges, dunkles Summen verwandelt.

Valentin atmete tief durch und stand auf. »Weiter. Was auch immer das war, es ist anscheinend vorüber.«

Sie schleppten sich weiter voran, weiter hinab. Der Gang nahm eine erneute Kurve und endete an einem Durchgang. Der kleine Raum dahinter war ansonsten türlos und leer. Alban lachte laut auf und deutete auf die Wand hinter ihm. Valentin blickte sich um und sah die Tafel, auf die sein Erzieher zeigte. Knöpfe, untereinander angeordnet. Einer davon glomm in hellem Grün, die anderen waren unbeleuchtet. Valentin zog die Brauen hoch und stieß ein ungläubiges Lachen aus.

»Aber natürlich muss es hier so etwas geben, wenn dies ein Turm ist«, sagte Alban. »Nun drück schon drauf. Ganz nach unten?«

Valentin nickte stumm und betätigte den untersten Knopf, aber nichts tat sich. »Tot«, sagte er.

»Probier die anderen durch.« Alban griff ungeduldig an ihm vorbei und drückte in schneller Folge die Knöpfe von unten nach oben. Einer der mittleren begann gelb zu leuchten und hinter ihnen glitt eine Tür zu. Es ruckte und der Aufzug setzte sich in Bewegung.

Winter lachte und hielt sich an Valentin fest. »Was für ein Abenteuer«, sagte sie. »Val, was wird uns unten erwarten?«

Valentin schob die Hand in seine Jacke. »Keine Ahnung«, sagte er knapp. »Aber ich bin lieber gewappnet.« Er entsicherte die Tesla-Pistole.

Die Fahrt ging ohne Erschütterungen nach unten. Das Tempo des Aufzugs war beachtlich, Valentin fühlte, wie sein Magen sich hob. Der Aufzug hielt mit einem Ruck, die Tür glitt auf. Valentin observierte den Gang und winkte seine Gefährten hinaus. »Alban: Rückzug sichern«, sagte er leise.

Sie gingen schnell und leise voran. Wieder führte der Gang nur in eine mögliche Richtung, und wieder endete er an einem Durchgang, der auf eine kleine Plattform führte.

Winter stieß einen Laut des entzückten Staunens aus. Valentin sah sich um und war ebenfalls sprachlos.

Ein weitläufiger Komplex aus Zellen, sechseckig, wie Honigwaben, erstreckte sich vor ihnen. Manche der Zellen waren geschlossen, die meisten ließen den Blick in ihr leeres Inneres zu. Das leuchtende Gewächs überzog die Wabenkonstruktionen und tauchte sie in ein sanftes, grünliches Leuchten. Valentin ließ den Blick nach allen Seiten schweifen. Die wabenähnliche Formation reichte an den Wänden empor, bis ihr Schimmern sich in der Höhe verlor. Zwischen den Waben ragten schlanke Säulen in die Luft, die mit Eisenrebe überwuchert waren, sodass sie wie seltsame Bäume aussahen. Kristalle überkrusteten alle freien Flächen, leuchtend und geheimnisvoll. Ihr Licht pulsierte, als wäre Leben in ihnen.

»Wie geht der Weg weiter?«, fragte Alban, der sich vom Staunen schneller erholt hatte als die anderen.

Valentin drückte seinen Arm. »Manchmal liebe ich deine Fantasielosigkeit«, sagte er. »Es gibt eine umlaufende Galerie, schau.« Er deutete auf die Leiter, die von ihrer kleinen Plattform hinunterführte.

Sie kletterten hinunter und betraten die Galerie, die über und zwischen den Zellen hindurchführte. »Hörst du das?«, fragte Winter. »Kannst du das auch hören oder ist es in meinem Kopf?«

Valentin nickte. »Maschinengeräusche«, sagte er. »Wie der Antrieb des Luftschiffes, nur größer und weiter entfernt.«

Ihre Schritte klackerten über die Eisenroste der Galerie, wo sie nicht von Moospolstern gedämpft wurden. Das entfernte Maschinengeräusch blieb konstant, wurde weder lauter noch leiser, aber mit jedem Meter, den sie zurücklegten, wurden andere Geräusche lauter. Stimmen? Schritte?

Valentin hob die Hand. »Leise«, formten seine Lippen. Er deutete auf den nächsten Durchgang, dem sie sich auf wenige Schritte genähert hatten.

Sie schlichen langsam und vorsichtig zum Durchgang. Valentin ging in die Knie und schob den Kopf vor. Einen Augenblick verharrte er so, dann stieß er ein Lachen aus und stand auf, um seine Pistole einzustecken. »Sie sind es«, sagte er, lachte wieder und trat durch den Durchgang.

56

Es steht geschrieben: Ihr Mann ist tot und lässt Sie grüßen

Sie war der Chor, sie war das Orchester, sie war der allumfassende Klang. Sie war das Licht der Kristalle und der kribbelnde Strom, der durch die Ranken pulsierte. Sie war Tag und Nacht, Licht und Dunkelheit, Ja und Nein, Leben und Tod. Sie war ...

... in einem Raum voller Menschen, die lachten und stritten und sich umarmten. Sie kannte diese Menschen nicht. Sie kannte jeden von ihnen.

Einer war alt, so alt, dass er sich auf den Arm seiner Begleiterin stützen musste. Sein schütteres grauweißes Haar ließ einen fleckigen Schädel sehen, sein Gesicht war voller Falten und Runzeln, aber seine Augen blickten wach und intelligent. Er lachte, was sein Gesicht in noch mehr, noch tiefere Falten zerspringen ließ, und machte eine Bemerkung, die sie hörte und gleich wieder vergaß, weil sie im Gesang der Kristalle unterging. Einige Augenblicke lang war sie abgelenkt, sah den Lichtern zu und genoss das Verstreichen der Zeit wie die Berührung eines Liebhabers.

Dann kehrte sie in den Raum zurück und betrachtete die Begleiter des alten Mannes. Sie alle waren jünger als er, mittleren Alters, so alt wie ... jemand, der Turff hieß. Eine andere, die Sonne genannt wurde. Mutter. Vater. So alt wie Eltern.

Zufrieden mit dieser komplizierten Schlussfolgerung, ließ sie sich ein Stück höher tragen und sah den Menschen, die so alt waren wie Eltern, bei dem zu, was sie taten. Wer waren diese Menschen, die sie kannte und nicht kannte?

Einer war groß und hatte kurzes, schneeweißes Haar mit einer einzelnen breiten schwarzen Strähne über dem linken Auge und einen weißen Bart. Nicht Alter. Nicht Blond. Weiß. Er hatte dunkle Brauen und hellgrüne Augen, ein kantiges, starkes Gesicht, eine gerade Nase. Er richtete das Wort an seine Gefährtin, die ebenfalls weißes Haar hatte, seidenglatt und lang, zu einem dichten Zopf gebunden. Sie war groß und schön, eine imposante Frau mit der Ausstrahlung einer Herrscherin, genau wie ihr Begleiter. Sie lachte und wandte den Kopf, um

(*Elster*)

anzusehen. Goldene Augen, strahlend und intensiv. Ihr Blick verharrte auf dem, was sie sah, und ihr Lächeln erstarb. Ihre Lippen bewegten sich, und

(*Elster*)

sank noch etwas tiefer, um zu verstehen, was sie sagte.

»Elster?«, sagte die Frau. Sie runzelte die Stirn, zuckte die Achseln und wandte sich wieder ab. »Ich denke, wir sollten es jetzt beenden«, sagte sie. »Wir sind lange genug unterwegs gewesen, es kommt mir wie ein ganzes Leben vor. Wie geht es nun weiter? Wir haben uns geirrt. Nicht der Turm weckt den Ewigen König. Der Ewige König weckt den Turm!«

»Das ist doch nur so ein mythisches Schluchtergequatsche«, rief ein untersetzter Mann mit einem gutmütigen, runden Gesicht, der auf einem Hocker saß und einen Apfel aß. »Hör auf, davon bekomme ich Magenschmerzen.« Er grinste und verspeiste das Gehäuse.

Der dunkelhaarige, breitschultrige Mann mit der unerschütterlichen Miene, der sich neben ihm an die Verkleidung eines Pultes lehnte, lachte mit tiefer Stimme, und die Frau, die den alten Mann stützte, wandte sich jetzt um und sah

(*Elster*)

dabei an. Sie war dunkel und schön und trug wie ein absurdes Schmuckstück eine Klappe über dem Auge. Die Erinnerung ließ

Elster endgültig auftauchen. Der Gesang verstummte, die Lichter erloschen, der pulsierende Strom wurde zum Schlag ihres Herzens. Sie keuchte. »Was ist das für eine Hexerei?«, fragte sie und schlang die Arme um sich. Ihr eigener Körper fühlte sich fremd an. »Was ist mit uns geschehen? Wo ist der Steuermann?«

Die Stimmen verstummten, alle Bewegung erstarb. Augen starrten sie an, blicklos. Sie wandte hastig den Kopf, suchte nach einer Erklärung, nach einem Aufwachen aus diesem Albtraum.

Zach stand auf und reichte ihr die Hand. Er allein war unverändert, kein Jahr gealtert, unberührt von der Zeit. »Gib mir deine Hand«, sagte er sanft. »Erinnerst du dich an die Legende? Du bist hier, um zusammenzufügen, was zerbrochen war. Du wirst die Harmonie wiederherstellen, damit die Menschen wieder Kinder zur Welt bringen. Eure Welt wird gesunden und ich werde endlich gehen können.« Er beugte sich über sie und küsste sie auf die Stirn. »Komm und sieh dir an, was nach dir ruft.« Er nahm ihre Hand und führte sie zu einer Wand, die über und über mit Kristallen bedeckt war. »Hörst du ihre Stimmen?«

Elster nickte. Ihr Blick wurde von dem langsamen Rhythmus gefangen, in dem die Kristalle aufleuchteten und erloschen. Es war ein Muster darin, ein Sinn, der sich ihr nicht erschloss. Sie ahnte ihn, sie konnte ihn fühlen, er pochte im Mark ihrer Knochen.

»Dies ist das Herz«, flüsterte Zach, der hinter ihr stand. Seine Hände lagen auf ihren Schultern. »Hier ist der Ort, an dem du heilen musst, Elster. Kannst du ihn spüren? Wirst du ihn wiederfinden, wenn ich dich zurückbringe?«

Sie umfasste das Muster der Kristalle mit ihrem Blick und senkte es tief in ihr Inneres. »Ja«, flüsterte sie. »Ich werde ihn wiederfinden.«

»Das ist gut«, wisperte Zach. »Und nun komm wieder zu uns.«

Es gab einen heftigen Ruck, das Gefühl eines langen, schnellen Falls, dann schwankte das Licht, es wurde hell, dunkel, wieder hell, und Elster stand zwischen ihrer Schwester und Leona, die sie beide erstaunt musterten. Beide wieder jung. Elster lachte vor Erleichterung laut auf und umarmte Winter.

»El, was ist los?«, fragte ihre Schwester verdutzt, erwiderte die Umarmung aber nicht minder herzlich. »Alles in Ordnung?«

»Ja.« Elster rieb sich über die Schläfen, hinter denen ein dumpfer Druck nistete. »Ich glaube schon. Was ist passiert?«

»Nichts«, antwortete Leona, die ihre Hand in Albans Hand gelegt hatte. »Valentin und Winter sind aufgetaucht und der Turm hat bisher keinerlei Schätze oder Wissen zutage gebracht. Warum zur Hölle wir eigentlich hier sind, weiß nur der Steuermann, und der will es uns nicht sagen.« Sie lachte und stieß Valentin an, der seltsam verkniffen dreinblickte.

Zach lächelte. »Ich weiß, euer Ziel ist es, den Turm zu plündern«, sagte er sanft. »Aber ich muss euch enttäuschen, hier gibt es nichts, was für euch von Interesse ist. Keine Waffen, keine Archive, keine Form von Wissen, die euch bei euren Expansionsplänen nützen würde. Dieser Ort ist keine Schatzkammer, zumindest nicht so, wie ihr es erwartet. Sein wahrer Zweck kann euch nicht dienen, denn er dient nur dem Ewigen König, jetzt und für alle Zeiten.«

»Und wo bleibt nun der Ewige König?«, spottete Alban. Es sollte wohl ein Scherz sein, um Valentin aus seiner finsteren Stimmung zu reißen, aber er fruchtete nicht.

Valentin wandte sich um. »Ich brauche einen Moment allein«, sagte er leise. »Ich muss ein Problem lösen.« Er ging hinaus auf die Plattform und lehnte sich gegen das Geländer.

Elster wechselte einen Blick mit dem Steuermann. Zach nickte, als hätte sie etwas zu ihm gesagt, und ging hinter Valentin her.

»Was hat er?«, fragte Elster leise ihre Schwester.

Winter hob die Schultern. »Seit wir hier unten sind, ist er wie ausgewechselt«, sagte sie. »Wir waren so erleichtert, euch wiederzusehen, und glücklich, dass wir den Turm gefunden haben – aber

Valentin benimmt sich, als hätte man ihm gerade alles genommen, was ihm gehört.« Sie senkte den Blick. »Vielleicht denkt er darüber nach, dass er keinen Ort hat, an den er zurückkehren kann«, flüsterte sie. Elster hob den Kopf. Eine Stimme rief sie, eine der vielen Stimmen aus dem Chor in ihrem Kopf. Die dunkle Dissonanz wurde lauter und übertönte alles andere. Etwas Schreckliches war im Gange. Elster murmelte etwas und ließ Winter stehen.

Zach und Valentin standen reglos nebeneinander. Auf den ersten Blick sah es ganz harmlos aus, aber als Elster näher kam, sah sie, dass Zach Valentins Hand umklammert hielt, mit diesem eisenharten Griff, den sie selbst schon zu spüren bekommen hatte. Das musste wehtun, aber Valentins Miene zeigte keinen Schmerz. Er fixierte den Steuermann ohne Furcht.

»Lass mich los«, sagte er kalt. »Du kannst mich nicht daran hindern, meinen Auftrag auszuführen.«

Zach regte sich nicht. Er lächelte schwach. »Ich kann dich hindern, aber ja. Ich kann dich jetzt und hier in die Tiefe werfen und du könntest nichts dagegen unternehmen.«

Valentin lachte und hob die Hand, die Zach nicht festhielt, um eine Tesla-Pistole auf den Steuermann zu richten. Zach blickte darauf nieder und verzog spöttisch den Mund. »Mit diesem Spielzeug kannst mich nicht erschrecken«, sagte er.

Valentin lächelte ebenso spöttisch und hob die Pistole, bis sie auf Zachs linkes Auge zeigte. Der Steuermann blinzelte nicht, sah Valentin nur weiter an.

»Schau dir an, was so ein Spielzeug mit Leona angerichtet hat«, sagte Valentin. »Aus der Nähe und genau ins Auge ... du wirst daran nicht sterben, Steuermann. Aber der Schmerz wird dich paralysieren, er wird dich lange genug ausschalten, bis ich getan habe, wozu ich hergekommen bin. Und du wirst ein großes Loch in deinem Schädel haben.« Er näherte die Pistole dem Augapfel. »Du kannst dich entscheiden, Steuermann. Mit oder ohne dein Auge ...«

Elster stand starr, sie wagte kaum zu atmen. Jetzt waren auch die anderen aufmerksam geworden und traten auf die Plattform. Winter schrie leise auf. »Valentin«, sagte sie fassungslos, »was tust du?«

»Was ich tun muss«, erwiderte er hart. »Wenn einer von euch versucht, mich daran zu hindern, schieße ich.«

»Was soll Zach tun?«, fragte Elster. »Was willst du von ihm, Valentin?«

»Er soll gar nichts tun«, erwiderte Valentin. Die kalte Ruhe in seiner Stimme und seiner Miene war schrecklicher, als jeder Zorn oder jede andere Gefühlsregung es hätte sein können. »Er soll mich loslassen.«

Zach stand reglos da und rührte kein Glied. »Er will den Turm sprengen«, sagte er.

»Er will was?« Winter krallte die Hand in Elsters Arm. »Val, bist du wahnsinnig? Warum willst du so etwas tun?«

Valentin stand nicht weniger starr als der Steuermann. Seine Hand, die die Pistole hielt, bewegte sich nicht um die Breite eines Haares. »Hören wir auf zu diskutieren«, sagte er. »Ich habe begriffen, dass wir hier nichts finden werden, was uns von Nutzen sein kann. Das hier ist ein Gewächshaus, eine leere, ausgesogene Hülle, eine Ruine und ein Grab. Also bleibt mir nur der zweite Teil meiner Aufgabe: Ich bin hier, um die Wiederkehr des Ewigen Königs zu verhindern, und davon wird mich keiner von euch abhalten.«

Der Steuermann begann zu lachen. »Junger Mann«, sagte er im Plauderton, als säßen sie gemütlich bei einem Glas Wein zusammen, »du hast die richtigen Informationen, setzt sie aber falsch zusammen. Du kannst die Wiederkehr des Ewigen Königs nicht verhindern, denn er ist längst hier. Er hat den Turm erweckt, und du wirst ihn nicht daran hindern, seine Arbeit zu vollenden.«

In Valentins Wange zuckte ein Muskel. »Und wo wäre er, der sagenhafte König der Vorzeit?«, fragte er. »Nicht, dass ich an ihn glaube ...«

»Immerhin vertraust du der Sage so weit, dass du dafür dieses Wunderwerk vernichten willst.«

Valentins Hand bebte. »Nicht ich bin es, der diese Sage glaubt«, sagte er beinahe unhörbar. »Mein Vater ...«

»Ist ein weiser Mann, wie mir scheint.« Der Steuermann hob langsam seine freie Hand und wollte nach der Pistole greifen, aber Valentin stieß einen lauten Schrei aus und drückte ab. Die grellgrüne Entladung fuhr ungehindert in Zachs Auge, und Leona schrie gellend auf und fasste nach ihrer Augenklappe, die sich dabei über ihre Stirn schob. Zum ersten Mal sah Elster das tiefe Loch in Leonas schönem Gesicht, ein hässlich vernarbter, dunkelroter Krater, in dem weiß die Schädelknochen schimmerten.

Elster riss ihren Blick davon los und sprang vor, um den taumelnden Steuermann zu stützen, aber sie wurde beiseitegestoßen, als Indigo zornbrüllend auf Valentin zulief. Zach hatte die Hände vors Gesicht geschlagen und krümmte sich nach vorne. Alle schrien durcheinander, und über dem ganzen Tumult ertönte Albans Brüllen: »Valentin! Leg das hin oder ich töte dich!«

Wieder standen alle starr, auch Valentin. Er hatte die Pistole fallen lassen und die andere Hand in die Luft gehoben, in der er einen faustgroßen Sprengkörper hielt. Er war so blass wie ein Toter und sah seinen Freund fassungslos an.

Alban stand in der Tür und hielt ein Messer wurfbereit zwischen den Fingern. Er war nicht weniger bleich als sein Zögling und sichtlich aufgewühlt. Dennoch war seine Stimme ruhig, als er fortfuhr: »Ich habe befürchtet, dass es hierzu kommen würde, aber ich kann nicht zulassen, dass du den Turm zerstörst. Glaube mir, ich würde es nicht gerne tun.« Er schwieg und setzte hinzu: »Es wäre mein Tod, wenn ich das tun müsste. Aber ich habe keine Wahl. Das hier ist wichtiger als du oder ich oder sonst einer von uns. Leg das hin, Val. Bitte.«

Valentin bebte am ganzen Leib. Er leckte sich über die Lippen und schüttelte langsam den Kopf. »Ich muss es tun«, flüsterte er und senkte den Arm, um den Sprengkörper zu schärfen.

Von hinten kam eine Hand und entwand ihm die Granate. Valentin schrie und warf sich herum, aber es war zu spät. Der Steuermann hatte sich aus seiner gekrümmten Haltung aufgerichtet und stand nun da, den Sprengkörper in der Hand. »Eine Kettenreaktionsbombe«, sagte er nachdenklich. »Ich hatte mich schon gefragt, wie du mit so einem winzigen Ding überhaupt Schaden anrichten willst. Aber damit könntest du erheblichen Schaden anrichten und hättest trotzdem genug Zeit, um von hier zu fliehen. Das ist raffiniert, ich gebe es zu.«

Elster bemerkte, dass sie langsam zurückwich. Auch die anderen stellten jede Aktion ein und sahen Zach an, dessen linke Gesichtshälfte eine Ruine aus Fleisch, Knochen und Metall war.

»Wer ... bist du?«, fragte Elster stockend. »Zach, wer ... was bist du?«

Er sah sie mit einem Lächeln an, das in seinem zerstörtes Gesicht gespenstisch wirkte. »Wer oder was?«, fragte er sanft. »Ich dachte, du hättest es längst begriffen, meine Liebe. Ich bin der Ewige König.«

57

Es steht geschrieben: Omnia vincit amor

Die Erschütterungen der Explosionen ließen den Boden unter seinen Füßen beben. Den ganzen Tag schon donnerte und krachte es in den unteren Geschossen. Tesla-Entladungen knisterten und knallten, Granaten explodierten, Stimmen brüllten, Verwundete schrien.

Die Garde bemühte sich nach Kräften, die mittleren Etagen zu halten, aber die Berichte, die von dort kamen, klangen besorgniserregend. Die Rebellen quollen aus dem Untergrund wie Heuschrecken, wie Wespen, wie Rudel um Rudel wilder Tiere, die über die Türmer herfielen und sie niederrissen, nicht mit der Macht überlegener Bewaffnung oder Taktik, sondern durch schiere Masse.

Einer der Hauptmänner hatte die These aufgestellt, die Rebellen erhielten Nachschub über unterirdische Zugänge in den Turm. Das war eine Möglichkeit, aber die andere lautete schlicht: Sie hatten die Bewohner der Untergeschosse mobilisiert, alle, jeden Mann, jede Frau und jedes Kind. Niemand hatte jemals genau gezählt, wie viele Schluchter und Nachkommen von Schluchtern in den Untergeschossen lebten. Es mussten Tausende, Zehntausende sein. Die Garde war ihnen zahlenmäßig weit unterlegen, was immerhin durch bessere Ausrüstung und Bewaffnung hätte ausgeglichen sein müssen. Aber wie es schien, hatten die Aufständischen einen Weg gefunden. Sie waren bewaffnet, schwer bewaffnet.

Wieder eine Explosion, die den gesamten Turm erschütterte. Wahrscheinlich war ein weiteres Geschoss gefallen. Die Aufzüge waren natürlich stillgelegt worden, aber die Treppenhäuser gingen Schritt für Schritt, Stufe für Stufe verloren. Es war nur eine Frage der Zeit, bis die Rebellen die Spitze des Turmes erreicht hatten. Dann würden sie alle töten, die sich immer noch hier aufhielten, und der Turm des Panarchen gehörte ihnen.

»Laurenz, wir müssen fliehen«, drängte Andoni. »Jetzt, bevor es zu spät ist. Wir geben den Turm auf und suchen Unterstützung bei unseren Verbündeten. Mit deren Streitmacht können wir ...«

Der Panarch saß reglos im Lehnsessel am Fenster und blickte hinaus. »Geh, Andoni«, sagte er gleichgültig. »Rette dich. Bring alle in Sicherheit, die dir wichtig sind. Ihr könnt die großen Schlitten nehmen, ich benötige sie nicht mehr.«

Sein Bruder kniete neben ihm nieder. Laurenz hörte Xenons Knie knacken. Xenon griff nach seiner Hand. »Laurenz, ich flehe dich an«, sagte er, »du darfst nicht zurückbleiben. Sie werden dich als Exempel für die anderen Türme exekutieren. Sie werden ein Spektakel daraus machen. Willst du wahrhaftig, dass es so endet? Denk an deinen Sohn, denk an Valentin ... Falls er und Leona den Angriff der Kaperschiffe überlebt haben, was durchaus möglich ist, werden sie ...«

Der Panarch entzog ihm seine Hand. »Wo ist Cornel?«

»Er hält wacker die Stellung beim Oberkommando«, erwiderte Andoni. »Die Hauptleute passen auf ihn auf, Laurenz. Er ist schließlich immer noch dein Erbe, solange du es nicht anders bestimmst.«

Wieder nickte der Panarch teilnahmslos. »Guter Junge«, sagte er. »Ich habe ihn sein Leben lang unterschätzt.«

Andoni und Xenon wechselten besorgte Blicke.

»Laurenz«, sagte Xenon hilflos. »Wenn wir jetzt nicht fliehen, werden wir eingeschlossen.«

»Dann bringt euch in Sicherheit.« Er tastete nach dem Glas, das neben seiner Hand auf der Armlehne stand. »Ich werde nirgendwohin mehr gehen. Mein Weg endet hier.«

Andoni griff nach Xenons Arm und zog ihn mit sich. »Es hat keinen Sinn«, sagte er leise. »Er ist nicht mehr bei klarem Verstand, Xenon. Wir können auf unserer Flucht keinen Lebensmüden betreuen.« Er knurrte. »Wir müssten ihn mit Gewalt mit uns schleifen, und das können wir nicht. Ich bin zu fett und zu kurzatmig und du zu klapprig.«

Der Bruder des Panarchen wandte sich mit einem Laut tiefsten Schmerzes ab und ließ sich vom Senator aus dem Gemach führen. Die Tür schlug zu, es war still bis auf die Detonationen, die den Boden vibrieren ließen.

Laurenz holte tief Luft, als wäre er von einer Last befreit worden, und nahm den Cognacschwenker zwischen seine Hände. Es war bedauerlich, dass sein Vorrat, der noch bis an sein Lebensende hatte reichen sollen und den er deshalb rationiert und sich eingeteilt hatte, nun den Rebellen in die Hände fallen würde. Sie würden ihn kippen wie billigen Fusel und nicht ahnen, an welcher Kostbarkeit sie sich berauschen durften.

Er wärmte das Glas in seinen Händen und atmete das rauchige Aroma tief ein. Dieses Glas würde er noch leeren und seiner Neige die Arznei zufügen, die seinen Leiden ein barmherziges und schnelles Ende bereiten würde. Er griff in die Tasche seines Hausmantels und holte die kleine Phiole hervor, in der er seit seiner Genesung den feuerroten Frosch verwahrte. Was für eine wunderschöne Farbe das Tierchen hatte. Warnung, sagte sie. Warnung. Friss mich nicht oder du stirbst.

»Das ist es ja, was ich bezwecke«, sagte er sanft zu dem toten kleinen Tier. »Genau das, mein giftiger kleiner Freund. Ich wusste, dass ich dich eines Tages dringend benötigen würde.« Nur, dass er nicht geahnt hatte, für wen. Der Panarch lächelte und stellte das Präparat vor sich auf den Tisch.

Die Schüsse und Explosionen kamen näher. Laurenz kümmerte sich nicht darum. Vor seinen Gemächern standen Wachen, die den

Aufrührern den Weg versperren würden. Den Weg in ein leeres Gemach voller Sprengfallen. Er lächelte und trank. Hier, in Melanias Schlafzimmer, fühlte er sich warm und sicher aufgehoben, wenigstens so lange, bis er selbst entschied, dass es nun genug sei.

Wieder krachten Tesla-Entladungen, die Rebellen mussten auf dem Weg zu seinen Gemächern sein. Wenn er die Explosion hörte, war es so weit. Laurenz nahm das Präparateglas und öffnete es. Er ließ den winzigen roten Frosch in seinen Cognac gleiten und schwenkte das Glas.

Die Tür flog krachend auf und Männer in dunklen Kleidern stürmten herein. Laurenz erhob sich halb, sank dann zurück in seinen Sessel und hob das Glas an die Lippen.

»Lasst nicht zu, dass er trinkt«, schrie eine Stimme. Ein Messer flog auf ihn zu, traf seine Hand und durchbohrte sie. Er schrie und ließ das Glas fallen. »Nein«, rief er, »nein, um Himmels willen!« Er griff wie rasend mit der blutenden Hand nach der winzigen Amphibie, die über seinen Morgenrock glitschte, als sei sie noch lebendig, und auf den Boden fiel. Laurenz stöhnte und rutschte aus dem Sitz, fuhr mit den Händen über den Boden.

Grobe Fäuste packten ihn und rissen ihn hoch. Eine Messerklinge legte sich an seine Kehle. Er wehrte sich nicht, schloss nur ergeben die Augen. Dann eben auf diese Weise.

»Halt«, befahl eine Frauenstimme. »Krümmt ihm kein Haar. Ich will ihn lebend.«

Er öffnete die Augen, sah ungläubig und mit steigender Verzweiflung zu, wie Melania sich ihren Weg durch die Männer bahnte. Sie schob die Rebellen grob zur Seite und stand endlich vor Laurenz. Ihr Blick glitt kalt und ausdruckslos an ihm ab und wandte sich an die Männer. »Geht hinaus, kümmert euch um die anderen Räume. Ich schlage vor, ihr lasst das große Gemach am Ende erst einmal aus, wahrscheinlich ist es vermint worden. Nehmt euch lieber das Sekretariat in der Nordspeiche vor, es könnte sein, dass sich dort noch jemand aufhält. Lasst alle am Leben, die ihr findet, sie können uns noch nützlich sein.«

Sie wandte sich zu Laurenz um und nickte knapp. »Der hier gehört mir«, sagte sie hart. »Er hat mir genug angetan, dass ich es mir verdient habe, ihn eigenhändig zu befragen.«

Sie erwiderte seinen Blick ohne einen Funken von Wärme oder Mitleid in den Augen. Laurenz atmete resigniert aus und stand einfach nur da, hielt seine blutende Hand und wartete. Melania – oder jetzt wieder Jett – war gerüstet wie ein Soldat und ebenso gewandet: eine feste Jacke mit einer Weste darüber, die notfalls auch einer Messerklinge widerstand, dunkle Hosen, Stiefel, ein Gurt mit Aggregaten für das Gewehr, ein Messer am Gürtel und die Haare straff nach hinten gebunden. Sie sah hart aus, entschlossen und grimmig. Er hatte sterben wollen, aber der Gedanke, den Tod durch ihre Hand zu erleiden, war ihm so bitter, dass er ihn kaum ertragen konnte.

Die Männer gehorchten ihr, nur zwei blieben an der Tür zurück, um dort Wache zu halten.

»Panarch«, sprach Jett ihn an. Die Kälte in ihrer Stimme schmerzte wie ein Messer. »Ich bringe dich jetzt hinunter.« Sie griff nach seinem Arm und schob ihn zur Tür. Die Männer traten schweigend beiseite, aber ehe sie mit ihm das Gemach verlassen konnte, hinderte sie ein quer gehaltenes Gewehr daran.

»Mein Kind, ich wusste, dass ich dich hier finden würde«, sagte Mond lächelnd. »Laurenz, mein Lieber. Du siehst schrecklich aus.«

Der Panarch richtete sich auf und sah seine ehemalige Favoritin gerade und ohne Furcht an. »Ich freue mich, dass du wohlauf bist, Fabia.«

»Mond, wenn es dir nichts ausmacht. Das ist mein Name.« Ihr Lächeln wurde noch strahlender. »Oder, damit du weißt, was dir bevorsteht und wer deinen Untergang geplant hat: Zero.«

Er merkte, wie das Blut aus seinem Kopf wich, in seinen Ohren sauste der Schwindel. »Du bist Zero«, sagte er. »Du bist für all das hier verantwortlich, all die Zerstörung, all die Toten.«

»Aber nein, mein Lieber«, erwiderte sie, »das geht alles immer noch auf dein Konto. Du hast die Unterdrückung meines Volkes betrieben, so lange und so blutig, dass das geschundene Tier kaum noch schreien konnte.« Sie hob das Gewehr und gab Jett damit einen Wink. »Geh jetzt, Kind, überlass ihn mir.«

Jett blieb stehen und auch ihr Griff um seinen Arm lockerte sich nicht. Sie sagte nichts, sah die ältere Frau nur an.

Laurenz fing sich mühsam. »Du hast deinen eigenen Sohn geopfert?«, fragte er ungläubig. »Du hast Valentin geopfert, nur um mich zu schwächen?«

Ein Schatten glitt über ihr Gesicht. »Der Junge wäre längst in Sicherheit, wenn alles nach Plan gelaufen wäre«, sagte sie scharf. »Ich habe meine Leute in seiner engsten Umgebung platziert und auch auf deinem Staatsschiff, Laurenz. Sie hätten ihn sicher ins Südliche Konglomerat gebracht, und sei es mithilfe der Kaperschiffe.« Sie presste die Lippen zusammen. »Aber Valentin ist deine Marionette, ganz und gar. Selbst als Hochverräter auf der Flucht führt er noch deinen Auftrag zu Ende.« Sie schnaubte und schüttelte mit einem bitteren Lachen den Kopf. »Nun hör auf, Konversation zu betreiben. Ich nehme dich mit, und es ist mir gleich, ob du mir auf deinen eigenen Füßen folgst oder meine Männer deine Leiche hier rausschleifen müssen.« Sie machte einen Schritt auf Laurenz zu und Jett trat ihr in den Weg.

Zero zog die Brauen zusammen. »Geh beiseite, Jett. Ich weiß, wie sehr du ihn hasst, aber er ist nicht deine Beute.«

Jett hob ihr Gewehr. »Ich möchte dich nicht verletzen«, sagte sie leise. »Du bist die Schwester meiner Mutter, und Sonne würde es mir nie verzeihen, wenn ich dir etwas zuleide täte. Aber ich kann ihn dir nicht überlassen. Ich kann es nicht.«

Der zornige Ausdruck im Gesicht der älteren Frau wich Verblüffung. Sie musterte Jett eindringlich. »Du stellst dich gegen meinen Befehl?«

»Das muss ich«, flüsterte Jett. »Ich habe dies alles nicht erduldet, damit du mir nun den süßen Triumph nimmst. Er gehört mir. Ich werde meine Rache an ihm auskosten bis zum letzten Tropfen.«

Mond begann zu lächeln. »Deine Rache?«, fragte sie. »Kind, ich begreife dich und deine Beweggründe besser, als du denkst.« Die beiden Frauen lächelten sich zum ersten Mal ohne einen Funken Feindseligkeit oder Kampfbereitschaft an. Laurenz war zu aufgewühlt, um zu verstehen, worüber sie sprachen. Er sah einer Zukunft entgegen, die ungewiss, schmerzhaft und kurz zu sein versprach, und für Überlegungen und Spekulationen, die nichts mit diesem nahen Ende zu tun hatten, fand er keinen Platz mehr. Er schwankte, als hätte ihn der Todesstoß bereits getroffen, und sagte: »Bitte, zögert es nicht hinaus. Ich weiß, dass ihr beide keinen Grund habt, gnädig zu sein, aber dennoch bitte ich euch darum. Ich bitte um einen gnädigen Tod.«

Die Gesichter der beiden Frauen wandten sich ihm zu. Die ältere der beiden, die einmal seine Favoritin gewesen war, blickte nachdenklich drein. Sie hatte ihn nicht geliebt, aber sie war die Mutter seines Sohnes. Er hatte sie dafür geachtet, aber dennoch hatte er sie verstoßen, als Lady Sylvia sein Herz eroberte. Sein Herz? Wenn er ehrlich zu sich selbst war, dann war auch bei Sylvia der Ruf seines Herzens nicht das Ausschlaggebende für seine Zuneigung gewesen. Er wandte beschämt den Blick ab und richtete ihn auf Jett, die ihn so fremd ansah. Wäre er ihr doch unter anderen Umständen begegnet. Hätte sie gelernt, ihn zu lieben, wenn sie nur mehr Zeit gehabt hätten? Oder wenn sie nicht eine der Rebellinnen gewesen wäre, gesandt, um ihn zu töten?

Er senkte den Blick und wartete auf sein Urteil.

»Wider besseres Wissen«, sagte Zero. »Ich überlasse ihn dir. Schaffe ihn fort. Ich will ihn nie wieder zu Gesicht bekommen, hast du mich verstanden? Sorge dafür, dass er spurlos verschwindet. Handle weise, meine Nichte. Wenn wir uns noch einmal begegnen, könnte ich meine Meinung geändert haben.« Sie hängte das Gewehr über ihre Schulter. »Hangar vier wird von meinen Leuten gehalten. Ich gebe durch, dass du kommst, Grundler soll dir einen der schnellen Schlitten geben.« Sie beugte sich vor und küsste Jett auf die Wange. »Das ewige Prinzip schütze dich«, sagte sie leise. »Und solltest du Valentin begegnen, was ich allerdings für unwahrscheinlich halte ...«

Jett umarmte ihre Tante fest. »Ich werde ihn von dir grüßen«, sagte sie. Sie wandte sich um, packte Laurenz an der Schulter und stieß ihn vorwärts, zur Tür. »Los, du hast es gehört«, sagte sie scharf. »Hangar vier.«

Er ließ sich wie ein Schlafwandler von ihr durch die Speiche führen. Die Männer, die ihnen begegneten, grinsten, spuckten aus, brüllten grobe Beleidigungen und Flüche. Er achtete nicht darauf. Seine Welt hatte sich auf die Frau neben ihm reduziert, die seinen Arm mit festem Griff hielt und mit der anderen ihr Gewehr umklammerte, mit dem sie hier und da jemanden aus dem Weg trieb. Sie ging schnell und drängte ihn zur Eile. »Ich weiß nicht, was hier noch passiert«, hörte er sie wie im Selbstgespräch sagen. »Weißt du, was mit Andoni und deinem Bruder ist?«

Er reagierte langsam, wie betäubt, wandte den Kopf, sah sie fragend an. Ihr Gesichtsausdruck war konzentriert und zornig. »Andoni?«

»Andoni, dein fetter Freund«, fauchte sie. »Was ist mit ihm? Hat er es geschafft rauszukommen?«

»Ich glaube ...«, sagte er vage. Sie schnaubte und zerrte ihn weiter.

Hangar vier lag anderthalb Treppen unter dem südlichen Ring. Jett rannte die Stufen hinunter und ließ ihn nicht verschnaufen. Das Hangartor stand offen, aber bewaffnete Aufständische hielten Wache. »Zero ...«, rief Jett, aber einer der Männer winkte sie schon ins Innere.

»Der Schlitten hinten links«, sagte er. »Die Sammler sind gefüllt.« Sein Blick streifte den Panarchen, neugierig und gleichgültig zugleich. »Wer ist der Kerl?«

»Geht dich nichts an«, fauchte Jett. Sie schob Laurenz an dem Mann vorbei und murmelte: »Sieh dich nicht um, geh weiter. Du hast gehört, der Schlitten hinten links.«

Es war einer der schnellen Greiferschlitten. Jett öffnete die Luke und warf ihr Gewehr hinein. »Kannst du das Ding fliegen?«, fragte sie. »Ich würde es mir zwar zutrauen, aber ich bin eher die langsamen Gleiter gewöhnt.«

Er nickte schwach. »Du nimmst mich mit?«, fragte er. Natürlich, er musste ja den Schlitten fliegen. Aber das bedeutete auch, dass er nicht jetzt, nicht hier sterben würde. Seine Knie wurden weich vor Erleichterung.

»Los«, sagte sie, »halte uns nicht auf. Es kann jederzeit jemand kommen und mich fragen, warum ich den Feind Nummer eins aus dem Turm schmuggle.« Sie sah ihn an und die eiserne Maske verrutschte. Die Wärme in ihren Augen vertrieb alle Kälte aus seinen Knochen. »Jett«, sagte er.

»Laurenz«, erwiderte sie, nahm sein Gesicht zwischen ihre Hände und küsste ihn. »Wir haben keine Zeit. Schnell!«

58

Es steht geschrieben: Seele des Menschen, wie gleichst du dem Wasser! Schicksal des Menschen, wie gleichst du dem Wind!

Elster stand immer noch halbwegs unter Schock, als die Gefährten sich wieder in das Innere des Kontrollraums bewegten. Sie hörte den lautstarken Streit zwischen Valentin und Alban, den Winter und Leona zu schlichten versuchten, beachtete ihn aber nicht weiter.

Indigo, ruhig und zuverlässig wie immer, kam an Zachs Seite und hatte irgendwoher Verbandszeug organisiert. Der Steuermann wehrte seine Versuche ab, er fixierte Elster mit diesem schrecklichen, zertrümmerten Lächeln. »Du fragst dich, was das alles zu bedeuten hat?«, sagte er.

Elster schüttelte schwach den Kopf. »Im Moment frage ich mich gar nichts«, sagte sie. »Ich will nur noch nach Hause.« Sie reckte die Schultern. »Lass dich verarzten. Du musst doch schreckliche Schmerzen haben.« Ihr Blick fuhr über die Metallteile, die aus der grässlichen Wunde ragten, und sie schauderte.

Der Steuermann griff an seine aufgerissene Wange, riss Fleischfetzen, Haut, Drähte ab, die lose aus seiner zerstörten Augenhöhle baumelten, und warf alles achtlos beiseite. »Schmerzen?« Er seufzte. »Ich bin müde, das ist alles. Dabei sind wir noch lange nicht fertig. Und ich muss das hier in Ordnung bringen.« Er wandte sich um und ging auf einen Durchgang zu, der zwischen zwei Eisenreben-Ranken sichtbar wurde.

Elster erwachte aus ihrer verblüfften Starre und lief hinter ihm her. »Zach«, rief sie, »ich glaube, du schuldest mir ein oder zwei Erklärungen.«

Er wandte sich um, sah sie amüsiert an. »Na gut, komm mit«, sagte er und schob ein paar Ranken beiseite.

Sie traten in eine finstere Höhle. Der Steuermann fluchte leise. Elster hörte, wie er an etwas herumhantierte, dann schimmerte schwaches Licht auf, das langsam und pulsierend immer stärker wurde. Es beleuchtete einen Saal voller muschelartiger Gebilde, die groß wie Schränke waren und unregelmäßig verteilt aus dem Boden zu wachsen schienen. Zach ging zwischen ihnen hindurch, blieb ab und zu stehen und schien etwas zu untersuchen, schüttelte dann den Kopf und ging weiter.

Elster blieb am Eingang stehen und verschränkte fröstelnd die Arme. »Wie hast du das gemeint?«, fragte sie. »Dass du der Ewige König bist?«

Zach hielt inne und sah sie an. »Das hier ist mein Turm«, sagte er. »Ihr nennt es jedenfalls so. Ich bin vor sehr langer Zeit hier auf diesem Hinterhof gestrandet und versuche seitdem, nicht den Verstand zu verlieren.« Er bückte sich zur nächsten Muschel, seufzte und wandte sich der übernächsten zu.

Elster starrte ihn an. »Vor sehr langer Zeit«, wiederholte sie mit schwacher Stimme.

»Ja, vor vielen Tausend Jahren«, erwiderte er ungeduldig. »Ich habe aufgehört zu zählen. Eine Zeit lang war ich vollkommen wahnsinnig und bin kreuz und quer durch diese schrecklichen zerstörten Städte gerannt, ich habe die Ruinen durchkämmt, die nach und nach von den Wäldern überwuchert wurden, ich habe wie ein Wilder nach dem Ausgang gesucht. Dann hat sich mein Verstand entschieden, dass es wenig Sinn hat, wahnsinnig zu sein, und sich lieber um einen Weg gekümmert, Turm Null zu finden und in Gang zu bringen.«

Er inspizierte zwei weitere Muscheln. »Ich brauchte so jemanden wie dich dafür«, sagte er geistesabwesend. »Ein Dutzend oder mehr Talente wie du sind gestorben, bevor sie mir nützen konnten, oder sie haben sich als zu schwach erwiesen.« Er blickte auf und lachte. »Und dann kamst du als Zwilling auf die Welt, und das Prinzip und ich waren uns einig: Winter muss es sein, sie ist die Erwählte.« Er schüttelte den Kopf. »So dicht dran und so weit daneben. Fast hätte ich meine Fahrkarte nach Hause verspielt, weil ich auf die falsche Schwester gesetzt habe.«

Er beugte sich zur nächsten Muschel, hielt überrascht inne und stieß einen zufriedenen Laut aus. »Die hier lebt noch.«

Elster sank auf den Boden und lehnte sich gegen die Wand. »Du bist Tausende von Jahren alt«, sagte sie ratlos, an dem Ende beginnend, bei dem sie noch nicht den Faden verloren hatte. »Wie kann das sein, Zach? Bist du denn kein Mensch?«

Er stützte sich auf den Rand des Sarges. »Mehr oder weniger bin ich menschlich«, sagte er. »Komm, wenn du schon hier bist, hilf mir.«

Elster rappelte sich auf und ging zu ihm. Zach hatte die Hand auf die Muschel gelegt, in der Elster pulsierende dunkelrote Kristalle zwischen dunklem Moos und feucht riechender Erde erkennen konnte. »Kannst du hören, was nicht stimmt?«, fragte er.

Elster hockte sich neben das Gebilde und hörte das zarte Singen der Kristalle. Sie schloss die Augen und legte ihre Hand ebenfalls darauf. Die kühlen, glatten Kanten schnitten in ihre Finger. Sie senkte die Stirn auf den vibrierenden Rand der Muschel und spürte das Leben darin. Das war kein totes Behältnis. Saft floss in seinen Kapillaren, Leben pulsierte und schickte Kraft in Elsters Körper und ihren Geist.

»Es klingt, als wäre es vollkommen richtig so«, sagte sie tastend. »Aber ihre Stimmen sind viel zu leise, Zach.« Sie lauschte und fuhr mit blutenden Fingern über die Kristalle. »Es ist die dunkle Dissonanz«, sagte sie. »Sie stört den Gesang.« Elster runzelte die Stirn.

»Du bist es. Von dir stammt die Dissonanz, die ich die ganze Zeit spüre.«

Er beugte sich vor und küsste sie auf die Stirn. »Du bist ein Wunder, Elster.« Seine Freude war ansteckend und Elster musste unwillkürlich lachen.

Zach legte die Hände auf ihre Schultern und sah sie intensiv an. »Geh zurück zu den anderen«, sagte er. »Kümmere dich mit Indigo um die großen Maschinen. Wenn es dir gelingt, sie zu heilen, dann hast du nicht nur mich gerettet, sondern auch eure Welt. Ihr werdet dann wieder Kinder gebären, Elster. Das ist deine Aufgabe, denn du bist die Erwählte. Die Harmonie ist zerstört, aber du kannst das Geborstene heilen und die Stimmen vereinen, du wirst den Schatten vertreiben, der über deiner Welt liegt.« Der Druck seiner Finger verstärkte sich. »Geh, Erwählte«, sagte er leise. »Ich werde mich jetzt ausruhen und Kräfte sammeln und stoße dann wieder zu euch.« Sein Lächeln, so verzerrt und schrecklich es auch in seinem zerstörten Gesicht stand, wärmte ihre Seele. Elster erwiderte das Lächeln und nickte.

Sie sah zu, wie er in die Muschel stieg und sich auf Moos und Erde bettete. Wie ein Embryo lag er zwischen den Ranken und Moosen und wirkte plötzlich klein und zerbrechlich wie ein Kind. Sein einäugiger Blick suchte Elster. »Warte, bis du die Dissonanz deutlich hören kannst, und dann verändere sie«, bat er. »Kannst du das?«

Elster nickte unsicher. »Ich hoffe es«, sagte sie. »Es ist ein großer Missklang, der bis ins Mark meiner Knochen schmerzt. Ich weiß nicht, ob ich ...«

Er hob noch einmal die Hand und legte sie auf ihre Lippen. Sein zerstörter, strahlender Blick wanderte über ihr Gesicht. »Du kannst es«, sagte er. »Ich weiß, dass du es kannst. Du bist die Erwählte. Heile den Missklang und erschaffe Harmonie, damit deine Welt gesundet.« Seine Hand sank zurück auf die Brust und er schloss das unversehrte Auge.

Elster legte ihre Hände auf den Rand der Muschel. Sie atmete tief ein und ließ sich in den Klang der Maschine sinken. Dunkler Gesang, hallend wie einsame Wanderer in einer tiefen Höhle. Dazwischen das Kratzen der Disharmonie, Fingernägel auf Schiefer. Sie schauderte und weitete ihren Geist, um den gesamten Klang in sich aufzunehmen.

Sie begann zu summen, wies den Harmonien einen Pfad, lenkte die Missklänge, bis sie sich in den Klang zu fügen begannen. Heilung. Zum ersten Mal spürte sie, dass sie Heilung bewirkte, indem sie die Missklänge entwirrte und in den Grundton einflocht. Der Gesang wurde dunkler und weicher, murmelte und wogte wie tiefes Wasser über endloser Nacht.

Sie lauschte und atmete mit dem Klang. Dies war Schlaf. Nun die Heilung.

Der Gesang schwoll an, klang triumphierend, schmetternd, wie goldener Sonnenschein, der sich auf einem stillen Waldteich spiegelte. Sterne blitzten über ihr, heller und strahlender, als sie jemals zuvor gesehen hatte. Sie war von ihnen umgeben, funkelnde Geschmeide in der Nacht, farbig wie die Kristalle an den Wänden. Feurige Räder, milchweiße Bänder aus Gestirnen, brennende Feuerbälle und glühende Schwärze. Nun waren es nicht mehr die Maschinen, deren Gesang sie vernahm. Um sie herum dröhnte der Chor der Gestirne und ließ sie beinahe ertauben. Elsters Herz stockte und begann rasend schnell zu schlagen. Sie riss die Hände von der Muschelwand und floh zurück in die Halle.

Elster trat durch den Durchgang und prallte gleich wieder zurück, denn zwei ineinander verkeilte Männer rollten stöhnend und verbissen über den Boden. Valentin. Alban.

Elster sah Indigo an, der mit verschränkten Armen und amüsierter Miene neben Cosimo an einem Pult lehnte und sich leise mit dem Türmer unterhielt. Cosimo grinste und schüttelte den Kopf.

Winter und Leona standen auf der anderen Seite des Raumes nebeneinander. Die beiden lachten nicht, sondern blickten besorgt auf die Kämpfenden.

»Seid ihr verrückt geworden?«, fragte Elster müde. Was für ein irrsinniger Tag. *Anstrengend* hatte Zach ihn genannt, aber Elster hielt das für eine grobe Untertreibung.

»Lass sie«, rief Cosimo, »das war mal dringend nötig. Die brauchen beide eine Abkühlung, ehrlich.«

Valentin war gerade oben und verpasste seinem Erzieher einige heftige Faustschläge ins Gesicht. Er blutete aus der Nase und sein Auge begann anzuschwellen. Albans Lippe war geschwollen und aus einem Riss in seiner Augenbraue rann Blut.

Elster schüttelte den Kopf. »Wir können doch nicht zusehen, wie sie sich gegenseitig totzuschlagen versuchen«, rief sie. »Winter!«

Ihre Schwester seufzte unglücklich und machte einen Schritt vor. »Valentin«, sagte sie eindringlich. »Hör auf. Bitte.«

Leona folgte sichtlich erleichtert ihrem Beispiel. Sie packte ohne Zögern zu und zerrte Alban aus dem Kampf. Er fauchte wie eine Katze und schlug blind vor Wut nach ihr, ehe sein Blick sich klärte und er erkannte, wer ihn da festhielt. »Leo«, sagte er und seine Knie gaben nach.

Valentin wollte ihm nachsetzen, aber Winter hielt ihn fest. »Es ist gut«, sagte sie laut und energisch. »Es ist jetzt gut. Ihr habt euch ausgewütet, nun könnt ihr euch versöhnen.«

Valentin spuckte blutigen Schleim aus und Alban tat es ihm gleich, nachdem er sich mit dem Handrücken über die eingerissene Lippe gewischt hatte. Die beiden funkelten sich durch ihre zerrauften Haare an wie Kater mit gesträubtem Fell, die jeden Moment wieder aufeinander losgehen wollten.

»Val«, sagte Winter sanft und legte ihre Hand auf seine Schulter.

»Val, es ist gut. Du hast damit gedroht, uns alle in die Luft zu jagen, und Alban wollte dich dafür umbringen. Ich denke, ihr seid quitt.«

Cosimo lachte laut auf, und Alban grinste schief und verzog dann schmerzlich das Gesicht, weil seine Lippe weiter aufsprang. Leona umarmte ihn und tupfte das Blut von seinem Kinn, während sie leise mit ihm sprach.

Valentin schüttelte Winter ab. »Er hat mich verraten«, sagte er. Die Wut in seiner Stimme wich der Fassungslosigkeit eines kleinen Jungen, dessen Vater ihn verlassen hatte. »Er hat mich verraten, Winter!«

Winter umarmte ihn und flüsterte in sein Ohr. Valentin starrte Alban an, und der erwiderte seinen Blick mit einem Schulterzucken. »Ich hatte den Auftrag, den Turm zu schützen, was es auch koste«, sagte er. »Und ich hatte den Auftrag, auf dich aufzupassen und dich um jeden Preis vor Unheil zu bewahren.« Er lachte auf, nahm Leona das Taschentuch ab und drückte es gegen seine Lippe. »Das ist am Ende ein wenig miteinander kollidiert«, sagte er undeutlich. »Aber ich hätte mich bemüht, dich nur kampfunfähig zu machen, Val.«

»Wer?«, fauchte Valentin. »Wer hat dir diese Aufträge gegeben? Du hast mir den wildäugigen Schluchterhasser vorgespielt, aber in Wirklichkeit bist du ein verdammter Verräter, ein Nuller, ein Aufrührer!«

»Korrekt«, sagte Alban und ließ sich auf einen Hocker sinken. »Leo, sei mein Engel, rette mein Leben. Ich brauche etwas zu trinken.«

Sie nickte und ging zu dem Rucksack, den sie mitgebracht hatte.

Valentin machte einen Schritt auf Alban zu. »Rede«, forderte er mit kalter Wut. »Ich will wissen, wer meine Feinde sind!«

Alban winkte ab und griff nach der Flasche, die Leo ihm reichte. Er schüttete einen Schluck daraus auf das Taschentuch, mit dem er sein Gesicht reinigte, und setzte die Flasche dann an die Lippen.

»Ah«, machte er. »Besser.« Er tupfte vorsichtig seinen Mund ab und verkorkte die Flasche, bevor er sie Valentin zuwarf. »Trink«, sagte er. »Das wird dich entspannen.« Er streckte ächzend die Beine aus. »Einen alten Mann dermaßen zusammenzuschlagen«, klagte er.

Valentin fing die Flasche auf, reichte sie achtlos Winter und riss Alban von seinem Hocker. »Mach dein Maul auf!«, fauchte er.

Alban schüttelte nachsichtig lächelnd den Kopf. »Lady Fabia«, sagte er. »Was dachtest du, wer solchen Wert darauf legen könnte, dass dir kein Haar gekrümmt wird?« Er schnaubte. »Ich war immer ein treuer Gefolgsmann deiner Mutter, mein Junge. Daran hat sich nichts geändert.«

Valentin zuckte vor ihm zurück wie vor einer giftigen Schlange. »Du ...«, stammelte er, »du hast behauptet, du wüsstest nicht ... du selbst hast gesagt, sie müsse tot sein!«

»Mein Junge«, sagte Alban mitfühlend, »ich konnte es dir doch nicht sagen. Zero, also deine Mutter, hat all die Jahre die Nuller angeführt und den Aufstand organisiert. Du wärst in eine schreckliche Zwickmühle zwischen ihr und deinem Vater geraten.«

Valentin sank in die Knie und barg das Gesicht in den Händen. Winter hockte sich neben ihn und umarmte ihn. »Alles wird gut«, sagte sie leise. »Wir müssen das hier zu einem guten Ende bringen, Val. Unser Leben beginnt hier und jetzt. Lass die Vergangenheit hinter dir.«

Elster gab Indigo einen Wink und er kam zu ihr. »Wir müssen die Maschinen heilen, damit wir alle überleben können«, sagte sie. »Das hat Zach zu mir gesagt. Ich kann dir nicht erklären, was er damit meint, aber ich weiß, dass er die Wahrheit spricht. Hilf mir, unsere Welt zu heilen, Indigo.«

Indigo umarmte sie kurz und heftig. »Was kann ich für dich tun?«

»Sei an meiner Seite und gib mir Kraft, damit ich es schaffe.« Sie rieb sich matt über die Augen, schwankend vor Erschöpfung. Die dunkle Dissonanz wurde mächtiger und böser, griff mit kalten Fingern nach ihr und drohte, ihren Verstand mit unbarmherziger Gewalt zu zermalmen. Elster klammerte sich zitternd an Indigos Arm fest und kämpfte darum, bei Bewusstsein zu bleiben. Sie schöpfte daraus und begann die mühselige Arbeit, sich den dunklen Missklängen zu öffnen. Sie atmete tief durch und ließ sich in die Dissonanz sinken.

Von hier aus musste sie das Herz des Turmes wiederfinden. Sie hatte es gesehen, Zach hatte es ihr gezeigt. In ihr ruhte das Muster der Kristalle und wartete darauf, in ihr Bewusstsein zurückgeholt zu werden. Elster öffnete die Augen und drehte sich um. Ihr Blick fuhr an den Wänden entlang und verharrte auf einer Stelle, die sich auf den ersten Blick nicht von anderen Teilen der Wand unterschied. Aber das Pulsieren der Kristalllichter war wie ein lockender Ruf, ein ferner Schrei um Heilung und Liebe.

Elster öffnete ihr Herz, blickte in das treibende Dunkel und erkannte auch hier Formen und leuchtende Farben, die ihr den Weg wiesen. Mit neu erwachender Zuversicht trennte sie verbindende Zuflüsse und öffnete andere, damit die Energie sich neue Wege suchte, allein geleitet vom Klang und dem Gefühl von Harmonie und Dissonanz, das sie schon ihr ganzes Leben lang in sich getragen hatte, ohne es zu erkennen. Je weniger sie sich fürchtete, desto sicherer wurden ihre Entscheidungen. Das Kristallmuster, das alle Wände überzog, nicht nur diesen einzelnen Fleck, den sie wiedererkannt hatte, war der Schlüssel zur Heilung. Es musste überall im gleichen Rhythmus pulsieren, sein Schlag musste rein und harmonisch sein, damit die Stimmen ihren Choral singen konnten. Dies war das Herz des Turmes und das wahre Erwachen des Ewigen Königs.

Endlich klang der mächtige Chor so rein und harmonisch, dass Elster die Tränen kamen. Sie weinte, während sie sich zurücklehnte und die Hände in den Schoß legte. Indigo war warm und stark hinter ihr und sie legte für einen Moment ihren Kopf auf seine Schulter.

Schließlich sank er zurück auf seine Fersen und hob den Daumen. »©ħē¢ķ«, sagte er.

»©ħē¢ķ.« Elster wischte sich über die Augen und lachte, streckte ihm die Hand hin. »Đãñķē, Pãŕ†ñēŕ.«

Er hielt ihre Hand fest und sah sie ernst an, obwohl seine Lippen lächelten. »Gehen wir jetzt nach Hause?«, fragte er. »Was glaubst du, El, können wir nach Hause zurück?«

Sie schüttelte sacht den Kopf. »Ich weiß es nicht, Digo. Aber ich wünsche es mir, oh ja, ich wünsche es mir nicht weniger als du.« Sie stand schwerfällig auf. »Was den Abenteuerdurst angeht, bin ich fürs Erste gesättigt.«

Er legte seinen Arm um ihre Schultern. »Der Geist ist satt, der Körper hungert«, sagte er. »Schauen wir mal, was die anderen an Vorräten mitgebracht haben. Wehe, sie haben den Proviant vergessen!«

Sie saßen schweigend im Kreis und teilten sich die kargen Vorräte, die in ihren Rucksäcken gesteckt hatten. Alban verzichtete unter Verweis auf seine geschundene Lippe auf seinen Anteil und sagte, er nähme sein Essen ohnehin lieber flüssig zu sich, was ihm von Leona einen strafenden Blick und ein gemurmeltes »Alban!« eintrug. Nach einigen Minuten begann sich die Spannung zu lösen und sie ließen die letzten Dirrumblätter aus Indigos Vorrat herumgehen. Valentin lehnte sich an Winter und kraulte gedankenverloren ihren Nacken, und Leona und Cosimo lachten über eine Bemerkung, die Alban machte. Elster seufzte und ließ zu, dass Indigo sie halb auf seinen Schoß zog und an seine Brust bettete. »Du siehst todmüde aus«, raunte er ihr ins Ohr. »Schlaf, ich halte dich fest.« Die murmelnden Stimmen, das leise Singen der Maschinen und das Rauschen im Laub der Eisenreben-Ranken wiegten Elster in einen schläfrigen Dämmerzustand.

»Wir haben unsere Mission erfüllt«, murmelte sie schläfrig. »Habt ihr gehört? Es ist gelungen. Wir werden leben, unsere Kinder werden zur Welt kommen, die Harmonie ist wiederhergestellt und das Geborstene geheilt ...«

Sie registrierte erst verwundertes Schweigen und dann die aufgeregten, fragenden Stimmen der anderen, war aber zu matt, um darauf reagieren zu können. Indigo beugte sich über sie, küsste ihre Stirn und ihre Wange, und mit dem Blick in seine Augen übermannte sie der Schlaf.

59

Es steht geschrieben: Komm, Hoffnung,
lass den letzten Stern der Müden nicht erbleichen!

Es war, als saugte dieser verhexte Turm alle Lebenskraft und jeden Funken klaren Verstandes aus seinem Kopf. Valentin hielt Winter im Arm, deren Gegenwart so tröstlich war und deren ruhige Festigkeit ihn inmitten all des Treibsandes verankerte, in dem er jeden Halt verlor, je mehr er strampelte und um sich schlug.

Er hielt sich an ihr fest, fühlte die kühle Stärke ihres Willens und die sanfte Wärme ihres Wesens und zwang sich, Stück für Stück seines auseinanderbrechenden Lebens zu betrachten und loszulassen, ehe ihn der Wirbel mit sich in die Tiefe zog.

Sein Vater hatte ihn verstoßen und war ermordet worden. Seine Mutter, die er für verschollen oder tot gehalten hatte, hatte all die Jahre in den Untergeschossen gelebt und den Umsturz geplant. Sie hatte ihn kaltblütig geopfert, auch wenn sie das damit zu bemänteln versuchte, dass sie ihm einen Aufpasser an die Seite gestellt hatte. Alban. Sein engster Vertrauter. Er hatte ihn all die Jahre belogen und betrogen und gegen Valentin und das Panarchat gearbeitet. Alban war schuld am Tod seines Vaters!

Valentin vergrub das Gesicht in den Händen und stöhnte. Winter beugte sich über ihn und barg seinen Kopf an ihrer Schulter. »Nicht«, sagte sie leise. »Wir sind hier, wir leben, unsere Völker werden all dies überleben, und wir werden gemeinsam einen Weg finden, unsere beiden Völker zu versöhnen.«

Er hob langsam den Kopf und sah in ihre goldenen Augen. »Unsere Völker versöhnen?«, fragte er, als hätte er sie nicht recht verstanden.

Winter nickte und nahm sein Gesicht zwischen ihre Hände. »Schau dich an und sieh auf mich«, flüsterte sie. »Wir könnten Geschwister sein, Valentin. Es gibt keinen Grund, dass die Türme uns Schluchter versklaven. Keinen.«

Sie streichelte zart über sein Gesicht. »Wenn wir gegeneinander kämpfen, uns gegenseitig abschlachten, dann wird alles nur schlimmer. Wir müssen uns zusammentun, mein Lieber.«

Er rieb sich mit den aufgeschlagenen Knöcheln über die Lippen. »Aber wie sollen wir das schaffen? Ich bin ein gejagter Hochverräter und mein Vater ist tot. Ich werde niemals der Panarch meines Volkes sein. Als Vogelfreier kann ich nichts für uns tun.«

Sie fuhr mit den Fingern durch sein Haar und lächelte zärtlich. »Wir können alles tun«, sagte sie. »Alles. Du bist der Sohn des Panarchen, mag er nun leben oder nicht. Du bist Zeros Sohn. Du bist ein Türmer und du bist ein Schluchter, und jeder kann es sehen, wenn du endlich deine wahre Natur nicht mehr verbirgst. Du bist Valentin, der alles tun kann, was er will.« Sie zog seine zerschundene Hand an ihre Lippen und fuhr mit großer Zuversicht fort: »Und ich bin Winter, die dafür auserwählt wurde, ihr Volk als Prinzip zu führen, wenn Om einmal von uns gegangen ist. Valentin, wir beide können alles erreichen, was wir erreichen wollen – und wenn wir den Frieden wollen, werden wir ihn bekommen!«

Sie hatte so laut gesprochen, dass auch die anderen es gehört hatten. Valentin sah die auf sie gerichteten Blicke und fürchtete Spott oder Verachtung, aber was er sah, war hilflose Zustimmung. Leona hielt Albans Hand umklammert und presste die Lippen aufeinander, Alban hatte den Kopf gesenkt und seine Faust gegen den Mund gedrückt, als müsste er ein Stöhnen zurückhalten. Cosimo sah ungewohnt ernst drein und nickte unmerklich.

Valentin drehte den Kopf und blickte in Indigos Augen. Der junge Schluchter zog die Brauen zusammen und sah ihn finster an, aber er nickte. Und Elster, die blass und erschöpft in seinem Schoß ruhte ... Elster schlief.

Valentin senkte den Kopf. Er hatte seine Chance verspielt, in den Schoß des Panarchats zurückkehren zu können. Ihre Mission war erfolgreich gewesen – wenn er Elsters Worten vertrauen durfte –, doch was nützte das jetzt? Der Panarch war ermordet und er war ein gejagter Hochverräter. Niemand würde ihm Glauben schenken, dass sie Turm Null tatsächlich gefunden und dem langsamen Sterben ein Ende gesetzt hatten.

»Schaffen wir die Flucht?«, fragte er seine Freunde. »Wir müssten uns wahrscheinlich ins Südliche Konglomerat durchschlagen. Wir alle gelten als Hochverräter, und wenn wir zum Turm zurückgebracht werden, sind wir des Todes.«

Cosimo sah einen Augenblick so aus, als wollte er in Tränen ausbrechen, aber er verzog das Gesicht zu einer Grimasse und sagte: »Natürlich schaffen wir das. Wir müssten die Schlitten reparieren und aufladen, aber ich denke, mit der Hilfe des Steuermanns ist das machbar.« Er zuckte die breiten Schultern. »Südliches Konglomerat, wieso nicht. Ich habe gehört, die Frauen dort sind schön und anschmiegsam, nicht so kratzbürstig wie unsere heimischen Flintenweiber.« Er grinste Leona an, die kurz und trocken auflachte und eine obszöne Geste in seine Richtung machte.

»Gut, dann werden wir es versuchen.« Valentin sah Winter an. »Ich darf dies nicht von dir verlangen«, sagte er leise und traurig, »denn du hast im Gegensatz zu mir eine Aufgabe, du hast ein Volk zu führen. Wirst du mich jetzt also verlassen, obwohl es mir das Herz bricht?«

Sie schüttelte den Kopf und setzte eine eigensinnige Miene auf, die ihn frappant an Elsters Gesichtsausdruck erinnerte, wenn ihr etwas gegen den Strich ging. »Ich habe eigene Pläne«, sagte sie.

»Und die betreffen dich und mich und das, was wir gemeinsam erreichen können. Noch lebt Om. Sie wird noch eine Weile ohne mich auskommen können.«

Valentin schloss sie in die Arme und küsste sie. Tränen standen in seinen Augen. »Danke«, flüsterte er.

»Gut, dann wäre es abgemacht«, sagte Leona beinahe erleichtert. »Wir flüchten ins Südliche Konglomerat. Von dort aus können wir beobachten, wer das Panarchat übernimmt, wahrscheinlich ist es Cornel. Wir sollten am besten mit ihm Kontakt auf...«

»Der Turm des Panarchen und ein halbes Dutzend der verbündeten Türme sind gefallen«, sagte eine tiefe Stimme gleichmütig. »Was auch immer dein Bruder übernimmt – es wird nicht das Panarchat sein. Das Panarchat ist Geschichte.«

Elster erwachte mit einem leisen Schrei. »Zach«, sagte sie schlaftrunken. »Du bist wieder da.«

Der Steuermann lachte und trat aus dem tiefen Schatten ins Licht. Valentin verschlug es die Sprache und Leona stieß einen Schrei aus. Elster richtete sich auf und sagte staunend wie ein Kind: »Steuermann, dein Gesicht!«

Es war glatt und ebenmäßig, ohne einen Makel – und jung. Zwei unversehrte, strahlend blaue Augen blickten die Versammlung an und blieben auf Leona gerichtet. »Junge Frau«, sagte der Steuermann, »ich dachte, ich könnte auch für dich etwas tun, wenn du es gestattest.« Er streckte die Hand aus und Leona stand wie eine Traumwandlerin auf und reichte ihm die ihre. »Ich werde dir dein Auge nicht zurückgeben können«, sagte Zach. »Das übersteigt meine Fähigkeiten. Ich bin nur ein Steuermann. Aber ich kann das Loch schließen.« Er legte seine Hand über Leonas Augenklappe. »Möchtest du das?«

Sie nickte stumm und warf einen Blick auf Alban. Der stand auf und legte seine Hände auf ihre Schultern, wobei er Zach ansah. »Wenn du sie verletzt, bringe ich dich um«, sagte er bestimmt. »Ich weiß, dass du schwer zu töten sein wirst, aber ich schwöre dir, ich schaffe es.«

Der Steuermann antwortete mit einem Nicken und wandte sich zum Durchgang.

»Warte«, sagte Valentin. »Woher willst du wissen, was in den Türmen vor sich geht?«

»Ich habe den Funk abgehört«, sagte der Steuermann und schob Leona mit sich.

Sie blieben in einem verwirrten Schweigen zurück. Dann schüttelte Valentin sich und stand auf. »Wir benötigen eine Quelle, um die Sammler aufzuladen.« Er wandte sich an Indigo. »Du bist der Mechaniker. Wir müssen die Schlitten reparieren. Was brauchen wir dafür und wo bekommen wir es her? Fragt den Steuermann, wenn er zurückkehrt.«

Sein Blick fiel auf Winter und er hob die Schultern. »Ich weiß noch nicht einmal, was du alles kannst«, sagte er. »Ich verstehe eure Magie nicht.«

Winter erwiderte seinen Blick. »Hier im Turm ist es doch gar nicht schwer, sie zu verstehen«, sagte sie. »Magie pulsiert durch jeden dieser Äste und bebt in den Wänden, schwebt in der Luft und singt in den Kristallen. Fühlst du es wirklich nicht?« Sie sah sich um. »Habt ihr ein scharfes Messer für mich? Es juckt mir schon seit Tagen in den Fingern, jetzt muss ich es tun.« Sie griff nach Valentins wirrem Zopf und zog daran. »Du bist fällig«, sagte sie.

Ein paar Minuten lang herrschte heftiges Gerangel, lautes Geschrei und Gelächter, Hocker wurden umgestoßen und Rucksäcke und Werkzeugkisten scharrten bei der wilden Verfolgungsjagd über den Boden. Dann hatten Cosimo und Indigo Valentin eingefangen, auf eine Kiste niedergedrückt, und Elster hielt lachend seine Füße fest, mit denen er immer noch auszutreten versuchte wie ein Wildesel.

»Halt still, wenn du an deinen Ohren hängst«, drohte Winter, deren Haar zerrauft über ihr Gesicht hing. Sie pustete eine Strähne weg, die ihr die Sicht nahm, und griff erneut nach Valentins Zopf. Er brüllte wie ein Stier und wollte den Kopf wegziehen, aber Indigos Hand hielt seinen Nacken in einer unnachgiebigen Klammer.

Winter sagte triumphierend: »Hab dich«, und hielt den abgeschnittenen Zopf hoch. Valentin schrie, als hätte sie ihm ein Bein amputiert, und bäumte sich auf, aber er lachte dabei.

»Was treibt ihr?«, fragte der Steuermann. »Ich dachte, das Deck bricht ein.« Er trug eine schwere Kiste und stellte sie mitten in den Raum, ehe er mit schräg gelegtem Kopf die Szenerie betrachtete. »Sehr hübsch«, murmelte er. »Ich empfehle: Rasiert ihm den Schädel, dann sieht er nicht aus, als hätten ihn die Ratten benagt.« Er kniete nieder und öffnete die Kiste. »Hier haben wir Antriebsaggregate«, sagte er und hob eine der unterarmlangen Apparaturen aus der Vertiefung, in der sie neben den anderen geruht hatte. »Damit erreicht ihr das südliche Konglomerat und könnt wahrscheinlich auch noch den Ozean dahinter überqueren, falls es euch danach gelüstet.« Er kratzte sich am Kopf. »Die Schlitten sind hinüber, da lohnt eine Reparatur nicht mehr. Aber unten im Hangar stehen noch ein paar Rettungsboote.« Er seufzte. »Wir müssen nur eins davon wieder flottkriegen, und das sollte zu machen sein.« Er hob den Kopf und erwiderte Valentins verblüfften Blick. »Nein, ich kann keine Gedanken lesen«, sagte er amüsiert. »Aber was sonst solltet ihr jetzt tun? Es bleibt ja nicht viel an Möglichkeiten.«

Er stand auf und klopfte seine Knie ab, obwohl kein Staub auf dem Boden gelegen hatte.

»Die Nachricht, dass die Türme gefallen sind, ist keine Lüge?«, fragte Valentin. Er stand von der Kiste auf und fuhr mit den Händen über sein unregelmäßig geschnittenes Haar.

Der Steuermann schüttelte bedauernd den Kopf. »Ich habe verschiedene Meldungen abgehört. Greiferschiffe, Hilferufe aus den

Türmen – bis ihr zurückkehrt, sind wahrscheinlich auch die restlichen Türme des Panarchats in der Hand der Rebellen.« Er schabte über seine frisch geheilte Wange und verzog das Gesicht. »Das juckt immer noch tagelang«, beschwerte er sich leise.

Valentin nahm die Auskunft hin und sah sich um. »Also bleibt es dabei«, sagte er. »Südliches Konglomerat?«

Alle nickten. Die vorherige bedrückte Stimmung senkte sich wie ein schweres Tuch wieder über ihre Gemüter.

»Hat sich die Prophezeiung nun erfüllt?«, fragte Alban nachdenklich. »Wir haben den Turm und seinen König erweckt, und das hatte zur Folge, dass die Türme gefallen sind, wie es in dieser alten Legende gesagt wurde. Hätte Valentin das verhindern können, wenn er den Turm in die Luft gejagt hätte?«

Der Steuermann öffnete eine zweite Kiste und sortierte die Werkzeuge, die darin lagen. »Nein«, erwiderte er zerstreut. »Der Aufstand der Nuller hat mit mir und dem Turm nichts zu tun. Die Rebellion ist das hausgemachte Ergebnis eurer Gesellschaftsform, die auf einer eklatanten Ungerechtigkeit und auf Ausbeutung beruht. Solche Gesellschaften gehen immer früher oder später zugrunde.« Er stand auf und schwang sich den Werkzeugkasten auf die Schulter. »Auf, reparieren wir euer Rettungsboot.«

60

Es steht geschrieben: Sometimes I've believed as many as six impossible things before breakfast

Elster hatte erwartet, dass sie wieder zur Spitze des Turmes hinaufklettern mussten, um den Hangar zu erreichen. Stattdessen führte der Steuermann sie über ein verwirrendes System von Drahtkäfigen und Leitern tiefer hinunter in die Untergeschosse. Sie passierten Säle voller Pflanzen und Kristalle, leere Lagerräume, enge Korridore, in denen kojenähnliche Nischen zwischen den verschlungenen Ranken untergebracht waren, schlauchartig hintereinander angeordnete Räume, die wie in einem Albtraum von einem verrückten Alchemisten mit Geräten, Apparaturen, Werkzeugen und bizarren Anordnungen von Glaskolben und Brennern vollgestopft waren. Indigo machte große, andächtige Augen und Elster musste ihn an der einen oder anderen Stelle mit Gewalt weiterzerren.

Dann wieder liefen sie durch dunkle, enge Schächte und mit Metallkisten bis unters Dach vollgestopfte Hallen. An einer der Regalkonstruktionen, die sich baumwipfelhoch zur Decke streckten, blieb der Steuermann stehen und wies die Männer an, jeweils zwei Kisten mit blauen und grünen Markierungen zu schultern, dann marschierten sie weiter.

»Wir müssten bald den Erdkern erreicht haben«, flüsterte Indigo Elster ins Ohr. »Warm genug ist es jedenfalls.«

Sie lachte und hielt an, um die Seite zu wechseln, denn sie trugen eine der Kisten mittlerweile zwischen sich, und Elsters Finger begannen, taub zu werden.

»Es ist nicht mehr weit«, rief der Steuermann. »Ich gehe dann zurück und hole eure Gefährtin aus dem Heilschlaf.«

Sie betraten ein letztes Mal einen dieser Käfigaufzüge, der sie in einem düsteren Gang absetzte. Zach ging mit schnellen Schritten voraus und betätigte ein Tastenfeld in der Wand, die sich daraufhin beinahe vollkommen beiseiteschob und einen dorfgroßen Hangar enthüllte, der bis auf eine Handvoll großer schwarzer Schlitten leer war.

»Hier müssen Dutzende davon gestanden haben«, sagte Valentin, der den Hangar mit Blicken taxierte.

»Drei Dutzend, ganz richtig«, sagte Zach. »Und das hier ist der armselige Rest. Ich bin gespannt, in welchem Zustand sie sind.«

»Wo sind die anderen Schlitten?« Elster folgte ihm und betrachtete die mattschwarzen Gefährte.

»In alle Winde zerstreut«, sagte Zach. »Ich war der letzte Überlebende im Turm. Ich bin der Steuermann, ich musste dafür sorgen, dass die Maschinen in den Ruhezustand versetzt wurden.«

Elster sah ihn fragend an, denn wie immer warfen seine Antworten mehr an Fragen auf, als sie Klärung brachten, aber er schwieg und öffnete einen der Werkzeugkästen. »Indigo, hier und da aufschrauben«, sagte er und wies auf die Verkleidung knapp oberhalb einer Kufe. »Ich sehe mir das Innenleben an.« Er schob die Luke auf und verschwand im Inneren des Schlittens.

Elster hockte sich auf eine Kiste und sah eine Weile zu, wie Indigo und Cosimo sich die Werkzeuge reichten und die untere Verkleidung des Schlittens abmontierten.

»Was weißt du über das Südliche Konglomerat?«, fragte sie Winter.

Ihre Schwester rieb sich über die Arme, als wäre ihr kalt. »Nichts«, sagte sie. »Ich dachte immer, die Türme sind ewig und überall auf der Welt gleich.« Sie seufzte. »Wie es aussieht, habe ich mich in beiden Punkten geirrt.«

Zach sprang durch die Luke auf den Boden und wischte die Hände an seiner Hose ab. »Das Boot bekomme ich leicht wieder flott«, sagte er zufrieden. Dann beugte er sich vor und legte seine Hand auf Elsters Wange. »Wie sieht es aus?«, fragte er gedämpft. »Gehst du mit deinen Gefährten oder bleibst du bei mir?«

Elster schnappte nach Luft. Dieser Gedanke war ihr bisher nicht gekommen, und sie empfand ihn wie einen Guss kaltes Wasser, der unvermittelt über ihrem Kopf ausgeschüttet wurde. »Ich ...«, sie stockte und schüttelte den Kopf. »Zach, das kann ich doch nicht so einfach entscheiden. Was hieße es für mich, wenn ich bei dir bliebe?«

Seine irritierenden Augen in dem plötzlich wieder so glatten Gesicht fixierten sie. »Es hieße, dass du so gut wie ewig leben würdest«, flüsterte er. »Und du würdest Dinge sehen, von denen du dir nie hättest träumen lassen. Wir beide gemeinsam können die Welt erobern, Elster. Nicht diesen kleinen, schäbigen Hinterhof, ich rede von einem Universum.«

Sie wich langsam zurück. »Ich glaube, das ist mir eine Nummer zu groß«, sagte sie. »Und solange ich nicht einmal weiß, ob du ein Mensch bist oder ... etwas anderes ... Zach, ich fürchte mich vor dir.«

Er nickte so gleichmütig, als hätte sie eine Einladung zum Spaziergang abgelehnt, und richtete sich auf. »Ich hole Leona. Junger Mechaniker, komm zu mir, damit ich dir erklären kann, was ihr zu tun habt.« Er zog Indigo beiseite, der so aufmerksam an Zachs Lippen hing, dass es Elster schauderte. Ob der Steuermann jetzt ihrem Freund das gleiche Angebot unterbreitete? Fast ewiges Leben und die Welt als Morgengabe? Und ob Indigo dem Abenteuer widerstehen konnte? Sie riss ihren Blick von den beiden fort und sah Winter an. Ihre Schwester schüttelte leicht den Kopf. »Er würde dich niemals verlassen, das weißt du«, sagte sie.

Der Steuermann lachte und klopfte Indigo fest auf die Schulter.

»Guter Mann«, sagte er vergnügt. »Also ans Werk. Wenn ich zurück bin, erkläre ich dir die Bedienung, Indigo.«

Er ging mit weit ausgreifenden Schritten davon und Indigo seufzte und öffnete die Kiste mit den Aggregaten. »Cosimo, tausche die Kabelstränge aus, die Zach markiert hat.«

Elster ertappte sich dabei, dass sie auf ihrem Daumennagel herumkaute, und ließ die Hand sinken. »Ich bin so müde«, murmelte sie.

Valentin, der auf einer der Kisten hockte, wandte den Kopf und lächelte ihr zu. »Ich auch, liebe Schwägerin«, sagte er.

Elster starrte ihn groß an und begann zu lachen. »Ewiges Prinzip«, sagte sie vergnügt. »Ich bin künftig mit dem Panarchen verwandt. Was wird deine Familie dazu sagen?«

Valentin streckte die Beine aus und hob die Schultern. »Ich kann es mir nur schwer denken. Aber meine offizielle Verlobte hat sich mittlerweile getröstet.« Er warf einen schrägen Seitenblick zu Alban, der neben Indigo stand und interessiert zusah, wie dieser die Aggregate mit Metallklammern im Bauch des Schlittens befestigte. »Ich bin immer noch stinkwütend auf ihn«, sagte er.

Elster hob die Schultern. »Er hatte keine leichte Aufgabe«, gab sie zu bedenken. »Ich möchte auch nicht dein Kindermädchen ... entschuldige.« Sie hob die Hand vor den Mund, um ihr Lachen zu verbergen, das sein wütender Blick in ihr hochkitzelte.

Winter stellte sich hinter Valentin und schnitt Elster eine Grimasse, die es nur noch schlimmer machte. Elster wandte sich hastig ab und imitierte einen Hustenanfall.

»Wie bekommen wir dieses ... Rettungsboot überhaupt an die Oberfläche?«, hörte sie Valentin fragen. Sie blickte ins Innere des Schlittens. Er war ähnlich geschnitten wie die Schlitten der *Wolkenkönigin*, aber geräumiger. Sie würden alle ohne Beengung Platz darin finden, das war schon mal gut. Der Flug, den sie vor sich hatten, war lang, und sie würden sich abwechseln müssen, wenn sie im kleinen Frachtraum schlafen wollten. Elster zog sich hoch und stieg ein, ging gebückt nach hinten und öffnete die dort offensichtlich fest installierten Kisten. »Decken«, rief sie. »Ein bisschen muffig, aber sauber. Und warme Jacken.« Sie untersuchte den Rest der Kisten und fand Verbandszeug, Messer und Äxte, Kanister für Wasser, in metallisches Papier gewickelte Riegel, deren Zweck sie nicht erriet, womöglich waren sie dafür gedacht, Feuer zu machen? Einige der Werkzeuge wirkten fremd, und sie legte sie beiseite, um Zach vor ihrem Abflug danach zu fragen.

Sie inspizierte die Sitze und Gurte, fand sie bequem und stabil, und kletterte dann auf den Sitz des Piloten. Die Instrumententafel war ihr fremd und vertraut zugleich. Sie ließ ihre Hände darübergleiten und merkte sich all die Kontrollen, die ihr unbekannt erschienen.

»Elster«, rief Indigo. »Der Steuermann ist zurück und wir brauchen dein Talent.«

Sie kletterte aus der Luke und sprang auf den Boden. Zach sprach mit Indigo und Cosimo, lauschte, nickte zustimmend, sah auf und winkte sie zu sich. Elster ließ ihren Blick schweifen und sah Leona, die auf Valentin und Alban zuging. Ihr Gesichtsausdruck war benommen, aber sie lächelte. Und sie trug ihre Augenklappe. Elster hob bedauernd die Augenbrauen. Was auch immer Zach hatte bewirken wollen, anscheinend hatte es nicht funktioniert.

Der Steuermann streckte den Arm aus und zog Elster in ihren Kreis. »Kannst du die Maschinen kalibrieren?«, fragte er. »Du sagst, was du hörst, wir schrauben.« Er lächelte auf sie hinab. Ganz offensichtlich trug er ihr ihre Abfuhr nicht nach. Er wirkte so entspannt und glücklich, dass es ihr das Herz umdrehte. Was auch immer vor ihm lag, er freute sich offensichtlich darauf.

Sie hörte zu, wie er Indigo anwies, die vordere Klappe im Blick zu halten, und dann Valentin in den Pilotensitz beorderte. Er selbst schwang sich in den Sitz des Copiloten.

Elster schloss die Augen und lauschte dem einsetzenden Klang des Antriebs. Die Aggregate summten wie Bienen und darunter lag der weiche, tiefe Klang von Glocken. Sie seufzte und legte den Kopf an die Verkleidung des Schlittens. Das Summen und Dröhnen verstärkte sich. Es war makellos.

»Elster?«, rief Indigo. Sie hob den Kopf, ohne die Augen zu öffnen.

»©ħē¢ķ«, sagte sie. »Wir können starten.«

Die Kisten wurden verstaut, Zach erklärte ihnen, was sie wissen mussten (die metallisch eingepackten Riegel waren Trockennahrung, die in Wasser aufgeweicht werden musste und dann kalt oder erhitzt scheußlich schmeckte, aber sättigte), und dann saßen sie angeschnallt in ihren Sitzen.

»Zach«, rief Elster dem Steuermann zu, der an der Stirnwand des Hangars den Öffner für das Tor betätigen wollte, »Zach, was soll das nützen? Wir müssen den Schlitten doch erst nach oben transportieren, oder willst du, dass wir uns durch den Boden rammen?«

Sie hörte sein Lachen, sah das abschiednehmende Winken und den Griff, mit dem er den Hebel herunterschob. Das Hangartor begann sich zu öffnen und helles Tageslicht fiel in den düsteren Raum.

Der Antrieb röhrte auf und der Schlitten schoss voran. Elster sah noch einen Wimpernschlag lang in Zachs Gesicht, in seine kaltblau strahlenden Augen, dann war der Schlitten draußen und im freien Fall. Sie hörte die Schreie der anderen und beugte sich vor, um durch die kleinen Fenster nach draußen zu blicken. Sie waren hoch in der Luft! Wie konnte das sein?

Valentin zog den Schlitten höher und ließ ihn eine Kurve beschreiben. »Seht: Turm Null«, rief er und zeigte hinaus.

Da stand er, vollkommen und glänzend, eine Hunderte Meter hohe Säule aus schimmerndem Metall, die den Krater nahezu ausfüllte und weit über den Rand der Schlucht hinaus in die Luft ragte.

»Wie sonderbar«, hörte Elster Alban rufen und Leona antworten: »Nicht sonderbarer als die Dinge in seinem Inneren.«

Elster ließ den Turm nicht aus den Augen, auch als sie sich davon entfernten. Er schimmerte wie flüssiges Silber, und seine Außenmauern schienen so makellos, als hätte er niemals tief im Inneren der Erde gesteckt. Sie dachte an den einsamen Steuermann in diesem gigantischen Gebilde und schluckte einen dicken Kloß hinunter. »Lebwohl«, flüsterte sie und legte die Hand gegen das kalte Glas der Fensterscheibe.

Als hätte ihr Gruß etwas ausgelöst, verschwamm das Bild des Turmes vor ihrem Blick. Weinte sie? Nein, ihre Augen waren trocken. Die Luft begann zu schimmern, zu flirren und zu wabern, als stiege Hitze um den Turm auf. Dann erschien Licht, bläulich und gleißend, immer heller und greller werdend. Gegen das Licht verblasste das Sonnenlicht, die Bäume und Hügel wurden zu Schattenrissen.

Valentin fluchte und brachte den Schlitten in eine stabile Gleitposition, damit er sich zum Turm umsehen konnte. »Was ist das?«, fragte er. »Explodiert er? Wenn das hochgeht, wird uns die Druckwelle kräftig durchwirbeln. Seid ihr gut gesichert?«

Alle bejahten beklommen. Die Lichterscheinung wurde so grell, dass sie die Augen abwenden mussten. Elster legte die Hände vors Gesicht und glaubte, durch ihre Finger hindurch immer noch den Turm sehen zu können. Kalte Hitze berührte ihre Haut und ein lautloser, knochenmarkerschütternder Knall durchfuhr ihren Körper. Der Schlitten schlingerte und begann zu trudeln, aber Valentin fing den drohenden Sturz ab. »Was geschieht hinter uns?«, rief er heiser.

Sturm erhob sich heulend und fegte um den Schlitten. Die Bäume unter ihnen neigten ihre Wipfel und nicht wenige wurden entwurzelt, aus der Erde gerissen und davongewirbelt. Der Antrieb des Schlittens röhrte wie ein verwundeter Elch, das Fluggefährt schüttelte sich, tanzte wie ein Korken auf der Druckwelle, aber es stürzte nicht ab.

Elster wagte den Blick auf die Stelle, an der der Turm stand. Nein, gestanden hatte. Das Nachbild glühte dunkel vor ihren Augen, aber der Turm war verschwunden. Explodiert? Wieder zurück in die Erde gezogen worden? Sie wusste es nicht. »Zach«, sagte sie leise.

Leona streckte die Hand aus und berührte ihre Schulter. »Er war glücklich«, sagte sie. »Er war über die Maßen glücklich, dass ihr seinen Turm repariert habt. Ich glaube, dass er jetzt dorthin gegangen ist, wo er die ganze Zeit hinwollte.« Ihr schönes Gesicht mit der dunklen Augenklappe sah Elster beschwörend an.

Elster schluckte und schloss die Augen. Sie hoffte, dass Leona recht hatte. Oh, wie sehr sie das hoffte!

»Es steht geschrieben: Auf zu neuen Ufern«, murmelte Indigo.

»Д¢ķ«, flüsterte Elster.

61

Es steht geschrieben: Me transmitte sursum, Caledoni!

Sie waren für einen langen, ermüdenden Flug gewappnet. Valentin gedachte, so lange wie möglich am Steuer zu bleiben, bevor er an Indigo übergeben musste, um ein wenig zu schlafen. Die Navigation hatten nach einer kurzen Einweisung in die Instrumente nacheinander Winter und Leona übernommen, während Elster sich in ihrem Sitz zusammengerollt hatte und fest schlief. Die Arbeit im Turm musste sie über alle Maßen erschöpft haben.

Valentin musterte den Himmel vor ihnen. Die Sonne begann sich dem Horizont entgegenzuneigen. Sollten sie es wagen, in der Nacht zu fliegen? Das Instrument, mit dem sie ihre Flugrichtung bestimmen konnten, schien einwandfrei zu arbeiten, im Grunde sprach also nichts dagegen.

Er rief Indigo und besprach sich mit ihm. Der junge Schluchter hatte keinerlei Bedenken, ihren Flug auch in der Nacht weiter zu versuchen. »Was soll uns passieren?«, fragte er. »Es ist ja nicht so, dass wir hier vor Flugverkehr keine Schneise mehr finden.«

Valentin lachte und sah seine Cousine an. Leona, die gedankenverloren den Finger unter ihre Augenklappe geschoben hatte und den Juckreiz darunter zu vertreiben suchte, zuckte die Achseln. »Ich bin nicht müde«, sagte sie. »Lass uns zusehen, so schnell wie möglich so weit wie möglich zu kommen.«

»Alle einverstanden?«, rief Valentin. »Muss sich jemand die Beine vertreten? Oder etwas essen, etwas trinken?«

»Oder im Gegenteil?«, ließ sich Alban vernehmen. »Wir haben

ein geheimes Kabuff hinten im Frachtraum, habt ihr das schon entdeckt?«

Alle lachten, die Männer laut und herzlich, die Frauen etwas verlegen. »Fliegen wir weiter«, rief Cosimo. »Ich habe hinten Schlafplätze hergerichtet. Wer sich ausstrecken will, kann das tun.«

Also flogen sie weiter.

Die Abenddämmerung färbte den Himmel in tausend Pastelltönen. Wolken zogen sich am Horizont zusammen und Nebel stieg aus den Bäumen. Es wurde dunkel. Ein Stück vor ihnen glänzten Sterne.

Vor ihnen?

Elster gähnte und nuschelte: »Das sind keine Sterne. Zu tief.«

»Und rot und grün«, erwiderte Alban, der das Fernglas justierte. »Das ist ein Schiff. Ein riesiges Luftschiff schräg voraus!«

»Abdrehen«, rief Leona. »Wir dürfen nicht in deren Visier geraten. Was, wenn es Kaperer sind?«

»Was, wenn es die *Wolkenkönigin* ist?«, fragte Alban und ließ das Fernglas sinken. »Nennt mich Cosimo, wenn das nicht unsere alte Freundin ist, die dort vor uns herumdümpelt wie eine Ente im Teich.«

»Aber das ist doch unmöglich«, rief Leona. »Wir sind inzwischen kurz vor dem Grenzgebiet und dieses Luftschiff hält offensichtlich Kurs auf das Konglomerat. Die *Wolkenkönigin* war aber auf dem Rückweg zum Turm – und sie wurde angegriffen.«

»Es ist das Schiff meines Vaters«, sagte Valentin. »Ich erkenne die Takelung. Und die Form des Bugs ist wohl einmalig. Keins der anderen Türmerschiffe verfügt über einen Schlittenhangar.«

Sie schwiegen und dachten nach. »Es gibt nur eine Erklärung«, sagte Alban. »Die *Wolkenkönigin* ist aufgebracht worden. Freibeuter fliegen das Schiff. Oder Offiziere des Konglomerats.«

Valentin nickte bedächtig. »Richtig gedacht, Alban. Wir nehmen Kurs auf die *Wolkenkönigin.*« Er lachte trocken. »Das erspart uns die gefährliche Grenzüberquerung und die mühsame Suche nach einer Autorität, die uns Asyl gewähren kann. Wir lassen uns jetzt und hier gefangen nehmen.«

»Was für ein kühner Vorschlag«, murmelte Alban. »Junge, du spielst mit dem Feuer.«

»Das tun wir doch alle, seit wir den Turm des Panarchen verlassen haben.« Valentin hob die Schultern. »Unser Fluchtplan barg einige Risiken, das wussten wir.« Er sah sich um. »Wer aussteigen möchte, kann es jetzt noch tun. Ich lande und lasse euch mit Vorräten und Ausrüstung aussteigen.«

»Hör auf zu quasseln, setz Segel«, sagte Cosimo. »Ich hätte unsere Festnahme gerne hinter mir.«

Sie nahmen Kurs auf das Luftschiff, das in gemächlichem Tempo vor ihnen im Wind segelte.

»Sind die Kanonen bemannt?«, fragte Valentin, den die Ruhe des großen Schiffes irritierte.

»Die Gefechtsluken sind geschlossen.« Alban ließ das Fernglas sinken und rieb sich die Augen. »Wie machen wir uns bemerkbar?«

Valentin ließ die Finger über die Kontrolltafel tanzen und sagte: »So.«

Eine Rakete stieg zischend auf und zersprang lautlos in rote und silberne Funken. Leona lachte wie ein Kind und klatschte in die Hände und Elster rief: »Noch mal, Val. Wenn wir schon untergehen, dann wenigstens mit Paukenklang und Feuerwerk.«

Lachend feuerte Valentin eine zweite Rakete ab, die ebenso lautlos wie die erste in goldenen und blauen Sternen explodierte.

Jetzt hatte die Brücke der *Wolkenkönigin* sie bemerkt. Befehle schallten durch die Luft, Segel wurden gerefft, die Backborddüsen feuerten und das Schiff drehte bei. An Deck flammten Lichter auf. »Wer seid ihr? Gebt euch zu erkennen«, dröhnte eine Stimme durch ein Megafon.

Valentin starrte auf die Instrumententafel. »Wir haben keine

Möglichkeit, uns verständlich zu machen«, sagte er. »Weder Funk noch sonst etwas.« Er schnaubte. »An alles gedacht und das vergessen«, murmelte er und rüttelte am Ruder, um den Schlitten in eine Schlingerbewegung zu versetzen. Dazu feuerte er eine weitere Rakete ab, die einen hübschen Silberregen über der *Wolkenkönigin* niedergehen ließ.

Das Gelächter der Luftschiffer dröhnte bis zu ihnen. Der Mann am Megafon räusperte sich und sagte: »Erlaubnis zum Landen in unserem Hangar erteilt. Bitte beachten Sie die Einweisung durch unsere Matrosen.«

Valentin streckte sich erleichtert. »Das war der Gubernator«, sagte er. »Ich habe seine Stimme erkannt.«

»Rätsel über Rätsel«, murmelte Alban.

«Ruhe jetzt«, sagte Valentin. »Ich muss das Hangartor treffen.«

Es war leichter, aus einem fliegenden Luftschiff zu starten, als mit einem derart großen Schlitten wieder ohne Unfall auf dem Hangardeck zu landen. Er begann zu schwitzen, während er die Flugrichtung anglich und dann behutsam das Tempo drosselte. Nicht zu schnell, dann würde er das Schiff durchbohren wie ein Geschoss. Nicht zu langsam, dann konnte er die Höhe nicht halten.

Leise fluchend brachte er den Schlitten näher. Und näher. Sie konnten durch das offene Hangartor die freie Landefläche sehen und das Fangnetz an ihrem Ende, das straff gespannt war. Männer mit Fackeln standen rechts und links des Hangartors und gaben Signale. Mehr nach rechts, Tempo drosseln, etwas hochziehen ...

Valentin gab den letzten Schub und ließ den Schlitten gleiten. Sanft wie eine Feder schwebte er durch das Hangartor und berührte den Boden des Decks. Valentin gab einen kurzen Schub auf die vorderen Düsen, stellte den Antrieb aus und pustete den angehaltenen Atem aus, während der Schlitten in das Fangnetz rutschte.

»Eine butterweiche Landung«, sagte Leona anerkennend. »Großartig, Val.«

»Danke«, sagte er geistesabwesend und sah zu, wie die Matrosen das Hangartor schlossen. »Das sind unsere Leute.«

Cosimo war seinem Blick gefolgt. »Sieht nicht nach Konglomerat aus. Wahrscheinlich halten die die Brücke besetzt, das reicht ja.«

»Gut, stellen wir uns.«

Sie stiegen aus und streckten die Glieder. Nach dem langen Flug waren sie alle steif und müde. Elster lehnte sich an Indigo, beide erschienen still und nachdenklich. Alban zog seine Jacke an und schien dabei seine Waffen zu überprüfen. Valentin drehte sich zu Leona um. »Gehen wir voraus, Cousine? Ich denke, an uns beiden dürfte das Konglomerat am meisten interessiert sein.« Er reichte ihr den Arm.

Leona seufzte und ergriff ihn. Sie schritt mit königlicher Haltung an seiner Seite auf den Offizier zu, der sie an der Tür zum Schiffsinneren erwartete.

»Proreta«, sagte Valentin überrascht und reichte ihm die Hand. »Mit Ihnen hätte ich nicht zu rechnen gewagt. Wie ist die Lage an Bord?«

»Euer Gnaden!« Der Offizier war nicht minder verblüfft. »Wie seid Ihr – woher habt Ihr diesen Schlitten? Wo kommt Ihr ...« Ihm wurde bewusst, wen er da gerade mit Fragen bombardierte, und er senkte hastig den Blick. »Darf ich Euch und Eure Begleiter zur Brücke eskortieren?«

»Von Herzen gerne«, erwiderte Valentin, dem ein Stein vom Herzen fiel. »Der Nauarch ...?«

»Erfreut sich bester Gesundheit bis auf einen verstauchten Knöchel.« Der Proreta grinste. »Fragt Ihn bitte nicht, wobei er sich den zugezogen hat.« Er deutete zur Tür. »Ihr wisst, dass wir noch andere Passagiere aufgenommen haben? Flüchtlinge aus dem Panarchat?«

»Nein, woher sollte ich das wissen?« Valentin hörte ihm nur mit halber Aufmerksamkeit zu. »Warum sind Sie auf dem Weg ins Konglomerat? Wurde das Schiff doch gekapert?«

»Niemand kapert die *Wolkenkönigin*«, gab der Proreta zurück.

Alban schloss zu ihnen auf. »Du hast deinen Rang noch, Marius?«, fragte er.

Der Proreta warf ihm einen schnellen Blick zu und zuckte die Achseln. »Hier an Bord ist alles, wie es war«, murmelte er. »Ich bin Seiner Gnaden treu ergeben und war es immer.« Er neigte den Kopf in Valentins Richtung. »Alles andere ist ohnehin so durcheinandergeraten, dass keiner mehr weiß, wohin er gehört.« Er grinste schief. »Interessante Zeiten.«

»Da hast du recht, Marius.« Alban seufzte. »Wir haben Glück, dass wir vor keinen panarchischen Richter mehr gebracht werden können. Ich würde kein Glas Wein auf unsere Köpfe setzen.«

Der Proreta verzog das Gesicht und schwieg bis zum Niedergang, der zum Brückendeck führte.

Valentin dachte über das nach, was gesagt worden war, und noch mehr über das, was die beiden verschwiegen hatten. »Sie stehen in Zeros Diensten?«, fragte er den Proreta.

»Ich stand in den Diensten Ihrer Gnaden, der Lady Fabia, ja«, sagte der Offizier. »Ich war der Pilot ihres Schlittens.« Sein Blick ruhte auf Valentin. »Ich habe Euch gekannt, als ihr ein Wickelkind wart, Euer Gnaden.«

Valentin nickte verbissen lächelnd. »Meine Mutter hat es offensichtlich verstanden, Loyalität in ihrer Umgebung zu wecken. Wie schade, dass sie dies nun zur Zerstörung nutzt.«

»Manchmal muss Altes zerstört werden, damit etwas Neues wachsen kann, Euer Gnaden.« Der Proreta deutete auf den Niedergang.

Valentin erklomm ihn, die anderen folgten ihm stumm und müde. Es fühlte sich merkwürdig an, wieder auf diesem Schiff zu sein, das ihnen einige Wochen eine Art Heimat gewesen war. Nun erschien es fremd und ein wenig unheimlich, denn es flog sie geradewegs und ohne Möglichkeit zur Umkehr ins Unbekannte.

Sie passierten einen Mann, der reglos an der Reling lehnte und in die Dunkelheit blickte. Er kehrte ihnen den Rücken zu und drehte sich auch nicht um, als sie an ihm vorübergingen. Valentin beachtete ihn nicht, es war sicherlich einer der Offiziere bei der Ausschau.

Die Tür des Ruderhauses sprang auf und Nauarch Rochus hinkte auf sie zu. »Ich kann es nicht fassen«, sagte er und sein wettergegerbtes, dunkles Gesicht zersprang in tausend Fältchen. »Wie wunderbar, was für eine glückliche Fügung!« Er nahm Valentins Hand zwischen seine beiden rauen Hände und drückte sie so herzlich, dass Valentin vor Rührung schluckte.

»Rochus«, sagte er heiser, »ich bin nicht weniger froh, Sie unversehrt wiederzusehen.« Er umfasste seine Begleiter mit einer Handbewegung. »Nehmen Sie uns wieder mit?«

»Gerne, oh wie gerne!« Der Nauarch schüttelte noch einmal Valentins Hand und ließ sie dann los. »Ihre Kabinen stehen wieder zur Verfügung, meine Herrschaften. Wir haben ein paar Flüchtlinge aufgenommen, aber eine innere Stimme hat mir gesagt, dass ich Ihre Kabinen verwahren soll.« Er lachte und breitete die Arme aus. »Die Kabine des Panarchen kann ich Euch aber leider nicht mehr geben, Euer Gnaden. Und ich kann nicht behaupten, dass mir das auch nur im Mindesten leidtäte!«

Valentin sah ihn verblüfft an. »Nun«, sagte er langsam, »das ist zwar seltsam, aber ich bescheide mich gerne mit einem der anderen Quartiere. Sagen Sie mir nun, Rochus: Wohin fliegt die *Wolkenkönigin*? Wer hat den Kurs befohlen?«

Der Nauarch lachte wie ein Verrückter und breitete die Hände aus. »Wir sind auf dem Weg ins Konglomerat«, sagte er vergnügt. »Ich bin gespannt, ob man versuchen wird, uns abzuschießen. Aber wir sind gewappnet.«

Valentin rieb sich über die Augen. Er war zu erschöpft, den Grund für das eigentümliche Verhalten des Kapitäns zu erfragen. Das musste bis morgen warten. »Gut«, sagte er matt. »Dort wollte ich auch hin, von daher kommt es mir gelegen. Wenn Sie mir meine Kabine zuweisen lassen würden ...«

Der Nauarch nickte und winkte einen Matrosen heran. »Begleite die Herrschaften unter Deck«, sagte er. »Sorge dafür, dass sie alles bekommen, wonach sie verlangen. Nein, Euer Gnaden, Euch möchte ich noch bitten, einen Moment zu verweilen.« Er hielt Valentin am Ärmel fest. »Es ist wichtig, denke ich.«

Valentin ließ sich von ihm über das Brückendeck führen, bis sie wieder hinter dem Ruderhaus waren. An der Reling stand immer noch der einsame Offizier und blickte hinaus. Der Nauarch schüttelte sacht den Kopf. »Dies wird ihm Genesung bringen, da bin ich sicher«, murmelte er. »Was für eine glückliche Fügung, ihr Götter, was für eine Fügung!« Mit diesen Worten gab er Valentin einen ganz und gar unehrerbietigen Schubs und sagte: »Nun geht schon, mein Junge. Geht!« Mit diesen Worten drehte er sich um und hinkte ins Ruderhaus zurück.

Valentin stand einen Augenblick lang da und überlegte, ob der Nauarch beim Angriff der Freibeuter nicht nur einen verstauchten Knöchel, sondern auch einen kräftigen Schlag auf den Schädel erlitten hatte. Dann zuckte er die Achseln und wandte sich um, fest entschlossen, den Weg in sein neues Quartier auch ohne Hilfe zu finden.

Der Mann an der Reling drehte sich um und sah ihn an. Sein Gesicht, hager und ausgemergelt, erschien Valentin gleichzeitig unheimlich fremd und ebenso unheimlich vertraut, ebenso wie seine breitschultrige, hochgewachsene Gestalt, die Haltung seines Kopfes, die Art, wie er die Hände bewegte.

Der Schock durchfuhr ihn wie ein eisiger, alles erstarrender Blitz. »Vater?«, sagte er tonlos. War dies das Gespenst seines ermordeten Vaters, das hier vor ihm seinen Spuk trieb?

Der Geist machte einen unsicheren Schritt auf ihn zu, dann einen zweiten, schnelleren, und dann war er bei Valentin und riss ihn in eine Umarmung, die Valentin ganz und gar davon überzeugte, dass dies kein körperloser Geist war.

»Mein Junge«, sagte der Panarch. »Mein Junge, du lebst.«

»Vater«, wiederholte Valentin wie betäubt. Er packte die Arme des Mannes, fühlte seine Knochen, seine Magerkeit, und als Laurenz ihn an seine Brust zog, glaubte er, die Rippen spüren zu können. Trotz seines erschreckenden körperlichen Zustandes wirkte er wie ein jüngeres Abbild seiner selbst. Er lebte, bei allen Göttern, er war nicht ermordet und lag nicht im Sterben, er stand hier vor Valentin, lachte und weinte gleichzeitig und war so lebendig wie sein Sohn.

Sie standen und waren sprachlos und voller Fragen gleichermaßen. Valentin wollte wissen, was geschehen war, wie Laurenz auf dieses Schiff gekommen war, wie er den Sturz des Turmes hatte überleben können, wo sein Weg nun hingehen sollte, er wollte ihm erzählen, dass er seinen Auftrag beinahe ausgeführt hätte und dass es nicht nötig gewesen war, den Turm zu zerstören, er wollte von Winter erzählen und nach Zero fragen ... aber all die Fragen bildeten ein wildes Knäuel in seinem Kopf und aus seinem Mund kam nur wie ein Echo: »Du lebst.«

62

Es steht geschrieben: Ich bin es müde, über Sklaven zu herrschen

Elster glaubte, noch nie in ihrem Leben so müde gewesen zu sein. Sie fiel in ihren Kleidern auf das schmale Bett in ihrer alten Kabine, seufzte und war eingeschlafen, ehe sie auch nur einen Gedanken daran verschwenden konnte, zumindest die Jacke auszuziehen.

Irgendwann in der Nacht wurde sie so weit wach, dass sie das Versäumte nachholen konnte, und schlief dann fest und tief und vollkommen traumlos bis in den hellen Morgen.

Ohne darüber nachzudenken, wo sie die anderen finden würde, ging sie in den Salon, der im ersten Teil ihrer Reise zu den Quartieren der Schluchter gehört hatte, und traf dort auf Leona und Alban, die ihr Frühstück einnahmen. Leona lächelte ihr entgegen und klopfte neben sich auf die Bank. »Wie hast du geschlafen, meine Liebe?«

»Wie ein Stein«, sagte Elster. »Und du?«

»Nicht anders.« Leona biss von ihrem Brot ab. »Hast du es gehört? Laurenz ist an Bord. Er hat es mit Melanias Hilfe geschafft, sich rechtzeitig abzusetzen. Großartige Frau.« Sie trank einen großen Schluck von ihrem Kaffee.

Elster sah Alban an, der in seinem Sessel lehnte und Tee trank. Er nickte. »Der Panarch, du hast richtig gehört. Und wir haben die Hoffnung, dass auch Leonas Vater sich noch hat retten können.« Er lachte trocken. »Ich kann also immer noch damit rechnen, wegen Hochverrats geköpft zu werden. Ist das nicht schön?«

»Red keinen Blödsinn«, sagte Leona friedlich.

Elster entschied, noch im Traumland zu sein, und nickte. Der Matrose, der ihnen das Frühstück servierte, schenkte ihr Kaffee ein und brachte ungefragt den Apfel und die Scheibe Brot, die sie immer morgens zu sich genommen hatte. Sie dankte ihm mit einem Lächeln. »Wo ist Winter?«

»Hier«, sagte ihre Schwester. Sie sah übernächtigt, aber glücklich aus. »Valentin kommt auch gleich. Cosimo und dein Indigo sind bereits auf Deck, sie werden eingewiesen. Die Luftschlacht hat einige Opfer unter der Mannschaft gekostet, deshalb sind sie froh über jede Hand, die mit anpacken kann.« Sie legte ihre Hände auf Elsters Schultern. »Valentin ist überglücklich, dass sein Vater lebt«, sagte sie leise. »Ich weiß nicht, ob ich darüber auch so froh sein kann, immerhin ist er der Panarch ... nun ja. Der Panarch.«

Elster zuckte die Schultern. »Nun ist er ein Panarch ohne Panarchat«, erwiderte sie nüchtern. »Wozu macht ihn das?«

»Wie wahr.« Winter zog sich einen Stuhl heran und bat den Matrosen um Tee. »Valentin sagt, sein Vater verdanke seine Flucht einzig und allein seiner Favoritin. Ich bin gespannt, sie kennenzulernen. Sie heißt Melania.«

»Jett«, sagte eine Frauenstimme. »Sie heißt Jett.«

Winter wurde noch blasser, und Elster riss den Kopf herum, wütend, bereit, der Eintretenden einige zornige Worte an den Kopf zu werfen. Wie konnte sie es wagen, sich so über sie lustig zu machen?

Aber die Worte verwandelten sich in einen unartikulierten Aufschrei, als sie die Sprecherin erblickte, die am Arm eines hageren, dunkelhaarigen Mannes den Salon betrat. »Jett!«, rief sie und sprang so hastig auf, dass sie den Tisch umgekippt hätte, wäre er nicht an den Boden geschraubt gewesen. »Jett, es ist wirklich und wahrhaftig unsere Jett! Winter!«

Die drei Schwestern lagen sich weinend und lachend in den Armen und redeten alle durcheinander.

Der hagere Mann ging beiseite und gesellte sich zu Leona und

Alban. »Leona«, sagte er und sah sie prüfend an. »Du siehst verändert aus.«

»Du auch, Onkel Laurenz«, erwiderte sie und zog ihn auf den Sitz. »Komm, erzähle uns, wie du es geschafft hast, den Turm lebend zu verlassen.«

Er streckte die Beine aus und faltete die Hände im Schoß. »Das ist eine lange Geschichte, Kind«, sagte er müde. »Aber ich bin doch froh, dass es so ist, auch wenn ich nun nicht mehr weiß, wohin ich gehöre.«

Leona beobachtete das Trio, das sich immer noch in den Armen hielt. »Nun, ich würde sagen, da steht sie«, sagte sie sanft. »Und wenn ich alles richtig verstanden habe, bekommst du eine Schwägerin und eine Schwiegertochter gleich dazugeliefert.« Sie lachte auf. »Viel Vergnügen, mein lieber Onkel. Du wirst nicht mehr viel zu bestimmen haben, wenn sich deine Jett und ihre Schwestern auch nur ein bisschen ähnlich sind.«

Er nickte und zuckte die Schultern. »Meine Zeit ist vorüber«, sagte er ruhig. »Jetzt seid ihr an der Reihe, ihr Jungen. Macht es besser, wenn ihr könnt.« Er seufzte und lehnte sich zurück.

Sie standen am Bug des Schiffes und hielten die Gesichter in den Wind. Valentin drückte Winters Hand, Elster lehnte sich in Indigos wärmende Umarmung und dachte an den einsamen Steuermann, Jett hatte ihren Arm um Laurenz' Hüfte gelegt und hielt seine Hand fest. Sie blickten hinaus und schwiegen. Die Aufregung des Wiedersehens war einer milden, ein wenig melancholischen Stimmung gewichen. Keiner von ihnen wusste, wohin ihre Fahrt ging und was sie am Ende der Reise erwarten würde.

»Hast du gesehen, was er mit Leos Auge gemacht hat?«, fragte Indigo leise.

»Sie hat es mir gezeigt. Es ist immer noch schrecklich, aber für sie doch wohl weit weniger schlimm als vorher.« Elster schauderte. Der Anblick der glatten, augenlosen Haut zwischen Nase und Schläfe hatte ihr einige Albträume eingebracht. Leona aber war so glücklich damit, dass Elster sich ihr Erschrecken nicht hatte anmerken lassen, sondern mit aller Aufrichtigkeit, die sie in ihre Stimme legen konnte, zu der wunderbaren Heilung gratuliert hatte.

»Wo er jetzt wohl ist?« Indigo blickte unwillkürlich zurück in die Richtung, in der sie den Turm hinter sich gelassen hatten.

»Wo auch immer, ich wünsche ihm, dass er glücklich ist.« Elster drückte Indigos Hand. »Und jetzt will ich über Zach nicht mehr reden, hörst du?«

Valentin lehnte sich auf die Reling. »Wir sollten uns gleich zum dortigen Oberkommando bringen lassen«, sagte er. »Was können wir dem Konglomerat anbieten? Ich werde auf jeden Fall um Asyl bitten. Verdammt, ich weiß zu wenig über das Konglomerat. Wer hat das Sagen, wer bestimmt?«

Winter lächelte und strich über sein inzwischen sauber gestutztes, weißes Haar mit der schwarzen Strähne, die zu ihrer Überraschung nicht gefärbt, sondern so gewachsen war. »Wir werden mit den dortigen Talenten verhandeln«, sagte sie. »Om hatte gelegentlich Kontakt zum Prinzip des Konglomerats. Ich denke, über diesen Weg werden wir uns schon zurechtfinden.«

Jett streichelte Laurenz' Hand, die sanft auf ihrer Hüfte ruhte. »Du bist immer noch nicht vollkommen genesen«, sagte sie mahnend. »Übernimm dich nicht, Laurenz. Du bist nicht mehr der Panarch eines Reiches, das du nie wirklich hast regieren können. Es ist doch schon deinem Großvater aus den Händen geglitten. Die Sache mit den schwindenden Geburten war nur ein einzelner Punkt auf der Liste. Der Aufstand war unvermeidbar. Es ist gut so, hörst du? Jetzt haben wir alle eine Chance. Auch unsere Kinder. Gerade unsere

Kinder.« Sie hob den Kopf und wartete auf seinen Kuss. Ein Schatten flog über ihr Gesicht. »Amber. Ich gebe die Hoffnung nicht auf, dass ich sie eines Tages wiedersehe.«

Laurenz küsste sie erneut. »Ich werde dir helfen, sie zu finden«, versprach er. »Ich habe ja nichts zu tun, außer vielleicht hier und da den entmachteten Tyrannen zu geben.« Er verzog das Gesicht. »Falls sie mich nicht als Kriegsgefangenen einsperren und hinrichten«, sagte er bitter.

»Das werde ich schon verhindern«, erwiderte Jett energisch. »Ich bin Zeros Nichte. Das Konglomerat wird es sich nicht gleich mit der neuen Regierung seines Nachbarlandes verscherzen wollen.«

Laurenz nickte und verzog schmerzlich das Gesicht. »Mein Sohn ist ein Schluchter«, sagte er und blickte auf Valentin, dessen weißes Haar vom Wind zerzaust wurde. »Meine Enkelkinder werden Schluchterkinder sein. Ich muss lernen, mich mit diesem Gedanken anzufreunden.« Der Schmerz wich einem Lächeln der Hoffnung. »Aber es wird wieder Kinder geben, das haben deine Schwestern und mein Sohn mir gesagt. Ich würde ihnen so gerne glauben, Jett.«

Sie drückte fest seine Hand. »Es wird wieder Kinder geben«, erwiderte sie und lächelte in sich hinein. »Und niemand wird es mehr interessieren, ob es Schluchter- oder Türmerkinder sind. Ist das nicht wunderbar?«

Laurenz beugte sich zu ihr und küsste sie. Als er sich aufrichtete, ging sein Blick zum Horizont. »Dort naht unsere Eskorte«, sagte er.

Sie schwiegen, warteten und blickten den Luftschiffen des Konglomerats entgegen, beklommen, voller Hoffnung und ängstlich zugleich. Die neue Zeit nahte unter vollen Segeln, nahm die alte *Wolkenkönigin* in ihre Mitte und flog mit ihr nach Süden.

DANKSAGUNG

Ich danke allen, die mich bei diesem Projekt unterstützt haben – vorneweg meiner lieben Lektorin Ulrike Hübner, die sich daran einen Wolf redigiert hat. Und das so gut, dass sie eigentlich als Co-Autorin mit aufs Cover müsste. Dieses Projekt war für uns alle eine Mischung aus Sprint und Marathon, aber mir hat es auch wirklich viel Spaß gemacht.

Mein zweites Dankeschön geht an meine Familie, denn die muss es während einer solchen Zeit mit mir aushalten.
Norbert, du hältst mir arbeitstechnisch mit all dem fiesen Haushalts- und Steuerkram den Rücken frei und überhaupt.
Sabine, du hast mir in den letzten dreißig Jahren gezeigt und beigebracht, wie das Leben, das Universum und der ganze Rest so funktioniert – und deine Antwort lautete nicht »42«! Ohne dich hätte ich nichts von dem geschafft, wofür ich heute gelobt werde. Danke.
Auf die nächsten dreißig Jahre ...